Der Preis diese Bandes versteht sich einschließlich
der gesetzlichen Mehrwertsteuer.

Umwelthinweis:
Dieses Buch wurde auf chlor- und säurefreiem Papier gedruckt.

Charlotte Lamb/Die Versuchung wohnt gleich nebenan

Nichts hat Nadine auf dieses Wiedersehen vorbereitet: Auf dem Weg ins TV-Studio, wo Probeaufnahmen mit ihr als Talkshowmoderatorin gemacht werden, trifft sie zufällig ihren Exmann Sean Carmichael. Seit ihrer Scheidung vor einem Jahr hat sie ihn nicht gesehen – jetzt spürt sie, dass sie noch immer mehr für ihn empfindet, als für sie gut ist. Sie versucht, die unverhoffte Begegnung so schnell wie möglich zu vergessen. Vergeblich – denn Sean folgt ihr sogar auf die Westindischen Inseln, wo sie alles hinter sich lassen wollte ...

Marjorie Lewty/Das kleine Hotel in der Normandie

Alles muss anders werden! Und so fährt Katherine nach dem Tod ihrer Mutter erstmal in die Normandie. Hier will sie im Hotel ihrer Tante ausspannen und sich überlegen, wie ihre Zukunft aussehen soll. Doch alles kommt anders. Denn Tante Becky muss ins Krankenhaus, der gut aussehende William Raven und Katherine managen gemeinsam das Hotel, sie verliebt sich in ihn – und erfährt viel zu spät, dass William der Sohn der Frau ist, die ihrer Mutter den Mann ausgespannt hat ...

Lynne Graham/Sprich nicht darüber

Als Constantines Blick auf den Ring der jungen Rosie fällt, die an der Gedenkfeier für seinen Adoptivvater Anton in Griechenland teilnimmt, ist er überzeugt: Rosie muss Antons Geliebte gewesen sein. Warum sonst hätte er ihr das Schmuckstück aus dem Familienbesitz gegeben? Doch eine noch größere Überraschung wartet auf Constantine: Anton hat verfügt, dass er seinen Teil der Erbschaft nur dann erhält, wenn er Rosie heiratet ...

Charlotte Lamb
Marjorie Lewty
Lynne Graham

Romantischer Frühling

Silhouette™ TASCHENBUCH
Band: 15006
1. Auflage: Mai 2003

Silhouette™ TASCHENBÜCHER
erscheinen in der Cora Verlag GmbH & Co. KG,
Axel-Springer-Platz 1, 20350 Hamburg
Deutsche Taschenbucherstausgabe

Titel der nordamerikanischen Originalausgaben:
Fire In The Blood/Little White Lies/The Secret Wife

erschienen bei: Mills & Boon Ltd., London
Published by arrangement with
Harlequin Enterprises II B.V., Amsterdam

Konzeption/Reihengestaltung: fredeboldpartner.network, Köln
Umschlaggestaltung: pecher und soiron, Köln
Titelabbildung: © by Getty Images, München
Satz: Berger Grafikpartner, Köln
Druck und Bindearbeiten: Elsnerdruck Berlin
Printed in Germany
ISBN 3-89941-066-1

Charlotte Lamb

Die Versuchung wohnt gleich nebenan

Roman

Aus dem Amerikanischen von
Trixie de Vries

1. KAPITEL

Der erste April in London – in vielen Ländern der Erde schickte man an diesem Tag seine Mitmenschen in den April. Und in London herrschte typisches Aprilwetter. Der Tag hatte mit strahlendem Sonnenschein begonnen, daher hatten nur wenige Menschen Regenkleidung dabei, die sie gegen zehn Uhr gebraucht hätten, als dunkle Wolken heraufzogen und kurz darauf ein Gewitter über der britischen Hauptstadt tobte. Die Menschen rannten durch die Straßen und suchten in Hauseingängen Zuflucht.

Als Nadine zur Mittagszeit vor der Fernsehanstalt aus dem Taxi stieg, goss es noch immer in Strömen. Sie spannte den kleinen gelben Seidenregenschirm auf und lief ins Haus, bevor der heftige Sturm ihr gerade vom Friseur sorgfältig gestyltes kastanienbraunes Haar durcheinander wirbeln konnte. Normalerweise hätte man Nadines berühmtes Gesicht sofort erkannt, doch bei diesem Wetter hatten die Leute nur eine Sorge: möglichst nicht zu sehr durchnässt zu werden. Sie hatten keine Zeit, sie anzuschauen. Nicht einmal der Taxifahrer hatte sie erkannt, dabei lag auf dem Beifahrersitz eine Zeitschrift, auf deren Titelbild sie die neueste Pariser Mode zeigte.

Die Türen öffneten sich automatisch, als Nadine auf sie zuging. Sie eilte ins Haus, ohne den Schirm zu schließen, und stieß mit jemandem zusammen.

„Tut mir Leid", sagte sie, lächelte entschuldigend und blickte auf. Als sie merkte, wer vor ihr stand, riss sie die haselnussfarbenen Augen vor Schreck auf.

„Wenn das nicht Nadine ist", sagte der Mann langsam, und der Klang der tiefen, heiseren Stimme jagte ihr einen kalten Schauer über den Rücken.

Sie hatte diesen Mann vor über einem Jahr zuletzt gesehen und gedacht, das Schlimmste überstanden zu haben, doch nun wusste sie, dass sie sich darin offensichtlich gründlich getäuscht hatte. Das Schlimmste war gerade eben passiert: Ihr Herz raste, ihre Nerven waren bis zum Zerreißen gespannt, am liebsten wäre sie davongelaufen.

Doch das wäre falsch gewesen. Sie musste sich um Beherrschung bemühen, sich kühl und unbeteiligt geben. Hoffentlich würde ihre Stimme sie nicht verraten!

„Nein, so etwas! Wenn das nicht Sean ist", sagte sie ruhig, wandte sich ein wenig zur Seite und ließ sich viel Zeit, ihren Regenschirm auszuschütteln. Dabei achtete sie darauf, dass niemand nass wurde, und faltete den Schirm schließlich sorgfältig zusammen.

Wenigstens vermied sie dadurch, dem Mann in die Augen zu schauen. „Was führt dich denn hierher?" fragte sie nebenbei, als sie aufblickte. „Erzähl mir nur nicht, du seist jetzt auch beim Fernsehen!"

Sie beobachtete, wie er die breiten Schultern zuckte. Dabei ermahnte sie sich, ihn nicht zu eingehend anzusehen. Sie wusste doch genau, wie er aussah. Er hatte sich nicht verändert. Noch immer musste er alle Blicke auf sich ziehen, und Nadine konnte nicht umhin, ihn bewundernd zu betrachten. Sie versuchte sich einzureden, dass sie nur sein schwarzes Jackett mit dem breiten Revers, die engen schwarzen Jeans, das schwarze Hemd und die scharlachrote Krawatte bewunderte, die den einzigen Farbtupfer bildete. Es gab nicht viele Männer, die sich so zu kleiden wagten – lässig, aber mit dem untrüglichen Zeichen französischer Eleganz. Vermutlich eine Jean Paul Gaultier-Kreation, dachte Nadine. Sein Stil kleidete Sean Carmichaels durchtrainierten Körper perfekt.

„Ich komme gerade aus der Harper-Show." Er verzog ungeduldig den sinnlichen Mund. „Die Frau ist nicht besonders originell, denn sie hat mir die gleichen alten Fragen gestellt, die ich schon hundertmal beantwortet habe. Und dann hat sie die Antworten noch nicht mal registriert. Ich möchte zu gern wissen, warum sie so hohe Einschaltquoten hat."

„Die Zuschauer mögen sie, sie ist sehr charmant", sagte Nadine geistesabwesend und so ruhig wie möglich.

Vor einem Jahr hatten sie einander verletzende Worte entgegengeschleudert. Die Scheidung war ziemlich unangenehm gewesen, und sie hatte geglaubt, sie würde nie über den Schmerz hinwegkommen. Doch zwölf Monate später unterhielten sie sich höflich, als wären sie zufällige Bekannte. So jedenfalls musste es auf Außenstehende wirken. Nadines wahre Gefühle waren jedoch ganz anders, aber darüber wollte sie lieber nicht nachdenken.

Stattdessen dachte sie über Juno Harper nach, die eine gemütliche Frau mit silberblondem Haar und einem warmherzigen Lächeln war. In ihrer Jugend war sie durch musikalische Lustspiele berühmt geworden. Ihre neue Karriere als Talk-Show-Moderatorin hatte sie im Alter von über fünfzig Jahren aufgenommen. Millionen ihrer alten Fans unterstützten sie auch bei ihrer neuen Karriere und sorgten für hohe Einschaltquoten. Auch bei ihren berühmten Interviewpartnern war sie beliebt, denn sie stellte niemals unangenehme Fragen, war nie boshaft, stellte ihren Gästen keine Fallen und konnte wunderbar herzlich lachen. Außerdem war sie sich nicht zu schade, in ihrer Show Werbung für neue Filme oder Neuerscheinungen auf dem Buchmarkt zu machen. Sie war einfach liebenswert.

„Ihr oberflächlicher Charme zieht bei mir nicht", sagte Sean kurz angebunden. „Und was ist mit dir? Zeichnest du ein Programm auf?"

„Nein", antwortete sie zögernd. „Ich bin zu Probeaufnahmen für eine neue Show hier und treffe mich mit dem Produzenten."

Er zog die Augenbrauen hoch. „Als Schauspielerin? Hast du diesen Ehrgeiz noch immer?"

„Nein", sagte sie unwillig. Diesen Ton kannte sie nur zu gut. So klang Sean, wenn er sarkastisch war. Nadine hatte mehrere vergebliche Versuche unternommen, sich als Schauspielerin zu profilieren. Schließlich hatte sie sich damit abfinden müssen, dass sie kein Talent besaß. Es war ihr nicht leicht gefallen, zumal sie und Sean sich damals immer weiter voneinander entfernt hatten. Sie hatte ihm vorgeworfen, er freue sich über ihren Misserfolg, er hatte das abgestritten, doch sie war noch immer überzeugt, dass er etwas gegen ihre Versuche hatte, Schauspielerin zu werden. Er hatte ja auch etwas gegen ihre Tätigkeit als Model gehabt.

„Nein?" fragte er gedehnt. „Weshalb bist du dann hier?"

„Ich habe einen Termin mit Greg Erroll", sagte sie knapp, doch Sean erwartete offensichtlich weitere Erklärungen. Daher fügte sie hinzu: „Er braucht eine Moderatorin für eine neue Show, die er für den Herbst geplant hat. Es ist eine einstündige Vormittags-show, und sie suchen zwei Moderatoren: einen Mann und eine Frau."

„Etwa eine Talk-Show, bei der der Mann für aktuelle und ernste Themen zuständig ist und die Frau mit den weiblichen Gästen über Mode, Kochen und Diäten plaudert?"

„So in der Richtung", bestätigte sie, und Sean lächelte leicht.

„Macht doch nichts, wenn die Show ein großer Erfolg wird, kannst du ja bessere Konditionen für dich erstreiten."

Sie lachte. „Ich habe den Job doch noch nicht einmal!"

„Man muss immer vorausplanen", sagte er. Da sie das schon unzählige Male von ihm gehört hatte, konnte sie sich ein Lachen nicht verbeißen. Gleichzeitig wunderte sie sich über sich selbst. Da hatten Sean und sie nun ein Jahr getrennt gelebt, und bei ihrer ersten Wiederbegegnung hatte sie nach fünf Minuten den Eindruck, als wären sie niemals auseinander gegangen. Die Situation hatte etwas Unwirkliches. Fast meinte Nadine zu träumen und hätte sich am liebsten gekniffen, um festzustellen, ob sie wach war.

Stattdessen betrachtete sie Sean eingehend. Zuerst hatte sie gedacht, er hätte sich überhaupt nicht verändert, doch nun erkannte sie, dass sie sich getäuscht hatte. Sean war nicht mehr derselbe Mann. Er war schon immer sehr schlank gewesen, aber sie hätte schwören können, dass er abgenommen hatte. Wahrscheinlich hatte er die letzten Monate ununterbrochen gearbeitet und oft das Essen vergessen.

Sie erinnerte sich, wie besessen er manchmal von seiner Arbeit sein konnte, so alltägliche Dinge wie Nahrungsaufnahme vergaß er in solchen Phasen völlig, genauso wie die Existenz seiner Frau oder Verabredungen mit ihr. Sein Gesicht wirkte fast hager, und um Mund und Augen entdeckte Nadine Linien, die vor einem Jahr noch nicht da gewesen waren.

Er war noch immer ausgesprochen attraktiv: groß, schmalhüftig, langbeinig, dunkelhaarig, mit nachdenklich blickenden dunkelblauen Augen und einem sehr sinnlichen Mund.

Als sich ihre Blicke wieder begegneten, wurde Nadine von einem so heftigen Schmerz geschüttelt, dass sie beinahe laut aufgestöhnt hätte.

Mit heiserer Stimme sagte sie: „Ich muss jetzt gehen, sonst komme ich noch zu spät. Wiedersehen, Sean."

Sie wartete nicht auf seine Antwort, sondern ergriff die Flucht und ging quer durch das mit Marmorboden versehene Foyer, um sich an der Rezeption anzumelden. Man bat sie, auf Mr. Errolls Assistenten zu warten, der sie abholen und zum Studio bringen würde, wo die Probeaufnahmen stattfinden sollten.

Seit einer Woche war sie wegen dieser Aufnahmen nervös gewesen, die Begegnung mit Sean hatte die nervliche Anspannung nur noch verschlimmert. Doch Greg Erroll tat alles, um Nadine zu beruhigen. Er war einer der ganz Großen im Fernsehgeschäft: Der schlanke, elegante Mann Anfang Vierzig trug einen konservativen dunkelgrauen Anzug und ein rotweiß gestreiftes Hemd. Sein gütiges Gesicht täuschte – die intelligent blickenden grauen Augen, denen nichts entging, verrieten den wahren Charakter des Mannes, der sich hinter der sanften, höflichen Fassade verbarg.

Nadine war so aufgeregt, dass sie als Erstes sagte: „Leider bin ich keine gute Schauspielerin."

Greg Erroll lächelte beruhigend. „Als Schauspielerin wollen wir Sie auch gar nicht engagieren, Nadine. Wir möchten, dass Sie sich ganz natürlich geben. Das kann schwieriger sein, als es sich anhört. Einige Leute wirken starr vor der Kamera, aber das wird bei Ihnen anders sein, denn Sie sind ja an Kameras gewöhnt, nicht wahr?"

„Nach sieben Jahren Arbeit als Fotomodell kann man das wohl sagen", antwortete sie und entspannte sich ein wenig. Zwei Kameras waren auf sie gerichtet, Nadine konnte sich auf der Leinwand sehen. Die Kameramänner hatten ihre Schokoladenseite gefunden, von rechts wirkte sie am vorteilhaftesten. Sie beobachtete, wie sie mit der Kamera ihre Gesichtszüge abtasteten: die hohen Wangenknochen, die leicht schräg stehenden haselnussbraunen Augen, den breiten sinnlichen Mund. Nadine sah ihnen interessiert zu. Sie kannte ihr eigenes Gesicht genau und konnte es völlig losgelöst und unvoreingenommen betrachten.

„Was für ein Gefühl ist es, eine Schönheit zu sein?" fragte Greg Erroll.

Sie lachte und sah ihn verblüfft an. „Ich bin doch gar nicht schön.“ Das meinte sie ganz ernst und deutete auf die Leinwand. „Schauen Sie sich doch meine Augen an, sie haben eine ganz merkwürdige Farbe: nicht grün, nicht braun, nicht blau, sondern eine Mischung all dieser Farben. Ich mag sie nicht leiden. Außerdem habe ich mir immer eine andere Haarfarbe gewünscht, entweder schwarz oder blond. Meine Nase ist zu schmal und zu lang, und sehen Sie sich doch nur meinen Mund an! Der ist viel zu groß und dominiert das ganze Gesicht.“

Er hörte ihr lächelnd zu. „Und wie erklären Sie sich dann Ihren Erfolg als Fotomodell?“

„Tja, darüber habe ich schon oft nachgedacht. Aber mir ist keine plausible Erklärung eingefallen. Wahrscheinlich habe ich einfach nur Glück gehabt. Ich hatte einen fantastischen Fotografen, Jamie Colbert. Meine Karriere verdanke ich nur Jamie.“

Sie sah sich im Studio um. Ihr Blick fiel auf das Kabelgewirr, die Scheinwerfer, Bildschirme und Kameras. „Bitte entschuldigen Sie, dass ich so viel rede. Sie wollen jetzt sicher mit den Probeaufnahmen beginnen“, sagte sie.

„Wir haben schon längst angefangen“, antwortete Greg und amüsierte sich. „Aber jetzt würde ich gern den Platz mit Ihnen tauschen, Nadine.“

Er stand auf. Automatisch, wenn auch etwas erstaunt, folgte sie seinem Beispiel. „Setzen Sie sich hierher“, sagte er. Gehorsam setzte sie sich auf den freien Stuhl. Fragend sah Greg den Kameramann an. „Ist es so recht, Rodney?“

„Könnten Sie eine Idee nach rechts rücken?“

Nadine verrückte ihren Stuhl. „Das genügt“, sagte Greg und sah wieder den Kameramann an. „Wie ist es jetzt?“

„Etwas zurück“, sagte Rodney, und Nadine stellte wiederum den Stuhl um. „Halt“, rief Rodney. „So ist es perfekt.“

Als Nächstes führte der Tonmeister den Soundcheck durch, dann kam der Beleuchter und entdeckte, dass Nadines Stirn glänzte. Vor lauter Aufregung war ihre Stirn ganz feucht geworden. Die schnell herbeigerufene Maskenbildnerin puderte sie ab. Als schließlich alle zufrieden waren, gab Greg Erroll ihr ein Blatt Papier.

„So, Nadine. Ich möchte gern, dass Sie mich interviewen. Hier habe ich in Stichworten einige Daten über mich aufgeschrieben. Lesen Sie sich alles in Ruhe durch, und dann fangen wir an."

Nadine hatte zwar so etwas erwartet, jedoch mit wesentlich längerer Vorbereitungszeit gerechnet, um sich eingehend mit Greg Errolls Lebenslauf beschäftigen zu können. Sie hätte auch gern erst einmal geübt, bevor es ernst wurde, und sich einige Fragen zurechtgelegt. Aufgeregt blickte sie das Blatt Papier an. Wenigstens kann ich Gregs Handschrift lesen, dachte sie erleichtert und überflog die Zeilen. Dann las sie sich alles noch einmal in Ruhe durch. Einige Informationen waren überraschend. Sie hatte zum Beispiel gar nicht gewusst, dass Greg Erroll in seiner Jugend eine Schauspielschule besucht hatte, bevor er auf die Universität gegangen war. Es war ihr auch neu, dass er zum zweiten Mal verheiratet war und eine Tochter hatte.

„Sind Sie soweit?" fragte Greg nach fünf Minuten, die ihr eher wie fünf Sekunden vorgekommen waren. Nadine holte tief Luft und nickte.

Es war zwar ein Sprung ins kalte Wasser, doch es ging besser, als Nadine erwartet hatte. Sicher, am Anfang war sie nervös gewesen, aber sobald sie sich mit Greg unterhielt, entspannte sie sich und stellte ihm die Fragen, deren Antworten sie wirklich interessierten. Greg gab bereitwillig Auskunft, nur ein- oder zweimal verweigerte er die Antwort, und Nadine wechselte dann schnell das Thema. Sie hatte nicht die Absicht, sich durch Greg aus dem Konzept bringen zu lassen.

Ziemlich abrupt beendete Greg kurz darauf das Interview und lächelte, als er aufstand. „Das war's. Vielen Dank, Nadine. Normalerweise hasse ich es, interviewt zu werden, aber das Gespräch mit Ihnen hat mir richtig Spaß gemacht."

Sie stand auf. Nachdem alles vorbei war, zitterten ihr die Knie. „Sind wir schon fertig?" fragte sie ungläubig. Wo war nur die Zeit geblieben? Heiser fügte sie hinzu: „Wie war ich? Sind Sie zufrieden?"

„Das kann ich leider erst sagen, wenn ich mir die Aufzeichnung angesehen habe", sagte Greg gut gelaunt. „Kommen Sie, ich bringe Sie zum Empfang zurück."

Nadine hatte das flaue Gefühl, dass sie ihn nicht sonderlich beeindruckt hatte und nicht gut genug für den Job war.

„Ich muss mir zuerst die anderen Probeaufnahmen ansehen. Erst dann werde ich eine Entscheidung treffen“, sagte er verständnisvoll. „Aber ich verspreche, Sie nicht zu lange auf die Folter zu spannen.“

Wer wohl noch in der engeren Wahl sein mag? fragte sie sich, hütete sich allerdings, diese Frage laut zu stellen. Sie lächelte nur etwas gezwungen und nickte.

„In Ordnung.“

„Sie haben wirklich eine professionelle Einstellung“, lobte er und führte sie durch einen wahren Irrgarten von Korridoren zurück zum Fahrstuhl. Dort trafen sie Juno Harper, die ein maßgeschneidertes Kostüm trug, in dem sie gleichzeitig sinnlich und professionell wirkte. Sie sah Greg an und lächelte ihm herzlich entgegen.

„Hallo, mein Lieber, ist das nicht ein scheußliches Wetter?“ Ohne besonderes Interesse ließ sie den Blick rasch zu Nadine gleiten und merkte erst auf, als sie sie erkannte.

„Ach, hallo! Sind Sie nicht Nadine Carmichael?“ Ihr Händedruck war lasch, ihre Fingernägel waren sorgfältig manikürt und ihre Hand fühlte sich weich an. „Ich habe mir schon lange gewünscht, einmal ein Interview mit Ihnen zu machen. Ihr Gesicht taucht ja in letzter Zeit überall auf.“ Sie zog ein Hochglanzmagazin hervor, das sie sich unter den Arm geklemmt hatte, und hielt es Nadine entgegen. „Zum Beispiel auf diesem Titelbild hier. Ich muss sagen, das Modell, das Sie auf dem Foto tragen, gefällt mir. Ach, Sie haben es gut. Sie können bei all diesen Modeschauen in Paris mitmachen. Es war bestimmt wundervoll.“

„Wundervoll und hektisch.“ Nadine lächelte. Juno war ihr auf den ersten Blick sympathisch. „Bei den Vorführungen geht es immer ziemlich verrückt zu.“

„Genau wie bei uns, Schätzchen.“ Juno lachte, bevor sie hinzufügte: „Das ist aber wirklich ein merkwürdiger Zufall, ich hatte gerade Ihren Verflossenen in meiner Show. Sean, meine ich natürlich. Und was für Anrufe wir erhalten haben! Es war kaum zu glauben. Bisher habe ich immer gedacht, mich könnte nichts mehr erschüttern, aber einige Anrufe hatten es wirklich in sich. Viele Frauen träumen von Sean und konnten es gar nicht erwarten, ihm zu erzählen, was für Träume sie haben."

Nadine lachte gezwungen. „Ach, du liebe Zeit!"

Junos klug blickenden Augen entging nichts. „Also, eins kann ich Ihnen sagen: Ich hätte ihn nie gehen lassen, aber es war ja immerhin Jamie Colbert, für den sie ihn aufgegeben haben, nicht wahr? Manche Leute haben wirklich ein unverschämtes Glück."

Nadine lächelte noch immer gezwungen und war froh, als der Fahrstuhl endlich im Erdgeschoss anhielt und sie aussteigen konnte. Auf einmal hatte sie es sehr eilig, fortzukommen. Der Morgen war wirklich ausgesprochen anstrengend gewesen, und sie war froh, dass er nun hinter ihr lag.

Doch sie hatte sich zu früh gefreut. Juno wollte noch etwas loswerden und dachte gar nicht daran, Nadine gehen zu lassen. Sie gab vor, die neugierigen Blicke der Leute zu ignorieren, die darauf warteten, sich eine Nachmittags-Show anzusehen, die zweimal wöchentlich live ausgestrahlt wurde.

„Was hatten Sie denn eigentlich so Wichtiges mit unserem Greg zu besprechen? Man hat mir zugetragen, dass Sie als Moderatorin für die neue Vormittags-Show im Gespräch sind. Darf ich schon gratulieren, oder ist es dazu noch zu früh?"

„Benimm dich, Juno." Greg schaltete sich ein. „Wenn wir uns entschieden haben, wirst du es zuerst erfahren. Da mach dir nur keine Gedanken."

Juno zwinkerte ihm von der Seite zu und widmete sich wieder Nadine. „Ich hätte Sie zusammen mit Sean zu meiner Show bitten sollen. Das wäre sicher sehr interessant gewesen. Aus ihm war ja nicht viel herauszubekommen. Ist er eigentlich immer so verschlossen? Fenella hat er nicht mit einer Silbe erwähnt. Ich war sehr enttäuscht."

Nadine ließ sich nichts anmerken, obwohl ihr die Erwähnung dieses Namens wehtat.

Junos Redefluss war einfach nicht zu stoppen. „Ich habe ihn gefragt, ob sie nun heiraten werden, da ja jetzt die Dreharbeiten zu der Miniserie abgeschlossen sind. Wie heißt die Serie noch gleich? Warum kann ich mir Film- und Buchtitel eigentlich nicht merken?"

„Weil sie dich nicht interessieren, Herzchen“, sagte Greg, nannte aber den Titel: *„Date with Death“*. Als er Nadines fragenden Gesichtsausdruck bemerkte, erklärte er ihr, worum es ging. „Es ist ein dicker Bestseller der französischen Autorin Anne-Marie Rossignol. Irgendein pseudopsychologisches Gerede über Wiedergeburt und ewige Liebe. Das Buch war vor zwei Jahren monatelang die Nummer eins auf sämtlichen Bestsellerlisten. Erinnern Sie sich? Sean war so schlau, sich gleich am Anfang die Rechte zu sichern, die er sehr günstig bekommen hat.“

„Ganz zu schweigen von dem glücklichen Umstand, dass Fenella Nash es gar nicht erwarten konnte, endlich einen Film mit ihm zu drehen“, sagte Juno. „Und dieser finster aussehende Franzose spielt den Kommissar.“

„Ja, die Besetzung ist ausgezeichnet. Es müsste eigentlich ein großer Erfolg für Sean werden.“ Greg dachte laut nach, und Juno sah ihn nachdenklich an.

„Eigentlich schon, aber ...“

Greg betrachtete sie forschend. „Hast du Zweifel?“

Juno zuckte die Schultern. „Ich muss zugeben, dass ich kein gutes Gefühl habe. Ich kann gar nicht sagen, warum das so ist, aber Sean machte auf mich nicht gerade den Eindruck, als hätte er gerade einen Volltreffer gelandet. Außerdem gibt es verschiedene Gerüchte. Du weißt ja selbst, dass man in unserer Branche kein Geheimnis wahren kann.“

Greg sah Nadine fragend an. „Wissen Sie etwas Näheres?“

Sie schüttelte den Kopf. „Nein, ich habe ja mit den Filmleuten nichts zu tun. Wie soll ich da etwas erfahren?“ Allerdings war ihr aufgefallen, wie erschöpft und angespannt Sean ausgesehen hatte. Um Mund und Augen hatte sie Linien entdeckt, die sie noch nicht kannte. Außerdem war er sehr blass gewesen.

„Es wäre sehr schade für Sean, wenn die Serie ein Flop würde“, sagte Juno leise. „Er hat viel Geld investiert, und wir wissen ja alle, wie riskant das sein kann. Auf der anderen Seite hat er mit *Dangerous Lady* einige Millionen verdient. Ich selbst weiß allerdings nicht, was die Leute an dem Film so fasziniert hat. Was meinst du dazu, Greg? Sean sagt, er habe nur das investiert, was er bisher aus dem Unternehmen herausgeholt habe. Trotzdem war es ein waghalsiges Spiel, und wenn er verliert, könnte das das Ende von *Carmichael Films* bedeuten."

„Nun sei doch nicht so pessimistisch." Greg verlor langsam die Geduld mit Juno. „Ich glaube, dass die Serie ein Erfolg wird. Die Besetzung ist erstklassig, die Handlung ist spannend und der Regisseur ausgezeichnet. Wenn Sean niedergeschlagen gewirkt hat, dann wahrscheinlich deshalb, weil Monate anstrengender Filmarbeit hinter ihm liegen. Er wird einfach erschöpft sein. Morgen wird es ihm wieder viel besser gehen, du wirst schon sehen." Er warf einen Blick auf seine Uhr, verabschiedete sich von Nadine mit einem Kuss auf die Wange und sagte, schon im Gehen: „Ich muss los. Aber ich werde mich bald bei Ihnen melden, das verspreche ich."

Juno sah ihm nachdenklich nach. „Habe ich wirklich ein zu pessimistisches Bild von Seans Miniserie gezeichnet? Das lag nicht in meiner Absicht. Aber irgendwie habe ich ein ungutes Gefühl. Hoffentlich täusche ich mich. Sagen Sie, hatten Sie auch den Eindruck, als hätte Greg ein persönliches Interesse am Erfolg der Miniserie? Ich frage mich, ob er die Serie eingekauft hat, bevor sie überhaupt fertig gestellt ist. Vielleicht war er deshalb so verärgert über meinen negativen Kommentar. Na ja, wir werden es sicher bald herausfinden. Greg wird dem Intendanten wohl einiges zu erklären haben." Sie lächelte viel sagend. „Das Leben geht manchmal wirklich merkwürdige Wege, nicht wahr? So, jetzt muss ich aber los, Herzchen. Kann ich Sie irgendwo absetzen? Mein Wagen steht direkt vor der Tür."

„Nein danke, mein Wagen sollte auch jeden Moment eintreffen", antwortete Nadine, und Juno Harper ging davon. Sie wirkte trotz ihres Alters sehr sexy in dem streng geschnittenen schwarzen Kostüm, und die Männer sahen ihr noch immer bewundernd nach, was sie offensichtlich genoss.

Sobald Juno verschwunden war, verließ Nadine das Gebäude und hielt ein Taxi an. Auf der Fahrt zu ihrer Wohnung in Mayfair dachte sie trübsinnig über die soeben gehörten Neuigkeiten nach. Sean würde also wieder heiraten. Sie hatte sich schon seit einiger Zeit gefragt, wann das wohl passieren würde, trotzdem fiel es ihr schwer, sich an diesen Gedanken zu gewöhnen.

Seit seiner Trennung von Nadine war er mit Fenella Nash, der amerikanischen Schauspielerin, befreundet, die die Hauptrolle in seiner neuesten Produktion gespielt hatte. In den Zeitungen war schon seit einiger Zeit über eine Heirat spekuliert worden, und Nadine hatte gedacht, Sean würde Fenella sofort nach seiner rechtskräftigen Scheidung heiraten. Doch das war nicht geschehen. Vielleicht wollte Fenella sich noch nicht binden, schließlich war sie das neue Sexsymbol des Kinofilms – sie war zierlich, rothaarig, hatte Schlafzimmeraugen und eine tiefe, rauchige Stimme. Auch wenn sie in Sean verliebt wäre, würde ihre Karriere immer an erster Stelle stehen.

Nadine mochte nicht mehr darüber nachdenken. In ihrer Wohnung zog sie sich aus und duschte, dann legte sie sich im Bademantel aufs Bett und ließ Augenkompressen einwirken. Nach einem anstrengenden Tag war dies die beste Entspannungstherapie.

Heute blieb der Erfolg jedoch aus. Nadine konnte einfach nicht abschalten. Als das Telefon klingelte, fuhr sie zusammen. Sie setzte sich auf, entfernte die Kompressen und nahm den Hörer ab.

„Hallo?“ sagte sie vorsichtig, denn manchmal erhielt sie merkwürdige Anrufe, obwohl ihre Nummer schon lange nicht mehr im Telefonbuch stand.

„*Chérie*, du klingst *distraite*!“ Die Stimme eines Franzosen drang an ihr Ohr. „War es sehr schlimm? Ist es nicht gut gelaufen?“

Sie entspannte sich wieder und lächelte. „Ach, du bist es Jamie. Nein, es war gar nicht schlimm, es hat mir sogar Spaß gemacht, nachdem ich schließlich mein Lampenfieber überwunden hatte. Ich musste Greg vor laufender Kamera interviewen, es war wirklich interessant. Er ist ein faszinierender Mann.“

„Fantastisch. Du hast also ein gutes Gefühl? Meinst du, du bekommst den Job?“ Jamie Colbert sprach immer noch mit sehr ausgeprägtem französischem Akzent. Dabei wohnte er schon seit Jahren in London und sprach fließend Englisch.

„Ich weiß es wirklich nicht.“ Nadine stöhnte. „Greg wollte sich noch nicht festlegen. Ich muss mich also in Geduld fassen.“

„Ich bin überzeugt, dass du den Job bekommen wirst", sagte Jamie energisch. „Ich war mir schon sicher, als sie sich bei deiner Agentin meldeten. Sie wollen dich haben. Weißt du nicht mehr, was sie gesagt hat? Greg Erroll hat mehrere Male beobachtet, wie man dich im Fernsehen interviewte, und glaubt, du würdest eine gute Moderatorin abgeben. Wenn sie also bei deiner Agentin anrufen, um zu fragen, ob du Interesse hättest, dann sind sie wirklich entschlossen, dich zu engagieren."

„Hoffentlich hast du Recht."

„Ich habe immer Recht", erwiderte er mit einem unglaublichen Selbstbewusstsein. Jamie war nur mittelgroß, aber er benahm sich, als wäre er der Größte. Er stand stets im Mittelpunkt, äußerte seine Meinung, vertrat seinen eigenen Standpunkt und war manchmal in Gegenwart von anderen Männern recht aggressiv, während er Frauen ausgesprochen charmant behandelte. Er war ein Energiebündel Anfang dreißig, hatte schwarze Augen und schwarzes Haar, sehr lebhafte Gesichtszüge und einen südländischen Teint – und er war eben einfach sehr französisch.

Genau dies musste Nadine gerade denken und lachte. „Du bist wirklich ein typischer Franzose", sagte sie.

„Chérie, tu es très gentille!" antwortete er ernst und sprach dann auf Englisch weiter. „Du denkst doch hoffentlich an unsere Verabredung zum Abendessen mit dem französischen Botschafter, Nadine."

„Aber selbstverständlich. Ich freue mich schon den ganzen Tag darauf."

Jamie hatte sie gebeten, ihn zu begleiten. Er war der Ehrengast des Abends. Er war einer der berühmtesten Fotografen Frankreichs, und ihm war gerade eine sehr begehrte Auszeichnung für seinen neuesten Fotoband zugesprochen worden, die er heute Abend im Rahmen eines feierlichen Diners in der Französischen Botschaft in Knightsbridge aus den Händen des Botschafters entgegennehmen sollte.

„Ich hatte befürchtet, du würdest nach den Probeaufnahmen so aufgeregt sein, dass du alles andere vergessen hättest", sagte Jamie neckend. „Schön, ich hole dich um sieben ab, weil wir um halb acht da sein müssen. Das Diner beginnt um Viertel nach acht. Es ist sehr wichtig, dass wir heute Abend pünktlich sind, Nadine."

Sie hatten noch viel Zeit, deshalb parkte Jamie den Wagen vor einem Geschäft mit laufenden Fernsehgeräten, die alle auf verschiedene Programme eingestellt waren.

„Das darf doch nicht wahr sein!" Jamie stöhnte plötzlich auf, und Nadine sah ihn verblüfft an. Er hatte Sean auf einem der Bildschirme entdeckt. Sean, der zwar lächelte, jedoch sehr müde und abgespannt wirkte.

Jamie fragte: „Welche Sendung das wohl ist? *Film Night* vielleicht?"

Die Kamera machte einen Schwenk auf die lachende Juno Harper. „Es muss eine Wiederholung von Juno Harpers Talk-Show sein", sagte Nadine leise. „Sie hat Sean heute Morgen interviewt, ich habe ihn beim Sender getroffen."

Jamie warf ihr einen Blick zu. „Aha, ich hatte heute Abend gleich den Eindruck, als würde dich etwas quälen. Was ist denn passiert?"

„Gar nichts. Wir haben uns ganz höflich unterhalten", sagte sie und warf einen Blick auf die Uhr. „Sollten wir nicht lieber weiterfahren? Ich möchte nicht zu spät kommen."

Jamie ließ ohne weiteren Kommentar den Motor an, doch sein Gesicht sprach Bände.

Der Botschafter kannte Jamie bereits und begrüßte ihn wie einen alten Freund. Als Nadine vorgestellt wurde, warf er einen anerkennenden Blick auf ihre makellose Figur. Sie trug ein Kleid aus Seide und Spitze, mit kurzem Mieder, das eben ihren Brustansatz bedeckte, die weißen Schultern waren bloß, der petticoatartige, wadenlange Rock bauschte sich bei jeder Körperbewegung.

„Ein Yves Saint Laurent-Modell?" fragte die Frau des Botschafters sachkundig. „Sehr schick."

Heute Abend stand jedoch Jamie im Mittelpunkt des Interesses, er war der Star des Abends, jeder wollte sich mit ihm unterhalten, ihm die Hand schütteln und gratulieren. Nadine war froh, einmal nicht selbst im Scheinwerferlicht zu stehen, und hielt sich im Hintergrund, als sie in dem großen, von Kronleuchtern erhellten Saal herumgeführt wurden. Sie lächelte, wenn man sie jemandem vorstellte, antwortete, wenn man sie etwas gefragt hatte, blieb aber stets in Jamies Schatten. Sie hatte Schwierigkeiten, der auf Französisch geführten Unterhaltung zu folgen. So gut waren ihre Sprachkenntnisse nämlich nicht. Sie schwieg die meiste Zeit und ließ ihren Gedanken freien Lauf.

Sie dachte über Sean nach, erinnerte sich, wie schlecht er ausgesehen hatte, und fragte sich, ob Juno Harper vielleicht Recht haben könnte. Würde sich die Miniserie als Flop erweisen? Allerdings gab es in dieser Branche immer Gerüchte. Manche Leute machten sich einen Spaß daraus, Falschmeldungen zu verbreiten, weil sie ihren Mitmenschen den Erfolg missgönnten. Und Seans Karriere war bisher ein einziger Erfolg gewesen.

Als sie einige Stunden später auf dem Heimweg waren, warf Jamie ihr einen besorgten Blick zu. „Du bist sehr ruhig, *chérie*. Was ist los?“

„Gar nichts“, antwortete sie, weil sie ihre Gedanken lieber für sich behalten wollte. „Ich bin einfach nur müde. Die letzten Wochen waren ausgesprochen hektisch. Ich habe bis auf sonntags jeden Tag ununterbrochen gearbeitet. Das war sehr stressig. Ich glaube, ich bin urlaubsreif, Jamie. Ich werde meine nächsten Termine absagen und mir zwei Wochen Ferien gönnen.“

Seit der Scheidung hatte sie sich in die Arbeit gestürzt und keinen Urlaub mehr gemacht. Nur so hatte sie die Zeit überstehen können. Sie hatte gearbeitet, um sich abzulenken. Und sie war sich so sicher gewesen, dass sie nun das Schlimmste überstanden und die Scheidung von Sean überwunden hatte. Doch die Begegnung mit Sean am Morgen hatte die Anstrengungen der vergangenen Monate mit einem Schlag zunichte gemacht. Sie dachte nur noch an ihn, wobei sie sich einredete, sich nur um seine Filmgesellschaft und um den Erfolg oder Misserfolg der Miniserie Sorgen zu machen. In Wirklichkeit dachte sie jedoch nur über ihn selbst nach. Die forschenden Augen, das plötzliche Lächeln, das charmant oder spöttisch sein konnte, das schwarze Haar, das ihm in die Stirn fiel ... Nadine schüttelte unwillig den Kopf. Nun geht das schon wieder los, dachte sie.

Selbst wenn sie sich erbittert gestritten hatten, war es Sean immer gelungen, sie körperlich zu erregen. Die Chemie zwischen ihnen stimmte, aber ihre Ehe war ein einziges Schlachtfeld gewesen, und Nadine war entsetzt, als sie feststellen musste, dass sie noch immer an Sean hing. Er verfügte noch immer über die Fähigkeit, ihre Sinne in Aufruhr zu versetzen.

Wenn sie nun einfach Ferien machte, den ganzen Tag am Strand liegen und faulenzen würde, wäre sie vielleicht endlich imstande, das Kapitel Sean Carmichael abzuschließen.

„Ich würde gern mitkommen, aber ich habe im Moment einfach zu viel zu tun. Wo willst du denn Urlaub machen?" fragte Jamie.

„Irgendwo, wo es warm und sonnig ist", sagte sie verträumt. „In der Karibik, auf den Kanarischen Inseln oder in Griechenland. Ich werde mir morgen mal Prospekte ansehen."

Ihre Termine abzusagen oder umzulegen war schwieriger, als sie gedacht hatte. Ihre Agentin überredete sie, den kommenden Monat noch zu arbeiten, danach würden andere Models für sie einspringen können. In der Zwischenzeit verschlang Nadine Reiseprospekte und hing Tagträumen nach. Schließlich entschied sie sich für einen zweiwöchigen Urlaub in der Karibik. Auf einer kleinen, etwas abgelegenen Insel wollte sie Sonne und Meer genießen und einen Malkurs bei einem berühmten Künstler belegen, dessen Frau ein Hotel führte. In ihrer Freizeit hatte sich Nadine schon oft mit Zeichnen und Aquarellmalerei beschäftigt. Einen Kurs hatte sie jedoch noch nie besucht.

Einen Tag, nachdem sie die Reise endlich gebucht hatte, rief Greg Erroll an. „Der Job gehört Ihnen", sagte er gut gelaunt. Nadine atmete tief ein. Sie konnte ihr Glück kaum fassen.

„Das ... das ist ja wunderbar. Vielen Dank. Ich hatte gar nicht mehr so recht daran geglaubt. Danke, dass Sie mir gleich Bescheid gesagt haben. Wie geht es denn jetzt weiter? Wann soll ich anfangen?"

Er lachte. „Das hat noch ein wenig Zeit. Wir brauchen Sie erst Ende August, bis dahin sind es ja noch einige Monate. Ich werde mit Ihrer Agentin Verbindung aufnehmen, um den Vertrag aufzusetzen und die Einzelheiten zu erörtern, damit sie Ihre Termine ab September absagen kann. Allerdings brauchen wir Sie vorher für eine Werbekampagne. Wenn wir ankündigen, dass wir Sie für die Talk-Show gewonnen haben, werden sich die Medien auf Sie stürzen und Interviews mit Ihnen machen wollen."

„Wann werden Sie mit der Mitteilung an die Öffentlichkeit gehen?"

„Wahrscheinlich nächste Woche, wenn Ihre Agentin einverstanden ist und Sie Zeit für Interviews haben. Wir möchten gern bereits im Vorfeld ein positives Presseecho erreichen. Kurz bevor die Show dann zum ersten Mal gesendet wird, wollen wir dann richtig Werbung für Sie machen. Aber es ist von Vorteil, eine neue Talk-Show schon Monate vorher anzukündigen."

„Ich habe gerade eine Reise in die Karibik gebucht und wollte in einem Monat abfliegen. Soll ich stornieren?" Nadine hoffte inständig, dass das nicht nötig sein würde.

Sie hatte Glück. „Auf gar keinen Fall. In die Karibik wollen Sie also, Sie Glückspilz. Ich wünschte, ich könnte auch mal wieder Urlaub machen, im Moment jedoch habe ich einfach zu viel zu tun. Aber nichts hindert Sie daran, nächsten Monat in die Ferien zu fliegen. Bis dahin werden alle Interviews erledigt sein. Die Vertreter der Medien reagieren eigentlich immer sehr schnell. Und eventuelle Nachzügler müssen eben warten, bis Sie aus dem Urlaub zurück sind."

Gary hatte Recht gehabt: Unmittelbar nach der Ankündigung ihrer neuen Talkshow konnte sich Nadine vor Interviewwünschen kaum retten. Doch sie schlug sich sehr gut, denn sie war den Umgang mit Reportern ja gewohnt. Allerdings stellten ihr einige Pressevertreter unglaublich persönliche Fragen.

Die Kolumnistin eines Boulevardblatts war besonders hartnäckig. „Leben Sie mit Jamie Colbert zusammen?" fragte sie.

„Nein", entgegnete Nadine abweisend.

„Aber er ist Ihr Liebhaber?" Die Frau ließ sich nicht so leicht abspeisen. Sie war klein und blond, trug ein rosa Designerkostüm und war sehr hübsch und sehr hinterhältig. Nadines Agentin hatte sie schon vor ihr gewarnt, und dies nicht zu Unrecht.

Kühl sagte Nadine: „Jamie Colbert hat nichts mit meinem neuen Job zu tun. Und über mein Privatleben spreche ich nicht."

Die Blondine ließ sich nicht beirren. „Aber Sie sind doch seit Jahren eng miteinander befreundet, oder? Und Sie haben sich auch mit ihm getroffen, als sie mit Sean Carmichael verheiratet waren. War er der Grund für das Scheitern Ihrer Ehe?"

„Nein, das war er nicht!" Nadine konnte ihre Wut nur schwer unterdrücken. „Wenn Sie sich die Mühe gemacht hätten, gewissenhaft zu recherchieren, hätten sie herausgefunden, dass unsere Ehe wegen ‚unüberbrückbarer Gegensätze' geschieden wurde." Sie stand auf und sah auf die Uhr. „Wenn Sie mich jetzt bitte entschuldigen würden, ich habe noch andere Termine."

„Ich bin aber mit meinem Interview noch nicht fertig."

„Oh doch!" Nadine ging zur Wohnungstür und öffnete sie viel sagend.

Die Kolumnistin lächelte gehässig. „Wenn Sie keine Publicity wollen, ist das Ihre Sache. Ich habe nichts über Sie, worüber ich schreiben könnte, und ich kann mir vorstellen, dass City TV nicht gerade sehr glücklich sein wird, in meiner Kolumne unerwähnt zu bleiben."

Nadine hielt ihr wortlos die Tür auf und wartete.

Die Blondine packte wütend ihre Sachen zusammen und stand auf. Im Hinausgehen warf sie ihr noch einen gehässigen Blick zu und sagte: „Sie machen sich wohl Hoffnungen, sich wieder mit Sean zu versöhnen, jetzt, nachdem er sich von Fenella getrennt hat, oder, Herzchen?"

Nadine konnte ihre Überraschung nicht verbergen. Die Journalistin bemerkte das sofort und lächelte selbstzufrieden.

„Wussten Sie das etwa nicht? Ja, sie ist heute Morgen in die Staaten zurückgeflogen und hat am Flughafen von Heathrow in einem Interview gesagt, dass zwischen ihr und Sean alles aus wäre. Außerdem wurde bekannt, dass *Date with Death*, diese Miniserie, die sie gerade abgedreht haben, ein absoluter Fehlschlag ist. Deshalb hat sie Sean den Laufpass gegeben. Das hat sie natürlich nicht gesagt, aber das wäre wohl auch nicht sehr klug gewesen. Unsere Fenella ist recht ehrgeizig, und wenn die Serie ein Misserfolg wird, steht Sean

Carmichael vor dem Nichts. Und mit einem Habenichts will unsere liebe Fenella natürlich nichts zu tun haben."

„Auf Wiedersehen", sagte Nadine, die nur mit Mühe den Impuls unterdrücken konnte, die Frau hinauszustoßen. Sie warf die Tür hinter ihr zu und lehnte sich minutenlang dagegen.

Noch vor vierzehn Tagen hatte Juno Harper behauptet, Sean und Fenella würden heiraten, und nun war Fenella auf dem Rückweg in die Staaten und behauptete, zwischen ihr und Sean sei alles aus. Ob diese blonde Kolumnistin am Ende Recht hatte mit ihrer Einschätzung, dass Fenella Sean fallen gelassen hatte, weil die Miniserie ein Misserfolg war?

Am nächsten Morgen konnte Nadine alles ganz genau in der Boulevardpresse nachlesen, die Fotos von Sean und Fenella veröffentlichte und Fenellas Interview abgedruckt hatte. Von Sean gab es keine Aussage. Die Zeitungen behaupteten, er würde keine Interviews geben und seine Mitarbeiter würden Telefonanfragen lapidar mit „Kein Kommentar" beantworten. Das führte natürlich zu wilden Spekulationen. Die Klatschspalten waren voll davon.

Nadine wünschte, sie wüsste, wie Sean sich fühlte. Ob er in Fenella verliebt gewesen war? Bei diesem Gedanken zuckte sie zusammen und hoffte, dass es ihm wirklich schlecht gehen würde. Er hatte es nicht anders verdient.

Während der nächsten Wochen hatte sie nur noch wenige Interviewtermine wahrzunehmen, bevor sie anfing, ihre Sachen für den bevorstehenden Urlaub in der Karibik zu packen. Die Auswahl fiel ihr schwer, denn ihre Schränke barsten förmlich vor Sommerkleidern, Schuhen, Tops, Shorts und Strandkleidung, die sie vorgeführt, aber noch nie am Strand getragen hatte.

Sie wollte die Mittagsmaschine nehmen. Als es um Punkt neun Uhr an der Wohnungstür klingelte, war sie sicher, dass es der Taxifahrer war, den sie allerdings erst zu einer späteren Uhrzeit bestellt hatte. Sie lief zur Tür, um ihn zu bitten, einige Minuten zu warten, doch der Mann, der ihr entgegensah, war Larry Dean, ein enger Kollege von Sean bei seiner Filmproduktionsfirma.

„Larry!" Nadine war völlig verblüfft, ihn zu sehen. „Hallo! Was tust du denn hier? Wie geht's? Wir haben uns ja seit einer Ewigkeit nicht mehr gesehen."

„Ich muss mit dir reden, Nadine", sagte Larry heiser. Er war bei der Filmgesellschaft für die Finanzen verantwortlich. Sean hatte immer behauptet, Larry sei ein Genie auf diesem Gebiet. Er war sehr groß und breit und ein wenig ungeschickt. Er hatte kein Koordinationsvermögen und ließ ständig etwas fallen oder warf etwas um. Besonders gut aussehend war er auch nicht gerade mit seinem braunen Haar und den vielen Sommersprossen im Gesicht. Doch er war gutmütig und hatte eine angenehme Persönlichkeit. Nadine hatte ihn immer gemocht, aber da er Seans engster Vertrauter war, hatte sie ihn seit der Scheidung nicht mehr gesehen.

„Komm doch rein", sagte sie und überlegte, was er wohl mit ihr besprechen wollte. „Ich werde allerdings in einer halben Stunde abgeholt. Ich fliege in die Karibik, um endlich mal Urlaub zu machen. Kann ich dir etwas anbieten? Tee oder Kaffee?" Sie spielte die höfliche Gastgeberin und lächelte, während sie die ganze Zeit verzweifelt überlegte, was Larrys plötzlicher Besuch zu bedeuten haben könnte. Es musste etwas mit Sean zu tun haben, so viel war klar. Ob er Larry zu ihr geschickt hatte?

Larry folgte ihr in die Wohnung. „Ich möchte nichts trinken, danke. Es wird nicht lange dauern, Nadine." Der Zweimetermann sah auf sie herab. Er wirkte blass und abgespannt. Sie hatte Larry noch nie so bedrückt gesehen und erschrak.

„Was ist los, Larry?" fragte sie ängstlich und sah ihn bittend an.

„Weißt du, wo er ist, Nadine? Ich muss es unbedingt wissen. Ich mache mir große Sorgen um ihn. Es sieht Sean überhaupt nicht ähnlich, ohne eine Nachricht zu verschwinden."

2. KAPITEL

„Sean?" wiederholte Nadine und wunderte sich gleichzeitig, wieso Larry ihn ausgerechnet bei ihr vermutete.

„Ja, Sean." Larry wurde ungeduldig. „Hast du ihn gesehen? War er bei dir?"

Sie schüttelte den Kopf, und Larry stöhnte.

„Ich versteh' das nicht. Wie kann er nur so dumm sein? Ich dachte, selbst er würde verstehen, dass ... Na ja, spielt jetzt keine Rolle. Wenn er nicht hier ist, wo kann er dann sein? Er würde doch keine Dummheit machen, oder?"

„Wovon redest du überhaupt? Nun sag mir endlich, was eigentlich los ist." Nadine war auf einmal in großer Sorge, und Larry sah sie nur hilflos an.

Sie rüttelte ihn am Arm. „Was ist passiert? Nun rede doch endlich, Larry!"

Ein Ausdruck von Feindseligkeit trat plötzlich in seine Augen. Und das ängstigte Nadine noch mehr, denn sie kannte Larry nur als fröhlichen, harmlosen Menschen, der keiner Fliege etwas zuleide tun konnte.

„Es ist alles deine Schuld!" Auf einmal klang er vorwurfsvoll. „Du und diese unglückselige Scheidungsabfindung! Du hast ihn ruiniert!"

Nadine war sprachlos. „Das ist unfair", sagte sie schließlich stockend. Es stimmte, dass die Abfindung wesentlich höher ausgefallen war, als ihr lieb gewesen war, aber ihre Anwälte hatten darauf bestanden, dass sie die Vereinbarung akzeptierte. Sie hatten die Geschäftsbilanz gesehen, die Larry aufgestellt hatte. Demnach war die Filmgesellschaft etwa einhundert Millionen Pfund Sterling wert. Die Anwälte hatten Nadine versichert, sie würden ihr einen erheblichen Teil davon verschaffen.

Nadine hatte ihnen mitgeteilt, dass sie das Geld nicht brauche. Im ersten Ehejahr hatte sie einen hohen Geldbetrag in die Filmgesellschaft investiert. Das Geld hatte sie sich als Fotomodell verdient. Sean hatte zu dieser Zeit dringend Kapital gebraucht, und sie hatte bei einer Kosmetikfirma den Vertrag für eine große Medienkampagne unterschrieben. Das war ihnen beiden damals wie eine glückliche Vorsehung erschienen.

Ohne Zögern hatte sie Sean damals den enormen Vorschuss geliehen, den sie von der Kosmetikfirma erhalten hatte, und Sean hatte ihr als Gegenleistung Anteile an der Filmgesellschaft überschrieben. Nadine hatte nie wieder daran gedacht, erst durch die Scheidung war sie wieder an diese Vereinbarung erinnert worden.

Obwohl sie damals ziemlich verbittert gewesen war, hatte sie Seans Geld nicht annehmen wollen. Ihre Anwälte waren allerdings anderer Meinung gewesen.

Sie hatten keinerlei Verständnis für ihre Zurückhaltung und waren entsetzt über ihre Einstellung. „Sie haben ihm doch dabei geholfen, die Filmgesellschaft aufzubauen. Sie haben ein Recht auf Ihren Anteil. Auch wenn Ihre Ehe jetzt vorüber ist." Nadine hörte noch immer ihre Worte, gegen die sie schließlich nicht mehr angekommen war. Sie hatte schweren Herzens zugestimmt, dass ihre Anwälte Sean auf Leistung einer Abfindung verklagten. Und sie hatten gewonnen. Sean hatte die Klage nicht einmal angefochten, sondern der Zahlung ohne zu zögern zugestimmt, weil Nadine ihm in den ersten Jahren ihrer Ehe wirklich sehr geholfen hatte. Das Gericht hatte angeordnet, dass er Nadine weitere Anteile überschreiben oder sie in bar auszahlen solle.

„Vielleicht erinnerst du dich, dass er deine Anteile zurückkaufen musste", sagte Larry ärgerlich und funkelte sie zornig an. „Er musste einen Kredit aufnehmen und unglaublich hohe Zinsen zahlen."

„Ich habe ihn nie darum gebeten, meine Anteile zurückzukaufen." Nadine protestierte energisch. „Er war es doch, der darauf bestanden hat."

„Hatte er denn eine Wahl? Du hättest ja ohne sein Wissen an einen anderen Interessenten verkaufen können. Er konnte nicht riskieren, dass ein Außenseiter zehn Prozent der Firmenanteile erhält. Unter Umständen hätte man ihn sogar seines Postens entheben können."

„So etwas hätte ich niemals getan."

„Darauf konnte er sich aber nicht verlassen, oder? Solange sich die Anteile in deinen Händen befanden, waren sie eine ständige Bedrohung. Er musste sie zurückkaufen, und mit der Kreditaufnahme begannen die Schwierigkeiten. Er schuldet der Bank eine Million und konnte sich dort keine weiteren Gelder leihen, als er Probleme mit der Miniserie bekam. Folglich musste er sich woanders Geld beschaffen, für das er jetzt diese Wahnsinnszinsen zahlt. Wir haben kaum noch finanzielle Mittel. Wenn die Serie ein Erfolg geworden wäre, hätten wir uns schon langsam wieder erholt und durch den Verkauf der Serie neues Geld erhalten. Aber ..." Larry stöhnte wieder. „Ich sollte dir das alles gar nicht erzählen. Sean bringt mich um, wenn er davon erfährt."

Da hat er sicher Recht, dachte Nadine. Wenn Sean in finanziellen Schwierigkeiten steckte, würde er das für sich behalten wollen. Dann fiel ihr etwas anderes ein. Diese Frage beschäftigte sie, seit Larry da war, dass sie sie nun unbedingt loswerden wollte.

„Wie bist du auf die Idee gekommen, dass Sean bei mir sein könnte?" Wieso dachte Larry, er würde mit seinen Problemen ausgerechnet zu ihr kommen? Nervös wartete sie auf Larrys Antwort.

„Weil ich ihm gesagt habe, dass er zu dir gehen soll", brummte Larry widerwillig. Nadine glaubte, sich verhört zu haben.

„Aber ... warum?"

Wütend erklärte Larry, was er meinte. „Ich habe ihm gesagt, er solle sich endlich überwinden und dich bitten, das Geld zurückzugeben. Auf dem Papier mag er ja hundert Millionen Pfund wert sein, aber selbst wenn er die ganze Filmgesellschaft verkaufen würde, könnte er nicht einmal einen Bruchteil dieser Summe aufbringen. Dich jedoch hat er ausgezahlt, mit Bargeld. Das war schiere Dummheit, für die er jetzt bitter bezahlen muss. Ich habe ihm also geraten, dich um Rückzahlung des Geldes zu bitten, auch wenn es nur geliehen wäre. Wenigstens wäre er dann erst mal aus den größten Schwierigkeiten heraus."

„Oh", sagte Nadine. „Ich verstehe. Aber er ist nicht hier gewesen, und um Geld hat er mich schon gar nicht gebeten." Sie war erschüttert.

Das hätte sie sich ja denken können. Hatte sie wirklich geglaubt, Sean würde mit seinen Problemen zu ihr kommen? Hatte sie wirklich gedacht, er würde sie brauchen? Hatte sie denn völlig vergessen, dass Sean Carmichael niemanden brauchte, niemals seine Schwächen zugab, sich niemals entschuldigte und niemals verzieh?

Larry sah sie fragend an. „Würdest du es denn tun, wenn er dich darum bitten würde?"

Nadine sah ihn kühl an und sagte: „Wenn er mich darum bitten würde, würde ich es mit ihm besprechen.“ Larry zuckte beleidigt zusammen und musterte Nadine noch feindseliger.

„Aha. Sean wusste offensichtlich, warum er nicht hergekommen ist. Ich hätte nie gedacht, dass du so nachtragend sein könntest, aber Sean hatte ja schon immer eine bessere Menschenkenntnis als ich.“

Diese Beleidigung war so untypisch für den gutmütigen Larry, dass Nadine zunächst glaubte, sich verhört zu haben.

Larry drehte sich so abrupt um, dass er sie fast umgeworfen hätte, und ging zur Tür. Nadine biss sich auf die Lippe und folgte ihm.

Sie war wütend, weil er sie beleidigt hatte, aber ihre Neugier war noch stärker.

„Wie hast du das eigentlich gemeint, als du gesagt hast, hoffentlich macht er keine Dummheit?“ fragte sie, als Larry die Tür öffnete.

Er blieb stehen, fuhr herum und musterte sie ärgerlich. Offensichtlich überlegte er, ob er sich ihr anvertrauen sollte oder nicht. Schließlich schleuderte er ihr die Worte entgegen.

„Sean muss der Bank bis zum Monatsende einen Großteil der Kreditsumme zurückzahlen. Wenn er das nicht tut, gerät er in noch größere Schwierigkeiten. Es kann sogar sein, dass die Filmgesellschaft Konkurs anmelden muss. Sean ist so niedergeschlagen, dass ich fürchte, er könnte ...“ Er verstummte unvermittelt und seufzte schwer. „Ach, ich weiß es auch nicht, hör einfach nicht auf mich. Ich weiß schon gar nicht mehr, was ich eigentlich rede.“

Nadine sah ihn forschend an. Larry wusste sehr wohl, was er sagte. Er war nicht der Typ, der auf einmal wirres Zeug redete. Und der Grund für sein merkwürdiges Benehmen waren wahrscheinlich ernsthafte Sorgen um Sean. Er musste wirklich verzweifelt sein. Nadines Herz zog sich bei dem Gedanken schmerzvoll zusammen.

Larry fügte hinzu: „Er hätte den Kredit diesen Monat zurückzahlen können, wenn er seinen Angestellten kein Gehalt gezahlt hätte. Doch er hat ihnen das Geld überwiesen. Vielleicht zum letzten Mal. Das war mal wieder typisch Sean. Manchmal würde ich ihn am liebsten durchschütteln. Wenn er nur mal seinen Verstand gebrauchen und nicht immer so emotional reagieren würde, wären wir heute nicht in dieser Klemme.“

„Ja, aber dann hättest du ihn nicht so gern", sagte Nadine trocken, und Larry lachte rau.

„Nein, wahrscheinlich nicht."

Nadine dachte nach. „Was ist mit der Miniserie? Habt ihr die abgedreht? Könnt ihr die nicht zu Geld machen?"

Larry verzog das Gesicht. „Greg Erroll ist vom Kauf zurückgetreten. Er hatte eine Option auf die Ausstrahlung der Serie, aber die negative Berichterstattung hat ihn dazu bewogen, sie nun doch nicht einzukaufen. Und Sean hatte schon fest mit dem Geld gerechnet, denn damit wollte er den Kredit zurückzahlen."

Nadine stöhnte insgeheim. Sie hatte also Recht gehabt. Greg hatte vorgehabt, die Serie zu kaufen, hatte sich aber zurückgezogen. Vermutlich nach der Unterhaltung mit Juno Harper. Diese Klatschbase, dachte Nadine betrübt.

„Wir haben beide unser Möglichstes getan, um Geld aufzutreiben, aber wir sind überall auf höfliche Ablehnung gestoßen", sagte Larry. „Es sind schon Gerüchte im Umlauf, dass die Miniserie ein Flop ist und dass Sean in finanziellen Schwierigkeiten steckt. Die Geier warten nur darauf, sich auf ihn zu stürzen."

„So ernst ist es?" fragte Nadine entsetzt.

Larry nickte mürrisch. „Sean hat die Firma aus dem Nichts aufgebaut, und nun kommt so ein Aasfresser, der nur darauf gewartet hat, die Filmgesellschaft billig zu übernehmen. Und alles nur wegen zwei Frauen. Wegen dir und Fenella Nash. Ich könnte euch beide umbringen! Sean ist nicht mehr er selbst, seit du ihn verlassen hast, und Fenella hat ihm mit ihrem Geschwätz, dass die Miniserie nichts taugt, den Rest gegeben."

Nadine blieb fast das Herz stehen. Larry mochte ja wirres Zeug reden, aber er kannte Sean schon viel länger als sie selbst. Sie wollte ihn fragen, was er damit meinte, dass Sean nicht mehr er selbst sei, konnte sich jedoch nicht dazu überwinden. Wenn Larry sich erst mal wieder beruhigt hatte, würden seine Äußerungen ihm unangenehm sein. Er musste sich wirklich große Sorgen machen, sonst wäre er niemals so indiskret gewesen. Larry war Seans bester Freund und bewunderte ihn über alle Maßen. Er sagte zwar immer, Sean habe die Firma aufgebaut, aber in Wirklichkeit hatte auch Larry einen erheblichen Beitrag dazu geleistet. Er war ein Finanzgenie und hatte Sean von Anfang an gut beraten. Und der Anfang von *Carmichael Films* war hart gewesen, Sean und Larry hatten gerade genug Geld gehabt, um ihre Miete zu zahlen und sich etwas zu essen zu kaufen. Und Nadine hatte ihr ganzes Geld, das sie als Fotomodell verdiente, in die Firma gesteckt.

Als Larry heiratete, stand die Firma schon etwas besser da, aber Larrys Frau Virginia, die als Wirtschaftsprüferin arbeitete, hatte zunächst wesentlich mehr Geld verdient als er.

Kurz nachdem Nadine sich von Sean getrennt hatte, hatte Virginia aufgehört zu arbeiten, weil sie ihr erstes Kind erwartete. Die Kleine hieß Nadia. Eigentlich hatte Nadine Taufpatin sein sollen, doch sie hatte abgelehnt, weil sie Sean nicht zumuten wollte, der Taufe fernzubleiben. Und sie hatte es damals einfach noch nicht ertragen, ihm wiederzubegegnen. Schließlich war Sean Pate gewesen. Er musste sich sehr gefreut haben, dass man ihn darum bat, denn er liebte Kinder. Er hätte gern eigene Kinder gehabt.

„Und nun ist er verschwunden", sagte Larry, und Nadine sah ihn entsetzt an.

„Verschwunden?" Ihr lief es eiskalt über den Rücken.

Larry nickte ernst. „Seit zwei Tagen habe ich ihn nicht mehr gesehen. Ich kann ihn nirgends finden, obwohl ich schon überall nach ihm gefragt habe. Es sieht Sean überhaupt nicht ähnlich, ohne eine Nachricht zu verschwinden. Das weißt du ja selbst. Tja, aber so ist es nun einmal. Mittwoch hat er um die Mittagszeit das Büro verlassen, und seitdem hat ihn niemand mehr gesehen."

Nadine war blass geworden. „Vielleicht ist er nach Amerika geflogen, um Fenella zu besuchen."

Larry schüttelte unwillig den Kopf. „Daran habe ich natürlich auch schon gedacht. Ich habe sie gleich angerufen, aber sie hat ihn weder gesehen noch etwas von ihm gehört. Eigentlich hatte ich auch nichts anderes erwartet. Zwischen ihnen ist es sowieso aus."

„Es hat ja nicht gerade lange gehalten zwischen den beiden", sagte Nadine verbittert. „Ihretwegen hat er mich vor achtzehn Monaten verlassen, und nun ist alles vorbei."

Larry sah sie verblüfft an. „Er hat dich ihretwegen verlassen?

Sean hat dich nicht wegen Fenella Nash verlassen. Du hast ihn wegen Jamie Colbert verlassen!“

Nadine war wütend und ließ Larry ihre Gefühle spüren. „Du müsstest es eigentlich wirklich besser wissen, Larry. Schließlich bist du sein bester Freund und hast immer gewusst, was er tut. Vor dir hat er doch keine Geheimnisse.“

Er stritt das zwar nicht ab, beharrte jedoch auf seiner vorherigen Aussage. „Er hat mir erzählt, dass eure Ehe wegen Jamie Colbert zerbrochen sei.“

„Dann hat er dich belogen. Es ist nicht wahr! Sean hat mich verlassen. Er drehte gerade den ersten Film mit Fenella. *Dangerous Lady*. Ich habe ihn damals monatelang nicht gesehen, weil er mit den Dreharbeiten beschäftigt war. Und wenn er nach Hause kam, war er verschlossen und interessierte sich nicht für mich. Ich habe wochenlang kaum ein Wort mit ihm gewechselt. Und dann kamen die Gerüchte über Fenella und ihn auf: zuerst in den Klatschspalten und dann ganz offen. Als ich ihn zur Rede stellte und fragte, ob er ein Verhältnis mit ihr habe, hat er es nicht abgestritten.“

Larry runzelte die Stirn. „Und du hattest davor keine Affäre mit Jamie Colbert?“

„Nein! Jamie diente Sean nur als Vorwand für sein Verhältnis mit Fenella.“

„Aber ich hätte schwören können, dass ...“ Larry verstummte unvermittelt, als es an der Tür klingelte.

„Mein Taxi.“ Nadine biss sich auf die Lippe. Sie war völlig verwirrt. „Ich fliege heute in die Karibik, um Urlaub zu machen“, erklärte sie Larry noch einmal.

Als es wieder klingelte, stöhnte sie und drückte auf den Türöffner für die Haustür. Der Taxifahrer kam herauf und lächelte verlegen. „Tut mir Leid, dass ich zu spät komme, aber der Verkehr ist heute einfach furchtbar. Sind sie abfahrbereit?“ Er warf einen Blick auf die im Flur stehenden Koffer. „Kann ich das Gepäck schon einladen?“

Sie nickte zögernd. „Ja, danke. Ich bin gleich so weit.“

„Sie wollen sich wohl noch davon überzeugen, dass Sie wirklich alles abgeschaltet haben, nicht wahr?“ Der Taxifahrer lächelte verständnisvoll und griff nach den Koffern. „Lassen Sie sich aber nicht zu viel Zeit, sonst verpassen Sie noch Ihr Flugzeug, und das wollen Sie doch nicht."

Als er die Treppe hinunterging, wandte sich Nadine wieder Larry zu. „Hast du es schon bei seiner Mutter in Amerika versucht?" fragte sie.

Larry verzog das Gesicht. „Ja, auch das habe ich versucht, obwohl ich mir nicht denken konnte, dass Sean sie aufsuchen würde. Sie stehen sich ja nicht besonders nahe. Seine Mutter hat ihn seit Jahren nicht mehr gesehen."

„Stimmt, sie lebt ihr eigenes Leben", sagte Nadine, die selbst keine Familie mehr hatte. Ihre Eltern waren beide tot, und sie hatte gehofft, sich mit ihrer Schwiegermutter ein wenig anfreunden zu können. Doch Seans Mutter lebte in Amerika und hatte keine Zeit für ihren Sohn. Seans Vater war schon vor vielen Jahren gestorben, und andere Verwandte hatte Sean nicht.

Nadine sah Larry unsicher an. „Es sieht Sean nicht ähnlich, den Kopf zu verlieren. Ich vermute, er hat jemanden aufgesucht, der ihm vielleicht das Geld leihen kann. Wahrscheinlich hat er es sehr eilig gehabt und deshalb vergessen, eine Nachricht über seinen Aufenthaltsort zu hinterlassen." Sie blickte sich um und griff nach dem Reiseprospekt, der auf dem Tisch lag. „Unter dieser Adresse kannst du mich erreichen, Larry. Bitte ruf mich an, sobald du etwas von Sean hörst." Sie sah ihn flehend an. „Du wirst doch daran denken, nicht wahr?"

Er nickte und sah so niedergeschlagen aus, dass Nadine ihn impulsiv in die Arme nahm.

„Nun sieh nicht so schwarz, Larry. Sean wird schon etwas einfallen. Bisher ist ihm immer etwas eingefallen."

Larry lächelte zögernd. „Ja, eigentlich hast du Recht."

„Na, siehst du." Nadine hörte den Taxifahrer hupen und seufzte. „Ich muss jetzt wirklich los, Larry. Tut mir Leid." Sie überzeugte sich schnell davon, dass sie alles hatte, was sie für die Reise brauchte, und ging dann mit Larry zum wartenden Taxi.

„Ich dachte schon, Sie hätten es sich anders überlegt", sagte der Taxifahrer, als sie einstieg. Er wusste gar nicht, wie nahe er der

Wahrheit gekommen war, denn Nadine wusste wirklich nicht, ob sie tatsächlich in den Urlaub fliegen sollte. Aber was konnte sie hier ausrichten? Sean würde sicher bald wieder auftauchen, und wenn sie jetzt nicht verreiste, müsste sie ganz auf ihren Urlaub verzichten. Das Geld für die Reise würde man ihr auch nicht erstatten.

„Es tut mir so Leid“, sagte sie noch einmal zu Larry, der sie traurig ansah. „Hab Vertrauen zu Sean“, flüsterte sie, und Larry gab ihr einen Kuss.

„Ja, du hast Recht. Wahrscheinlich sind meine Sorgen ganz unbegründet. Sean wird unsere Probleme schon lösen. Erhol dich gut, Nadine!“

Sie winkte ihm zu, als das Taxi sich in Bewegung setzte, und fand, dass er nicht mehr ganz so niedergeschlagen aussah wie bei seiner Ankunft. Sie hatte ihn ein wenig aufgemuntert, er dagegen hatte sie unbeabsichtigt in tiefe Verzweiflung gestürzt.

Es war so leicht gewesen, Sean zu hassen, als sie noch denken konnte, dass er Millionen verdiente und auf den Wogen des Erfolgs ritt. Nun waren ihre Gefühle jedoch umgeschwenkt. Sie hatte Angst um ihn, sorgte sich um die Filmgesellschaft, fühlte sich schuldig, weil die Scheidungsabfindung ihn an den Rand des finanziellen Ruins getrieben hatte. Wenn sie damals das ganze Ausmaß gekannt hätte, hätte sie ihren Anwälten niemals erlaubt, eine so hohe Abfindungssumme zu verlangen. Sie hätte sich geweigert ihre Anteile an Sean zu verkaufen, als er sie darum gebeten hatte. Aber er hatte ja nicht einmal angedeutet, dass er in finanziellen Schwierigkeiten steckte, und daher hatte sie einen solchen Verdacht auch nie gehegt.

Bis zum Abflug durchlebte sie ein wahres Wechselbad der Gefühle. Sie beschloss, doch nicht zu fliegen, aus Angst, Sean könnte vielleicht doch etwas passiert sein. Und sie wollte zur Stelle sein, falls er sie brauchte. Dann wieder sagte sie sich, dass Sean schon nichts passiert sei und dass Larrys Befürchtungen übertrieben wären. Sean verhandelte wahrscheinlich gerade mit neuen Geschäftspartnern, um aus seinen Schwierigkeiten herauszukommen. Und wenn er mich braucht, dann hat er ja eine merkwürdige Art, das zu zeigen, dachte sie.

Als ihr Flug aufgerufen wurde, wusste sie noch immer nicht, was sie tun sollte.

Ach, das ist ja alles albern, sagte sie sich schließlich, stand auf und beschloss, ihre Reise anzutreten.

Der Flug war lang und anstrengend, und bevor sie ihren Zielort erreichte, hatte sie mindestens hundertmal überlegt, ob ihr Entschluss, in den Urlaub zu fliegen, auch wirklich richtig gewesen war.

Als sie im Hotel ankam, empfand sie jedoch nur noch Erleichterung, dass die anstrengende Reise nun endlich hinter ihr lag. Sie füllte den Meldezettel aus und folgte dem Pagen, der ihr Gepäck aufs Zimmer brachte. Es war noch helllichter Tag. Kurz vor der Landung waren die Passagiere daran erinnert worden, ihre Uhren zurückzustellen. Doch Nadine konnte sich nicht so schnell umstellen, ihre innere Uhr sagte ihr, dass es nach Mitternacht wäre. Dabei schien die Sonne noch. Nadine war zu erschöpft, sich eingehend umzusehen, bemerkte jedoch erstaunt, dass das einstöckige Hotel wesentlich größer war als erwartet.

Ihr Zimmer war einfach, aber elegant ausgestattet, so viel bekam sie immerhin mit, als sie dem Pagen ein Trinkgeld gab. Er verabschiedete sich lächelnd, und Nadine ließ ihre Koffer Koffer sein und packte nur ihre kleine Reisetasche aus, in der sich ihre Nachtsachen befanden. Innerhalb von zehn Minuten hatte sie die Jalousien heruntergelassen und sich ins Bett gelegt. Sie schlief sofort ein.

Sie wachte mit bohrenden Kopfschmerzen wieder auf und suchte nach dem Schalter der Nachttischlampe. Vorsichtig setzte sie sich auf und verzog das Gesicht vor Schmerz. Sie fühlte sich scheußlich. Ob das an der Zeitverschiebung lag? Mühsam tastete sie nach ihrer Armbanduhr. Vier Uhr? Nadine war so verwirrt, dass es eine Weile dauerte, bevor ihr klar wurde, dass es vier Uhr morgens war. Sie hatte acht Stunden lang geschlafen.

Vier Uhr! Sie stöhnte. Außer ihr schliefen sicher noch alle. Vielleicht fand sie auch noch ein wenig Schlaf. Zuerst musste sie aber ins Badezimmer. Erst als sie aufstand, merkte sie, wie heiß ihr war. Ihr Körper hatte sich noch nicht auf die wärmeren Temperaturen hier eingestellt.

Das Badezimmer war in den Farben Blau und Weiß gehalten: blauer Marmorfußboden – das Hellblau der Karibik –, vor der Badewanne das Mosaik eines großen weißen Delfins, der seine Schwanzflosse aufs blaue Meer peitschen ließ. Nadine überlegte, ob sie nicht schnell duschen sollte, beschloss dann jedoch, zuerst eine Aspirintablette einzunehmen und noch ein wenig zu schlafen.

Sie lag eine Stunde lang wach und dachte über Sean nach, dann knipste sie das Licht an und sah sich gähnend im Zimmer um. Die Kopfschmerzen waren fast verschwunden, nur den Zeitunterschied spürte sie noch immer.

Ihr gefiel die Einrichtung des Hotelzimmers. Bei Tageslicht wirkte sie sicher noch hübscher. Der Marmorboden war weiß, die modernen weißen Möbel waren mit Gold abgesetzt, im eingebauten Lamellenwandschrank fand ihre Kleidung genug Platz. Weiße Steingutlampen beleuchteten das Zimmer, das von einem großen Bett beherrscht wurde. Auf einer Kommode stand eine Vase mit bunten exotischen Blumen.

Inzwischen war es halb sechs geworden. Nadine stand auf und packte ihre Koffer aus. Nachdem sie alle Sachen im Schrank verstaut hatte, nahm sie eine erfrischende Dusche, zog sich einen weißen Bademantel über und zog die Jalousien der dem Einbauschrank gegenüberliegenden Fensterfront hoch.

Nadine öffnete die Balkontür und ging barfuß hinaus. Sie genoss den schönsten Sonnenaufgang, den sie je gesehen hatte.

Einfach atemberaubend! Der blaue Himmel war flammendrot und gold gestreift, die Luft war kühl, die Vögel zwitscherten im Hotelgarten und flogen aufgeregt hin und her, landeten auf den Bougainvilleabüschen und pickten Insekten aus den bunten Blüten. Ein gepflegter Rasen erstreckte sich bis zum silberweißen Strand. Auf dem Grün war bereits eine Sprinkleranlage in Betrieb. Hinter den Bäumen konnte Nadine Tennisplätze ausmachen und einen großen Swimmingpool, in dem schon jemand seine Runden drehte.

Schwimmen! Das wäre jetzt genau das Richtige! Danach würde sie sich bestimmt viel besser fühlen und könnte frühstücken gehen.

Fünf Minuten später war Nadine unterwegs zum Pool. Als sie dort ankam, war er verlassen. Sie ließ ihren Bademantel auf einen

Liegestuhl fallen und ging über den Marmorboden zum Beckenrand. Mit einem eleganten Kopfsprung landete sie im Wasser, das zu dieser Tageszeit noch recht kühl war. Nach einigen zügig geschwommenen Bahnen kletterte Nadine heraus und zog sich wieder den Bademantel über. Der Tag fing gut an, sie fühlte sich schon viel besser. Erst jetzt merkte sie, dass sie ausgesprochen hungrig war. Schnell ging sie zu ihrem Zimmer zurück, duschte noch einmal und zog ein einfaches gelbes Sommerkleid an, schlüpfte in weiße Sandalen und machte sich auf die Suche nach dem Speisesaal. Morgen frühstücke ich auf meinem Balkon, dachte sie. Dann kann ich in aller Ruhe den Sonnenaufgang genießen.

Außer ihr saß noch ein anderer Gast im Speisesaal. Er saß mit dem Rücken zu ihr hinter einer Topfpalme. Nadine überlegte gerade, wo sie sich hinsetzen sollte, als ein strahlender Ober auf sie zukam.

„Guten Morgen, Madam, ich bin Jacob, Ihr Frühstückskellner. Frühstücken Sie allein? Möchten Sie vielleicht hier am Fenster Platz nehmen? Bitte setzen Sie sich, hier ist die Speisekarte. Kaffee? Saft? Möchten Sie warm oder kalt essen?"

Er ließ ihr die umfangreiche Speisekarte da und holte ein Kännchen Kaffee. Nadine las die Liste der warmen Speisen durch, entschied sich dann aber doch für Brötchen und frisches Obst. Der Ober musste ihr die Namen einiger Früchte erklären, die sie noch nicht kannte. „Das ist eine Sapotillapflaume", sagte er und deutete auf eine Frucht, die wie eine graue Avocado aussah, jedoch rosa Fruchtfleisch hatte. „Und das ist eine Akifrucht." Er brach eine scharlachrote Frucht auf und zeigte Nadine die großen schwarzen Kerne im hellgelben Fruchtfleisch.

„Sieht aus wie Rührei", bemerkte Nadine, und der Ober nickte zustimmend.

„Schmeckt aber anders." Er schnitt eine runde Frucht auf. „Das hier ist ein Sternapfel."

„Oh ja, den habe ich schon mal in England gegessen, im Obstsalat. Ich habe nur nicht gewusst, wie die Frucht heißt. Sternapfel – was für ein hübscher Name."

„Ja, sehr hübsch, Madam." Der Ober lächelte und entschuldigte sich dann, um sich um neue Gäste zu kümmern – ein Ehepaar mit zwei Teenagern, die alle einen amerikanischen Akzent hatten.

Nach dem Frühstück fühlte sich Nadine wie neugeboren. Sie sah auf die Uhr und überlegte, wie spät es in London wäre. Sie wollte Larry anrufen, um herauszufinden, ob er etwas von Sean gehört hätte. Es war Mittagszeit in England, sie sollte also besser noch zwei Stunden mit ihrem Anruf warten.

An der Rezeption erkundigte sie sich nach dem Aquarellkurs. „Mr. Haines lässt seinen Gästen aus England immer einen Tag Zeit, um sich zu akklimatisieren, Madam. Ihre erste Unterrichtsstunde findet morgen früh um neun Uhr statt. Aber Mr. Haines lädt Sie und die anderen Kursteilnehmer herzlich zu einer Cocktailparty heute Abend vor dem Essen ein."

„Ist Abendkleidung erwünscht?"

„Das liegt ganz bei Ihnen, Madam. Wir möchten, dass unsere Gäste sich im Urlaub wohl fühlen. Kleidervorschriften haben wir hier nicht." Er reichte ihr einen Prospekt. „Hier ist alles genau beschrieben."

Nadine nahm die Broschüre mit in ihr Zimmer und las sie auf dem Balkon durch. Dabei ließ sie den Blick immer wieder über das wunderbare Panorama gleiten, den strahlendblauen Himmel, den glitzernden Swimmingpool, die bunt gefiederten Vögel, die zwischen grünen Palmen und Bougainvilleabüschen hin und herflogen. Schließlich war genug Zeit vergangen, dass sie in London anrufen konnte.

Man verband sie sofort mit Larry, dessen Stimme sehr müde klang. „Nein, wir haben nichts von ihm gehört", sagte er. „Aber ich habe mit einem Schauspieler in Los Angeles telefoniert. Der erzählte mir, dass er Sean gestern dort getroffen habe. Ich konnte mir natürlich nicht anmerken lassen, dass ich Sean dringend sprechen muss, deshalb habe ich meine Sekretärin gebeten, alle guten Hotels in Los Angeles anzurufen, um herauszufinden, wo er abgestiegen ist. Warte nur, bis ich ihn erwische, ich werde ihm schon erzählen, was ich von ihm halte."

„Ja, erzähl ihm auch gleich, was ich von ihm halte", sagte Nadine, die zwar erleichtert über Seans Auftauchen war, jedoch gleichzeitig

Wut empfand. Das war mal wieder typisch Sean: einfach zu verschwinden, ohne darüber nachzudenken, dass andere Menschen sich vielleicht Sorgen um ihn machen könnten. Er hätte sich doch denken können, wie besorgt Larry sein würde.

Nach dem Telefongespräch zog sie sich einen grünen einteiligen Badeanzug an, warf sich ein buntes Strandkleid um, griff nach Badelaken und Buch, legte die Sachen in eine große Strohtasche zu ihrem Walkman und ging zum Strand hinunter.

Inzwischen hatten sich einige Gäste auf den Liegestühlen ausgestreckt und lagen im Schatten goldweiß gestreifter Sonnenschirme. Aber für Nadine war noch genug Platz. Sie hatte sich sorgfältig mit Sonnenöl eingerieben, schaltete ihren Walkman ein, um die neueste CD ihrer Lieblingsband zu hören, und machte es sich auf dem Liegestuhl gemütlich. Schließlich stellte sie die Musik ab und lauschte stattdessen den sich am Strand brechenden Wogen und dem Rascheln der Palmblätter im Wind. Mit einemmal wurde sie wieder müde.

Am Abend ging sie zu der Cocktailparty, die Luc Haines für seine Schüler gab. Es hatten sich etwa ein Dutzend Leute eingefunden, hauptsächlich Frauen.

Einer der fünf anwesenden Männer kam auf Nadine zu, um sie zu begrüßen. „Hallo, ich bin Luc Haines."

„Nadine Carmichael", sagte sie und schüttelte seine Hand.

„Nadine", wiederholte er. „Ein wunderschöner Name für eine wunderschöne Frau. Ich würde Sie gern malen. Aber darüber sprechen wir später."

Nadine lachte ein wenig unsicher – hatte er sie erkannt? Er ließ sich nichts anmerken. Er war klein und untersetzt und hatte den Teint eines Südländers. Jedenfalls wirkte er bedeutend jünger, als sie ihn sich vorgestellt hatte, und das sagte sie ihm auch.

„Aber im Prospekt ist doch ein großes Foto von mir", sagte er.

Nach kurzem Zögern erklärte sie ihm, was sie meinte. „Ich hatte gedacht, es wäre ein altes Foto. Sie sind so berühmt, dass ich mir überlegt habe, Sie müssten schon seit vielen Jahren im Geschäft sein und wären wesentlich älter, als Sie auf dem Foto aussehen." Sie errötete vor Verlegenheit, als er laut lachte.

„Sie können ja ganz schön sarkastisch sein. Sagen Sie, haben Sie irgendeine Ausbildung als Kunstmalerin?“

„Nein, ich interessiere mich nur für Kunst. Von Zeit zu Zeit zeichne ich oder male Aquarellbilder. Es macht mir Spaß, aber ich bin leider nicht besonders gut. Es ist nur ein Hobby.“

„Dass es Ihnen Spaß macht, ist doch am wichtigsten. Und die Entscheidung, ob Sie begabt sind oder nicht, können Sie ruhig mir überlassen. Was machen Sie beruflich, Nadine?“ Er hatte bereits angekündigt, dass sie sich alle beim Vornamen nennen würden, und es fiel ihr ganz leicht, Luc zu ihm zu sagen, weil er so aufgeschlossen war.

„Tja ...“ Sie zögerte und war weder überrascht noch beleidigt, dass er ihren Namen offensichtlich noch nie gehört hatte. Im Gegenteil, es erleichterte sie sogar. Ihre Werbespots wurden nur in Großbritannien und den USA ausgestrahlt. Es war schön, einmal unerkannt zu bleiben, dann begegneten einem die Menschen wenigstens ohne Vorurteile.

Berühmte Fotomodelle schienen einen gewissen Ruf zu haben: Sie flogen um die Welt, besuchten Nachtclubs und trieben sich mit Popstars herum. Diese Vorstellung war jedenfalls weit verbreitet. Am liebsten hätte Nadine Luc ihren Beruf verheimlicht. Aber was sollte sie tun, wenn einer der anderen Gäste sie erkannte?

Luc sah sie erwartungsvoll an. „Möchten Sie es mir nicht sagen? Ist Ihr Beruf so aufregend oder so langweilig? Ach, wir tun so, als hätte ich die Frage nie gestellt. Kommen Sie, ich möchte Sie den anderen Kursteilnehmern vorstellen.“

Zuerst befürchtete Nadine, dass man sie doch erkennen könnte, dass einer der anderen fragen würde: „Sind Sie nicht Nadine Carmichael, das Fotomodell in dem Werbespot?“

Doch sie hatte Glück. Sie wurde auch nicht nach ihrem Beruf gefragt, denn Luc hatte vieldeutig gesagt: „Nadine möchte ihren Alltag vergessen, während sie hier Urlaub macht. Wir werden ihr also keine persönlichen Fragen stellen.“ Die anderen hatten sie überrascht angesehen und gelacht.

„Mir geht es genauso“, hatten die anderen gut gelaunt zugestimmt.

„Wir wollen alle unseren Alltag vergessen“, sagte eine junge Frau. „Am liebsten würden wir doch das ganze Jahr auf dieser Insel leben.“ Sie verstanden sich alle so gut, dass sie am Abend, nach einem hervorragenden Essen, bereits eine Gruppe geworden waren.

Nadine ging früh ins Bett, ein wenig litt sie noch immer unter der Zeitverschiebung. Außerdem wollte sie am Morgen ausgeruht sein. Sie schlief sofort ein.

Am frühen Morgen hatte sie einen unglaublich plastischen Traum. Sie und Sean waren nicht geschieden, sondern lagen zusammen im Bett und liebten sich. Sean küsste ihren Hals und erregte sie so sehr, dass sie erschauerte, als sie seinen nackten Körper auf sich spürte.

Nadine stöhnte und warf sich ruhelos im Bett hin und her. Als sie langsam aufwachte, wurde ihr plötzlich bewusst, dass sie keineswegs geträumt hatte. Jemand lag in ihrem Bett! Sie spürte einen nackten Körper neben sich, den Körper eines Mannes, der sie auf den Hals küsste und sinnlich ihre Brüste und Schenkel streichelte.

3. KAPITEL

Nadine begann zu schreien, setzte sich erschrocken auf und versuchte, aus dem Bett zu steigen. Doch der Mann neben ihr reagierte schneller. Er packte sie fest und hielt ihr den Mund zu, damit sie nicht mehr schreien konnte. In panischer Angst trat sie um sich und versuchte, sich zu befreien. Doch der Mann vereitelte das, er legte sich einfach auf sie und hielt sie so in Schach.

Nadine bekam keine Luft mehr, keuchte und versuchte verzweifelt zu entkommen. Ihr kastanienbraunes Haar fiel ihr in die Augen, so dass sie den Mann nicht einmal erkennen konnte.

Ihre Sinne meldeten ihr die verschiedensten Empfindungen: das Gewicht des auf ihr liegenden, muskulösen Körpers, das seidige Gefühl seiner Haut, den salzigen Geschmack der Hand, die ihr den Mund zuhielt. Jetzt konnte sie die breiten sonnengebräunten Schultern ausmachen, den muskulösen Hals, das schwarze Haar – und den Mund.

Verblüfft hielt sie inne und betrachtete den Mund, den Schwung der vollen, sinnlichen Lippen.

„Versprich, nicht wieder zu schreien", sagte er leise.

Nadine biss zu.

Er fluchte. Die Hand verschwand. „Das hat wehgetan, du kleine Wildkatze!"

„Wie schön", antwortete Nadine und schüttelte sich das Haar aus dem Gesicht, damit sie ihn ansehen konnte. Sie wünschte, in ihrem Blick würde Abneigung stehen, doch dazu war das Gefühl der Erleichterung darüber, dass es ihm offensichtlich gut ging, zu groß. Wie kannst du nur so dumm sein? fragte sie sich wütend. Laut sagte sie zu Sean: „Geschieht dir recht. Warum hast du mir auch den Mund zugehalten?"

„Das musste ich, sonst hättest du das ganze Hotel aufgeweckt." Es war typisch für ihn, keine Reue zu zeigen. Er sah Nadine sogar vorwurfsvoll an.

„Ich kann dir eins versprechen", sagte sie mit zusammengebissenen Zähnen, „wenn du nicht sofort aus meinem Bett verschwindest, werde ich so laut schreien, dass man es nicht nur im Hotel, sondern auf der ganzen Insel hört."

„Du Wildkatze", sagte er, gehorchte jedoch. Aufreizend langsam rollte sich der nackte Mann auf die Seite.

Wie eine Schlange, dachte Nadine ärgerlich. Er ließ sich absichtlich viel Zeit, um so lange wie möglich Körperkontakt mit ihr zu haben. Nadine hätte ihn am liebsten geschlagen, er wusste nämlich genau, was für Gefühle er damit bei ihr auslöste. Und sie wusste, wie erregt er war.

Sowie sie sich wieder frei bewegen konnte, stieg sie aus dem Bett, griff nach ihrem Seidenmorgenmantel, den sie sich schnell überzog, und spürte die ganze Zeit, wie Sean sie vom Bett aus beobachtete. Mit zitternden Händen verknotete sie ihren Gürtel und drehte sich dann zu Sean um.

„So, und nun möchte ich gern wissen, was du in meinem Hotelzimmer zu suchen hast."

„Das Hotel hatte kein Zimmer mehr frei", sagte er langsam und streckte sich genüsslich unter der Bettdecke aus. Nadine konnte dem Impuls nicht widerstehen, ihn anzusehen. Sein Körper zog ihre Blicke magnetisch an.

„Dann geh in ein anderes Hotel."

„Es gibt keins." Er lächelte. „Dies hier ist eine sehr kleine Insel. Und da ich dein Mann bin, haben sie mir den Schlüssel zu deiner Suite gegeben."

„Dazu hatten sie kein Recht!" Nadine war ausgesprochen wütend. „Sie hätten mich zuerst fragen müssen!"

„Es war nach Mitternacht, in deinem Zimmer brannte kein Licht, und wir dachten, dass du vielleicht noch unter der Zeitverschiebung leidest. Wir wollten dich nicht wecken."

Ihre haselnussfarbenen Augen blitzten zornig. „Du meinst, du wolltest mich nicht wecken. Wenn das Hotelpersonal mich geweckt hätte, hätte ich gesagt, dass ich nicht mehr mit dir verheiratet bin."

Er beachtete ihren Einwand nicht. „Ich habe ihnen meinen Pass vorgelegt, um meine Identität zu beweisen, aber erst als ich ihnen unser Hochzeitsfoto gezeigt habe, das ich zufällig in meiner Brieftasche hatte, waren sie überzeugt."

„Welch ein Zufall, dass du das Foto bei dir hattest", bemerkte Nadine ironisch.

„Sei doch nicht so kratzbürstig. Du hast wahrscheinlich zu wenig Schlaf bekommen. Wenn ich dich letzte Nacht geweckt hätte, wärst du vermutlich noch unausstehlicher. Ich habe dem Empfangschef gleich gesagt, dass du so bist, wenn man dich aus dem Schlaf reißt."

Diese Bemerkung machte Nadine nur noch wütender. „Sehr schlau, wirklich! Aber damit kommst du nicht durch. Ich denke gar nicht daran, das Zimmer mit dir zu teilen!"

Sean gähnte und streckte sich wieder. Der Anblick des durchtrainierten Körpers, dessen Umrisse sich unter der Bettdecke abzeichneten, war zu viel für Nadine. Sie musste schnell wegschauen.

Sie versuchte, ihre Reaktion zu überspielen. „Dein Verhalten ist einfach unglaublich", sagte sie. „Es ist mir ganz egal, ob du noch ein anderes Zimmer findest oder nicht. Jedenfalls verschwindest du jetzt aus meiner Suite. Du kannst ja am Strand unter einer Palme schlafen oder das nächste Flugzeug nach London nehmen. Eins steht fest: In meinem Zimmer bleibst du nicht."

Sean setzte sich auf, und Nadine wurde es heiß beim Anblick der breiten sonnengebräunten Schultern und des schwarzen Brusthaars.

„Und zieh dich gefälligst an", sagte sie unfreundlich.

„Schon gut." Er gehorchte und warf die Bettdecke zurück. Nadine war überwältigt. Es war das erste Mal seit Jahren, dass sie ihn nackt sah. Und noch immer empfand sie das gleiche leidenschaftliche Verlangen wie damals.

Sean lachte verhalten, als sie sich rasch abwandte. Nadine wurde noch wütender. Dann erschrak sie, denn Sean ging um das Bett herum auf sie zu.

„Was hast du vor?" fragte sie erschrocken und sah ihn mit weit aufgerissenen Augen an.

„Ich ziehe mich an", erwiderte er mit Unschuldsmiene. „Das wolltest du doch, oder?" Er deutete auf seine auf einem Sessel liegende Kleidung und einen großen Koffer, der daneben stand.

„Oh." Verlegen sah sie fort, als sie merkte, dass Sean sich über sie amüsierte. „Ja, zieh dich an", sagte sie ärgerlich und ging zum Fenster, um die Jalousien hochzuziehen. Licht strömte ins Zimmer. Die Sonne schien, und der Himmel war strahlendblau. Hinter sich hörte sie ein Klicken. Sean hatte den Koffer geöffnet, in dem er jetzt offensichtlich etwas suchte. Wahrscheinlich saubere Sachen. Nadine hörte ein Rascheln, anscheinend hatte er sich etwas übergezogen.

„Kann ich deine Dusche benutzen?" fragte er. Nadine fuhr empört herum.

„Nein, kannst du nicht!" Er hatte sich doch nichts übergezogen, sondern war noch immer nackt. „Ich habe selbst noch nicht geduscht. Außerdem will ich, dass du sofort verschwindest."

„Sei doch nicht so egoistisch. Es ist nur für einen Tag. Morgen reise ich wieder ab."

„Du kannst heute abreisen."

„Nein, das geht nicht", sagte er triumphierend. „Sonntags fahren keine Boote, erst morgen wieder. Deshalb bin ich gestern Abend auch erst so spät eingetroffen. Es gab gestern nur einen einzigen Flug, den habe ich genommen. Dann dauerte es eine Ewigkeit, bis ich ein Boot gefunden hatte, das mich hier herüberbrachte. Die Fähre hatte ich nämlich verpasst. Die nächste wäre erst wieder am Montag gefahren.“

„Tja, dann wird dich das Hotel eben woanders unterbringen müssen. Nachdem ich geduscht und mich angezogen habe, werde ich ihnen erklären, dass du nicht mehr mein Mann bist und ich das Zimmer nicht mit dir teilen werde.“

„Das hast du ja schon“, gab er zu bedenken. „Die ganze Nacht.“

Nadines Herz setzte einen Schlag aus. Plötzlich erinnerte sie sich an ihren Traum, in dem Sean sie geliebt hatte. Sie sah ihn forschend an und versuchte, in seinem Gesicht zu lesen. Was war in der Nacht passiert? Er war mit ihr im Bett gewesen, hatte nackt neben ihr gelegen, sie gestreichelt. Wie lange? Und was war davor gewesen? Sie erinnerte sich an weitere Bruchteile ihres Traums. Sean hatte sie geküsst, Seans zärtlicher Mund an ihren Brustspitzen. Sean ... es war nicht auszudenken! Habe ich geträumt, oder ist das alles wirklich passiert? fragte sie sich wütend und verzweifelt zugleich.

Er lächelte listig. „Ganz wie in alten Zeiten“, sagte er langsam.

Das genügte. Sie stürzte sich wütend auf ihn und versuchte, ihn mit den Fäusten zu bearbeiten. Doch er war schneller und hielt sie einfach fest.

„Du ... du ...“ Nadine war außer sich vor Wut, als auch ihre Versuche misslangen, ihm gegen das Schienbein zu treten.

„Was für ein Temperament!“ Sein amüsiertes, zufriedenes Lächeln brachte sie noch mehr auf.

„Wie konntest du es wagen ... wie konntest du nur ...?“ stieß sie hervor.

„Was denn?“ fragte er gespielt unschuldig. „Das Bett mit dir zu teilen? Was hätte ich denn sonst tun sollen? Der Marmorboden war mir zu kalt, und die Sessel waren zu unbequem. Vielleicht hätte ich in der Badewanne schlafen sollen, aber auf die Idee bin ich gar nicht gekommen.“

„Typisch!“

Er fuhr ungerührt fort: „Dein Bett war groß genug, ich hatte genug Platz, und nach der anstrengenden Reise bin ich auch sofort eingeschlafen.“

Nadine war angespannt und sah ihn weiterhin forschend an.

Sean erwiderte ihren Blick und lächelte ein wenig spöttisch. Dieses Lächeln kannte sie nur zu gut. Sean machte das Spiel großen Spaß. Nadine brauchte Gewissheit. Was war in der vergangenen Nacht wirklich vorgefallen?

„Und dann hast du mich geweckt", sagte er leise. „Auf diese ganz besondere Weise."

„Was für eine besondere Weise?" Sie hätte die Frage am liebsten zurückgezogen. Verlegen sah Nadine zu Boden.

„Erinnerst du dich nicht mehr?" Es machte ihm offensichtlich viel Spaß, sie auf die Folter zu spannen. Seine dunkelblauen Augen blitzten vergnügt. „Nun erzähl mir nicht, dass du es vergessen hast, Nadine."

Plötzlich beschloss sie, dass sie es gar nicht mehr so genau wissen wollte. Sein Blick sprach sowieso Bände.

„Ach, was soll's! Zieh dich an und verschwinde endlich", schrie sie.

Sean hielt ihr schnell den Mund zu. „Psst", sagte er leise. „Du willst doch nicht, dass die anderen Gäste sich beim Manager über dich beschweren, oder?"

„Lass mich los", sagte sie undeutlich. Sie konnte ihn nicht einmal beißen, weil er ihren Kiefer zusammenpresste.

„Was?"

„Lass mich los", wiederholte sie, diesmal verständlicher. Sean gehorchte so plötzlich, dass sie keine Gelegenheit hatte, ihn in die Hand zu beißen.

Stattdessen fuhr sie ihn an. „Zieh dir endlich etwas an!" Verzweifelt sah sie sich um, bis sie an der Badezimmertür einen weißen Bademantel entdeckte. „Zieh dir den Bademantel über!"

Sean blickte sie von der Seite an, gehorchte aber schließlich. Aufreizend langsam ging er zur Tür, nahm den Bademantel vom Haken und zog ihn über. Dann verknotete er den Gürtel locker und drehte sich so schnell um, dass Nadine den Blick nicht mehr rechtzeitig abwenden konnte.

Er sah sie spöttisch an. „Erinnerst du dich daran, was dir entgeht, mein Liebling?"

Nadine war noch nie in ihrem Leben so wütend gewesen. Abgesehen von dem furchtbaren Streit vor der Scheidung. Sie hatte das Gefühl, jeden Moment die Beherrschung zu verlieren.

„Ich werde mich beim Manager beschweren", sagte sie rau und griff nach dem Telefon.

„Das kannst du natürlich tun", meinte Sean und lächelte. „Ich an deiner Stelle würde das lieber lassen."

„Hör auf, mir zu drohen."

„Das ist keine Drohung", erwiderte er und sah sie beleidigt an. „Ich wollte dir nur zu bedenken geben, dass du dir das alles noch gar nicht reiflich überlegt hast."

Sie wartete, denn sie wusste, dass er gleich eine Bombe hochgehen lassen würde. Diesen Ausdruck in Seans Gesicht kannte sie nur zu gut. Er bedeutete nichts Gutes, nichts Gutes für Nadine.

„Weißt du", fuhr er leise fort, „wenn du dem Manager erzählst, dass wir geschieden sind, und dich beschwerst, dass ich die vergangene Nacht in deinem Bett verbracht habe, dann wird diese pikante Neuigkeit vermutlich bald in den Klatschspalten erscheinen."

Nadine wusste, dass er Recht hatte, und biss sich auf die Lippe. „Sie würde es nicht wagen, die Presse zu informieren."

„Sie?" Er schien überrascht zu sein. „Das Hotel wird von einer Frau geführt? Ich bin noch nie in einem Hotel gewesen, das von einer Frau gemanagt wurde."

„Ich glaube, es gehört ihr und ihrem Mann. Er ist Luc Haines, der Kunstmaler. Ich habe dir mal ein Bild von ihm geschenkt. Das Aquarell mit der Fischmarktszene. Erinnerst du dich?"

„Ach das. Ja, das habe ich noch", sagte Sean. „Er wohnt also auf dieser Insel und besitzt das Hotel? Was für ein Zufall!"

„Es ist alles andere als ein Zufall. Seinetwegen bin ich in diesem Hotel. Er veranstaltet Malkurse. Man verbringt die eine Tageshälfte an der Staffelei, die andere am Strand. Ich habe schon immer gern Aquarelle gemalt. Deshalb habe ich mich für diesen Kurs entschieden, denn ich kann dabei gleichzeitig Urlaub machen. Hat Larry dir das nicht erzählt?"

„Er hat nur gesagt, dass du dir Sorgen gemacht und müde und erschöpft ausgesehen hast und offensichtlich urlaubsreif bist", gestand Sean. Sie sahen einander schweigend an. Nadine betrachtete sein

Gesicht, bemerkte die tiefen Linien, die ihr schon einmal aufgefallen waren, und die ungesunde Gesichtsfarbe unter der Sonnenbräune. Auch Sean war urlaubsreif, daran bestand überhaupt kein Zweifel. Er sah aus, als könnte er eine Woche Schlaf gebrauchen.

Nadine fragte sich, was er wohl in ihrem Gesicht las. Ob sie auch so erschöpft aussah wie er? Es wäre kein Wunder. Seit dem Tag der Scheidung hatte sie ständig unter Stress gestanden, emotional, mental und auch körperlich. Es schien ihr, als habe sie einen Marathonlauf hinter sich und wollte sich nur noch hinlegen und sich ausruhen.

Ruhig sagte Sean: „Als ich gestern Nacht hier ankam, war ein Mann am Empfang, der mich nicht erkannt hat. Er hatte auch keine Ahnung, wer du bist. Mit Diskretion hatte das nichts zu tun, er wusste wirklich nicht, wer wir sind. Du weißt ja selbst, wie das ist, wenn einen die Leute erkennen. Man kann es in ihren Augen lesen."

„Ja, du hast Recht." Auch wenn sie es zu verbergen suchten, wusste man immer, dass die Leute einen erkannt hatten. Man brauchte ihnen nur in die Augen zu sehen.

Sean zuckte die Schultern. „Wenn du nun aber einen Aufstand machst, dich beschwerst, ihnen erzählst, dass wir zwar geschieden sind, aber trotzdem die Nacht zusammen verbracht haben, dann ..."

Nadine funkelte ihn an. „Hör auf, es so darzustellen. Du magst ja die Nacht in meiner Suite verbracht haben, aber nicht mit mir."

„Na gut, in deinem Bett, wenn dir das lieber ist." Er lächelte amüsiert.

Nadine biss die Zähne zusammen. „Das werde ich ihnen kaum erzählen!"

„Und was willst du dann sagen? Wo soll ich denn sonst geschlafen haben?"

Er lächelte noch unverschämter, als sie wütend schwieg. „Es spielt auch gar keine Rolle, was du sagen wirst. Wenn du einen Aufstand machst, werden sie unausweichlich neugierig werden. Es ist eine interessante Geschichte, sie werden sich darüber unterhalten, und irgendwie wird die Neuigkeit dann auch an die Presse dringen. Bestimmt hat einer der Hotelangestellten einen heißen Draht zur Lokalzeitung."

Nadine verzog das Gesicht und strich sich das kastaninenfarbene

Haar aus dem geröteten Gesicht. „Ich glaube kaum, dass sie die Presse informieren werden. Schließlich ist der Vorfall eher nachteilig für das Hotel. Du musst bedenken, dass sie dir – ohne mich vorher zu fragen – erlaubt haben, mitten in der Nacht in mein Zimmer zu kommen."

„Vielleicht werden die Hotelbesitzer die Story nicht verkaufen, aber das Personal wird sich darüber unterhalten und die Angelegenheit bestimmt auch mit Freunden diskutieren. Früher oder später wird dann auch die Presse aufhorchen. Man wird recherchieren, unsere Namen werden den Reportern bekannt vorkommen, und so wird die Sache ihren Lauf nehmen."

„Ja, mit deinem Namen werden sie sofort etwas anfangen können", sagte Nadine und verzog unwillig das Gesicht.

„Ich habe in der letzten Zeit recht oft in der Zeitung gestanden", gab Sean zu. „Der Lokalreporter wird die Story an die amerikanische Presse verkaufen, und dann werden sie sich wie die Geier auf uns stürzen. Komm schon, Nadine, überleg dir die Sache noch einmal in Ruhe. Wenn du die Geschichte in der Klatschspalte lesen würdest, würdest du dich nicht ausschütten vor Lachen? Geschiedene Ehefrau wacht im Hotelzimmer in den Armen ihres Exmannes auf." Sean lachte.

Nadine fand das gar nicht witzig und musterte ihn kühl. „Das ist überhaupt nicht komisch!"

„Na ja, dein Sinn für Humor war ja noch nie besonders ausgeprägt", sagte Sean leise. „Aber du musst mir eins glauben, mein Liebling: Wenn du diese Büchse der Pandora öffnest, wird es dir später sehr Leid tun."

Es machte sie noch wütender, dass er Recht hatte. Aufgebracht schrie sie: „Zieh dich an und verschwinde! Wenn kein Zimmer mehr frei ist, dann musst du dir eben ein Boot mieten und dir irgendwo anders ein Hotel suchen. Dir wird schon etwas einfallen!"

„Hör auf zu schreien!" fuhr Sean sie an, seine blauen Augen funkelten wütend. „Ich habe nur ein paar Stunden geschlafen und bin nicht in der Stimmung, mich weiter mit dir zu streiten." Er ging aufs Badezimmer zu. „Ich werde jetzt duschen."

„Ich will auch duschen!" Sie protestierte, doch er war bereits im

Badezimmer verschwunden und machte gerade die Tür hinter sich zu. „Du wirst dich eben etwas gedulden müssen“, hörte Nadine ihn sagen.

„Du egoistischer ...“ Ach, er konnte sie ja doch nicht mehr hören, denn die Dusche lief bereits. Aber später würde sie ihm erzählen, was sie von ihm hielt.

Sie ging auf den Balkon hinaus und lehnte sich über die Brüstung. Nachdenklich blickte sie auf das blaue Meer im Hintergrund und überlegte, warum Sean ihr nachgereist war. Man musste kein Genie sein, um das zu erraten. Sobald Larry ihn aufgespürt und ihm erzählt hatte, dass sie in der Karibik Urlaub machte, hatten sie hin und her überlegt, wie sie sie am besten überrumpeln könnten. Sie waren offensichtlich zu dem Schluss gekommen, dass man sie am besten von ihren Plänen überzeugen könnte, wenn sie allein wäre. Also hatte Sean sich auf den Weg gemacht.

Zweifellos glaubt er, es besonders geschickt angefangen zu haben, dachte Nadine ärgerlich. Der unverschämte Kerl hatte sich einfach in ihr Bett geschlichen, und sie wusste immer noch nicht genau, was eigentlich passiert war.

Dass etwas passiert war, stand außer Frage. Sie hatte einen sehr plastischen Traum gehabt, und als sie aufwachte, hatte sie gemerkt, dass der Traum Wirklichkeit gewesen war. Was war sonst noch geschehen?

Nadine fröstelte und machte verzweifelt einen Moment lang die Augen zu. Nein, sie wollte es lieber gar nicht genau wissen.

Dann dachte sie über etwas weniger Aufregendes nach. Geld. Der Grund für Seans Aufenthalt auf der Insel. Larry wollte erreichen, dass sie ihre Abfindung zurückgab oder der Filmgesellschaft das Geld wenigstens lieh. Und Seans Versuche, in Los Angeles Geld aufzutreiben, waren offensichtlich vergeblich gewesen. Daher musste er sich entschlossen haben, sie nun doch um das Geld zu bitten.

Nadine musste zugeben, dass es für Sean sprach, mit dieser Bitte so lange gezögert zu haben. Zunächst hatte er alles andere versucht, um die Summe aufzutreiben. Jedenfalls hatte Larry das behauptet.

Und nun war Sean hier. Wenn es ihm so sehr widerstrebte, sie um

Geld zu bitten, wieso versuchte er dann mit allen Mitteln, sein Ziel zu erreichen, da er nun einmal hier war?

Da stimmte doch etwas nicht! Was Larry behauptet hatte, war ganz gleichgültig. Es interessierte nur, was wirklich passiert war. Vergangene Nacht war Sean zu ihr ins Bett gekrochen und hatte sie geliebt, anschließend hatte er sie überredet, sich nicht bei der Hotelbesitzerin zu beschweren.

Nadine beobachtete einige Kinder, die vergnügt im Swimmingpool herumtollten. Das glasklare blaue Wasser spritzte auf, als sie kopfüber hineinsprangen. Und das Meer glitzerte in der Morgensonne.

Sie versuchte sich vorzustellen, was nun passieren würde. Sean würde sicher nicht ohne weiteres nachgeben und die Insel wieder verlassen, ohne sein Ziel erreicht zu haben. Ohne die Zusage, dass er das Geld haben könnte, würde er nicht verschwinden.

Aber eins stand für Nadine fest: Sie dachte nicht daran, das Zimmer mit ihm zu teilen!

Sie hörte, wie die Badezimmertür geöffnet wurde, und sah sich schnell um, um sicher zu sein, dass Sean inzwischen angezogen war. Dann ging sie durchs Schlafzimmer, um nun selbst zu duschen.

Ohne ihn eines Blickes zu würdigen, sagte sie kurz angebunden: „Wenn ich aus dem Badezimmer komme, möchte ich dich nicht mehr in meiner Suite sehen."

Sie wartete seine Antwort nicht ab, holte sich nur einige Kleidungsstücke aus dem Schrank, ging ins Badezimmer und verriegelte die Tür.

Sean hatte ein Schlachtfeld hinterlassen – wie immer! Ärgerlich hob Nadine das Badelaken hoch, das er über den Wannenrand geworfen hatte, schüttelte es aus und hängte es dann zum Trocknen auf die Stange. Sie strich die Badematte glatt und verschraubte die Zahnpastatube. Was fällt ihm ein, meine Zahnpasta zu benutzen, dachte sie aufgebracht und warf schnell einen Blick auf ihre Zahnbürste. Neben ihrem Becher stand nun noch einer mit Seans Zahnbürste. Wenigstens etwas, dachte Nadine.

Es war wie ein Ausflug in die Vergangenheit. Wie oft hatte sie hinter ihm herräumen müssen! Seans Mutter musste ihn als Kind sehr verwöhnt und alles für ihn getan haben, denn er rührte im Haushalt keinen Finger, sondern erwartete, dass jemand seine Sachen in Ordnung brachte und für ihn aufräumte. Während ihrer Ehe hatte Nadine diese Aufgabe übernommen, aber damit war nun Schluss!

Wer hatte wohl für ihn gesorgt, nachdem sie ihn verlassen hatte? Fenella? Nadine stieg in die Duschkabine und schüttelte unwillig den Kopf. Nein, Fenella Nash sah nicht gerade aus, als würde sie sich um so profane Dinge wie Ordnung und Sauberkeit im Haushalt kümmern.

Die Dusche belebte Nadine. Sie fühlte sich bereits viel besser, als sie sich abtrocknete und anzog. Sie trug ein pfirsichfarbenes Baumwolltop mit passenden Shorts und drehte ihr langes Haar zu Schnecken, die sie mit schwarzen Bändern befestigte.

Sean war natürlich noch da. Obwohl sie das erwartet hatte, spielte Nadine ihm die Überraschte vor. „Hatte ich dich nicht gebeten zu verschwinden?"

„Ich habe uns Frühstück bestellt", antwortete er und rückte Tisch und Stühle auf dem Balkon zurecht.

Nadine war wütend. „Ach, wirklich? Hier wirst du jedenfalls nicht frühstücken."

„Und ob ich das tun werde. Ich bin halb verhungert", sagte er kühl. „Ich habe Rühreier und Champignons auf Toast für mich bestellt und für dich Croissants, Brötchen, Honig und Obst. Und natürlich Kaffee und Fruchtsaft für uns beide." Er lächelte unverschämt. „Wie du siehst, erinnere ich mich noch sehr gut daran, was du gern frühstückst."

„Du kannst in den Speisesaal gehen. Hier bleibst du jedenfalls nicht. Und nimm deine Zahnbürste und deinen Koffer mit."

„Ich werde mich später um ein Zimmer kümmern", sagte er, als der Kellner das Frühstück auf einem Servierwagen ins Zimmer brachte. Ruhig bat Sean, alles auf dem Balkontisch anzurichten, gab dem Mann ein Trinkgeld, als er fertig war, setzte sich und lüftete die Haube von seinem mit Eiern und Pilzen gefüllten Teller.

„Mmh ... köstlich." Er biss in den goldbraun gerösteten Toast und begann zu kauen. Da Nadine plötzlich merkte, wie hungrig sie war, setzte sie sich an den Tisch und schenkte sich ein Glas Ananassaft ein. Dann nahm sie sich etwas Obst aus der Schale.

„In einer halben Stunde beginnt mein Malkurs", sagte sie zu Sean. „Wenn ich gegen Mittag zurückkomme, erwarte ich, dass du aus meinem Zimmer verschwunden bist."

„Bitte schenk mir doch noch ein wenig Kaffee ein, Liebling", war seine Antwort. „Das sind seit Jahren die besten Rühreier, die ich gegessen habe."

„Ich meine es ernst, Sean." Nadine war wütend, und er sah sie mit seinen blauen Augen an.

„Ich gehe erst, wenn wir uns unterhalten haben."

Sie nickte zögernd. „Ich weiß, weshalb du hier bist. Larry hat mir von deinen finanziellen Schwierigkeiten erzählt und ..."

Sean sah sie ärgerlich an. „So, hat er das? Dazu hatte er kein Recht. Hat er dich gebeten, uns Geld zu leihen?"

„Indirekt, ja. Ich weiß, dass du deswegen hergekommen bist, und bin bereit, über ein Darlehen zu verhandeln. Aber nicht hier, und nicht jetzt. Ich habe Urlaub und ..."

„Das stimmt nicht." Sean unterbrach sie, und Nadine verstummte und sah ihn ungläubig an.

„Was?"

„Ich bin nicht gekommen, um dich um Geld zu bitten."

„Aber Larry hat gesagt ..."

„Ja, Larry möchte, dass du der Firma Geld leihst, aber ich nicht. Schenkst du mir nun Kaffee ein oder nicht?" Er widmete sich wieder seinen Rühreiern. Nadine war ratlos.

„Du willst kein Geld?" fragte sie nach kurzem Zögern.

Er seufzte, griff nach der Kanne und goss Kaffee in die beiden Tassen.

„Du willst die Abfindungssumme nicht zurückhaben?" Nadine musste sich Klarheit verschaffen, sie verstand überhaupt nichts mehr.

Sean schüttelte den Kopf und aß seine Rühreier mit Champignons, biss in den knusprigen Toast und trank einen Schluck Kaffee.

„Sean!" Langsam verlor sie die Geduld. „Ich habe dich gefragt, ob ..."

„Es ist mir nicht entgangen.“ Er blickte auf. „Ich habe dir doch geantwortet. Ich will dein Geld nicht. In Ordnung?“

Sie sah forschend in diese gefährlich blauen Augen. „Warum bist du dann hergekommen?“

Er lächelte verlegen. „Du hast da etwas zu Larry gesagt, was mich nicht mehr losgelassen hat.“

Nadine überlegte verwirrt, was das gewesen sein könnte. „Und was war das? Was soll ich zu Larry gesagt haben?“

„Du hast gesagt, dass vor der Scheidung nichts zwischen dir und Jamie Colbert gewesen sei und dass wir uns wegen Fenella getrennt hätten.“

Nadine zuckte zusammen. „Ja, das stimmt doch auch, oder?“

„Nein, ganz im Gegenteil“, behauptete Sean. „Als wir beide noch verheiratet waren, habe ich Fenella nicht einmal angesehen. Wir hatten doch schon Schwierigkeiten, bevor ich sie überhaupt kennen lernte. Und der Grund für unsere Auseinandersetzungen hieß Colbert. Deshalb bin ich hier – um dich zu fragen, ob du Larry belogen hast oder ob ich mich die ganzen Jahre über geirrt habe und du gar keine Affäre mit Jamie Colbert hattest, als wir noch verheiratet waren.“

4. KAPITEL

„Ich habe keine Lust, mich wieder mit dir zu streiten“, sagte Nadine heiser. „Ich habe noch heute Albträume von unseren Auseinandersetzungen. Du hast mir damals nicht geglaubt, und ich erwarte nicht, dass du das jetzt tust. Es spielt auch gar keine Rolle, schließlich sind wir geschieden. Warum sollen wir also noch darüber reden? Ich muss jetzt zu meinem Kurs. Ich hoffe, dass du bei meiner Rückkehr endlich verschwunden bist, Sean. Sonst werde ich nämlich meine Koffer packen und abreisen.“

Sie stand auf und holte ihre große blaue Strandtasche, in der sie ihre Malutensilien transportieren wollte. Sean saß noch immer auf dem Balkon, trank Kaffee und beobachtete Nadine nachdenklich. Es fiel ihr schwer, seine Blicke zu ignorieren, nur durch lange Praxis gelang es ihr einigermaßen. Sie war es ja gewohnt, von Männern gemustert zu werden, die ihre Blicke über ihr Gesicht, das lange kastanienbraune Haar, die hochangesetzten Brüste und die schlanke Taille, weiblich geschwungenen Hüften und die langen schlanken Beine gleiten ließen. Nadine hatte lernen müssen, unter derartigen Blicken nicht zu erröten oder gar ärgerlich zu werden. Das gehörte nun einmal zu ihrem Beruf, hieß aber noch lange nicht, dass es ihr gefiel, so gemustert zu werden. Und wenn Seans Blicke auf ihr ruhten, musste sie sich noch mehr beherrschen als bei anderen Männern.

Schweigend verließ Nadine ihre Suite, um sich mit den anderen Kursteilnehmern in der Hotellobby zu treffen. Luc führte sie von hier aus durch die Gärten zu seinem Atelier, das links ans Hotel angrenzte.

Das geräumige, auf drei Seiten mit Fenstertüren versehene Atelier war lichtdurchflutet und bot eine atemberaubende Aussicht auf die Gärten, den Strand und das blaue Meer. An der vierten Wand lehnten Leinwände, über denen von Luc gemalte Bilder hingen. Nadine sah Aquarelle, Ölgemälde, Kohle- und Pastellzeichnungen und einige Radierungen. In der Hauptsache handelte es sich um Landschaftsdarstellungen, aber es befanden sich auch einige Porträts unter den Bildern.

Jeder der Kursteilnehmer erhielt eine eigene Staffelei. Luc bat sie, zuerst einige Entwürfe von der sie umgebenden Landschaft zu fertigen, damit er die Möglichkeit hatte, sich einen Überblick über ihre Begabungen zu verschaffen. Einige Schüler waren Anfänger, andere malten schon seit Jahren. Ihr Können würde also ganz unterschiedlich sein.

Nadine war an diesem Morgen nicht ganz bei der Sache, weil sie immer noch an ihre Auseinandersetzung mit Sean denken musste. Es fiel ihr schwer, sich für ein Motiv zu entscheiden, das sie skizzieren könnte. Schließlich malte sie den Strand, die Palmen, die bunten Bougainvilleabüsche, die blaue See und den strahlendblauen Himmel. Sie betrachtete ihr Werk kritisch und fand es viel zu bunt. Es sah aus wie ein Bild auf einer Pralinenschachtel. Wie hatte sie nur so etwas zustande bringen können? An der Staffelei neben ihr stand ein dunkelhaariges Mädchen in einem scharlachroten Strandkleid und unterhielt sich mit Luc.

„Haben Sie mal daran gedacht, einen Menschen in die Landschaft einzufügen, um dem Bild einen Mittelpunkt zu geben? Wenn man ein Bild betrachtet, sucht man instinktiv zuerst nach einem darin abgebildeten Menschen und ...“ Er senkte die Stimme, so dass Nadine seine weiteren Ausführungen entgingen.

Sie betrachtete ihre eigene Skizze. Auch in ihrem Bild fehlten Menschen. Sie sah hinaus auf die Landschaft und entdeckte einige Kinder, die unter den Palmen Ball spielten. Schnell begann sie, sie auf die Leinwand zu bannen.

Kurze Zeit später stellte Luc sich zu ihr, aufgeregt wartete sie auf sein Urteil.

„Nicht schlecht“, sagte er überraschenderweise. „Sie haben einen Sinn für Perspektive. Aber Sie müssen mutiger werden, ausdrucksstärker. Es muss alles in allem positiver wirken und nicht so zaghaft.“ Er nahm ein Stück Kohle und beugte sich vor. „So etwa.“ Er deutete mit wenigen Strichen eine Palme an. „Und hier fehlt etwas.“ Ohne zu zögern, skizzierte er einen Mann, der am Strand entlangwanderte. „Wissen Sie, was ich meine?“

„Ja“, sagte Nadine, die seine Sicherhcit und Schnelligkeit bewunderte. Sie selbst zögerte vor jedem Strich, den sie auf die Leinwand brachte.

„Sie müssen Risiken eingehen, Nadine“, sagte Luc, als habe er ihre Gedanken gelesen. „Versuchen Sie es noch einmal, und seien Sie dieses Mal mutiger.“ Er lächelte ihr ermunternd zu und widmete sich dann dem nächsten Schüler.

Also startete Nadine einen neuen Versuch und konzentrierte sich so stark auf ihre Arbeit, dass sie Sean völlig vergaß. Auch ihre Mitstreiter und die Hintergrundgeräusche des Meeres nahm sie nicht mehr wahr. Sie war völlig auf ihre Arbeit konzentriert und in sich versunken.

Als Luc schließlich in die Hände klatschte, zuckte sie erschrocken zusammen. Er stand vor der Klasse. „Zeit zum Mittagessen“, sagte er. „Ich weiß nicht, wie es Ihnen geht, aber ich bin halb verhungert, und heute gibt es etwas besonders Köstliches zum Mittagessen. Meine Frau serviert mit Paprika und Kräutern gefüllte Krebse und ein schmackhaftes Krebsgumbo."

„Was ist ein Gumbo?" fragte das dunkelhaarige Mädchen neben Nadine.

Luc lächelte. „Ein Mittelding zwischen einer dicken Suppe und einem Eintopf. Sehr scharf, mit viel Knoblauch, Pfeffer, Gewürzen und Kräutern. Es gehört zu meinen Lieblingsgerichten, aber man muss sich erst daran gewöhnen. Wenn Sie Currygerichte mögen, wird Ihnen auch ein Gumbo schmecken. Aber es gibt natürlich auch noch Erbsen und Reis, ein bekanntes Gericht aus Jamaika, wo meine Frau aufgewachsen ist. Außerdem gibt es verschiedene Salate, für Leute, die lieber nichts Neues probieren wollen. Für Vegetarier haben wir natürlich ein Extramenü. Aber ich würde Ihnen empfehlen, ein Gericht der hiesigen Küche zu probieren. Es wird Ihnen bestimmt schmecken."

Nadine kehrte vor dem Mittagessen zu ihrem Hotelzimmer zurück. Gespannt schloss sie die Tür auf, fast erwartete sie, Sean anzutreffen. Doch die Suite war verlassen und tadellos aufgeräumt. Das Zimmermädchen war offensichtlich da gewesen. Von Sean und seinem Gepäck fehlte jede Spur. Selbst seine Zahnbürste war aus dem Badezimmer verschwunden.

Eigentlich hätte Nadine erleichtert sein müssen, stattdessen war sie niedergeschlagen. Sie betrachtete sich im Badezimmerspiegel und bemerkte missmutig, wie trübe ihre Augen waren. Wahrscheinlich war sie einfach nur müde. Ihre plötzliche Depression hatte nichts mit Sean zu tun. Gar nichts!

Als sie sich frisch machte und sich zum Essen ein gelbes Kleid überzog, dachte sie jedoch noch immer über ihn nach. Ob er das Hotel oder vielleicht sogar die Insel verlassen hatte? Hatte er ein freies Zimmer gefunden?

Sie bürstete ihr Haar, legte eine leichte Tagescreme auf, zog die Lippen nach und ging dann zur Hotelterrasse hinunter. Gedeckte Tische standen einladend unter einem Bambusdach, durch das sich einige Sonnenstrahlen stahlen und Muster auf die Tischtücher zeichneten.

Offensichtlich bin ich die Letzte, dachte Nadine. Ihre Mitstreiter saßen schon alle an den Tischen, und Nadine sah sich nach einem freien Stuhl um.

Luc winkte ihr zu. „Hierher, Nadine. Wir haben einen Platz neben Ihrem Mann für Sie freigehalten."

Sie erstarrte, als sie Sean entdeckte und in seine amüsiert blickenden Augen sah. Er hatte also weder die Insel noch das Hotel verlassen. Ob er doch noch ein Zimmer hier gefunden hatte? Und wenn ja, was, um alles in der Welt, hatte er Luc Haines erzählt? Wie hatte er begründet, dass er nicht in ihrem Zimmer wohnen konnte? Oder beabsichtigte er etwa immer noch, die Suite mit ihr zu teilen? Das kommt überhaupt nicht in Frage, dachte sie ärgerlich. Unter gar keinen Umständen war sie bereit, das Bett mit ihm zu teilen. Lieber würde sie das nächste Flugzeug zurück nach England nehmen.

„So, bitte", sagte er, stand auf und rückte ihr den Stuhl zurecht. „Setz dich, Nadine. Ich kann den Krabbensalat empfehlen, der beste, den ich je gegessen habe."

Sie hatte keine Wahl, denn alle Blicke waren auf sie gerichtet. Also setzte sie sich und warf Sean einen entrüsteten Seitenblick zu. Wenn er glaubte, dieses Spielchen gewonnen zu haben, sollte er sich gründlich getäuscht haben.

Er registrierte ihren Blick mit einem verräterischen Lächeln, beugte sich vor und schenkte Nadine ein Glas Wein ein. Dabei berührte er sie wie unabsichtlich. „Du siehst aus, als könntest du einen Schluck Wein vertragen, Liebling. Du wirst ihn mögen, es ist ein kalifornischer Chardonnay, sehr spritzig und erfrischend. Gerade richtig für einen heißen Tag."

Nadine griff hastig nach der Speisekarte, um ihre Gefühle zu verbergen. Sie empfand eine Mischung aus Wut und Nervosität. Nach eingehendem Studium entschied sie sich für gegrillten Fisch mit Salat. Luc Haines schüttelte darüber nur den Kopf.

„Das können Sie überall auf der Welt essen! Sie brauchen doch keine Angst zu haben, einmal etwas Neues zu probieren. Stimmen Sie mir zu, Sean?"

„So war sie schon immer." Sean zuckte die Schultern, und Luc sah Nadine von der Seite an.

„Denken Sie daran, was ich Ihnen heute Morgen während des Kurses gesagt habe. Wenn Sie Malen lernen wollen, müssen Sie mutig sein, Risiken eingehen. Und das Gleiche gilt für das ganze Leben. Warum versuchen Sie nicht das Krebsgumbo als Vorspeise?"

Wütend antwortete sie: „Okay, schon gut. Ich probiere es, aber danach möchte ich gegrillten Fisch haben."

Der Kellner lächelte Luc wissend zu und machte sich auf den Weg in die Küche. Nadine trank einen Schluck Weißwein. Sean hatte Recht: Das kühle Getränk war erfrischend. Sie warf ihm einen verstohlenen Seitenblick zu. Offensichtlich schmeckten ihm die gefüllten Krebse.

Lucs Stimme riss sie aus ihren Gedanken. „Das war wirklich ungezogen von Ihnen, Nadine", sagte er und lächelte unverschämt. „Jetzt wissen wir, warum Sie nichts von sich erzählen wollten. Sie wollten inkognito bleiben. Aber wir werden Ihnen noch einmal verzeihen, es ist sicher nicht immer einfach, mit einem so berühmten Mann verheiratet zu sein. Ich fürchte, das Geheimnis war gelüftet, als Sean heute Morgen meine Frau kennen lernte. Sie ist nämlich ausgesprochen filmbegeistert und von Seans Werken besonders angetan. Als sie Sean leibhaftig am Empfang ihres Hotels sah, war sie erst mal sprachlos."

„Ihre Frau ist ein Schatz", sagte Sean. „Es ist unser Glück, dass sie so filmbegeistert ist, Nadine. Sie hat noch ein Zimmer für uns gefunden, direkt neben der Suite ..."

Nadine konnte es nicht glauben und sah Sean wütend an, der ihrem Blick mit einem fröhlichen Lächeln begegnete.

„Sie war entsetzt, als ich ihr erzählte, dass ich oft mitten in der Nacht telefonieren müsste und dich dadurch automatisch wecken würde. Dieser Zeitunterschied ist wirklich lästig, aber in meinem Beruf ist das Telefon manchmal lebensnotwendig. Clarrie Haines war so nett, mir das andere Zimmer zur Verfügung zu stellen."

„Einer unserer amerikanischen Gäste reist heute Abend ab", sagte Luc fröhlich. „Sean kann das Zimmer haben, sobald das Zimmermädchen alles hergerichtet hat. Heute Abend um acht müsste es fertig sein. Sean wird Sie also heute Nacht mit seinen Telefongesprächen nicht wach halten."

„Sind das nicht wunderbare Neuigkeiten, Liebling?" fragte Sean zärtlich.

„Ja, wundervoll." Sie brachte sogar ein Lächeln zustande, obwohl ihr eher danach zumute war, ihre Wut herauszuschreien. Wie macht er das nur? fragte sie sich. Irgendwie gelingt es ihm doch immer wieder, seinen Willen durchzusetzen. Wahrscheinlich war er deshalb so ein erfolgreicher Regisseur und Filmproduzent. Wenn er auf Hindernisse stieß, räumte er sie aus dem Weg, egal, was es ihn und andere kostete.

Erleichtert stellte sie fest, dass ihr Krebsgumbo serviert wurde. Nun konnte sie sich ganz aufs Essen konzentrieren. Wie Luc angekündigt hatte, war es scharf gewürzt und schmeckte fantastisch. Während des Essens unterhielten sich Luc und Sean. Die anderen hörten fasziniert zu.

Sie sprachen jedoch nicht über das Filmgeschäft, sondern über Maler. Sean hatte eine kleine Sammlung moderner Kunstwerke. Darunter befand sich auch ein Picassoentwurf, den ein französischer Schauspieler Sean vor Jahren zum Geburtstag geschenkt hatte, ein Lowry, den er selbst gekauft hatte, ein Beryl Cook-Gemälde, das wie alle ihre Bilder dicke Frauen darstellte, dieses Mal beim Tennisspiel an einem Sommertag. Die weiße Kleidung der Frauen stand in krassem Gegensatz zum satten Grün der Büsche und Bäume.

„Ein Geschenk von Nadine", sagte Sean und warf ihr einen schnellen Blick zu, der ihr unter die Haut ging. Sie erinnerte sich noch genau: Es war am ersten Weihnachtstag gewesen, vor vier Jahren. Sie waren spät aufgestanden, hatten Champagner mit Orangensaft getrunken und ihre unter dem Weihnachtsbaum liegenden Geschenke ausgepackt. Sie hatte ihm das Beryl Cook-Gemälde gegeben, er hatte ihr atemberaubende Smaragdohrringe geschenkt.

„Ich möchte, dass du sie gleich trägst", hatte er mit rauer Stimme gesagt und war dann mit ihr ins Bett gegangen. Sie hatte nur die Ohrringe getragen, als er sie leidenschaftlich geliebt hatte.

Sie wusste, dass auch er sich daran erinnerte, und senkte verlegen den Blick.

„Heute Nachmittag müssen Sie sich mein Atelier ansehen", sagte Luc mit dem unverschämten Blick, den sie inzwischen schon kannte.

Offensichtlich machte es ihm Spaß, die Leute herauszufordern und zu provozieren. „Vielleicht finden Sie etwas, das Ihnen gefällt. Ohne ein Bild von mir ist Ihre Sammlung moderner Kunst nicht komplett."

„Ich habe bereits zwei Aquarelle von Ihnen", sagte Sean. Luc sah ihn überrascht an.

„Tatsächlich? Welche denn? Wann haben Sie sie erworben?"

„Eins habe ich vor vier Jahren auf Ihrer Londoner Ausstellung gekauft. Es stellt eine Hafenszene dar, vermutlich wurde es hier auf der Insel gemalt. Das andere ist ein Aquarell, das einen Markt in der Karibik darstellt. Nadine hat es mir mal geschenkt, und es ist mein Lieblingsbild. Diese kräftigen, fast blendenden Farben sind einfach fantastisch. Ich brauche an einem grauen regnerischen Morgen in London nur dieses Bild anzuschauen, schon hebt sich meine Stimmung."

Luc lächelte geschmeichelt. „Das freut mich! Ich könnte nicht in London leben, dafür liebe ich die Sonne zu sehr. Den Markt habe ich schon oft gemalt, es macht mir viel Spaß und wird immer ein gutes Bild. Ich glaube, Malen und Filmen sind sich sehr ähnlich. Wir wollen beide das Gleiche erreichen."

Sean nickte. „Dem kann ich nur zustimmen. Jeder kleiner Federstrich entspricht einer Kameraeinstellung, und langsam entwickelt sich eine Geschichte."

„Faszinierend", sagte Luc. „Ich würde Ihnen gern einmal bei der Arbeit zusehen. Oder macht es Sie nervös, wenn Ihnen jemand über die Schulter schaut?"

„Überhaupt nicht. Rufen Sie mich vorher an, dann verabreden wir etwas."

„Vielen Dank, ich freue mich schon darauf", sagte Luc und begegnete Nadines kühlem Blick. „Sind Sie Schauspielerin, Nadine?"

„Nein", antwortete sie kurz angebunden. Sean verzog das Gesicht.

„Das ist ein wunder Punkt, Luc", erklärte er. „Sie wäre gern Schauspielerin geworden, aber ..."

„... sie hat kein Talent." Nadine beendete den Satz und stand auf. Sie hatte ihren gegrillten Fisch gegessen, die anderen waren schon beim Nachtisch, der aus Früchten bestand, die auf der Insel wuchsen. „Ich möchte keinen Nachtisch. Bitte entschuldigen Sie mich jetzt, ich habe noch etwas zu erledigen."

Sie hatte es eilig, in ihr Zimmer zu kommen, bevor Sean sie einholen konnte. Nachdem sie die Tür von innen verriegelt hatte, zog sie sich einen Badeanzug an, warf sich ein Strandkleid über, legte Buch und Walkman in ihre Strandtasche und ging hinunter zum Strand. Am Nachmittag fanden keine Malkurse statt, man konnte selbst über seine Freizeit verfügen. Nadine wollte einfach nur in der Sonne faulenzen, lesen und Musik hören.

Der Hotelstrand war Privateigentum und völlig verlassen, als Nadine dort ankam. Die blauen Wogen der Karibik schlugen sanft an den weißen Strand, die Sonne stand hoch am Horizont, und alles wirkte ganz friedlich. Nadine zog einen Liegestuhl in den Schatten eines großen gestreiften Sonnenschirms, stellte ihre Strandtasche auf einem niedrigen Plastiktisch ab und setzte sich. Geistesabwesend sah sie aufs Meer hinaus, beobachtete die schreienden Möwen und einige schwarzweiße Wattvögel, die am Strand unterwegs waren und im feinen Sand nach Nahrung suchten.

Nadine seufzte, zog das Strandkleid aus, stand auf und hängte es an den Sonnenschirm, wo es sanft im Wind wehte. Dann setzte sie sich wieder hin, suchte in ihrer Strandtasche nach Sonnenlotion und begann, ihre Beine einzucremen.

„Kann ich dir helfen?"

Beim Klang der kühlen Stimme fuhr sie zusammen. Fast hätte sie vor Schreck die Flasche fallen lassen. Verstört sah sie Sean an.

Er war so gut wie nackt, trug nur eine verspiegelte Sonnenbrille und eine winzige Badehose, die seine langen Beine noch länger wirken ließ. Nadine wandte sich schnell ab.

„Musstest du denn unbedingt herkommen? Warum kannst du mich nicht in Frieden lassen? Ich möchte gern ein, zwei Stunden Ruhe haben. Du verdirbst mir noch den ganzen Nachmittag." Sie schraubte die Flasche wieder zu. Sean wollte danach greifen. „Lass das", fuhr Nadine wütend auf. Doch er nahm ihr die Flasche weg und schraubte sie wieder auf.

„Dreh dich um. Ich werde dir den Rücken einreiben."

„Nein!" Wütend sah sie ihn an. Was fiel ihm eigentlich ein, hier aufzutauchen, ihr den Urlaub zu verderben, sich zu weigern, abzureisen und nun auch noch an den Strand zu kommen und die friedliche Stille eines sonnigen Nachmittags zunichte zu machen?

Sean stellte die Flasche in den Sand und kniete sich neben Nadines Liegestuhl. Seine nackten Beine berührten ihre. Schockiert stöhnte sie auf.

„Rühr mich nicht an!"

Leider verhinderte seine Sonnenbrille, dass Nadine ihm in die Augen sehen konnte. „Du willst dir doch keinen Sonnenbrand holen", sagte er und träufelte Sonnenlotion in seine Handfläche. Nadine verschlug es den Atem.

„Ich kann mich selbst eincremen", sagte sie und versuchte, sich aufzusetzen. Doch Sean stieß sie zurück und begann, ihre Schultern einzureiben. Mit kühlen, sensiblen Fingern strich er über den Arm, verfolgte ihre Nackenlinie und ließ die Hand auf die andere Seite hinübergleiten.

Nadine war plötzlich schwach und willenlos. Verstohlen beobachtete sie Sean, nahm alles um sich herum wahr, das Rauschen der See, die Schreie der Möwen, den blauen Himmel. Sean streifte die Träger ihres Badeanzugs hinunter, und Nadine fuhr alarmiert auf.

„Lass das!" Wieder versuchte sie, sich aufzurichten. Ihre Körper waren einander jetzt so nah, dass keine Hand dazwischen gepasst hätte. Es war unmöglich, herauszufinden, was Sean dachte. Seine Augen waren hinter der Sonnenbrille versteckt, sein leidenschaftlicher Mund war ein wenig geöffnet.

„Du bist immer noch die erotischste Frau, die ich je kennen gelernt habe", flüsterte er, beugte sich plötzlich vor und küsste ihre nackte Brust.

Nadine wäre fast ohnmächtig geworden. Sie konnte weder atmen noch sich bewegen. Sie schloss die Augen und spürte Seans zärtliche Lippen mit einer Intensität, die sie erschauern ließ.

Sean umarmte sie und küsste sie mit so heftiger Leidenschaft auf den Mund, dass ihr schwindlig wurde. Er drängte sich auf sie und brachte sie mit seinen leidenschaftlichen Küssen fast um den Verstand. Ihre Körper bewegten sich in einem Rhythmus. Nadine begehrte Sean so sehr, dass sie alles um sich herum vergaß. Es war ihr jetzt gleichgültig, dass sie eigentlich wütend auf ihn war, dass sie ihm misstraute, jetzt zählte nur ihr brennendes Verlangen.

Bis sie Stimmen hörte. Sie durchbrachen ihre Hingabe und zerstörten die Stille des Nachmittags.

Nadine drehte den Kopf zur Seite, um Seans Küssen zu entgehen, und stieß ihn von sich. Er setzte sich auf, atmete schwer und wandte den Blick ab. Eine Gruppe von Hotelgästen war auf dem Weg zum Strand. Sie unterhielten sich und lachten.

Nadine richtete sich auf, schob die Träger ihres Badeanzugs wieder hoch und versuchte, ihr wirres Haar zu ordnen.

„Verschwinde endlich", flüsterte sie Sean wütend zu, als er sie wieder ansah. Als Antwort verzog er nur den Mund und stand auf, fuhr sich durchs Haar und zog einen zweiten Liegestuhl heran, breitete sein Badetuch darauf aus und legte sich hin. Noch immer trug er die dunkle Sonnenbrille.

Nadine war hin und her gerissen. Sollte sie ihn einfach ignorieren, oder sollte sie zurück ins Hotel gehen? Sie beschloss, am Strand zu bleiben, weil sie Sean den Triumph nicht gönnte, den er bestimmt empfunden hätte, wenn sie fortgelaufen wäre.

Sie legte sich hin, setzte ihre Sonnenbrille auf, legte eine CD in ihren Walkman und las zur Musik ihrer Lieblingsgruppe in ihrem Buch.

Es fiel ihr schwer, sich auf den erst vor kurzem erschienenen Thriller zu konzentrieren. Immer wieder verlor sie den Faden der sehr verwirrenden Handlung. Außerdem wusste sie bald nicht mehr, wer wen spielte, weil sie ständig an etwas anderes dachte. An Sean. Und an ihre Gefühle für ihn. Sie versuchte, sich die letzten Monate ihrer Ehe ins Gedächtnis zurückzurufen: Wie einsam und verbittert hatte sie sich gefühlt. Sean war nur selten zu Hause gewesen, und wenn er da gewesen war, hatten sie sich gestritten. Sie hatte gewusst, dass er sich mit Fenella Nash traf. Er sprach fast nur noch von ihr. Mit all seinen Freunden unterhielt er sich über sie, mit der Presse und mit seinen Mitarbeitern. Er war besessen von ihr und dachte, sie wäre die Entdeckung des Jahrhunderts. Sie war wunderschön, sehr telegen und außerdem eine Vollblutschauspielerin. Ein Flattern ihrer langen schwarzen Wimpern genügte, um einen unglaublichen Ausdruck zu erzielen, hatte Sean lächelnd gesagt, und Nadine war außer sich gewesen vor Eifersucht.

Wenn sie mit ihm allein war, war er mürrisch und ungeduldig, stritt sich mit ihr über Kleinigkeiten und konnte es offensichtlich gar nicht erwarten, wieder fortzufahren. Ihre Ehe war lange vor der endgültigen Trennung zerbrochen. Und Sean konnte behaupten, was er wollte, die Ehe war durch seine Beziehung zu Fenella gescheitert und nicht an seiner Eifersucht auf Jamie. Sie hatte seit vielen Jahren mit Jamie zusammengearbeitet. Sean hatte ihn nie besonders gemocht und Nadine oft gebeten, nicht mehr so viel mit ihm zu arbeiten. Am liebsten wäre es ihm allerdings gewesen, wenn sie ihren Beruf ganz aufgegeben hätte. Warum sollte sie arbeiten, wenn sie mit ihm verheiratet war? Er verdiente doch genug Geld. Außerdem wollte er ein Kind haben, wollte endlich eine Familie gründen.

Auch Nadine wollte Kinder haben. Eines Tages. Aber sie wusste, dass sich ihr Körper durch eine Schwangerschaft völlig verändern würde. Auch nach der Geburt würde er anders aussehen, auch wenn sie wieder das gleiche Gewicht wie vor der Schwangerschaft hätte. Ihre Brüste würden voller und nicht mehr so straff sein, ihr Bauch nicht mehr so flach, und sie hatte Angst, dass ihre Haut nicht mehr so elastisch sein würde. Das war Kolleginnen von ihr passiert, deren Karriere damit beendet war.

Sie war sowieso bald zu alt für die Arbeit als Fotomodell. Wenn man erst einmal über zwanzig war, hatte man den besten Teil seiner Karriere bereits hinter sich. Andere, jüngere Mädchen warteten schon darauf, die besten Jobs zu übernehmen. Eigentlich hatte sie noch einige Jahre weiterarbeiten wollen, bevor ein Kind ihre Karriere beenden würde, aber Sean hatte davon nichts wissen wollen.

Vielleicht ist unsere Ehe in Wirklichkeit daran gescheitert, dass mir meine Karriere wichtiger war, dachte sie und machte die Augen zu. Vielleicht hatten Fenella und Jamie nur als Entschuldigung für ihre Auseinandersetzungen gedient, die in Wirklichkeit um etwas ganz anderes gingen. Nadine seufzte. Es hatte doch keinen Zweck, jetzt noch Ursachenforschung zu betreiben. Was geschehen war, war geschehen. Ihre Ehe war geschieden, und das Leben ging weiter.

Die Ehe war gescheitert, dachte Nadine, aber an ihren Gefühlen für Sean hatte sich dadurch nichts geändert. Zwischen ihnen knisterte es noch immer. Und wie sehr sie sich auch wünschte, dass es anders wäre, den Tatsachen musste sie ins Auge sehen. Jedes Mal, wenn Sean in ihrer Nähe war, durchzuckte sie leidenschaftliche Erregung. Sogar jetzt empfand sie sie, obwohl sie sich nicht einmal ansahen, geschweige denn berührten und nicht einmal allein waren.

Inzwischen waren weitere Gäste an den Strand gekommen. Ihre Stimmen übertönten die aus dem Walkman klingende Musik. Eine Gruppe von jungen Leuten spielte am Strand mit einem Ball. Sie waren alle sonnengebräunt und sehr athletisch. Als sie sich von ihr beobachtet fühlten, betrachteten sie sie eingehend und ließen ihre Blicke über die sehr feminin wirkende, wohl proportionierte Frau im jadegrünen Badeanzug gleiten. Nadine wandte sich ab und gab vor zu lesen.

Sean sah die anderen Männer jedoch starr und abweisend an, um sie zu verscheuchen. So reagierte er immer, wenn ein Mann Nadine auffallend lange ansah.

Sein Blick zeigte auch dieses Mal Wirkung. Die jungen Männer drehten sich rasch um und liefen ins Wasser, um zu einem Floß zu schwimmen, das vor der Küste verankert war. Nadine konnte sich das Lachen kaum verbeißen. Sie verstand die Jungen. Jeder normale Mensch wäre geflüchtet, wenn Sean ihn mit diesem drohenden Blick angesehen hätte. Er hatte wirklich eine unglaublich männliche Ausstrahlung.

Langsam wurde es ihr in der Sonne zu heiß. Sie zog ihren Liegestuhl weiter in den Schatten. Das Buch fiel in den Sand, Nadine gähnte und schlief ein. Sie träumte von Sean, von seinem Körper, der sich an sie schmiegte, von seinen glühenden Küssen, den zärtlichen Händen, die sie leidenschaftlich erregten.

Sie wachte unvermittelt auf und zitterte. Als sie die Augen öffnete, blickte sie direkt in Seans wissende blaue Augen. Er lag auf der Seite und hatte seinen Liegestuhl so nah an ihren herangeschoben, dass er sie fast berührte. Er hatte sie beim Schlafen beobachtet. Nadine senkte verlegen den Blick. Sean konnte zwar nicht wissen, was sie geträumt hatte, aber es war ihr trotzdem unangenehm. Sicher hat er meinen Traum erraten, dachte sie ängstlich. Vielleicht hatte sie im Schlaf gestöhnt oder verräterische Bewegungen gemacht. Hoffentlich hatte sie nicht auch noch gesprochen.

Sein durchdringender Blick nahm ihr den Atem. Als sie die Spannung nicht mehr ertragen konnte, sprang sie auf, lief über den heißen Sand und stürzte sich ins Meer. Das Wasser war kühl und erfrischend auf ihrem erhitzten Körper. Das Floß lag verlassen vor ihr. Mit kräftigen Zügen schwamm sie darauf zu und kletterte hinauf, um sich einen Moment auszuruhen. Erst jetzt bemerkte sie, dass Sean ihr gefolgt war und sich ebenfalls aufs Floß zog, sich das Wasser aus dem Haar schüttelte und sich neben sie setzte. Die Wassertropfen glitzerten auf ihren Körpern. Lässig ließ Sean die Beine baumeln, die Nadines fast streiften.

Nadine war sich seiner Nähe nur zu bewusst. Mit aller Gewalt versuchte sie, ihre Erregung zu unterdrücken, und sagte frustriert: „Warum kannst du mich nicht in Ruhe lassen? Du verdirbst mir den ganzen Urlaub, den ich so nötig brauche. Ich habe viel zu lange ununterbrochen gearbeitet und bin völlig ausgebrannt. Und wenn ich wieder nach Hause komme, geht der Stress von vorn los. Ich fange eine neue Karriere an, und du kannst dir vorstellen, wie schwierig das ist. Das nächste Jahr wird sehr anstrengend werden. Wenn meine Fernseh-Show erfolgreich sein soll, muss ich alles geben, verstehst du? Deshalb brauche ich vorher diesen Urlaub. Ich möchte doch nur ein wenig Ruhe und Frieden haben. Ist das denn zu viel verlangt? Aber wenn du in der Nähe bist, kann ich mich nicht entspannen. Wenn du nicht abreist, muss ich es tun. Im Übrigen vergeudest du deine Zeit. Ich weiß zwar nicht, worauf du es abgesehen hast, aber du wirst es nicht bekommen. Zwischen uns ist es aus. Bitte begreif das doch endlich."

Zuerst hatte er ruhig und spöttisch zugehört, doch schon nach einigen Worten hatte sich sein Gesichtsausdruck verändert. Sean war jetzt genauso aufgebracht wie sie.

„Gar nichts ist aus, Nadine", entgegnete er aufbrausend. „Nicht, bevor ich es sage."

„Du hast es ja gesagt“, erinnerte sie ihn niedergeschlagen. „Wir sind geschieden. Hast du das vergessen?“

„Ja, auf dem Papier. Dieser ganze juristische Blödsinn! In Wahrheit gehören wir noch immer zusammen, Nadine. Unsere Verbindung ist nicht zerbrochen.“ Er streichelte ihre Schenkel.

Nadine zuckte zusammen. „Lass das!“

Sean hatte ihre Reaktion genau beobachtet. „Du empfindest genauso. Ob ich dich berühre oder nicht, ob ich bei dir bin oder nicht, etwas verbindet uns. Wir gehören zusammen.“ Mit heiserer Stimme fuhr er fort: „Wir sind eins, Nadine. Erst jetzt verstehe ich langsam, was das bedeutet ...“

„Hör auf“, rief sie mit zittriger Stimme. „Ich denke nicht daran, mit dir zu schlafen. Lass mich in Ruhe!“

Sean verhinderte ihren Versuch, ins Wasser zu springen. Mit einer schnellen Bewegung hatte er sie bei den Schultern gefasst und drückte sie mit seinem ganzen Gewicht auf das Floß.

Nadine war sprachlos. Ihr Herz klopfte aufgeregt. Sean sah sie eindringlich an.

„Ich möchte es noch einmal von vorn versuchen, Nadine“, sagte er, und es verschlug ihr den Atem. „Wir haben uns doch prima verstanden, bis es dann anfing schief zu gehen. Ich weiß bis heute nicht, warum. Und ich glaube, du weißt es auch nicht. Alles war perfekt, und dann war auf einmal alles zerstört. Wir haben uns nur noch gestritten und damit unsere Beziehung vergiftet. Du hast gerade behauptet, dass es zwischen uns endgültig aus sei. Aber du weißt selbst, dass das gelogen ist. Es ist alles andere als vorbei. Zwischen uns besteht immer noch eine unglaubliche Anziehungskraft, und ich möchte die Chance haben, noch einmal von vorn anzufangen. Lass es uns noch einmal versuchen, Nadine. Vielleicht wird es nicht mehr so, wie es am Anfang zwischen uns war, aber wir wollen wenigstens probieren, auf den Trümmern etwas Neues aufzubauen.“

Er verstummte, seufzte auf und sah ihr tief in die Augen. Um seinen Mund spielte ein Lächeln. „Bist du bereit, es noch mal zu versuchen, Nadine?“

Nadine sah ihn wortlos an und versuchte, einen klaren Gedanken zu fassen. Herz, Sinne und Körper waren auf Seans Seite, waren es immer gewesen, von Anfang an. Aber ihr Verstand war sich nicht so sicher. Alles war so verwirrend! Sie konnte nicht leugnen, dass ihre gegenseitige sexuelle Anziehungskraft unverändert stark war, aber Sex war nur eine Seite in einer Beziehung. Wie sah es mit den anderen Aspekten des Zusammenlebens aus? Nadine hätte es nicht ertragen können, sich wieder ständig mit Sean zu streiten.

Sie wandte den Blick an und biss sich verzweifelt auf die Lippe. Was soll ich nur tun? fragte sie sich.

5. KAPITEL

„Nun sag endlich was, Nadine!“ Seans Stimme war die enorme Anspannung anzumerken. Nadine seufzte verzweifelt.

„Gib mir etwas Zeit, Sean“, sagte sie schließlich. „Du kannst nicht verlangen, dass ich einen so schwerwiegenden Entschluss von einer Minute zur anderen fasse. Ich muss in Ruhe darüber nachdenken.“

„Wie lange?“

„Ich weiß es nicht genau. So lange, bis ich herausgefunden haben, was ich will ...“

„Du weißt, was du willst“, sagte er undeutlich und sah sie so verführerisch an, dass ihr Herz schneller schlug. „Wir wollen beide das Gleiche. Ich weiß nicht, wie es dir geht, aber ich halte diese Frustration nicht mehr lange aus.“

Ihr ging es genauso, besonders augenblicklich, denn Sean kniete noch immer über ihr und streichelte ihre Arme, obwohl er sicher noch lieber etwas anderes gestreichelt hätte. Sean war unglaublich leidenschaftlich und sexy und ausgesprochen männlich, fast eine Naturgewalt wie die Sonne und das Meer. Man war ihm einfach ausgeliefert.

„Unsere Ehe hat sich in ein Schlachtfeld verwandelt!“ rief sie verzweifelt. „Ich weiß nicht, ob ich die Kraft habe, noch einmal von vorn anzufangen ...“

„Ich bitte dich ja nicht, mich wieder zu heiraten“, fiel Sean ihr ins Wort. Sie sah ihn verwirrt an.

„Nein? Du hast doch gerade gesagt ... du willst doch von vorn anfangen und ...“

Er zuckte die Schultern und verzog das Gesicht. „Du hast ja selbst gesagt, dass unsere Ehe schief gegangen ist, wir haben uns am Schluss nur noch gestritten. Was hältst du von einer Affäre?“

Nadine konnte es nicht fassen. Ungläubig sah sie ihn an.

Sean fing an zu lachen. „Du solltest dein Gesicht sehen, Liebling. Du siehst richtig schockiert aus.“

„Schockiert bin ich nicht“, sagte sie leise. „Aber überrascht.“

„Warum? Es wird nicht die erste Affäre in deinem Leben sein, und das Viktorianische Zeitalter ist lange vorbei. Wir sind beide erwachsen, und du kannst mir nicht erzählen, dass du seit unserer Trennung nur noch allein geschlafen hast.“

Sie senkte verlegen den Blick und hörte, wie Sean scharf die Luft einzog.

„Sag mir die Wahrheit, Nadine“, bat er drängend. „Hast du mit einem anderen Mann geschlafen? Mit diesem Colbert zum Beispiel?“

Zornig funkelte sie ihn an. „Wie oft soll ich es dir denn noch sagen? Jamie und ich hatten nie etwas miteinander, weder während meiner Ehe mit dir noch danach. Das habe ich dir doch schon mindestens hundertmal gesagt, aber du willst mir ja nicht glauben. Und obwohl es sicher keinen Zweck hat, es noch einmal zu wiederholen, sage ich es dir jetzt zum letzten Mal: Jamie ist ein guter Freund, ich mag ihn, aber das ist auch schon alles. Im Prinzip sind wir nur Kollegen, die gut zusammenarbeiten und einander respektieren.“

Sean sah sie forschend an. Sein Gesicht war blass und angespannt. „Er ist verrückt nach dir, Nadine. Ich habe selbst gesehen, wie er dich anschaut und ...“

„Hör auf“, schrie sie und war dem Zusammenbruch nahe. „Du behauptest, du willst noch einmal von vorn anfangen, aber bereits vorher verbeißt du dich wieder in das alte Thema. Was hat das denn alles für einen Sinn?“ Sie versetzte ihm einen gewaltigen Stoß, Sean verlor das Gleichgewicht, fiel ins Wasser, dass es nur so aufspritzte, und sank wie ein Stein.

Nadine kniete sich ängstlich hin, um zu sehen, ob ihm etwas passiert war. Erst als er prustend und wild mit den Armen um sich schlagend wieder auftauchte, ging sie zu der dem Ufer zugewandten Floßseite und sprang mit einem eleganten Kopfsprung ins Wasser. Mit kräftigen Zügen schwamm sie zum Strand, der in der Sonne silbern glänzte. Das kastanienfarbene Haar glitt hinter ihr über die Wasseroberfläche.

Sean würde das Aufplatschen gehört haben, als sie ins Meer gesprungen war, aber er war auf der anderen Seite des Floßes und musste erst einmal darum herumschwimmen, bevor er sie verfolgen konnte. Er war ein guter Schwimmer, besser als sie, und schon bald hörte sie ihn dicht hinter sich. Mit letzter Kraft vergrößerte Nadine das Tempo, um den Strand zu erreichen, bevor Sean sie einholen konnte.

Während sie hinauswatete, drückte sie das Wasser aus dem Haar, das jetzt fast schwarz wirkte, und bemerkte, dass Luc Haines, der am Rand des Hotelgartens auf Gäste wartete, ihr von der Strandbar aus zuwinkte.

„Nadine! Da sind Sie ja. Wir haben schon überall nach Ihnen gesucht. Für Sie kam ein dringender Anruf aus London." Er sah sie mit einem merkwürdigen Blick an. „Der Anrufer sagte, er würde es in einer Viertelstunde noch einmal versuchen. Sie haben also noch Zeit, den nassen Badeanzug auszuziehen und das Gespräch in Ihrem Zimmer entgegenzunehmen."

Nadine runzelte verwirrt die Stirn. „Okay, danke." Warum hatte Luc sie so fragend angesehen? Und wer würde sie hier anrufen? Nur wenige Leute wussten, wo sie war. Ihre Agentin, Jamie, Greg Erroll. Sonst niemand.

„Hat der Anrufer seinen Namen genannt?" fragte sie zögernd. Fast hoffte sie, das das nicht geschehen war, denn sie wollte ihre Anonymität wahren.

„Ich habe gefragt", antwortete Luc trocken. „Er bat mich, Ihnen auszurichten, dass Greg angerufen habe. Sonst nichts."

„Danke." Nadine wurde noch verlegener, als sie Sean aus dem Meer kommen hörte. Er schüttelte sich das Wasser aus dem Haar und beobachtete sie misstrauisch. Nadine fragte sich, ob Greg Erroll noch etwas gesagt hatte, das Lucs Neugier geweckt haben könnte.

Oder lag es gar nicht an dem Telefonanruf, dass sich Lucs Haltung ihr gegenüber auf einmal verändert hatte?

„Ich hole nur eben meine Sachen, dann gehe ich zum Hotel zurück“, sagte sie, als Sean näher kam. Eine Gruppe von jungen Mädchen, die winzige Bikinis trugen und an der Strandbar kühle Getränke zu sich nahmen, konnten die Blicke nicht von ihm abwenden und tuschelten aufgeregt. Wahrscheinlich wussten sie, dass er Filmproduzent war, aber das erklärte noch lange nicht, dass sie ihn so fasziniert anstarrten. Es lag einzig und allein an Seans unglaublich männlicher Ausstrahlung. Nadine wandte sich verärgert ab und verstaute ihre Sachen in der Strandtasche.

Sean kam auf sie zu, seine knappe Badehose klebte an seinem Körper, der in der Sonne noch aufregender aussah. Kleine Wassertropfen hatten sich in seinem schwarzen Brusthaar gefangen. Nadine sah ärgerlich fort.

„Was hat Haines zu dir gesagt?“ fragte er, nahm sich sein Badetuch und begann, sich abzutrocknen.

„Greg Erroll hat angerufen und meldet sich in einer Viertelstunde wieder“, sagte sie kurz angebunden.

„Was will er denn?“ Sean verzog unwillig das Gesicht.

„Woher soll ich das wissen? Er wird es mir sicher gleich erzählen.“ Nadine hängte sich die Strandtasche über die Schulter und ging davon. Als sie an der Strandbar vorbeikam, sah sie, dass die jungen Mädchen sie anstarrten und tuschelten. Nadine schnappte einzelne Wortfetzen auf.

„Nadine Carmichael ... sie war seine Frau ... nein, sie sind geschieden ...“ Aufgeregtes Kichern. „Sie sind zusammen hier ... nein, ganz im Ernst. Mein Zimmermädchen hat mir erzählt, dass sie zusammen schlafen ...“ Wieder aufgeregtes Kichern. Nadine biss die Zähne zusammen und beschleunigte ihren Schritt. Allerdings wollte sie nicht den Anschein erwecken, als würde sie flüchten. Das wäre ja ein Sieg für die Mädchen gewesen, die sich einen Spaß daraus machten, über sie zu reden, während sie noch in Hörweite war. „Nein, sie ist kein Filmstar, du Dummchen. Nur ein Fotomodell“, sagte eine andere Stimme laut.

Gleich hatte Nadine es geschafft. Nur noch einige Schritte. „Ja, natürlich kennst du sie, du weißt schon, dieser Werbespot im Fernsehen, das Mädchen, das ..."

Sie hörte Schritte hinter sich und blickte sich erschrocken um. Luc Haines war herangekommen und sah sie von der Seite an.

„Ich wusste ja, dass Sie uns noch etwas verheimlicht haben. Sie sind also ein berühmtes Model und treten in Fernsehspots auf."

Mürrisch fragte sie: „Wie haben Sie es herausgefunden?"

„Einer unserer Gäste hat Sie erkannt. Früher oder später musste das ja passieren, da Sie so berühmt sind. Das müssen Sie doch gewusst haben."

„Ich dachte, so weitab von London würde mich niemand erkennen. Jedenfalls hatte ich das gehofft."

Er lächelte ihr plötzlich gewinnend zu. „Tut mir Leid. Ist es sehr schlimm, überall erkannt zu werden?"

„In London habe ich mich daran gewöhnt, aber es ist sehr anstrengend, ständig angestarrt zu werden, als wäre man eine Schaufensterpuppe. Man kann sich nie entspannen oder vergessen, dass man beobachtet wird."

Er nickte. „Und dem wollten Sie mal zwei Wochen lang entfliehen. Das kann ich gut verstehen. Es tut mir Leid, dass man Sie erkannt hat."

Sie waren in der Hotellobby angekommen. Nadine lächelte wehmütig. „Schon gut, ich bin es ja gewohnt."

Unvermittelt fragte Luc: „Darf ich Sie malen?"

Sie sah ihn an. „Ich bin ein sehr teures Modell."

Luc lachte so ansteckend, dass auch Nadine lachen musste, wenn auch etwas bitter. Luc beobachtete sie genau und verzog das Gesicht.

„Ich habe schon gefragt, ob ich Sie malen darf, als ich noch gar nicht wusste, wer Sie sind. Erinnern Sie sich?"

Sie nickte. Eigentlich gefiel ihr die Vorstellung, von einem so begabten Künstler gemalt zu werden.

„Ja, aber nur, wenn ich mich nicht ausziehen muss", sagte sie halb scherzhaft.

Er schüttelte den Kopf. „Ich bin an Ihrem Gesicht interessiert, nicht an Ihrem Körper."

„Das ist mal was Neues", sagte eine kühle Stimme hinter ihnen. Nadine fuhr zusammen.

Sie war in das Gespräch mit Luc so vertieft gewesen, dass sie Sean gar nicht bemerkt hatte, der auf einmal bei ihnen stand. Durchdringend sah er Nadine an, als wolle er ihre Gefühle analysieren. Er war schon immer sehr eifersüchtig und besitzergreifend gewesen, und es missfiel ihm, wenn ein anderer Mann sie nur anschaute. Offensichtlich misstraute er Luc, der behauptete, er sei nur an ihrem Gesicht interessiert, nicht an ihrem Körper. Außerdem versuchte er herauszufinden, ob sie ihrerseits an Luc interessiert war, und das war einfach abscheulich!

Sie drehte sich um und ließ die Männer stehen. Wenn Sean sich unbedingt streiten wollte, sollte er das doch tun. Aber bitte schön ohne mich als Zuschauer, dachte Nadine. Mir reicht es für heute.

Sie verriegelte ihre Zimmertür von innen, ließ die Jalousien herunter, zog sich aus und duschte schnell. Als sie sich abtrocknete, klingelte auch schon das Telefon.

„Nadine? Hier ist Greg."

„Hallo, Greg", sagte sie und setzte sich im Bademantel aufs Bett. „Stimmt etwas nicht?"

„Ganz im Gegenteil!" sagte er mit viel Wärme in der Stimme. „Die Medienkampagne, die Sie vor Ihrer Abreise gestartet haben, ist jetzt richtig gut angelaufen. Wir sind sehr zufrieden mit der Resonanz. Herzlichen Glückwunsch! Wie gefällt Ihnen der Urlaub?"

Sie verzog das Gesicht und war froh, dass Greg sie nicht sehen konnte. „Danke, gut." Wenn man davon absieht, dass mein Exmann hier ist und mich zum Wahnsinn treibt, dachte sie mürrisch, aber diesen Gedanken behielt sie lieber für sich. Je weniger Leute wussten, dass Sean ihr gefolgt war, desto besser. Sie dachte mit Schaudern daran, was die Presse wohl daraus machen würde, und sah die Schlagzeilen schon vor sich.

„Schön", meinte Greg geschäftsmäßig. „Wäre es sehr schlimm, wenn Sie ihn unterbrechen würden?"

„Unterbrechen?" Nadine konnte es nicht glauben. Das hätte sie sich ja denken können! Gleich als Luc ihr mitgeteilt hatte, dass Greg angerufen habe, hatte sie so etwas vermutet. Greg Erroll würde sie niemals anrufen, um sich nach ihrem Urlaub zu erkundigen, es musste schon etwas Wichtiges sein.

„Nur für ein paar Tage", fügte er eilig hinzu.

„Wozu?"

„Ich würde Sie nicht darum bitten, wenn es nicht etwas ganz Besonderes wäre."

„Kommen Sie, Greg, lassen Sie die Katze aus dem Sack."

Er lachte. „Es ist ein Fernsehauftritt in den USA. In Miami, um genau zu sein. Man hat dort die britischen Presseveröffentlichungen gelesen und möchte, dass Sie am Freitagabend bei einer Talk-Show mitmachen. Wenn es irgendwo anders wäre, würde ich Sie nicht bitten, ihren Urlaub zu unterbrechen. Aber die Verbindung nach Miami ist sehr gut. Ich könnte Sie mit dem Privatflugzeug abholen und hinfliegen lassen. Sie treten in der Show auf, verbringen die Nacht in einem erstklassigen Hotel, im Sheraton River House, gleich am Flughafen oder im Grand Bay in Coconut Grove. Da steige ich immer ab, wenn ich in Miami bin. Man hat von dort aus einen unglaublichen Blick auf die Bucht, und das Essen ist fantastisch. Vielleicht haben Sie ja auch Lust, sich noch in Ruhe in Miami umzusehen, bevor sie zurückfliegen. Waren Sie schon mal in Miami? Die Einkaufsmöglichkeiten sind hervorragend."

Nadine dachte angestrengt nach. „Freitag? Würde das Flugzeug mich am Freitag abholen?"

„Ja, gleich morgens. Dann haben Sie genug Zeit, sich zu akklimatisieren und sich auf die Show am Abend vorzubereiten. In Miami ist es feuchtwarm, während es bei Ihnen in der Karibik bestimmt sehr windig ist."

„Im Moment ist es fantastisch hier", sagte sie geistesabwesend. „Aber ich habe gehört, dass es hier manchmal sehr stürmisch sein kann und im Frühjahr auch regnerisch."

„Dann bin ich vielleicht zur falschen Jahreszeit dort gewesen." Nach kurzem Zögern fragte Greg: „Nun, werden Sie zusagen?"

„Ja, in Ordnung."

Er klang noch herzlicher. Greg mochte Leute, die taten, was er sagte.

„Prima. Möchten Sie gleich am nächsten Tag zurückfliegen oder noch ein wenig in Miami bleiben?"

„Ich würde gern noch zwei Tage länger bleiben", sagte sie, und er lachte.

„Ich habe mir schon gedacht, dass Sie der Versuchung nicht widerstehen können, dort einzukaufen. Okay, dann werde ich mich um alles kümmern. Ich melde mich wieder bei Ihnen, sobald ich Näheres weiß."

Einen Moment später legte Nadine den Hörer auf und streckte sich auf dem Bett aus. Eigentlich hatte sie keine Lust, nach Miami zu fliegen. Auf der anderen Seite war es eine erstklassige Gelegenheit, Sean für eine Weile zu entkommen. Vielleicht würde sie gar nicht zur Insel zurückkehren, sondern direkt nach London fliegen. Dieser Urlaub hatte dazu dienen sollen, sie von den Problemen zu Hause abzulenken, aber Sean hatte diese Probleme mit auf die Insel gebracht. Nadine wusste, dass sie unfähig sein würde, sich auf ihren Malkurs zu konzentrieren, wenn Sean in der Nähe war und sie mit seinem Gerede von Affären und einem Neuanfang verunsicherte.

Sie musste zugeben, dass sie sich fast darauf eingelassen hätte. Sie schloss die Augen und erschauerte. Die Versuchung war groß gewesen, und die Vorstellung hatte in ihr das alte leidenschaftliche Feuer auflodern lassen. Aber sie musste stark sein und sich alle Gründe ins Gedächtnis zurückrufen, warum sie sich nicht von Sean überreden lassen durfte.

Es wäre furchtbar, wieder verletzt zu werden, und ihre Beziehung war immer sehr stürmisch gewesen. Wer konnte garantieren, dass sie sich in der Zwischenzeit geändert hatten?

Durch ihre unterschiedlichen Berufe hatten sie viel Zeit voneinander getrennt verbringen müssen, und wenn sie zusammen waren, hatte es auch so manchen Streit gegeben. Sean war auf jeden Mann eifersüchtig, den sie kennen lernte. Ganz besonders natürlich auf Jamie Colbert. Er konnte einfach nicht begreifen, dass Jamie nicht in sie verliebt war und sie nicht als Geliebte haben wollte.

Nadine seufzte. Im Prinzip hatte er sogar Recht. Jamie war in sie verliebt, aber nur in einem ganz bestimmten Sinn. Er liebte alle hübschen Mädchen, die er vor der Kamera hatte. Er versuchte, ihre Schönheit auf Fotos zu bannen, damit sie unvergänglich wäre. Bei der Arbeit war er wie besessen, er wollte immer das Beste aus einem Model herausholen, alles musste stimmen: Make-up, Pose, Kleidung und Hintergrund. Erst wenn alles perfekt war, war Jamie zufrieden.

Seine Liebe galt nicht ihr persönlich, sondern dem Model Nadine. Aber genau das konnte Sean nicht begreifen. Er begehrte sie und unterstellte Jamie das Gleiche.

Nadine musste zugeben, dass auch sie eifersüchtig gewesen war. Wie hätte es auch anders sein können, wo er doch ständig mit Schönheiten aus der Filmbranche zu tun hatte, die ihn Tag und Nacht verfolgten, in der Hoffnung, er würde ihnen eine Rolle in seinen Filmen geben?

Sie selbst hatte nie zu solchen Mitteln greifen müssen, um Karriere zu machen, aber sie kannte einige Mädchen, die sich einem Mann anboten, wenn das für ihren beruflichen Aufstieg nützlich war. Sean hatte ihr oft genug von ehrgeizigen Mädchen erzählt, die ihm nachgelaufen waren. Bevor er Nadine kennen gelernt hatte, hatte er eine ganze Reihe von Freundinnen gehabt. Die Beziehungen waren allerdings immer sehr kurz gewesen. Sean hatte in einem gewissen Ruf gestanden. Nadine wusste, dass sie weit mehr Grund zur Eifersucht gehabt hätte als Sean.

Selbst wenn ihre Ehe die langen Zeiten der Trennung überdauert hätte, Eifersucht und Misstrauen nicht ihre Liebe vergiftet hätte, dann hätte noch immer Seans Forderung zwischen ihnen gestanden, dass sie ihren Beruf aufgeben sollte, weil er sich ein Kind von ihr gewünscht hatte. Sie würde nie vergessen, dass er sich geweigert hatte, sich ihre Argumente anzuhören. Er wollte ihren Standpunkt einfach nicht verstehen. Er hätte seine Karriere wegen eines Kindes auch nicht aufgegeben, hatte sie ihm vorgehalten. Warum verlangte er das dann von ihr?

„Mach dich doch nicht lächerlich“, hatte er mürrisch gesagt. „Das ist doch etwas ganz anderes. Ich bin ein Mann, ich kann keine Kinder bekommen. Du bist eine Frau, die Natur hat es so eingerichtet, dass du die Kinder zur Welt bringst.“

„Ja, und zu etwas anderem tauge ich nicht, oder?“ Nadine war wütend gewesen und hatte kaum glauben können, dass es Sean ernst war.

„Doch, du bist auch zu etwas anderem gut." Er hatte gelacht und sie verführerisch angeschaut.

„So kannst du mich nicht behandeln, Sean!" hatte sie ärgerlich gerufen. „Du klingst wie Valentino! Aber du bist kein Wüstenscheich, und ich bin nicht deine Haremsdame, also überleg dir bitte, was du sagst."

„Sei doch nicht albern! Es war nur ein Scherz." Auch er war wütend geworden.

„Ein schöner Scherz! Ich finde ihn überhaupt nicht komisch."

„Du hattest ja noch nie viel Sinn für Humor", hatte er geantwortet und sie angesehen, als könne er sie nicht leiden, von Liebe ganz zu schweigen. „Was ist eigentlich in letzter Zeit mit dir los? Sonst haben wir uns immer prima unterhalten, haben über die gleichen Witze gelacht, aber seit einiger Zeit schreist du mich an, sobald ich nur den Mund öffne."

Diese Behauptung hatte sie verwirrt. Unsicher hatte sie Sean angesehen. War das wirklich wahr? Verzweifelt und hilflos hatte sie sich abgewandt. Sie entfernten sich immer mehr voneinander, und sie wusste nicht, wie sie sich dagegen wehren sollte. Sie wusste nur, dass sie ihn liebte und ihn nicht verlieren wollte. Auf der anderen Seite widerstrebte es ihr jedoch, ihr Leben von ihm bestimmen zu lassen.

Vorsichtig hatte sie noch einmal versucht, ihm ihren Standpunkt zu erklären. „Sean, ich weiß, dass du gern ein Kind haben möchtest, und mir geht es ebenso, aber der richtige Zeitpunkt ist noch nicht da. Ich habe meine eigene Terminplanung, und darin ist ein Baby in den nächsten Jahren nicht vorgesehen. Ich möchte so lange wie möglich als Fotomodell arbeiten und dann eine neue Karriere anfangen, die Zukunft hat. Erst dann werde ich bereit sein, einige Jahre Pause zu machen, Kinder zu bekommen und großzuziehen. Wenn sie dann in die Schule gehen, möchte ich wieder arbeiten."

„Du brauchst deine Karriere gar nicht jahrelang zu unterbrechen. Wir stellen ein Kindermädchen ein. Die meisten berufstätigen Mütter haben ein Kindermädchen."

„Das mag sein, aber ich bin anderer Ansicht. Warum soll ich ein Kind bekommen, um das sich dann jemand anders kümmert, während ich wieder arbeite. Ich bin gern bereit, eine Aushilfe einzustellen, die mich von Zeit zu Zeit entlastet. Vielleicht werde ich sogar halbtags arbeiten, wenn das Kind zwei oder drei Jahre alt ist, aber erst, wenn ich mich dazu in der Lage fühle, die Mutterrolle zu übernehmen, möchte ich Kinder bekommen."

„Du willst überhaupt kein Baby, gib es doch zu!" hatte Sean behauptet.

„Du hast doch gehört, was ich gerade gesagt habe. Eines Tages möchte ich Kinder haben, aber so weit ist es noch nicht."

Er hatte sie mürrisch angesehen. „Wenn es nach dir ginge, dann wäre ich über vierzig, wenn das erste Kind zur Welt kommt. Ich will aber nicht so lange warten."

„Das tut mir Leid. Vielleicht können wir uns ja irgendwie auf einen Kompromiss einigen und ..." Weiter war sie nicht gekommen, denn Seans Wutausbruch hatte sie unterbrochen.

„Deine Kompromisse kenne ich. Du setzt deinen Willen durch, und ich akzeptiere es."

„Nein, das ist deine Vorstellung, nicht meine. Du bist doch so entschlossen, deinen Willen zu bekommen."

„Als wir geheiratet haben, dachte ich, wir würden gleich mit dem Kinderkriegen anfangen."

„Davon hast du nichts gesagt, als du mich gebeten hast, dich zu heiraten. Du hast mir nicht erzählt, dass du gleich ein Baby haben möchtest."

„Ich habe eben angenommen, dass du genauso denkst. Wir haben uns doch oft darüber unterhalten, wie es wäre, Kinder zu haben, und du schienst von der Idee genauso begeistert zu sein wie ich."

Sie erinnerte sich noch genau an die Wochenenden in Seans Landhaus. Verträumt hatte sie mit ihm am knisternden Kaminfeuer gesessen und über die gemeinsame Zukunft gesprochen. Natürlich hatte sie auch eine Familie haben wollen.

„Das war ich auch, und das bin ich noch", hatte sie verzweifelt geflüstert.

„Lüg mich nicht an, Nadine", hatte er verbittert geantwortet. „Es reicht. Du hast mich damals belogen, du hast mich reingelegt. Ich dachte, du seist anders als die anderen. Ich dachte, du würdest einmal die Mutter meiner Kinder sein, aber in Wirklichkeit bist du eine ehrgeizige Frau – genau wie all die anderen, die nur ihre Karriere im Kopf haben."

„Das ist nicht wahr." Nadine war erschüttert gewesen, und der Streit war so ausgegangen wie alle anderen Auseinandersetzungen zuvor.

Sie hatten sich im Kreis gedreht, ohne jemals zu einem Schluss zu kommen. Es war ihnen misslungen, auch nur eins ihrer Probleme zu lösen, und schließlich hatten sie sich nach einem letzten, fürchterlichen Streit getrennt. Zuerst hatten sie gar nicht von Scheidung gesprochen. Sie hatten es nicht ertragen können, einander zu sehen. Aus Tagen waren Wochen geworden, aus Wochen Monate. Ihre Anwälte hatten sich auseinander gesetzt, sie selbst hatten nicht ein Wort miteinander gewechselt. Dazu waren sie viel zu beschäftigt gewesen.

Als das Wort Scheidung zum ersten Mal gefallen war, hatte Nadine einen Schock erlitten. Doch ihr Anwalt hatte behauptet, dass es unweigerlich darauf hinauslaufen würde, nach einer so langen Zeit der Trennung. Sean wollte wahrscheinlich wieder heiraten, und so hatte Nadine sich entschlossen, die Scheidung nicht anzufechten, und alles hatte seinen Lauf genommen.

Sie hatte hart gearbeitet und sich ins wilde Jetsetleben gestürzt, um zu vergessen, wie unglücklich sie war. Sie flog von einer Party zur anderen, von London nach New York, von Rom an die Côte d'Azur und von da aus wieder nach New York. Sie gehörte zum Jetset, nicht nur, weil sie mit Sean Carmichael verheiratet gewesen war, sondern auch, weil es sich herumgesprochen hatte, wie reich sie jetzt war. Darüber hinaus war Nadine natürlich selbst eine Berühmtheit. Die Männer lagen ihr zu Füßen, reiche Damen luden sie zu ihren Wohltätigkeitsbällen ein, und mit ihrem Aussehen und ihrer Berühmtheit war sie eine Bereicherung für jede Party. Nadine konnte sich vor Einladungen kaum retten.

Doch bald fand sie heraus, dass dies kein Leben für sie war. Sie war nicht der Typ, der bis in die frühen Morgenstunden wilde Feste feierte. Erstens war sie am nächsten Tag wie zerschlagen, und zweitens tat sie ihrem Teint damit auch keinen Gefallen. Ganz zu schweigen davon, dass sie ihre Gesundheit ruinierte. Also hatte sie keine Einladungen mehr angenommen und sich stattdessen noch entschlossener ihrer Arbeit gewidmet. Gleichzeitig hielt sie nach einem anderen Beruf Ausschau, den sie ausüben konnte, wenn ihre Karriere als Fotomodell beendet war.

Nadine führte ein leeres, einsames Leben, daran konnte auch ihr großer Freundes- und Kollegenkreis nichts ändern. Auf der anderen Seite war es sehr friedlich, und der Schmerz hatte langsam nachgelassen. Bis zu der Begegnung mit Sean beim Fernsehsender vor einigen Wochen. Ein Blick in die blauen Augen hatte genügt, um das alte Feuer wieder auflodern zu lassen. Der Schmerz hatte wieder eingesetzt, mit dem Frieden war es vorbei. Sie musste sich eingestehen, dass sie noch lange nicht über Sean hinweg war. Vielleicht würde es ihr sogar niemals gelingen, ihn zu vergessen. Und das Schlimmste daran war, dass Sean das genau wusste und versuchte, diese Schwäche auszunutzen.

Ruhelos glitt sie vom Bett und zog sich zum Abendessen um.

Sie trug ein ärmelloses, wadenlanges gelbes Sommerkleid mit spinnennetzartigem schwarzgelbem Rückenausschnitt und tiefem Dekolletee. Als Kontrast legte sie große schwarze Ohrringe an und befestigte eine schwarze Satinschleife im Haar. Sie benutzte nur etwas Tagescreme, einen korallenfarbenen Lippenstift und ein wenig grünen Lidschatten als Make-up.

Herausfordernd sah ihr Spiegelbild ihr entgegen. Sie dachte nicht daran, sich anmerken zu lassen, dass sie plante, vor Sean davonzulaufen. Und es kam auch nicht in Frage, dass er sie den ganzen Abend nur für sich beanspruchen würde. Das Gleiche galt auch für die Tage bis zu ihrem Abflug nach Miami. Irgendwie musste sie Sean in die Schranken weisen, nur wie?

Es war noch etwas früh zum Abendessen, daher leistete sie zunächst Luc Haines und seiner Frau an der Bar Gesellschaft.

„Sieh an, sieh an“, sagte Luc anerkennend. „Das ist aber ein außergewöhnliches Kleid.“

„Ist es ein Designermodell?“ fragte Clarrie Haines. Nadine nickte.

„Ja, von einem englischen Modeschöpfer“, sagte sie und verriet ihnen den Namen.

„Das kannst du dir nicht leisten, mein Schatz“, sagte Luc zu seiner Frau, die fröhlich lachte.

„Ich weiß. Aber ich darf doch träumen, oder?“

„Das ist nicht unbedingt nötig“, meinte Nadine. „Wenn Sie das nächste Mal in London sind, gehen Sie einfach mal in seinen Salon. Normalerweise hat er immer eine Auswahl seiner Modelle zum halben Preis. Entweder Kleider von Kundinnen, die jedes Modell nur einmal anziehen, oder Ausstellungsstücke, die er gern loswerden möchte.“

„Wirklich? Das ist ja toll. Das muss ich unbedingt ausprobieren, wenn ich wieder mal in London bin“, sagte Clarrie. „Ihr Kleid ist einfach hinreißend, mir gefallen besonders die Farbkombination von Schwarz und Gelb und der lange Rock.“

„Drehen Sie sich doch mal für uns“, bat Luc, und Nadine gehorchte lachend. Der Rock flog nur so über ihre langen, schlanken Beine.

„Der Rückenausschnitt ist wirklich ganz außergewöhnlich. Darf ich ihn mir mal etwas näher ansehen?“ fragte Clarrie.

Nadine wandte Clarrie den Rücken zu und bemerkte in diesem Moment Sean, der offensichtlich gerade zum Abendessen heruntergekommen war und Nadine von der Tür aus beobachtete. Er trug einen weißen Smoking mit einer roten Nelke im Knopfloch des Jacketts und einem roten Seidenkummerbund an der Hose. Schweigend sahen sie sich in die Augen. Nadine spürte, wie es zwischen ihnen knisterte.

„Fantastisch“, sagte Clarrie und zog mit dem Finger das Spinnwebmuster auf Nadines Rücken nach. „Fast ein wenig unheimlich, nicht wahr? Wenn du sie malst, Luc, dann unbedingt in diesem Kleid. Und der Rückenausschnitt muss auch zu sehen sein. Könntest du sie nicht vor einem Spiegel darstellen? Dann sieht man beide Seiten.“

„Spiegel“, sagte Luc verträumt. „Ja, das ist es! Ganz viele Spiegel.

Ach, Clarrie, du bist einfach wundervoll! Immer gibst du mir so interessante Anregungen. Kein Wunder, dass ich dir verfallen bin! Genau das ist es: Ich male sie in einem Raum voller Spiegel, ihre Reflexionen sind überall, kommen aus allen Richtungen, und Männeraugen beobachten sie ..."

Nadine fröstelte und wurde blass. „Das ist ja eine grauenhafte Vorstellung!" Noch immer hielt sie Seans Blick fest, der sich inzwischen verfinstert hatte.

Luc lächelte. „Das ist doch aber der springende Punkt. Fotomodelle und Schauspielerinnen werden ständig angestarrt, werden fotografiert, beobachtet, und zwar von Männern. Wo auch immer sie hingehen, immer werden sie von ihren eigenen Spiegelbildern und von Männerblicken verfolgt." Er dachte laut nach. „Mit anderen Worten: Es trifft auf alle Frauen zu, oder? Männer beobachten Frauen ständig, und Frauen sind sich ihrer Blicke immer bewusst. Sie machen sich schick für Männer, um ihre Aufmerksamkeit auf sich zu lenken – daher das Spinnengewebe."

„Mir gefällt es", sagte Clarrie und strahlte. Dann umarmte sie ihren Mann, küsste ihn und drückte ihn an sich. „Ausgezeichnet, Liebling. Deine symbolischen Gemälde gefallen mir am besten."

„Ich weiß."

Einen Moment lang sahen sie sich tief in die Augen und vergaßen, wo sie waren. Nadine fühlte sich ausgeschlossen und betrachtete sie ein wenig neidisch und traurig zugleich. Luc und Clarrie verstanden sich auch ohne Worte, und so hätte es zwischen Sean und ihr auch sein sollen. Wärme, Verständnis füreinander, tiefes Vertrauen. Stattdessen war ihre Ehe daran gescheitert, dass jeder den anderen bevormunden wollte. Sie waren beide nicht imstande gewesen, Kompromisse einzugehen. Das war Nadine aber erst jetzt klar geworden.

Clarrie warf plötzlich über Lucs Schulter einen Blick auf die Wanduhr und stöhnte vor Schreck. „Seht nur, wie spät es schon ist. Ich muss zurück in die Küche." Sie lächelte Nadine zu. „Sie werden sich von Luc malen lassen, nicht wahr? Es wird ein Meisterwerk werden."

Luc lachte. „Mein Fanclub", sagte er zufrieden. „Aber mir geht es genauso. Sie mag meine Arbeit, und ich mag ihre. Im Vertrauen: Ich habe sie geheiratet, weil sie eine so gute Köchin ist."

Clarrie zwinkerte vergnügt. „Er meint es ganz ernst."

„Was gibt es denn heute zum Abendessen?" fragte Sean, der herangekommen war.

„Hallo, Sean", sagte Clarrie, die sich offensichtlich freute, ihn zu sehen. „Sie sehen aber sexy aus!"

„He, pass bloß auf, Weib!" meinte Luc lachend. „Ab in die Küche, aber sofort!"

Clarrie kicherte. „Erst erzähle ich Sean, was es zu essen gibt. Ich serviere gegrillten Fisch, speziell für Nadine, weil ich weiß, wie gern sie Fisch isst. Ich habe ihn in Zitrusfrüchten mariniert und reiche ihn mit gebratenen Bananen und Limonen. Dann gibt es einen Ziegencurry und Zwiebelkuchen. Ich biete gern für jeden Geschmack etwas an. An Ihrer Stelle würde ich die Ziege probieren, Sean. Das Fleisch ist sehr zart und die Currysauce mild. Ich habe mit Kokosmilch und Zitrone abgeschmeckt. Sie werden es mögen."

Nadine beobachtete, wie Sean Clarrie zulächelte. Er konnte sehr charmant sein, wenn er wollte, und Clarrie hatte Recht. In dem weißen Smoking sah er wirklich sehr sexy aus.

Als Clarrie in der Küche verschwunden war, fragte Luc: „Was darf ich Ihnen zu trinken anbieten, Sean?"

Sean wollte gern einen der Spezialcocktails des Hotels mit Kokosmilch probieren. Luc ging hinter die Bar und bereitete das Getränk zu, und Nadine setzte sich an einen Tisch, auf dem ihr eigener Drink bereitstand: Limonensaft und Mineralwasser. Sean setzte sich zu ihr und streckte die langen Beine aus.

„So fühlt man sich also, wenn man Nadine Carmichael heißt", sagte er langsam. Nadine sah ihn verblüfft an.

„Wovon redest du?"

„Ich habe mit angehört, was Luc über dich gesagt hat, dass du dich ständig im Spiegel und in Männeraugen wieder findest. Es klang ziemlich klaustrophobisch, und du machtest einen gehetzten Eindruck, als er das sagte. Fühlst du dich wirklich so?"

„Manchmal", sagte sie.

„Warum gibst du dann deine Karriere als Fotomodell nicht auf?"

Er klang barsch und ärgerlich. „Und nun willst du auch noch diese Fernsehsendung machen. Warum setzt du dich den Blicken der Männer aus, wenn es dir gar keinen Spaß macht, ständig angestarrt zu werden?"

„Aber ... aber so ist es gar nicht", sagte sie stockend und fügte dann aufgebracht hinzu: „Du weißt doch selbst, dass ich mich nicht danach gedrängt habe, Model zu werden. Ich wäre viel lieber Schauspielerin geworden. Aber zufällig lernte ich Jamie Colbert kennen, und er entdeckte mich als Model. Ich hielt es für eine gute Möglichkeit, Geld zu verdienen, bis ich mich beim Theater oder beim Film etabliert hätte ..." Sie verstummte. Sean lächelte kühl.

„Mit meiner Hilfe."

Da sie das nicht leugnen konnte, schwieg sie lieber und senkte den Blick.

„Das hat Luc verschwiegen, als er davon sprach, wie die Männer dich anstarren, nicht wahr? Er hat nicht erwähnt, dass du die Männer benutzt, um zu bekommen, was du willst. Du hast Colbert benutzt, und du hast mich benutzt. Als es mir nicht gelang, dich beim Film unterzubringen, hast du mich verlassen."

„Das ist nicht wahr!"

„Oh doch! Und da Colbert dir jetzt auch keine Hilfe mehr sein kann, wirst du auch ihn fallen lassen. Wenn du erst mal beim Fernsehen bist, wirst du Colbert nie wiedersehen."

„Jamie ist ein guter Freund", flüsterte sie, weil sie merkte, dass Luc mit einigen seiner Schülern auf sie zukam. „Und jetzt sei still, hier kommt Luc mit deinem Cocktail."

Kurz darauf stellte Luc ein Glas auf den Tisch, das mit einem Papierschirm, einer weißen und einer roten Orchidee dekoriert war und eine Auswahl tropischer Früchte enthielt.

„Viel zu schade zum Trinken", sagte Sean gespielt amüsiert.

Eine der Frauen vom Malkurs setzte sich neben ihn auf einen Barhocker, klimperte mit den Wimpern und sagte verführerisch: „Ich helfe Ihnen, Sean." Sie nahm den Papierschirm heraus, drehte ihn lachend zwischen Daumen und Zeigefinger, steckte sich dann die rote Orchidee ins Haar und fischte sich geschickt ein Stück Mango aus dem Cocktail. Mit einer sinnlichen, aufreizenden Bewegung schob sie die süße Frucht in ihren Kussmund, während sie Sean dabei die ganze Zeit einladend ansah. Er hatte die Vorstellung amüsiert über sich ergehen lassen.

Nadine spürte mal wieder die altbekannte Eifersucht. Noch immer konnte sie sich nicht daran gewöhnen, Sean mit anderen Frauen zu sehen.

„Ich werde Nadine malen“, verkündete Luc unvermittelt. „Allerdings nicht im Rahmen des eigentlichen Malkurses. Obwohl Sie mir natürlich gern bei der Arbeit zusehen dürfen. Sie können auch Fragen stellen und mir Ihre Meinung zu dem Bild sagen. Ich werde nachmittags arbeiten und vormittags ganz normalen Unterricht geben.“

Nadine begegnete Seans zornigem Blick. Die Vorstellung, mich von Luc malen zu lassen, gefällt ihm nicht, dachte sie mit Genugtuung. Wenn Luc mich malt, kann Sean wenigstens nicht mit mir allein sein, überlegte sie. Dann hätte sie den ganzen Tag Ruhe vor ihm. Und nachts würde sie die Tür verriegeln, damit er nicht in ihr Zimmer dringen konnte. Freitag würde sie dann abfliegen. Wollte sie das wirklich? Sean aus dem Weg gehen, bis sie die Insel verlassen konnte, und dann dafür sorgen, dass sie ihn nie wiedersah?

6. KAPITEL

Greg Erroll rief Nadine am nächsten Morgen an, um ihr mitzuteilen, dass alles für ihren Trip nach Miami vorbereitet sei. „Das Flugzeug wird um zehn Uhr morgens landen. Bitte seien Sie pünktlich am Flugplatz, denn es wird nicht lange warten können.“ Nadine versprach, rechtzeitig da zu sein.

Am Nachmittag darauf begannen dann die Sitzungen im Atelier, wo ein begeistertes Publikum Luc bei der Arbeit zusah. Es schien ihm nichts auszumachen, Zuschauer zu haben, und Nadine war es sowieso gewohnt, beobachtet zu werden. Am liebsten war es ihr allerdings ohne Publikum, die Atmosphäre war wesentlich entspannter, wenn sie mit Luc allein war.

Es fiel ihr leicht, eine Pose beizubehalten. Luc probierte verschiedene Stellungen, zuerst auf dem Podium, dann mit einem Knie auf dem Stuhl, auf dessen Rückenlehne sie sich stützte. Dabei musste sie in Lucs Richtung sehen.

Luc hatte viel Humor und brachte Nadine immer wieder zum Lächeln. Zuerst fragte sie unsicher: „Darf ich lächeln? Wenn nicht, dürfen Sie nicht so witzige Sachen erzählen."

Er lachte. „Ich möchte ja gerade, dass sie lächeln. Warum sollte ich mich sonst die ganze Zeit mit Ihnen unterhalten? Ich möchte, dass Sie ganz entspannt sind, Sie sollen Sie selbst sein, nicht irgendeine Schaufensterpuppe mit ausdruckslosem Gesicht. Ich möchte die wahre Nadine auf die Leinwand bannen, und das gelingt mir nur, wenn Sie heiter und entspannt sind."

Die Vorstellung war ihr unbehaglich. „Es ist mir eigentlich nicht recht, wenn Sie meine Gedanken lesen."

Er lachte. „Dazu bin ich gar nicht in der Lage. Ich möchte nur etwas mehr von Ihrer Persönlichkeit einfangen. Sie müssen sich wirklich keine Gedanken machen. Erzählen Sie mir lieber, wie Ihre Karriere als Fotomodell begonnen hat."

Sie schilderte, wie Jamie Colbert sie entdeckt hatte, und versuchte dabei so gut wie möglich, ihre Spiegelbilder zu ignorieren, die ihr aus jedem Winkel des Ateliers entgegensahen. Nadine fühlte sich dadurch ein wenig orientierungslos, erst nach einigen Tagen gewöhnte sie sich an die Figuren im Spiegel, die jede ihrer Bewegungen reflektierten. Am Ende beachtete sie sie kaum noch.

Sie wünschte, sie könnte auch Sean so ohne weiteres vergessen, aber das wusste er zu verhindern. Nadine hatte ständig etwas vor: Morgens ging sie zu ihrem Malkurs, nachmittags stand sie Luc Modell. Aber wenn sie zum Strand ging, war auch Sean nicht weit. Die anderen Gäste ließen immer einen Platz neben Nadine frei – für Sean. Sie wünschte, sie hätten es nicht getan.

Während des Vormittagsunterrichts spielte er oft Golf oder Tennis und bekam immer mehr Farbe. Luc veranstaltete seinen Kurs oft draußen: im Garten oder am Strand, aber Nadine schützte sich immer vor zu viel Sonne und trug einen großen Strohhut. Wenn es nachmittags so richtig heiß wurde, stand sie Luc im Atelier Modell, während Sean schwamm oder in der Sonne lag.

Manchmal kam er auch ins Atelier, dann wurde Nadine jedes Mal nervös.

Eines Nachmittags hörte Luc deshalb auf zu arbeiten. Er runzelte die Stirn und sagte: „Sie sind auf einmal ganz verkrampft. Was ist denn los? Sind Sie müde? Wollen wir eine Pause machen?" Er warf einen Blick auf die Staffelei, biss sich auf die Unterlippe und fügte hinzu: „Eigentlich reicht es auch für heute. Wir hören auf."

Nadine streckte sich, sie war ganz steif geworden vom langen Stillhalten. Sie schüttelte die Arme aus und versuchte, sich zu entspannen.

„Sie brauchen eine kleine Massage", sagte Luc und stellte sich hinter sie. „Setzten Sie sich auf den Stuhl, ich will mal sehen, was ich für Sie tun kann."

Ohne zu zögern, setzte sie sich, und Luc massierte mit geübtem Griff ihre Schultern. Schon bald fühlte sie sich besser und stöhnte zufrieden. „Ja, das tut ..."

„Gut?" fragte Luc und lachte, als er sie losließ. „Fühlen Sie sich nun besser?"

„Mir geht es fantastisch", sagte Nadine und schnurrte wie ein zufriedenes Kätzchen. In diesem Moment fiel ihr Blick auf Sean. Er war offensichtlich außer sich vor Wut, seine blauen Augen blitzten böse. Sofort verkrampfte Nadine sich wieder. Gut, dass Luc sie nicht mehr berührte, es wäre ihr unangenehm gewesen, wenn er gemerkt hätte, wie ihre Muskeln sich erneut verkrampft hatten.

„Vielen Dank, Luc. Ich glaube, ich werde jetzt duschen gehen und mich vor dem Abendessen noch etwas ausruhen", sagte sie, bevor sie das Atelier verließ.

Sean folgte ihr. Nadine wartete, bis sie fast vor ihrem Zimmer stand und sicher war, dass niemand in der Nähe war. Dann wandte sie sich um und sagte: „Lass mich in Ruhe, Sean. Ich bin müde und ertrage dieses Spielchen nicht mehr."

„Es ist das erste Mal, dass ich dich heute allein sehe", erwiderte er ärgerlich. „Du sorgst dafür, dass immer jemand in der Nähe ist, oder? Glaub ja nicht, mir sei das entgangen. Du weichst mir aus, das ist nur zu offensichtlich. Und erzähl mir nicht, dass das nur Zufall sei. Wir wissen beide, dass du mir absichtlich aus dem Weg gehst."

Sie sah ihn trotzig an und zuckte die Schultern. „Ich wollte es gar nicht leugnen. Wenn ich kann, sorge ich dafür, dass ich nicht mit dir allein bin."

Er forschte in ihrem Gesicht. „Hast du etwa Angst, mein Liebling?" Sein Tonfall hatte sich plötzlich verändert, er klang rau und verführerisch. Nadine lief ein Schauer der Erregung über den Rücken, sie musste schlucken.

„Angst? Wovor?" Sie war stolz, wie gelassen das geklungen hatte. Sean lächelte spöttisch.

„Davor, ein Verhältnis mit mir anzufangen."

Nadine war wütend auf sich selbst, als sie merkte, dass sie rot wurde.

„Nein", stieß sie hervor. Das schien Sean noch mehr zu amüsieren.

„Nein, du hast keine Angst davor, oder nein, du willst keine Affäre mit mir haben?"

Es fiel ihr schwer, einen klaren Gedanken zu fassen. Sean war ihr einfach zu nahe und ließ seine verlangenden Blicke über ihren Körper gleiten.

„Beides", murmelte sie, und er zog die Augenbrauen hoch.

„Beides? Nein zu beidem? Du hast keine Angst vor einer Affäre, aber trotzdem willst du keine? Wie reimt sich denn das zusammen, Liebling?"

„Hör auf, mich Liebling zu nennen!"

„Das hat dir doch immer so gut gefallen", sagte er und ließ seine Hand sinnlich über ihre Wange bis zum Hals gleiten. Nadine war sofort erregt.

„Und fass mich nicht an!" Sie stieß seine Hand fort.

Seans Augen blitzten wütend auf. „Von Luc Haines hast du dich ja auch gerade berühren lassen."

Sein zorniger Ton schockierte sie so sehr, dass sie zusammenzuckte. Ihre Nerven waren zum Zerreißen gespannt, ihre Augen vor Schreck weit aufgerissen. Nadine hatte gewusst, dass er wütend war, weil Luc ihre Schultern massiert hatte, deshalb hatte sie eben diese Auseinandersetzung angefangen. Sie hatte ihn angegriffen, bevor er sie angreifen konnte, weil sie gehofft hatte, die Situation zu entspannen und ihn von seinem eigentlichen Vorhaben abzulenken.

Als sie die Sprache wieder gefunden hatte, protestierte sie mit zittriger Stimme: „Er hat meine Schultern massiert und sonst nichts."

„Nenn es, wie du willst, jedenfalls hat es ihm Spaß gemacht, und du hast zufrieden geschnurrt", sagte Sean angewidert und sah sie kühl und fast grausam an. Nadine fröstelte.

„Ich war müde, und die Schultern taten mir weh. Die Massage hat mir gut getan. Na und? Luc muss magische Hände haben ..."

Sean verzog das Gesicht. „Und es hat dir gefallen, von ihm berührt zu werden."

Ihr Blick verdunkelte sich. „Du hast eine schmutzige Fantasie! Es war alles ganz unpersönlich und hatte mit Sex nicht das Geringste zu tun. Und du stellst es dar, als sei es ..."

„Intim gewesen", beendete Sean den Satz für sie. „So sah es aus. Sehr intim. Du hast dich gegen ihn gelehnt, und er behandelte dich, als wäre er es gewohnt."

Nadine war außer sich. „Er ist überhaupt nicht daran gewohnt. Luc ist glücklich verheiratet. Er und ich sind nur ..."

„Bitte sag nicht ‚gute Freunde'. Ich kann es nicht mehr hören."

„Warum nicht? Es ist doch die Wahrheit. Ich mag Luc, er ist sehr nett, aber sexuell interessiert er mich nicht im Geringsten. Genauso wenig wie Jamie Colbert. Ich habe nicht die Absicht, mit einem von ihnen ins Bett zu gehen!"

Sean sah sie forschend an. „Nein?"

„Das habe ich doch gerade gesagt", antwortete sie und sah ihn böse an.

Einen Moment lang schwiegen sie beide, dann fragte Sean leise und zärtlich: „Und wie ist es mit mir, Nadine? Würdest du gern mit mir ins Bett gehen?"

Seine verführerische Stimme verschlug ihr den Atem. Sean hatte sie mit seinem plötzlichen Stimmungsumschwung überrumpelt. Nadine musste den Blick abwenden, damit Sean nicht die brennende Leidenschaft in ihren Augen lesen konnte, die sie empfand. Doch sie hatte zu langsam reagiert. Sean stöhnte auf.

Zärtlich streichelte er ihren Hals, und sie hatte Angst, er würde ihren aufgeregten Pulsschlag spüren. Doch dann zog er sie plötzlich an sich, hart und besitzergreifend, und ließ die Hand durch ihr langes kastanienbraunes Haar gleiten. Er hielt sie fest, damit sie ihm nicht entkommen konnte.

Bestürzt flüsterte sie mit rauer Stimme: „Nein, Sean ... nein."

Dann wurden ihre Worte von seinem Kuss erstickt. Er küsste sie so heiß und fordernd, dass Nadine zu zittern begann. Sie schloss die Augen und verlor die Kontrolle. Jetzt zählte nur noch, dass sie ihn leidenschaftlich begehrte. Dass es unvernünftig war, spielte plötzlich keine Rolle mehr. Sie konnte sich nicht mehr zurückhalten und erwiderte seinen Kuss mit gleicher Leidenschaft. Dabei schmiegte sie sich eng an Sean, der sie verlangend streichelte und seine harten Schenkel an sie presste.

Als der Kuss schließlich aufhörte, war es ihr, als erwache sie aus einem tiefen Schlaf. Sie protestierte und suchte Halt bei ihm, weil ihre Beine unter ihr nachzugeben drohten. Ihr war schwindlig. Vorsichtig schlug sie die Augen auf, war zunächst geblendet, nahm dann Seans leidenschaftlichen Blick wahr. Das war zu viel für sie.

Er sah sie an und sagte heiser: „Lass uns ins Bett gehen, Liebling." Nadine konnte kaum atmen.

Sie sehnte sich mit ihrem ganzen Körper danach, mit ihm zu schlafen, und versuchte ja zu sagen. Sean beobachtete sie angespannt.

„Sag ja, Liebling", flüsterte er. „Sag ja."

Nadine holte tief Luft, sie wollte ja sagen, wusste aber, dass sie es nicht durfte. Langsam schüttelte sie den Kopf.

Er wurde blass, alle Farbe wich aus seinem Gesicht, in seinen Augen las sie die verschiedensten Empfindungen: Schmerz, Ungläubigkeit, Schock und Zorn.

„Du begehrst mich", sagte er anklagend. Sie konnte es nicht leugnen.

„Ich kann das Risiko nicht eingehen, Sean", sagte sie leise, Tränen standen in ihren Augen. „Es hat so wehgetan das letzte Mal. Wir passen nicht zusammen, und es ist egal, ob du es Ehe oder Affäre nennst. Wir sind die gleichen Menschen geblieben, du und ich. Und unsere Beziehung wird wieder in einer Katastrophe enden."

Sean sah sie fassungslos an. Er war nicht nur blass geworden, auch der Blick seiner dunklen Augen war leer.

„Es tut mir Leid", sagte Nadine und ging an ihm vorbei zu ihrem Zimmer. Dieses Mal hielt er sie nicht zurück. Sie schloss die Tür auf und ging hinein, machte die Tür zu und verriegelte sie von innen. Schwankend ging Nadine zum Bett und ließ sich einfach fallen.

Sie drückte das Gesicht ins Kissen und weinte verzweifelt. Ihr ganzer Körper wurde von dem heftigen Schluchzen geschüttelt. Sie hatte nein sagen müssen, aber es hatte sie mehr Kraft und Überwindung gekostet, als Sean je ahnen würde.

Erst eine halbe Stunde später hatte sich Nadine wieder so weit gefangen, dass sie aufstehen und ins Badezimmer gehen konnte. Sie duschte, trocknete sich ab und zog einen kurzen gelben Bademantel über. Dann setzte sie sich wieder aufs Bett und malte ihre Fußnägel mit korallenfarbenem Nagellack an. Das Zimmermädchen hatte die Jalousien hochgezogen, und die Gardine vor der offenen Balkontür bauschte sich im plötzlich aufgekommenen Wind.

Nadine legte sich auf den Bauch, blickte schläfrig hinaus und ließ ihre Nägel trocknen. Sie lauschte dem Rauschen der Palmblätter, dem Quaken der Frösche, dem Plätschern des Wassers im Swimmingpool, in dem sich Hotelgäste tummelten, dem Klingen der Gläser an der Bar und hörte von Zeit zu Zeit Gelächter. Aus der Ferne vernahm sie das sanfte Rollen der karibischen See.

An einem so traumhaften, magischen Ort war sie noch nie zuvor gewesen, doch es war eine gefährliche Magie, die sie schwach werden ließ. Dabei musste sie gerade jetzt stark sein, um Sean zu widerstehen.

Sie fiel in einen leichten Schlaf. Als sie wieder erwachte, wurde es Zeit, sich zum Abendessen umzuziehen. Sie zog ein weißes, mit zarten blauen und rosa Blüten bedrucktes Chiffonkleid mit einem halben Dutzend Unterröcken an. Die kurzen Röcke umschmeichelten bei jedem Schritt ihre sonnengebräunten Beine. Nadine schlüpfte in ein Paar hochhackiger weißer Sandaletten und ging hinunter.

Sean saß bereits am Tisch, der einzige freie Stuhl war neben ihm. Nadine zögerte, ihr wurde ganz heiß unter seinem harten, unerbittlichen Blick.

Während sie noch unentschlossen war, was sie tun sollte, stand er auf und zog den Stuhl zurück, bevor er ihr energisch bedeutete, sich zu setzen. Da die anderen Hotelgäste sie genau beobachteten, hatte Nadine keine Wahl. Deshalb gab sie nach und setzte sich hin. Sie spürte Seans Hand auf ihrem Rücken und zuckte zusammen. Auch Sean setzte sich wieder.

„Guten Abend“, begrüßte sie die anderen Gästen am Tisch.

„Sie sind wieder mal als Letzte gekommen, Nadine“, sagte Karen, eine der Frauen vom Malkurs. Sie war eine scharfzüngige Blondine und trug ein schulterfreies silberfarbenes Kleid, das bei jeder Bewegung glitzerte.

„Ja, tut mir Leid. Ich war nach dem Duschen eingeschlafen“, antwortete Nadine und griff nach der Speisekarte.

„Das ist ein wunderschönes Kleid“, sagte einer der männlichen Kollegen aus dem Aquarellkurs. „So feminin und romantisch.“

„Danke.“ Nadine lächelte ihm zu. Johnny Crewe war Buchhalter, ein sehr gewöhnlicher Mann Mitte dreißig mit beginnender Glatze und wasserblauen Augen. Sein Beruf langweilte ihn, war aber zu gut bezahlt, um ihn aufzugeben. Johnny hatte sich für den Malkurs eingeschrieben, weil er sich nach Romantik und einem aufregenden Leben sehnte. Nadines Lächeln hatte ihn verlegen gemacht. Sie merkte, wie Sean neben ihr sich versteifte.

„Weißt du schon, was du essen möchtest?“ fragte er schroff und gab dem Ober ein Zeichen.

Nadine betrachtete das Essen auf seinem Teller. „Was isst du denn?“ fragte sie.

„Batatenpfannkuchen. Schmeckt ganz ausgezeichnet.“ Er hielt ihr einen Gabelbissen hin. „Probier mal.“

Als sie zögerte, drückte Sean ihr die Gabel zwischen die Lippen. „Es wird dir schmecken.“ Fast klang es wie ein Befehl. Es *wird* dir schmecken! Wie konnte er nur so besitzergreifend sein und allen anderen Männern am Tisch unmissverständlich zu verstehen geben, dass sie ganz allein ihm gehörte und aß, was er ihr gab!

Nadine hätte Sean vor lauter Wut am liebsten eine Szene gemacht. Doch er sah sie unter halb geschlossenen Lidern so drohend an, dass sie schließlich gehorsam kaute.

„Nicht schlecht, aber zu kalorienreich", sagte sie, nachdem sie das Stück Pfannkuchen hinuntergeschluckt hatte. „Ich werde Melone nehmen, danach ein Schwertfischsteak und einen Salat."

Der Ober nahm die Bestellung lächelnd entgegen und ging. Karen beugte sich vor und musterte neidisch Nadines Kleid. „Models bekommen ihre Kleider sicher umsonst, oder?"

„Nur selten, aber wir können sie in der Regel zum Selbstkostenpreis erwerben, wenn wir sie vorgeführt haben", erklärte Nadine kühl.

Johnny Crewe fragte Sean: „Wann wird Ihre wunderschöne Frau eine Rolle in einem Ihrer Filme spielen?"

„Wenn Ostern und Pfingsten auf einen Tag fallen", sagte Nadine schnell.

Sean sah sie von der Seite an. „Nadine ist leider keine Schauspielerin", sagte er langsam. „Aber Sie haben sicher schon alle gehört, dass sie demnächst eine neue Karriere beim Fernsehen beginnt, als Moderatorin einer Talk-Show."

Anscheinend hatte sich das tatsächlich schon herumgesprochen, denn niemand war besonders überrascht. Johnny Crewe wollte Näheres wissen, und Karen flüsterte hinterhältig: „Wie sie den Job an Land gezogen hat, möchte ich lieber nicht wissen." Ihr Tonfall unterstellte, dass sie Sean in Verdacht hatte, nachgeholfen zu haben.

Der Ober brachte die Melone für Nadine. Dünne Scheiben waren wie ein Fächer auf dem Teller angeordnet, der vollbeladen mit tropischen Früchten war, die offensichtlich mit Likör beträufelt waren. Ein kleiner Papierschirm zierte die Pracht.

Während Nadine es sich schmecken ließ, übernahm Luc die Gesprächsführung und erzählte eine lange Anekdote über einen exzentrischen Maler, der an der Kunsthochschule unterrichtet hatte und dadurch berühmt geworden war, dass er für Filmproduktionen malte.

„Wenn in Hollywood ein Film über einen Künstler gedreht wird, malt Jack Hurley die Bilder. Er muss der berühmteste Künstler im

Filmgeschäft sein, aber privat hat noch nie jemand von dem armen Jack gehört. Seine eigenen Bilder verkaufen sich einfach nicht. Haben Sie schon einmal mit ihm gearbeitet, Sean?“

„Ja, ein einziges Mal. Er malte das, worum ich ihn gebeten hatte, und im Film wirkte es auch ganz passabel, obwohl es in Wirklichkeit grell und geschmacklos aussah. Ich habe keine Ahnung, was nachher mit den Bildern passiert ist.“

„Apropos nachher“, sagte Luc. „Nach dem Essen veranstalten wir Limbo Dancing am Strand. Wer Lust hat, ist herzlich eingeladen.“

Aufgeregtes Tuscheln setzte ein. „Können wir es auch ausprobieren?“ fragte Johnny Crewe. „Ich wollte schon immer mal Limbo tanzen.“

Luc amüsierte sich. „Natürlich“, sagte er lachend.

Nach dem Essen machten sich die Hotelgäste auf den Weg zum Strand und setzten sich an die Bar. Man hatte noch einige Tische aufgestellt, von denen man einen guten Blick auf den Strand hatte. Die Limbotänzer waren eine laute, lebhafte Gruppe von jungen Leuten in weißen abgeschnittenen Jeans und grellfarbigen Hemden. Sie tanzten zu eigener Musik, die von einem Trio an Steeldrums gemacht wurde. Sie schufen eine prickelnde Atmosphäre.

Die Hotelgäste konnten gar nicht genug bekommen. Einer der Männer war ein Feuerschlucker. Am Höhepunkt seiner Vorstellung tanzte er um die Leute herum, warf seine Fackeln in die Luft, fing sie wieder auf und tanzte schließlich unter der Limbostange hindurch, wobei er gleichzeitig Feuer schluckte. Die Gäste applaudierten begeistert, als er sich nach der Vorstellung verbeugte.

Johnny Crewe sprang auf und klatschte, bevor er laut rief: „Darf ich auch mal Limbo tanzen?“

„Klar, komm her, Mann“, sagte einer der Tänzer.

Nadine sah ironisch lächelnd zu. Johnny liebte es, im Mittelpunkt der Aufmerksamkeit zu stehen und sich feiern zu lassen. Er strahlte übers ganze Gesicht.

Er war überraschend beweglich. Das Publikum beobachtete amüsiert, wie er sofort den Rhythmus aufnahm, die Hüften schwang und sich sinnlich bewegte, als habe er sein ganzes Leben lang Limbo getanzt. Die Leute waren begeistert und klatschten laut, dann wollten andere es auch probieren, und Johnny rief Nadine, damit auch sie mitmachte.

Doch sie schüttelte den Kopf. „Nein, danke, ich schaue lieber zu."

Johnny, der seine Schuhe inzwischen ausgezogen hatte, lief zu ihr herüber und drängte sie, es sich anders zu überlegen. „Kommen Sie schon, Nadine", sagte er eifrig, griff nach ihrer Hand und zog Nadine vom Stuhl hoch. „Tanzen Sie mit mir!"

Auch Sean war aufgestanden, blitzschnell packte er Johnny am Handgelenk.

„Sie hat Nein gesagt, Kumpel. Sind Sie taub?"

„Sie kann doch wohl für sich selbst sprechen, oder?" entgegnete Johnny streitsüchtig. Plötzlich erkannte Nadine, dass er betrunken war, sonst hätte er es niemals gewagt, Sean herauszufordern, schon gar nicht heute Abend. Sean wirkte nämlich besonders kampflustig, seine Augen blitzten, und sein Körper war aufs Äußerste gespannt. Nadine gewann den Eindruck, als habe er nur auf eine Gelegenheit gewartet, seinem Zorn Luft zu machen.

„Sie hat für sich gesprochen. Sie sagte Nein", stieß er zornig hervor und befreite Nadine aus Johnnys Griff.

„Moment mal ..." Weiter kam Johnny nicht, denn im nächsten Moment hob Sean ihn hoch und warf ihn in den Sand.

Mit einem dumpfen Aufprall landete er auf dem Boden und sah sich verblüfft um. Die übrigen Hotelgäste hatten der Auseinandersetzung interessiert zugesehen, einige klatschten sogar Beifall, andere lachten. Johnny stand schwankend auf, er war von oben bis unten voller Sand. Es schien, als wolle er zum nächsten Angriff ansetzen, doch Luc konnte ihn gerade noch bremsen, indem er ihm freundschaftlich den Arm um die Schultern legte und ihn mit sich zog.

„Kommen Sie, bringen Sie uns das Limbotanzen bei, Johnny", sagte Luc, und Johnny stolperte hinter ihm her.

Nadine sah Sean anklagend an. „Was ist eigentlich in dich gefahren? Er hat es doch nicht böse gemeint. Er wollte nur nett sein."

„Nett nennst du das? Ich habe dafür eine ganz andere Bezeichnung", erwiderte Sean sarkastisch.

Sie spürte, dass sie noch immer beobachtet wurden. Die anderen Gäste lauschten fasziniert und neugierig.

„Ach, hör schon auf! Du hast eine schmutzige Fantasie." Sie hoffte, dass es alle gehört hatten.

Nadine drehte sich um und ging den Strand entlang, fort von den Limbotänzern und fort von den anderen Gästen. Bald hörte sie die Rufe der Tänzer und das Lachen der Gäste nur noch aus weiter Ferne. Da der Strand einen Bogen beschrieb, konnte sie die Menschen nicht einmal mehr sehen. Doch sie hatte bemerkt, dass Sean ihr in einiger Entfernung folgte.

Er unternahm jedoch keinen Versuch, sie einzuholen. Während er ihr folgte, hielt er stets den gleichen Abstand zu ihr, wie ein Detektiv, der jemanden beobachtete. Nadine gab daher vor, ihn nicht bemerkt zu haben.

Das Mondlicht spiegelte sich – silbrig schimmernd – in der Karibischen See und ließ die Palmwedel wie feinstes Filigran erscheinen, silbriges Licht fiel durch die Bäume, deren Schatten schwarz und unheilvoll wirkten.

Nadine blieb stehen, um übers ruhige Meer hinweg den fernen Horizont zu betrachten. Der Anblick war so friedlich, man hätte fast annehmen können, sie seien auf einer einsamen Insel gestrandet. Es war leicht, zu vergessen, dass hinter der Biegung des Strandes ein hell erleuchtetes Hotel lag, dessen lebhafte Gäste sich lautstark am Strand amüsierten, Limbo tanzten und dem Feuerschlucker zusahen.

„Wunderschön, nicht wahr?" fragte Sean, der nur wenige Schritte von ihr entfernt stehen geblieben war, um den Blick zu genießen. „Schau dir nur den Mond an."

Ruhig sagte Nadine: „Sean, du verdirbst mir den Urlaub. Hast du denn gar keinen Instinkt? Warum verschwindest du nicht und lässt mich in Ruhe?"

„Mein Instinkt sagt mir, dass ich hier bleiben soll." Sean kam näher.

„Dein Instinkt täuscht dich. Unsere Ehe ist beendet, aus, finito."

„Darüber haben wir doch schon gesprochen", antwortete er ungeduldig. „Aber ich wiederhole es gern immer wieder, wenn das nötig ist: Unsere Ehe ist auf dem Papier beendet, aber zwischen uns ist es nicht aus. Du weißt das genauso gut wie ich."

Das ließ sich nicht leugnen, außerdem zählte jetzt sowieso nur noch die Wahrheit.

„Sex war zwischen uns noch nie ein Problem, Sean. Oder?" Sie ging weiter und beobachtete genau, wie die sanfte Brandung ihre Füße umspülte, nur, um ihre leidenschaftlichen Gefühle für den Mann zu unterdrücken, der jetzt so dicht hinter ihr stand, dass sie seinen Atem auf den nackten Schultern spürte. Das machte alles nur noch schwieriger. „Im Bett haben wir uns immer gut verstanden", sagte sie aufbrausend. „Der Streit ging erst los, sobald wir aufgestanden waren."

„Dann bleiben wir eben von nun an immer im Bett", meinte Sean. Der Satz genügte, um Nadine vor Wut explodieren zu lassen.

„Sogar jetzt weigerst du dich, mich ernst zu nehmen, und machst nur dumme Witze!" Sie drehte sich zu ihm um und hielt verblüfft inne. Sein Gesichtsausdruck versetzte ihr einen Schock. Vielleicht lag es am trügerischen Mondlicht, aber Sean schien kreidebleich zu sein, seine Züge waren angespannt und verzerrt.

„Du kannst mir glauben, dass mir überhaupt nicht zum Scherzen zumute ist", sagte er leise. „Ich weiß einfach nicht, wie ich mit meinen Gefühlen umgehen soll. Hast du eine Ahnung, wie schwer es mir fällt, Gefühle auszudrücken? Männer weinen nicht. Das lernen wir schon, wenn wir noch auf dem Schoß unserer Mütter sitzen. Man erzieht uns zu tapferen kleinen Jungen, zu kleinen Soldaten. Jungen weinen nicht, wenn sie hinfallen und sich wehtun oder gestoßen werden. Sie dürfen niemals Schmerz oder Furcht zeigen. Aber auch Männer empfinden Schmerz und Furcht. Wir haben Angst, wir fühlen uns einsam, aber wenn wir diese Gefühle ständig unterdrücken, wird alles nur noch viel schlimmer, denn wir dürfen uns nichts anmerken lassen, haben kein Ventil, dürfen uns nicht trösten lassen und niemals weinen."

Sie sah ihn erschüttert an. „So etwas habe ich von dir noch nie gehört", sagte sie.

„Vielleicht liegt darin unser Problem. Wir haben uns nie richtig unterhalten, sondern sind stattdessen immer miteinander ins Bett gegangen."

„Vielleicht." Nadine seufzte. „Aber ich glaube nicht, dass es daran lag, Sean. Unser eigentliches Problem war, dass wir beide unseren Kopf durchsetzen wollten. Und so ist es bei dir noch immer, du hast nichts dazugelernt, hast dich nicht verändert. Du reagierst nach wie vor mit dieser albernen Eifersucht, wenn ein anderer Mann nur in meiner Nähe ist. Denk doch nur an den armen, harmlosen Johnny Crewe oder an Luc Haines, und der ist nun wirklich glücklich verheiratet, das kann jeder sehen."

Sein Blick verdunkelte sich. „Ich kann nichts für meine Eifersucht. Es ist dein blöder Job. Du bist so eine Art öffentliches Symbol – jeder kennt dein Gesicht, deinen Körper, alle Menschen dürfen dich anstarren, und ich hasse es, wenn Männer dich anstarren. Ich weiß genau, was sie empfinden, weil es mir genauso geht. Sie begehren dich ebenso sehr wie ich. Kein Mensch könnte dich ansehen, ohne dich zu begehren."

Der heisere Ton seiner Stimme machte sie ganz schwindlig.

„Wenn du mich je geliebt hättest, hättest du mir vertraut", sagte Nadine.

„Dir vertraue ich, aber nicht anderen Männern."

„Aber auf mich bist du wütend."

Das schien ihn getroffen zu haben. Er sah sie nachdenklich an.

Sie nickte bekräftigend. „Du warst die ganze Zeit wütend auf mich und wolltest, dass ich meinen Beruf aufgebe."

„Ja", gab er zu und lachte ärgerlich. „Und die Ironie dabei ist, dass du nun tatsächlich aufhören wirst, als Fotomodell zu arbeiten, um dich auf deine Fernsehkarriere zu konzentrieren."

„Mir bleibt nichts anderes übrig, als Fotomodell könnte ich sowieso nicht mehr lange arbeiten, weil ich zu alt bin."

„Zu alt? Du bist doch erst sechsundzwanzig!"

Nadine schnitt ein Gesicht. „So ist das nun mal in diesem Beruf. An der Spitze kann man sich nur wenige Jahre halten. Deshalb habe ich mich auch so über das Fernsehangebot gefreut. Ich bin mir nicht sicher, ob ich gut genug sein werde, aber über die Chance, es zu versuchen, bin ich sehr froh."

„Du wirst wahrscheinlich sehr erfolgreich sein und noch mehr Geld verdienen", sagte er trocken.

„Apropos Geld. Hast du genug für die Firma aufgetrieben?"

„Ich werde die Firma wohl verkaufen", antwortete er abweisend.

„Sean!" Nadine sah ihn schockiert an. Mit ausdruckslosem Gesicht blickte er aufs Meer hinaus. Fast schien es, als würde ihn das alles nichts mehr angehen.

„Ich bekam ein sehr gutes Angebot von einem Mann aus Los Angeles. Meine Hoffnung war, dass er bei uns investieren, die Firmenleitung jedoch uns überlassen würde. Aber er möchte auch das Sagen haben, wenn er Geld in die Firma steckt. Na ja, ich kann es ihm nicht übel nehmen."

„Aber ... deine Firma ..." Nadine war ratlos. „Du hast sie doch aufgebaut, zusammen mit Larry und den anderen. Und ihr hattet so viel Hoffnung! Am Anfang ging doch auch alles gut. Ich weiß, was dir die Firma bedeutet. Du darfst sie nicht verkaufen!"

„Ich habe leider keine andere Wahl. Wir sind verschuldet, müssen fast umgehend eine große Geldsumme auftreiben, und die Banken geben uns keinen Kredit mehr. Ich habe schon überall herumgefragt, aber im Moment kann uns keiner das Geld leihen. Am besten verkaufe ich die Firma, solange das noch möglich ist. Wenigstens kann ich mir dann aussuchen, wem ich sie überlasse."

„Du darfst nicht verkaufen, Sean!" Nadine sah, wie deprimiert und frustriert er war. Sie konnte es nicht ertragen. „Larry hatte also Recht. Du musst das Geld zurückbekommen, das du für meine Anteile an der Firma bezahlt hast."

„Nein", sagte er entschlossen.

„Sei nicht albern." Sie war wütend, weil er sie erst jetzt über das Ausmaß der Schwierigkeiten informiert hatte. „Du hast schon zu viel kostbare Zeit verstreichen lassen – ich hätte das Geld schon letzte Woche überwiesen, wenn du mir etwas gesagt hättest. Als Larry mir erzählte, wie schlimm es um die Firma steht, dachte ich, er übertreibe wieder mal. Hättest du mir doch nur schon viel eher etwas gesagt, dann hättest du dir viel Kummer ersparen können."

„Ich will dein Geld nicht!" beharrte er. Nadine hätte ihn am liebsten geschlagen, um ihn zur Vernunft zu bringen.

„Es ist gar nicht mein Geld. Es gehört dir! Im Grunde hatte ich gar kein Recht auf das Geld, aber mein Anwalt bestand darauf. Er fand, es sei nur fair. Aber ich wollte es gar nicht haben. Ich habe es investiert, und morgen werde ich dafür sorgen, dass du es zurückbekommst."

„Ich denke nicht daran, Geld von dir anzunehmen", sagte er wütend. „Soviel Selbstachtung habe ich immerhin."

„Sei nicht so stur, Sean. Betrachte es als Investition. Ich leihe dir das Geld. Was hältst du davon?"

Er drehte sich um und ging am Strand entlang. In diesem Moment verschwand der Mond hinter einer Wolke, und sie waren von tiefer Dunkelheit umgeben.

Nadine beobachtete Sean. In der plötzlichen Finsternis wirkte er noch größer, noch männlicher, irgendwie bedrohlich.

Er drehte sich und kam zurück, blieb vor ihr stehen und sah ihr in die besorgt dreinblickenden Augen.

„Ich akzeptiere das Geld unter einer Bedingung: Du kommst zurück zu mir."

Nadine zuckte zusammen. „Du meinst, wir sollen es noch mal versuchen?" Sie schüttelte den Kopf. „Es würde nicht gut gehen."

„Und ob", sagte er leise und streichelte ihren bloßen Arm.

Nadine erschauerte unwillkürlich. Sean lächelte über ihre Reaktion, er wusste, dass sie ihn begehrte. In der Welt der Sinnlichkeit, in der sie zu Hause waren, hatten sie keine Geheimnisse voreinander.

Plötzlich wurde Nadine von Panik erfasst und rannte davon. Das Wasser spritzte auf, als sie den verlassenen Strand entlanglief, der gerade wieder in silbriges Mondlicht getaucht wurde. Nadine bemerkte ihren langen Schatten vor sich und wusste auf einmal, dass sie in die falsche Richtung rannte. In ihrer Hast hatte sie sich gar keine Gedanken darüber gemacht, wohin sie eigentlich lief. Sie hätte zu den anderen zurückkehren sollen, zur Strandparty, aber dies war die entgegengesetzte Richtung. Doch umkehren konnte sie nicht mehr, denn Sean hatte sie eingeholt, warf sich auf sie und landete mit ihr im Sand.

Nadine schrie auf und wehrte sich verzweifelt. Doch Sean hielt sie fest. Durch eine geschickte Körperdrehung hatte er erreicht, dass Nadine nach dem Fall auf ihm lag, so war ihr Aufprall abgefangen worden.

Es dauerte einen Moment, bevor sie sich gefangen hatte, dann stieß Sean sie zurück. Nun lag sie auf dem Rücken.

Sean beugte sich über sie. Nadine sah wild um sich, als Sean sie mit dem Gewicht seines durchtrainierten Körpers in den Sand drückte.

„Bitte nicht!“ rief sie verzweifelt.

Seine Augen glitzerten, Nadine hörte seinen stoßweise gehenden Atem und wurde von einer neuen Welle der Panik erfasst.

„Nein, Sean! Hör auf, ich will nicht ...“

„Aber das stimmt doch gar nicht, Nadine“, sagte er zärtlich. „Du begehrst mich, du hast nur Angst, es zuzugeben.“

Sie wünschte, sie könnte es abstreiten, doch sie konnte es nicht. Und es wurde immer schlimmer. Mit jeder Faser ihres Körpers sehnte sie sich nach ihm, spürte den intimen Kontakt mit seinem Körper, und brennendes Verlangen durchzuckte sie.

„Du hast kein Recht, darüber zu befinden, was ich will und was nicht“, sagte sie. „Das kann nur ich allein.“

„Du sagst es ja“, flüsterte er. „Deine Augen sagen es ...“ Er strich mit der Fingerspitze zärtlich über ihre Lider, und automatisch schloss sie die Augen. „Auch dein Mund sagt es.“ Sean streichelte sinnlich ihre Lippen. „Dein ganzer Körper sagt es ...“

Nadine bebte, als er seine Hand über ihren Hals, die Schultern, die Brüste gleiten ließ. „Nein.“ Doch die Wärme seines Körpers übertrug sich auf ihren, und Nadine erschauerte sehnsüchtig.

„Du hast mir so gefehlt“, sagte Sean unvermittelt mit rauer Stimme, und Nadines Herz setzte fast aus, als sie die nächsten Worte hörte. „Ich liebe dich.“

Sie lag ganz still. Tränen traten in ihre Augen. „Oh Sean ...“

Er beugte sich noch weiter zu ihr hinunter und küsste sie mit heißer Begierde, der sie nicht widerstehen konnte. Ein Gefühl tiefer Liebe überwältigte sie. Nadine stöhnte, Seans leidenschaftlicher Kuss und das Streicheln seiner Hände lösten unglaubliche Empfindungen in ihr aus, und sie wusste, dass es kein Zurück mehr gab.

Sie hielt die Augen geschlossen und war gefangen in tiefer, verzehrender Leidenschaft, war erfüllt von sehnsüchtigem Verlangen, das sie mit sich fortriss. Ich liebe ihn, dachte sie verzweifelt.

Und wenn es ihr wieder wehtun würde, dann sollte es eben sein. Sie war wieder so überwältigt von ihrer Liebe zu Sean, dass sie sich ihm nicht länger verweigern konnte und wollte. Im Moment zählte nur das Jetzt – die Erfüllung ihrer Sehnsucht.

Der dünne Stoff ihres Chiffonkleides riss ein, als Sean ungeduldig den Reißverschluss aufzog und erregt stöhnte, während er ihr das Kleid vom sonnenverwöhnten Körper streifte. Wie eine Momentaufnahme durchzuckte Nadine der Gedanke, wie dieses sündhaft teure Kleid wohl am nächsten Morgen aussehen würde, das noch vor einer Stunde so perfekt und hinreißend anzuschauen gewesen war. Nun war es ruiniert.

Aber das spielte keine Rolle. Sean liebkoste ihre Brüste, küsste ihren Körper und atmete schwer wie ein Ertrinkender. „Oh, mein Liebling! Ich brauche dich so sehr, Liebling."

Nadine strich über sein zerzaustes schwarzes Haar, liebkoste seinen Nacken und ließ die Hände zärtlich über seinen Rücken gleiten. Sie hielt die Augen geschlossen und gab sich ganz ihren Empfindungen hin, wusste, dass sie ihn liebte und dass er sie brauchte. Wie sehr er sich nach ihr sehnte, spürte sie bei jedem Kuss, jeder Liebkosung, und Nadine wurde von einem tiefen Glücksgefühl erfüllt.

Hier im Sand, im Hintergrund nur das leise rauschende Meer, waren sie ganz für sich. Es gab nur noch sie beide auf der Welt. Ruhm und Erfolg konnten sich nicht mehr zwischen sie stellen. Sie waren ein Mann und eine Frau, die sich im Mondschein am Strand liebten. Nadine zog Sean noch enger an sich.

Er streichelte ihre Schenkel, bis sie vor Verlangen stöhnte und sich ihm entgegenbog, als er sie endlich nahm.

„Es ist so lange her", sagte er rau. „Viel zu lange, Liebling. Ich brauche dich so sehr."

Auch sie brauchte ihn. Sie stöhnte vor Lust, als sie ihn in sich spürte, und hielt ihn ganz fest umschlungen. Leidenschaftlich und hingebungsvoll erwiderte sie seine Bewegungen.

„Sean ... oh ja, ja ...", stöhnte sie sehnsüchtig.

Die züngelnde Flamme der Leidenschaft hatte ihren ganzen

Körper erhitzt. Dann stöhnte sie auf, als die Spannung unerträglich wurde und Sean und sie gemeinsam den Höhepunkt erreichten.

Auch Sean stöhnte auf dem Höhepunkt der Lust laut auf, zuckte und barg das Gesicht in Nadines langem Haar.

Sie hielt ihn ganz fest, streichelte ihn besänftigend, als er einmal aufschluchzte, dann lagen sie ganz still und erschöpft da. Nur langsam begannen sie, wieder normal und gleichmäßig zu atmen.

7. KAPITEL

Ein leises Wispern drang an Nadines Ohr, sie spürte ihr langes Haar davondriften, fühlte etwas Feuchtes an ihren Füßen und wusste plötzlich, dass die Flut hereingekommen war und ihre heißen Körper umspülte.

Sie lächelte. Wie romantisch, dachte sie. Hier lagen sie – glücklich und zufrieden –, und die steigende Flut liebkoste ihre nackten Körper. Wie weit würde die Flut ansteigen? Nadine warf einen schnellen, prüfenden Blick auf ihre Umgebung und sah etwas aus dem Augenwinkel. Im ersten Moment konnte sie es nicht erkennen. Doch dann wusste sie Bescheid. „Oh nein“, stöhnte sie und wurde unvermittelt aus ihren romantischen Gedanken herausgerissen. „Mein Kleid!“

Sie wandte schnell den Kopf ab und verzog das Gesicht, als sie ihr nasses Haar auf dem Rücken spürte, dann vergewisserte sie sich, dass sie sich auch nicht getäuscht hatte. Sie sah gerade noch, wie ihr Chiffonkleid davontrieb.

„Oh nein, das ist ...“ stöhnte sie.

„Was ist los?“ fragte Sean faul und zufrieden. Er hatte gar keine Lust, sich zu bewegen.

„Steh auf“, sagte sie und stieß ihn von sich.

Sean fiel mit einem lauten Platschen ins Wasser. „He, was soll das?“ fragte er gekränkt.

Nadine stand bereits auf den Beinen und antwortete ihm nicht. Sie hatte Wichtigeres zu tun.

Das helle Chiffonkleid schwamm in einigen Metern Entfernung

auf den Wellen. Nadine watete darauf zu und stand bald bis zur Brust im Wasser. Gerade als sie nach dem Kleid greifen wollte, kam eine große Woge und spülte es weiter hinaus aufs Meer.

„Das darf nicht wahr sein", jammerte sie und hörte Sean hinter sich lachen.

Er stand am Strand und sah zu. Ärgerlich wandte sie sich um. „Warum kannst du nicht ..." Weiter kam sie nicht, denn sie wurde von einer Welle erfasst und schluckte Wasser. Sie keuchte und hustete und merkte, dass das Wasser viel zu tief war, um noch darin stehen zu können. Wenn sie ihr Kleid wiederhaben wollte, musste sie schwimmen.

Nach einigen verzweifelten Zügen erwischte sie es am Zipfel und zog es hinter sich her an Land.

Während sie aus dem Wasser stieg, betrachtete sie das Malheur. Das Kleid war völlig ruiniert. Den Tränen nahe, hielt sie es von sich. „Das kann ich nicht mehr anziehen! Wie soll ich denn jetzt nur ins Hotel zurückkommen?" Sie hörte, wie Sean hinter ihr unterdrückt lachte, und fuhr wütend herum. „Du findest das wohl sehr komisch, was?"

Er lächelte amüsiert. „Wenn das einer anderen Frau passiert wäre, würdest du das auch komisch finden."

„Nein", antwortete sie, nicht ganz wahrheitsgemäß. „Und außerdem ist es mir passiert, und du bist schuld daran. Du hast mich in diese Situation gebracht, jetzt hilf mir auch gefälligst! Ich werde deine Sachen anziehen."

„Sei nicht albern!"

„Diesen durchnässten Lumpen kann ich wohl kaum tragen, und ich denke nicht daran, nackt zum Hotel zurückzugehen."

Sean sah sich um. „Ich könnte dir mein Hemd leihen ..." Dann verstummte er und sah sich suchend um. „Wo sind meine Sachen überhaupt?"

Auch Nadine blickte sich um. Nirgends fand sich eine Spur von Seans kurzärmeligem Hemd, den weißen Jeans und den anderen Sachen, die er gar nicht schnell genug hatte ausziehen können.

Sean fluchte und sah suchend hinaus auf die wogende See. Nadine folgte seinem Blick. Ganz weit draußen tanzte etwas Weißes auf den Wellen. Seine Jeans. Dann kam eine neue Woge, und die Hose verschwand ganz. Nadine lachte.

„Ich finde das überhaupt nicht komisch“, sagte Sean wütend. Doch sie lachte nur noch lauter.

„Wenn ... wenn ...“, brachte sie von Lachen geschüttelt hervor, „das jemand anderem passiert wäre, würdest du auch lachen.“

Sean stutzte und musste dann auch lächeln. Einen Moment später wurde er wieder ernst.

„Komisch oder nicht, wie sollen wir denn jetzt zum Hotel zurückkommen?“ fragte er. „Ich habe nicht das geringste Bedürfnis, so am Empfang aufzutauchen.“

Nadine ging es genauso. Sie kaute nachdenklich auf ihrer Unterlippe.

Aus Sicherheitsgründen verriegelte sie immer ihre Balkontür, bevor sie das Zimmer verließ, zweifellos folgte auch Sean diesem Rat der Hotelführung. Es blieb ihnen also nichts anderes übrig, als durch die Empfangshalle zu gehen.

Nadine griff nach ihrem Kleid und wrang es aus. „Wir haben keine Wahl“, sagte sie leise und schüttelte das Kleidungsstück aus, sodass die Wassertropfen nur so flogen. „Ich muss dieses Ding hier anziehen.“

„He, du hast mich ganz nass gespritzt“, beschwerte sich Sean und schlug dann vor: „Häng es doch eine halbe Stunde auf, dann trocknet es vielleicht ein wenig.“

Sie schüttelte den Kopf. „Ich will nicht so lange warten, außerdem bin ich selbst nass, es spielt also keine Rolle.“

Vorsichtig zog sie das Kleid über den Kopf. Keine angenehme Aufgabe! Sie musste das nasse, verdrückte Gewebe über ihren nassen Körper streifen. Langsam zog sie es herunter. Es fühlte sich schrecklich klamm an, und sie fröstelte.

Sean sah sie besorgt an. „Ist alles in Ordnung mit dir?“ fragte er.

„Ich fühle mich wie ein Fisch, aber ich werde es schon überleben“, antwortete sie und war froh, nicht mehr nackt zu sein. Ohne Kleidung hatte sie sich gar nicht wohl gefühlt. Jeden Moment hätte sich jemand hierher an den Strand verirren und sie entdecken können. „Ich sehe lieber zu, dass ich so schnell wie möglich in mein

Zimmer komme, um dieses nasse Ding wieder auszuziehen“, überlegte sie laut.

Als sie sich zum Gehen wandte, hielt Sean sie zurück und erinnerte sie daran, dass er nichts anzuziehen hatte. Er war noch immer splitterfasernackt. Nadine versuchte, diese Tatsache zu ignorieren, und senkte den Blick, um seinen schönen Körper nicht ansehen zu müssen.

„Und was ist mit mir?“ fragte Sean. „Du musst mir helfen, irgendwie ins Hotel zu kommen. Ich verstecke mich hinter den Bäumen, bis du deine Balkontür öffnest, dann ...“ Er verstummte und stöhnte, bevor er unruhig den Strand abzusuchen begann.

„Was ist denn nun wieder?“ fragte Nadine nervös.

„Der Zimmerschlüssel ist in meiner Jeanstasche.“

Nadine konnte nicht anders, sie musste herzhaft lachen. „Das ist nicht dein Ernst!“

„Mein voller Ernst.“

„Und was machen wir nun?“ fragte Nadine hilflos.

Sean überlegte angestrengt. „An der Rezeption gibt es einen Ersatzschlüssel. Frag einfach danach, wenn du dir deinen eigenen Zimmerschlüssel geben lässt.“

„Ich werde mich hüten, um den Ersatzschlüssel zu deinem Zimmer zu bitten! Das würde nur dazu führen, dass mir misstrauische Fragen gestellt werden, wie: Wo ist er? Warum wollen Sie seinen Schlüssel haben? Und dann müsste ich erklären, dass du nicht im Hotel bist, ich aber in dein Zimmer muss. Du kannst dir sicher vorstellen, was sie denken würden.“

Er sah wütend aus. „Also gut. Dann muss ich heute Nacht eben in deinem Zimmer schlafen.“

Die Leidenschaft war verflogen, nun stritten sie sich wieder. Nadine warf ihm einen kühlen Blick zu.

„Das könnte dir so passen! Kommt nicht in Frage!“

„Was soll ich denn tun? Die Nacht am Strand verbringen, nackt, wie ich bin?“

„Das würde dir recht geschehen.“

„Vielen Dank!“ Er war jetzt richtig wütend.

„Du hast es dir selbst zuzuschreiben“, murrte sie.

„Es gehören immer zwei dazu“, sagte er dann und funkelte sie an.

„Nicht, wenn einer von ihnen nicht versteht, dass der andere Nein sagt.“ Bestürzt erkannte sie, wie wütend er war. Da sie sich einer neuerlichen Auseinandersetzung mit ihm nicht gewachsen fühlte, suchte sie nach einem Ausweg.

Sie zitterte inzwischen vor Kälte. Das durchnässte Kleid fühlte sich klamm und unangenehm auf ihrem nassen Körper an. Außerdem war sie sich Seans Nähe nur zu bewusst, er war nackt und erinnerte sie die ganze Zeit an ihr Liebesspiel, das erst wenige Minuten zurücklag. Dabei wollte sie doch das süße Gefühl, in seinen Armen zu liegen, so schnell wie möglich vergessen.

Sie wollte jetzt nur noch ins Hotel zurück, in ihr Zimmer, sich etwas Warmes, Trockenes anziehen, ins Bett gehen und schlafen.

Doch sie wusste, sie würde keinen Schlaf finden, solange Sean hier draußen am Strand die Nacht verbrachte – nackt und durchgefroren.

„Ich habe eine Idee“, sagte sie. „Ich werfe dir meinen Bademantel aus dem Fenster.“

„Deinen Bademantel?“ wiederholte er ungläubig.

„Ja, ein Bademantel gleicht dem anderen, Frauen und Männer können ihn tragen. Wenn du den Bademantel anziehst, kannst du ins Hotel zurückgehen und so tun, als würdest du gerade vom Schwimmen kommen. Erzähl an der Rezeption einfach, du hättest deinen Schlüssel verloren, und bitte um Ersatz.“

„Bist du blind?“ Ich bin fünfzehn Zentimeter größer als du und würde in deinem Bademantel einfach lächerlich aussehen. Ganz abgesehen davon, dass ich ganz anders gebaut bin. Also, die Idee kannst du vergessen. Ich mache mich doch nicht lächerlich!“

Daran hatte sie gar nicht gedacht. „Und wenn du nun nicht durch die Hotellobby gehst, sondern über meine Balkonbrüstung kletterst? Falls dich allerdings jemand beobachtet und den Hoteldetektiv verständigt, wird man uns Fragen stellen. Peinliche Fragen!“

„Ja, die ganze Situation ist peinlich“, stimmte Sean zu. „Schlimmer könnte sie gar nicht sein. Du öffnest die Balkontür, wirfst mir den Bademantel zu, ich ziehe ihn an und klettere über die Brüstung.

Und wenn mich jemand beobachtet, sage ich einfach, wir spielen Romeo und Julia ..."

Er lachte über seinen Scherz. Nadine blieb ernst.

„Ich sehe ihre Gesichter geradezu vor mir", sagte sie nur.

„Ach, es ist doch gleichgültig, was sie denken." Sean zuckte die Schultern.

Nadine sah schnell weg. Der Anblick dieses durchtrainierten Mannes war einfach zu viel für sie. Sie hatte heute schon einmal den Kopf verloren, das durfte ihr nie wieder passieren. Wenn er nur nicht so sexy wäre! Diese langen sonnengebräunten Beine ... Nein, ermahnte sie sich. Du darfst sie dir nicht ansehen!

„Hörst du mir überhaupt zu?" fragte er ungeduldig. Sie nickte. Er musterte misstrauisch ihr gerötetes Gesicht, sagte jedoch: „Na schön, wenn ich dann in deinem Zimmer bin, rufe ich die Rezeption an und bitte darum, die Verbindungstür zwischen unseren Zimmern aufzuschließen."

Die Vorstellung, diese Tür öffnen zu lassen, missfiel ihr, aber sie beschloss, die Auseinandersetzung darüber auf später zu verschieben, wenn sie in ihrem Zimmer war und trockene Kleidung trug.

„In Ordnung", sagte sie und eilte davon.

Der Rückweg zum Hotel war das reinste Spießrutenlaufen. Zunächst war der Strand menschenleer gewesen, dann war sie jedoch einigen Hotelgästen in die Arme gelaufen, die am Ufer spazieren gingen. Ihre angeregte Unterhaltung verstummte abrupt, als sie Nadine bemerkten. Die beiden Mädchen in der Gruppe kicherten, die Männer grinsten unverschämt.

„Sie sind ja völlig durchnässt", sagte einer von ihnen.

„Haben Sie vergessen, Ihr Kleid vor dem Schwimmen auszuziehen?" fragte eins der Mädchen spöttisch.

Nadine lachte. „Ich hatte einen kleinen Unfall und bin aus Versehen in den Swimmingppol gefallen. Bis später!" Sie rannte weiter und hörte die anderen lachen und lästern. Morgen werde ich auf dem Balkon frühstücken, dachte Nadine, die keine Lust hatte, während des Frühstücks von allen angestarrt zu werden. Dann können sie lästern soviel sie wollen, dachte sie.

Sie lief durch den Hotelgarten und versuchte, die anderen Gäste, so gut es ging, zu meiden. Trotzdem bemerkte sie fragende Blicke von Passanten, die sich über ihr ungewöhnliches Aussehen wunderten. In der Empfangshalle des Hotels standen Luc Haines und seine Frau an der Rezeption und unterhielten sich mit dem Nachtportier. Das Gespräch verstummte, als sie Nadine bemerkten. Ungläubig sahen sie sie an.

„Was ist denn mit Ihnen passiert?" fragte Luc und ließ den Blick über ihr feuchtes Haar, das durchnässte, völlig verknitterte Kleid und die nackten, sandigen Füße gleiten.

Er schien sich zu amüsieren, während Clarrie eher besorgt wirkte. „Ist alles in Ordnung, Nadine?" fragte sie.

Clarrie klang so besorgt, als fürchtete sie, etwas wirklich Schlimmes sei passiert. Mühsam lächelte sie ihr beruhigend zu.

„Ach, ich habe nur am Pool herumgealbert und bin dabei wohl etwas übermütig geworden. Jedenfalls bin ich ins Wasser gefallen."

Luc lachte lauthals. „Das passiert immer wieder", sagte er schließlich. „Aber Sie sehen eher aus wie eine durchnässte Meerjungfrau ..."

Clarrie wirkte erleichtert. „Welch ein Jammer um das schöne Kleid", sagte sie mitfühlend.

„Tja, es ist ruiniert", meinte Nadine, doch Clarrie schüttelte den Kopf.

„Ach was, das bekommen wir schon wieder hin. Geben Sie es morgen in die Wäsche, dann wird es abends wie neu aussehen."

„Vielen Dank", sagte Nadine, die sich fragte, wie sie den Riss am Rücken erklären sollte, den Sean in seiner Ungeduld verursacht hatte. Verlegen wandte sie sich ab, um den Nachtportier um ihren Zimmerschlüssel zu bitten.

„Wo ist Sean?" fragte Luc, als sie den Schlüssel in Empfang nahm. „Er hat sie doch wohl nicht etwa in den Swimmingpool geworfen, oder?"

Nadine lachte gezwungen. „Nein, aber ihn trifft trotzdem die Schuld."

„Warum kriegen wir Männer immer die Schuld?" fragte Luc klagend.

„Weil ihr meistens tatsächlich an solchen Vorkommnissen schuld seid", meinte seine Frau. „Und nun halt das arme Mädchen nicht länger auf, damit es endlich aus dem nassen Kleid herauskommt."

Nadine lächelte dankbar. „Gute Nacht. Bis morgen!"

Eine Minute später war sie in ihrem Zimmer, zog sich das nasse Kleid aus und schlüpfte in Jeans und einen warmen weißen Pullover. Sie wollte gerade nach ihrem Bademantel greifen, als ihr einfiel, dass das Hotel auch Bademäntel zur Verfügung stellte.

Schnell ging sie ins Badezimmer und sah die Mäntel an einem Haken an der Tür hängen. Einer war einige Nummern größer als der andere. Offensichtlich ein Männermantel, dachte Nadine und nahm ihn vom Haken.

Dann öffnete sie die Balkontür, ging hinaus und blickte suchend über den nur vom Mondschein beleuchteten Garten. Kurz darauf hatte sie Sean entdeckt. Er kauerte halb versteckt hinter einer Palme. Als er sie sah, machte er ihr ein Zeichen. Nadine warf den Bademantel so weit sie konnte.

Als Sean gleich darauf aus dem Schatten auftauchte, hörte Nadine Schritte und Stimmen. Mehrere Gäste schlenderten aufs Hotel zu.

Auch Sean musste sie gehört haben. Nadine beobachtete, wie er sich schnell umsah und dann vorsprang, um nach dem Bademantel zu greifen. Doch die anderen Leute hatten Sean bereits gesehen und blieben verblüfft stehen.

Sean schlüpfte in den Frotteemantel und tat, als habe er die Passanten gar nicht bemerkt.

Nadine wollte sich ausschütten vor Lachen. Ganz gelassen kam Sean auf ihren Balkon zu, kniete sich hin und zitierte: „Doch welch ein Lichtstrahl dringt durch jenes Fenster? Es ist der Ost, und Julia die Sonne! Erhebe dich, holde Sonn', und töte Luna ..."

Die Zuschauer lachten und applaudierten. Sean stand wieder auf und verbeugte sich. „Danke", sagte er.

Nadine hatte genug gesehen und verschwand in ihrem Zimmer, wo Sean kurz darauf auftauchte.

„Ich hoffe, du bist zufrieden", fuhr sie ihn an. „Du hast mich zum Gespött der Leute gemacht."

„Es hat ihnen gefallen", antwortete er hochzufrieden. „Nun haben sie zu Hause etwas zu erzählen: Sie haben eine Privatvorstellung von Shakespeares Romeo und Julia miterlebt, gespielt von einem der besten Schauspieler, die es im Moment auf der Welt gibt."

„Warum so bescheiden?" fragte Nadine spöttisch. „Du meinst sicher: von einem der besten Schauspieler aller Zeiten."

„Vielleicht." Offensichtlich fiel es ihm schwer, zu verbergen, wie sehr ihn die Szene amüsiert hatte.

„Ich frage mich, warum er die Bühnenschauspielerei aufgegeben hat und lieber Filmproduzent geworden ist", überlegte sie laut und betrachtete angestrengt ihre Hände.

Sean seufzte theatralisch. „Schon gut, ich gebe ja zu, dass ich auf der Bühne nicht gerade berauschend war, deshalb bin ich zum Film gegangen. Vielleicht wäre es an der Zeit, zum Theater zurückzukehren. Ich könnte Regie führen. Sicher wird mir mein Ruf als Filmregisseur die Türen öffnen. Nicht zuletzt, weil es eine gute Werbung fürs Theater wäre, mich zu verpflichten. Eine Theaterinszenierung kostet auch weniger Geld als eine Filmproduktion."

„Was willst du denn beim Theater?" fragte sie ungehalten. Am liebsten hätte sie ihn geschüttelt. So pessimistisch war er doch sonst nicht. Sean war immer stark und selbstbewusst gewesen, und es erschütterte Nadine, dass er auf einmal alles so negativ betrachtete. „Du drehst doch gern Filme."

„Ich habe gern Filme gedreht, Liebling", verbesserte er sie. „Jetzt kann ich es mir nicht mehr leisten."

„Das wird sich schlagartig ändern, sobald du die Million zurück hast."

„Ich will das Geld nicht."

Nadine verdrehte die Augen, bevor sie sagte: „Ich durfte dir doch am Anfang deiner Karriere auch helfen, damals hast du dir Geld von mir geliehen, warum weigerst du dich jetzt, es wieder zu tun?"

„Damals warst du mit mir verheiratet."

Sie sah ihn unsicher an und biss sich auf die Lippe. Meinte er es ehrlich, oder machte er sich wieder über sie lustig? „Na und? Nun bin ich deine Exfrau, warum sollst du kein Geld von mir annehmen? Du und Larry habt immer dort Geld geliehen, wo ihr es bekommen konntet und ..."

„Das ist etwas anderes." Er zuckte die Schultern.

„Wieso das denn?" fragte sie wütend.

„Weil es rein geschäftlich war. Außerdem haben sich die Kreditgeber hohe Profite versprochen."

„Du kannst mir ja Zinsen zahlen, wenn dir das lieber ist."

„Nein, Nadine. Ich sehe nicht ein, warum ich dich wie einen ganz gewöhnlichen Investor behandeln soll. Zwischen uns würde es nie eine geschäftliche Beziehung geben, aber immer eine sehr persönliche. Ich kann mich nur wiederholen: Dein Geld werde ich nur annehmen, wenn du zu mir zurückkommst."

„Dann nimmst du es eben nicht", sagte sie aufbrausend. „Hol deinen Schlüssel vom Empfang, und verschwinde aus meinem Zimmer und aus meinem Leben."

Er sah sie finster an, drehte sich um, ging zum Telefon und rief den Nachtportier an.

Nadine verschwand im Badezimmer. Hoffentlich bekomme ich keine Erkältung, dachte sie. Ihre Augen brannten, und ihre Kehle war ganz trocken. Untersteh dich zu weinen, ermahnte sie ihr Spiegelbild. Das kommt nicht in Frage. Er ist es nicht wert!

In ihren Augen standen Tränen. Warum kehrst du nicht zu ihm zurück? schien ihr Spiegelbild zu fragen.

Ach, sei ruhig, antwortete sie im Stillen.

Du willst doch zurück, sagte ihr anderes Ich.

Nein, will ich nicht.

Doch, sagten die traurigen Augen mit den dunklen Ringen. Du liebst ihn, und er liebt dich. Gib ihm noch eine Chance.

Nein, nur eine Närrin würde diesen Mann lieben, der einen zum Wahnsinn treiben konnte.

Närrin, Närrin, wiederholte die Stimme triumphierend.

Zornig drehte Nadine den Wasserhahn auf und benetzte ihre Augen mit kaltem Wasser. Als sie sich aufrichtete und nach dem Handtuch griff, um sich das Gesicht abzutrocknen, hörte sie Stimmen in ihrem Zimmer.

Der Nachtportier hatte Seans Schlüssel gebracht. Die beiden Männer lachten. Zweifellos hatte Sean sich eine plausible Geschichte ausgedacht, um zu erklären, wie er den Schlüssel verloren hatte. Nadine hoffte, sie würde in dieser Geschichte ausgespart bleiben.

Als sie hörte, dass die Tür von außen zugezogen wurde, atmete sie einmal tief durch, um sich für die nächste Begegnung mit Sean zu wappnen. Doch er war fort. Sie sah sich im Zimmer um und war mit einem Mal deprimiert. Er fehlte ihr, wenn er nicht bei ihr war. Vom ersten Tag an, nachdem sie ihn verlassen hatte, hatte sie ihn vermisst. Sie hatte sich nie richtig an ein Leben ohne ihn gewöhnen können. Und nach den wenigen Tagen, die sie mit ihm im Hotel verbracht hatte, wusste sie, dass ein Leben ohne ihn nun noch schlimmer und schmerzlicher sein würde.

Er will mich zurückhaben, dachte sie, als sie die Balkontür schloss und den magischen Mondschein aus ihrem Zimmer verbannte. Es muss Sean ernst sein, sonst hätte er sich nicht geweigert, ihr Geld anzunehmen, ohne dass sie zu ihm zurückkehrte. „Vielleicht sollte ich ...“

Nein, dachte sie und überzeugte sich davon, dass der Nachtportier die Verbindungstür zu Seans Zimmer nicht aufgeschlossen hatte. Dann füllte sie die Frühstücksbestellung aus und hängte sie von außen an den Türgriff, bevor sie von innen den Riegel vorschob. Anschließend ging sie zurück ins Badezimmer, um ausgiebig zu duschen. Man musste nur an Seans Eifersucht auf den armen harmlosen Johnny Crewe denken, an sein offensichtliches Missfallen über ihre neue Karriere beim Fernsehen, dann wusste man sofort, dass er sich nicht geändert hatte. Er war der gleiche besitzergreifende, eifersüchtige, fordernde Mann wie eh und je, der ständig darauf bedacht war, seinen Kopf durchzusetzen. Es hatte also keinen Sinn, noch einmal von vorn anzufangen.

Nadine spülte die letzten Reste von Sand und Salzwasser von ihrem Körper, wusch sich das Haar und rubbelte es, bis es etwas trocken war. Dann zog sie sich ein gelbes Batistnachthemd an, putzte sich die Zähne und ging ins Bett.

Die Ereignisse des Abends hatten sie so erschöpft, dass sie fast sofort einschlief und erst am Morgen von einem Kellner geweckt wurde, der ihr das Frühstück brachte.

Verschlafen zog sie sich einen zum Nachthemd passenden Morgenmantel über und ließ den Kellner ins Zimmer. Sie bat ihn, das Frühstück auf dem Balkon zu servieren. Nachdem er gegangen war, spritzte sie sich Wasser ins Gesicht, um wach zu werden, bürstete ihr Haar und ging auf den Balkon, um Brötchen und Obst zu essen.

Es versprach, ein schöner Tag zu werden: blaues Meer, blauer Himmel, die Rasensprenger wirbelten auf dem grünen Gras, die strahlende Sonne ließ die Farben der Bougainvilleablüten noch stärker leuchten, die grünen Palmblätter raschelten in der leichten Morgenbrise. Die ersten Hotelgäste vergnügten sich bereits im Swimmingpool und pflügten durchs Wasser, einige Leute mit Sonnenbrillen und Strohhüten, die sie vor zu viel Sonneneinstrahlung schützen sollten, entspannten sich auf den Liegestühlen im Garten.

Nadine sah sich die Pracht niedergeschlagen an. Sie war hergeflogen, um Urlaub zu machen, sich zu erholen und ihre Alltagsprobleme zu vergessen. Mit Seans Auftauchen hatte sie nicht gerechnet. Er hatte sie mal wieder völlig durcheinander gebracht. Sie wusste nicht, was sie tun sollte, und schwankte von einer Stimmung zur nächsten. Eins war ihr allerdings klar: Sean brachte sie noch um den Verstand.

Neben der Kaffeekanne lag eine englische Zeitung. Als Nadine mit dem Frühstück fertig war, griff sie danach und warf einen gelangweilten Blick auf die erste Seite. Er fiel auf das Datum. Donnerstag. Merkwürdig, dachte sie, wie schaffen die es, die Zeitung noch am Erscheinungstag hierherzubringen? Wirklich erstaunlich!

Dann wurde sie stutzig. Es war völlig unmöglich, dass das die Zeitung von heute war.

Nadine ging zurück ins Zimmer und rief am Empfang an. „Welchen Wochentag haben wir heute?“ fragte sie.

Der Mann am Empfang schien zunächst verblüfft, dann amüsiert. „Welchen Wochentag? Die Zeit vergeht hier sehr schnell. Freitag, Mrs. Carmichael, heute ist Freitag.“ Er fügte auch noch das Datum hinzu, und Nadine bedankte sich geistesabwesend.

Freitag. Freitag! Heute kam das Flugzeug, das sie nach Miami bringen sollte, wo sie das Fernsehinterview hatte.

Das hatte sie völlig vergessen. Sie war so beschäftigt mit anderen

Dingen gewesen, dass sie daran gar nicht mehr gedacht hatte. Unschlüssig stand sie mitten im Zimmer. Was war vor dem Abflug noch zu erledigen?

Duschen, anziehen, Sachen für zwei Tage Miami packen. Nadine ging ins Badezimmer, um zu duschen. Im Schlafzimmer zog sie sich ein bequemes grünes Baumwollkleid im Tunikastil an und legte eine Bolerojacke dazu heraus, für den Fall, dass es kühler werden sollte.

Dann holte sie ihren Koffer aus dem Schrank und öffnete ihn. Was sollte sie mitnehmen? Was brauchte man für zwei Tage in Miami? Sie stand vor dem vollen Kleiderschrank und überlegte. Dann blickte sie einen Moment lang ins Leere.

Das war der Moment der Entscheidung. Sie würde nicht auf die Insel zurückkehren, sondern von Miami aus direkt nach London fliegen. Also musste sie alles einpacken. Hoffentlich lief sie Sean vor dem Abflug nicht in die Arme.

Sie packte in großer Eile die Koffer, schloss sie ab und ging auf den Balkon hinaus, um ihren Orangensaft auszutrinken.

Dabei fiel ihr Blick auf Sean, der in weißem Hemd und Shorts mit einer Gruppe von Männern offensichtlich zum Golfplatz unterwegs war.

Nadine sah ihnen nach und beobachtete Sean, der mit ausholenden Schritten über den Rasen ging. Wahrscheinlich werde ich Sean nicht so schnell wiedersehen, dachte Nadine und prägte sich sein Bild genau ein. Sie war den Tränen nahe.

Als Sean und die anderen Männer außer Sichtweite waren, kehrte Nadine langsam ins Zimmer zurück, um beim Empfang anzurufen.

„Ich fliege heute für einige Tage nach Miami", sagte sie. „Würden Sie so nett sein, jemanden heraufzuschicken, der mein Gepäck hinunterbringt?"

Das Flugzeug würde um zehn Uhr landen – in einer halben Stunde also. Nadine würde jemanden bitten, sie zum Flugfeld zu bringen. Wenn Sean vom Golfen zurückkommen würde, wäre sie schon längst in der Luft.

8. KAPITEL

Als Nadine an der Rezeption ihre Rechnung bezahlte, kam Luc auf sie zu. „Was höre ich da?“ fragte er. „Sie wollen uns schon verlassen?“ Nadine erklärte ihm, dass sie sofort abreisen müsse.

„Schlechte Nachrichten?“ fragte er besorgt.

Sie schüttelte den Kopf. „Nein, Arbeit.“

„Die Fähre hat bereits abgelegt, Nadine. Sie werden leider bis morgen warten müssen.“

„Ich werde mit dem Flugzeug abgeholt.“

Luc sah sie erstaunt an. „Dann ist der Flieger also für Sie. Ich weiß, dass er jeden Moment landen muss, aber ich hatte keine Ahnung, dass er Sie abholen soll. Dann hat Sean wohl ein Privatflugzeug?“

„Das Flugzeug gehört nicht Sean, es ist gechartet worden. Ich glaube, es ist ein Lufttaxi, das von Miami aus operiert. Es tut mir sehr Leid, dass ich nun den Malkurs nicht fortsetzen kann und Sie ihr Bild nicht fertig malen können, aber es lässt sich nicht ändern. Mir hat es viel Spaß gemacht, und die Malerei wird mir jetzt noch mehr Freude bereiten, da ich weiß, worauf es ankommt. Vielleicht komme ich bald wieder, dann können Sie Ihr Bild fertig malen.“

Luc lächelte. „Ich denke, dazu genügen einige Fotos, die Sie in der gleichen Pose zeigen. Könnten Sie sie mir zuschicken?“

„Natürlich. Vielen Dank für alles, Luc. Es war sehr schön hier. Bitte grüßen Sie Clarrie von mir, sie ist eine fantastische Köchin.“

„Wird gemacht. Sie wird enttäuscht sein, dass sie sich nicht von Ihnen verabschieden konnte, aber sie ist gerade auf dem Markt.“ Luc runzelte die Stirn. „Was ist mit Sean? Ich glaube, er ist auf dem Golfplatz. Fliegt er nicht mit?“

„Nein“, sagte sie. Weitere Erklärungen blieben ihr erspart, weil das Taxi vorfuhr, das sie zum Flugfeld bringen sollte.

Beim Abflug über die Palmen und das blaue Meer sah Nadine auch eine kleine Menschengruppe auf dem Golfplatz. Einer der Männer musste Sean sein. Sie biss sich auf die Lippe und war den Tränen nahe. Schnell wandte sie den Blick ab.

Es war eine große Überraschung, am Flughafen von Miami von Jamie in Empfang genommen zu werden. Er winkte ihr schon von weitem zu und folgte dem Gepäckträger, der sich um ihre Koffer kümmerte.

„Hallo, Nadine!"

„Jamie! Was, um alles in der Welt, tust du denn hier?"

Sie umarmten sich und küssten sich auf die Wange. „Ich bin auch in der Talk-Show heute Abend", erzählte er. „Draußen wartet ein Wagen auf uns. Er wird dir gefallen. Es ist eine hellrosa, extralange Limousine."

„Du bist auch in der Show?" Nadine sah ihn verblüfft an.

„Hat Greg Erroll dir denn nichts erzählt? Die Fernsehleute wollten uns beide haben, weil auch Cara Marquez dabei sein wird. Erinnerst du dich an sie? Ich habe sie entdeckt, als sie in den Semesterferien bei McDonalds in London jobbte. Nachdem ich einige Aufnahmen von ihr gemacht hatte, wurde sie in den USA eins der höchstbezahlten Fotomodelle. Sie kommt aus Florida, wurde hier in Miami geboren, und deshalb wollen uns die Fernsehleute alle zusammen für die Show haben."

„Klingt einleuchtend", meinte Nadine. Sie hatte einige Male mit Cara zusammengearbeitet und mochte sie gern. Cara war erst zweiundzwanzig, hatte eine fantastische Figur und verkörperte den lateinamerikanischen Frauentyp. Sie würde noch einige Jahre im Geschäft sein und viel Geld verdienen.

„Wir müssen uns beeilen", sagte Jamie. „Ich bring dich zum Hotel, damit du einchecken und das Gepäck aufs Zimmer bringen lassen kannst. Die Fernsehleute erwarten dich schon, sie wollen sich vor der Show ausführlich mit dir unterhalten."

Am Ausgang erregte Jamie die Aufmerksamkeit einiger junger Mädchen, die offensichtlich zu einem Strandurlaub in Miami eingeflogen waren. Sie starrten Jamie neugierig an und tuschelten kichernd. Aber es war unwahrscheinlich, dass sie in ihm den berühmten Fotografen erkannt hatten. Jamie sah eben einfach sexy aus, hatte eine enorme Anziehungskraft mit dem schwarzen Haar und den schwarzen Augen. Er sprühte nur so vor Energie. Außerdem kleidete er sich sehr stilvoll. Heute trug er ein schwarzes Hemd, weiße Krawatte, weiße Jeans und schwarze Sportschuhe. Sein wahres Alter war kaum zu glauben, nur wenn man sehr genau hinschaute, sah man die verräterischen Linien in seinem sonnengebräunten Gesicht.

Greg hatte Zimmer für sie im Grand Bay Hotel in Miamis Coconut Grove gebucht, einem teuren, exklusiven Stadtteil der Großstadt.

„Ich muss mich erst ein wenig frisch machen“, sagte Nadine, ging auf ihr Zimmer, duschte und zog sich um.

Jamie wartete in der Hotelbar auf sie. Bevor Nadine zu ihm hinunterging, genoss sie den überwältigenden Blick aus ihrem Fenster. Vor ihren Augen erstreckte sich die belebte Biscayne Bay. Segeljachten jagten Libellen gleich übers blaue Wasser, Schnellboote sausten zwischen den Landungsstegen hin und her, und auf der anderen Seite der Bucht machte sie Millionärsvillen aus. Einige waren im Tudorstil gebaut, andere glichen spanischen Giebelhäusern, und alle waren von großen, gepflegten Gärten umgeben, die bis ans Wasser reichten. An vielen Bootsstegen ankerten Luxusjachten. In der Nähe des Hotels befanden sich exklusive Boutiquen, Wolkenkratzer und einige sehr alte Häuser, die – wie Jamie ihr erzählt hatte – aus Korallenfelsen gebaut waren, der hier vorkam. Nadine hatte so etwas noch nie gesehen.

Sie schrak zusammen, als das Telefon plötzlich klingelte. Es war Jamie.

„Nadine, bist du fertig? Wir hätten eigentlich schon vor einer halben Stunde im Studio sein sollen.“

„Okay, ich bin gleich unten.“

Cara Marquez war bereits da, unterhielt sich mit dem Aufnahmeteam und trank schwarzen Kaffee aus einem Pappbecher. Sie begrüßte Nadine herzlich mit einem Küsschen auf jede Wange.

„Hallo, Leute!“ Es war immer wieder eine Überraschung, dass Cara nicht die Spur eines spanischen Akzents hatte. Sie sah aus wie eine typische Spanierin und war auch hundertprozentig spanischer Abstammung, als Tochter von Einwanderern jedoch in Miami geboren. Nadine hatte sie schon oft beneidet, denn Cara sah nicht nur wunderschön aus, sie war auch sehr charmant und hochintelligent. Seit ihrer Entdeckung vor drei Jahren in London durch Jamie hatte sie als Fotomodell viel Geld verdient, und nebenbei hatte sie auch noch ihren Universitätsabschluss in englischer und französischer Literatur gemacht.

Die Produktionsassistentin bat Nadine in ein kleines Büro, um ihr verschiedene Fragen zu stellen. Eifrig machte sie sich Notizen auf ihrem Block. Nadine beobachtete, wie Jamie und Cara nebenan zu den Klängen der kleinen Band tanzten, die für die Show übten.

Die Moderatorin kam herein, wurde vorgestellt und sah Nadine forschend an. Dann nahm sie der Assistentin den Block aus der Hand, warf einen Blick auf die Notizen und fragte Nadine: „Sie waren mit Sean Carmichael verheiratet?"

Nadine nickte. Nun wird sie mich gleich über Sean ausfragen, dachte sie missmutig.

Die Moderatorin sah die Assistentin an. „Wir hätten ihn auch einladen sollen. Er ist gerade topaktuell. Seine Filmgesellschaft ist in Konkurs gegangen."

„Das ist nicht wahr! Wie kommen Sie darauf?" fuhr Nadine sie wütend an.

Die Moderatorin zuckte die Schultern. „Eine Freundin von mir arbeitet in London für die Firma, und sie hat Angst, ihren Job zu verlieren. Das hat sie mir vor kurzem erzählt."

„Sie braucht sich keine Sorgen um ihren Job zu machen. Der Firma geht es gut. Vielleicht interessiert es Sie, dass ich demnächst viel Geld in diese Filmgesellschaft investieren werde. Und das würde ich wohl kaum tun, wenn ich befürchten müsste, dass sie in Schwierigkeiten steckt."

„Trotzdem finde ich, dass wir uns darüber in der Show unterhalten sollten", sagte die Moderatorin zu der Assistentin.

„Nein!" rief Nadine kurz angebunden.

Die beiden anderen Frauen ignorierten sie. Nadine biss sich auf die Lippe und befürchtete die ganze Zeit, dieses Thema könnte während der Sendung zur Sprache kommen. Es würde großen Schaden für Sean und seine Firma anrichten, wenn im amerikanischen Fernsehen über seine finanziellen Schwierigkeiten gesprochen werden würde. Obwohl Nadine ihn verlassen hatte, verspürte sie immer noch das Bedürfnis, ihn zu beschützen. Es tat ihr weh, Sean das Gesicht verlieren zu sehen. Sie wusste, wie sehr sein Selbstbewusstsein darunter leiden würde.

Zum Glück wurde Sean in der Sendung kaum erwähnt, nur zu Beginn, als man Nadine vorstellte, ließ die Moderatorin einfließen, dass der Filmproduzent Sean Carmichael ihr geschiedener Mann sei. Wie sich schnell herausstellte, stand Nadine auch gar nicht im Mittelpunkt der Sendung. Cara war der Star des Abends, sie war berühmt in Florida. Nadine dagegen war dort kaum bekannt, und das Interview mit ihr fiel sehr kurz aus. Man konzentrierte sich ganz auf Cara und Jamie.

„Ich weiß gar nicht, warum man mich überhaupt in diese Talk-Show eingeladen hat. Es war hinausgeworfenes Geld für Greg, mich extra mit dem Lufttaxi herfliegen zu lassen“, sagte Nadine am nächsten Morgen beim Frühstück zu Jamie.

Er aß Waffeln mit Sirup, während Nadine sich eine Schale Früchtemüsli geholt hatte und staunte, dass Jamie nach den Waffeln auch noch Vollkorntoast, Butter und Honig bestellte.

Es war wirklich unfair, dass er so viel essen konnte, ohne auch nur ein Gramm zuzunehmen. Aber Jamie verbrauchte wohl auch sehr viel Energie.

„Ach, Greg weiß schon, was er tut – er kooperiert gern mit amerikanischen Fernsehgesellschaften. Wahrscheinlich hofft er, dass sie eines Tages seine Shows kaufen. Betrachte deinen Flug hierher einfach als Investition. Irgendwann wird sie sich auszahlen.“ Jamie schenkte sich Kaffee nach und fügte Sahne hinzu. „Was wollen wir heute anfangen? Ich werde erst Montag zurückfliegen, und Greg sagte, du würdest auch einige Tage hier bleiben.“

Sie nickte. „Ich möchte mir die Läden ansehen. Greg sagte mir, man könne hier fantastisch einkaufen.“

Jamie verzog das Gesicht. „Einkaufen? Wie langweilig. Warum kaufen Frauen so gern ein? Das hat Zeit. Mach doch eine Besichtigungstour mit mir. Ich kann es gar nicht erwarten, Key West wiederzusehen. Es ist einige Jahre her, seit ich zuletzt dort war. Damals hat es mir sehr gefallen. Die Fahrt über den Damm, der alle Inseln verbindet, ist zwar etwas langwierig, weil man nicht überholen kann – du weißt ja, wie das ist, wenn man hinter einem langsamen Auto steckt –, aber die Landschaft ist einfach atemberaubend."

„Ich habe mal einen Film mit Humphrey Bogart und Lauren Bacall gesehen. Ich bin sicher, dass er *Key West* hieß, aber ich erinnere mich nur noch an den Sturm, der über dem Hafen tobte."

Jamie lachte. „Ich weiß, welchen Film du meinst. Er hieß aber *Key Largo,* wenn ich mich recht entsinne. Key West liegt am äußersten Zipfel der Inselgruppe. Es ist einmalig dort und wird dir bestimmt gefallen. „Ich habe einen Wagen gemietet, nicht wieder so eine rosa Limousine, mit der ich dich am Flughafen abgeholt habe, sondern einen kleinen Ford mit niedrigem Benzinverbrauch. Wollen wir gleich nach dem Frühstück aufbrechen? Wir treffen uns in einer halben Stunde in der Empfangshalle. Wir müssen so früh los, weil es ein langer Weg nach Key West ist. Dort können wir dann zu Mittag essen."

Die Fahrt über den Damm dauerte wirklich lange – wie Jamie es vorausgesagt hatte. Aber der Blick war atemberaubend. Jamie hatte einen Reiseführer gekauft, den Nadine jetzt durchblätterte.

„Zu der Gruppe gehören zweiundvierzig Inseln, die alle durch Brücken verbunden sind, wie eine Inselkette. Und diese komischen Bäume, die aus dem Wasser ragen, sind Mangroven. Sie haben Stelzwurzeln und scheinen auf dem Wasser zu treiben, steht hier. Merkwürdig, findest du nicht, Jamie?"

„Sieh mal da, ich bin sicher, das ist ein Reiher, der da oben auf dem Telegraphenmast nistet", sagte Jamie und deutete auf einen großen braunen Vogel.

Nadine versuchte angestrengt, das Tier im Gegenlicht der gleißenden Sonne auszumachen. „Ich bin zwar keine Vogelkundlerin, aber ich glaube, es könnte ein Reiher sein. Wenn er mal aufstehen würde, wüssten wir es."

„Der amerikanische Vogelmaler Audubon hat jahrelang hier gelebt und die Vögel Floridas gemalt. Wenn wir genug Zeit haben, können wir uns sein Haus in Key West anschauen."

Nadine warf Jamie einen amüsierten Blick zu. „Bist du deshalb so versessen darauf, hierher zu kommen? Um Audubons Haus zu besichtigen?“ Sie wusste, dass Jamie ein begeisterter Vogelbeobachter war, der keine Gelegenheit ausließ, sich mit seinem Hobby zu beschäftigen.

Er lächelte. „Das war einer der Gründe, aber Key West hat noch viel mehr zu bieten. Du könntest mit der *Conch Train* fahren, während ich das Museum besichtige.“

„Mit der was?“

„Eigentlich ist es eher eine Straßenbahn als ein Zug, wird aber *Conch Train* genannt. Übrigens nennen sich auch die Bewohner der Inseln *Conch,* vermutlich nach den Muscheln, die es überall in Key West zu kaufen gibt.“

„Ist denn diese Straßenbahn auch muschelförmig?“

Jamie lachte. „Nein, sie heißt nur so.“

Sowie Nadine die Straßenbahn gesehen hatte, musste sie unbedingt damit durch Key West fahren. Es war wirklich eher eine Straßenbahn, die nach allen Seiten offen war und eine Art Zeltplane als Dach hatte. Der erfrischende Fahrtwind war an diesem heißen Tag sehr willkommen.

Der Fahrer erklärte den Fahrgästen die Sehenswürdigkeiten der Stadt, während sich die Bahn langsam einen Weg durch die Straßen bahnte. Nadine sah eine Anzahl ungewöhnlicher Häuser, die zum größten Teil aus Holz bestanden und aufwendig dekorierte Giebel und Balustraden hatten. Generationen von Hochseefischern hatten diese Ornamente während der langen Monate auf See geschnitzt und sie ihren Frauen bei der Rückkehr zum Geschenk gemacht. Und jede Frau wollte die schönsten Schnitzereien an ihrem Haus haben, weil sie symbolisierten, wie sehr ihre Männer sie liebten.

Jamie erwartete Nadine schon, als sie aus der Straßenbahn stieg, und schlug vor, im *Old Mallory Square* zu essen. Sie wählte eine Tomaten-Maissuppe, die köstlich schmeckte, und fangfrischen Fisch mit Salat und als Nachtisch Limonentorte.

Nach dem Mittagessen besichtigten sie Ernest Hemingways Haus, sahen sich staunend die Originaleinrichtung an und unterhielten sich über die Bücher, die er hier geschrieben hatte – *Haben und Nichthaben* und *Wem die Stunde schlägt.* Dann begaben sie sich auf die Suche nach den Häusern, in denen andere berühmte amerikanische Schriftsteller gelebt hatten. Offensichtlich hatte diese Stadt sie magisch angezogen. Tennessee Williams, Dos Passos und Robert Frost – sie alle hatten sich hier aufgehalten. Jamie machte viele Aufnahmen, seine Kamera hatte er immer dabei.

Vor der Rückfahrt nach Miami folgten sie anderen Touristen, die auf einem Holzsteg am Ufer standen und die Sonne im Ozean untergehen sahen. Meer und Himmel waren flammendrot. Jamie fotografierte. Es gab genug Motive. Fast herrschte hier eine Karnevalsatmosphäre. Künstler verkauften ihre Gemälde, Schmuck, Lederarbeiten und handgefärbte Kleidung. Entertainer sangen und tanzten oder musizierten. Auch einige Pantomimen waren da mit ihren traditionell weiß bemalten Gesichtern und schwarzen Anzügen.

Nadine fühlte sich angenehm schläfrig, als sie sich schließlich auf den Rückweg nach Miami machten. „Du hattest Recht, Key West ist faszinierend“, sagte sie zu Jamie, der lächelte.

„Freut mich, dass es dir gefallen hat. Morgen kannst du ja dann einkaufen.“

Sie war so müde vom vielen Spazierengehen in Key West, dass sie sofort einschlief, als sie im Bett lag, und erst spät am nächsten Morgen wieder aufwachte. Sie frühstückte mit Jamie, der auch erst spät aufgestanden war, und ging dann einkaufen, während Jamie wieder mit seiner Kamera loszog, um noch einige Aufnahmen zu machen.

Am nächsten Tag flogen sie beide mit der Concorde zurück nach London. Der Flug dauerte nur halb so lange wie in einem gewöhnlichen Jet, aber sie fühlten sich trotzdem steif und zerschlagen, als sie landeten.

Sie waren gerade durch die Sperre gekommen und auf dem Weg zum Taxistand, als Nadine plötzlich Sean sah, der einen weißen Anzug trug und wie die anderen Leuten offensichtlich darauf wartete, jemanden abzuholen. Er war nicht zu übersehen, denn er überragte die meisten anderen Menschen in seiner Nähe. Der Ausdruck seiner blauen Augen wurde ärgerlich, als er zwischen Nadine und Jamie hin- und hersah.

Nadines Puls raste, und ihr stockte fast der Atem. Was will Sean denn hier? fragte sie sich. Wollte er sie etwa abholen? Und woher wusste er, mit welchem Flug sie kommen würde? Ob Greg Erroll es ihm verraten hatte? Aber vielleicht wartete er auch gar nicht auf sie, sondern war selbst gerade erst hier eingetroffen. Aber wo war dann sein Gepäck?

Nadine verlangsamte ihren Schritt. Warum sah Sean sie so wütend an? Sie hatte Angst, ihm gegenüberzutreten.

„Was ist los? Du bist auf einmal ganz blass. Ist dir der Flug nicht bekommen?“ fragte Jamie und legte den Arm um sie.

„Wahrscheinlich nicht“, sagte sie leise und löste sich schnell von ihm, denn sie wusste, wie wütend es Sean machte, wenn er sah, dass Jamie sie umarmte. Sie blickte sich ängstlich um, doch Sean war verschwunden. Hatte er Jamies Geste etwa tatsächlich beobachtet? Nadine fühlte sich ganz elend.

Sie wusste nur zu genau, was er gedacht hatte, als er sie mit Jamie ankommen sah. Vor allem, nachdem sie das Hotel verlassen hatte, ohne Sean eine Nachricht zu hinterlassen. Und wenn er Greg angerufen hatte, wusste er ja jetzt, dass sie mit Jamie in der Talk-Show in Miami aufgetreten war. Aber seinem Gesichtsausdruck war deutlich anzumerken gewesen, dass er nicht erwartet hatte, sie mit Jamie anzutreffen. Offensichtlich hatte er zwei und zwei zusammengezählt und sich verrechnet. Ihre Beziehung zu Jamie war ihm ja schon immer verdächtig vorgekommen. Alles war wie immer.

Auf dem Weg zum Taxistand sah sie sich noch einige Male suchend nach Sean um, doch der war wie vom Erdboden verschluckt. Sie teilte sich ein Taxi mit Jamie, der sie zuerst absetzte und dann zu sich nach Hause fuhr. Es war ein warmer Maitag, in ihrem Garten blühte weißer Flieder. Nadine öffnete das Fenster, und bald erfüllte der betörende Fliederduft ihr Zimmer. Sie wusste selbst nicht, warum sie auf einmal so traurig war. Was sollte sie nur mit Sean machen?

Nadine hatte während des Fluges geschlafen und fühlte sich jetzt ganz munter. Daher erledigte sie gleich nach der Ankunft in ihrer Wohnung einige Telefonate. Schließlich rief sie auch Larry Dean in seinem Büro an und wurde sofort mit ihm verbunden.

Er schien verblüfft zu sein, ihre Stimme zu hören. „Nadine! Hallo, wie geht's? Bist du wieder da? Hattest du einen schönen Urlaub? Ich dachte, du wolltest länger bleiben."

„Ich musste früher zurückkommen. Larry, wo ist Sean?"

„Sean?" Er klang auf einmal wachsam. „Ich ... ich weiß es nicht genau ..."

„Ich weiß, dass er in London ist. Ich habe ihn am Flughafen gesehen."

„Wirklich?" Larry schien besorgt zu sein. „Was wollte er denn da? Hoffentlich nicht abreisen."

Nadine runzelte die Stirn. Wenn Larry so besorgt um Sean war, musste es einen triftigen Grund dafür geben. „Das weiß ich nicht", antwortete sie langsam. „Ich dachte, du wüsstest vielleicht etwas. Hat er dir von seinem Besuch bei mir in der Karibik erzählt?"

Larry ließ sich mit seiner Antwort Zeit. „Ja, ich wusste, dass er dort war. Ich nahm an, er wollte dich um Geld bitten, aber er sagte Nein. Was ist eigentlich los, Nadine? Hast du eine Ahnung, was er vorhat? Ich weiß es jedenfalls nicht, er redet nicht darüber, und die Firma steht kurz vor dem Zusammenbruch. Ich kann die Gehälter für diesen Monat nicht auszahlen, und wenn das herauskommt, sind wir endgültig erledigt."

Nadine kaute auf der Lippe. „Wäre euch geholfen sein, wenn ich euch meine Million leihen würde? Oder braucht ihr soviel Geld, um eure Schulden zu bezahlen? Ich möchte nämlich nicht, dass mein Geld in einem großen schwarzen Loch verschwindet."

Larry war auf einmal ganz Ohr. „Das kann ich verstehen. Ich verspreche, dass dein Geld zur Finanzierung eines neuen Projekts verwendet wird, Nadine. Wenn wir eine Million auf dem Konto hätten, würden wir natürlich zunächst unsere Schulden bezahlen, aber dann könnten wir auch Investoren für Seans neue Pläne gewinnen. Übrigens haben wir gute Chancen, die Miniserie bald zu verkaufen."

„An Greg Erroll?" fragte sie neugierig, und Larry lachte.

„Ach, weißt du, Greg hat sich immer noch nicht entschieden. Er hat um etwas mehr Zeit gebeten. Aber wir haben noch einen anderen Interessenten."

„Wen denn?"

„Das darf ich noch nicht verraten, aber morgen werden wir wissen, ob seine Firma den Vertrag unterschreiben wird. Und wenn ja, dann sind wir wieder im Geschäft."

„Heißt das, dass ihr mein Geld gar nicht braucht?"

„Nein, nein, wir brauchen es schon, aber wenn dieser Interessent morgen den Vertrag unterzeichnet, können wir dir eine bessere Garantie geben, wenn du uns die Million leihst. Wie lange wirst du brauchen, um das Geld flüssig zu machen?"

„Etwa eine Woche. Ich habe schon alles in die Wege geleitet. Ist das schnell genug?"

Larry seufzte tief auf vor Erleichterung. „Ja, das ist prima. Vielen Dank, Nadine. Du kannst dir gar nicht vorstellen, wie dankbar ich bin. Ich rufe dich gleich an, sobald Sean sich bei mir meldet."

„Ja, und vergiss nicht, mir sofort Bescheid zu sagen, wenn die Miniserie verkauft ist", sagte sie. Sean würde sich sofort besser fühlen, wenn das Geschäft zustande käme.

Larry meldete sich bereits früh am nächsten Morgen bei ihr. Er klang nervös und beunruhigt. „Bitte entschuldige, Nadine, aber ... sag, wie viel Geld könntest du sofort beschaffen? Wir brauchen dringend Bargeld, um einen Kerl zu bezahlen, der uns mit gerichtlichen Schritten gedroht hat, falls er sein Geld nicht sofort bekommt."

Nadine überlegte und rechnete hin und her. „Ich könnte euch einen Scheck über zwanzigtausend Pfund Sterling ausstellen. Der müsste gedeckt sein. Wäre euch damit geholfen?"

„Das wäre fantastisch. Tut mir Leid, dass ich fragen muss, aber wie schnell könnten wir ihn haben? Der Kerl ist hier in meinem Büro und weigert sich, mit leeren Händen zu gehen."

„Ich bin schon auf dem Weg", sagte Nadine.

„Vielleicht könnte ich jemanden vorbeischicken, der ..." Larry verstummte, ohne den Satz zu beenden.

„Nein, ich komme lieber selbst."

„Danke, Nadine", sagte Larry dankbar. „Ich kann dir gar nicht sagen, wie dankbar ich dir bin."

Eine halbe Stunde später traf sie in den Studios der Filmgesellschaft ein. Den ausgefüllten Scheck hatte sie in der Tasche. Man ließ sie umgehend zu Larry vor.

Er saß hinter seinem Schreibtisch und sah ausgesprochen verstört aus. An der Wand lehnte ein brutal aussehender Riese in einem scheußlichen giftgrünen Anzug. Der Kerl trug eine Sonnenbrille und hatte offensichtlich einen angeklebten Schnurrbart.

Nadine beachtete ihn gar nicht, sondern lächelte Larry beruhigend an, holte den Scheck aus der Handtasche und reichte ihn über den Schreibtisch. Larry betrachtete den Scheck eingehend und seufzte dann erleichtert.

„Danke, Nadine“, sagte er erlöst, bevor er dem Mann in dem grauenhaften Anzug ein Dokument hinüberschob. „Also schön, dann unterschreiben Sie hier“, sagte er angewidert.

Der Kerl las sich das Dokument langsam durch, wobei der mit den dicken Fingern die Zeilen entlangfuhr. Er verzog das Gesicht und sagte dann mit dem ordinärsten Akzent, den Nadine je gehört hatte: „Hör zu, Freundchen, ich unterschreibe nichts, bevor ich nicht weiß, dass der Scheck gedeckt ist. Gib mir die Nummer von ihrer Bank, damit ich mit dem Manager reden kann.“

Larry warf Nadine einen hilflosen Blick zu. Kühl blätterte sie in ihrem Adressbuch und gab dem Kerl die Telefonnummer. Er rief bei ihrer Bank an, fragte nach dem Manager und reichte Nadine nach einigen Worten den Hörer.

„Er sagt, er will mit Ihnen sprechen, bevor er Informationen über Ihren Kontostand weitergibt.“

Also sprach sie selbst mit dem Kundenbetreuer, der seine Neugier kaum zügeln konnte, versicherte ihm, es handele sich um eine geschäftliche Angelegenheit und sie sei es selbst am Telefon. Dann reichte sie den Hörer an den Riesen weiter, der dem Manager eine Frage stellte und danach auflegte.

„Okay“, sagte er. „Alles erledigt. Wo soll ich unterschreiben?“

Er schmierte eine unleserliche Unterschrift aufs Papier, steckte den Scheck in seine Brieftasche und nickte Larry und nach kurzem Zögern auch Nadine zu.

„Wenn ich Geräte zur Verfügung stelle, dann verlange ich auch, dafür bezahlt zu werden“, sagte er zu seiner Rechtfertigung und verschwand. Krachend ließ er die Tür hinter sich ins Schloss fallen.

„Geräte?“ fragte Nadine.

Larry verzog das Gesicht. „Elektronik, akustische Aufnahmegeräte – die kosten ein Vermögen. Unser Tontechniker meinte, er würde jemanden kennen, der die Geräte billiger vermietet als die andere Firma, die wir sonst immer beauftragen."

„Oh Larry! Wie konntest du nur so einen dummen Fehler machen? Du musst doch wissen, dass hinter solchen Geschäften meistens Gauner stecken."

„Wir befanden uns in einer verzweifelten Lage. Aber du hast Recht, der Mann ist ein Gauner. Er hat Freunde, die alles kurz und klein schlagen, wenn man nicht tut, was sie einem sagen, hat er behauptet. Und Menschen greifen sie angeblich auch an, als letztes Mittel. Ich bin froh, dass wir ihn los sind. Mit dem haben wir das erste und das letzte Mal Geschäfte gemacht." Larry kam um den Schreibtisch herum und umarmte Nadine dankbar. „Danke, Nadine, ich weiß gar nicht, was ich sagen soll und ..."

„Schon gut", sagte sie und gab ihm einen flüchtigen Kuss. „Es war mir ein Vergnügen ..."

Hinter ihnen öffnete sich die Tür, und sie beide spürten die plötzlich geladene Atmosphäre. Larry machte einen Schritt zurück, Nadine drehte sich um und war gleichzeitig schockiert und erleichtert.

„Was geht hier vor?" stieß Sean zwischen zusammengebissenen Zähnen hervor. „Und warum sah Buzz Brown so selbstzufrieden aus, als er gerade dieses Büro verließ?"

„Nadine hat ihn bezahlt", antwortete Larry unbedacht.

Sean wurde wütend. „Sie hat was getan? Du hast sie um Geld gebeten, um diesen Halsabschneider zu bezahlen? Ich habe dir befohlen, sie aus meinen geschäftlichen Angelegenheiten herauszuhalten. Wie konntest du es wagen, hinter meinem Rücken bei ihr um Geld zu betteln? Nach allem, was ich dir erzählt habe!" Mit drei Schritten stand er vor Larry, packte ihn am Kragen und schüttelte ihn. „Ich sollte dir den Hals umdrehen!"

Larry war rot angelaufen und bekam kaum noch Luft. „Sean, ich bitte dich ..."

Nadine warf sich dazwischen und zog an Seans Händen, um Larry aus seinem Griff zu befreien. „Lass ihn los, Sean! Bist du wahnsinnig? Du erwürgst ihn noch."

Sean stieß Larry heftig von sich. Er landete auf seinem Schreibtischstuhl und sackte in sich zusammen. Inzwischen hatte Sean sich Nadine zugewandt. Er funkelte sie so wütend an, dass sie sich bedrohter fühlte als vor einigen Minuten, als der Halsabschneider sein Geld verlangte.

„Larry hat es nicht anders verdient", sagte Sean mürrisch. „Und jetzt bist du dran! Habe ich dir nicht gesagt, dass ich dein Geld nicht will? Aber du hörst ja nie zu. Du hast alles ignoriert, was ich zu dir gesagt habe, und nun wirst du die Konsequenzen dafür tragen."

„Schrei mich nicht an, Sean Carmichael!" Ihre Stimme zitterte ein wenig, hoffentlich hatte er das nicht gemerkt.

Sie hasste es, wenn er so wütend war, er wirkte dann richtig furchteinflößend.

„Ich schrei ja gar nicht", schrie er. „Ich habe dir gesagt, dass ich dein Geld nur unter einer Bedingung annehmen werde – gib bloß nicht vor, dass du das vergessen hast. Tja, du hast der Firma eine große Summe zur Verfügung gestellt, und nun erwarte ich, dass du die Bedingung erfüllst, die daran geknüpft war."

Larry hatte sich wieder erholt, zog seine verrutschte Krawatte gerade, fuhr sich durchs Haar und sah verblüfft aus. „Was für eine Bedingung?" fragte er neugierig.

Sean verstummte erstaunt. Offensichtlich hatte er Larrys Anwesenheit ganz vergessen. Er fuhr herum und sah ihn drohend an. „Bist du immer noch hier? Da ist die Tür, verschwinde!"

„Das ist mein Büro, Sean", protestierte Larry.

„Hinaus!"

Larry stand auf, schlurfte zur Tür und unternahm noch einen letzten Beschwichtigungsversuch. „Hör endlich auf, auf Nadine herumzuhacken, Sean", sagte er. „Sie hat uns einen großen Gefallen erwiesen, und du solltest ihr dankbar sein, statt ..."

„Verschwinde auf der Stelle!" brüllte Sean.

Larry schluckte verstört und verschwand. Mit lautem Knall fiel die Tür hinter ihm zu.

Nun konzentrierte sich Sean ganz auf Nadine, die erschauerte. „Wo war ich stehen geblieben? Ach ja ... wenn ich dein Geld annehme, dann nur, wenn du zu mir zurückkommst."

9. KAPITEL

„Mach dich doch nicht lächerlich.“ Nadine versuchte, zur Tür zu kommen, doch Sean war schneller und versperrte ihr den Weg. Also blieb sie stehen und sah ihn herausfordernd an. „Und hör auf, mir zu drohen, Sean.“

„Ich versuche, mich zu beherrschen“, erwiderte er. Doch sein Blick strafte ihn Lügen. „Lange wird mir das allerdings nicht gelingen. Daher beantworte bitte meine Frage, bevor ich wirklich wütend werde. Ich weiß, dass du die Insel verlassen hast, um in Miami in einer Talk-Show aufzutreten. Ich fand heraus, dass Greg Erroll den Privatflug für dich gebucht hatte, und rief ihn an. Er erzählte mir von der Show, glaubte jedoch, du würdest anschließend auf die Insel zurückkehren. Dort habe ich auf dich gewartet.“ Seine blauen Augen funkelten böse. „Aber du kamst nicht zurück. Stattdessen hast du dich in Miami mit Jamie Colbert amüsiert. Hast du mit ihm geschlafen?“

Nadine war rot geworden. Wütend schüttelte sie den Kopf. „Ich habe es dir schon einmal gesagt, dass ich nie mit Jamie geschlafen habe und das auch niemals tun werde. Ich habe ihn gern, er ist mein Freund, aber nicht mein Liebhaber.“

„Hmm.“ Sean schien nicht überzeugt zu sein. „Aber du warst tagelang mit ihm allein in Miami.“

„Ja, wir haben die Sehenswürdigkeiten abgeklappert. Jamie hatte seine Kamera dabei und hat eine Aufnahme nach der anderen gemacht. Falls er eine Geliebte hat, dann ist es seine Kamera. Ich bin es jedenfalls nicht! Er hat einen Wagen gemietet, wir sind zu den Everglades gefahren und bis hinunter nach Key West. Dann haben wir uns Miami angesehen, ich habe eingekauft, wir waren im Hotel-Swimmingpool schwimmen und haben uns am Strand gesonnt. Wir haben einige sehr friedliche, erholsame Ferientage ...“

„... zusammen verbracht“, beendete Sean den Satz für sie. Aber aus seinem Mund klang es wie ein Vorwurf.

„Ja, zusammen. Freunde verbringen ihre Ferien oft zusammen.“

„Wenn du deine Erholung fortsetzen wolltest, warum bist du dann nicht auf die Insel zurückgekommen?“

Nadine lachte ungläubig. „Wo du warst? Erholung? Bist du verrückt?“

Er zuckte zusammen, als habe sie ihn geschlagen. „Du gibst es also zu? Du bist nicht auf die Insel zurückgekommen, um mir aus dem Weg zu gehen.“

Nadine schwieg und senkte den Blick.

Da Sean keine Antwort erhielt, sagte er schließlich anklagend: „Du warst allein mit ihm in Miami, und dann bist du mit ihm nach London zurückgeflogen. Und ich wäre vielleicht noch immer in der Karibik und würde auf dich warten, wenn ich nicht in deinem Hotel angerufen hätte. Du warst nicht da, aber ich fand immerhin heraus, dass du am nächsten Morgen nach London abreisen würdest. Zuerst dachte ich, man habe sich im Hotel geirrt, und rief beim Flughafen an. Dort erfuhr ich, dass du einen Flug nach London gebucht hattest. Daher nahm ich das nächste Flugzeug nach England, um dich in Heathrow abzuholen.“

„Ich habe dich gesehen“, sagte Nadine. „Glaub bloß nicht, mir wäre entgangen, wie du da auf der Lauer gelegen hast. Warum bist du eigentlich ohne ein Wort verschwunden, wenn du mich doch angeblich abholen wolltest?“

Er funkelte sie an. „Was glaubst du wohl?“

Sie schwieg, um sich nicht selbst zu belasten.

„Genau“, sagte Sean. „Weil Colbert bei dir war. Colbert, der besitzergreifend den Arm um dich gelegt hatte. Deshalb bin ich gegangen.“

„Vielleicht war das ganz gut so. Es wäre nicht auszudenken gewesen, wenn du Jamie auf ähnliche Art angegriffen hättest, wie du mich jetzt angreifst. Wahrscheinlich hätte er dich für verrückt gehalten, so einen Wirbel um nichts zu machen. Genau deshalb habe ich die Insel auch verlassen. Der Malkurs hat mir viel Freude gemacht, ich habe mich mit Luc und Clarrie Haines gut verstanden, das Essen war köstlich, die Insel ein Traum, aber kaum trafst du ein, war es mit der Idylle vorbei. Ständig warst du in meiner Nähe und störtest meinen Frieden. Ich konnte mich nicht entspannen, und mit der Erholung war es auch aus. Da du entschlossen warst, auf der Insel zu bleiben, musste ich gehen.“

Er sah sie forschend an. „Wenn du mich so sehr hasst, warum bist du dann hier?“ fragte er verbittert.

Nadine zuckte zusammen. „Ich dich hassen? Ich habe nie gesagt, dass ich dich hasse.“ Sie bemerkte, dass sich sein Gesichtsausdruck veränderte, und fügte schnell hinzu: „Außerdem habe ich dir erzählt, dass Larry mich um Hilfe gebeten hat. Was sollte ich denn tun? Ihm meine Hilfe verweigern?“

„Larry hatte kein Recht, dich um Geld zu bitten. Ich habe ihm unmissverständlich klargemacht, dich da herauszuhalten.“

„Wie konnte ich mich denn heraushalten?“ fragte sie aufgebracht. „Die Firma bedeutet mir etwas, begreifst du das denn nicht? Ich war von Anfang an dabei und konnte nicht mit ansehen, wie sie zusammenbrechen würde.“

„Aber es geht nicht allein um Geld“, sagte Sean leise, und Nadine bekam weiche Knie. „Die eigentliche Frage ist doch: Kommst du zu mir zurück? Wenn nicht, kannst du dein Geld behalten. Ich will es nicht.“

„Ich müsste verrückt sein, wenn ich zu einem Mann zurückkehren würde, der wegen jeder Kleinigkeit eifersüchtig wird, Argumenten nicht zugänglich ist und versucht, mein ganzes Leben zu beherrschen.“

Er umfasste ihr Gesicht mit beiden Händen und sagte rau: „Das wird alles anders, Nadine. Ich verspreche zu versuchen, nicht mehr eifersüchtig zu sein.“

„Ach ja?“ fragte sie und lächelte spöttisch. „Und wie lange wirst du dieses Versprechen halten? Als wir auf der Insel waren, habe ich dir unmissverständlich erklärt, dass zwischen Jamie und mir nichts ist und auch niemals etwas war. Und trotzdem warst du eifersüchtig, als du mich mit ihm zusammen am Flughafen gesehen hast.“

Er lächelte. „Ich habe gesagt, ich versuche es. Manchmal wird es mir vielleicht nicht gelingen. Ich kann es nicht ändern, ich liebe dich so sehr, dass ich jedes Mal rot sehe, wenn ein anderer Mann nur in deiner Nähe ist.“

Nadine wäre fast schwach geworden. Aber zunächst musste sie noch einige andere Missverständnisse aus dem Weg räumen. „Begreifst du denn nicht, wie peinlich es für mich ist, wenn du jedes

Mal einen Wutanfall bekommst, sobald mich ein Mann nur ansieht?“

Er verzog das Gesicht. „Daran habe ich gar nicht gedacht. Du hast Recht, Nadine.“

„Ganz zu schweigen von der Tatsache, dass du mir nicht vertraust. Was meinst du, wie ich das finde?“

Er seufzte tief auf. „Ich habe dir doch gesagt, dass ich dir vertraue, aber vor den Männern habe ich Angst.“

Nadine glaubte, sich verhört zu haben. „Du hast Angst vor ihnen?“ fragte sie ungläubig.

Sean stöhnte. Das Thema war ihm offensichtlich unangenehm. „Ich habe mich falsch ausgedrückt. Ich meinte, dass ich immer Angst hatte, dich zu verlieren. Du weißt ja, dass meine Eltern geschieden waren. Meine Mutter war sehr schön. Als ich vierzehn war, ist sie mit einem anderen Mann auf und davon gegangen. Mein Vater ist nie darüber hinweggekommen. Damals schwor ich mir, dass mir so etwas nicht passieren würde. Ich wollte mich gefühlsmäßig niemals so stark an eine Frau binden, dass sie mich hätte verletzen können. Und dann lernte ich dich kennen. Ich liebte dich so sehr, und ich hatte furchtbare Angst, ich könnte dich verlieren und ein anderer Mann würde dich mir wegnehmen.“

Nadine hatte gewusst, dass seine Eltern geschieden wurden, als Sean Teenager war, und sie wusste, dass sein Vater wenige Jahre später an einem Herzinfarkt starb. Nun wusste sie endlich auch, wie sehr Sean damals gelitten hatte und noch immer litt. Das änderte natürlich alles.

Heiser fragte sie: „Warum erzählst du mir das erst jetzt?“

„Ich spreche nicht gern darüber.“

„Aber verstehst du denn nicht, dass dadurch alles verständlicher wird? Jetzt weiß ich, warum du so eifersüchtig reagierst.“

Er sah ihr zärtlich in die Augen. „Wirklich? Wenn ich nur wüsste, woran ich bei dir bin, Liebling. Auf der Insel dachte ich, du liebst mich, aber dann bist du einfach verschwunden, ohne mir auch nur eine Nachricht zu hinterlassen. Wie konntest du mir das antun?“

„Ich musste fort, ich war doch völlig durcheinander und wusste nicht mehr, was ich tun sollte.“

„Und jetzt?“ fragte er leise. „Weißt du es jetzt, Nadine?“

Sie sah ihn hilflos an, noch immer hin und hergerissen zwischen Gefühl und Verstand.

„Mein Liebling“, sagte er mit erstickter Stimme und küsste Nadine. Endlich gab sie nach und schmiegte sich zärtlich an ihn. Sehnsüchtig erwiderte sie seine Küsse und streichelte sein Haar. Nun gab es kein Entkommen mehr, Nadine war endlich wieder da, wo sie immer sein wollte. Sie stöhnte und küsste ihn mit einer Leidenschaft, die seinem Verlangen in nichts nachstand.

Das plötzliche Klingeln des Telefons ließ sie erschrocken zusammenfahren.

Sean ließ es einige Male läuten, dann nahm er irritiert den Hörer ab und meldete sich.

„Guten Morgen, Salvatore“, sagte er enthusiastisch. „Wie geht es dir? Danke, mir geht es ausgezeichnet. Wie hat deiner Frau die Oper gestern Abend gefallen? Ach, tatsächlich? Na ja, Wagner kann etwas laut sein, besonders wenn man Kopfschmerzen hat. Ach, der Flug steckt euch auch noch in den Knochen? Stimmt, auf Langstreckenflügen sollte man keinen Alkohol trinken, sonst fühlt man sich noch schlechter. Esst irgendwo gemütlich zu Mittag und legt euch dann hin. Danach wird es euch bestimmt besser gehen.“ Er hörte zu und lachte herzlich. „Ja, zu zweit ist es netter.“ Wieder hörte er zu, dann leuchtete sein Gesicht auf, und er lächelte fröhlich. „Ich freue mich sehr, das zu hören. Ja, einverstanden. Wir werden bestimmt gute Partner sein, Sal.“

Nadine horchte auf. Partner? Was sollte das denn heißen? War dies etwa der Mann, der über Seans Firma bestimmen wollte?

Sean sagte ruhig: „Ich werde sofort alles veranlassen, um den Vertrag aufzusetzen. Ja, sicher, wir können das gemeinsam diskutieren. Ja, ich werde da sein. Morgen Abend also. Bis dann.“

Er legte den Hörer auf und stieß einen Freudenschrei aus. „Es hat geklappt! Es hat geklappt!“

„Was denn?“ fragte Nadine zärtlich lächelnd.

Er zog sie an sich und küsste sie. „Unsere finanziellen Probleme sind gelöst. Enrico Salvatore, der berühmte amerikanische Fernsehproduzent, wird mein Partner. Es ist alles unter Dach und Fach, seine Aktionäre haben gerade zugestimmt. Sowie der Vertrag unterzeichnet ist, wird er das Geld überweisen. Wir sind unsere Geldsorgen los."

„Dann brauchst du mein Geld ja gar nicht mehr."

Er strich ihr zärtlich über das Haar. „Wenn du es in die Firma einbringen möchtest, werden wir nicht Nein sagen. Allerdings zu den gleichen Bedingungen."

Sie sah ihn verwirrt an. „Zu den gleichen Bedingungen wie bei Enrico Salvatore?"

„Nein, zu den gleichen Bedingungen, die vor Sals Anrufs galten", antwortete er mit einem zärtlichen Lächeln. „Ich nehme dein Geld nur, wenn du wieder zu mir kommst. Wenn du es woanders investieren willst, ist das auch in Ordnung, solange du trotzdem zu mir zurückkommst."

Sie sah ihn von der Seite an. „Erst müssen wir uns noch unterhalten. Ich möchte, dass wir von jetzt an gleichberechtigte Partner sind. Vorher hast du immer versucht, mich herumzukommandieren. Damit muss jetzt Schluss sein. Wir sprechen über alles und treffen Entscheidungen gemeinsam."

„Okay." Sean nickte ernst. „Da wir schon einmal dabei sind, Nadine: Als Erstes möchte ich ein Baby. Ich weiß, dass du im Begriff bist, eine neue Karriere beim Fernsehen zu starten, aber ich möchte gern endlich eine Familie haben."

„Ist das eine Bedingung, Sean? Wenn ich nicht gleich ein Baby möchte, dann wird aus unserem Zusammenleben nichts? Willst du das sagen?"

Er wurde blass und zog sie schnell an sich. „Aber nein, Nadine. Ich will dich, nur dich. Wahrscheinlich könnte ich mich damit abfinden, keine Kinder zu haben, wenn du nur bei mir bist."

Nadine schmiegte sich ganz eng an ihn. „Ich will ja Kinder. Aber können wir noch ein Jahr warten? Dann habe ich bestimmt beim Fernsehen Fuß gefasst und kann eine Pause einlegen."

„Schon überredet."

Glücklich strahlte sie ihn an. „Du musst lernen, mir zu vertrauen, Sean, dann schaffen wir es diesmal, es miteinander auszuhalten. Ich liebe dich so sehr." Zärtlich küsste sie ihn auf den Mund und spürte sofort die lodernde Flamme der Leidenschaft zwischen ihnen. Ihr Körper zitterte vor Sehnsucht.

„Oh, mein Liebling“, flüsterte Sean. „Lass uns nach Hause gehen, ich möchte dich in meinen Armen halten und dich lieben.“

„Ja, Sean, ich dich auch.“ Hand in Hand verließen sie das Büro und gingen ihrer Zukunft entgegen.

– ENDE –

Marjorie Lewty

Das kleine Hotel in der Normandie

Roman

Aus dem Amerikanischen von
Ralf-Michael Hofer

1. KAPITEL

Bereits zum dritten Mal innerhalb einer Stunde klingelte das Telefon in Tante Beckys Büro, das sich im hinteren Teil des kleinen französischen Hotels befand. Corinna ging zum unaufgeräumten Schreibtisch und nahm den Hörer ab.

„Hallo?" Sie versuchte, so sachlich und routiniert zu sprechen, wie eine professionelle Empfangsdame es ihrer Meinung nach getan hätte. Doch wie Corinna bereits befürchtet hatte, redete jemand in schnellem Französisch auf sie ein, so dass sie kein Wort verstand. Schließlich unterbrach sie den Mann am anderen Ende der Leitung und sagte in ihrem besten Schulfranzösich: „Je ne comprends pas. Parlez-vous Anglais?"

Natürlich verstand der Anrufer kein Englisch. Corinna versuchte noch einmal, sich verständlich zu machen, doch als ihr die Vergeblichkeit ihrer Bemühungen bewusst wurde, legte sie auf. Sie lehnte sich zurück und strich sich mit der Hand durch das rotbraune Haar.

Habe ich jetzt etwa eine Reservierung vermasselt? dachte Corinna. Sie wusste einfach nicht, wie sie mit alledem fertig werden sollte. Wo blieb nur der Mann, der Becky für die Dauer ihres Krankenhausaufenthaltes vertreten sollte?

„Mein Stellvertreter wird bald hier sein", hatte Becky ihrer Nichte mit matter Stimme versichert, während der nette französische Arzt ihr in den Wagen geholfen hatte. „Der Mann wird sich um alles kümmern. Es tut mir Leid, dass ich dir deinen Urlaub verdorben habe, Corinna. Es ist einfach zum Verzweifeln, aber ..." Die Schmerzen hatten Becky am Weiterreden gehindert, und kurz darauf war der Wagen zum Krankenhaus gefahren.

Das war über zwei Stunden zuvor gewesen. Nun ging es auf 18 Uhr zu, und Beckys Vertreter ließ sich noch immer nicht blicken.

Als Corinna in den frühen Morgenstunden in London aufgebrochen war, hatte sie sich noch auf ihren zweiwöchigen Urlaub in Beckys kleinem Hotel in der Normandie gefreut. Ein ruhiger Urlaub war genau das Richtige für Corinna, bevor sie sich nach einer neuen Arbeit umsehen wollte.

In den Wochen vor und nach dem Tod ihrer Mutter hatte Corinna eine schwere Zeit gehabt. Sie hatte ihre Ganztagsarbeitsstelle kündigen müssen, um für die todkranke Mutter da zu sein, und an Ausruhen war nicht zu denken gewesen.

Becky wusste das, als sie ihre Nichte zu sich nach Frankreich eingeladen hatte. „Du brauchst unbedingt ein wenig Erholung", hatte Becky am Telefon gesagt. „Wenn du kommst, wird es hier wahrscheinlich sehr ruhig sein. Das Hotel ist bis Ostern geschlossen. Meine Hotelangestellten Maria und Jacques machen in der Zeit Urlaub, und die Frau an der Rezeption werde ich wegen Unfähigkeit entlassen. In dieser Jahreszeit ist das Wetter in der Normandie meistens sehr angenehm mild, und es gibt nicht viele Touristen. Wir können Spaziergänge am Strand machen, zusammen kochen oder uns einfach ausruhen."

Corinna hatte die Einladung gern angenommen. Becky war die einzige Verwandte, die sie noch hatte.

„Verzeih mir, wenn ich danach frage, aber hast du eigentlich nichts mehr von deinem Vater gehört? Ich dachte, du würdest vielleicht mit ihm Kontakt aufnehmen wollen", hatte Becky dann gesagt.

„Nein." Corinna hatte mit ausdruckslosem Blick ins Leere geschaut. „Ich will ihn nie wiedersehen. Ich hasse ihn."

„Es tut mir Leid. Ich wusste nicht, dass du es noch immer nicht überwunden hast. Lass es uns schnell vergessen und lieber von deinem Urlaub reden."

Das war zwei Wochen zuvor gewesen.

Corinnas Anreise zu Beckys Hotel stand von Anfang an unter einem unglücklichen Stern. Der Ärger begann bereits früh morgens auf der Autobahn. Wegen eines Unfalls hatten sich lange Staus gebildet, und als Corinna mit ihrem roten Kleinwagen schließlich Dover erreichte, fiel die Fähre nach Boulogne wegen eines Streiks auf der französischen Seite aus. Corinna musste stattdessen nach Calais übersetzen und damit einen ziemlich langen Umweg auf der französischen Seite in Kauf nehmen. Später verfuhr sie sich auch noch in Rouen.

Doch Corinna gehörte nicht zu den Menschen, die sich schnell entmutigen lassen. Schließlich kam sie heil in „Ferme du Chemin Vert“, Beckys kleinem Hotel, an. Becky hatte es fünf Jahre zuvor nach dem Tod ihres Mannes geerbt.

Corinnas Pechsträhne war allerdings noch nicht beendet. Normalerweise ging Becky ihrer Nichte freudestrahlend entgegen, sobald sie deren Auto hörte. An diesem Tag blieb die Begrüßung jedoch aus. Corinna fand ihre Tante im Foyer, wo sie schmerzverzerrt und kreidebleich auf dem Sofa saß.

„Ich war nie krank, und ausgerechnet heute Morgen hat es mich erwischt“, klagte Becky.

Corinna hakte nach und erfuhr, dass Becky bereits ihren Arzt verständigt hatte. Er war zugleich ein alter Freund von Becky, und nachdem sie ihm die Symptome ihrer Erkrankung geschildert hatte, bestand er darauf, Becky persönlich zur Untersuchung ins Krankenhaus von Rouen zu bringen, wo er selbst tätig war.

„Er ist ein wunderbarer Mensch.“ Trotz ihrer Schmerzen lächelte Becky viel sagend. „Ich glaube, er mag mich sehr. Aber Franzosen können keinen Tee machen. Könntest du mir nicht ...?“

Corinna ging eilig in die Küche und kam bald darauf mit einer Teekanne und Tassen zurück.

„Ich wollte dich anrufen und dir absagen, aber du warst wohl schon unterwegs. Es ist ein Jammer, du hättest ein wenig Erholung so nötig gehabt“, sagte Becky, bevor sie an der Teetasse nippte.

„Ich kann doch hier bleiben und warten, bis du wieder gesund bist“, schlug Corinna vor.

„Weißt du, ein Bekannter von mir, der ebenfalls im Hotelfach tätig ist, hat mir versprochen, einen Mann zu schicken, der mich bis zu meiner Genesung vertritt. Der Mann heißt Pierre Boudin, und er soll heute Nachmittag hier ankommen. Er hat wegen eines Autounfalls längere Zeit nicht gearbeitet, aber jetzt geht es ihm anscheinend wieder besser. Die Frau, die ich in der Rezeption beschäftigt hatte, war eine leibhaftige Katastrophe. Sie brachte die ganze Buchhaltung durcheinander. Wenn ich wieder gesund bin, muss ich mir dringend eine neue Kraft suchen.“ Becky sah ihre Nichte besorgt an. „Hoffentlich ist der Mann, der nachher kommt, einigermaßen fähig.“

Corinna drückte ihrer Tante die Hand. „Mach dir keine Sorgen. Ich werde ihm helfen. Zusammen werden wir es schon schaffen."

„Aber, Corinna, du kannst doch nicht mit einem wildfremden Mann allein im Hotel bleiben."

„Ich bin bisher noch mit jedem Mann fertig geworden – fremd oder nicht fremd. Außerdem wird er nach seinem Autounfall wohl andere Dinge im Kopf haben als ausgerechnet eine Vergewaltigung."

All das war zwei Stunden zuvor gewesen. Mittlerweile war es fast sechs Uhr, und der Mann, der Becky vertreten sollte, war noch immer nicht da. Corinna starrte auf den Schreibtisch und versuchte vergeblich, sich einen Überblick über die ungeordneten Papiere zu verschaffen, die die gekündigte Angestellte hinterlassen hatte. Es war zum Verzweifeln. Corinna verstand kaum ein Wort. Sie bedauerte fast, dass sie nicht Fremdsprachen, sondern Informatik studiert hatte.

Offenbar hatte Becky sich irgendwann nach Corinnas letztem Besuch einen Computer angeschafft. Er stand auf einem Tisch in der Ecke und sah nagelneu aus. Wahrscheinlich war das Gerät noch nicht benutzt worden.

Corinna stand auf, ging zum Fenster und blickte hinaus. Der von Bäumen gesäumte Weg, der vom Hotel durch die idyllische Kulturlandschaft bis zum wenige Kilometer entfernten Meer führte, hatte dem Hotel seinen Namen gegeben: Ferme du Chemin Vert. Corinnas Französischkenntnisse reichten gerade aus, um den Namen als ‚Farm des grünen Wegs' übersetzen zu können. Corinna dachte wehmütig daran, wie sie während ihrer früheren Besuche oft mit Becky auf diesem Weg spazieren gegangen war.

Corinnas Mutter war nie besonders gut mit ihrer älteren Schwester ausgekommen und hatte Corinnas Besuche in Frankreich immer nur widerwillig toleriert. Wenn Corinna versucht hatte, ihre Mutter zum Mitkommen zu bewegen, hatte diese immer nur ablehnend reagiert: „Lass nur, Liebes. Becky will dich bei sich haben, nicht mich. Fahr nur allein und mach dir ein paar schöne Tage."

Obwohl Corinna meistens mit Schuldgefühlen ihrer Mutter gegenüber zu ihrer Tante gefahren war, hatte sie sich bei ihr immer wohlgefühlt. Sie hatte Becky sehr gern und bewunderte deren Fähigkeit, mit allen Schwierigkeiten im Leben fertig zu werden. Corinnas Mutter hatte sich dagegen immer in sich selbst zurückgezogen, wenn es Probleme gegeben hatte.

Corinna seufzte, während sie an ihre Mutter dachte. Aber konnte sie das Leben ihrer Mutter überhaupt mit dem Beckys vergleichen? Beckys Mann war friedlich in einem verhältnismäßig hohen Alter gestorben, während Corinnas Mutter in ihren besten Jahren von ihrem Mann einfach sitzen gelassen worden war – mit einem Kind und ohne einen Penny Unterstützung.

Der Name dieses Hotels hatte Becky einst neugierig gemacht, als sie zwölf Jahre zuvor wieder einmal durch ihr geliebtes Frankreich gereist war. Sie hatte sich nicht nur in das kleine Hotel, sondern mehr noch in den attraktiven Besitzer verliebt, einen älteren Witwer namens Francois. Zu jedermanns Überraschung hatte sie, die sich selbst immer als „ledige Dame undefinierbaren Alters" bezeichnet hatte, plötzlich ihre gut bezahlte Stellung im Staatsdienst aufgegeben und geheiratet. Nach sechs glücklichen Jahren mit Francois verstarb dieser plötzlich, und Becky hatte das Hotel mit Hilfe von Marie und Jacques weitergeführt. Unter Beckys Leitung war es noch bekannter geworden und schließlich sogar in die Liste der besten Landunterkünfte der Normandie aufgenommen worden.

Corinna wollte unter allen Umständen verhindern, dass der Ruf des Hotels durch Beckys Erkrankung Schaden erlitt.

Plötzlich hörte Corinna einen Wagen vor dem Hotel vorfahren und lief zur Eingangstür.

Es war ein Taxi, und das passte genau ins Bild. Wenn Pierre Boudin einen Autounfall gehabt hatte, konnte er natürlich nicht selbst fahren.

Ein Grund mehr für mich hier zu bleiben, dachte Corinna. Falls er ein Auto brauchte, würde sie ihn in ihrem Wagen fahren können.

Sie sah, wie der Mann sich mit Hilfe eines Stocks vorsichtig vom Beifahrersitz erhob, und fand, dass der Fremde absolut nicht wie ein Hotelverwalter aussah. Selbst unter Berücksichtigung der Tatsache, dass Berufstätige in Frankreich weniger konservativ gekleidet waren als ihre englischen Kollegen, sah er geradezu abgerissen aus. Er war groß und sehnig. Seine dunklen, langen Haare wurden vom Abendwind zerzaust, sodass die hohe Stirn zum Vorschein kam. In den abgetragenen Jeans und dem ausgebleichten blauen Hemd sah der Mann wie ein Student aus, der durch Europa trampte. Aber für einen Studenten war er wohl zu alt. Corinna schätzte ihn auf Mitte dreißig.

Als das Taxi davonfuhr, warf er sich einen abgenutzten Seesack über die Schulter, nahm eine kleine Tasche und sah sich das Hotel von außen an.

Corinna öffnete die Tür und ging dem Mann entgegen.

„Bonjour, Monsieur. Je suis très heureuse que vous avez arrivé."

Er lehnte sich auf seinen Stock, betrachtete sie amüsiert und erwiderte in perfektem Englisch: „Welch eine nette Begrüßung."

Sie strahlte vor Freude. „Gott sei Dank, Sie sprechen Englisch." Der ironische Unterton seiner Stimme ihr offenbar entgangen.

Er zuckte die Schultern. „Warum sind Sie so überrascht? Ich dachte, Englisch sei eine Weltsprache."

„Ich bin nicht überrascht, sondern erleichtert. Wissen Sie, mein Französisch ist sehr schlecht."

Er ging langsam auf die Eingangstür zu. „Dann sind Sie also nicht Madame Arnot? Ist sie nicht da?"

„Wurde Ihnen denn nicht gesagt, dass sie im Krankenhaus ist?"

„Warum hätte man mir das sagen sollen?" Der Mann schaute Corinna überrascht an.

„Ach, ich dachte nur ..." Corinna verstummte, als sie ins Foyer gingen. Wahrscheinlich ist er erschöpft und muss sich ein wenig ausruhen, dachte sie. „Am besten, ich zeige Ihnen gleich Ihr Zimmer. Wenn Sie mir bitte folgen würden?"

Sie führte ihn durch den Speiseraum in einen kleinen Korridor, wo sie eine Tür öffnete. „Madame Arnot dachte, dass Ihnen die Treppenstufen Probleme bereiten würden, und hielt es deshalb für besser, Sie im Erdgeschoss unterzubringen."

Der Mann folgte Corinna in das Zimmer, wo er wegen seiner Körpergröße fast mit dem Kopf gegen die Decke stieß. Er ließ seinen Seesack fallen und sah sich missmutig im Raum um. „Ich fürchte, mir ist es hier zu eng. Außerdem brauche ich einen Tisch für meine Schreibmaschine."

Corinna versuchte, die Ruhe zu bewahren. „Wollen Sie denn nicht das Büro benutzen?"

Der Mann drehte sich überrascht zu ihr um. „Soll das heißen, dass Sie mir ihr Büro zur Verfügung stellen?"

„Aber natürlich. Das ist doch klar."

Er strich sich mit der Hand über die Stirn. „Im Augenblick ist mir überhaupt nichts klar. Dürfte ich das Büro mal sehen?"

Corinna ging wieder auf den Korridor, und der Mann folgte ihr humpelnd ins Büro.

Dort interessierte ihn vor allem der Computer. „Gehört die Benutzung des Computers auch zu Ihren Dienstleistungen?"

Sie schaute erstaunt drein. „Wie bitte?"

„Darf ich während meines Aufenthalts auch den Computer benutzen?"

„Natürlich. Warum nicht?"

„Nun, dann kann ich es zur Not auch in dem kleinen Zimmer aushalten."

„Wie nett von Ihnen", meinte sie säuerlich.

Der Mann betrachtete sie, als wäre sie Teil der Hoteleinrichtung. „Ich bin müde. Würden Sie mir bitte eine Kanne Tee ins Zimmer bringen?"

Corinna maß ihn genauer. Er sah blass aus und hatte dunkle Schatten unter den Augen. Seine Wimpern waren ungewöhnlich lang. Wenn er nicht so mürrisch gewirkt hätte, wäre er ein gut aussehender Mann gewesen.

„Wollen Sie nicht lieber Kaffee haben?" Sie fand, dass es für einen Franzosen sehr ungewöhnlich war, um diese Zeit Tee zu trinken.

„Ich sagte Tee", erwiderte er knapp und drehte sich um. Während er zu seinem Zimmer ging, schallte der Stock bei jedem Schritt auf den Bodenfliesen.

Corinna blickte dem Mann entnervt nach. Am liebsten hätte sie auf der Stelle das Haus verlassen und ihn sich selbst überlassen. Doch dann dachte sie daran, dass er wohl kaum allein zurechtkommen würde. In Beckys Interesse musste sie nachsichtig mit ihm sein bis zu einem gewissen Punkt. Dass der Mann verunglückt war, entschuldigte noch lange nicht sein unfreundliches Verhalten.

Während sie in der Küche den Wasserkessel aufsetzte überlegte Corinna, wie sie dem Mann klarmachen sollte, dass er nicht so mit ihr umspringen durfte.

Das Gebäude – ursprünglich ein altes Farmhaus – hatte man später zu einem Hotel ausgebaut. Die Küche war den Bedürfnissen eines gastronomischen Betriebs angepasst, und normalerweise ging es dort immer sehr hektisch zu. Ohne Marie und Jacques wirkte jedoch alles leer und trostlos. Corinna hoffte, dass bald wieder alles so sein würde wie früher.

Plötzlich kam ihr ein schrecklicher Gedanke. Was würde sein, wenn Beckys Erkrankung sich als etwas Ernstes herausstellen und die Tante nicht zurückkommen würde? Corinna geriet bei dieser Vorstellung fast in Panik und beschloss, zukünftig nicht mehr an so etwas zu denken.

Sorgfältig stellte Corinna einen Teller mit Plätzchen, Tasse sowie Untertasse und eine Kanne Tee auf ein Tablett und trug es zum Zimmer des Mannes. Auf Corinnas Klopfen reagierte er mit einem Brummen, woraufhin sie den Türgriff mit einem Ellbogen hinunterdrückte und mit dem Fuß die Tür aufstieß.

Der Mann lag mit geschlossenen Augen auf dem Bett. Corinna schlich näher und sah ihn an. Er war groß, schlank und offenbar sehr muskulös. An seinem Körper schien kein Gramm Fett zu viel zu sein. Voller Neid stellte Corinna fest, dass die Wimpern bei geschlossenen Augen sogar noch länger aussahen als zuvor. Mit den schmalen Lippen, der geschwungenen Nase und der hohen Denkerstirn sah der Mann für Corinna unverkennbar französisch aus.

Plötzlich hob er die Lider und blickte Corinna mit seinen dunklen Augen an.

Sie wandte sich verlegen ab. Wie kam sie eigentlich dazu, einen Fremden so anzustarren?

„Ich bringe Ihnen den Tee“, informierte sie ihn kühl und stellte das Tablett auf den Nachttisch.

Der Mann richtete sich auf. „Oh, vielen Dank." Es waren die ersten netten Worte, die er seit seiner Ankunft gesprochen hatte.

Zögernd sagte Corinna: „Ich mache zum Abendessen Lasagne. Möchten Sie mit mir essen?"

Er blickte sie erstaunt an. „Kochen Sie etwa selbst?"

„Nun, es ist sonst niemand hier. Wenn Sie sich später besser fühlen, können Sie sich ja selbst verpflegen. Sie können doch kochen, nicht wahr?" Corinna ging davon aus, dass er im Rahmen seiner gastronomischen Ausbildung auch schon in der Küche gearbeitet hatte.

„Ein seltsames Hotel." Er schüttelte den Kopf. „Aber danke für das Angebot. Ich liebe Lasagne."

„Gut. Wir essen um 19 Uhr 30." Sie ging hinaus und schloss die Tür hinter sich.

Gott sei Dank hatte Becky die Vorratskammer für die Ferien gut gefüllt, so dass alle für die Lasagne nötigen Zutaten vorhanden waren. Corinna schnitt gerade Zwiebeln, als das Telefon klingelte. Während sie ins Büro ging, beschloss sie, den Fremden zu wecken, falls der Anrufer ein Franzose und der englischen Sprache nicht mächtig war.

„Hallo? Bist du es, Corinna?" ertönte eine helle männliche Stimme, als Corinna den Hörer abgenommen hatte.

Sie atmete erleichtert auf. Zwar hatte sie keine große Lust, sich mit Edward zu unterhalten, aber wenigstens brauchte sie nicht Französisch zu sprechen.

„Hallo Edward", sagte sie mit ausdrucksloser Stimme.

„Was ist, Liebes? Du klingst so abgespannt."

„Ich hatte nur einen anstrengenden Tag, Edward. Bist du gut in Yorkshire angekommen? Ich hoffe, deiner Mutter geht es gut."

Eigentlich hatte Edward Corinna nach Harrogate mitnehmen wollen, um sie seiner Mutter vorzustellen, aber Corinna hatte abgelehnt. Sie brauchte dringend ein wenig Abstand von den Geschehnissen der näheren Vergangenheit. Außerdem ahnte sie, dass Edward ihr in absehbarer Zeit einen Heiratsantrag machen würde, und wollte in Ruhe ihr Verhältnis zu Edward überdenken. Er war ein guter, freundlicher Mann, der zweifellos einen hervorragenden

Ehemann abgeben würde. Da Corinna auf solche Eigenschaften viel Wert legte, schloss sie nicht aus, Edward eines Tages zu heiraten. Aber sie mochte nichts überstürzen.

Sie erzählte ihm von ihrer Anreise nach Frankreich, verschwieg jedoch, was nach ihrer Ankunft vorgefallen war. Wie Corinna Edward kannte, hätte er auf ihrer sofortigen Rückkehr nach England bestanden, wenn er gehört hätte, dass sie mit einem wildfremden Mann allein im Haus war. Und sie fand, dass Edward kein Recht hatte, ihr irgendwelche Vorschriften zu machen.

Dennoch plagte Corinna ein schlechtes Gewissen, weil sie ihm nicht alles gesagt hatte. Im Allgemeinen legte sie auf Ehrlichkeit besonderen Wert.

„Mutter ist sehr enttäuscht, weil du nicht mitgekommen bist. Sie hatte sich schon auf dich gefreut." Edward schwieg einen Augenblick, doch da Corinna nicht antwortete, fuhr er fort: „Es ist hier oben ziemlich kalt. Wahrscheinlich habt ihr in Frankreich besseres Wetter."

Nachdem sie einige Minuten über das Wetter geredet hatten, erklärte Edward: „In einer Woche fahre ich nach London zurück. Ich werde dich von dort aus wieder anrufen."

„Schön. Und viele Grüße an deine Mutter."

„Danke, Corinna. Ich werde es ausrichten."

Da Corinna nichts mehr hörte, dachte sie schon, er hätte aufgelegt. Doch dann hörte sie ihn sagen: „Ich vermisse dich sehr."

„Das freut mich, Edward." Sie hätte gelogen, wenn sie ihm versichert hätte, dass sie ihn ebenfalls vermisste.

„Übrigens habe ich dir einen Brief geschickt. Er müsste morgen oder übermorgen ankommen."

„Danke." Corinna fragte sich, was das mit dem Brief sollte. Konnte Edward ihr nicht am Telefon sagen, was er zu sagen hatte?

Nachdem sie sich verabschiedet hatten, ging sie wieder in die Küche, um mit dem Zwiebelschneiden fortzufahren.

Corinna kannte Edward noch nicht sehr lange. Er war einige Zeit zuvor in die Anwaltssozietät eingetreten, die Corinnas Mutter bei deren Scheidung vertreten und später die Nachlassformalitäten übernommen hatte. Zuerst verstand Corinna nicht, warum die Formalitäten sich über einen so langen Zeitraum erstreckten. Schließlich hatte ihre Mutter nicht besonders viel Geld hinterlassen. Irgendwann merkte Corinna jedoch, dass Edwards Interessen an ihr nicht nur geschäftlicher Art waren. Anfangs lud er Corinna noch unter dem Vorwand, sich mit ihr über Erbschaftsangelegenheiten unterhalten zu müssen, zum Essen ein. Später folgten Einladungen ins Kino oder zu Konzertabenden.

Corinna, die unter dem Tod ihrer Mutter sehr gelitten hatte, gefielen seine Bemühungen. Erst als er wie selbstverständlich davon ausging, dass sie ihn im Urlaub zu seiner Mutter nach Yorkshire begleiten würde, klingelten bei Corinna die Alarmglocken. Sie gab ihm unmissverständlich zu verstehen, dass sie wie geplant ihre Tante in der Normandie besuchen würde. Edwards kühle Reaktion darauf änderte nichts an Corinnas Absicht, und schließlich hatte er die Urlaubspläne notgedrungen akzeptiert.

Seine distanzierte Art während des Anrufs wies allerdings darauf hin, dass er Corinna noch nicht verziehen hatte.

Aber sie hatte im Augenblick keine Lust, sich Gedanken über Edward zu machen. Weitaus mehr beschäftigte sie, wie sie mit dem ungehobelten Hotelverwalter auskommen würde.

Sie hatte eine vage Vorahnung, dass es mit ihm noch Probleme geben würde.

2. KAPITEL

Während Corinna sich in einem der sechs Gästezimmer im ersten Stock einrichtete, dachte sie über den arroganten Monsieur Pierre Boudin nach. Offenbar war er es gewöhnt, bedient zu werden.

Ist er etwa nicht über den neuesten Stand der Dinge informiert worden? überlegte sie. Oder ist er einfach nur ein Chauvinist, der alle Frauen als Dienstmädchen betrachtete? Mit seinen langen Wimpern und den dunklen Augen dürfte er nie Probleme gehabt haben Frauen zu finden, die seine Bedürfnisse bereitwillig erfüllten. Jedenfalls gehört er zu der Art von Männern, denen sie misstraute und die sie verabscheute.

Nachdem sie geduscht hatte, setzte sie sich an den Frisiertisch. Während sie sich kämmte und im Spiegel betrachtete, fiel ihr ein, dass sie sich diesem Pierre Boudin noch nicht vorgestellt hatte. Vielleicht war das der Grund für sein seltsames Verhalten. Wahrscheinlich hielt er sie für ein englisches Zimmermädchen, das für die Saison nach Frankreich gekommen war. Corinna nahm sich vor, dieses Missverständnis so schnell wie möglich aus der Welt zu schaffen.

Sie zog sich ihr teuerstes Kleid an. Es war aus grüner Seide, die farblich wunderbar zu ihren Augen passte und die zarte, makellose Haut besonders gut zur Geltung brachte. Nachdem Corinna das dichte rotbraune Haar hochgesteckt hatte, trug sie matten Lidschatten auf, strich kurz mit einem Fettstift über die Lippen und steckte sich zwei Ohrringe mit Perlmuttauflage an.

Ein Blick in den Spiegel bestätigte Corinna wieder einmal, wie sehr Kleidung das Selbstbewusstsein stärken konnte. Sie fühlte sich wie ein neuer Mensch und stark genug, es mit jedem männlichen Chauvinisten in der Region aufzunehmen.

Eine halbe Stunde später war in der Küche der Tisch gedeckt. Salat, Baguettes, cremige französische Butter und Camembert standen bereit. Zwei stilvolle Gläser glitzerten im Deckenlicht, und eine Flasche von Beckys Calvados für besondere Anlässe stand noch ungeöffnet daneben. Vom Herd her verbreitete sich ein köstlicher Duft.

„Das Essen ist fertig!“ rief Corinna in den Flur. „Zur Küche geht es durch den Gang.“

Ein dumpfes Geräusch im Zimmer des Mannes und ein anschließendes Fluchen bestätigten, dass er wach war. Sie lächelte schadenfroh vor sich hin, während sie zufrieden den Tisch betrachtete. Das Zimmer war ohne Zweifel viel zu eng für einen großen Mann wie ihn.

Als er in die Küche kam, ignorierte er Corinnas freundliches Lächeln und sah verächtlich auf den Tisch. „Wir essen in der Küche? Wie primitiv.“

Langsam ging sie zum Herd, während der Mann sich umständlich auf einem Stuhl niederließ.

„Was haben Sie denn erwartet?“ fragte sie belustigt. „Service wie im Ritz?“ Sie tat Lasagne auf zwei Teller und trug sie zum Tisch. „Würden Sie bitte die Flasche öffnen?“

Der Mann nahm die Flasche und blickte auf das Etikett. „Calvados? Na ja, ich glaube, dass ich jetzt so etwas Kräftiges gebrauchen kann.“

Corinna beobachtete ihn, wie er fachmännisch die Flasche öffnete. Obwohl er kräftige Hände hatte, waren sie ausgesprochen wohlgeformt, was eigentlich nicht so recht zu diesem unsensiblen Flegel passte. Vor dem Essen hatte er sich weder die Haare gekämmt noch sich rasiert.

Der Mann stellte die Flasche ab und schaute Corinna nach dem Betreten der Küche zum ersten Mal richtig an. Während er bewundernd den Blick über ihren Körper gleiten ließ, spürte Corinna, dass sie errötete.

„Wozu die ganze Aufmachung?“ fragte der Mann schließlich missmutig. „Wenn es wegen mir ist, muss ich Sie enttäuschen.“

Ihr verschlug es fast den Atem. „Was wollen Sie damit sagen?“

„Im Augenblick bin ich nicht an gewissen Dienstleistungen interessiert.“

„Oh, Sie ...“ Corinna holte aus und gab ihm eine schallende Ohrfeige.

Doch der Mann lachte nur laut. Bevor Corinna wusste, wie ihr geschah, hatte er sie gepackt und sich auf den Schoß gezogen.

„Ich glaube, ich muss Ihnen einen Denkzettel verpassen.“

Obwohl sie nach dem Mann schlug, trat und den Kopf von einer Seite zur anderen drehte, gelang es ihm, sie am Kinn zu packen und ihr Gesicht zu sich zu drehen. Als er die Lippen auf ihren Mund drückte, wurde sie von einer maßlosen Wut gepackt. Plötzlich fühlte Corinna seine Zunge zwischen ihren Lippen und benutzte die einzige Abwehrwaffe, die ihr noch blieb: die Zähne.

Nachdem sie ihn auf die Zunge gebissen hatte, stieß er Corinna von sich, so dass sie zu Boden fiel.

„Kleines Biest“, schimpfte der Mann und tupfte sich mit einer der weißen Servietten den Mund ab.

Corinna stand auf, zog sich ihr Kleid wieder zurecht und steckte mit zitternden Händen ihre Haare zusammen, die sich bei der Auseinandersetzung gelöst hatten. Dann ließ Corinna sich schwer atmend auf einem Stuhl sinken.

„Ich bin verletzt“, klagte der Mann, nachdem er die Serviette betrachtet und Blut darauf entdeckt hatte.

„Ach, was ist schon ein kleiner Tropfen Blut – ich hätte fester zubeißen sollen.“

„Benehmen Sie sich bei allen Ihren Liebhabern wie ein Vampir?“

Corinna hielt seinem Blick tapfer stand. „Ich habe keine Bedürfnisse nach Liebhabern.“

„So? Und das soll ich glauben? Rotbraune Haare, grüne Augen, ein sinnlicher Mund – ich finde, das ist eine sehr gefährliche Mischung.“

Sie maß ihr Gegenüber verächtlich. „Und ich finde, Sie sind dreist und ungehobelt, Monsieur“, erwiderte sie eisig. Als sie daraufhin einen amüsierten Ausdruck in seinen dunklen Augen bemerkte, wurde ihr plötzlich bewusst, dass ihr die Auseinandersetzung mit diesem Mann Spaß zu machen begann.

In diesem Augenblick klingelte das Telefon. Da der neue Hotelverwalter nicht daran dachte, seinen Pflichten nachzugehen, kümmerte Corinna sich notgedrungen darum.

Nachdem sie den Hörer des Wandtelefons in der Küche abgenommen hatte, schlug Corinna wie erwartet eine Kanonade von französischen Wörtern entgegen. Corinna sah nicht ein, dass sie anderer Leute Arbeit übernehmen sollte, und hielt dem Hotelverwalter den Hörer entgegen.

„Bitte sehr. Ich verstehe kein Wort.“

Der Mann zögerte, blickte sie eine Zeit lang entnervt an, doch dann nahm er den Hörer. „Allo ... Oui ... Oui ... bon.“ Er zog ein Notizbuch aus der Gesäßtasche seiner Jeans und notierte einige Sätze. Schließlich gab er Corinna den Hörer zurück, und sie legte auf.

„Ist es irgendetwas Wichtiges?“ fragte sie.

„Ich nehme an, Sie können mit dem, was er sagte, mehr anfangen als ich. Der Anrufer war ein gewisser Raymond. Er sagte, es täte ihm Leid, dass der Hotelverwalter, den er schicken wollte“, der Mann warf einen Blick in sein Notizbuch, bevor er fortfuhr, „ein gewisser

Pierre Boudin, einen Rückfall erlitten hat und erst in frühestens einer Woche kommen kann. Raymond bat vielmals um Entschuldigung und hofft, dass Ihnen dadurch keine Unannehmlichkeiten entstehen werden."

Corinna lehnte sich zurück und sah den Mann entgeistert an. Nach einer Weile fragte sie mit heiserer Stimme: „Dann sind Sie also nicht Pierre Boudin?"

„Natürlich nicht", erwiderte er kühl. „Würden Sie mir jetzt bitte erklären ..."

„Aber wenn Sie nicht Pierre Boudin sind, wer sind Sie dann? Und was machen Sie hier?"

Er holte tief Luft. „Wollen wir dieses Versteckspiel nicht endlich beenden? Ich heiße Raven, Winston Raven. Vor einigen Tagen habe ich mir für zwei Wochen ein Zimmer reservieren lassen. Mir wurde gesagt, dass dies ein ruhiges Hotel sei, in dem man gut umsorgt wird. In Wirklichkeit wurde ich von einer Angestellten begrüßt, die nicht Französisch spricht, bekam ein Zimmer, dessen Grundfläche kaum größer als eine Briefmarke ist, und bekam für meine Arbeit das Büro zugeteilt. Essen muss ich in der Küche, außerdem wurde ich quasi gewarnt, dass ich mich zukünftig selbst um mein Essen zu kümmern habe. Und dann wurde ich auch noch auf eindeutige Weise von einer Frau animiert ..." Plötzlich sah er Corinna misstrauisch an. „Wer sind Sie eigentlich? Und was machen Sie hier?"

Corinnas Gedanken überstürzten sich. „Sehen Sie, das Ganze ist eine Verkettung von Missverständnissen. Offenbar ist alles völlig falsch gelaufen. Zunächst muss ich Ihnen leider sagen, dass das Hotel bis Ostern für Besucher geschlossen ist. Außerdem bin ich keine Hotelangestellte, sondern Madame Arnots Nichte und nur hier, weil ich eigentlich auch nur einen ruhigen Urlaub verbringen wollte. Und dass ich Sie ‚auf eindeutige Weise animiert' haben soll, ist die Folge Ihrer übersteigerten männlichen Wunschvorstellungen." Corinna hielt inne, um Luft zu holen. „Und jetzt habe ich Hunger. Seit dem Frühstück in London habe ich nichts Richtiges mehr gegessen. Ich weiß zwar noch immer nichts über Sie außer Ihren Namen, aber ich schlage vor, dass wir alles Weitere nach dem Essen klären."

„Die ganze Sache ist zwar äußerst seltsam, aber Sie haben Recht.

Nach zehn Tagen Krankenhauskost sieht die Lasagne richtig verlockend aus." Er betupfte die Lippen vorsichtig mit der Serviette und fügte säuerlich hinzu: „Vorausgesetzt, ich kann überhaupt etwas essen, nachdem ich verwundet worden bin." Spöttisch musterte er Corinna mit seinen dunklen Augen.

Corinna errötete verlegen. „Wollen wir die kleine Episode nicht einfach vergessen?" schlug sie vor.

„Ihnen dürfte das leichter fallen als mir." Er machte sich über die Lasagne her.

Beide aßen schweigend, bis die Auflaufform leer war.

Eine halbe Stunde später saßen Corinna und Winston Raven in friedlicher Eintracht am Kamin und tranken Kaffee. Innerhalb kürzester Zeit waren alle Missverständnisse aus der Welt geschafft. Corinna hatte im Auftragsbuch tatsächlich einen Vermerk über Winstons Reservierung gefunden. Wahrscheinlich hatte die entlassene Empfangssekretärin bei der Reservierung vergessen, dass das Hotel in dieser Zeit geschlossen sein würde.

„Warum haben Sie nur für eine Person gebucht? Wollten Sie Ihre Frau nicht mitnehmen?" fragte Corinna neugierig.

„Ich bin nicht verheiratet", erwiderte er mit einem Seitenblick auf Corinna. „Außerdem bin ich gekommen, um meinen gebrochenen Knöchel auszukurieren und hier in Ruhe zu arbeiten. Wenn ich nicht so unvorsichtig gewesen wäre, hätte ich diesen verdammten Unfall nicht gehabt."

„Sie brauchen sich keine Vorwürfe zu machen", meinte Corinna verständnisvoll und lehnte sich entspannt in den großen Sessel zurück. „Bei dem Verkehr heutzutage ist niemand gegen Autounfälle sicher."

„Wer sagt denn, dass ich einen Autounfall hatte?"

„Ach ja, ich habe Sie schon wieder mit Pierre Boudin verwechselt. Mir wurde gesagt, dass er einen Autounfall hatte."

„Mein Unfall war weitaus weniger dramatisch", erklärte Winston. „Ich hatte eine kleine Auseinandersetzung mit einer Spinne."

„Mit was?" fragte Corinna.

„Mit einer großen, schwarzen, haarigen Spinne. Sie hing eines

Abends über meinem Bett." Er schüttelte sich. „Ich bin allergisch gegen Spinnen."

„Meine Güte, das ist ja furchtbar." Sie bemühte sich, nicht zu lachen. Schließlich war es nicht komisch, wenn jemand Angst vor Spinnen hatte. Corinna fand es gut, dass er es zugab. Es machte ihn irgendwie menschlicher. „Und was taten Sie?"

„Ich Trottel kletterte auf eine Kommode, rutschte aus und fiel auf den Boden. Das ist die ganze Geschichte."

„Sie Ärmster. Ich kann Sie gut verstehen. Wissen Sie, mir geht es so ähnlich mit Käfern wie Ihnen mit Spinnen."

Er lachte, und sein kehliges, tiefes Lachen gefiel Corinna. „Dann sollten wir lieber keinen Bauernhof zusammen bewirtschaften."

Natürlich wollte er nur einen Scherz machen, aber als ihre Blicke sich während des Wortes „zusammen" getroffen hatten, war es ihr für einen Moment so vorgekommen, als würden sie beide gerade ihre gemeinsame Zukunft planen.

„Wir sollten uns überlegen, wie es jetzt weitergehen soll. Was wollen Sie tun?"

„Tun? Ich fühle mich im Augenblick ausgesprochen wohl und habe keine Lust, irgendetwas zu tun."

„Sie müssen sich ein anderes Hotel suchen. Hier können Sie nicht bleiben."

„Warum nicht?"

„Immerhin ist das Hotel bis Ostern geschlossen. Wir sind nicht auf Besucher eingestellt. Außerdem ..." Corinna zögerte.

„Außerdem?" hakte Winston nach, während er sie aufmerksam betrachtete.

„Nun, das ist doch offensichtlich. Ich möchte hier nicht allein mit Ihnen bleiben."

„Nach dem Zwischenfall in der Küche sind Sie misstrauisch geworden, nicht wahr? Und wenn ich verspreche, dass ich mich in Zukunft gut benehmen werde?"

Corinna dachte daran, wie sie auf Winstons Schoß gesessen und Winston sie an seinen festen, schlanken Körper gepresst hatte. Es war für Corinna eine neue Erfahrung gewesen. Bis dahin war noch nie jemand so mit ihr umgegangen. Edward hatte sie immer zurückhaltend, rücksichtsvoll geküsst – aber schließlich war Edward ja auch ein Mann, der nie die Beherrschung verlor. Seinen Küssen fehlte das Prickelnde, Herausfordernde. Sie waren nicht mit dem zu vergleichen, was Corinna für einen kurzen aufregenden Moment in Winston Ravens Armen gefühlt hatte.

„Warum sollte ich Ihnen trauen?" fragte sie, wobei sie sich bemühte, möglichst gelassen zu wirken. „Ich kenne Sie doch kaum." Doch insgeheim kam er ihr bereits so vertraut vor, als hätte sie ihn in Wirklichkeit schon seit Jahren gekannt. Corinna fand das Gefühl so beunruhigend, dass sie beschloss, ein für alle Mal einen Punkt zu setzen. „Im Übrigen sollten Sie wissen, dass ich so gut wie verlobt bin."

Winston Raven hatte sie die ganze Zeit keinen Moment aus den Augen gelassen. „Und Ihr zukünftiger Verlobter hätte natürlich etwas gegen meine Anwesenheit."

„Edward wäre außer sich."

Winston nickte resigniert. „Das wollen wir natürlich vermeiden. Soll ich schon heute Abend gehen? Können Sie mir ein anderes Hotel empfehlen? Mit meinem verletzten Knöchel kann ich schließlich nicht einfach durch die Gegend wandern und mir eine andere Unterkunft suchen. Es ist zum Verzweifeln, dass ich kein Auto habe. Kann man hier irgendwo ein Taxi bekommen?"

Corinna beschloss, sich durch seinen Appell an ihr Mitleid nicht erweichen zu lassen. „Ich werde im Telefonbuch nachsehen."

„Wissen Sie, ich würde sehr gern bleiben. Ich würde Ihnen auch keine Umstände machen, ganz im Gegenteil. Ich könnte für Sie übersetzen, und mein Essen würde ich mir selbst kochen."

Corinnas Entschluss geriet ins Wanken. „Warum wollen Sie unbedingt bleiben? In einem anderen Hotel hätten Sie es viel komfortabler."

„Ja, vielleicht. Aber hier habe ich meine Ruhe, und außerdem muss ich gestehen, dass ich großes Interesse am Computer in Ihrem Büro habe. Wissen Sie, ich schreibe gerade ein Buch, und der Abgabetermin des Manuskripts rückt immer näher. Durch den Krankenhausaufenthalt habe ich viel Zeit verloren. Mit einem Computer könnte ich schneller arbeiten."

Sie fand diese Argumente überzeugend, und es wäre wirklich eine Erleichterung für sie gewesen, jemand im Haus zu haben, der Französisch sprach. Dennoch zögerte sie. „Nun ja ...“

„Wunderbar“, sagte er lächelnd, ohne sie ausreden zu lassen. „Ich verspreche Ihnen, dass Sie es nicht bereuen werden. Und es würde mir nicht im Traum einfallen, eine Frau zu bedrängen, die in einen anderen Mann verliebt ist.“

Sie fragte sich, ob sie wirklich in Edward verliebt war. Vor ihrer Rückreise nach England musste sie eine Antwort gefunden haben. Ob die Anwesenheit eines attraktiven Mannes wie Winston Raven dabei helfen würde?

Im Augenblick hielt Corinna jedoch andere Dinge für wichtiger. Der Arzt hatte ihr gesagt, dass sie am Abend anrufen sollte, falls sie sich nach Beckys Befinden erkundigen wollte. Nach einem Blick auf die Armbanduhr beschloss Corinna, es zu versuchen. Plötzlich war sie froh, dass jemanden da war, der Französisch sprach.

„Helfen Sie mir, wenn ich Sie bleiben lasse? Ich wäre Ihnen dankbar, wenn Sie für mich im Krankenhaus anrufen und sich nach dem Befinden meiner Tante erkundigen könnten. Ich mache mir große Sorgen um sie.“

„Natürlich“, erwiderte Winston. „Haben Sie die Telefonnummer?“

Corinna reichte ihm einen Zettel mit der Nummer. Winston humpelte zum Telefon, wählte, und nachdem die Verbindung zum Krankenhaus hergestellt war, fragte er sich in flüssigem Französisch nach der richtigen Station durch. Corinna wurde klar, dass sie sich mit ihrem holprigen Französisch wohl kaum hätte verständlich machen können.

Als Winston auflegte, blickte sie ihn fragend an. „Nun?“

„Sie haben sich nicht sehr eindeutig geäußert. Ihre Tante schläft im Augenblick; man hat ihr ein Beruhigungsmittel gegeben. Sie wurde untersucht, und morgen früh soll sie aus diagnostischen Gründen operiert werden. Mehr wollte man noch nicht sagen.“

„Dann ist es also etwas Kompliziertes?“

Er schüttelte den Kopf. „Was immer es sein mag – ich hatte nicht den Eindruck, dass der Zustand Ihrer Tante Besorgnis erregend ist.

Deshalb sollten auch Sie sich keine unnötigen Sorgen machen", beruhigte er sie mit freundlicher Stimme.

„Das ist leichter gesagt als getan. Wissen Sie, von meiner Familie ist nur noch Tante Becky übrig geblieben", erklärte Corinna.

„Leben Ihre Eltern nicht mehr?"

„Meine Mutter starb vor wenigen Monaten."

„Und Ihr Vater?"

„Ich habe keinen Vater", sagte Corinna kühl. Da ihre Augen sich mit Tränen gefüllt hatten, wandte sie den Blick ab, so dass sie nicht sehen konnte, dass Winston sie voller Mitleid betrachtete.

„Der Kaffee ist leer", meinte er nach einiger Zeit. „Ich werde in die Küche gehen und neuen machen."

Bevor Corinna etwas dagegen sagen konnte, humpelte er mit seinem Stock zur Küche.

Corinna lehnte sich zurück und dachte über Winston nach. Eine Stunde zuvor hatte sie ihn noch für einen unverbesserlichen Chauvinisten gehalten, und plötzlich hatte er sich in einen netten, hilfsbereiten Menschen verwandelt. Sie war jetzt regelrecht froh, dass sie ihn nicht fortgeschickt hatte. Becky würde es sicher verstehen, wenn sie ihr alles erklären würde.

Sie gähnte, fühlte sich plötzlich sehr müde und schloss die Augen.

Als sie die Augen wieder öffnete, sah sie Winston, der mit dem Rücken zum Kamin stand und zu ihr herüberschaute. Sie wusste nicht, wie lange Winston sie schon betrachtet hatte, und errötete leicht.

„Oh, ich bin wohl ein wenig eingenickt."

„Das ist kein Wunder, wenn man bedenkt, was für ein harter Tag hinter Ihnen liegt." Er setzte sich wieder und füllte frischen Kaffee in Corinnas Tasse. „Was machen Sie eigentlich beruflich?"

„Zuletzt arbeitete ich für eine Computerfirma. Ich brachte den Kunden den Umgang mit dem Computer bei."

„Dann sind Sie also so etwas wie eine Computerspezialistin?"

„Ja." Corinna lächelte. „Ihr Kaffee ist übrigens sehr gut."

„Kaffee kochen ist etwas, das man als Schriftsteller rasch lernt."

„Welche Art von Literatur schreiben Sie eigentlich?"

„So ziemlich alles, was sich verkaufen lässt. Zurzeit schreibe ich einen Kriminalroman. Ich kam bis zu der Stelle, wo der Detektiv seinem Helfer sagt, dass er den Mörder kennt. Dann fiel ich von der Kommode."

„Sehr ärgerlich für Sie", sagte Corinna ernst.

Winston warf ein großes Stück Holz ins Feuer und sah nachdenklich in die Funken. „Ich bin froh, dass ich noch bleiben darf."

„Und dass Sie Beckys Computer benutzen dürfen, nicht wahr?"

„Natürlich. Ganz zu schweigen davon, dass sogar eine Computerspezialistin im Haus ist, die mir die Funktion des Gerätes erklären kann. Warum tun Sie das eigentlich für mich? Stellen Sie mir alles in Rechnung, oder mögen Sie mich einfach nur?"

Corinna erkannte seinen verschmitzten Blick im flackernden Licht des Kaminfeuers. „Wenn Sie mich ärgern, kann ich Sie immer noch hinauswerfen." Ihr gefiel es nicht, dass die Unterhaltung beunruhigend vertraulich zu werden schien. Mit einem Ruck stand Corinna auf. „Ich werde jetzt lieber ins Bett gehen. Kommen Sie in dem kleinen Zimmer zurecht?"

„Ich würde selbst in einer Hundehütte schlafen, falls es nötig wäre. Hauptsache, Sie setzen mich nicht vor die Tür. Ich bin übrigens noch nicht müde und würde gern noch eine Weile am Kamin bleiben."

Corinna nickte. „Vielen Dank dafür, dass Sie den Anruf für mich erledigt haben. Ich hielt Sie anfangs wirklich für einen Franzosen. Sie sehen nicht nur wie ein Franzose aus, sondern scheinen auch die französische Sprache sehr gut zu beherrschen."

„Kein Wunder. Meine Mutter war Französin. Ich verbrachte einen großen Teil meines Lebens in Paris."

„Ich verstehe. Lebt ihre Mutter nicht mehr?" hakte Corinna nach.

„Sie starb vor acht Jahren. Sie war eine wundervolle, warmherzige Frau, und ich vermisse sie sehr."

„Und Ihr Vater?"

„Ich habe ihn nie kennen gelernt. Er starb kurze Zeit nach meiner Geburt. Meine Mutter musste ganz allein mit mir fertig werden", erklärte er. „Ich glaube, ich machte ihr das Leben ziemlich schwer."

Corinna überlegte, was sie darauf erwidern sollte, doch ihr fiel nichts ein. „Ich gehe jetzt. Machen Sie das Licht aus?"

„Sie können sich voll und ganz auf mich verlassen."

Corinna nickte. Es war seltsam, aber sie hatte tatsächlich das Gefühl, dass sie sich auf Winston verlassen konnte. Und zwar nicht nur, was das Licht betraf.

„Gute Nacht, Winston."

„Gute Nacht, Corrie", sagte er mit charmantem Lächeln.

Corinna, die gerade im Begriff gewesen war, den Raum zu verlassen, fuhr herum und warf Winston einen wütenden Blick zu. „Sagen Sie das nie wieder zu mir", zischte sie ihn an. „Hören Sie? Nie wieder."

Winston schrak jäh auf. „Entschuldigen Sie. Ich dachte ..."

„Denken Sie in Zukunft besser nicht mehr", unterbrach sie ihn. Als sie spürte, dass sie die Tränen nicht mehr lange würde zurückhalten können, machte sie auf dem Absatz kehrt, verließ den Raum und rannte die Treppenstufen hinauf zum ersten Stock.

3. KAPITEL

Corinna schloss die Tür ihres Schlafzimmers und lehnte sich schwer atmend dagegen. Warum hatte Winston sie mit „Corrie" angeredet? Und noch dazu im gleichen Tonfall wie jener Mann es vor vielen Jahren oft getan hatte, wenn er abends von seiner Zeitung aufgeblickt und gesagt hatte: „Gute Nacht, Corrie. Schlaf gut, mein Kätzchen"?

Niemand sonst hatte Corinna seitdem „Corrie" genannt. Das kleine Wort hatte genügt, um für einen kurzen Augenblick die dicke Eisdecke zu durchbrechen, die sich im Laufe der Jahre über die Erinnerung an den Vater gelegt hatte. Doch beim Gedanken daran, dass er sie und ihre Mutter zehn Jahre zuvor ohne einen Penny zurückgelassen hatte, kehrte die Kälte zurück, die Corinna für ihn empfand.

Nun bereute sie es, dass sie Winston Raven so unbeherrscht angefahren hatte. Schließlich kannte er die Hintergründe für ihr Verhalten nicht, und außerdem wollte sie es sich nicht mit ihm verderben, solange sie auf seine Sprachkenntnisse angewiesen war. Sie beschloss, sich am nächsten Morgen bei ihm zu entschuldigen und ihm irgendeine Erklärung zu liefern.

Als sie im Bett lag, ließ sie sich die Geschehnisse des Tages noch einmal durch den Kopf gehen. Sie dachte an Winston Raven, an die Verwechslung und an den Kuss in der Küche. Corinna war noch nie auf so aggressive Weise geküsst worden. Leidenschaftliche Liebe hatte bis dahin nicht zu ihrem Stil gehört.

Alles in allem war Corinna froh, dass sie Winstons Attacke erfolgreich abgewehrt und Rückgrat gegen sein primitives Machoverhalten bewiesen hatte. Sie nahm an, dass er es nicht noch einmal versuchen würde.

Schließlich kuschelte sie sich in ihre weiche Bettdecke ein, und als sie wenig später einschlief, umspielte ihren Mund ein sanftes Lächeln.

Corinna erwachte früh aus einem tiefen, festen Schlaf. Durch das offene Fenster strömte frische Frühlingsluft mit einem Duft von Erde und wachsenden Pflanzen.

Nachdem sie geduscht hatte, zog sie sich Jeans und ein weißes Wollhemd an. Sie fühlte sich nach dieser Nacht wie neu geboren. Beschwingt ging sie nach unten.

Bereits auf der Treppe roch Corinna den Kaffeeduft, und als sie die Küche betrat, sah Corinna Winston am Tisch sitzen. Er sah wesentlich zivilisierter aus als am Vortag, trug zwar immer noch dasselbe Hemd und dieselben Jeans, aber immerhin hatte Winston sich rasiert und gekämmt. Corinna fand ihn sehr attraktiv.

„Guten Morgen, Corinna", begrüßte er sie gut gelaunt. „Ich dachte, ich könnte mit einem Morgenkaffee wieder gutmachen, dass ich Sie gestern Abend verärgerte. Darf ich Ihnen eine Tasse meiner besonderen Mischung anbieten?"

„O ja, danke." Sie setzte sich und versuchte, sich vorzustellen, wie Edward an seiner Stelle reagiert hätte. Wahrscheinlich hätte Edward noch immer geschmollt, wenn sie sich ihm gegenüber so barsch verhalten hätte.

Winston reichte ihr einen Becher mit pechschwarzem Kaffee, und Corinna nahm ihn dankbar lächelnd an.

„Prima. Das ist jetzt genau das Richtige für mich." Sie war froh, dass zwischen ihr und Winston eine freundliche Stimmung herrschte. „Im Übrigen sind Sie mir zuvorgekommen. Ich wollte mich sowieso für mein schlechtes Benehmen gestern Abend entschuldigen. Wissen Sie, Sie berührten einen wunden Punkt."

Winston lächelte wissend. „Ich nehme an, es hat mit einem Mann zu tun."

„Natürlich." Das war durchaus nicht gelogen.

„Ja, man braucht manchmal viel Zeit, um über gewisse Dinge hinwegzukommen. Wie weich möchten Sie Ihr Ei haben? Fünf Minuten?"

Corinna sprang auf. „Jetzt werde ich Sie bedienen. Vergessen Sie nicht, dass Sie hier Hotelgast sind. Außerdem sind Sie noch nicht wieder ganz gesund."

„Es geht mir schon viel besser." Er stand auf und ging mit ausgebreiteten Armen auf sie zu, als würde er unsicher balancieren. „Sehen Sie, ich kann schon ohne Stock gehen."

Er kam ihr immer näher, und für einen Augenblick dachte sie, Winston wolle sie umarmen. Sie trat verunsichert einen Schritt zurück und lachte. „Sie sind ja ein richtiger Clown, Winston Raven."

Langsam ließ er die Arme sinken. „Ich wusste doch, dass es mir mit ein wenig Anstrengung gelingen würde, Sie zum Lachen zu bringen.

„Meine Güte. Glaubten Sie etwa, dass ich von Natur aus schlecht gelaunt bin?"

Er schüttelte den Kopf. „Nein, das nicht gerade. Aber Sie haben zurzeit viele Sorgen, nicht wahr? Ihre kranke Tante, außerdem die Verantwortung für das Hotel ..."

„Ja, Sie haben Recht", bestätigte Corinna. „Sie sind sehr aufmerksam."

„Ich möchte Ihnen helfen", sagte Winston knapp.

„Das Leben hat mich gelehrt, dass kein Mensch irgendetwas ohne eine bestimmte Absicht tut. Was ist Ihre Absicht?"

Daraufhin zog er eine Grimasse. „Sie sind sehr hart. Aber Sie dürfen nicht vergessen, dass ich Kriminalromane schreibe. Das große Geheimnis wird erst am Schluss gelüftet."

„Na gut, dann nehme ich Ihre Hilfe dankend an. Und jetzt mache ich Frühstück."

Während des Frühstücks unterhielten sie sich über Computer, und Winston erzählte von seinem neuen Buch.

„Bevor Sie abfahren, müssen Sie mir unbedingt das Ende verraten. Ich persönlich bin der Meinung, dass der Chauffeur der Mörder ist."

„Wirklich?" Winston schmunzelte. „Sehr interessant."

„Ist er es?"

„Das möchten Sie gern wissen, nicht wahr?"

Corinna seufzte. „Okay, am besten, ich erkläre Ihnen jetzt Beckys Textverarbeitungssystem. Je eher Sie das Buch beenden, desto eher werde ich erfahren, dass ich Recht habe."

„Gott sei Dank gibt es Computerspezialistinnen", sagte Winston, als er und Corinna eine halbe Stunde später im Büro am Computer saßen und strich sich mit der Hand durch das dunkle, wellige Haar. „Dieses Textverarbeitungssystem ist ganz anders als das, mit dem ich bisher gearbeitet habe. Ohne Ihre Hilfe wäre ich verloren gewesen. Ich glaube, jetzt habe ich den Bogen raus. Ich stehe tief in Ihrer Schuld, Corinna."

Corinna stand dicht hinter ihm. Sie hatte ihm gerade einen Formatierungsbefehl erklärt, und während Winston die Tastatur betätigte, um den Befehl auszuprobieren, richtete Corinna den Oberkörper auf. Plötzlich schweifte ihr Blick wie von selbst auf den Haaransatz auf Winstons Nacken. Der Nacken hatte etwas so Jungenhaftes und Anziehendes, dass Corinna den drängenden Wunsch verspürte, ihn mit den Lippen zu berühren.

Bevor es dazu kommen konnte, drehte Winston ihr den Kopf zu und rief triumphierend: „Es hat geklappt."

Corinna fuhr zurück. Ihr Herz klopfte heftig.

„Ist mit Ihnen alles in Ordnung, Corinna?"

Sie blinzelte ihn benommen an. „Ja, natürlich."

War es möglich, dass sie sich im Bruchteil einer Sekunde in jemanden verliebt hatte, den sie erst seit wenigen Stunden kannte? Corinna sagte sich, dass es vermutlich eher eine rein körperliche Reaktion auf einen attraktiven Mann gewesen war, wie sie zu jeder anderen beliebigen Zeit auch hätte geschehen können. Wahrscheinlich war sie nur deshalb so überrascht gewesen, weil es ihr nie zuvor passiert war.

Schließlich ließ sie sich in einen Sessel sinken und fasste sich mit einer Hand an die Stirn. „Ich weiß nicht, was mit mir los ist ..."

„Aber ich weiß es", erwiderte Winston. „Sie machen sich Sorgen um Ihre Tante. Soll ich im Krankenhaus anrufen und mich nach ihrem Befinden erkundigen?"

Corinna nahm diese Erklärung der Einfachheit halber an. „Würden Sie das wirklich tun? Das wäre wunderbar. Vielen Dank."

Fasziniert beobachtete Corinna ihn, während er telefonierte. Obwohl er unkompliziert plaudern konnte, wusste sie instinktiv, dass er auch Tiefe hatte. Die hohe Denkerstirn wies ebenso auf Sensibilität hin wie die geschwungene Linie seines Munds, und das kantige Kinn ließ Charakterstärke vermuten.

Plötzlich bekam Corinna ein schlechtes Gewissen. Sie beschäftigte sich gedanklich gerade mit einem Mann, und Becky lag womöglich gerade auf dem Operationstisch.

„Sie wollen einfach nicht mit der Sprache herausrücken, was wirklich mit Ihrer Tante los ist", sagte Winston, nachdem er den Hörer aufgelegt hatte. „Immerhin habe ich erfahren, dass sie mittlerweile operiert worden und wieder in ihrem Zimmer ist." Er beugte sich zu Corinna und legte eine Hand auf ihre. „Aber ich bin sicher, dass es ihr gut geht, Corinna. Nach dem Essen rufe ich noch einmal an."

Doch das war nicht nötig, wie sich herausstellen sollte. Als Corinna nach dem Mittagessen das schmutzige Geschirr abwaschen wollte und Winston gerade ins Büro zum Computer gegangen war, kam Beckys Freund und Arzt.

„Wie geht es Ihnen, Mademoiselle? Ich bringe Neuigkeiten von Madame." Er war ein eher kleiner, untersetzter Mann mit lebhaften dunklen Augen und einem sauberen kleinen Schnäuzer. Dem Lächeln nach zu urteilen brachte er keine schlechten Neuigkeiten, was Corinna ungemein beruhigte.

„Wie geht es Becky? Ist mit ihr alles in Ordnung?“

Nachdem Corinna ihn in die Küche gebeten und ihm eine Tasse Kaffee gereicht hatte, begann er zu erzählen. Da er viele französische Fachwörter benutzte, verstand Corinna nur wenig von dem, was er über die näheren Umstände der Operation sagte. Sie verstand nur, dass Becky die Gebärmutter entfernt worden und die Operation gut verlaufen war.

„Ich habe kurz mit ihr gesprochen, als sie aus der Narkose erwachte. Becky lässt Sie grüßen und hofft, dass ihr Stellvertreter inzwischen angekommen ist und alles im Griff hat.“

Corinna schluckte. Ob sie dem Mann die Wahrheit sagen sollte? Aber was wäre, wenn er sich Becky gegenüber verplappern würde? Corinna wollte unter allen Umständen vermeiden, dass ihre Tante von der verzögerten Ankunft des neuen Hotelmanagers erfuhr. Wenn sie auch noch hören würde, dass sie mit einem fremden Mann allein im Hotel war, der vom Hotelwesen nicht mehr verstand als sie, würde Becky sich womöglich furchtbar aufregen. Das wiederum hätte ihre Genesung beeinträchtigen können. Schließlich entschloss Corinna sich zu einer Notlüge.

„Ja, er traf gestern ein.“ Corinna hoffte, dass Winston nicht ausgerechnet jetzt aus dem Büro kommen würde.

Doch wenige Augenblicke später geschah genau das, was sie befürchtet hatte. Als Winston mit einem Blatt Papier in der Hand die Küche betrat, versuchte Corinna, ihm mit einem verzweifelten Blick zu signalisieren, dass er jetzt richtig reagieren musste. Doch sie machte sich keine übermäßigen Hoffnungen über den Erfolg ihrer Geste.

Der Arzt streckte Winston zur Begrüßung die Hand entgegen. „Sie sind sicher der junge Mann, der sich während Madame Arnots Abwesenheit um das Hotel kümmert, nicht wahr?“

„C'est ça, Monsieur.“ Winston schüttelte ihm die Hand und verbeugte sich ein wenig. „Ich tue mein Bestes, und Mademoiselle hilft mir.“

„Très bon, très bon.“ Der Arzt sah sehr zufrieden aus. „Ich werde

Madame versichern, dass ihr Hotel in guten Händen ist. Aber jetzt muss ich mich verabschieden. Meine Patienten warten auf mich.“ Er wandte sich Corinna zu. „Ich werde Ihre Tante später noch einmal besuchen und Sie heute Abend aus Rouen anrufen.“

Während Winston den Arzt zur Haustür begleitete, dachte Corinna nach. Winston hatte die Situation erstaunlich schnell erfasst und die Rolle des Hotelmanagers überzeugend gespielt. Doch obwohl Corinna ihm einerseits dankbar dafür war, fand sie es gleichzeitig beunruhigend, wie leicht ihm das Täuschungsmanöver gefallen war.

„Monsieur le docteur klang sehr zufrieden, was den Zustand Ihrer Tante betrifft, nicht wahr? Ich hoffe, Sie sind nun ein wenig beruhigt“, sagte Winston, als er wieder in die Küche kam.

„Danke, dass Sie mir geholfen haben. Sie haben eine sehr schnelle Auffassungsgabe.“

„Man braucht nicht viel Verstand, um zu erraten, dass Ihre Tante sich in der gegenwärtigen Situation unnötig Sorgen machen würde, hätte sie die Wahrheit erfahren“, entgegnete er lächelnd.

Corinna nickte. „Vor allem, wenn sie gehört hätte, dass ich hier mit einem wildfremden Mann allein bin. Becky ist zwar erst um die Fünfzig, aber in mancherlei Hinsicht ist sie sehr altmodisch. Frauen müssen heutzutage nur lernen, zurechtzukommen.“ Sie stellte einige abgewaschene Teller zum Abtropfen auf den Geschirrständer.

Winston nahm ein Geschirrtuch und begann mit dem Abtrocknen. „Ich habe den Eindruck, Sie haben das schnell gelernt.“ Er hob behutsam den Finger an den Mund.

Corinna ignorierte die Anspielung. „Eigentlich hasse ich es, die Unwahrheit zu sagen.“

„Und was ist die Wahrheit? In den vergangenen dreitausend Jahren haben sich viele große Geister darüber die Köpfe zerbrochen, aber meines Wissens hat bisher niemand eine Antwort gefunden. Ich bin der Meinung, dass kleine Notlügen manchmal nötig sind, um Menschen nicht unnötig zu verletzen.“

„Möglich“, erwiderte Corinna. „Trotzdem sage ich lieber die Wahrheit.“

„Sehr lobenswert, wirklich“, sagte Winston ironisch und stapelte die abgetrockneten Teller. „Und nun, liebe, kluge Corinna, wäre ich Ihnen dankbar, wenn Sie mir noch einige Fragen zum Textverarbeitungssystem beantworten würden."

Nachdem Corinna Winston alles Nötige erklärt hatte, überließ sie ihn seiner Arbeit und machte sich auf den Weg zum Dorf, um einzukaufen. Da es nur eineinhalb Meilen entfernt war, ging Corinna zu Fuß.

Sie konnte sich gut an das kleine Dorf erinnern und fand sich sofort zurecht. Becky hatte ihr einmal erklärt, dass die alliierten Truppen nach der Landung in der Normandie am Dorf vorbeigezogen waren; es war im Gegensatz zu vielen anderen Dörfern an der Küste unzerstört geblieben. Die meisten der kleinen Häuser sahen älter als hundert Jahre aus. Sie waren um einen zentralen Dorfplatz herum erbaut worden, auf dem gerade einige Kinder spielten. Im Unterschied zu englischen Dörfern hatten die Häuser keine Vorgärten, sondern Blumenkästen vor den Fenstern, in denen es bald in allen Farben blühen würde.

Wie in den meisten französischen Dörfern gab es auch in diesem eine „Boulangerie", die Corinna wegen des würzigen Dufts frisch gebackenen Brotes magisch anzog. Sie kaufte zwei Baguettes und einige Apfeltörtchen, die sehr verlockend aussahen. Die kräftige, üppige Bäckersfrau sprach besser Englisch als Corinna Französisch. Sie erkannte Corinna sofort, und nachdem sie von Beckys Erkrankung erfahren hatte, hob sie entsetzt die Hände.

„Ah – quel dommage! Madame Arnot ist sehr nett." Sie ließ sich ausführlich darüber aus, wie beliebt Becky in der Gegend war, und ließ Becky herzlich grüßen.

Corinna war froh, dass die Dorfbewohner Becky mochten. Umso mehr beunruhigte Corinna die Frage, was die Leute sagen würden, wenn sie wüssten, dass Beckys Nichte mit einem fremden Mann allein im Hotel war.

Als sie die Bäckerei verlassen hatte und bei strahlendem Sonnenschein auf der staubigen kleinen Straße zum Hotel zurückging, fühlte Corinna sich plötzlich ausgesprochen wohl. Langsam begann der Urlaub ihr Spaß zu machen.

Im Hotel empfing Winston sie wie ein Hotelangestellter.

„Während Ihrer Abwesenheit hat niemand angerufen. Ich dachte, ich könnte mich in meiner offiziellen Eigenschaft als Hotelmanager nützlich machen, indem ich Post durchsah. Es kamen zwei Rechnungen und eine Zimmerreservierung für eine Woche im August. Außerdem war dieser Brief für Sie dabei." Er überreichte ihr einen großen Umschlag.

Corinna sah mit einem Blick, dass es Edwards Brief war. Sie hoffte, dass Edward ihr nicht böse war. Wollte er ihr etwa vorschlagen, ihr Verhältnis zu beenden? Das sähe Edward ähnlich, dachte Corinna. Er würde es sicher vorziehen, sich alles genau zu überlegen und dann aufzuschreiben, als es ihr spontan und direkt zu sagen. Da der Umschlag sehr dick war, befürchtete sie das Schlimmste.

Doch Edwards Brief bestand nur aus zwei Zeilen, die er in sauberer Handschrift auf einen Zettel mit der Aufschrift „Kurzmitteilung" geschrieben hatte. Corinna las leise: „Dies kam heute mit der Post für dich. Ich sende es dir sofort nach Frankreich, falls es etwas Wichtiges ist. Alles Gute, Edward."

Sie atmete erleichtert auf und sah sich den beigelegten Brief etwas genauer an. Er war an Edwards Anwaltsbüro adressiert, und oben stand der Vermerk „Bitte weiterleiten".

Corinna erbleichte. Die Schrift war ihr nur allzu gut bekannt. Als Teenager war Corinna von der dynamischen Handschrift so fasziniert gewesen, dass sie versucht hatte, sich das Schriftbild durch häufiges Kopieren bestimmter Buchstaben anzugewöhnen.

Nur nicht an ihn denken, sagte sie sich, ging langsam zum Küchentisch und setzte sich. Nein, sie wollte den Brief nicht öffnen, ihn nicht lesen. Sie beschloss zu vergessen, dass sie ihn je bekommen hatte.

Doch die Erinnerungen ließen sich nicht so leicht verdrängen. In ihren Gedanken war plötzlich alles wieder so klar und deutlich da, als würde sie einen Film über die Ereignisse von damals sehen.

Corinna, fast fünfzehn Jahre alt, hatte gerade ihr erstes Rendezvous gehabt. Sie war zusammen mit Michael Brown, ihrem Schwarm aus der Klasse über ihr, in einer Diskothek gewesen. Corinna wusste nach all den Jahren sogar noch, dass sie ein pfauenblaues Kleid getragen und sich einen Zopf wie die Heldin ihrer Lieblingsfernsehserie geflochten hatte. Michael hatte Corinna wie versprochen nachts um halb elf nach Hause gebracht und ihr auf der Treppe einen Gutenachtkuss gegeben.

Corinna ging damals mit hochroten Wangen und leuchtenden Augen ins Wohnzimmer, wo ihr Vater allein am Kamin saß. Ihre Mutter war zum Bridgespielen außer Haus, was sie oft zwei Mal oder gar drei Mal in der Woche tat. Corinna hatte sich bereits daran gewöhnt, dass ihre Eltern so gut wie nie zusammen ausgingen, so dass sie es nicht ungewöhnlich fand.

Ihr Vater sah wie immer blendend aus, doch an jenem Abend kam er ihr seltsam traurig vor. Sie nahm an, dass er ihre Mutter vermisste.

„Da bist du ja, Corinna. Du strahlst ja geradezu. War es schön?"

„Spitzenmäßig!" Sie wäre gern bei ihm geblieben, um ihn ein wenig aufzuheitern, aber andererseits wollte sie auch schnell in ihr Zimmer zurück, um über den Abend nachzudenken und daran, dass sie den ersten Kuss ihres Lebens bekommen hatte. „Aber ich bin sehr müde, Daddy. Vielleicht habe ich heute zu viel getanzt. Ich glaube, ich gehe direkt ins Bett." Corinna hatte den Eindruck, dass ihr Vater ein wenig enttäuscht darüber war, dass sie schon ins Bett gehen wollte. Sie nahm ihn unwillkürlich in die Arme. „Gute Nacht, Daddy. Ich habe dich wahnsinnig lieb."

Er drückte sie erst fest an sich und hielt sie dann ein wenig von sich fort, um sie ungewöhnlich lange anzuschauen. „Ich habe dich auch lieb, Corinna. Daran darfst du nie zweifeln."

Am nächsten Morgen war er ins Ausland gereist, und Corinna hatte ihn nie wiedergesehen.

Während sie nun auf den Umschlag blickte, fiel ihr noch eine andere Situation ein. Corinna sah sich im großen Haus in London, in dem sie aufgewachsen war, am Küchentisch sitzen und so tun, als würde sie ihre Hausaufgaben machen. Sie spürte, dass irgendetwas nicht in Ordnung war, wusste jedoch nicht, was es war. Tante Becky war am Tag zuvor aus Frankreich angekommen und unterhielt sich gerade mit Corinnas Mutter.

Corinna hatte den Eindruck, dass ihre Mutter und Tante Becky sich stritten. Sie stritten sich eigentlich immer, wenn sie zusammen waren.

Obwohl Corinna nie an Türen gelauscht hatte, ging sie an jenem Tag entgegen ihrer Prinzipien in den großen Flur, von wo aus sie das Gespräch der beiden mit anhören konnte.

Beckys Stimme war deutlich aus dem Esszimmer zu hören. „Es hat doch alles keinen Zweck, Vera. Du musst dich endlich damit abfinden, dass James dich verlassen hat. So etwas ist heutzutage nichts Außergewöhnliches mehr. Er ist kein schlechter Mensch. Ich zweifele nicht daran, dass er für dich und Corinna sorgen wird."

Dann hörte Corinna die Stimme ihrer Mutter, die so hart und verbittert klang, dass Corinna sie kaum erkannte. „Ich werde dieses Haus verkaufen und in eine billige Wohnung umziehen. Dann suche ich mir Arbeit. Ich werde nur noch für Corinna leben und mir die Finger wundarbeiten, damit sie eine Zukunft hat. Und ich werde es ganz allein schaffen."

Corinna konnte es nicht fassen. Sie spürte, wie sie erbleichte, und plötzlich wurden ihr die Knie weich. War das alles nur ein böser Traum? Ihr wunderbarer, abgöttisch geliebter Vater würde sie doch niemals verlassen! Hatte er nicht erst vor kurzem gesagt, dass er sie lieb hatte und dass sie nie daran zweifeln sollte?

Sie öffnete die Tür und sah die beiden Frauen wie durch einen Nebel. Ihre Mutter, die ein schwarzes Kleid trug, saß aufrecht auf ihrem Stuhl, während Becky sich zu ihr gebeugt hatte und sich mit beiden Händen auf den Tisch aufstützte. Als Corinna eintrat, sahen die beiden überrascht zur Tür.

Corinna rannte zu ihrer Mutter und sank vor ihr zu Boden. „Mutter, es ist doch alles nur ein Irrtum, nicht wahr?" Corinna hielt sich schluchzend am weichen Stoff des schwarzen Kleids fest. „Daddy hat uns doch nicht verlassen?"

Das Gesicht ihrer Mutter wirkte unbeweglich wie eine Maske. „Doch, doch, Kind. Dein Vater kommt nicht mehr zurück. Jetzt sind wir beide allein."

„Aber wie konnte er denn so etwas tun? Er hat uns doch lieb."

Ihre Mutter verzog bitter das Gesicht. „Nein. Offenbar liebt er eine andere."

Becky richtete sich auf und zog Corinna auf die Beine. „Komm mit in die Küche, Liebes. Wir machen uns Tee."

Was die schwere Zeit danach betraf, konnte Corinna sich vor allem an Beckys Trost, seltsamerweise aber kaum an ihre Mutter erinnern, die wie ein grauer Geist mit grimmigem Gesicht durch das Haus gegangen war und fast ständig herumgeputzt hatte.

Anfangs hatte Corinna gehofft, dass ihr Vater doch noch zurückkommen würde. Aber alles Warten war vergebens.

Das große Haus wurde verkauft; Corinna und ihre Mutter zogen in eine bescheidene Eigentumswohnung. Der eingesparte Differenzbetrag reichte für einige Zeit zum Leben.

Bald hörte Corinna auf, die Post nach Briefen des Vaters zu durchwühlen, und sie gab auch die Hoffnung auf, doch noch eines Tages unvermutet die Schritte des Vaters im Flur der kleinen, engen Wohnung zu hören, die nur ein schwacher Abglanz des Hauses war, das Corinna als ihre Heimat empfunden und geliebt hatte.

Und irgendwann schlugen die Liebe und die Verehrung für den Vater ins Gegenteil um.

Corinna verspürte Mitleid für ihre Mutter und versuchte, ihr nach Kräften zu helfen, hatte gekocht, wenn sie spät abends von dem Altersheim nach Haus kam, in dem sie von früh bis spät arbeitete. Oft machte ihre Mutter zusätzlich Überstunden, um Corinna all das zu ermöglichen, was sie sich sonst nicht hätten leisten können: schöne Kleidung etwa oder Ferien im Ausland.

Einmal hatte Becky bei einem ihrer Besuche in England Corinnas Mutter vorgeschlagen, Sozialhilfe zu beantragen. Vera hatte sich nur verächtlich darüber geäußert und betont, dass sie auf niemandes Hilfe angewiesen sei. Sie wollte Corinna Mutter und Vater zugleich sein.

Nachdem sie die Hochschulreife erlangt hatte, wollte Corinna auf eine Sekretärinnenschule gehen, um ihre Mutter zu entlasten, doch diese wollte davon nichts hören. Corinna studierte an einer Hochschule. Ihre Mutter hörte nicht einmal auf zu arbeiten, als Corinna nach dem Studium ihre erste Arbeitsstelle angenommen und ein gutes Einkommen hatte.

„Mit etwas mehr Geld können wir vielleicht diese enge Wohnung verlassen und in ein kleines Haus ziehen", hörte Corinna immer wieder, wenn sie ihrer Mutter vorschlug, weniger zu arbeiten.

Mit Becky hatte Corinna sich immer gut verstanden, doch einmal waren sie sich in die Haare geraten. Corinna hatte Becky gesagt, dass sie sich um den Gesundheitszustand ihrer Mutter sorgte.

„Wir könnten ohne weiteres von meinem Einkommen leben, aber sie arbeitet noch immer wie besessen."

Statt Mitleid zu zeigen, sagte Becky zu Corinnas Überraschung nur trocken: „Deine Mutter hat sich schon immer in der Rolle der Märtyrerin wohlgefühlt, Corinna."

Corinna reagierte schockiert und verteidigte ihre Mutter hitzköpfig. „Sie hat es nicht nötig, die Märtyrerin zu spielen, weil sie eine ist. Jede Frau, die von ihrem Ehemann mittellos und mit einer kleinen Tochter sitzen gelassen wird, ist eine Märtyrerin. Sie hat mich nicht sitzen gelassen, sondern mir alles gegeben."

Becky erwiderte, dass Corinnas Mutter ebenso gut Unterhaltsgeld von ihrem Mann hätte einklagen können, wenn sie nicht so unsinnig stolz gewesen wäre.

„Mutter hätte sich niemals dazu herabgelassen", entgegnete Corinna.

Becky hatte eingesehen, dass es zwecklos war, mit ihrer Nichte über dieses Thema zu streiten, und sie waren nie wieder darauf zu sprechen gekommen.

All das lag nun schon lange zurück, und dennoch konnte Corinna sich noch immer lebhaft daran erinnern.

Sie blickte wieder auf den Briefumschlag. Ihr Vater musste von irgendjemandem erfahren haben, dass ihre Mutter gestorben und sie, Corinna, allein war. Wollte er sie etwa um Verzeihung bitten? Litt er unter Schuldgefühlen und wollte reumütig zu seiner Tochter zurückkriechen?

Oh nein, dachte sie bitter. Zum Verzeihen ist es zu spät.

Sie nahm den Brief und zerriss ihn ungeöffnet unter Aufwendung aller Kräfte in Stücke. Dann holte sie Streichhölzer, trug die Papierschnitzel in den Garten und zündete sie an.

Während sie zusah, wie die Flammen sich Seite für Seite durch das Papier fraßen, tauchten auf einer der Seiten plötzlich in furchtbarer Klarheit die Worte „dein dich liebender Daddy" auf, bevor die Flammen sie in schwarze Asche verwandelten.

Als die Flammen ausgebrannt waren, drückte Corinna die verbliebene Asche mit dem Fuß in die Erde und ging langsam in die Küche, um Tee zu machen.

4. KAPITEL

„Was halten Sie von einer Teepause?" Corinna stellte ein Tablett mit einer Teekanne, Teetassen und Gebäck auf den Schreibtisch.

„Sehr viel." Winston wandte sich im Drehstuhl vom Computer fort. „Vielen Dank, Mademoiselle."

Corinna schenkte lächelnd den Tee ein.

Nachdem Winston ein Mandelplätzchen genommen hatte, fragte er plötzlich nachdenklich: „Was ist mit Ihnen los, Corinna? Geht es Ihnen nicht gut?"

Daraufhin zuckte sie zusammen. Sie hatte ganz vergessen, wie aufmerksam Winston war. Und ihr fiel ein, dass man vom Büro aus direkt in den Garten schauen konnte.

„Ich verstehe nicht, was Sie meinen. Was soll denn mit mir los sein?"

„Ich habe gesehen, dass Sie im Garten etwas verbrannt haben. Es sah verdächtig nach dem Brief aus, den Sie heute erhielten. Und jetzt sind Sie so blass, als wäre Ihnen gerade ein Geist über den Weg gelaufen. Finden Sie nicht, dass das für mich Grund genug ist, um mich ein wenig um Sie zu sorgen?"

„Sie haben zu viele Kriminalromane geschrieben", erwiderte Corinna verärgert. „Und außerdem gehen Sie meine Angelegenheiten nichts an."

„Das ist Ansichtssache", meinte Winston.

Sie hatte Mühe, sich zu beherrschen. „Warum sagen Sie nicht klipp und klar, was Sie meinen, Winston Raven? Ich habe langsam genug von Ihren vagen Anspielungen."

„Na gut. Der Brief war von Edward, Ihrem zukünftigen Verlobten, nicht wahr?"

„Ja, aber ich habe nicht Edwards Brief verbrannt. Reicht das, um Ihre krankhafte Neugier zu befriedigen?"

„Soll das heißen, dass Sie nicht", er zögerte etwas, bevor er fortfuhr, „dass Sie nicht mit Edward Schluss machen?"

„Sagen Sie mal, warum sind Sie eigentlich so sehr an meinen Privatangelegenheiten interessiert?" herrschte Corinna ihn an.

Er sah sie mit festem Blick an, dem sie nicht ausweichen konnte und der all das verriet, was Winston unausgesprochen ließ.

Sie hielt für einen Augenblick erregt den Atem an.

„Es war wohl ein wenig Wunschdenken dabei, dass ich glaubte, Sie hätten Ihre Beziehung mit Edward beendet." Winston überlegte kurz und sprach dann weiter: „Wissen Sie, ich bin – wie soll ich sagen? – sehr an Ihnen interessiert, Corinna."

So etwas war Corinna nie zuvor passiert, und sie wusste nicht, wie sie damit umgehen sollte. „Sie können doch nicht ...", begann sie leise. „Sie haben versprochen ..."

„Keine Sorge. Ich habe nicht vor, mich mit einem Hechtsprung über den Schreibtisch auf Sie zu stürzen. Ich hatte nur gehofft, dass die Konkurrenz aus dem Rennen sei. War das ehrlich genug?"

Immerhin gelang es ihr endlich, seinem Blick auszuweichen. Nachdem sie einen großen Schluck Tee genommen hatte, sagte sie: „Ich finde, wir sollten diese Unterhaltung lieber vergessen und uns stattdessen dem Schriftverkehr und der Buchhaltung zuwenden. Natürlich nur, wenn Sie mir helfen wollen."

„Natürlich will ich Ihnen helfen." Er wirkte plötzlich ausgesprochen eifrig. „Ich schlage vor, dass ich Ihnen die eingegangenen Briefe übersetze und dass Sie dann entscheiden, wie weiter vorgegangen wird. Sind Sie damit einverstanden?"

Nachdem sie die Papiere auf dem Schreibtisch durchgearbeitet hatten, zog Corinna sich in die Küche zurück, um das Abendessen vorzubereiten. Erst jetzt hatte Corinna genügend Distanz zu Winston bekommen, um sein Geständnis klarer bewerten zu können.

Mittlerweile war Corinna sicher, dass er es nicht ernst gemeint hatte. Sie nahm an, dass er sich nur aufgrund der zeitweiligen Nähe zwischen ihnen zu seiner Erklärung hatte hinreißen lassen. Außerdem war Corinna fest davon überzeugt, dass diese Nähe auch der Grund dafür gewesen war, dass sie, Corinna, sich von seinem Blick hatte verwirren lassen. Schließlich war er ein Mann und sie eine Frau. Die erregende Spannung, die manchmal zwischen ihnen auftrat, war nichts weiter als eine normale körperliche Reaktion. Davon war sie überzeugt.

Während sie eine Zwiebel schnitt und die kleinen Stücke in eine Pfanne mit heißem Öl schob, dachte Corinna über Winston Raven nach. Sie hatte kein Interesse daran, sich mit einem windigen Kerl wie ihn auf ein Abenteuer einzulassen. Wahrscheinlich würde er sich mit Lug und Trug aus jeder Situation herausschlängeln, wenn es ernst werden würde.

Corinna brauchte sich nur daran zu erinnern, wie leicht es ihm gefallen war, Beckys Arzt gegenüber den Hotelmanager zu spielen. Winstons überzeugendes Auftreten hatte Corinna zwar Schwierigkeiten erspart, dennoch hatte sie im offensichtlichen Gegensatz zu Winston noch immer ein schlechtes Gewissen. Winstons leichtfertiger Umgang mit „kleinen Notlügen" deutete auf eine gewisse Routine hin, die Corinna nicht geheuer war.

Sie gehörte zwar nicht zu den Moralaposteln, aber sie wollte niemals ihr Herz an einen Mann verlieren, den sie nicht achten und dem sie nicht vertrauen konnte. In ihren Gedanken tauchte plötzlich das müde Gesicht der Mutter auf, und sie schien mit gebrochener Stimme zu sagen: „Mein Kind, mach nicht den gleichen Fehler wie ich. Wenn du einmal heiraten willst, dann such dir einen Mann, der vertrauenswürdig und treu ist."

Jemanden wie Edward? Aus irgendeinem Grund hatte Corinna jedoch keine Lust, jetzt an Edward zu denken. Das hatte Zeit bis später, wenn vorrangigere Dinge geklärt waren.

In diesem Augenblick kam Winston in die Küche und stellte sich neben Corinna an den Herd, kam ihr so nah, dass sie ein wenig zur Seite rückte.

„Es hat so lecker geduftet", entschuldigte Winston sich. „Was gibt es denn zum Abendessen?"

Plötzlich hörten sie einen Wagen vor dem Hotel halten. Als Winston aus dem Fenster blickte, rief er entsetzt: „Oh nein, das darf doch nicht wahr sein. Sie wird mich noch über mein Grab hinaus verfolgen.“

Corinna schaute ebenfalls durchs Fenster und sah einen weißen Sportwagen, aus dem gerade eine junge Frau in einem hautengen schwarzen Kostüm stieg. Während sie sich umschaute, glänzte ihr weißblondes Haar in der untergehenden Sonne.

„Wer ist das?“ Corinna empfand plötzlich so etwas wie Eifersucht. Oder war es nur weiblicher Neid auf das umwerfend gute Aussehen einer anderen Frau?

„Lisbeth, meine Agentin.“ Winston klang verärgert. „Sie hätte ich nun wirklich nicht erwartet.“ Er fasste Corinna mit beiden Händen am Arm. „Liebe Corinna, Sie müssen mir helfen“, flehte er. „Ich habe Ihnen doch auch geholfen.“

Die Glocke auf dem Rezeptionsschalter im Empfangsraum läutete schrill.

„Ich werde gehen“, sagte Winston schicksalsergeben.

„Nein, ich gehe“, erwiderte Corinna. „Dies ist schließlich ein Hotel, und immerhin trage ich hier die Verantwortung. Ist sie Französin? Spricht sie Englisch?“

„Sie ist Engländerin.

Aus der Nähe betrachtet sah die Agentin sogar noch beeindruckender aus. Ihr offenbar von Meisterhand geschnittenes Haar fiel ihr vorn in einer großen geschwungenen Locke über die Stirn, wobei eines der hellblauen Augen fast verdeckt wurde. Die Frau hatte sich ein blaues Tuch in der Farbe ihrer Augen lässig über die Schulter geworfen, und den Aufschlag des offenbar maßgeschneiderten schwarzen Kaschmirkostüms zierte eine silberne Brosche im spanischen Stil. Die schwarzen Samtschuhe waren vermutlich italienischer Herkunft, während der Duft des Parfüms unweigerlich an Paris denken ließ.

Ganz im Sinne der Europäischen Gemeinschaft, dachte Corinna spöttisch, als sie sich Winstons eleganter Agentin näherte, die bereits ungeduldig die Spitze des einen Samtschuhs wippte.

„Guten Abend“, grüßte Corinna. „Was kann ich für Sie tun?“

Nachdem die Frau Corinna für einen Augenblick abfällig betrachtet hatte, sagte sie herablassend: „Sind Sie die Rezeptionistin?“

„Ja, ich bin in diesem Hotel die Verantwortliche. Leider haben wir zurzeit geschlossen, so dass ich Ihnen kein Zimmer anbieten kann."

„Ich bin nicht an einer Unterkunft interessiert." Die Frau sah sich mit verächtlichem Blick im gemütlichen Foyer mit den ein wenig abgenutzten Sesseln und den schweren Holztischen um, die in den vielen Jahren nicht ohne Kratzer geblieben waren. „Ich suche ... Hallo, Winston, Darling."

Winston war gerade ins Foyer gekommen. Seine Agentin schwebte ihm geradezu entgegen, fiel ihm um den Hals und küsste ihn auf den Mund. „Ich kam erst gestern aus New York zurück und habe mir schon Sorgen um dich gemacht. Ich habe ständig versucht, dich zu erreichen. Schließlich rief ich Jimbo in Paris an und hörte, dass du einen Unfall hattest. Er gab mir die Adresse dieser Pension, und ich machte mich sofort auf den Weg. Es muss furchtbar für dich gewesen sein, Darling. Geht es dir schon besser? Wie ist das denn nur passiert? Du musst mir unbedingt alles erzählen." Sie hakte sich bei ihm ein und führte ihn zu einem der Sessel.

Am liebsten hätte Corinna die übersprudelnde junge Dame sofort hinauskomplimentiert, aber schließlich befanden sie sich in einem Hotel. Außerdem wäre es undiplomatisch gewesen, Winstons Agentin unhöflich zu behandeln.

„Das Hotel ist zwar geschlossen, aber vielleicht kann ich Ihnen trotzdem etwas anbieten. Wie wäre es mit Tee oder Kaffee?"

Winston sah Corinna dankbar an. „Das wäre nett, Corinna." Er stellte die beiden Frauen einander vor, worauf Corinna nur nickte und Lisbeth „Hallo" sagte, ohne den Blick von Winstons Gesicht abzuwenden.

Corinna zog sich in die Küche zurück. Während Corinna den Wasserkessel aufsetzte, dachte sie nach. Was hatte Winston nur gemeint, als er sie gebeten hatte, ihm zu helfen? Ging es darum, dass er den Abgabetermin seines Buches nicht einhalten konnte? Das wäre zumindest eine Erklärung für seine Panik gewesen. Aber wie sollte sie, Corinna, ihm dabei helfen?

Weitaus wahrscheinlicher war jedoch, dass Lisbeth für ihn mehr war als nur eine Geschäftspartnerin. Vielleicht wäre sie eifersüchtig, wenn sie erfahren würde, dass Winston sich allein mit einer anderen Frau im Hotel aufhielt. Möglicherweise erwartete er Hilfe, indem sie Lisbeth diese Tatsache verschwieg.

Als Corinna mit dem Kaffee in den Empfangsraum zurückging, stand Winston auf und nahm ihr das Tablett ab. „Danke, Darling. Aber du hast nur zwei Tassen mitgebracht. Du musst uns unbedingt Gesellschaft leisten.“ Er hatte Lisbeth den Rücken zugekehrt, so dass diese nicht sehen konnte, wie er das Gesicht verzog und Corinna einen flehenden Blick zuwarf.

„Du kannst unmöglich in einer so primitiven Unterkunft bleiben, Winston“, sagte seine Agentin in diesem Augenblick. „In deinem Zustand brauchst du doch jemanden, der dich liebevoll pflegt. Ich werde dich morgen früh nach Hause fahren. Und ich kann ...“

„Danke für dein Angebot, Lisbeth, aber ich werde hier bleiben“, unterbrach er sie.

Lisbeth sah ihn erstaunt mit ihren wundervollen blauen Augen an. „Aber warum denn nur, Winston?“

„Weil ich es so will. Und außerdem möchte ich natürlich bei Corinna bleiben, solange sie hier ist.“

Damit legte er den Arm um Corinna, zog sie dichter an sich und gab ihr einen Kuss auf die Stirn.

Lisbeth blickte die beiden entgeistert an und erbleichte.

Winston setzte sich wieder und schenkte Lisbeth Kaffe ein. „Du hast eine lange Fahrt gehabt, Lisbeth. Hast du heute überhaupt schon etwas gegessen? Corinna würde dir sicherlich eine kleine Mahlzeit zubereiten, wenn du Hunger hast.“ Er sah zu Corinna auf. „Nicht wahr, Liebes?“

Corinna hätte das Ganze am liebsten mit einem bissigen Kommentar gewürzt und aufgedeckt, um diesem Kerl einen Denkzettel zu verpassen. Wie konnte er die arme Lisbeth nur auf so kaltblütige, gemeine Art quälen? Schließlich warf Corinna ihm einen wütenden Blick zu, drehte sich um und ging schweigend aus dem Raum, wobei sie innerlich vor Wut kochte.

Pflegte Winston etwa auf diese Weise seine Affären zu beenden? Besaß er nicht einmal den Anstand, die Frauen behutsam und verständnisvoll zu behandeln, wenn er sich von ihnen trennte? Corinna kam das alles sehr bekannt vor. Die Umstände waren zwar anders als das, was sie selbst zehn Jahre zuvor erlebt hatte, dennoch konnte Corinna den Schmerz und die Verzweiflung der armen Lisbeth lebhaft nachempfinden. Es tat weh, von jemandem betrogen zu werden, der einem einmal Liebe und Treue geschworen hatte.

Und wie hatte Winston sie, Corinna, nur in dieses gemeine Spiel einbeziehen können? Er hatte sie kaltblütig für seine Zwecke benutzt. Das würde sie ihm nie verzeihen. Sie war fest entschlossen, ihn keinen weiteren Tag im Hotel bleiben zu lassen.

Plötzlich bemerkte sie den eigenartigen Geruch nach Verbranntem. Eilig ging sie zum Herd, wo dicker blauer Rauch aus der Pfanne quoll. Die Zwiebeln waren nur noch eine undefinierbare schwarze Masse. Corinna packte die Pfanne und warf sie samt Inhalt ins Abwaschbecken, wo sie zischend und brodelnd abkühlte.

Das hat mir gerade noch gefehlt, dachte Corinna, während sie sich an das Abwaschbecken lehnte. Der Rauch hatte ihre Augen gereizt, so dass ihr dicke Tränen über die Wangen liefen.

„Was ist denn hier los?“ hörte sie Winston hinter sich sagen. „Willst du das Hotel anzünden?“

Corinna fand, dass er verärgert klang. Woher nahm dieser verlogene Betrüger sich eigentlich das Recht, sich über sie zu ärgern?

„Gehen Sie weg!“ fuhr Corinna ihn an, wobei sie sich wegen des Qualms mit einer Hand den Mund zuhielt. „Gehen Sie zurück zu Ihrer Freundin.“

„Wir haben uns doch eben noch mit Du angeredet. Wollen wir das nicht auch in Zukunft machen?“ Dann beugte Winston sich zu ihr herunter und blickte sie aufmerksam an. „Aber du weinst ja. Was ist denn los?“ Dann sah er die Pfanne im Abwaschbecken liegen. „Hast du etwa den heißen Metallgriff der Pfanne mit bloßen Händen angefasst? Das kann doch nicht wahr sein. Du hast dich sicher verbrannt.“ Er stellte den Wasserhahn an, griff ihre Hände und hielt sie unter das laufende kalte Wasser.

„Es ist ja nichts passiert.“ Corinna versuchte, sich aus seinem kräftigen Griff zu lösen, doch Winston war zu stark für sie. Schließlich gab sie auf. Als er ihre Hände aus dem Wasserstrahl zog, fühlten sie sich geradezu taub an.

„Komm, setz dich." Er zog Corinna zu einem Stuhl. „Hast du einen Verbandskasten?"

„Ja, im Schrank dort drüben. Aber mir geht es wirklich gut ..."

Es hatte keinen Zweck, mit Winston zu streiten. Und wenn Corinna ehrlich zu sich war, musste sie zugeben, dass ihr seine Berührungen sogar gut taten. Sie genoss es, wie er ihr mit sanften, kreisenden Bewegungen Brandsalbe auf die Hände rieb.

„Du brauchst jetzt Ruhe, Corinna. Am besten, du legst dich im Kaminzimmer aufs Sofa. Ich werde besonders viel Holz auflegen, damit du es warm hast."

Sie war die ganze Zeit über wie benommen gewesen. Nun nahm Corinna sich zusammen und sagte kühl: „Ich habe keine Lust, mich noch weiter für deine abscheulichen Intrigen gegen deine Agentin oder Geliebte einspannen zu lassen."

„Sie ist nicht meine Geliebte und ist es Gott sei Dank nie gewesen", erwiderte Winston ernst. „Allerdings hat Lisbeth schon seit einiger Zeit gehofft, es zu werden. Im Übrigen hast du keinen Grund zur Sorge – Lisbeth ist weiter zu Freunden nach Paris gefahren. Ich glaube, dass sie mir vorerst aus dem Weg gehen wird. Aber sie wird wiederkommen. Immerhin verdient sie nicht schlecht an mir, und sie kann es sich nicht leisten, allzu lange auf ihrem hohen Ross sitzen zu bleiben."

Das Bild der schluchzenden Geliebten mit dem gebrochenen Herz begann in Corinnas Gedanken zu verblassen. Gleichzeitig empfand Corinna eine immer stärker werdende Erleichterung darüber, dass Lisbeth nicht Winstons Geliebte war.

„Trotzdem mag ich es nicht, wenn ich wie selbstverständlich von jemanden für seine Zwecke benutzt werde", murrte Corinna, als er den Arm um sie legte und sie ins Kaminzimmer führte.

Draußen war es fast dunkel geworden, und im flackernden Licht des Feuers sah es im Raum besonders gemütlich aus. Winston ging in sein Zimmer, von wo er kurze Zeit später und mit einer Decke zurückkam, die er Corinna über die Beine legte. „Die Patientin muss warm gehalten und beruhigt werden", sagte er leise. „Das ist die erste Regel der Schockbehandlung. Wie mache ich mich als Rettungssanitäter?"

„Hast du nicht verstanden, was ich gesagt habe?" Sie bemühte sich, so streng wie möglich zu klingen. Winstons Nähe und seine Berührungen hatten sie so irritiert, dass sie ihre Vorsätze beinahe vergessen hatte. Dieser Mann übte eine gefährliche Anziehungskraft auf sie aus. Sie beschloss, sich in Zukunft noch mehr in Acht zu nehmen.

„Doch, ich habe es verstanden." Winston ließ sich auf dem Teppich neben dem Feuer nieder und lehnte sich gegen das Sofa, auf dem Corinna saß. „Liebste Corinna, ich würde dich nie als selbstverständlich betrachten. Im Übrigen darf ich dich vielleicht daran erinnern, dass ich noch etwas bei dir gut hatte. Immerhin hast du mich ja auch ‚benutzt', indem ich für den Arzt deiner Tante den Hotelmanager spielte."

„Ich habe den Eindruck, wir gewöhnen uns langsam an all die ‚kleinen Notlügen'. Das gefällt mir nicht."

Winston zuckte die Schultern. „Ich finde, es war eine wunderbare Gelegenheit, Lisbeth freundlich, aber bestimmt darauf aufmerksam zu machen, dass sie mit ihren Bemühungen um mich nur ihre Zeit verschwendet."

„Sie ist eine schöne Frau. Ich verstehe nicht so recht, warum du sie unbedingt abwimmeln willst."

Er lächelte ironisch. „Nach außen hin mag sie eine schöne Frau sein, aber darunter verbirgt sich ein Inneres aus Stahlblech. Als Agentin ist sie recht gut, aber im Bett bekommt man bei ihr sicherlich Beulen."

Corinna vergaß sich für einen Augenblick und lachte herzhaft.

„Das gefällt mir schon viel besser", sagte Winston gut gelaunt. „Und jetzt lasse ich dich für kurze Zeit allein, um mich meinen Kochkünsten zu widmen. Ich bin berühmt für meine beiden Spezialitäten: Rührei und überbackene Käseschnitte. Welche von beiden darf ich Ihnen zubereiten, Mademoiselle?"

„Überbackene Käseschnitte. Aber ich kann auch selbst ..."

Corinna wollte aufstehen, doch Winston war schneller. Er erhob sich und drückte sie mit sanfter Gewalt zurück aufs Sofa. „Warte hier auf mich. Jetzt bin ich an der Reihe." Dann beugte er sich vor und küsste Corinnas Haar. „Deine Haare sehen im Feuerschein wie

Kupfer aus“, sagte er mit weicher Stimme, bevor er den Raum verließ.

Corinna blieb auf dem Sofa sitzen. Winston war ein Charmeur, dem sie nur schwer widerstehen konnte, Edward dagegen ein grundsolider Durchschnittsbürger, der zweifellos einen guten Ehemann und Vater abgeben würde. Edward war zwar nicht gerade aufregend, aber dafür freundlich, vertrauenswürdig und treu. Vor allem auf Treue kam es Corinna an. Was treulose Ehemänner anrichten können, hatte sie selbst erlebt. Nein, diese charmanten, witzigen Männer vom Schlag eines Winston Raven waren nichts für sie.

Sie versuchte, sich Edwards Gesicht in Erinnerung zu rufen, doch es wollte Corinna einfach nicht gelingen. Sie beschloss, wieder eine größere Nähe zu Edward aufzubauen. Gleich am nächsten Tag wollte sie ihm einen netten Brief schreiben, den er dann bei seiner Rückkehr aus Yorkshire zu Hause vorfinden würde.

Winston bereitete das Essen in Rekordzeit zu und kam mit zwei Tabletts zurück. Eines davon stellte er Corinna vorsichtig auf die Knie, das andere auf einen kleinen Tisch neben der Couch. Außerdem hatte er eine Flasche Rotwein mitgebracht, aus der er zwei Gläser einschenkte.

„Mein Kompliment an den Koch“, sagte Corinna anerkennend nach den ersten Bissen. „Oben knusprig, innen weich – genau so, wie eine Käseschnitte sein muss.“

Nach dem Essen brachte Winston das Geschirr hinaus und kam mit Kaffee zurück.

„Welch ein Luxus“, sagte Corinna seufzend. „Ich bin es nicht gewöhnt, bedient zu werden.“

Winston ließ sich in einem Sessel nieder. „Du hast seit dem Tod deiner Mutter allein gelebt, nicht wahr?“

Sie nickte. „Ich habe eine kleine Wohnung, aber die werde ich wohl verkaufen und etwas Besseres suchen.“ Falls ich nicht Edward heirate, dachte sie, sprach es aber nicht aus.

„Arbeitest du in London?“

„Ja. Nach dem Urlaub fange ich ein neues Arbeitsverhältnis an. Meine letzte Arbeit war nur eine Halbtagsstelle, weil ich nebenbei meine Mutter pflegen musste." Nach kurzem Zögern fuhr sie fort. „Kurz nach Weihnachten bekam sie eine Erkältung, die sich zu einer Lungenentzündung ausweitete. Mutter war sowieso nicht mehr sehr kräftig, und die Krankheit war einfach zu viel für sie."

„Es tut mir Leid", sagte Winston leise. „Es war sicher eine schlimme Zeit für dich."

Corinna erwiderte darauf nichts.

Nach einiger Zeit unterbrach Winston das Schweigen. „Willst du mir nicht mehr über dich erzählen?"

Sie wandte sich ihm zu und sah ihn erstaunt an. „Warum?"

„Warum? Wir sind doch Freunde, nicht wahr? Freunde wollen immer alles voneinander wissen."

Corinna dachte einen Augenblick nach und fand, dass eine Freundschaft mit Winston nichts Verwerfliches war – wenn es dabei bleiben würde.

„Es gibt nicht viel über mich zu sagen. Ich bin nur eine ganz normale Frau."

„In diesem Punkt muss ich dir entschieden widersprechen", entgegnete Winston.

„Nun, das meiste weißt du ja bereits. Ansonsten bleibt nur zu bemerken, dass ich in den letzten Monaten kaum Zeit hatte – auch nicht für Männer. Edward natürlich ausgenommen. Aber ich kenne ihn noch nicht sehr lange."

„Aber ihr seid so gut wie verlobt, nicht wahr?" Winston beobachtete sie aufmerksam.

Corinna nickte.

„Wer ist denn dabei die treibende Kraft? Du oder Edward?"

„Ich übergehe diese Frage. Was willst du noch wissen? Welche Musik ich am liebsten höre? Am liebsten lese ich Kriminalromane. Bist du mit der Antwort zufrieden?"

Er schmunzelte. „Das höre ich natürlich gern."

„Nur keine falsche Bescheidenheit. Wahrscheinlich bist du in Wirklichkeit stolz auf deine Bücher, was nur allzu menschlich wäre. Darf ich erfahren, unter welchem Autorennamen du schreibst?"

Winston zögerte ein wenig, woraufhin Corinna ironisch lächelte.

„Komm schon, Winston, heraus mit der Sprache. Freunde wollen immer alles voneinander wissen."

„Na gut. Ich schreibe unter dem Pseudonym ‚Martin Shaw'. Das klingt nicht besonders originell, nicht wahr?"

„Du bist Martin Shaw? Ich liebe Martin Shaw und habe jedes Buch von ihm gelesen!"

Winston zog eine Grimasse. „Das ist zwar sehr schmeichelhaft, aber ..." Er zögerte wieder, bevor er fortfuhr. „Ich fände es schöner, wenn du Winston Raven lieben würdest."

Corinna lachte. „Du versuchst es immer wieder, nicht wahr? Du kannst es einfach nicht lassen!"

„Was kann ich nur tun, damit du mich endlich richtig ernst nimmst?" Er stand auf und ließ sich neben ihr auf die Couch fallen. „Vielleicht sollte ich dich noch einmal küssen – diesmal allerdings ein wenig anders."

Als er den Arm um Corinna legte und dabei ihrem Mund sehr nahe kam, empfand sie plötzlich ein ungestümes Verlangen nach Winston. Er war wirklich irgendwie umwerfend, und was konnte an einem Kuss schon schlimm sein? Winston gab ihr einen Moment Zeit, damit sie den Kopf abwenden konnte. Da sie die Gelegenheit jedoch nicht wahrnahm, neigte Winston sich zu Corinna und berührte ihre Lippen so zärtlich, als streife ein Schmetterling eine Blüte.

Corinna hob den linken Arm und schlang ihn Winston um den Nacken, während sie seufzend die Lippen öffnete.

„Corinna, Darling ...", flüsterte Winston, wobei seine Lippen sich sanft an ihren rieben. Dann küsste er sie tief und zärtlich. Corinna lehnte sich zurück und gab sich ganz dem Zauber der für sie neuen Gefühle hin.

Langsam ließ Winston seinen Mund zu der empfindsamen Stelle hinter einem der Ohrläppchen gleiten und von dort tiefer hinab. Corinna spürte, wie Winston die Knöpfe ihrer Bluse öffnete, doch statt ihn empört in seine Schranken zu weisen, war Corinna sogar froh, dass sie keinen Büstenhalter trug. Sie stöhnte vor Lust, als Winston die versteifte Spitze einer der Brüste mit der Zunge liebkoste, und hatte das Gefühl zu zerfließen.

Doch so überraschend, wie alles begonnen hatte, endete es auch.

Winston zog plötzlich die beiden offenen Hälften der Bluse wieder zusammen und rutschte vom Sofa auf den Boden, wo er eine Zeit lang bewegungslos verharrte und dabei den Kopf mit beiden Händen hielt.

Schließlich stand Winston auf und setzte sich in einen Sessel. „Entschuldige, Corinna. Ich hätte es nicht so weit kommen lassen dürfen. Es war alles zu viel und zu schnell. Außerdem ist es zu kompliziert."

Zu kompliziert, dachte Corinna bitter und fühlte sich, als hätte er sie ins Gesicht geschlagen. Für sie gab es nur eine Erklärung – es musste eine andere Frau geben, der er treu bleiben wollte. Nicht Lisbeth, irgendeine andere, von der sie nichts wusste.

Sie empfand plötzlich eine tiefe Selbstverachtung und fragte sich, was in sie gefahren sein mochte. Wie hatte sie sich nur so lüstern auf Winston einlassen können? Sie musste unbedingt etwas unternehmen, um ihr Gesicht zu wahren.

„Ich wüsste nicht, was daran kompliziert sein sollte", sagte sie, wobei sie mit mäßigem Erfolg versuchte, ihrer Stimme einen ironischen Klang zu verleihen. „Es war doch nur ein harmloser Kuss unter Freunden, sonst nichts."

„Sonst nichts? Willst du damit sagen, dass dir das, was gerade zwischen uns war, im Grunde unwichtig ist?"

„Ja." Corinna schluckte.

Winston beugte sich ein wenig vor, um sie genauer betrachten zu können. Das Flackern des Feuers spiegelte sich in seinen dunklen Augen. „Ach, Corinna", sagte er vorwurfsvoll. „Du hast mir praktisch vorgeworfen, dass ich leichtfertig mit kleinen Notlügen umgehe. Wer von uns beiden lügt denn jetzt?"

Sie war sprachlos. Er hatte Recht. Natürlich hatte der Kuss ihr viel mehr bedeutet als nur eine Bekundung freundschaftlicher Zuneigung. Leidenschaft war aufgeflackert.

„Willst du, dass ich abreise?"

Corinna erbleichte. „Ja – ich meine, nein. Ach, ich weiß es nicht." Sie konnte im Augenblick keinen klaren Gedanken fassen. Sie fühlte nur, und was sie fühlte, fand sie erschreckend und wunderbar zugleich.

Draußen war es mittlerweile völlig dunkel geworden. Winston stand auf, schaltete die Wandlampen an und zog die Vorhänge zu.

„Kaminfeuer hat mitunter eine verführerische Wirkung“, meinte er traurig lächelnd, während er zu seinem Sessel zurückging und sich wieder setzte. „Miss Corinna Lovell, wir haben anscheinend ein kleines Problem. Wie wollen wir es lösen?“

„Warum fragst du mich das? Du hast mit allem angefangen, also musst du auch eine Lösung finden. Ich habe dich lediglich tun lassen, was du wolltest. Wenn es an der verführerischen Wirkung des Kaminfeuers gelegen hat, müssen wir in Zukunft eben immer das elektrische Licht anmachen, wenn wir zusammen im Kaminzimmer sitzen.“ Sie zögerte einen Augenblick, bevor sie hinzusetzte: „Das heißt, falls du nicht lieber abreisen möchtest.“

„Du weißt sehr gut, dass ich das nicht möchte.“

Corinna musste sich zusammennehmen, um ihn ihre plötzliche Erleichterung nicht spüren zu lassen.

Für einige Minuten herrschte Schweigen im Raum.

Winston brach die Stille. „Ich glaube, ich bin dir die Wahrheit schuldig, Corinna. Ich will mit dir schlafen, und es hat mich vorhin eine große Überwindung gekostet, dich nicht zu verführen. Aber ich habe dir versprochen, deine Situation hier im Hotel nicht auszunutzen, und ich werde mein Versprechen halten. Ist das eine befriedigende Voraussetzung für mein weiteres Bleiben?“

Befriedigend? dachte Corinna. Es gibt nur eines, was für uns beide befriedigend sein würde. Aber immerhin ehrt es ihn, dass er sein Versprechen zu halten gedenkt.

Sie senkte den Kopf, sodass Winston ihr nicht in die Augen sehen konnte. Sie musste wohl oder übel wieder einmal auf eine Notlüge zurückgreifen, die diesmal allerdings ganz und gar nicht „klein“ war.

„Ja“, sagte Corinna. „Das ist befriedigend.“

5. KAPITEL

Winston hatte das Kaminzimmer gerade verlassen und sich wieder an den Computer gesetzt, als das Telefon klingelte. Corinna lief ins

Büro, doch Winston hatte den Hörer abgenommen, bevor sie überhaupt die Tür erreichte.

„Es ist der Arzt“, flüsterte Winston Corinna zu. Nachdem er sich eine Zeit lang auf Französisch unterhalten hatte, legte er auf. „Deine Tante hat alles gut überstanden. Wenn du willst, kannst du sie morgen jederzeit im Krankenhaus besuchen.“

„Das ist ja wunderbar!“ Sie strahlte. „Ich werde sofort nach dem Frühstück hinfahren.“

„Du ... selbst fahren? Das Krankenhaus ist nicht leicht zu finden, und als Ortsunkundiger verfährt man sich in Rouen sehr schnell. Bist du sicher, dass du fahren willst?“

„Ich werde es schon schaffen.“ Dann fiel Corinna ein, dass sie sich auf dem Weg zum Hotel zwei Mal in Rouen verfahren hatte und ihr Französisch nicht ausreichte, um die Wegbeschreibungen der Leute zu verstehen.

Winston schien wie so oft zuvor wieder einmal Corinnas Gedanken lesen zu können. „Ich hätte dich gern hingebracht, doch leider ist das mit meinem Bein nicht möglich. Wir müssen uns etwas anderes ausdenken. Oh, hat dein Wagen vielleicht Automatikgetriebeschaltung?“

„Nein, aber ich glaube, Beckys alter Renault ist ein Automatikwagen.“

„Damit dürfte ich eigentlich keine Schwierigkeiten haben. Ich werde dich also fahren“, schlug Winston vor.

„Was würde ich nur ohne dich machen, Winston? Wenn ich die französische Sprache vernünftig beherrschte, gäbe es gewiss keine Schwierigkeiten für mich. Doch so ... Winston, es muss wundervoll sein, wenn man zweisprachig aufwächst. Sprichst du noch mehrere Sprachen?“

„Deutsch, Spanisch und ein wenig Italienisch“, erwiderte er.

„Donnerwetter, auch noch ein wenig Italienisch“, neckte Corinna ihn. „Wahrscheinlich warst du in der Schule ein richtiger kleiner Streber.“

„Ganz und gar nicht. Das Gefühl für Fremdsprachen ist genauso eine Gabe wie Musikalität oder logisches Denken, wie du es für deine Arbeit mit den Computern brauchst.“

Sie unterhielten sich noch einige Zeit, bis Corinna fast die Augen zufielen. „Ich glaube, ich muss jetzt ins Bett."

„Wollen wir nicht vorher einen kleinen Drink im Kaminzimmer nehmen?"

„Nein." Sie drehte sich um und ging zur Tür.

„Corinna." Winston griff Corinna am Arm. „Hab keine Angst. So etwas wie vorhin wird nicht mehr vorkommen."

Sie sah Winston nachdenklich an. Von seinem Gesicht ließ sich nichts ablesen. Winston war für sie ein Rätsel.

„Gute Nacht, Winston", sagte sie schließlich und ging eilig nach oben.

Am nächsten Morgen fuhren Corinna und Winston wie geplant nach Rouen. Wenn die Umstände anders gewesen wären, hätte Corinna die Fahrt durch die schöne Landschaft mit den weiten, von Baumreihen gesäumten Feldern und den trägen schwarzbunten Kühen sicher genossen. Aber an diesem Tag war sie dazu einfach zu müde.

Corinna hatte in der Nacht nur wenig geschlafen, weil sie lange an Winston Raven gedacht hatte und an das, was im Kaminzimmer geschehen war. Sie fühlte sich hin und her gerissen zwischen ihrer Vernunft, die ihr sagte, dass sie Winston fortschicken musste, und nie gekannten leidenschaftlichen Gefühlen, die sich gegen die Vernunft auflehnten.

Winston schien Corinnas innere Konflikte nicht zu bemerken. Er sah an diesem Vormittag ausgesprochen gut aus. Statt der „Studentenkluft" trug er ein sauberes weißes Hemd und eine schwarze Hose. Die langen Wimpern kamen im Gegenlicht noch stärker zur Geltung.

„Warum bist du eigentlich so still an diesem wunderschönen Morgen? Machst du dir immer noch Sorgen um deine Tante?" fragte Winston schließlich. „Ich bin sicher, dass es ihr schon viel besser geht."

Als er Corinna zufällig am Knie berührte, zuckte sie zusammen. Offenbar reichte bereits eine kleine Berührung von ihm, um Corinna nervös zu machen.

Im Verkehrschaos der Innenstadt von Rouen war Corinna froh, dass Winston den Wagen fuhr. Sie kaufte schnell einen Blumenstrauß für Becky, und wenig später standen sie in der Eingangshalle des Krankenhauses.

„Ich glaube, ich muss mich jetzt ganz auf dich verlassen“, sagte Corinna, als sie die vielen Zeichen und Worte sah, die sie nicht verstand. „Ohne deine Hilfe würde ich mich hier in wenigen Minuten verlaufen.“

„Vertrau mir.“ Winston ging zum Informationsschalter, und wenig später führte eine Krankenschwester die beiden durch endlos lange Korridore. Pflegepersonal eilte an ihnen vorbei oder schob Betten durch die Gänge, weiß gekleidete Ärzte unterhielten sich angeregt. Schließlich blieb die Schwester vor einer Tür stehen.

„Madame Arnot“, erklärte sie und fügte etwas auf Französisch hinzu.

Corinna sah Winston fragend an.

„Sie sagte, dass wir nur fünf Minuten hineindürfen“, erklärte er. „Außerdem müssen wir einzeln hineingehen. Deine Tante ist noch ein wenig schwach.“

Bevor Corinna eintrat, wandte sie sich noch einmal Winston zu. „Bleib um Himmels willen hier. Ich würde nie mehr allein hinausfinden.“

Als sie das kleine weiße Zimmer betrat, fühlte sie eine seltsame Beklemmung, und Corinnas Herz schlug mit einemmal schneller. Sie fürchtete sich fast davor, die sonst so energische, vitale Becky in einem bemitleidenswerten Zustand zu sehen.

Doch Corinnas Sorgen erwiesen sich als unbegründet. Becky hatte den Oberkörper aufgerichtet und lehnte am Kopfende des Betts. Vielleicht war sie ein wenig blasser als sonst, aber ansonsten war sie ganz die Alte.

Corinna legte den Strauß Frühlingsblumen neben eine Vase mit roten Rosen und gab Becky einen Kuss auf die Wange. „Wie geht es dir, Becky? Ich habe mir solche Sorgen um dich gemacht.“

„Corinna! Wie schön, dich zu sehen. Mir geht es blendend. Alle sind hier sehr freundlich, und ich habe alles gut überstanden.“

Nachdem sie Corinnas Seitenblick auf die Rosen bemerkt hatte, erklärte sie: „Die sind von meinem Freund, dem Arzt. Er ist wirklich sehr lieb. Aber lass uns nicht nur von mir reden. Ich brenne darauf zu hören, was du so machst und wie die Dinge im Hotel stehen."

Corinna zog sich einen Stuhl heran und setzte sich neben das Bett. Wieder einmal war es unumgänglich, auf eine „kleine Notlüge" zurückzugreifen. „Im Hotel ist alles in bester Ordnung", sagte Corinna. „Seit du fort bist, sind drei Reservierungen eingegangen. Außerdem fiel ein wenig Korrespondenz an. Ich habe sie an den", Corinna schluckte, bevor sie fortfuhr, „an den neuen Mann, der dich vertritt, weitergegeben."

„Ach ja. Monsieur Boudin. Ich bin froh, dass er rechtzeitig gekommen ist. Zuerst hatte ich Bedenken, als mir klar wurde, dass du allein mit ihm im Hotel sein würdest. Aber da du ein sehr vernünftiger Mensch bist, wirst du schon wissen, was du tust. Du verstehst dich gut mit Monsieur Boudin, nicht wahr?" Becky lachte leise. „Weißt du, was das französische Wort ‚boudin' bedeutet? Es ist der Name einer Wurstart. Ich stelle ihn mir als rundlichen, ulkigen Mann mittleren Alters vor. Habe ich recht?"

Corinna hüstelte. „Nun, nicht ganz, aber er ist ein fähiger Mann." Dann wechselte sie eilig das Thema. „Die Bäckersfrau lässt dich übrigens herzlich grüßen. Ich gehe manchmal zu Fuß ins Dorf, aber meistens helfe ich im Hotel mit. Ich werde auf jeden Fall bleiben, bis du aus dem Krankenhaus kommst."

„Willst du das wirklich tun?" Becky schien sich sehr darüber zu freuen. „Es wäre fantastisch. Wenn Jacques und Marie zurückkehren, werden wir noch einige erholsame Tage haben."

„Weißt du schon, wann du aus dem Krankenhaus entlassen wirst?" Corinna hoffte, dass Becky erst ins Hotel zurückkommen würde, wenn der echte Pierre Boudin aufgetaucht war.

„Wahrscheinlich darf ich in ein paar Tagen gehen. Man wird hier nicht länger als nötig festgehalten. Aber Louis – mein Arzt und Freund – besteht darauf, mich noch für eine Woche in seinem Haus bei Caen unterzubringen. Er befürchtet, dass ich meine Kräfte überschätzen und mich überanstrengen würde, wenn ich sofort nach der Entlassung ins Hotel zurückkehre." Becky verzog das Gesicht und lächelte dann. „Es ist für mich ungewohnt, so umsorgt zu werden. Aber es ist auch sehr angenehm. Falls ich Louis' Angebot annehmen sollte, wäre es übrigens günstig für dich. Wenn du mich dann besuchen willst, musst du nicht mehr so weit fahren."

Hoffentlich spürte Becky ihre Erleichterung nicht darüber, dass Becky voraussichtlich noch etwas länger dem Hotel fernbleiben würde.

Die fünf Minuten Besuchszeit waren fast zu Ende.

„Kann ich irgendetwas für dich tun, bevor ich gehe?" fragte Corinna.

„Nein, Liebes. Louis kümmert sich rührend um mich. In Situationen wie dieser ist es sehr vorteilhaft, wenn man einen Arzt als Freund hat."

Corinna erhob sich. „Das kann ich mir gut vorstellen." Sie warf ihrer Tante einen verschmitztem Blick zu. „Wenn ich dich das nächste Mal besuche, möchte ich mehr über ihn wissen." Sie beugte sich vor und küsste Becky auf die Wange.

„Danke für den Besuch, Corinna. Rouen ist eine schreckliche Stadt für Autofahrer. Bist du gut zurechtgekommen?"

Corinna schaffte es nicht, Becky noch eine Lüge aufzutischen. „Unser neuer Hotelmanager war so freundlich, mich herzufahren. Du weißt ja selbst, wie schrecklich mein Französisch ist. Wir haben den Anrufbeantworter angestellt, damit uns kein Auftrag entgeht."

„Sieh an, die kleine Wurst ist hier. Würdest du ihn für einen Moment hereinbitten? Ich würde ihn mir gern einmal ansehen, um sicherzugehen, dass er der Richtige für die Aufgabe ist."

Corinna lief es kalt über den Rücken. Becky durfte den umwerfend sexy aussehenden Winston um keinen Preis sehen.

„Ich weiß nicht genau, wo er gerade ist", erwiderte sie vage.

„Nun, dann schau doch einfach mal nach. Ich werde bestimmt schneller gesund, wenn ich mir keine Sorgen um das Hotel machen muss."

„Na gut. Aber wahrscheinlich ist er schon zum Auto gegangen." Corinna ging klopfenden Herzens hinaus und schloss die Tür hinter sich.

Winston lehnte an der Wand auf dem Gang und hatte die Arme

vor dem Oberkörper verschränkt. Corinna betrachtete ihn und fand, dass er wirklich keine Ähnlichkeit mit einer Wurst hatte. Bei diesem Gedanken hätte sie beinahe laut gelacht.

„Ist alles in Ordnung?“ Winston kam einen Schritt auf sie zu.

„Pst! Sie darf dich nicht hören. Sie hält dich für Pierre Boudin und will dich sehen. Ich schaue gleich noch einmal ins Zimmer, um ihr zu sagen, dass ich dich nirgends finden kann.“

„Lass nur. Ich würde mich gern mit deiner Tante unterhalten.“

„Du wirst noch alles verderben!“ rief sie entsetzt. „Bitte geh nicht hinein, Winston.“

Doch er ließ sich nicht umstimmen. „Du wartest hier.“

Nachdem er die Tür hinter sich geschlossen hatte, bebte Corinna vor Zorn. Wie kam dieser Kerl eigentlich dazu, sich über sie hinwegzusetzen? Aber nun war es geschehen, und sie konnte ihm schließlich nicht einfach nachgehen und ihm vor Beckys Augen eine Szene machen. Ihr blieb nichts anderes übrig, als zu warten. Becky war nicht so leicht hinters Licht zu führen. Sie war nicht so naiv, auf seine Lügengeschichten hereinzufallen.

Corinna beschloss, andere Saiten aufzuziehen. In Zukunft würde sie sich nicht mehr von ihm „helfen“ lassen. Von ihr aus hätte er ruhig abreisen können. Sie würde die Arbeit im Hotel auch ohne ihn schaffen!

Mit zitternden Knien ging Corinna zu einer Bank und setzte sich. Eigentlich war sie an allem selbst schuld. Warum hatte sie falsche Dinge vorgetäuscht? Sie hätte diesem Mann nicht erlauben dürfen, im Hotel zu bleiben, hätte auch seinem Charme nicht erliegen dürfen.

Corinna blickte zur Tür. Was tat Winston nur so lange bei Becky? Die fünf Minuten waren sicher längst vorbei. In Corinnas Fantasie entstanden schreckliche Bilder. Vielleicht hatte Becky einen Schock bekommen, nachdem sie gemerkt hatte, dass ihre Nichte ihr etwas vorgemacht hatte – ausgerechnet Corinna, der Becky vertraute. Unter normalen Umständen wäre Becky robust genug gewesen, es zu verkraften. Aber nach einer Operation ...?

Schließlich ging die Tür auf und Winston kam aus dem Zimmer. Während er auf Corinna zukam, lächelte er gut gelaunt.

„Ich glaube, ich habe einen guten Eindruck gemacht. Deine Tante ist mit mir zufrieden“, sagte er selbstbewusst. „Ich habe sie überzeugt, dass das Hotel in sicheren Händen ist – ebenso wie ihre Nichte.“

Corinna sprang auf. „Das gibt es doch nicht. Welche Lügen hast du ihr denn erzählt?“ fuhr sie ihn an.

„Du wirst es mir wohl nicht abnehmen, aber ich habe ihr die Wahrheit gesagt.“

„Nein, das nehme ich dir wirklich nicht ab.“ Corinna drehte sich um und strebte Beckys Zimmer zu, doch eine Krankenschwester versperrte ihr den Weg.

„Non, non“, sagte die Schwester freundlich, aber bestimmt. Den Rest konnte Corinna nicht verstehen.

„Sie sagt, dass sie für heute keine Besuche mehr erlauben darf“, erklärte Winston angesichts Corinnas fragenden Blicks.

Sie gingen schweigend den Weg zurück, den sie gekommen waren.

„Hast du Hunger? Ich kenne ein nettes kleines Café in der Nähe der Kathedrale“, schlug Winston vor, als sie das Auto wieder erreicht hatten.

„Ich habe keinen Hunger“, zischte Corinna ihn an. „Warum sagst du mir nicht endlich, was du Becky erzählt hast? Sie würde dir nie abnehmen, dass du aus dem Hotelfach bist. Außerdem dachte sie, Pierre Boudin würde aussehen wie ... na ja, wie eine Wurst. Jetzt ist sie sicher böse auf mich und wird mir nie verzeihen.“ Corinnas Stimme wurde zunehmend brüchiger. „Es ist alles so furchtbar. Ich frage mich, warum ich dich bleiben ließ. Und fass mich nicht an.“

Winston hatte ihr zur Beruhigung einen Arm um die Schulter legen wollen, ließ ihn jedoch sofort sinken.

„Beruhige dich doch, Corinna. Du nimmst alles viel zu ernst. Ich versichere dir, dass deine Tante voll und ganz mit der gegenwärtigen Lage zufrieden ist.“

Corinna rückte weiter von ihm fort. „Ich glaube dir kein Wort.“

„Hör zu!“ Winston brüllte sie geradezu an. „Du kannst es glauben oder nicht, ich habe deiner Tante gesagt, wer ich bin und was geschehen ist. Ich sagte ihr auch, dass wir ihr gewisse Details vorerst vorenthalten haben, weil du sie wegen der Operation nicht beunruhigen wolltest. Außerdem versicherte ich ihr, dass ich dich nie verletzen könnte, weil ich dich liebe. Und es macht mir ein besonderes Vergnügen, dir zu sagen, dass Becky sich darüber sehr gefreut hat. Ich hoffe, du wirst dich auch bald darüber freuen. Zumindest solltest du endlich einsehen, dass deine Schuldgefühle Becky gegenüber unbegründet sind."

Corinna strich sich mit zitternden Fingern eine Haarsträhne aus der Stirn. „Du bist einfach unmöglich. Ich weiß nicht, was ich sagen soll."

„Dann sag nichts", erwiderte Winston knapp. „Und jetzt lass uns endlich irgendwo essen. Ich bin hungrig."

Corinna war völlig durcheinander, aber auch erleichtert und seltsam aufgeregt. „Okay, du hast gewonnen."

„Wir könnten das Auto hier stehen lassen und zu Fuß gehen", schlug er vor. „Die Stadtmitte ist nicht weit von hier, und um diese Zeit sind die Parkplätze sowieso meistens voll."

Sie war mittlerweile zu fast allem bereit. Nachdem Winston das Auto verschlossen hatte, gingen sie los.

„Die interessantesten Sehenswürdigkeiten sind hier im Stadtzentrum. Die Kathedrale ist die größte Frankreichs – oder sogar der Welt? Jedenfalls ist sie berühmt wegen ihrer Turmspitze", erklärte er unter anderem.

Corinna hörte seinen touristischen Ausführungen nur mit halbem Ohr zu. Insgeheim dachte sie darüber nach, wie er es geschafft hatte, in so kurzer Zeit Beckys Vertrauen zu gewinnen – falls er es wirklich gewonnen hatte.

Aber je länger sie durch die engen Gassen der Innenstadt gingen, desto mehr vergaß sie ihre Vorbehalte. Winston kannte Rouen sehr gut. Er machte Corinna auf verschiedene Renaissancekirchen aufmerksam und zeigte ihr den berühmten Palais de Justice ebenso wie die großen alten Häuser, die im Krieg zerstört und danach wieder genauso aufgebaut worden waren.

„Die Kathedrale ist wirklich großartig", sagte Corinna schließlich als sie davor standen. „Ich habe Bilder von ihr gesehen, aber die können natürlich keinen Eindruck von der wahren Schönheit der Architektur vermitteln."

„Und was wahre Schönheit oder die Wahrheit im Allgemeinen ist, bestimmt Corinna", neckte er sie, wobei er ihr eine Haarsträhne nach hinten strich, die vom Wind hochgeweht worden war.

Corinna wandte Winston den Kopf zu, und ihre Blicke trafen sich für einen Augenblick. Wenn Winston wirklich die Wahrheit gesagt hatte, hatte Becky ihm seltsam schnell ihr Vertrauen geschenkt. Aber Becky war schließlich noch nie von jemandem betrogen worden, den sie von ganzem Herzen geliebt und dem sie vertraut hatte.

Doch dann sagte Corinna sich, dass sie die alten schmerzhaften Erinnerungen vergessen sollte. Wenn Becky Winston Raven vertraute, sollte sie es eigentlich auch tun können.

Winston schaute wieder zur Kathedrale. „Wusstest du, dass Monet fünfzig Gemälde von dieser Kathedrale malte? Er arbeitete oft an mehreren Bildern zur gleichen Zeit, und sobald das Licht wechselte, setzte er die Arbeit an einem anderen fort. Stell dir vor, ich würde fünfzig Kriminalromane gleichzeitig schreiben können. Wahrscheinlich wäre ich bald Millionär."

Corinna lachte. Eigentlich machte es Spaß, mit Winston auszugehen. Sie fühlte sich nun ausgelassen und unbeschwert.

„Langweile ich dich mit meinen Geschichten über Kunst und Künstler?" fragte er. „Kunstgeschichte ist eines meiner kleinen Hobbys. Vor einiger Zeit musste ich für eines meiner Bücher zu diesem Thema recherchieren, und danach hat es mich nicht mehr losgelassen."

Sie schüttelte den Kopf. „Es langweilt mich durchaus nicht, im Gegenteil. Aber leider weiß ich nicht viel über Kunstgeschichte." Solange Winston darüber redete, blieben weitaus gefährlichere Themen unberührt.

„Ich habe schon seit langem vor, mir das Innere der Kathedrale ausführlicher anzusehen, aber aus irgendwelchen Gründen habe ich es bisher nie geschafft." Er nahm ihren Arm und drückte ihn sanft. „Wollen wir sie uns nicht zusammen ansehen, wenn wir uns nicht mehr um das Hotel kümmern müssen?"

Im Grunde war Winstons Vorschlag wohl nichts weiter als eine nette Bemerkung gewesen. Doch die warme, freundliche Art, mit der er wie selbstverständlich eine gemeinsame Zukunft mit Corinna angesprochen hatte, berührte sie tief im Herzen. Leider würden sie in Wirklichkeit bald wieder getrennte Wege gehen.

Das kleine Café, von dem Winston gesprochen hatte, war von einigen wenigen Touristen abgesehen fast leer.

„Was kann man denn hier essen?" fragte Corinna, nachdem sie sich an einen Tisch gesetzt hatten.

„Wie wäre es mit ‚Croque Monsieur'? Das ist eine Art überbackene Käseschnitte."

„Hm, prima."

Während des Essens sprach Winston über Monet und seinen berühmten Garten in Giverny, wo er die Bilder mit den Wasserlilien gemalt hatte. „Den Garten müssen wir uns unbedingt einmal ansehen."

Corinna war mittlerweile total aufgetaut und hatte alle Vorsicht vergessen. Sie war in Winston verliebt ... „Ja, dazu hätte ich auch Lust."

Sie sahen sich lange schweigend an. Schließlich sagte Winston mit weicher Stimme: „Deine Augen haben die Farbe von grünen Algen, die mit der Flut angeschwemmt wurden."

Corinna lachte unsicher. „Das klingt ja sehr romantisch. Schreibst du neben Kriminalromanen etwa auch Liebesromane?"

„Warum nicht? Niemand kann mich am Träumen hindern." Nach kurzem Schweigen fuhr er eindringlicher fort: „Ich liebe dich, Corinna. Ich sehe ein, dass wir es im Augenblick aus verschiedenen Gründen bei dieser Feststellung belassen müssen, aber ich möchte, dass du es nie vergisst."

Mit großen Augen sah sie ihn an. „Das meinst du im Ernst?"

„Absolut. Daran darfst du nie zweifeln."

Sie wandte den Blick ab, und während sie aus dem Fenster schaute, erinnerte sie sich an einen anderen Mann, der ihr zehn Jahre zuvor dasselbe gesagt hatte. ‚Ich habe dich lieb. Daran darfst du nie zweifeln.'

Schließlich sah sie Winston wieder an und erwiderte kühl: „Wie sollte ich nicht daran zweifeln? Du kennst mich doch erst seit zwei Tagen."

„Man kann sich innerhalb weniger Sekunden verlieben."

„Geht das ‚Entlieben' bei dir genauso schnell?" fragte sie zynisch.

„Das weiß ich nicht." Winston räusperte sich. „Ich war bisher nämlich noch nie verliebt."

„Das ist wirklich ein guter Witz." Sie wandte erneut den Blick ab. Dann wechselte sie das Thema. „Seit die Sonne von den umliegenden Gebäuden verdeckt wird, sieht die Kathedrale ganz anders aus – irgendwie düster und bedrohlich. Ich finde, wir sollten jetzt zum Hotel zurückfahren."

Als sie wenig später das Café verließen, fragte Corinna: „Für dich ist alles nur ein großer Spaß, nicht wahr?"

Winston beantwortete die Frage nicht, sondern blickte zur Kathedrale hinauf, deren Fassade jetzt aussah, als wäre sie in hauchdünnen Nebel gehüllt. „Ich weiß jetzt, warum man sagt, dass die Kathedrale manchmal wie eine riesige Hochzeitstorte wirkt. Findest du nicht auch, dass das ausgesprochen passend ist?"

Sie errötete ein wenig. „Ich verstehe nicht, was du meinst."

„Ich glaube, du verstehst es sehr gut", erwiderte er. „Falls nicht, werde ich es dir an dem Tag erklären, an dem ich dir einen Heiratsantrag mache." Während sie ins Auto stiegen, fügte er hinzu: „Ich gebe nicht so schnell auf."

6. KAPITEL

Auf der Fahrt zum Hotel änderte das Wetter sich plötzlich. Bald regnete es in Strömen, und die Scheibenwischer von Beckys altem Auto liefen auf Hochtouren. Winston musste sich nach vorn beugen, um sich bei den schlechten Sichtverhältnissen orientieren zu können.

Corinna und Winston redeten während der Fahrt kaum miteinander. Im Hotel angekommen, ging Corinna sofort ins Büro und hörte den Anrufbeantworter ab. Da die erste Nachricht auf Französisch war, musste sie auf Winston warten, der für sie übersetzte.

„Die Nachricht ist von einer Dachdeckerfirma in Caen, die offenbar beauftragt worden ist, Reparaturen am Dach vorzunehmen. Morgen früh sollen einige Arbeiter kommen und es erledigen. Weißt du etwas davon?"

Corinna schüttelte den Kopf. „Becky hat wohl vergessen, es mir zu sagen." Sie überlegte einen Augenblick. „Meinst du, wir sollten ihnen absagen?"

„Es ist nicht so leicht, kurzfristig neue Termine mit Handwerkern auszuhandeln. Wenn du einverstanden bist, können wir sie ja erst einmal kommen lassen. Ich könnte mit ihnen reden und hören, worum es eigentlich geht."

Sie nickte. „In Ordnung. Mal sehen, ob noch mehr Mitteilungen aufgezeichnet sind." Sie drückte den Abhörknopf, und nachdem es kurz gepiepst hatte, hörte sie eine wohl bekannte Stimme.

„Hallo, Darling. Hier spricht Edward. Ich hoffe, es geht dir gut. Du kannst dich innerlich schon einmal auf eine Überraschung vorbereiten – eine angenehme, wie ich hoffe. Ich bin wieder in London."

Corinna sah aus den Augenwinkeln, dass Winston aufstand und das Büro verließ.

„Das Baby meiner Schwester ist drei Wochen früher zur Welt gekommen, als ursprünglich erwartet, und meine Mutter ist zu ihr nach Leicester gefahren", sprach Edward weiter. „Da ich ganz allein in Harrogate war, dachte ich, dass ich den Rest meines Urlaubs ebenso gut mit dir verbringen könnte. Wenn ich mich recht erinnere, sagtest du, dass das Hotel bis Ostern geschlossen ist. Wenn ich nicht bei deiner Tante wohnen kann, könnte ich vielleicht in einem anderen Hotel in der Nähe unterkommen und dich von dort aus regelmäßig besuchen kommen. Ich hätte Lust, ein wenig mit dir in der Normandie herumzufahren. Wenn ich nichts Gegenteiliges von dir höre, fahre ich morgen sehr früh los und werde vermutlich irgendwann am Nachmittag ankommen. Ich würde mich gern mit dir über das eine oder das andere unterhalten. Bis morgen also. Oder sollte ich lieber sagen ‚Au revoir'?"

Weitere Anrufe waren nicht aufgezeichnet.

„Fertig?" fragte Winston, als er wenig später zurückkam. Da Corinna nicht antwortete, sondern weiterhin nachdenklich auf den Anrufbeantworter starrte, fuhr er fort: „Ich hoffe, du hast gemerkt, dass ich aus Taktgefühl hinausging." Er kam zum Schreibtisch und durchwühlte die Papiere darauf. „Wo ist der Brief von der Dachdeckerfirma? Ich erinnere mich, dass ich ihn gestern gesehen habe. Ach, hier ist er ja."

Corinna sah Winston an. „Edward kommt morgen." Das klang alles andere als begeistert.

„Freust du dich nicht darauf, ihn zu sehen?" erkundigte Winston sich vorsichtig. „Ich dachte ..."

„Ich will ihn hier nicht haben", unterbrach sie ihn ungeduldig. „Verstehst du nicht? Wenn er sieht, dass du und ich hier allein wohnen, wird er sicherlich auf falsche Gedanken kommen. Es wird ihm bestimmt nicht gefallen."

„Wenn ich deine Tante Becky von meiner Aufrichtigkeit überzeugen konnte, wird es mir bei deinem zukünftigen Verlobten sicherlich auch gelingen. Ich meine, wir müssten ihm ja nicht jedes Detail erzählen. Für ihn würde ich eben der stellvertretende Hotelmanager sein. Das wäre doch sehr lustig, oder?"

„Für dich vielleicht, aber nicht für mich", erwiderte Corinna kühl. „Es gibt nur eine Lösung. Du musst morgen früh verschwinden und dir eine neue Bleibe suchen. Da Edward erst am Nachmittag kommen wird, hast du viel Zeit."

Er setzte sich an den Schreibtisch und lehnte sich zurück. „Und was ist mit den Dachdeckern und den Telefongesprächen?" fragte er lächelnd. „Meinst du, du wirst allein damit fertig?"

Sie stampfte wütend mit dem Fuß auf. „Ach, es ist wirklich zu dumm."

„Es gibt Schlimmeres", erwiderte Winston gelassen.

Ärgerlich blickte sie ihn an. „Ich habe den Eindruck, du möchtest sogar, dass er kommt. Du hast Freude daran, anderen etwas vorzumachen, nicht wahr?"

„Lass uns jetzt nicht streiten", erwiderte er. „Warum rufst du Edward nicht einfach an und bittest ihn, erst zu kommen, wenn deine Tante zurück ist? Du könntest dir irgendeine Erklärung ausdenken."

„Wieder eine ‚Notlüge'? Nein, Winston. Ich werde Edward nicht absagen. Es ist das Beste, wenn du morgen deine Sachen packst."

„Willst du das wirklich?" Winston blickte sie flehend an. „Wenn ich morgen abfahre, sehen wir uns vielleicht nie wieder."

„Da hast du Recht. Vielen Dank für alles, was du für mich getan hast. Aber nun ist es an der Zeit, dass wir einen Schlusspunkt setzen."

Winston betrachtete Corinna eine Zeit lang aufmerksam.

„Ich verstehe", sagte er schließlich mit ruhiger Stimme. Er gab sich plötzlich sachlich und geschäftsmäßig. „Hast du etwas dagegen, dass ich den Computer benutze, solange ich noch die Gelegenheit dazu habe? Ich muss schließlich noch eine Menge Arbeit nachholen."

„Natürlich habe ich nichts dagegen", erwiderte Corinna ebenso sachlich. „Es tut mir Leid, dass ich heute deine Zeit in Anspruch genommen habe. Möchtest du nachher mit mir essen?"

„Ich würde lieber den ganzen Abend arbeiten, wenn du nichts dagegen hast. Es könnte spät werden."

Sie nickte. „Ich werde dir später Sandwichs und Kaffee bringen."

„Das wäre nett." Winston ging zum Computer und stellte ihn an.

Als sie in der Küche war, hatte sie ein seltsam dumpfes Gefühl im Magen. Hatte sie vielleicht einen Fehler gemacht?

Aber hätte sie ihre Beziehung zu Edward wegen Winston aufs Spiel setzen sollen? Corinna nahm Winstons Gerede von Heirat nicht ernst. Wahrscheinlich kann er wegen seiner vielen Romane nicht mehr zwischen Fantasie und Wirklichkeit unterscheiden, dachte sie.

Nein, sie durfte niemals den Fehler begehen, den ihre Mutter begangen hatte.

Normalerweise wachte Corinna morgens immer sehr früh auf und begann den Tag, indem sie voller Energie aus dem Bett stieg. An diesem Morgen war sie jedoch müde und fühlte sich wie gerädert, woran auch das Duschen nichts änderte.

Nachdem sie sich angezogen und gekämmt hatte, ging sie nach unten in die Küche, wo Winston bereits beim Frühstück saß.

Er verzog das Gesicht zu einer leidenden Miene. „Guten Morgen, Corinna. Wie du siehst, isst der Verurteilte gerade die Henkersmahlzeit."

„Guten Morgen." Corinna ging zur Kaffeemaschine und fand, dass Winston bemerkenswert gut gelaunt war. Es schien ihm offenbar nicht viel auszumachen, dass er gehen musste. Nachdem sie sich eine Tasse Kaffee eingeschenkt hatte, setzte Corinna sich zu ihm an den Tisch.

Winston schob ihr einen Teller zu. „Was darf ich dir anbieten? Brot? Marmelade?"

„Danke, ich habe keinen Hunger."

„Ist dir die Liebe auf den Magen geschlagen?"

„Wenn du so weitermachst, schreie ich gleich los", zischte sie Winston wütend an.

„Entschuldige. Wenn ich nicht lache, muss ich weinen." Plötzlich sah er nicht mehr so aus, als wäre ihm zum Lachen zu Mute.

„Ich weiß, dass es gemein von mir ist, dich vor die Tür zu setzen – nach allem, was du für mich getan hast. Aber du musst mich auch verstehen, Winston."

„Schon gut. Ich werde in aller Stille gehen." Er stand auf, brachte sein Geschirr zur Spüle und wusch es ab.

Corinna betrachtete ihn. Er stand in der Hüfte leicht eingeknickt, da er sein Körpergewicht auf das gesunde Bein verlagert hatte. Wie am Vortag trug Winston die schwarze Hose und das weiße Hemd. Sein dunkles Haar, das er sorgfältig gekämmt hatte, schimmerte bronzefarben im einfallenden Morgenlicht. Corinna wäre am liebsten aufgestanden und hätte Winston liebevoll über die Haare gestrichen.

Schließlich drehte er sich um. „Ich werde schnell packen und mir dann ein Taxi bestellen."

„Wohin willst du?" fragte sie mit schwacher Stimme.

Er zuckte die Schultern. „Die Welt ist groß."

Er würde gehen, wie er gekommen war. Corinna wusste nicht, wo er lebte – eigentlich wusste sie überhaupt nichts über ihn, außer dass er ein erfolgreicher Schriftsteller war, der sich beim Zusammentreffen mit einer Spinne verletzt hatte. Er würde gehen, und sie würde ihn nie wiedersehen. Sie hätte am liebsten geweint.

„Schade, dass ich mich vom Computer trennen muss. Ich habe bis heute Morgen um drei erfolgreich mit ihm gearbeitet.“

„Meine Güte. Dann hast du ja kaum geschlafen.“ Wie ich selbst, fügte Corinna im Stillen hinzu.

„Ich werde dich vermissen.“ Er lächelte liebevoll zu ihr herüber.

Dann verließ er die Küche, und Corinna hörte, wie er zu seinem Zimmer am Ende des Durchgangs ging. Sie blieb wie angewurzelt sitzen. Hatte sie etwas Dummes gemacht? Sie verdeckte das Gesicht mit den Händen und dachte angestrengt nach, fand jedoch keine Lösung.

Plötzlich läutete die Türglocke. Corinna vermutete, dass es die Dachdecker waren, mit denen sie nun allein zurechtkommen musste. Nachdem sie die Tür entriegelt und geöffnet hatte, blickte Corinna voller Entsetzen den Mann an, der vor ihr stand.

Es war Edward.

„Na, ist das eine Überraschung?“ rief er. „Hallo, Corinna. Ich hoffe, ich bin nicht zu früh gekommen.“ Er fasste sie an den Schultern und küsste Corinna auf den Mund.

Sie schluckte. „Nein ... natürlich bist du nicht zu früh gekommen.“ Sie sah aus den Augenwinkeln, wie ein Schatten sich vom angrenzenden Esszimmer zum Durchgang bewegte, und sprach etwas lauter. „Schön, dich zu sehen, Edward. Wie bist du denn so schnell hergekommen? Ich habe dich erst heute Nachmittag erwartet. Aber komm doch erst einmal herein.“

Der Schatten verschwand, als sie Edward ins warme Kaminzimmer führte.

Er war sehr elegant gekleidet. Sein dunkelgrauer Geschäftsanzug und das weiße Hemd wirkten etwas förmlich, aber eine rote Krawatte mit weißen Punkten machte die Zusammenstellung ein wenig lebhafter. Er hatte das helle Haar sorgfältig gekämmt, und auf Edwards etwas länglichen Gesicht lag ein Ausdruck, der Corinna an einen kleinen Jungen erinnerte, der auf eine Party kam.

Bevor Edward sich setzte, hängte er seinen Mantel sorgfältig über die Stuhllehne. „Schön, dich zu sehen, Corinna. Du hast also meine Nachricht auf dem Anrufbeantworter gehört.“

„Ja. Als du anriefst, war ich gerade in Rouen, um meine Tante im

Krankenhaus zu besuchen. Ach, davon weißt du ja noch gar nichts. Ich wollte dir alles in einem Brief mitteilen. Tante Becky wurde gleich nach meiner Ankunft ins Krankenhaus eingeliefert und inzwischen operiert."

Edward pfiff leise. „So ein Pech – ausgerechnet während deines Urlaubs. Da das Hotel geschlossen ist, nehme ich an, dass du zurzeit ganz allein hier bist."

„Das ist ... eine lange Geschichte", erwiderte Corinna vage und fügte eilig hinzu: „Solange du hier bist, werde ich mich um dich kümmern. Hast du schon gefrühstückt?"

„Nein, danke. Wie geht es deiner Tante?"

„Sie hat die Operation gut überstanden." Bevor Corinna mehr dazu sagen konnte, hörte sie plötzlich Lärm vor dem Haus. Als sie aus dem Fenster schaute, sah sie draußen einen Lastwagen stehen, aus dem gerade zwei Arbeiter stiegen.

„Entschuldige mich einen Moment, Edward. Ich habe heute Dachdecker hier und muss mich um sie kümmern."

„Natürlich, Darling." Edward lächelte sie gut gelaunt an. „Deine Tante kann sich glücklich schätzen, dass sie eine so fähige Vertreterin wie dich hat." Er lehnte sich zufrieden zurück, während sie schnell zur Haustür ging.

„Madame Arnot?" fragte der größere der beiden Männer, als Corinna geöffnet hatte.

„Nein, ich meine, non. Je suis ... Madame Arnot ist krank, malade." Corinna suchte verzweifelt nach den richtigen Worten.

Plötzlich sah sie Winston an einer der Hausecken stehen. Wahrscheinlich war er aus dem Hinterausgang gekommen. Corinna führte die Männer zu Winston, um außer Sichtweite des Kaminzimmerfensters zu sein.

„Es ist eine Katastrophe", sagte Corinna leise zu Winston. „Edward ist offenbar mit der Nachtfähre gekommen, und jetzt sind auch noch die Dachdecker da. Übersetzt du für mich?"

Winston strahlte bis über beide Ohren. „Keine Sorge, der Mann für alle Fälle wird sich darum kümmern. Geh du nur zu Edward zurück."

„Und du? Was willst du tun?“

„Lass mich nur machen.“

Sie ging wieder ins Haus. Ihre Handflächen waren feucht, als sie sich einige der rotbraunen Haarsträhnen aus der Stirn strich.

„Ich hoffe, ich darf dir nach der langen Reise wenigstens Kaffee anbieten.“

„Danke, das wäre nett.“ Er blickte sich im Kaminzimmer mit den massiven Holzmöbeln um. „Ein sehr altmodisches Haus. So etwas ist in Frankreich aber noch oft zu finden, nicht wahr?“

„Tante Becky mag es jedenfalls“, erwiderte Corinna kühl, während sie Edward in die Küche führte. Da Corinna von der Küche aus alles überblicken konnte, was draußen geschah, würde er den Kaffee wohl oder übel dort trinken müssen.

Edward gab Corinna einen ausführlichen Bericht über seinen kurzen Aufenthalt in Harrogate, das Wetter, den Straßenzustand und die Abreise seiner Mutter.

„Und später rief Mutter mich an und sagte mir, dass Marion eine kleine Tochter bekommen hat. Ist das nicht schön?“

Corinna antwortete irgendetwas darauf und hoffte, dass es die richtigen Worte waren. Insgeheim kreisten Corinnas Gedanken vor allem um das, was gerade am Hintereingang geschah. Sie konnte hören, wie Winston sich mit den Dachdeckern auf Französisch unterhielt.

„Marion hat sich auch eine Tochter gewünscht“, fuhr Edward fort, „weil sie bereits zwei Jungen hat.“ Er lächelte Corinna über den Rand seiner Tasse hinweg an. „Du wärst sicher eine wunderbare Mutter, Corinna.“

„Oh. Danke, Edward. Aber ich glaube, das hat noch Zeit.“

Edwards Blick wurde plötzlich ernst. „Hast du etwa kein Interesse an der Gründung einer eigenen Familie?“

„Doch, nur noch nicht jetzt.“ Corinna hatte den Eindruck, dass Edward den Weg für eine andere Frage bahnte, und wusste plötzlich, dass sie einen Heiratsantrag ablehnen würde. „Wie soll das kleine Mädchen denn heißen?“ fragte sie eilig.

„Sie können sich nicht entscheiden. Sie dachten an ...“

Er wurde durch kräftiges Klopfen an der Haustür unterbrochen. Gleich darauf trat Winston ein. Corinna blickte ihn entgeistert an.

Er tat sehr förmlich und verbeugte sich. Dann sagte er mit typisch französischem Akzent: „Entschuldigen Sie, Mademoiselle. Die ‘andwerker wollen einen Moment mit Ihnen sprechen."

Sie musste sich das Lachen verkneifen, lehnte sich zurück, blickte unentschlossen von einem Mann zum anderen und sagte schließlich: „Edward, das ist der neue Hotelmanager Monsieur ..." Corinna zog eine Grimasse, die Edward nicht sehen konnte, da er gerade Winston betrachtete. „Entschuldigen Sie, ich habe Ihren Namen nicht verstanden, als Sie sich vorstellten."

Winston verbeugte sich noch einmal. „Le Corbeau, Guillaume le Corbeau, zu Ihren Diensten, Mademoiselle, Monsieur." Nachdem er sich zum dritten Mal verbeugt hatte, ging er hinaus.

Corinna stand auf. „Du hast es ja gehört. Ich fürchte, ich muss kurz mit den Dachdeckern sprechen." Sie folgte Winston auf den Hof und ließ die Hintertür hinter sich zuschlagen.

„Sehr lustig", sagte Corinna bitter, als sie Winston gegenüberstand. „Jetzt sind wir ganz schön im Schlamassel."

„Wieso?" fragte er. „Ich dachte, mein Auftritt wäre überzeugend gewesen. Schließlich bin ich zur Hälfte Franzose." Er blickte sie verschmitzt an. „Außerdem hast du das Spiel erstaunlich gut mitgespielt, wenn man bedenkt, dass du sonst immer nur die Wahrheit sagst."

„Das beweist nur, was für einen schlechten Einfluss du auf mich hast", meinte sie. „Wie bist du eigentlich ausgerechnet auf Monsieur Corbeau gekommen?"

„Corbeau bedeutet im Französischen dasselbe wie Raven im Englischen: Rabe. Clever, nicht wahr? Ich dachte, es wäre überzeugender, wenn ich mich nicht als halber, sondern als ganzer Franzose vorstelle."

„Ausgesprochen witzig. Na gut. Und was ist mit den Handwerkern?"

„Sie sagten, deine Tante hätte sie beauftragt, ein kleines Loch im Dach zu reparieren – dort oben." Winston deutete hinauf. „Soll ich ihnen sagen, dass sie anfangen können?"

„Ja, ich denke, es ist das Beste.“ Corinna war noch immer verärgert. „Und Sie gehen jetzt am besten in Ihr Büro, Monsieur le Corbeau. Beenden Sie Ihr Buch, und kommen Sie uns nicht in die Quere.“

Winston verbeugte sich leicht und sagte mit seinem französischen Akzent: „Natürlisch, Mademoiselle. Ihr Wunsch ist mir Befehl.“

„Oh, du ... du ...“ Da Corinna nicht die passenden Worte fand, drehte sie sich auf dem Absatz um und ging wieder in die Küche.

Edward stand höflich auf, als sie hereinkam. „Alles klar? Kann dieser Manager sich jetzt um alles kümmern?“ Sein Blick wurde plötzlich ernst. „Ich mag ihn nicht, Corinna. Meinst du, dass ihm zu trauen ist?“

Corinna setzte sich wieder hin. Sie fühlte sich plötzlich ausgesprochen schwach. „Dem Manager? Ach, der arbeitet für einen Freund meiner Tante, also wird man ihm wohl trauen können.“

Edward überzeugte das ganz und gar nicht. „Corinna, Liebes – irgendwie gefällt mir das alles hier nicht. Wie lange ist er denn schon hier?“

„Win... Monsieur le Corbeau? Ach, seit einigen Tagen.“

Edwards Blick wurde noch ernster. „Soll das heißen, dass er hier im Haus schläft?“

„Aber ja, natürlich.“ Corinna bemühte sich, gelassen zu wirken.

„Nun, dann wird aber sicher auch noch anderes Hauspersonal hier wohnen, nicht wahr? Du bist doch nicht etwa mit ihm allein?“

„Die Hausangestellten haben zurzeit Urlaub“, erwiderte Corinna. „Aber ...“

„Dann wohnst du hier also tatsächlich allein mit dem Kerl?“

Corinna lachte. „Oh, Edward. Du klingst so besorgt wie ein Vater zu Zeiten Kaiserin Viktorias, der um die Ehre seiner Tochter besorgt ist. Glaub mir, der Mann ist völlig harmlos.“

„Davon bin ich nicht überzeugt“, entgegnete Edward misstrauisch. „Wann kommt deine Tante eigentlich zurück?“

„Ich weiß es noch nicht“, antwortete Corinna vage. „Es kann noch einige Zeit dauern. Sie wurde schließlich erst vorgestern operiert.“

Edward richtete sich auf. „Sieh mal, Corinna, ich möchte nicht, dass du hier mit diesem Mann allein bleibst, wenn ich wieder nach London zurückkehre. Wir müssen eine Lösung finden."

Corinna stand auf. „Ich werde das Hotel auf keinen Fall verlassen, bevor Tante Becky wieder hier ist. Und außerdem lasse ich mir nichts befehlen, Edward."

Sie blickten sich einen Moment schweigend an. Schließlich atmete Edward tief ein und nahm eine ihrer Hände. „Ach, Corinna. Lass uns nicht streiten, wo ich doch gerade erst angekommen bin. Ich habe nicht vor, dich herumzukommandieren, aber ... du bist mir nun einmal nicht gleichgültig. Ich habe mich so sehr darauf gefreut, dich zu sehen. Am besten, wir unterhalten uns später noch einmal über das leidige Thema. Also, was wollen wir heute machen? Hast du irgendwelche Vorstellungen?"

„Zuerst werde ich für dich ein Zimmer herrichten", sagte Corinna und ging zur Tür. „Du kannst es dir ja inzwischen im Kaminzimmer gemütlich machen."

Sie war froh, sich nach oben flüchten zu können. Für Edward wählte sie den Raum am äußersten Ende des Korridors aus, da er am weitesten von ihrem eigenen Zimmer entfernt war. Sie befürchtete zwar nicht, dass Edward sie in der Nacht bedrängen würde, aber wahrscheinlich verlangte sein Anstandsgefühl eine gewisse Distanz. Zumindest schien seine Empörung über Winstons Anwesenheit darauf hinzudeuten.

Während Corinna das Bett bezog, ärgerte sie sich über Winston. Sie hatte das Gefühl, dass sie sich Edward gegenüber einfach abscheulich benahm, seit Winston aufgetaucht war. Eigentlich war Edward ein lieber Kerl, der sich nur Sorgen um ihre Sicherheit machte. Wenn er dabei ein wenig großspurig klang, musste sie es ihm nachsehen. Es war nun einmal seine Art. Ehrlicherweise gestand Corinna sich ein, dass sie Männer mit ausgeprägten Beschützerinstinkten sogar mochte.

Nach seiner Bemerkung über Kinder zweifelte Corinna nicht mehr daran, dass er ihr früher oder später einen Heiratsantrag machen würde. Und er würde sicher einen guten Vater abgeben. Vielleicht wäre er ein wenig streng, aber das wäre in diesen Zeiten ja nicht das Schlechteste. Jedenfalls war er ehrlich, liebevoll und verlässlich.

Plötzlich hörte sie Schritte auf dem Korridor, und Edward kam herein. „Ich bringe nur mein Gepäck.“ Damit stellte er seine Reisetasche ab und sah sich um. „Das ist mein Zimmer? Diese dunklen, schweren Möbel und die Sachen an den Wänden sind typisch französisch, nicht wahr?“ Er deutete erst auf die Aquarelle, die Beckys verstorbener Mann gemalt hatte, dann auf die Spiegel mit Goldrahmen und auf die rosafarbenen Lampenschirme.

Sie wusste nicht, ob Edward damit sagen wollte, dass er es mochte, oder ob sie es als Kritik verstehen sollte.

Er ging zum Bett und drückte fest auf die Matratze. Corinna vermutete, dass seine Mutter ihm beigebracht, dass man das in Hotels tun musste. „Es sieht gemütlich aus. Wenn du nichts dagegen hast, mache ich bis zum Mittagessen ein Nickerchen.“ Wohlig streckte er sich auf dem Bett aus und fragte mit einem verlegenen Lächeln: „Möchtest du dich nicht zu mir legen, Corinna?“

Überrascht sah sie ihn an. „Kannst du mir erklären, was du bezwecken willst?“

Edward wurde rot. „Ich dachte, es sei wie beim Autokauf. Eine Probefahrt ist üblich und empfehlenswert.“

Sie lachte laut und herzlich. „Eine ungewöhnliche Formulierung. Weißt du, mir kommt das ein wenig zu plötzlich, und ich lehne dankend ab. Schlaf gut und komm herunter, wann immer du magst. Wir essen um zwölf Uhr dreißig.“

Beim Gedanken an Edwards verblüfften Gesichtsausdruck lachte Corinna noch immer, als sie die Treppe hinunterging. Edward war unglaublich schüchtern und immer darauf bedacht, das Richtige zu tun. Aber vielleicht ist das keine so schlechte Eigenschaft für einen Mann, dachte sie. Wenn – genauer gesagt, falls – sie verheiratet sein würden, würde Edward seine Scheu sicher bald verlieren.

Corinna beschloss, zum Einkaufen ins Dorf zu gehen, und holte Beckys Einkaufsnetz aus der Küche.

Die strahlende Sonne erhellte die Landschaft, die nach dem Regen am Vortag mit dem matten Grün sprießender Pflanzen überzogen war, und tat Corinna gut.

Nachdem sie im Dorf eingekauft hatte, machte sie sich mit dem prall gefüllten Einkaufsnetz fröhlich pfeifend auf den Rückweg. Eigentlich war alles nicht so schlimm. Winston würde den Anstand besitzen, im Hintergrund zu bleiben, und sie würde sich mit Edward die Normandie ansehen. Vielleicht – aber wirklich nur vielleicht – würden sie und Edward ja bereits miteinander verlobt sein, wenn Edward nach England zurückfuhr, und dadurch würde die Lage sich sowieso gründlich ändern.

Bald kam das Hotel in Sicht, das bereits aus der Ferne einladend auf Corinna wirkte. Kein Wunder, dass Becky es so liebte.

Als Corinna näher kam, sah sie eine lange Leiter, die an einem der Giebel lehnte. Auf der obersten Sprosse der Leiter erkannte Corinna einen Mann, der ein weißes Hemd und dunkle Jeans trug.

Plötzlich durchzuckte Corinna ein schrecklicher Gedanke. War der Mann etwa Winston? Er auf der Leiter, obwohl er sich gerade erst von einem Sturz erholt hatte? Was um alles in der Welt ...

Sie beschleunigte ihre Schritte. Am Tor des Grundstücks blieb sie entsetzt stehen. Die Leiter schwankte bedenklich und rutschte langsam zur Seite weg.

„Winston! Winston!" schrie Corinna verzweifelt, während sie auf die Leiter zulief.

Als Corinna die Stelle erreichte, lag die Leiter bereits auf dem Boden, und daneben lag eine reglose, gekrümmte Gestalt in schwarzen Jeans und weißem Hemd.

7. KAPITEL

Der Mann lag, ein Bein angewinkelt, auf der Seite. Das Gesicht war halb von der dunklen Erde eines Blumenbeets verdeckt.

Corinna sank neben dem Mann auf die Knie. „Winston ... Darling ..." Sie schob die Hand behutsam unter das dunkle lange Haar und wandte den Kopf ab, wagte es nicht, den Mann anzusehen. Als Corinna sich dann doch überwand und ihn anblickte, konnte sie kaum glauben, was sie sah. Das Gesicht, von der feuchten Erde beschmutzt, war das eines sehr jungen Mannes – aber nicht Winstons.

In diesem Augenblick hörte Corinna Stimmen und heraneilende Fußschritte. Kurz darauf wurde sie hochgezogen.

„Lass mich mal schauen", sagte Winston.

Sie fühlte sich wie betäubt. Wie durch grauen Nebel sah sie Winston neben dem verletzten jungen Mann knien und hörte, dass Winston sich mit dem anderen Dachdecker unterhielt. Natürlich verstand sie kein Wort.

Schließlich sprang Winston auf und lief ins Hotel. Der andere Mann redete derweil auf sie ein.

Sie schüttelte den Kopf. „Je ne comprends pas", sagte sie leise. „Ich verstehe Sie nicht."

Bald darauf kam Winston mit einer Decke zurück, die er über den Bewusstlosen legte. Der junge Mann sah viel zu zart aus für eine so gefährliche Arbeit.

„Ich habe den Rettungsdienst angerufen, sie werden nicht lange brauchen", sagte Winston.

„Meinst du, er hat schwere Verletzungen?" flüsterte Corinna.

„Das lässt sich im Augenblick nicht feststellen. Immerhin lebt er."

Sie hockte sich neben den Verletzten und redete mit weicher Stimme auf ihn ein. Vielleicht drangen die Worte ja doch irgendwie in sein Bewusstsein? „Der Krankenwagen wird bald kommen. Es dauert nicht mehr lange, und dann wird alles gut ..."

Plötzlich zuckten die Lider des jungen Mannes, und er stöhnte leise.

„Er kommt zu sich!" Corinna blickte zu Winston auf, der schweigend nickte. Sein Gesicht war todernst.

Bald darauf wurde der junge Mann abgeholt. Corinna blickte dem Krankenwagen nach, und plötzlich liefen ihr Tränen über die Wangen. Als sie wie ein kleines Kind zu schluchzen begann, nahm Winston sie in die Arme, und sie lehnte sich gegen seinen warmen Körper. Nichts auf der Welt hätte sie jetzt mehr trösten können. Sie liebte Winstons Nähe, seine Berührung so sehr.

Plötzlich ließ er Corinna los. Sie wischte sich mit der Hand über die Augen und schaute ihn fragend an. Dann drehte Corinna den Kopf in Winstons Blickrichtung.

Edward stand vor ihnen und maß sie feindselig.

„Kann mir jemand erklären, was das bedeutet?“ fragte er eisig.

„Kein Grund zur Beunruhigung, Monsieur“, sagte Winston freundlich, während er Corinna auf Edward zuschob. „Mademoiselle hat sich aufgeregt, und ich habe sie getröstet.“

„Ach ja?“ bemerkte Edward misstrauisch.

„Es war nur rein freundschaftlich, Monsieur, ganz harmlos.“ Winston drehte sich um und ging davon, woraufhin der Dachdecker ihm folgte.

Corinna ging mit unsicheren Schritten ins Haus. Edward folgte ihr ins Kaminzimmer, wo sie sich in einen Sessel sinken ließ.

„Ich verstehe das nicht.“ Edward setzte sich in den Sessel, der ihr gegenüberstand. „Was hat dich denn so aufgeregt? Hat der Mann denn nicht ...?“

„Natürlich nicht“, erwiderte Corinna müde. „Du weißt nicht, was vorher geschah. Einer der Dachdecker stürzte von der Leiter und musste ins Krankenhaus gebracht werden. Es war furchtbar.“

„Verzeih mir, das habe ich nicht mitbekommen.“ Edwards Gesichtsausdruck erhellte sich. „Hoffentlich ist der Arbeiter versichert. Wenn nicht, könnte es nämlich sein, dass hohe Schadensersatzforderungen auf deine Tante zukommen.“

Corinna blickte Edward schweigend an. Schließlich sagte sie kühl: „Ich muss mich jetzt ums Essen kümmern, Edward. Kannst du dich eine Stunde selbst beschäftigen?“

Er schien den kühlen Unterton nicht bemerkt zu haben. „Ich habe mir einige Akten mitgebracht, die ich in der Zwischenzeit durcharbeiten kann. Wenn du willst, können wir nach dem Essen ja eine Tour in meinem Wagen machen. Ich habe den Eindruck, wir haben hier kaum die nötige Ruhe für eine Unterhaltung, und ich würde dir gern etwas sagen.“ Edward lächelte geheimnisvoll. „Es wird wahrscheinlich eine Überraschung für dich sein, aber ich glaube, du wirst dich freuen.“

Als Edward nach oben gegangen war, kehrte Corinna zu der Stelle zurück, wo sie beim Anblick des Mannes auf der Leiter das

Einkaufsnetz fallen gelassen hatte. Die Milchflasche war ausgelaufen, aber die restlichen Sachen waren unversehrt. Corinna sammelte alles auf und brachte es in die Küche.

Während sie Gemüsesuppe vorbereitete, dachte Corinna über Edwards letzten Satz nach. Ob sie sich wirklich über das freuen würde, was Edward ihr sagen wollte?

„Nanu? Du bist ja allein." Winston hatte die Küchentür geöffnet und blickte schmunzelnd herein. „Ich hoffe, das kleine Missverständnis ist inzwischen geklärt." Er wurde ernst, als er fortfuhr: „Hoffentlich wird der junge Mann alles gut überstehen."

„Ja, hoffentlich." Corinna beugte sich tiefer über das Schneidebrett und fuhr etwas zu eifrig mit dem Karottenschneiden fort.

Winston kam zu ihr, stellte sich hinter sie und drehte sie zu sich herum. „Ist mit dir alles in Ordnung? Du scheinst die Karotten ein wenig fahrig zu schneiden. Komm, ich helfe dir." Er nahm ihr das Messer aus der Hand, und während er schnitt, sprach er weiter: „Ich habe die Telefonnummer des Krankenhauses, in das der junge Mann eingeliefert worden ist. Wir können uns später erkundigen, wie es ihm geht."

Corinna trat beiseite und sah zu, wie er sich nach dem Schneiden der Karotten fachmännisch den Zwiebeln widmete. Immer wieder entdeckte sie neue Seiten an ihm. Trotz der großen, kräftigen Hände waren seine Finger ausgesprochen geschickt.

Plötzlich drehte er sich zu ihr und legte das Messer zur Seite. „Du sagtest ‚Darling'. ‚Winston, Darling' – ich habe es genau gehört."

„Ich dachte, du wärst tödlich verunglückt", erklärte Corinna mit heiserer Stimme.

Sie blickten sich lange schweigend an. Schließlich nahm Corinna ein Taschentuch, trocknete sich die Augen und schnäuzte die Nase. „Es ist nur wegen der Zwiebeln", entschuldigte sie sich verlegen. „Warum ist der junge Mann bloß plötzlich mit der Leiter umgefallen?"

„Ich hatte den Eindruck, dass er krank war. Sein Kollege wollte ihn nicht nach Haus gehen lassen. Wahrscheinlich hatte er keine Lust, die Arbeit allein zu machen. Jetzt ist er allerdings ziemlich kleinlaut, weil er befürchtet, dass man ihn später zur Rechenschaft ziehen wird. Aber das geschieht ihm ganz recht. Er hätte den Jungen auch nie auf die Leiter gehen lassen dürfen, ohne vorher geprüft zu haben, dass sie sicher ist. Offenbar war eine Sprosse morsch und brach, als der junge Mann sich darauf stellte." Dann fügte er wütend hinzu: „Am liebsten würde ich dem Verantwortlichen das Genick brechen."

Corinna lief es kalt über den Rücken, und sie wünschte, Winston würde sie nie so wütend ansehen. Sie wechselte schnell das Thema. „Es geht mir schon wieder besser. Du kannst mich weiterarbeiten lassen." Dann holte sie tief Luft und fügte hinzu: „Edward und ich machen nach dem Essen eine Tour durch die Umgebung."

Plötzlich herrschte eisige Stille.

Nachdem Winston sich die Hände abgetrocknet hatte, sagte er: „Ich werde mich selbst um mein Essen kümmern. Ihr werdet sicher im Speiseraum essen, nicht wahr?"

Corinna nickte. „Ich dachte ..."

Winston reichte ihr die Hand. „Du brauchst dich nicht zu entschuldigen und nichts zu erklären. Ich habe begriffen." Nach diesen Worten ging er aus der Küche, und wenig später hörte Corinna, wie er die Tür des Büros schloss.

„Das Essen ist fertig!" rief Corinna und klopfte an Edwards Tür. Edward kam sofort aus dem Zimmer. Er rieb sich die Hände und versicherte Corinna, er sei hungrig wie ein Wolf

Sie hatte einen der Tische im Speiseraum gedeckt und alles hübsch angerichtet, hatte sogar Glockenblumen aus dem Garten geholt und in einer Vase auf den Tisch gestellt.

Edward äußerte sich überaus zufrieden. „Hast du die Suppe wirklich selbst gekocht? Sie ist fantastisch."

Corinna fühlte sich, als hätte sie eine wichtige Prüfung mit Auszeichnung bestanden, und ahnte, dass Edwards Mutter sie zu gegebener Zeit einer ähnlichen Prüfung unterziehen würde. Doch dann ärgerte Corinna sich über sich selbst. Wie kam sie nur auf solche dummen Gedanken? Wahrscheinlich war Edwards Mutter eine tolerante, sympathische Frau.

„Danke, Edward. Ich freue mich, dass es dir schmeckt."

Als Corinna zwischendurch in die Küche musste, um Kaffee zu kochen, begegnete sie Winston, der gerade von der Suppe gekostet hatte.

„Die Suppe ist fabelhaft", schwärmte auch er. Dann warf er einen Blick zum Speiseraum und flüsterte verschwörerisch: „Na, Corinna, wie läuft es?"

Corinna warf ihm einen vernichtenden Blick zu. „Ich finde es herrlich, endlich mal wieder stilvoll zu essen." Unmittelbar darauf hätte sie sich am liebsten die Zunge abgebissen, denn das Essen in Rouen, zu dem Winston sie am Tag zuvor eingeladen hatte, war sehr stilvoll gewesen. „Ich meine ..."

Bevor sie sich korrigieren konnte, war Winston bereits hinausgegangen.

Corinna und Edward tranken den Kaffee im Kaminzimmer, wo Corinna vor dem Essen das Feuer angezündet hatte.

„Hier ist es sehr gemütlich." Edward schien es im Hotel jetzt viel besser zu gefallen als am Vormittag. Im Laufe des folgenden Gesprächs erzählte er Corinna, dass er ein kleines Haus in Harrogate kaufen wollte. „Meine Londoner Wohnung ist ein wenig zu klein, und von Harrogate aus ist es auch näher zu meiner Mutter. Ich habe schon ein Haus gefunden, das günstig verkauft werden soll. Ich würde dich gern einmal mitnehmen, damit du es dir ansehen und mich beraten kannst." Er lachte verlegen. „Du weißt schon, der gewisse weibliche Touch."

Da Corinna nicht antwortete, sah er sie prüfend an. „Was ist nur los mit dir, Corinna? Du hast mir ja überhaupt nicht richtig zugehört."

„Entschuldige, Edward. Ich muss einfach ständig an den jungen Mann denken, der von der Leiter gefallen ist. Wie mag es ihm wohl jetzt gehen?"

Edward drückte ihr die Hand. „Du hast ein so weiches Herz, Corinna. Aber du darfst dir nicht ständig den Kopf über die Sorgen anderer Leute zerbrechen. Der Junge wird schon überleben. Hast du verstanden, was ich vorhin sagte?"

„Über das Haus in Harrogate? Ja, und ich glaube, es ist wirklich eine gute Idee. Aber würdest du mich jetzt bitte entschuldigen? Ich muss mich um einige Dinge in der Küche kümmern."

Edward stand der Höflichkeit halber auf. „Natürlich. Können wir fahren, wenn du fertig bist? Ich habe vorsorglich einen Reiseführer über die Normandie mitgebracht und werde uns jetzt eine interessante Route heraussuchen."

Corinna räumte den Tisch im Esszimmer ab, wusch das Geschirr ab und putzte die Küche. Danach warf sie einen Blick ins Büro. Winston arbeitete noch immer am Computer.

„Edward und ich fahren spazieren. Würde es dir etwas ausmachen, hier die Stellung zu halten? Und mach dir etwas zu essen – du weißt ja, wo du alles findest." Corinna zögerte einen Augenblick und fuhr dann fort: „Es fällt mir nicht leicht, dich zu bitten."

„Es ist schon in Ordnung", erwiderte Winston. „Macht euch ein paar schöne Stunden."

Nachdem sie die Tür geschlossen hatte, blieb Corinna für einen Augenblick unentschlossen stehen, ohne den Türgriff loszulassen. Am liebsten wäre sie wieder hineingegangen, um sich mit Winston auszusprechen. Aber jetzt war es nicht mehr so leicht. Und was hätte sie ihm sagen sollen? Schließlich seufzte sie und ging in ihr Zimmer, um sich zurechtzumachen.

Sie zog sich ein kaffeefarbenes Jerseykostüm an, trug ein wenig Lippenstift in einem zum Kostüm passenden Farbton auf und kämmte sich. Nachdem sie einen kurzen hellen Mantel über den Arm geworfen hatte, ging sie zu Edward ins Kaminzimmer.

Er lächelte anerkennend. „Du siehst hübsch aus, Corinna. Heutzutage sind Frauen mit Stilgefühl selten."

„Danke", erwiderte sie kurz.

Autofahren mit Edward war etwas anderes als mit Winston. Edward verhehlte nicht seinen Stolz über seinen neuen Sportwagen und zeigte Corinna voller Begeisterung alle technischen Raffinessen, mit denen der Wagen ausgestattet war. Sie entspannte sich derweil auf dem weichen Ledersitz und hörte kaum zu.

„Wohin fahren wir eigentlich?" fragte sie schließlich.

„Ich habe eine wundervolle Idee", antwortete Edward. „In meinem Reiseführer steht, dass man sich den berühmten Garten von Monet in Giverny unbedingt ansehen sollte. Es heißt, dass ein berühmter Maler namens Monet den Garten dem französischen Volk schenkte. Hättest du Lust, dir das anzusehen?“

Corinna wurde plötzlich traurig. Winston hatte ihr davon erzählt, und sie wollte sich den Garten nur mit ihm zusammen ansehen. Sie stellte sich vor, wie sie mit Winston Hand in Hand durch die Blumenbeete gehen würde, und schloss die Augen.

Doch die Gefühle für Winston hatten nichts mit der guten, sicheren Ehe zu tun, die Edward ihr wahrscheinlich in Kürze anbieten würde.

Corinna wollte heiraten. Nach dem Tod ihrer Mutter wollte sie sich ihr Leben so einrichten, dass neben der Karriere auch Platz für anderes war. Corinna wollte ein Haus und Kinder. Wie würden Winstons Kinder aussehen? Sie hätten wahrscheinlich dunkle Lockenköpfe und Winstons verschmitztes Lächeln ...

Aber Winston war nun mal kein Mann zum Heiraten, und wenn er ihr noch so sehr vorspielte, er sei ernsthaft an ihr interessiert.

Wie auch immer, Corinna mochte Monets Garten auf keinen Fall mit Edward besichtigen.

„Ich habe gehört, dass der Garten in dieser Jahreszeit nicht besonders schön ist“, erwiderte sie schließlich. „Im Frühsommer ist es dort interessanter. Was hältst du von Caen? Dort gibt es viel zu sehen, zum Beispiel Museen und alte Kirchen.“

„Ja, prima.“ Edward klang irgendwie erleichtert. Corinna vermutete, dass er sich in einer Stadt wohler fühlte als auf dem Land.

Während der Stadtbesichtigung las er alles touristisch Wissenswerte aus dem Reiseführer vor. Die Stadt war im Laufe der Kämpfe, die 1944 nach der Landung der Alliierten an den Stränden der Normandie stattfanden, fast völlig zerstört worden. Edward äußerte sich begeistert darüber, wie die Stadt wieder aufgebaut worden war. Corinna war durchaus seiner Meinung, aber sie wünschte, er würde nicht ständig aus seinem Reiseführer vorlesen.

Sie schlug vor, zum Fünfuhrtee in ein Café zu gehen, doch Edward erinnerte sie höflich daran, dass Tee in diesem Land nicht als

Nationalgetränk angesehen wurde und mit der englischen Qualität nicht vergleichbar war.

„Warum probieren wir es nicht einfach aus?“ fragte Corinna.

Er gab nach. Sie gingen in ein Café, und als der Tee nach längerem Warten endlich kam, entsprach er erwartungsgemäß tatsächlich nicht Edwards Vorstellung. Edward wollte sich bei der Cafébesitzerin beschweren, doch Corinna hielt ihn zurück. Die Vorstellung, Edwards gebrochenes Französisch ertragen zu müssen, war einfach zu viel für sie.

Später setzten sie das Tourismusprogramm unter seiner Leitung fort. „Wir können uns nebenbei nach einem guten Restaurant umsehen. Ich möchte dich zum Abendessen einladen“, sagte er, während sie am Ufer des Flusses entlanggingen.

„Es ist kalt geworden, und wir sind schon ziemlich lange unterwegs, Edward. Sollen wir nicht lieber zum Hotel zurückkehren? Ich könnte uns wieder etwas kochen.“

„Ich würde dich aber nun mal lieber zum Essen einladen. Ich habe mich schon darauf gefreut. Auf der Rückfahrt sehen wir uns nach einem guten Restaurant um, ja? Die Heizung meines Wagens ist ausgezeichnet.“

Im Wagen legte Edward Corinna eine Decke über die Knie, und dann ging es los. Sie fuhren und fuhren, vorbei an Feldern, Bäumen und Kühen. Edward erzählte etwas über die Milchwirtschaft in der Normandie, was er wahrscheinlich auch in seinem Reiseführer gelesen hatte.

„Interessant“, sagte Corinna, während ihre Gedanken um Becky, Winston und den jungen Mann im Krankenhaus kreisten. Sie versprach sich nicht viel davon, Edward von ihren Sorgen zu erzählen. Wahrscheinlich würde er alles mit wenigen sachlichen Kommentaren abtun.

Als es dunkel wurde, sagte er: „Fünf Kilometer von hier ist ein Dorf namens Beuvron-en-Auge, das laut Reiseführer eines der schönsten Dörfer Frankreichs sein soll. Ich finde, wir sollten es uns ansehen.“

„Wie du meinst, Edward“, erwiderte Corinna lustlos. Mittlerweile war ihr alles gleichgültig.

Er runzelte die Stirn. „Was ist los, Corinna?"

„Ach, ich bin nur ein wenig müde."

„Kopf hoch, wir sind ja bald da." Edward schien ein wenig irritiert zu sein, doch als er wenig später vor einem Gasthaus hielt, hatte er wieder an Selbstsicherheit gewonnen. Er führte Corinna hinein, und bestellte an der Theke Getränke. „Ja, für dich einen kleinen Whisky, Corinna, weil du so frierst."

Corinna sagte ihm nicht, dass sie keinen Whisky mochte. Edward wollte seine Gastgeberrolle nun einmal so gut wie möglich spielen.

Später führte ein Kellner die beiden in einen völlig leeren Speiseraum.

„Die Spezialität des Hauses sind offenbar Kaldaunen", sagte Edward erfreut, nachdem er die Speisekarte sorgfälltig durchgeblättert hatte. „Weißt du, in Nordengland, wo ich geboren wurde, isst man häufig Innereien. Ich werde mir welche bestellen. Und was möchtest du?"

„Ich habe noch nie Kaldaunen gegessen. Ich glaube, ich sollte sie auch mal probieren."

„Du wirst sie mögen."

Corinna bezweifelte es, aber das spielte nun auch keine Rolle mehr. Es würde kaum noch schlimmer werden können.

Doch in diesem Punkt irrte sie sich gewaltig.

Nach dem Essen setzten sie sich im Eingangsraum an den Kamin, um Kaffee zu trinken. Plötzlich ließ Edward die Bombe platzen.

„Es gibt da noch etwas, worüber ich mit dir reden möchte, Corinna." Er räusperte sich. „Ich wollte es nicht eher zur Sprache bringen, weil ich nicht sicher war, ob es dir gefallen würde oder nicht. Kurz nach unserer ersten Begegnung sagtest du mir, dass du seit vielen Jahren keinen Kontakt mehr zu deinem Vater gehabt hättest und du nichts mehr mit ihm zu tun haben wolltest."

Corinna hätte sich beinahe am Kaffee verschluckt. Sie stellte die Tasse etwas zu heftig auf den Unterteller. „Ich habe meine Meinung diesbezüglich nicht geändert, und ich möchte nicht über dieses Thema sprechen."

„Ich fürchte aber, dass wir darüber sprechen müssen, Liebes", sagte Edward freundlich. „Weißt du, dein Vater kam zu mir ins Büro, und ich hatte ein langes, ausführliches Gespräch mit ihm."

„Was?" rief Corinna.

„Pst." Edward legte beruhigend eine Hand auf ihre und blickte sich peinlich berührt um. Dann fuhr er eilig fort: „Er ist natürlich vom Tod deiner Mutter informiert worden."

„So?" Ziemlich geschockt schaute Corinna ihn an. „Ich wusste nicht, dass er noch Kontakt zu eurer Kanzlei hat."

„Nun, nach dem Ausscheiden eines unserer Sozien übernahm ich die Vertretung von dessen Klienten. Beim Ordnen der Unterlagen stieß ich zufällig auf die Adresse deines Vaters und schrieb ihm."

„Warum?" fragte sie heiser. „Es bestand doch nicht die geringste Veranlassung dazu." Plötzlich fand sie, dass sein Blick etwas Hinterhältiges hatte.

„Corinna, du darfst das nicht so verbissen sehen. Scheidungen sind doch etwas völlig Normales. Wenn zwei Menschen nicht miteinander auskommen, ist es besser, wenn sie sich trennen. In meinem Beruf wird man ständig damit konfrontiert."

„Das glaube ich gern."

Edward ignorierte ihre Bemerkung und fuhr fort: „Dein Vater möchte dich unbedingt sehen, Corinna. Ich sagte ihm, ich müsste erst deine Einwilligung einholen, bevor ich ihm deine Adresse mitteilen dürfte. Das ist unter anderem einer der Gründe, warum ich hier bin. Ich dachte, ich könnte das Angenehme mit dem Nützlichen verbinden. Natürlich wollte ich dich vor allem gern besuchen."

„Wenn du unter anderem gekommen bist, um mich zu einem Treffen mit meinem Vater zu überreden, muss ich dich enttäuschen. Und jetzt will ich nichts mehr davon hören."

Er gab nicht so schnell auf. „Ich finde, du solltest dich mit ihm treffen, Corinna. Sprich mit ihm. Ich muss sagen, ich war sehr von ihm beeindruckt. Er scheint sehr erfolgreich zu sein."

Verächtlich verzog sie den Mund. „Du willst sagen, vielleicht fiele dabei etwas für mich ab."

„Du brauchst es gar nicht so – wie soll ich mich ausdrücken? – so direkt zu sagen, Corinna", erwiderte Edward beleidigt.

„Ich sage immer, was ich denke, Edward. Aber meintest du statt ‚direkt' nicht vielleicht eher unkultiviert?"

Nervös strich er sich übers Haar. „Dieses aggressive Verhalten kenne ich überhaupt nicht an dir, Corinna. Ich erkenne dich kaum wieder." Er war blass geworden, und in gewisser Weise tat er Corinna sogar Leid.

„Ich glaube, du hast mich nie besonders gut gekannt, Edward."

Und damit war für sie das Ende einer Romanze eingeleitet, die eigentlich nie eine gewesen war. Corinna konnte sich beim besten Willen nicht vorstellen, dass Edward ihr jemals sagen würde, ihre Augen würden die Farbe von Seealgen haben. Wahrscheinlich hatte er die Farbe ihrer Augen nie bemerkt.

Auf der weiteren Rückfahrt zum Hotel sprachen Corinna und Edward kaum miteinander. Nachdem er den Wagen vor dem Hotel geparkt und den Motor ausgestellt hatte, nahm Edward eine ihrer Hände.

„Entschuldige, dass ich dich verärgert habe, aber ich musste dich informieren. Bist du noch böse auf mich?"

Corinna vermochte sich nur mit Mühe zu beherrschen. Sie war zwar nicht mehr wütend auf ihn, aber sie konnte es kaum abwarten, sich zurückzuziehen und endlich allein zu sein. „Natürlich musstest du mich informieren", sagte sie. „Es ist doch schließlich dein Job."

„Dann habe ich noch nicht alle Chancen bei dir verspielt, Corinna?" fragte er hoffnungsvoll. „Ich habe immer gehofft, dass wir beide ..."

„Edward, bitte." Sie zog die Hand zurück. „Ich halte es für besser, wenn wir unsere Beziehung in Zukunft auf das rein Geschäftliche beschränken." Gütiger Himmel, ging es ihr durch den Kopf, ich denke schon genauso wie er.

Es folgte langes Schweigen.

Schließlich seufzte Edward. „Ich verstehe. Das war es dann wohl."

Armer Edward, dachte Corinna. Sie hatte ihn offenbar verletzt – besser gesagt seinen Stolz. Aber darauf konnte sie keine Rücksicht nehmen.

„Danke, Edward. Wie sagt man in solchen Fällen immer? Wir bleiben gute Freunde, nicht wahr?"

„Hoffentlich." Er stieg aus, ging um den Wagen und öffnete ihr die Beifahrertür.

Im Hotel war von Edwards Enttäuschung nichts mehr zu merken. Er organisierte gedanklich bereits seine Rückreise nach England.

„Ich gehe jetzt in mein Zimmer und packe meine Sachen. Morgen werde ich kurz nach fünf aufbrechen. Mach dir keine Umstände wegen des Frühstücks – ich werde auf der Fähre essen. Am besten, wir sagen uns jetzt gleich auf Wiedersehen. Ich werde mich später wieder bei dir melden, wenn die Erbschaftsangelegenheiten deiner Mutter abgeschlossen sind." Er reichte Corinna die Hand.

„Au revoir, Edward", sagte Corinna freundlich, während sie ihm die Hand schüttelte. „Und danke für deine Hilfe." Corinna zögerte, dann fuhr sie fort: „Ich möchte unter keinen Umständen irgendetwas mit meinem Vater zu tun haben, und das sag ihm bitte klipp und klar."

Edward lächelte matt. „Die Wünsche meiner Klienten sind mir Befehl." Dann drehte er sich um und ging die Treppe hinauf.

Corinna blickte ihm nach. Sie hielt ihn noch immer für einen anständigen Kerl, aber sie konnte sich nicht mehr vorstellen, dass sie allen Ernstes in Erwägung gezogen hatte, ihn eines Tages zu heiraten.

Doch das war gewesen, bevor ...

Plötzlich sah sie Winston in der Tür des Esszimmers stehen. Er hatte die Hände in den Taschen und maß Corinna mit seltsamem Blick.

Sie hatte auf einmal das Gefühl, die ganze Welt stehe auf dem Kopf. Während Corinna Winstons Blick erwiderte, wurde ihr bewusst, dass ihr etwas Neues, Wundervolles geschehen war: Zum ersten Mal in ihrem Leben hatte sie sich verliebt. Und zwar in Winston Raven.

8. KAPITEL

„Hallo, Corinna." Winston sah die Treppe hinauf, wo Edward gerade verschwunden war. „Ich hoffe, ich bin nicht im falschen Augenblick gekommen."

Corinna hielt sich an einem Stuhl fest, weil sie weiche Knie bekommen hatte. Vor ihren Augen verschwamm alles.

„Nein ..." In diesem Augenblick schien alles außer Winston in den Hintergrund getreten zu sein. Er war weder gekämmt noch rasiert, und das weiße Hemd war fast bis zur Hüfte geöffnet. Dennoch fand Corinna, dass er wundervoll aussah.

„War es schön?" fragte er, ohne ihr in die Augen zu sehen.

„Ja ... danke."

„Du hast Glück gehabt. Hier war einiges los. Der Leiter der Dachdeckerfirma war hier und die Polizei auch."

Corinna hob entsetzt die Hände an den Mund. „Oh nein. Und ich war nicht hier, um dir zu helfen."

„Ich habe es auch allein geschafft", entgegnete er. „Du hättest sowieso nicht viel tun können. Es wurde nur Französisch gesprochen."

„Trotzdem. Wenn ich gewusst hätte, was hier los sein würde, wäre ich nicht weggefahren. Hast du etwas Neues über den jungen Mann erfahren?"

„Ich habe vor einigen Minuten im Krankenhaus angerufen. Es geht ihm den Umständen entsprechend nicht allzu schlecht. Eines seiner Beine ist zweimal gebrochen. Außerdem hat er einige Prellungen abbekommen. Wahrscheinlich hat der Stechpalmenbusch unter dem Fenster den Sturz gebremst, was dem jungen Mann das Leben gerettet hat. Morgen früh werden wir mehr wissen. Ich werde nochmals im Krankenhaus anrufen."

„Vielen Dank, Winston. Ich weiß nicht, was ich ohne dich getan hätte." Sie lachte verlegen. „Ich glaube, das habe ich dir schon oft gesagt, nicht wahr?"

Winston zuckte nur die Schultern und ging zum Büro.

Doch Corinna wollte ihn nicht so einfach gehen lassen. Als sie ihm eilig folgte, stolperte sie über den Teppich und hielt sich an

Winstons Arm fest. Einen wunderbaren Moment lang war sie Winston so nah, dass sie sein Herz klopfen hören konnte.

Er machte sich von ihr los. „Vorsicht, Corinna. Beinah wärst du gefallen, weitere Unfälle sollten wir jedoch besser vermeiden." Gleich darauf verschwand er im Büro.

Er hatte ihr nicht einmal gute Nacht gesagt.

Corinna blickte auf die Tür, die er hinter sich geschlossen hatte. Was nun? Da Corinna wusste, dass sie sowieso nicht hätte schlafen können, wenn sie ins Bett gegangen wäre, tat sie das Einzige, was ihr jetzt einfiel – sie ging in die Küche und setzte den Wasserkessel auf.

Während der Tee in der braunen Teekanne zog, dachte Corinna nach. Dann nahm sie all ihren Mut zusammen und ging zum Büro, dessen Tür sie einen Spaltbreit öffnete. „Winston ...?"

„Ja?" erwiderte er, ohne sich umzudrehen.

„Ich habe Tee gemacht. Möchtest du eine Tasse?"

„Nein, danke." Er konzentrierte sich weiterhin auf den Bildschirm des Computers und fragte beiläufig: „Trinkst du denn nicht mit deinem zukünftigen Verlobten Tee?"

Sie schob die Tür weiter auf und näherte sich Winston. „Er ist nicht ..." Corinna verstummte. Offenbar hörte er ihr nicht zu. Und was hätte sie ihm auch sagen sollen? Dass es zwischen ihr und Edward aus war? Dass Sie nun frei für ihn, Winston, war? Hätte sie ihn fragen sollen, ob er sie jetzt noch wollte?

Nein, so tief wollte sie nicht sinken. Also ignorierte sie Winstons Frage, sagte ihm gute Nacht und ließ ihn am Computer zurück.

Wenig später lag Corinna grübelnd im Bett und konnte – wie bereits vorhergesehen – nicht einschlafen. Fantasien, die um Winston kreisten und erotische Bereiche berührten, versetzten Corinna für Stunden in eine unerträgliche innere Unruhe.

In den frühen Morgenstunden fiel Corinna schließlich in einen so tiefen Schlaf, dass sie nicht einmal Edwards Wagen starten hörte.

Gleich nach dem Aufstehen blickte Corinna aus dem Fenster. Edwards Wagen war fort. Schnell erledigte sie ihre Morgentoilette, zog sich an und ging hinunter in die Küche. „Winston?"

Keine Spur von Winston.

Später, als Corinna bereits gefrühstückt hatte, kam er herein und setzte sich an den Tisch. Winston sah entsetzlich erschöpft aus.

Sie hatte den Kaffee warm gehalten, füllte einen Becher und stellte ihn vor Winston hin.

Er trank den Kaffee mit wenigen Zügen aus und blickte Corinna ausdruckslos an.

„Wo ist dein zukünftiger Bräutigam?"

„Er ist abgereist."

„Abgereist?" wiederholte Winston müde. „Was soll das heißen?"

„Er ist nach London zurückgefahren. Hast du sonst noch Fragen?"

Er strich sich mit der Hand über die zerzausten schwarzen Haare. „Bitte spann mich nicht auf die Folter, Corinna. Willst du damit sagen, dass du dich von ihm getrennt hast?"

„Ja", antwortete sie. „Es ist aus und vorbei. Wir sind zu der Erkenntnis gelangt, dass wir nicht zusammenpassen."

Winstons Müdigkeit war plötzlich verflogen. Um seine Mundwinkel zeichnete sich ein Lächeln ab, dann strahlte er über das ganze Gesicht. Er stand auf, ging zu Corinna und umarmte sie.

„Meine wunderbare, kluge Corinna. Das ist das Klügste, was du jemals in deinem Leben getan hast. Herzlichen Glückwunsch." Sanft küsste er sie und rieb sein unrasiertes Kinn an ihrer Wange.

„Autsch. Hör auf." Sie wandte lachend den Kopf ab und empfand auf einmal ein euphorisches Glücksgefühl. Zwischen ihr und Winston war alles in Ordnung!

„Ich werde mich jetzt waschen, rasieren und anständig anziehen. Von jetzt an beginnt ein neues Kapitel für uns, nicht wahr?"

„Vielleicht", erwiderte sie vorsichtig, doch das Glück spiegelte sich in ihren Augen wider. „Aber solltest du nicht erst die letzten Kapitel deines Buches beenden, bevor du mit neuen Kapiteln unseres Lebens beginnst?"

„Heute Morgen um fünf habe ich mein Buch beendet", informierte er sie triumphierend. „Ich fühlte mich so miserabel, dass ich sonst nichts hätte tun können. Erst warst du so lange mit dem Kerl aus, und als er dann zu seinem Zimmer hochging, hätte ich ihn am liebsten erschlagen. Zuvor blickte er dich so schmachtend an, als hätte er es nicht abwarten können, dich endlich im Bett zu haben."

„Sein Blick war nicht schmachtend, sondern eher vorwurfsvoll", erklärte Corinna. „Edward dachte wohl, er hätte Ansprüche auf mich. Dabei war ich nur einige Male mit ihm aus. Es war nie mehr zwischen ihm und mir."

„Dann hast du nie – auch letzte Nacht nicht – mit ihm geschlafen?"

Corinna lachte. „Du bist ja eifersüchtig."

„Ja ... und wie!"

Sie versuchte, ihn zur Tür zu schubsen. „Los jetzt, rasier dich endlich. Du siehst zum Fürchten aus."

Er knurrte gespielt Furcht erregend und küsste Corinna noch einmal. Dann gab er sie frei. „Corinna, Liebes. Du kannst dir nicht vorstellen, wie erleichtert ich bin. Die erste große Hürde ist überwunden, und jetzt beginnt wirklich etwas Neues. So, ich bin gleich wieder da."

Als er die Küche verlassen hatte, setzte Corinna sich und atmete tief ein. Ja, dachte sie, vermutlich beginnt jetzt tatsächlich etwas Neues – für eine ungewisse, begrenzte Zeit.

Doch im Augenblick wollte sie nicht an das Ende denken. Wichtig war in diesem Augenblick nur, dass sie und Winston sich liebten, alles andere spielte vorerst keine Rolle.

Aber was hatte er damit gemeint, dass die erste Hürde überwunden sei? Gab es etwa noch mehr Hürden, die überwunden werden mussten? Und hatte es vielleicht mit einer anderen Frau zu tun?

Vergiss es! befahl Corinna sich. Was immer es war, er würde es ihr zu gegebener Zeit schon sagen. Zunächst kam es nur darauf an, das Verhältnis zwischen ihnen nicht durch Unbesonnenheit zu trüben.

Als Winston zurückkam, sah er wie ein neuer Mensch aus. Er war rasiert, und sein Haar war noch feucht vom Duschen.

„Jetzt kann ich dich endlich richtig küssen", sagte er, und diesmal fühlte sein Kinn sich an Corinnas Wange weich an.

Leidenschaftlich erwiderte Corinna Winstons Küsse und genoss es, von ihm umarmt und gestreichelt zu werden. Eine neue Welt der Gefühle schien sich Corinna zu erschließen.

„Darling“, flüsterte Winston, nachdem er ihre Lippen schließlich freigegeben hatte, „glaubst du, wir könnten ...“ Obwohl er vor Erregung zitterte, ließ er Corinna mit einemmal los und schüttelte den Kopf. „Nein, ich darf dich so etwas nicht fragen. Es ist noch zu früh.“

Corinna waren die Knie weich geworden, und sie ließ sich auf den nächststehenden Stuhl sinken, während Winston zum Fenster ging und nachdenklich hinausblickte.

Plötzlich fluchte er verärgert, und fast unmittelbar darauf war der Motor eines Autos zu hören. „Hoffentlich ist das nicht die ‚Wurst'.“

Corinna holte tief Luft, stand auf und ging zu Winston. Vor dem Hotel hatte ein Taxi gehalten, und ein untersetzter kleiner Mann war ausgestiegen.

„Ich glaube, das ist er.“ Corinna lachte gedämpft. „Er sieht wirklich ein wenig wie eine Wurst aus, nicht wahr? Aber wie können wir nur so gemein sein, uns über ihn lustig zu machen?“

Sie ging eilig zur Haustür, gefolgt von Winston.

„Pierre Boudin“, stellte der kleine Mann sich vor. „Bonjour, Mademoiselle. Es tut mir Leid, dass ich später komme als erwartet. Mir wurde gesagt, dass ich mit Ihnen Englisch sprechen soll, aber mein Englisch ist sehr schlecht.“

„Das macht nichts.“ Der Mann war Corinna auf Anhieb sympathisch. Sie lächelte ihn an und deutete auf Winston. „Monsieur Raven ist hier Gast. Er wird Ihnen alles Nötige erklären.“ Dann wandte sie sich Winston zu. „Und wieder einmal bin ich in deiner Hand.“

„Ich wünschte, du wärst es wirklich“, erwiderte er leise, bevor er mit Monsieur Boudin ein Gespräch auf Französisch begann.

Bevor die beiden Männer ins Büro gingen, fragte Corinna Winston: „Glaubst du, dass du mit deinem Bein schon Treppen steigen kannst? Wenn ja, gebe ich dir ein Zimmer im Obergeschoss und lasse Mr. Boudin in deinem jetzigen Zimmer schlafen.“

„Kein Problem.“ Winston blinzelte sie verschmitzt an. „Bekomme ich ein Zimmer neben deinem?“

Corinna errötete und hoffte, dass der neue Hotelmanager nichts von dem bemerkt hatte, was sich zwischen ihr und Winston abspielte.

Kurz darauf brachte sie Winstons Sachen nach oben. Im Korridor zögerte sie einen Augenblick. Nach kurzem Überlegen brachte sie das Gepäck tatsächlich in das Zimmer neben dem ihrem. Das Unvermeidliche wird sowieso geschehen, dachte sie. Was in Bewegung geraten ist, kann nicht mehr gestoppt werden.

Für Corinna war die Welt wieder in Ordnung. Winston hatte in Erfahrung gebracht, dass der verletzte junge Mann außer Gefahr war, und durch die Trennung von Edward war ein anderes Problem gelöst worden, das Corinna schwer auf dem Herzen gelegen hatte.

Das schönste aber war das Gefühl, zu lieben und geliebt zu werden. Winston hatte gesagt, dass er sie liebe und sie heiraten wolle. Sie glaubte ihm, ohne zu wissen, warum.

Als sie später am Tag das Essen zubereitete, kam Winston zu ihr in die Küche.

„Unsere kleine Wurst ist wirklich Gold wert. Er hat alles im Griff, und wir haben endlich mehr Zeit für uns. Ist das nicht wunderbar, Darling?“ Er legte Besitz ergreifend den Arm um Corinna.

Sie sah Winston übermütig mit ihren grünen Augen an und schob seinen Arm fort. „Nicht, Winston – was soll denn Monsieur Boudin denken? Schließlich hält er dich für einen Gast und zählt mich zur Familie der Besitzerin.“

„Ich glaube, du unterschätzt unsere Wurst. Er hat sicherlich schon gemerkt, was zwischen dir und mir ist.“

„So? Nun, auf jeden Fall ist in Zukunft Schluss mit der Bezeichnung ‚Wurst'. Wir werden ihn Pierre nennen“, sagte Corinna ernst.

„Wie Sie wünschen, Mademoiselle. Und ich mag es, wenn deine Augen so aussehen wie jetzt.“

Während des Essens versuchte Pierre, Corinna auf Englisch wegen ihrer Kochkünste zu loben. Da er die englische Sprache jedoch weitaus schlechter beherrschte, als Corinna zunächst vermutet hatte, bat Corinna die beiden Männer, sich nur noch auf Französisch zu unterhalten.

„Es ist sicher eine gute Übung für mich, wenn ich euch zuhöre.“ Sie blickte Winston an, während sie fortfuhr: „Ich will nämlich Französisch lernen, weißt du?“

Winston sah ihr tief in die Augen. „Das gehört zu dem, was ich dir sehr gern beibringen würde. Aber es gibt noch anderes.“

Der Kerl ist wirklich unverbesserlich, dachte Corinna und tat, als hätte sie die Bemerkung nicht gehört. Doch ihr Herz pochte merklich schneller.

Nach dem Essen wandte Winston sich wieder an Corinna. „Pierre hat uns angeboten, sich heute Nachmittag allein um alles zu kümmern, Corinna. Er weiß über alles Bescheid, auch über den Unfall und die damit verbundenen Versicherungsangelegenheiten. Wir könnten also zum Strand fahren und einen Spaziergang machen. Für mich wäre es so etwas wie eine sentimentale Reise in die Vergangenheit, und ich würde sie gern zusammen mit dir machen. Hast du Lust, mich zu begleiten?“

Corinna war begeistert.

Wenig später fuhren sie in Beckys Wagen zum Meer. Winston schien den Weg gut zu kennen, und Corinna erinnerte sich an das, was Winston kurz zuvor gesagt hatte. Was hatte er wohl mit ‚sentimentale Reise in die Vergangenheit’ gemeint? Sie hoffte, dass er es ihr verraten würde.

Wie auch immer, es war sowieso an der Zeit, dass sie beide sich besser kennen lernten. Ob er ihr, Corinna, auch von ‚der letzten Hürde’ erzählen würde? Wahrscheinlich nicht, dachte sie und beschloss, nicht danach zu fragen. Wenn es eine andere Frau war, würde die von nun an sowieso nur Teil seiner Vergangenheit sein.

„Wir fahren nach Arromanches“, erklärte Winston. „Ich war bereits drei Mal dort. Immer, wenn ich in diese Gegend komme, besuche ich die Strände, wo 1944 die britischen Truppen landeten. Mein Vater war bei ihnen. Er war damals erst siebzehn.“

Sein Gesichtsausdruck war hart geworden. Corinna schaute auf seine wohlgeformten Hände, beobachtete, wie er das Auto lenkte. Er tat es so, wie er alles andere machte: gelassen, überlegt und voller Selbstvertrauen. An seiner Seite fühlte Corinna sich sicher und dieses Gefühl wollte sie nie mehr missen.

Bald konnte sie das Meer riechen, und fünf Minuten später erreichten sie die Außenbezirke von Arromanches.

„Der Ort ist heute viel größer als 1944“, sagte Winston. „Es wimmelt hier von Touristen. In der Stadt gibt es ein kleines Museum, wo die Landung der Alliierten im Miniaturformat nachgestellt worden ist. Man kann sich Filme ansehen und Tonbänder in mehreren Sprachen über die Landung anhören. Der Ort lebt von seiner Legende. Aber ich finde, wir sollten das Museum auslassen. Ich würde lieber am Strand entlanggehen, um das Geschehen in meiner Fantasie nachzuerleben.“

Corinna nickte. Sie verstand ihn gut.

Obwohl die Hauptsaison noch nicht begonnen hatte, standen verhältnismäßig viele Besucher vor dem Museum. Winston stellte den Wagen auf einem Parkplatz ab, und wenig später gingen die beiden den Sandstrand am Meer entlang.

„Im Hochsommer tummeln sich hier die Badeurlauber“, sagte Winston bitter. „Gott sei Dank haben wir in dieser Jahreszeit unsere Ruhe.“

Das Meer war ruhig, und die Wellen rollten sanft am Strand aus. Der weiche Sand gab unter Corinnas und Winstons Füßen nach. An dünenartigen, grasbewachsenen Hügeln standen Reste von Betonbefestigungen, die wahrscheinlich einmal Geschützstellungen gewesen und im Laufe vieler Winterstürme von den Wellen zerbrochen worden waren. Abgesehen von den Schreien vereinzelter Seevögel und dem leisen Rauschen der Wellen zu Corinnas und Winstons Füßen war nichts zu hören.

„Obwohl es hier still ist, fühle ich fast körperlich, wie es an jenem Tag im Jahr 1944 vermutlich gewesen ist.“

„Erzählte dein Vater dir von der Landung?“ fragte Corinna.

Winston seufzte. „Nein. Ich kannte meinen Vater kaum. Er starb, als ich noch sehr klein war. Meine Mutter sagte mir, dass er gegen Ende der Invasion schwer verwundet wurde und sich nie richtig davon erholte.“

Er schwieg eine Weile, bevor er fortfuhr: „Trotzdem kann ich mir lebhaft vorstellen, wie die vielen Männer in Kampfanzügen von den Landungsbooten ins Wasser sprangen und sich dem feindlichen Gewehrfeuer entgegenbewegten. Ich spüre das Durcheinander geradezu. Ich rieche die Geschütze, höre die Schreie der Verwundeten und das Dröhnen der Flugzeuge, die die feindlichen Stellungen bombardierten. Es muss entsetzlich gewesen sein. So ein Erlebnis verfolgt einen das ganze Leben. Wenn ich näher darüber nachdenke, habe ich manchmal fast ein schlechtes Gewissen, weil unserer Generation das alles erspart geblieben ist."

Während des Sprechens war er unbewusst schneller gegangen, so dass Corinna Mühe hatte, mit ihm Schritt zu halten. Als Winston das bewusst wurde, ging er langsamer.

„Entschuldige, Corinna. Ich verliere mich immer in diesem Thema. Vielleicht interessiert dich das alles nicht."

„Doch, Winston. Ich möchte alles über dich und deine Familie wissen. Was geschah mit deinem Vater?" Corinna hakte sich bei Winston ein.

„Nach seiner Verwundung ging er vermutlich in die falsche Richtung. Er wurde dann von einem Franzosen gefunden, der ihn mit nach Haus nahm. Die Familie des Franzosen pflegte meinen Vater, bis er in der Lage war, seiner Truppe zu folgen. Später wurde er aufgrund seiner Verwundung ausgemustert und nach England zurückgeschickt. Zwölf Jahre danach kehrte er in die Normandie zurück und suchte nach der Familie, die er entgegen aller Erwartungen auch fand. Der Mann, der meinen Vater gefunden hatte, war inzwischen gestorben, aber seine Frau lebte noch im selben Haus. Die Tochter sorgte für sie. Als mein Vater von ihnen gepflegt wurde, war die Tochter gerade zehn Jahre alt. Inzwischen war aus ihr eine hübsche junge Frau geworden."

„Und dann?" warf Corinna ein.

„Du kannst dir doch wohl vorstellen, was dann geschah. Mein Vater verliebte sich in die Tochter und heiratete sie nach dem Tod ihrer Mutter. Sie zogen nach England, und 1961 wurde ich geboren. Wenig später starb er an den Folgen seiner Kriegsverletzung. Jetzt verstehst du wohl, warum ich diesen Strand so gern besuche. Aus irgendeinem Grund fühle ich mich meinem Vater hier näher als an seinem Grab in London."

Das Wetter hatte sich geändert. Die Luft war plötzlich kühler, das Licht gedämpfter geworden. Dennoch setzten Corinna und Winston ihren Spaziergang fort.

„Dann hat deine Mutter dich also allein erzogen?"

„Ja. Sie war wunderbar, und ich liebte sie sehr. Nach dem Tod meines Vaters zog sie wieder nach Frankreich, aber sie wollte, dass ich eine englische Ausbildung bekam. Ich besuchte die alte Schule meines Vaters in Canterbury, und anschließend studierte ich an derselben Universität, an der er studiert hatte. In den Semesterferien kehrte ich jedoch immer nach Frankreich zurück. Du siehst, ich bin im wahrsten Sinn des Wortes halb Engländer und halb Franzose."

„Und deine Mutter heiratete nicht wieder?" hakte Corinna vorsichtig nach.

Winston schwieg.

Sie erwartete schon nicht mehr, dass er antworten würde, da sagte er: „Einige Jahre vor ihrem Tod verliebte sie sich in einen Mann. Die Liebe war gegenseitig. Ich war zu dem Zeitpunkt gerade in Oxford. Es ist die alte Geschichte – der Mann war mit einer anderen Frau verheiratet. Als klar wurde, dass meine Mutter an einer unheilbaren Krankheit litt und bald sterben würde, ließ er sich von seiner Frau scheiden und heiratete meine Mutter. Nach meiner Rückkehr aus Oxford war ich geradezu gerührt darüber, wie glücklich die beiden miteinander waren. Doch leider war das Glück nur von kurzer Dauer. Zwei Jahre nach der Hochzeit ging es meiner Mutter sehr schlecht ..." Winston verstummte.

Nach ein paar Sekunden sprach er weiter: „Es war der Anfang vom Ende. In der folgenden schweren Zeit war mein Stiefvater für uns wie ein Fels in der Brandung. Ich kann dir gar nicht sagen, wie sehr ich ihn bewundere. Übrigens sehe ich ihn noch heute gelegentlich. Wir teilen uns ein Apartment in Paris, in dem wir wohnen, wenn wir in Frankreich sind. Meistens lebe ich jedoch in meiner Wohnung in London." Winston drückte sanft ihren Arm. „Du siehst, mein bisheriges Leben ist nicht besonders aufregend."

Das war die Gelegenheit, auf die Corinna schon lange gewartet hatte. „Warst du nie verheiratet oder ... oder Ähnliches?" Sie blickte ihn forschend von der Seite an.

„Verheiratet? Nein. ‚Ähnliches' kam zwar vor, endete aber im beiderseitigen Einverständnis, ohne böse Gefühle hinterlassen zu haben."

Bevor Corinna nachhaken konnte, um mehr zu erfahren, drehte Winston den Spieß um.

„Jetzt weißt du fast alles über mich. Ich finde, es ist an der Zeit, dass du mir deine Lebensgeschichte erzählst."

Corinna erzählte ihm von ihrer Mutter und der schweren Zeit, nachdem ihr Vater ihre Mutter und sie im Stich gelassen hatte. Sie berichtete vom harten, entbehrungsreichen Leben ihrer Mutter, die sich für ihre Tochter aufgeopfert und nichts anderes als Arbeit gekannt hatte. Und Corinna sprach vom Hass, den sie für ihren Vater empfand.

„Kurz vor Weihnachten bekam Mutter eine schwere Bronchitis, und ihr Herz hielt die Anstrengungen nicht mehr aus. Sie starb ..." schloss sie. Zuletzt hatte sie mit brüchiger Stimme gesprochen.

„Danke, dass du mir das anvertraut hast", sagte Winston leise. „Unsere beider Leben verliefen parallel. Corinna, ich muss dir ..."

„Autsch." Corinna war zu nahe an die Wellen geraten, die Schuhe waren vom eisigen Wasser überspült worden. Sie lief einige Meter vom Meer fort und schüttelte die Füße. „Wie dumm von mir!"

„Nein, es ist meine Schuld", erwiderte Winston. „Ich habe nicht bemerkt, dass die Flut kommt. Wir müssen schleunigst zurück, sonst bekommst du eine Erkältung. Am besten, du ziehst dir die Schuhe aus, und ich trage dich."

„Den ganzen Weg? Das kommt überhaupt nicht in Frage. Wir rennen zum Wagen zurück, das hält mich warm. Mal sehen, wer von uns schneller ist."

Bevor Winston etwas darauf erwidern konnte, spurtete sie los. Früher in der Schule war sie eine gute Sprinterin gewesen und hatte einige Male den Hundertmeterlauf gewonnen.

Jäh stoppte sie dann jedoch. Sie war mitten in eine Nebelbank gelaufen, die sich unvermutet über den Strand gesenkt hatte. Corinna sah nur noch grauen Nebel um sich, der den Himmel, das Meer und die Dünen verdeckte. Wo blieb Winston?

Mit einemmal fiel ihr ein, dass er wegen seiner Verletzung nicht schnell laufen konnte. Er konnte ja erst seit kurzem wieder ohne Stock gehen.

Corinna blickte hilflos um sich, doch sie vermochte sich nicht zu orientieren. Sie rief Winstons Namen, aber ihre Stimme wurde vom Nebel erstickt. Obwohl Corinna wusste, Winston musste in der Nähe sein, zitterte sie plötzlich, fürchtete sich entsetzlich. In welche Richtung sollte sie gehen?

„Winston!“ schrie sie wieder ins graue Nichts. „Winston, lass mich nicht allein. Ich bin hier.“

Und plötzlich war er bei ihr.

„Dummes Ding“, beruhigte er sie mit warmer Stimme. „Hast du den Nebel denn nicht eher gesehen?“

Corinna schüttelte den Kopf. „Es war furchtbar.“ Sie schluchzte. „Für ein paar Momente fühlte ich mich mutterseelenallein.“

„Ich werde dich nie allein lassen, Corinna“, erwiderte Winston ernst. „Ich werde immer da sein, wenn du mich brauchst.“ Dann nahm er sie in die Arme und küsste Corinnas im Nebel feucht gewordene Wangen. „Corinna, wunderbare Corinna“, flüsterte er, wobei er sein Gesicht sanft an ihrem rieb. „Was hast du nur mit mir gemacht?“

Sie schlang die Arme um ihn, schloss die Augen und küsste ihn voller Leidenschaft auf den Mund, dabei schmiegte sie sich fest an Winston.

Plötzlich schob er sie ein wenig von sich, und sie fühlte, wie er langsam den oberen Teil ihres Wollkleids aufknöpfte. Sanft ließ er die Hand unter den Stoff gleiten und drückte eine der Brüste so zärtlich, dass Corinna vor Lust erschauerte. Gleichzeitig presste Winston seinen Unterkörper an ihren und entzündete dadurch ein brennendes Verlangen, das allmählich immer stärker von Corinna Besitz ergriff.

Doch mit einemmal ließ Winston sie los und lachte leise. Als sie die Augen öffnete, sah sie, dass die Nebelbank verschwunden war. Die Sicht war wieder klar, und nicht weit von ihnen ging eine Familie am Strand spazieren. Corinna knöpfte sich eilig das Kleid zu und stimmte glucksend in Winstons Lachen ein.

„Wir sollten schleunigst zum Hotel zurückkehren, bevor wir weitere schwere Fehler machen“, schlug Winston humorvoll vor.

„Haben wir gerade einen schweren Fehler gemacht?“ fragte Corinna verunsichert.

„Wer weiß, wer weiß“, erwiderte er ausweichend. „Wir werden sehen. Komm jetzt. Du musst dir schnellstens die nassen Schuhe ausziehen.

„Während sie ihm folgte, versuchte sie, ihn zu begreifen. Sie wusste es zwar zu schätzen, wie sehr er um ihre Gesundheit besorgt war, dennoch verstand Corinna nicht, wie er so schnell von Gefühlen brennender Leidenschaft in absolut sachliches Verhalten überwechseln konnte.

Obwohl Corinna nicht daran zweifelte, dass Winston sie ebenso liebte wie sie ihn, schien er eine letzte Barriere zwischen ihnen aufrechterhalten zu wollen. Corinna beschloss, diese Barriere niederzureißen – ganz gleich, worum es sich dabei handelte.

9. KAPITEL

Nachdem Winston den Wagen vor dem Hotel geparkt hatte, trug er Corinna zum Haus. Pierre Boudin hatte den Motor gehört und kam ihnen bereits entgegen.

„Mon Dieu – encore un accident? Ce n’est pas possible!“ rief er aufgeregt, als er Corinna auf Winstons Armen sah.

Winston versicherte Pierre, dass Corinna keinen Unfall gehabt hatte, und setzte sie kurz vor dem Treppenaufgang ab.

„Du solltest jetzt ein heißes Bad nehmen, Corinna.“

„Du bist auch nass geworden, Winston. Willst du nicht duschen?“

„Nein, das ist nicht nötig. Mein Pullover ist so dicht gestrickt, dass er bei leichtem Regen trocken hält.“ Winston schüttelte sich wie ein Hund, wobei Tropfen in alle Richtungen spritzten. „Außerdem muss ich meinen Roman noch korrekturlesen. Natürlich nur, wenn es Ihnen recht ist, Pierre.“

Während die beiden Männer in Richtung Büro verschwanden, ging Corinna nach oben. Eigentlich hatte sie gehofft, dass Winston sie begleiten würde, aber offenbar dachte er nicht daran. Sie würde sich wohl oder übel gedulden müssen.

Wenig später lag sie im warmen Badewasser und dachte nach. Warum war Winston auf einmal wieder so zurückhaltend? Bereute er, dass er schon von Heirat gesprochen hatte? Hielt er das nun für zu voreilig? Ach, sie selbst war ja auch noch unschlüssig, was die Ehe betraf.

Lügnerin! schalt Corinna sich. Du hast dich doch längst entschlossen, Winston Raven zu heiraten – ihn und niemanden sonst auf der Welt.

Aber wenn Winston sich noch nicht – oder überhaupt nicht – binden wollte, würde sie Zugeständnisse machen müssen. Unverbindliche Beziehungen sind in unserer freizügigen Gesellschaft heutzutage doch gang und gäbe geworden, dachte sie.

Nachdem Corinna sich abgetrocknet hatte, zog sie sich zarte Unterwäsche, einen austernfarbenen Jerseyrock und eine dazu passenden Bluse an. Die Kombination betonte ihre Figur, ohne eine besonders verführerische Wirkung zu haben. Doch bevor Corinna hinunterging, legte sie ihr schönstes Nachthemd aus weicher pfirsichfarbener Seide auf dem Bett bereit für den Fall, dass in dieser Nacht noch etwas Besonderes geschehen würde.

Unten im Erdgeschoss sah sie sich vergeblich nach Winston um. In der Küche fand sie Pierre, der gerade aufwändig kochte.

„Monsieur Winston ist sehr beschäftigt. Ich mache gerade ein Gericht mit Vallée d'Auge-Sauce, Butter, Sahne und Calvados", verkündete er stolz.

„Das klingt großartig, Pierre", sagte Corinna anerkennend. „Vielen Dank."

Da Pierre offenbar keine Unterstützung brauchte, ging sie zum Büro und blickte durch die halb geöffnete Tür. Winston war so sehr in seine Arbeit vertieft, dass er Corinna nicht bemerkte.

Sie wollte ihn nicht stören. Ob er sie das fertige Manuskript lesen lassen würde? Während sie ihn schweigend betrachtete, versuchte sie sich vorzustellen, wie das Leben an der Seite eines Schriftstellers sein mochte. Sie würde die Höhen und Tiefen seiner Schaffenskraft miterleben. Ob Winston meistens in London schrieb? Wenn ja, würde sie sich eine Arbeit suchen. Sollte er jedoch hauptsächlich in Paris leben ... dann wäre es weitaus schwieriger für sie, Corinna, einen Arbeitsplatz zu finden.

Vielleicht könnte ich für ihn arbeiten, indem ich seine Manuskripte abtippe, überlegte Corinna. Gleichzeitig werde ich Französisch lernen. Jedenfalls liegt ein neues, aufregendes Leben vor mir.

Sie konnte es kaum erwarten, endlich damit zu beginnen.

Pierre deckte stilvoll einen Tisch im Essraum. Er hatte Meeresfrüchte in der Gefriertruhe gefunden und daraus ein Essen gezaubert, das jeder Festtafel Ehre gemacht hätte. Während des Essens wurde er von Corinna und Winston so sehr mit Lob überhäuft, dass er verlegen wurde.

Nach dem Essen bestand Corinna darauf, allein abzuwaschen und die Küche sauber zu machen, da die beiden Männer ja genau genommen noch nicht wieder ganz fit waren. Als sie hinterher zu den beiden ins Kaminzimmer ging, waren sie gerade in ein Gespräch vertieft. Sie setzte sich neben Winston aufs Sofa.

„Pierre hat mir aus seinem Leben als Hotelmanager erzählt, und ich muss sagen, es ist sehr interessant", sagte Winston zu ihr. „Er hat mich zu einer neuen Idee für mein nächstes Buch inspiriert." Lächelnd fügte er hinzu: „Manchmal glaube ich, dass wir Schriftsteller in unseren früheren Leben Eichhörnchen waren. Jede kleine Erfahrung ist wie eine Nuss, die wir irgendwo aufheben und hervorkramen, wenn wir sie einmal brauchen." Er übersetzte es Pierre, der darüber laut lachte.

Doch Corinna interessierte sich im Augenblick nicht für Eichhörnchen und Wiedergeburten. Sie war in Gedanken viel zu sehr mit der Frage beschäftigt, was als Nächstes geschehen würde. Im Moment sah es jedenfalls nicht so aus, dass sie und Winston in dieser Nacht das Bett teilen würden.

Während Winston und Pierre sich weiterhin angeregt auf Französisch unterhielten, wurde Corinna immer nervöser. Winston hatte ihr den Arm um die Schultern gelegt, und die gegenseitige Wärme erregte Corinna auf beunruhigende Weise. Winston schien es nicht anders zu gehen, denn obwohl er Pierre scheinbar aufmerksam zuhörte, fühlte sie ab und zu, dass Winstons Körper leicht zitterte.

Schließlich hielt Corinna es nicht mehr aus. Sie stand auf und hielt sich eine Hand vor den Mund, wie um ein Gähnen zu verbergen. „Ich bin müde, meine Herren, und werde jetzt ins Bett gehen."

„Bonne nuit, mademoiselle. Dormez bien", sagte Pierre.

Bevor Winston Gelegenheit hatte, etwas zu sagen, war Corinna bereits hinausgegangen.

In ihrem Schlafzimmer setzte sie sich aufs Bett und rieb sich die Glieder. Sie ärgerte sie sich über sich selbst. Es war geradezu lächerlich, dass sie sich wie eine scheue Braut aus viktorianischer Zeit benahm, die vor der Hochzeitsnacht die Nerven verlor.

Dabei war Corinna nicht einmal mehr Jungfrau. Sie dachte an jene Nacht nach der Studentenparty, als sie zu viel getrunken und sich mit dem Schwarm aller Mädchen ihres Semesters im Bett wiedergefunden hatte.

Aber wie sich herausstellte, wurde der junge Mann damals wohl zu Unrecht umschwärmt. Er zeigte sich ungeschickt und egoistisch, und die Erfahrung war für Corinna nicht zufrieden stellend gewesen. Zumindest hatte sie seitdem keine Lust mehr verspürt, es ein weiteres Mal zu versuchen. Nach Beendigung des Studiums beanspruchte die Arbeit Corinna zudem so sehr, dass sie für Männerbekanntschaften keine Zeit gehabt hatte.

Corinna dachte an jene Tage, die alle nach dem gleichen Muster verlaufen waren: von der Arbeit kommen, mit der blassen, erschöpften Mutter zu Abend essen, die Arbeiten im Haus erledigen, während die Mutter wieder zur Arbeit gegangen war, um Überstunden im Altersheim zu machen. Je mehr sie sich in ihrem Beruf verausgabt hatte, desto mehr hatte Corinna sie zu Haus entlasten müssen. Für soziale Kontakte war dabei kein Platz geblieben.

Bilder aus jener Zeit tauchten in Corinnas Gedanken auf, als wäre alles erst gestern gewesen: abendliche Einkäufe im Supermarkt, waschen im Waschsalon, da in der kleinen Wohnung kein Platz für eine Waschmaschine war, sorgfältiges Bügeln der Wäsche, um den hohen Anforderungen der Mutter gerecht zu werden. Ihre

Mutter hatte immer streng auf peinliche Sauberkeit geachtet und Corinna zu allen möglichen Arbeiten angehalten, bis sie es zum Schluss fast nicht mehr hatte bewältigen können.

Nun beschloss Corinna, nicht mehr daran zu denken. Sie führte jetzt ihr eigenes, unabhängiges Leben, und sie wusste genau, was sie wollte.

Sie wollte Winston – ganz gleich, ob daraus eine Ehe werden würde oder nicht. Sie wollte, dass er zu ihr kommen und beenden würde, was am Strand begonnen hatte.

Corinna zog sich aus, wusch sich und putzte sich die Zähne. Nachdem sie sich ihr verführerisches Seidennachthemd übergestreift hatte, legte sie sich ins Bett und wartete.

Die Zeit verging, und jede Minute wurde Corinna zur Qual. Schließlich hörte sie ein Knarren auf der Treppe und hielt den Atem an. Wieder ein Knarren, und das Herz klopfte in immer schnellerem Rhythmus gegen Corinnas Rippen. Sie hörte, dass Winston in den Korridor kam und verfolgte seine Schritte, spürte geradezu Winstons Nähe. Jetzt hatte er ihre Tür erreicht, die Corinna einen Spalt offen gelassen hatte.

Doch statt hereinzukommen, ging Winston weiter, ohne auch nur einen Augenblick zu zögern. Kurz darauf hörte sie, wie er die Tür seines Zimmers hinter sich schloss.

Corinna konnte es kaum glauben. Sie hatte so sehr gehofft, dass er zu ihr kommen würde. Alles, was an diesem Tag geschehen war, hatte dafür gesprochen. Was hielt ihn zurück? War es vielleicht jene „letzte Hürde"? Das musste sie unbedingt herausfinden. Und zwar sofort.

Sie stand auf, warf sich ihren Morgenrock über und ging zu Winstons Zimmer. Vor der Tür blieb Corinna einen Augenblick zögernd stehen, dann klopfte sie resolut an. Sie lauschte, doch es kam keine Antwort. Nach kurzem Zögern klopfte Corinna noch einmal, und da Winston wieder nicht antwortete, öffnete sie die Tür.

Als Corinna eintrat, kam er gerade aus dem Badezimmer. Abgesehen von einem grünen Handtuch, das er sich um den Unterkörper geschlungen hatte, war Winston nackt, und im dämmrigen Licht der

Nachttischlampe wirkte er geradezu überlebensgroß. Er war noch immer ein wenig nass vom Duschen.

Nervös räusperte Corinna sich. „Winston, wir müssen unbedingt miteinander reden."

„So?" fragte er mit weicher Stimme, während er langsam auf Corinna zuging. Er blickte ihr tief in die Augen. „Reden ist doch nur Zeitverschendung. Findest du nicht?" Obwohl er sehr dicht bei ihr war, berührte er sie nicht. „Es hat mich viel Überwindung gekostet, vorhin an deinem Zimmer vorbeizugehen, statt einzutreten und dich in meine Arme zu nehmen. Ich habe sogar kalt geduscht, um wieder zur Vernunft zu kommen – es hat nicht viel genützt. Aber jetzt bist du hier – wo du hingehörst." Er legte die Hände auf Corinnas Schultern und fuhr zärtlich fort: „Liebste, wundervolle, schöne Corinna. Reden ist jetzt nicht das Richtige für uns. Für uns gibt es nur eins. Sag einfach ‚ja', wenn du meiner Meinung bist."

Corinna vergaß ihre Frage über Hürden oder Hindernisse, die ihr noch vor wenigen Augenblicken auf dem Herzen gelegen hatte.

„Ja", flüsterte sie. „Oh ja, Winston."

„Ich glaube, das brauchen wir nicht mehr." Er streifte ihr den Morgenrock ab und ließ ihn einfach fallen. „Und dies brauchen wir auch nicht mehr." Damit zog Winston ihr das Nachthemd behutsam über den Kopf und warf es zu dem Morgenrock auf den Boden. Als Winston auch das Handtuch von seinen Hüften entfernt hatte, nahm er Corinna fest in die Arme. Seine zärtlichen, leidenschaftlichen Worte klangen verführerisch in Corinnas Ohren.

Winston hob Corinna vorsichtig hoch, trug sie zum großen Bett und legte sie hinein. Dann ließ er sich neben ihr nieder, stützte den Kopf auf dem angewinkelten Arm und sah ihr in die Augen. „Ich werde dir niemals wehtun, Darling. Glaubst du mir das?"

Sie nickte.

„Und meine Liebe zu dir ist so tief, dass alles andere dahinter verblasst. Geht es dir auch so, Corinna?"

Erneut nickte sie.

„Sag es. Sag, dass du mich liebst."

„Ich liebe dich, Winston. Ich liebe dich mehr, als ich sagen kann."

„Und willst du meine Frau werden?"

„Ja", antwortete sie heiser.

„Worauf warten wir dann noch?"

Wahrscheinlich spürte Winston, dass sie noch sehr unerfahren war. Er erregte sehr langsam und behutsam ihre Leidenschaft, indem er Corinnas Haut zärtlich mit dem Mund reizte und dabei kaum eine Stelle ausließ. Bald stöhnte Corinna vor Lust und wölbte sich Winston entgegen.

Er war kein stiller Liebhaber, sondern redete, wo immer seine Lippen sich gerade befanden. Sie bewegten sich an einer der harten Brustknospen, dabei pries er Corinnas Schönheit. Er strich mit den Lippen über Corinnas Mundwinkel und sprach von seinem grenzenlosen Verlangen nach ihr. Und sie ließ sich in einen tiefen See der Lust fallen und hinabsinken.

Seine Liebkosungen wurden fordernder, was Corinna ermutigte, seinen Körper mit den Händen zu erforschen, bis Winston sich in seiner Begierde kaum noch zurückhalten konnte.

„Bitte", flehte Corinna, die sich ebenfalls nach Erfüllung sehnte. „Bitte, Winston."

Plötzlich war er über ihr. Als sie eins wurden, stieß sie einen lustvollen Laut aus. Dann verlor sie sich zuckend und stöhnend im Rausch entfesselter Leidenschaft, deren Ende von Winston so lange hinausgezögert wurde, bis die angestaute Kraft sich nicht mehr bändigen ließ. Sie entlud sich in einer Explosion, die Corinna und Winston gemeinsam auf den Höhepunkt schleuderte.

„Es war das Schönste, das ich je erlebt habe", sagte Winston keuchend, als sie sich hinterher erschöpft in den Armen lagen.

„Ich wusste nicht, dass es so sein kann", flüsterte Corinna müde. Kurz darauf schlief sie ein.

Als Corinna wach wurde, sah sie helles Sonnenlicht an den Rändern der zugezogenen Damastvorhänge. Sie seufzte zufrieden, streckte den Arm nach Winston aus – und griff ins Leere.

Winston war fort!

Angst überfiel Corinna, doch dann sagte sie sich, dass er vermutlich früher als sie aufgewacht und aufgestanden sein musste. Aber sie wollte ihn sehen, seine Stimme hören und sich vergewissern, dass alles, was sich am Tag zuvor abgespielt hatte, nicht nur ein Traum gewesen war.

Corinna stand auf, ging in ihr eigenes Zimmer, duschte und zog sich an.

Später fand sie Winston in der Küche. Als er Corinna sah, strahlte er vor Freude. „Guten Morgen, Darling."

Sein glückliches Lächeln bestätigte Corinna, dass sie tatsächlich nicht geträumt hatte.

„Ich bin heute sehr früh aufgewacht, aber du hast so friedlich geschlafen, und ich wollte dich nicht wecken", sagte er. „Dann beschloss ich, Frühstück zu machen und dich zu überraschen."

„Du hättest ruhig bleiben können", sagte sie schmollend.

Winston küsste sie. „Wollen wir das Frühstück vergessen?" flüsterte er dann.

Corinnas grüne Augen funkelten, als sie erwiderte: „Natürlich nicht. Ich habe Hunger und Durst."

„Na gut." Er verzog das Gesicht. „Liebe macht hungrig, wie man sagt. Deshalb habe ich uns Rühreier gemacht."

Während des Frühstücks lachten sie viel, und Corinna hatte das Gefühl, in ihrem ganzen Leben noch nie so glücklich gewesen zu sein. Die schwere Zeit, die hinter ihr lag, war vergessen.

Nach dem Frühstück wanderten sie den „grünen Weg" entlang. Die Hecken und Bäume zu beiden Seiten des Wegs waren so hoch und dicht, dass sie sich über dem Weg fast berührten.

„Im Sommer, wenn alles grün ist, kommt es einem hier manchmal vor, als würde man durch einen kühlen grünen Tunnel gehen", bemerkte Corinna, die den Weg oft mit Becky zusammen gegangen war.

„Wundervoll." Winston schien in Gedanken mit etwas anderem beschäftigt zu sein. Nachdem sie einige Zeit schweigend weitergewandert waren, sagte er plötzlich: „Ich hoffe, dass es dir gestern Abend nicht zu wild war. Ich hatte ein so starkes Verlangen nach dir, und du gingst so sehr darauf ein ..."

Corinna lächelte sanft. Sie hatte das Gefühl, dass an diesem Morgen keinen Barrieren zwischen ihnen bestanden und sie mit Winston über alles reden konnte. „Ich hatte ein ebenso großes Verlangen nach dir, Winston. Und was geschah ... es übertraf alle meine Erwartungen."

„Es ist nicht immer so. Manchmal geht es langsamer und ist dennoch erfüllend." Bevor Corinna darüber nachdenken konnte, mit wie viel Frauen er das schon erlebt hatte, fuhr er fort: „Ach, Corinna, ist es nicht wunderbar, dass wir noch Wochen, Monate, Jahre vor uns haben? Vielleicht sogar das ganze Leben?" Er legte den Arm um sie, und sie lehnte den Kopf an Winstons Schulter.

„Und eines Tages, wenn die letzte Hürde nicht mehr wichtig ist, wirst du mich vielleicht – vielleicht! – heiraten."

Winston blieb stehen, schob Corinna ein Stückchen fort und blickte sie erstaunt an. „Wovon redest du? Ich wollte dich von Anfang an heiraten. Ich glaube, ich verliebte mich schon in dich, als ich aus dem Taxi stieg und du mich so charmant in deinem schrecklichen Französisch begrüßtest."

„Schön und gut. Nur als du neulich von Hürden, speziell von einer letzen Hürde, sprachst, hat mich das stutzig gemacht."

Er blickte zu Boden und trat mit dem Fuß einen Stein aus dem Weg. „Ich wollte dir gestern am Strand alles erklären, aber dann kam es wegen deiner nassen Füße anders. Ich hätte es fairer gefunden, wenn du Bescheid gewusst hättest, bevor wir zusammen schliefen. Aber gestern Abend hast du die Dinge sozusagen selbst in die Hand genommen, bevor ich dir alles erklären konnte." Winston zuckte die Schultern. „Ich bin eben nur ein Mann."

Corinna hakte misstrauisch nach: „Bevor du mir was erklären konntest?"

Er lachte verlegen. „Es klingt beinahe lächerlich, aber das ist es eigentlich nicht." Nach kurzem Zögern fuhr er fort: „Ich bin sozusagen dein Stiefbruder, Corinna. Dein Vater heiratete meine Mutter zwei Jahre vor ihrem Tod."

„Was?" rief sie entsetzt. „Das ist nicht wahr. Sag, dass es nicht wahr ist!" Sie trat einen Schritt zurück und blickte Winston ungläubig an. Ihre Beine waren plötzlich gummiweich.

„Es ist wahr", erwiderte er. „Aber das ändert doch nicht unser beider Verhältnis. Schließlich sind wir keine Blutsverwandten. Wir lieben uns, und alles andere ist unwichtig. Du brauchst deinen Vater nicht zu treffen – es sei denn, du willst es. Aber ich weiß, dass es Jimbo sehr, sehr wichtig wäre, dich wiederzusehen."

„Jimbo?" Von wem redet er eigentlich? dachte Corinna.

„Wir haben deinen Vater immer Jimbo genannt. Meine Mutter dachte sich den Namen als Kosenamen für ihn aus." Winston schaute Corinna zärtlich an. „Sie liebten sich sehr."

„Tatsächlich? Mein Vater liebte ... ach, nur sich selbst."

„Sei nicht so verstockt, Darling. Ich weiß sehr gut, wie viel du deinem Vater bedeutest. Er hat von dir erzählt, seit ich ihn kenne. Auf seinem Nachttisch steht sogar ein Bild von dir."

„Wie rührend", erwiderte Corinna verächtlich.

Sie wusste kaum, was sie sagte, und hatte das Gefühl, ihre ganze Welt würde in Trümmer fallen. Winston war für Corinna plötzlich so etwas wie ein Feind geworden – jemand, der sie zu etwas überreden wollte, das ihr im Innersten zutiefst verhasst war. Und er redete immer weiter, als wäre er fest davon überzeugt, sie um den Finger wickeln zu können.

„Er hat dich also geschickt, um herauszubekommen, wie ich heute bin", meinte sie schließlich. „Du solltest mich ausspionieren, nicht wahr? Wahrscheinlich hast du ihm immer telefonisch Bericht erstattet, wenn ich einkaufen war."

„Red kein dummes Zeug." Winston verlor langsam die Geduld. „Dein Vater ist gerade auf einer Geschäftsreise in Japan und hat keine Ahnung, dass du hier bist. Er schlug mir lediglich vor hierher zu kommen, um mich zu erholen und bei der Gelegenheit Beckys Bekanntschaft zu machen. Er hoffte, ich würde über Becky etwas darüber erfahren, wie es dir geht und ob du bereit bist, ihn zu treffen. Jimbo weiß schließlich sehr gut, dass deine Mutter dich gegen ihn aufgehetzt hat und dass du voreingenommen gegen ihn bist."

„Wie kannst du nur etwas so Abscheuliches sagen!" fuhr Corinna ihn wütend an. „Meine Mutter hatte es nicht nötig, mich gegen ihn aufzuhetzen. Die Tatsachen sprachen für sich, und ich habe das ganze Drama persönlich mitbekommen. Abends sagte mein Vater noch, dass er mich lieb hätte, und am folgenden Tag war er fort. Er ließ uns ohne einen Pfennig zurück, so dass meine Mutter sich zu Tode schuften musste, um uns beide durchzubringen. Eine schöne Liebe ist das.“ Corinna hatte so schnell gesprochen, dass ihre Worte sich fast überschlagen hatten.

Winston schüttelte den Kopf. „Er soll euch ohne einen Pfennig zurückgelassen haben? Nein, dazu ist er nicht fähig.“

„Es ist aber wahr. Er ist grausam, herzlos, und ich will ihn nie wiedersehen.“ Corinna schluckte. „Und dich in Zukunft auch nicht.“

„Aber Corinna, Darling. Das kann doch nicht dein Ernst sein. Nein, ich glaube es einfach nicht. Nicht nach allem, was wir zusammen erlebt haben, und nachdem du mir sagtest, dass du mich liebst.“ Winston war kreidebleich geworden. „Warum willst du mich nicht wiedersehen?“

Corinna straffte die Schultern und beschloss, jetzt ganz schnell Schluss zu machen. „Was zwischen uns war, war purer Sex“, behauptete sie überraschend ruhig und verzog verächtlich die Mundwinkel. „Du dachtest, du könntest das Angenehme mit dem Nützlichen verbinden, nicht wahr? Frieden stiften und gleichzeitig ein bisschen Vergnügen haben.“

„Nein!“ schrie Winston, und als er auf sie zutrat, befürchtete sie im ersten Moment, dass er sie schlagen würde. Doch stattdessen sagte er nur leise: „Du weißt ganz genau, dass das nicht stimmt. Wenn ich wirklich auf ‚ein bisschen Vergnügen‘ aus gewesen wäre, hätte ich es schon vor einigen Tagen haben können. Du wärst zweifellos darauf eingegangen. Im Übrigen darf ich dich daran erinnern, dass die Initiative gestern Abend nicht von mir, sondern von dir ausging.“

Er blickte sie eindringlich an, schien zu hoffen, dass sie einsichtig sein und ihre Meinung ändern würde.

„Gestern Abend wusste ich noch nicht Bescheid“, erwiderte Corinna. „Ich hielt dich für ehrlich und geradlinig, aber ich habe mich geirrt. Du hast mich vom ersten Augenblick an belogen und getäuscht. Du hättest mir gleich zu Anfang sagen müssen, wie sich alles verhält.“

„Und wenn ich es getan hätte, hättest du mich hinausgeworfen, nicht wahr?“

Sie wandte den Blick ab. „Wahrscheinlich.“

„Corinna, Liebes. Wir sollten in Ruhe über alles reden. Dann werden wir gewiss eine Lösung finden. Du darfst das alles nicht so ernst nehmen.“ Er wollte ihren Arm berühren, doch sie wich zurück.

„Fass mich nicht an“, zischte sie. „Zwischen uns gibt es nichts mehr zu reden. Es ist aus. Ich will weder dich noch meinen Vater, den du so sehr bewunderst, jemals wiedersehen. Ihr beide seid aus einem Holz geschnitzt. Von mir aus kannst du zu ihm gehen und es ihm sagen.“ Sie hob das Kinn. „Und ich wäre froh, wenn du möglichst schnell abreisen würdest.“

Eine Zeit lang herrschte zwischen ihnen eisiges Schweigen.

Schließlich sagte Winston mit ausdrucksloser Stimme: „Gut, ich werde gleich packen und mir ein Taxi kommen lassen. Richte Pierre bitte aus, er möchte mir die Rechnung fertig machen.“

Dann drehte Winston sich um und ging mit langen Schritten zum Hotel zurück.

Corinna blickte Winston nach und fühlte sich so einsam wie nie zuvor in ihrem Leben.

10. KAPITEL

Corinna fühlte sich leer und müde, aber da sie Winston vor seiner Abreise nicht noch einmal begegnen wollte, wanderte sie immer weiter auf dem Weg, bis es nicht mehr weiterging. Erschöpft setzte sie sich auf das raue, ausgetrocknete Gras des Vorjahres. Während sie vor sich hin grübelte, verlor sie jedes Zeitgefühl.

Schließlich machte sie sich auf den Heimweg. Wie viel Uhr mochte es wohl sein? Vier, fünf nachmittags?

Endlich wieder im Hotel, stellte Corinna fest, dass Marie, Beckys Zimmermädchen und Küchenhilfe, inzwischen aus dem Urlaub zurückgekommen war. Da Marie weder Pierre noch Winston und auch die neue Situation im Haus nicht kannte, war sie froh, endlich ein bekanntes Gesicht zu sehen. Corinna erklärte ihr einiges, aber wohlweislich nicht alles.

Marie berichtete von dem Mann, der in großer Eile das Hotel

verlassen und sich von Jacques, ihrem Mann, zum nächsten Bahnhof hatte bringen lassen. Danach blickte Marie Corinna neugierig an, doch die dachte nicht daran, Einzelheiten über Winston zu erzählen. Sie wollte sich nur noch ins Bett legen und sich die Bettdecke über die Ohren ziehen.

Auf dem Weg nach oben fiel Corinna ein, dass Winston eine Nachricht für sie hinterlassen haben könnte. Sie kehrte zurück und ging ins Büro.

„Hallo!“ begrüßte Pierre sie, nahm einen Brief vom Schreibtisch und reichte ihn ihr lächelnd. „Monsieur Winston hat mir das für Sie gegeben.“

Hastig steckte sie den Brief in die Jackentasche.

In ihrem Zimmer öffnete Corinna den Umschlag mit zittrigen Händen und fand eine Visitenkarte mit Winstons Adresse sowie einen Zettel, auf den Winston in seiner fast unleserlichen Handschrift geschrieben hatte:

Liebe Corinna, ich war so frei, mir die Diskette auszuleihen, auf der ich meinen Roman abgespeichert habe. Da sie anscheinend noch andere Dateien enthält, werde ich sie schnellstmöglich zurückschicken. Leider hatte ich keine Zeit mehr, den Roman auszudrucken. Ich hielt es für besser, so schnell wie möglich abzureisen. Viele Grüße, Winston

Corinna las die kurze, sachliche Mitteilung drei Mal. Dann setzte sie sich und blickte trübsinnig aus dem Fenster.

Winston war fort, und sie wusste, dass er trotz seiner lässigen, unkomplizierten Art zu viel Stolz besaß, um je zurückzukommen. Wenig später sagte sie sich, dass es ihr eigentlich recht sein müsste. In Anbetracht des dunklen Schattens, der über ihnen hing, wäre eine gemeinsame Zukunft mit ihm sowieso nicht möglich gewesen. Für sie zumindest nicht.

Ich werde eine Weile leiden, aber irgendwann komme ich darüber hinweg, dachte Corinna. Kein Leid auf der Welt währt ewig.

Plötzlich entdeckte sie rechts unten auf dem Zettel einen kleinen Pfeil. Sie drehte das Blatt um und las laut: „Es tut mir Leid, dass ich für dich eine Enttäuschung war. Alles Gute für die Zukunft. In Liebe, Winston.'

Die wenigen Worte trafen sie tief, und alle Bitterkeit wurde von einer Welle unbeschreiblich zärtlicher Gefühle fortgespült. Corinna ließ sich auf die Bettdecke fallen, bedeckte das Gesicht mit den Händen und begann zu weinen.

„Winston, lieber Winston", schluchzte Corinna.

Sie hatte seit langem nicht mehr so viele Tränen vergossen. Wahrscheinlich hatte sie im Laufe der Jahre unbewusst Züge der Mutter übernommen, die ihre Gefühle immer verdrängte und dabei verbittert geworden war. Corinna hatte ihre Mutter nie weinen sehen.

Auf einmal wurde Corinna die ganze Tragik ihres Handelns bewusst. Sie liebte Winston, und daran hatte nichts, was er getan oder gesagt hatte, etwas ändern können. Trotzdem hatte sie ihn fortgeschickt und war unvernünftig und stur gewesen, statt sich seine Erklärungen anzuhören.

Corinna fröstelte, als sie daran dachte, dass er jetzt wohl im Zug nach Paris saß und sich mit jeder Sekunde weiter von ihr entfernte. Winston kehrte zurück zu seiner Arbeit, seinen Freunden, seinen Interessen. Bald würde er die dumme Frau vergessen haben, die mit ihrer Verbitterung über alte Geschichten nicht nur sich selbst das Leben verbaute, sondern auch das Leben anderer.

Jäh richtete Corinna sich auf. Sie durfte ihn nicht einfach so gehen lassen! Sie beschloss, Winston einen Brief zu schreiben. Nachdem sie einen Kugelschreiber und Papier gefunden hatte, setzte sie sich an den Frisiertisch und schrieb:

Lieber Winston! Du hattest Recht. Ich habe mich geirrt. Wir hätten über alles reden sollen. Ich war dumm. Wenn du mir verzeihen kannst, setz dich bitte mit mir in Verbindung.
In Liebe, Corinna

Sie holte Winstons Visitenkarte hervor und übertrug die Adresse auf einen Umschlag. Dann steckte sie den Briefbogen hinein, machte sich ein wenig zurecht und ging ins Büro hinunter. Dort nahm sie einige andere Briefe, die versandbereit auf dem Schreibtisch lagen, und fuhr mit ihrem Wagen ins Dorf.

Im kleinen Postamt erfuhr Corinna, dass die Post erst am folgenden Tag abgeholt werden würde. Das bedeutete, dass Winston den Brief frühestens in zwei Tagen erhalten würde. Corinna beschloss, ihn vorher in Paris anzurufen.

Als sie zum Hotel zurückkam, sah sie den Wagen von Beckys Freund und Arzt Dr. Louis vor dem Haus stehen. Zunächst befürchtete sie, dass Beckys Zustand sich verschlechtert hatte, doch Dr. Louis beruhigte sie und sagte ihr, dass Becky am folgenden Tag aus dem Krankenhaus entlassen werden sollte.

„Leider kann ich sie nicht mit zu mir nach Hause nehmen", erklärte er mit einem Ausdruck des Bedauerns. „Meine Mutter hat eine Virusgrippe bekommen, und für Ihre Tante wäre es dort im Augenblick zu gefährlich. Würde es Sie zurzeit sehr belasten, sich neben dem Hotel auch noch um Ihre Tante zu kümmern?"

Corinna versicherte ihm, dass es ihr keine Umstände machen würde. Marie war ja aus dem Urlaub zurückgekommen. Als Dr. Louis sich verabschiedete, wirkte er sichtlich erleichtert.

Corinna verständigte Marie, und sie bereiteten Beckys Zimmer vor. Während Marie sauber machte, holte Corinna einen Strauß Frühlingsblumen für den Nachttisch.

In der Küche traf Corinna dann Jacques. Sie begrüßten sich wie alte Freunde. Am liebsten hätte Corinna ihn gefragt, welchen Zug Winston genommen hatte, aber sie brachte es nicht über die Lippen und beschloss, geduldig abzuwarten.

Um 19 Uhr hielt Corinna es nicht mehr aus. Sie ging zum Telefon, zog Winstons Visitenkarte hervor und wählte mit zitternden Fingern die Telefonnummer seiner Pariser Wohnung. Während Corinna wartete, dass er abnahm, legte sie sich einige Worte zurecht.

Niemand meldete sich. Hatte sie etwa die falsche Nummer gewählt? Corinna versuchte es noch einmal, aber auch diesmal läutete es vergebens. Ob Winston unter der Dusche war? Oder war er vielleicht nicht zu Hause?

Ja, dachte Corinna, das wird es sein. Wahrscheinlich hatte er keine Vorräte mehr und ist zum Essen in ein Restaurant gegangen.

Sie versuchte es noch drei Mal an diesem Abend, doch immer mit demselben negativen Resultat. Hatte Winston vielleicht Freunde getroffen? Paris bot viele Ablenkungen – wahrscheinlich hatte er sie bereits vergessen.

Sie setzte sich ins Kaminzimmer, das ihr an diesem Tag viel kühler als sonst vorkam, bis sie ihre innere Unruhe nicht mehr ertragen konnte.

Ein paar Minuten später lag Corinna im Bett, doch sie fand keinen Schlaf. Mitten in der Nacht stand sie schließlich auf und beschloss, einen letzten Versuch zu machen. Mittlerweile kannte sie Winstons Nummer schon auswendig. Nachdem Corinna gewählt hatte, lauschte sie dem ständig wiederkehrenden Signalton. Als sie schon fast nicht mehr damit rechnete, dass jemand abnehmen würde, hörte sie plötzlich ein Klicken.

„Ja, ja. Wer ist am Apparat?“ drang eine ungehaltene Frauenstimme an ihr Ohr.

Corinna lief es kalt über den Rücken. Es war die Stimme von Lisbeth, Winstons graziöser Agentin. Unmittelbar darauf hörte Corinna Winstons Stimme aus dem Hintergrund.

„Wer ist es, Lisbeth? Er soll einen Moment warten.“

Corinna brachte keinen Ton über die Lippen.

„Es meldet sich niemand“, sagte Lisbeth. „Wahrscheinlich will der Anrufer nicht mit mir, sondern ausschließlich mit dir sprechen.“ Dann wurde ihre Stimme leiser, offenbar hatte Lisbeth den Telefonhörer abgewandt. „Beeil dich, Winston. Ich warte.“

Corinna legte abrupt auf. In ihrer Fantasie sah Corinna Lisbeth auf Winstons Bett liegen, die platinblonden Haare auf dem Kissen ausgebreitet und einen leidenschaftlichen Ausdruck in den hellblauen Augen. Wahrscheinlich kam Winston gerade aus der Dusche und hatte sich ein Handtuch um den Unterkörper geschlungen, so wie am Abend zuvor ...

Vor Corinnas Augen schien alles zu verschwimmen, und ihr wurde plötzlich übel. Sie ließ sich in den Bürosessel fallen und lehnte sich nach vorn, bis die Übelkeit nachließ.

Wieder in ihrem Schlafzimmer, wusste Corinna kaum, wie sie dort hingekommen war. Sie legte sich aufs Bett und starrte an die Decke. Sind Männer zu so etwas fähig? fragte Corinna sich. Können sie heute mit einer Frau schlafen und morgen mit einer anderen?

Manche können es offenbar, dachte sie. Wie konnte ich nur so dumm sein, mich entgegen anfänglichen besseren Wissens von Winston Ravens schönen Worten betören zu lassen und meinen körperlichen Gefühlen nachzugeben? Nie wieder, schwor sie sich. Nie wieder werde ich einem Mann glauben. Zwei schlechte Erfahrungen sind genug.

Sie hatte inzwischen unerträgliche Kopfschmerzen und stand auf, um eine Aspirin zu nehmen. Dann legte sie sich wieder aufs Bett und wartete auf den Morgen.

Als es hell wurde, sah sie, dass das Wetter sich geändert hatte. Am Himmel waren dunkle Wolken aufgezogen, und bald prasselten Regentropfen gegen die Fensterscheibe. Genau zum richtigen Zeitpunkt, dachte Corinna bitter. Sonne, Licht und Farben schienen ohnehin aus ihrem Leben verschwunden zu sein.

Sie stand auf, erledigte die Morgentoilette, zog sich an und ging nach unten, wo Marie bereits das Frühstück vorbereitet hatte. Während Corinna mit den anderen frühstückte, plauderte Marie unentwegt von ihrem Urlaub bei ihrer Schwester in Boulogne, doch Corinna hörte nur mit halbem Ohr zu.

Um zehn Uhr kam Dr. Louis mit Becky an. Er behandelte sie wie ein Porzellanpüppchen. Auf dem Weg ins Haus stützte er Becky und schützte sie mit einem Schirm vor dem noch immer strömenden Regen.

„Der Mann freut sich wie ein kleines Kind, wenn er mich umsorgen darf“, sagte Becky wenig später lächelnd zu Corinna.

„Natürlich“, erwiderte Corinna. „Mir geht es nicht anders als ihm.“

Becky wurde in ihre Privaträume gebracht, wo sie in einem bequemen Sessel Platz nahm. Marie brachte Kaffee und ofenfrische Plätzchen.

Dr. Louis trank eine Tasse Kaffee, dann verabschiedete er sich. Er musste zum Krankenhaus zurück.

Nachdem Corinna ihn hinausbegleitet hatte, ging sie wieder zu ihrer Tante.

„Er ist ein sehr netter Mann, Becky."

„Ja, nicht wahr?"

„Seid ihr ... ich meine, du und er ..."

Becky lachte. „Louis will mich heiraten, aber ich weiß noch nicht, ob ich einwilligen werde. Ich fühle mich wohl in meinem kleinen Hotel, und er hat immer so viel zu tun. Er hat eine eigene Praxis und ist nebenbei im Krankenhaus tätig. Mir wäre es lieber, wenn wir vorerst nur gute Freunde blieben. Wir werden sehen, wie sich langfristig alles entwickelt." Dann wechselte Becky das Thema. „Jetzt würde ich gern hören, was hier während meiner Abwesenheit alles geschehen ist."

„Später, ja?" Corinna rang sich ein Lächeln ab. „Damit warten wir besser bis nach dem Essen. Zuerst musst du dich ausruhen."

Als Corinna und Becky sich am Nachmittag unterhielten, erkundigte Becky sich erwartungsgemäß nach dem „netten jungen Mann", der Corinna bei ihrem Besuch im Krankenhaus begleitet hatte.

Corinna hatte schon vorher darüber nachgedacht, wie sie ihrer Tante Winstons Abreise erklären sollte. Schließlich war Corinna zur Ansicht gekommen, dass es am besten sei, Becky einfach die Wahrheit zu sagen – allerdings nicht die ganze.

„Winston Raven?" Corinna sprach den Namen so beiläufig wie möglich aus. „Ach, der reiste gestern ab."

„So? Ich dachte ..." Becky verstummte und betrachtete ihre Nichte aufmerksam. „Verschweigst du mir etwas, Corinna? Zugegeben, meine Begegnung mit ihm im Krankenhaus war nur sehr kurz, dennoch hat er mir in den wenigen Minuten viel erzählt. Er sagte unter anderem, ich brauchte mir keine Sorgen zu machen, weil er mit dir allein im Hotel sei. Er war fest entschlossen, dich zu heiraten, sobald du bereit dazu sein würdest. Ich hatte nicht den Eindruck, dass er zu den Menschen zählt, die schnell aufgeben." Becky lehnte sich nach vorn und nahm ihre Teetasse. „Also, heraus mit der Sprache, Liebes. Was ist geschehen?"

Corinna zuckte die Schultern. „Ich fand heraus, wer er wirklich ist und was er hier wollte. Wahrscheinlich hat er dir nicht erzählt, dass er der Sohn der Frau ist, wegen der mein Vater deine Schwester und mich verlassen hat. Oder etwa doch?"

„Nein", erwiderte Becky überrascht. „Erstaunlich, dass er hierher gekommen ist."

„So erstaunlich finde ich das nicht", erwiderte Corinna trocken. „Mein Vater schickte ihn nämlich, um zu spionieren. Nach Mutters Tod ist mein Vater offenbar wieder an mir interessiert. Stell dir das nur einmal vor", fügte sie verächtlich hinzu. „So etwas, nachdem er mich zehn Jahre lang ignoriert hat. Winston Raven sollte sich nur mein Vertrauen erschleichen. Gestern ..." Ihre Stimme wurde brüchig, und Corinna verstummte.

„Ja, was war da?" hakte Becky nach.

„Gestern kam alles heraus. Ich sagte Winston meine Meinung, weil er sich für die Intrigen meines Vaters hergegeben hat. Außerdem sagte ich ihm, dass er gehen solle und ich weder ihn noch meinen Vater jemals wiedersehen will. Daraufhin reiste er ab." Corinna holte tief Luft. „Ich finde, wir sollten die leidige Geschichte jetzt vergessen und über etwas anderes reden."

Als Corinna fühlte, dass Becky sie aufmerksam beobachtete, stand sie auf. „Ich werde noch eine Kanne Tee machen. Ich bin gleich wieder da."

„Corinna, bitte setz dich wieder."

Irgendetwas in Beckys Stimme veranlasste Corinna, ihrer Tante zu gehorchen. Im Zimmer herrschte plötzlich eine knisternde Spannung. Nur die Regentropfen, die gegen das Fenster prasselten, waren zu hören.

„Mach nicht den gleichen Fehler wie deine Mutter", sagte Becky schließlich.

„Was für einen Fehler meinst du?" fragte Corinna.

„Den Fehler, alles nur aus der eigenen Perspektive zu betrachten."

Corinna verzog das Gesicht, als hätte sie gerade eine unnötige Moralpredigt erhalten. „Ich glaube nicht, dass ich das tue. Im Allgemeinen ..."

Becky unterbrach ihre Nichte. „Hast du dich nie gefragt, warum dein Vater deine Mutter verließ?"

„Ich weiß sehr wohl, warum. Schließlich hat sie es mir gesagt. Er hat sie wegen einer anderen Frau verlassen, die ihn sexuell mehr reizte. Mutter sagte es zwar nicht wortwörtlich, aber sie meinte es so."

„In Wirklichkeit war alles viel komplizierter", erwiderte Becky.

„Oh ... ich verstehe bald gar nichts mehr. Was meinst du denn damit?" fragte Corinna.

„Nach deiner Geburt hat deine Mutter sich ständig geweigert, mit deinem Vater zu schlafen. Sie hatte eine Wochenbettdepression und konnte es nicht einmal ertragen, deinen Vater neben sich zu haben. Ich weiß es deshalb, weil deine Mutter es mir selbst erzählte. Ich war die einzige Person, der sie sich damals anvertraute. Ich riet ihr immer wieder, sich an einen Psychiater überweisen zu lassen. Als Krankenschwester kannte ich mich in diesen Dingen aus. Wochenbettdepressionen kommen zwar selten vor, können aber erfolgreich therapiert werden. Doch jedes Mal, wenn ich davon sprach, wurde deine Mutter hysterisch. Dein Vater verhielt sich in jener Zeit bewundernswert geduldig und verständnisvoll, deine Mutter nahm allerdings von niemandem einen Rat an. Da dein Vater nichts an der Situation ändern konnte, akzeptierte er sie. Er stürzte sich jedoch in seine Arbeit, während deine Mutter sich deiner Erziehung widmete. Im Laufe der Jahre entfernten sie sich immer mehr voneinander. Hast du dich nie gefragt, warum sie in getrennten Zimmern schliefen?"

„Ich hielt es für normal", gestand Corinna zögernd. „Ich habe es schließlich nie anders gekannt. Aber ..."

Becky hob die Hand. „Lass mich weitererzählen, Corinna. Nachdem deine Eltern einige Jahre so verbracht hatten, geschah das Unvermeidliche. Als dein Vater im Auftrag seiner Firma in Paris arbeitete, lernte er eine Frau kennen – eine Witwe mit einem erwachsenen Sohn –, in die dein Vater sich verliebte. Und obwohl sie die Liebe deines Vaters erwiderte, kehrte er zu deiner Mutter und dir zurück." Becky hielt kurz inne, bevor sie weitersprach: „Doch als du 15 warst, bekam Marguerite – die Frau, in die dein Vater sich verliebt hatte – eine unheilbare Krankheit. Er stand vor einer schrecklichen Wahl. Deine Mutter brauchte ihn nicht, aber du ... du brauchtest ihn. Sollte er bei dir bleiben und Marguerite allein sterben lassen? Oder sollte er in Marguerites letzten Lebensjahren bei ihr sein, aber dich dafür aufgeben? Ich weiß, dass ihm die Entscheidung sehr, sehr schwer gefallen ist. Er wusste, dass deine Mutter dich gegen ihn einnehmen würde und du ihn in der Folge davon hassen würdest. Du warst natürlich kein kleines Kind mehr, hattest sogar schon deinen ersten Freund ..."

Sie seufzte. „Dein Vater beschloss also zu gehen. Um dir unnötige Komplikationen zu ersparen, wie sie Kinder bei der Scheidung ihrer Eltern oft erleben, verschwand er einfach aus eurem Leben. Er wollte dir schreiben, dir alles erklären und dir mitteilen, dass du und er eines Tages wieder zusammenkommen würdet. Er hoffte, du würdest seine Entscheidung verstehen, wenn du erwachsen bist. Aber du hast damals keinen Brief erhalten, nicht wahr?"

Corinna schüttelte traurig den Kopf. „Nein. Ich wartete lange auf eine Nachricht von ihm, doch er schrieb mir nie. Du kannst dir nicht vorstellen, wie verzweifelt ich war."

Becky nickte, als hätte sie es nicht anders erwartet. „Er schrieb dir einige Male, Corinna. Aber da er nie eine Antwort bekam, vermutete er, dass seine Briefe dich nie erreichten."

„Du meinst, dass Mutter ... Nein, das hätte sie niemals getan." Doch dann erinnerte Corinna sich daran, dass ihre Mutter morgens immer zuerst zum Briefkasten gegangen war und später die Post auf den Frühstückstisch gelegt hatte. Becky hatte offenbar Recht. „Woher weißt du das alles, Becky?" fragte Corinna nach einer Weile. „Hast du meinen Vater später noch einmal gesehen?"

„Ja. Er besuchte mich am Tag nach der Trennung von euch in dem Krankenhaus in London, wo ich damals arbeitete, gab mir seine Pariser Adresse und bat mich, ihm von Zeit zu Zeit mitzuteilen, wie es dir ginge und ob du irgendetwas brauchtest."

„Ob ich irgendetwas brauchte!" Corinna schnaufte verächtlich. „Ich brauchte einiges. Mutter rackerte sich bis zum Umfallen ab, um mir das zu geben, was ich brauchte. Wir hatten anfangs immer nur das Geld zur Verfügung, das Mutter verdiente. Das werde ich ihm nie verzeihen."

„Ich fürchte, in diesem Punkt irrst du dich auch." Becky beugte sich vor und strich ihrer Nichte übers Haar. „Ich kann mir vorstellen, wie schlecht du dich im Augenblick fühlst, aber du musst jetzt einfach die ganze Wahrheit erfahren. Doch zuerst würde ich gern wissen, ob du in der letzten Zeit etwas von deinem Vater gehört hast."

Corinna blickte ihre Tante aufmerksam an. „Ja. Wie hast du das denn erraten? Ich bekam über Mutters Anwälte einen Brief von ihm, den ich anschließend ungeöffnet zerriss."

Becky stöhnte. „Oh je. Dann muss ich es dir eben selbst sagen."

Müde schüttelte Corinna den Kopf. „Noch mehr Überraschungen? Ich glaube, noch mehr wäre zu viel für mich."

„Es bleibt dir aber nicht erspart, Liebes", erwiderte Becky ernst. „Du kennst nur eine Hälfte der Wahrheit. Es ist nur allzu fair deinem Vater gegenüber, dass du auch die andere erfährst."

„Fair?" rief Corinna. „War er etwa fair zu uns?" Sie stand auf, ging zum Fenster und blickte hinaus.

„Beruhige dich und setz dich wieder zu mir."

Corinna folgte widerwillig Beckys Aufforderung.

„Einige Tage, bevor du hier ankamst und ich ins Krankenhaus musste, stand plötzlich dein Vater vor mir. Er war völlig außer sich und nahm sich nicht einmal die Zeit, mich zu begrüßen. Nachdem er sich ein wenig beruhigt hatte, sagte er mir, dass von dem Geld, das er zehn Jahre lang auf das Konto deiner Mutter eingezahlt hatte, nie etwas abgehoben worden war. Er konnte nicht verstehen, wie deine Mutter dich ohne eigenes Kapital ernährt und sogar studieren lassen hat ..."

„Das ist gelogen", unterbrach Corinna ihre Tante wütend. „Er gab uns nie Geld. Mutter sagte immer, dass er uns ohne einen Penny sitzen gelassen hat." Dann fuhr sie etwas ruhiger fort: „Aber vielleicht hat sie nichts davon gewusst."

„Und ob sie davon wusste", erwiderte Becky. „Schließlich senden Banken ihren Kunden regelmäßig Kontoauszüge zu. Aber lass mich endlich zu Ende erzählen. Dein Vater war entsetzt, als ich ihm sagte, wie deine Mutter sich abgerackert hat. Und er war geradezu geschockt, nachdem ihm klar wurde, dass du in all den vielen Jahren ein völlig falsches Bild von ihm gehabt haben musstest. Er wollte dich unbedingt treffen, um alles richtig zu stellen. Ich gab ihm deine Adresse, warnte ihn allerdings, dass du ihn vermutlich abweisen würdest. Daraufhin beschloss er, über die Rechtsanwälte deiner Mutter mit dir Kontakt aufzunehmen. Mädchen, Corinna, ich habe in meinem ganzen Leben noch nie einen Mann gesehen, der derart verzweifelt gewesen ist wie er. So, das war's."

Corinna bedeckte das Gesicht mit den Händen. „Wie konnte Mutter sich nur so verhalten? Warum nur?"

„Ich kannte deine Mutter sehr gut, Corinna. Sie war immer stolz und legte Wert auf Unabhängigkeit. Sie war auf die kleinste Kritik hin sofort beleidigt, und sie vergab nichts. Außerdem war sie sehr Besitz ergreifend, was dich betraf. Ich glaube, sie wollte dich in jeder Hinsicht von ihr abhängig machen. Wie alle Menschen sehnte sie sich im Grunde nur nach Liebe – vor allem nach deiner Liebe."

Langsam ließ Corinna die Hände sinken. „Arme Mutter. Ich liebte sie doch, und ich war stolz auf sie. Sie versuchte auf geradezu heroische Art, mit ihrem Los fertig zu werden." Sie schüttelte den Kopf. „Irgendwie tut sie mir im Nachhinein noch Leid."

„Du bist sehr loyal, Corinna. Ich kann sehr gut nachempfinden, wie du dich fühlst."

Corinna stand wieder auf. „Ich glaube, ich muss jetzt unbedingt an die frische Luft und nachdenken."

Becky schaute aus dem Fenster. „Es regnet noch immer. Du wirst nass werden."

„Macht nichts. Regen erfrischt."

Corinna zog sich nicht einmal einen Regenmantel an, bevor sie durch den strömenden Regen zur Garage lief. Sie wollte einfach nur fort. Nachdem sie das Garagentor aufgerissen hatte, setzte sie sich in ihren Wagen, bugsierte ihn auf die Hauptstraße und raste davon.

Während Corinna Kilometer für Kilometer zurücklegte, konzentrierte sie sich nur aufs Fahren. Nach einiger Zeit wurden ihr die monotonen Bewegungen der Scheibenwischer vor ihren Augen so unerträglich, dass sie in eine Seitenstraße einbog, anhielt und den Motor abstellte.

Die plötzliche Stille legte sich wie eine Decke um sie. Bald waren die Fenster so beschlagen, dass von der Umgebung kaum noch etwas zu sehen war. Corinna fühlte sich fast völlig von der Außenwelt isoliert, die sich nur noch durch die aufs Autodach fallenden Regentropfen bemerkbar machte.

Matt lehnte Corinna sich zurück. Innerhalb kurzer Zeit war ihr ganzes Weltbild durcheinander geraten. Das Schlimmste von allem: Sie hatte Winston verloren. Sie erinnerte sich an Beckys Warnung, nicht denselben Fehler wie ihre Mutter zu machen. Die Warnung war zu spät gekommen. Sie, Corinna, hatte den Mann abgewiesen, der sie liebte, und er hatte sich daraufhin seiner schönen Agentin zugewandt, die ihn schon seit langem begehrte.

Meine moralischen Prinzipien sind keinen Pfifferling wert, dachte Corinna voller Selbstverachtung, richtete sich auf und schlug mit den Fäusten auf das Lenkrad. Sie hatte sich in allem geirrt: in ihrem Vater, ihrer Mutter und in Winston.

In diesem Augenblick hasste sie sich selbst und alles, woran sie einst geglaubt hatte. Sie legte den Kopf aufs Lenkrad und begann zu weinen wie ein verzweifeltes Kind.

11. KAPITEL

In den folgenden drei Tagen achtete Corinna immer darauf, sich nicht zu weit vom Telefon zu entfernen. Sie hatte noch immer eine schwache Hoffnung, dass Winston sich melden würde. Doch als die Tage vergingen und keine Nachricht von ihm kam, begann diese Hoffnung zu verblassen.

Natürlich wusste Corinna, dass es richtiger gewesen wäre, nach London zurückzufahren und sich um ihre Zukunft zu kümmern, aber entgegen aller Vernunft blieb sie in Frankreich. Es hätte immerhin sein können, dass der Brief nicht innerhalb von zwei, drei Tagen zugestellt worden war. Dass Winston den Brief vor Zorn ungelesen zerrissen hatte wie sie den Brief ihres Vaters, konnte sie sich nicht vorstellen.

Kurz vor Ostern kam im Hotel Leben auf. Aus dem Dorf kamen zwei Mädchen und halfen beim Großreinemachen. Marie und

Jacques fuhren mehrmals mit dem Wagen in die nächste Stadt, um die Lebensmittelbestände aufzufüllen, und Becky übernahm wieder die Leitung des Hotels, wobei sie von Pierre unterstützt wurde.

Da über Ostern viele Gäste erwartet wurden, zog Corinna vom Gästebereich des Hotels in Beckys privates Wohnzimmer um, wo sie auf einem Klappbett schlief. Das machte es ihr noch schwerer, ihren Kummer vor Becky zu verbergen. Corinna konnte nicht mehr ihren nächtlichen Tränen freien Lauf lassen, ohne dass Becky etwas bemerkt hätte.

Schließlich wurde die Situation immer unerträglicher, und Corinna wurde klar, dass sie in Kürze etwas unternehmen musste. Es fehlte nur noch die endgültige Gewissheit, dass Winston nicht mehr an ihr, Corinna, interessiert war.

Am Mittwoch vor Ostern geschah etwas, das ihr die Entscheidung leichter machte. Winston hatte die Diskette zurückgeschickt, die er mitgenommen hatte. Corinna riss ungeduldig den Umschlag auf, aber das Einzige, das sie außer der Diskette im Umschlag fand, war Winstons Visitenkarte mit der Aufschrift „Mit Dank zurück."

Corinna setzte sich auf den Bürostuhl hinter dem Schreibtisch. Es ist aus, dachte sie. Nun ist es endgültig aus.

Mit derselben Post kam auch von Edward ein Brief, der sehr förmlich und höflich formuliert war. Edward wünschte ihr weiterhin einen schönen Urlaub und bat sie, sich nach ihrer Rückkehr in London schnellstmöglich in seinem Büro zu melden. Es gäbe einige Angelegenheiten, über die er mit Corinna zu reden hätte.

Sie beschloss, nach London zurückzufahren, und Edwards Brief bot eine plausible Erklärung für ihre plötzliche Abreise.

„Ich muss die Wohnung verkaufen, eine neue Arbeit suchen, und außerdem wollen meine Anwälte mit mir reden", begründete Corinna ihre Heimfahrt, als sie mit Becky in deren Wohnzimmer Tee trank.

„Was sein muss, muss sein. Aber deine Ferien waren alles in allem nicht gerade erholsam", erwiderte Becky. Nachdem sie ihre Nichte eine Zeit lang nachdenklich betrachtet hatte, sagte sie plötzlich: „Ich kenne dich seit deiner Geburt, und ich weiß genau, wenn dich etwas bedrückt. Was ist es, Corinna? Ist es wegen Winston Raven?“

Corinna schluckte. Nach anfänglichem Zögern nickte sie und erzählte Becky das, was sie ihr bis dahin verschwiegen hatte. Corinna sprach von Winston, von ihrer Liebe zu ihm und vom tragischen Ende. Sie erzählte auch vom Brief, den sie Winston geschrieben hatte und der unbeantwortet geblieben war, von den vielen vergeblichen Anrufen und vom letzten verhängnisvollen Anruf, als Lisbeth sich gemeldet hatte.

„Lisbeth ist seine Agentin. Er sagte zwar, dass er nicht an ihr interessiert sei, aber ...“ Corinna verstummte und wischte sich die Tränen aus den Augen.

„... aber du glaubst, dass sie sich ihn doch noch geangelt hat“, ergänzte Becky verständnisvoll.

Corinna nickte schweigend.

Becky dachte einen Moment nach, bevor sie fortfuhr. „Ich glaube, du solltest nicht so schnell aufgeben, Corinna. An deiner Stelle würde ich zumindest mit ihm reden – und sei es nur, um die endgültige Gewissheit zu bekommen, dass wirklich alles zu Ende ist.“

„Wahrscheinlich hast du Recht, Becky“, erwiderte Corinna schluchzend. „Aber ich bin nicht sehr mutig, weißt du? Jedenfalls werde ich morgen früh abreisen.“ Sie stand auf und umarmte ihre Tante. „Vielen Dank für alles. Vor allem für dein Verständnis.“ Dann verließ Corinna eilig den Raum.

Den ganzen Tag dachte sie über das nach, was Becky ihr geraten hatte. Während Corinna am Abend ihre Koffer packte, entschloss sie sich ganz spontan, Winston noch einmal anzurufen.

Nachdem Becky sich schlafen gelegt hatte, ging Corinna leise ins Büro und wählte Winstons Nummer. Corinna hatte ein dumpfes Gefühl im Magen, aber sie musste endlich Gewissheit haben.

Als sie nach längerem vergeblichen Warten gerade auflegen wollte, knackte es in der Leitung.

„Ja, bitte?“

Beim Klang von Lisbeths Stimme fiel Corinna der Hörer aus der Hand. Corinna bückte sich, hob ihn auf und legte auf. Nun gab es keinen Zweifel mehr daran, dass sie mit ihren Befürchtungen Recht gehabt hatte.

Am nächsten Morgen war Corinna früh auf den Beinen. Becky saß in ihrem Bett und frühstückte, als Corinna ins Schlafzimmer kam, um sich zu verabschieden.

„Wenn du das nächste Mal kommst, werden die Umstände glücklicher sein. Das verspreche ich dir.“ Becky stellte keine Fragen, doch ein Blick genügte, und sie wusste Bescheid. Sie hatte allerdings keine Idee, wie sie ihrer Nichte helfen konnte.

„Mach dir keine Sorgen um mich, Becky. Ich werde schon über alles hinwegkommen“, sagte Corinna. Was würde ihr anderes übrig bleiben?

„Tapferes Mädchen. Fahr vorsichtig. Auf welcher Route willst du fahren?“

„Ich nehme die Küstenstraße. Es dauert zwar ein wenig länger, aber ich bin nicht in Eile und möchte nicht durch Rouen.“ Mit Rouen waren zu viele Erinnerungen verbunden.

Nach dem Abschied von Becky verabschiedete Corinna sich von allen anderen im Haus. Jacques brachte ihr Gepäck zum Wagen, und als es verstaut war, brach Corinna auf.

Auf der Küstenstraße war es verhältnismäßig ruhig. Corinna fuhr dennoch vorsichtig und achtete darauf, dass jeder schnellere Wagen sie problemlos überholen konnte.

Nach etwa einer halben Stunde sah Corinna im Rückspiegel einen großen grauen Wagen viel zu dicht hinter ihrem. Wahrscheinlich ist es ein Mann, denn eine Frau würde nicht so rücksichtslos sein, dachte sie. Auf das männliche Geschlecht war sie im Moment nicht gut zu sprechen.

Sie fuhr schneller, doch der Wagen hinter ihr beschleunigte ebenfalls. Zu allem Überfluss wurde sie auch noch von der Sonne geblendet. An einer Stelle, wo die Straße kurvenfrei und gut zu übersehen war, drosselte Corinna das Tempo. „Nun überhol doch endlich“, schimpfte sie leise.

Der graue Wagen überholte tatsächlich, bremste jedoch vor ihr sofort wieder ab. Jetzt wurde es Corinna zu bunt. Sie fuhr rechts auf den Grasstreifen und hielt an.

Zu ihrem Entsetzen hielt der andere Wagen ebenfalls, wurde dann bis dicht vor ihren zurückgesetzt. Sie hatte schon des Öfteren gelesen, was Frauen geschehen konnte, die allein im Auto unterwegs waren, und bekam eine Gänsehaut. In Gedanken sah Corinna schon ihr Schicksal in den Schlagzeilen gewisser Zeitungen stehen.

Die Tür des grauen Wagens wurde geöffnet, aber Corinna konnte im blendenden Gegenlicht nicht die aussteigende Person erkennen.

Was jetzt? dachte Corinna.

Sie beschloss, ein Stück zurückzusetzen und dann wieder auf die Straße zu fahren. Mit feuchten Händen löste Corinna die Handbremse und legte den Rückwärtsgang ein. Die im Gegenlicht dunkel aussehende Person – zweifellos jedoch ein Mann – war schon fast am Seitenfenster, als Corinna die Kupplung losließ. Das tat Corinna in der Aufregung so schnell, dass sie den Motor abwürgte.

Der Mann klopfte ans Fenster, rief etwas und zerrte am Griff der Fahrertür, die zu Corinnas Erleichterung blockiert war. Vorsicht machte sich also wieder einmal bezahlt!

Hastig drehte Corinna den Zündschlüssel, doch da der Rückwärtsgang noch immer eingelegt war, folgte nur ein kurzer Ruck nach hinten.

Der Mann hatte sich nach unten gebeugt und schaute jetzt durchs Fenster. Schließlich nahm sie all ihren Mut zusammen und blickte ihn an. Als sie erkannte, wer es war, traute sie ihren Augen kaum.

„Nun mach endlich die verflixte Tür auf, Corinna!“ rief Winston.

Sie befürchtete, im nächsten Augenblick in Ohnmacht zu fallen, ließ sich zurücksinken und löste die Arretierung der Tür.

„Ist mit dir alles in Ordnung?“ fragte Winston, nachdem er die Tür geöffnet hatte.

„Nein“, erwiderte Corinna heiser. „Nichts ist in Ordnung. Ich dachte, ich verlöre vor Angst meinen Verstand.“

„Ach ja?“ fuhr er sie an. Offenbar dachte er nicht daran, sich bei ihr zu entschuldigen. „Wenn ich dich nicht zum Stehen gebracht hätte, hätte ich dir vermutlich bis zum Ärmelkanal folgen müssen. Ich fand gestern Nacht deinen Brief vor und machte mich in aller Herrgottsfrühe auf den Weg."

Sie befeuchtete ihre trockenen Lippen mit der Zunge. „Wie hast du mich gefunden?"

„Ich bin zuerst im Hotel gewesen. Becky sagte mir, dass du auf dieser Straße fährst, und ich fuhr dir sofort nach." Winston lächelte, aber es war ein grimmiges Lächeln. Er war anscheinend sehr verärgert.

Corinna ärgerte sich nicht weniger. „Du hättest mich um ein Haar von der Straße gedrängt."

„Das stimmt nicht."

„Doch." Sie betrachtete ihn genauer. Er sah müde aus, war blass und hatte dunkle Ränder unter den leicht geröteten Augen. „Wollen wir hier den ganzen Tag verbringen?" fragte sie schließlich.

„Natürlich nicht. Steig aus. Wir brauchen dein Auto im Augenblick nicht."

„Du bist wohl nicht mehr bei Sinnen!" protestierte sie. „Ich kann den Wagen doch nicht einfach hier stehen lassen. Was ist, wenn er gestohlen wird? Außerdem ist mein Gepäck im Kofferraum.

„Wir nehmen es mit. Nun steig endlich aus", drängte er und packte sie am Arm.

Als sie den Wagen verlassen hatte, schloss Winston ihn ab, holte das Gepäck aus dem Kofferraum und stellte es auf den Rücksitz des eigenen Wagens. Dann zog Winston sie zur Beifahrertür und bugsierte Corinna ins Auto.

„Ist das eine Entführung?" fragte sie empört, nachdem er sich hinter das Lenkrad gesetzt hatte.

„Du kannst es nennen, wie du willst." Winston drehte den Zündschlüssel, legte den Gang ein, und schon fuhren sie los. „Jedenfalls werde ich dich festhalten, bis ich weiß, was los ist."

Sie blickte sich zu ihrem Wagen um, der einsam und verlassen am Straßenrand zurückblieb. Wegen der plötzlichen Wendung der Ereignisse fühlte sie sich überrumpelt, aber immerhin war Winston neben ihr, und das war für sie im Augenblick das Wichtigste der Welt.

Zaghaft schaute Corinna ihn von der Seite an, während er mit überhöhter Geschwindigkeit über die Küstenstraße raste. Er sah starr geradeaus. Die Lippen hatte er zusammengepresst, sein Haar war hoffnungslos zerzaust. Insgesamt hatte Corinna den Eindruck, dass er Mühe hatte, seinen Ärger zurückzuhalten. Schließlich beschloss sie, irgendwie zu Winston durchzudringen.

„Du fährst ja einen Wagen ohne Automatikschaltung. Ist dein Bein jetzt wieder ganz in Ordnung?" fragte sie.

„Ja, danke der Nachfrage", erwiderte er knapp.

Nach einer längeren Schweigepause versuchte Corinna es noch einmal. „Wo fahren wir eigentlich hin?"

„Paris", sagte er mürrisch.

Da er offenbar keine Lust zum Reden hatte, gab sie auf.

Während der restlichen Fahrt sprachen sie kein Wort mehr miteinander. Winston kümmerte sich nicht um Verkehrsregeln, so dass Corinna angst und bange wurde.

Schließlich erreichten sie Paris, und bald darauf fuhr Winston auf den Parkplatz eines Wohnblocks mit Luxusapartments.

Nachdem sie ausgestiegen waren, griff Winston Corinna am Arm und führte sie wie eine Gefangene zu einem Aufzug, mit dem sie auf die oberste Etage fuhren.

Wenig später blickte Corinna sich verstohlen im luxuriös eingerichteten Penthouse-Apartment um. Riesige Fenster ermöglichten einen herrlichen Blick auf das Panorama der Stadt.

Mit barscher Stimme forderte Winston Corinna auf, sich zu setzen, und schubste sie zu einem weichgepolsterten Sofa mit Samtbezug. Da sie zu erschöpft war, um zu widersprechen, gehorchte sie.

Winston baute sich vor ihr auf und blickte zu ihr herunter. „Also los. Ich hätte gern einige Erklärungen."

„Solange du vor mir stehst wie ein Scharfrichter, sage ich kein Wort."

Er zog sich einen Stuhl heran, setzte sich und sah ihr forschend in die grünen Augen. „Zunächst wüsste ich gern, warum du mir die ganze Tortur zugemutet hast. Abends verbrachten wir eine unvergleichliche Zeit zusammen, und am nächsten Morgen hältst du mir all die schrecklichen Dinge vor und wirfst mich aus dem Hotel. Ich weiß noch immer nicht, womit ich das verdiente, Corinna. Ich weiß nur, dass es sehr wehgetan hat."

Trotzig hob sie den Kopf. „Dafür hast du dich aber erstaunlich schnell anderweitig getröstet.“

„Wovon redest du?“

Sie holte tief Luft und erzählte Winston von den Anrufen, bei denen Lisbeth sich letztendlich gemeldet hatte.

„Und du glaubtest wirklich, ich wäre mit Lisbeth ins Bett gegangen, nachdem ich die Nacht zuvor mit dir verbracht hatte? So etwas hast du mir wirklich zugetraut?“

„Was hätte ich denn sonst glauben sollen? Es war schon nach Mitternacht.“

„Ich verstehe.“ Er zögerte einen Augenblick, fuhr dann fort: „Ich möchte dir nicht mit dem abgedroschenen Satz ‚Aber es war nicht so, wie du denkst‘ kommen. Stattdessen werde ich dir haargenau erzählen, was an jenem Tag geschah. Und das musst du mir einfach abnehmen, denn es ist die reine Wahrheit.“

„Gut, gut.“ Corinna spürte, dass es jetzt keine Lügen mehr zwischen ihnen gab. Sie lehnte sich zurück.

Winston stand auf und setzte sich neben sie, vermied es jedoch, sie zu berühren. Er legte die Arme über die Oberschenkel und blickte auf den Teppich hinab. „Als ich nach Paris zurückkam, konnte ich die Leere in der Wohnung nicht ertragen. Jimbo – dein Vater – war noch nicht von seiner Geschäftsreise zurück. Also fuhr ich zuerst zum Pariser Büro meines Verlags, ließ die Diskette kopieren und beauftragte die Sekretärin, dir die Originaldiskette zurückzusenden. Ich gab ihr meine Visitenkarte und die Adresse des Hotels.“

Also deshalb war kein Brief bei der Diskette, dachte Corinna.

„Dann ging ich ins Kino, um nicht allein zu sein. Ich kann mich kaum noch an den Film erinnern. Hinterher ging ich stundenlang in der Stadt spazieren und grübelte darüber nach, warum du mich derart straftest. Ich war hin und her gerissen zwischen Wut über dein Verhalten und der furchtbaren Qual, dich verloren zu haben. Irgendwann landete ich in meinem Stammrestaurant, und dort traf ich ausgerechnet Lisbeth. Sie war mit einer Gruppe dort, trennte sich aber von den anderen und kam zu mir an den Tisch. Wie immer war sie gut gelaunt und unternehmungslustig. Sie sagte, sie sei gerade auf der Durchreise zur Buchmesse nach Monte Carlo. Mein Verleger hatte dort einen Stand, an dem unter anderem auch mein neuestes Buch vorgestellt wurde. Lisbeth meinte, dass es eine wundervolle Werbung wäre, wenn ich persönlich anwesend sein und das Buch signieren würde."

Er seufzte. „Mittlerweile war mir schon alles egal, und ich willigte ein, sie nach Monte Carlo zu begleiten. Wir fuhren zu mir nach Haus, und während ich meine Sachen packte, wartete Lisbeth auf mich. Wahrscheinlich hast du in der Zeit angerufen. Hinterher fuhren wir die ganze Nacht durch nach Monte Carlo."

Winston blickte Corinna durchdringend an. „Glaubst du mir, dass wir die ganze Nacht durchfuhren?"

Corinna lächelte. „Ja, ich glaube dir."

„In Monte Carlo machte Lisbeth die Bekanntschaft eines amerikanischen Filmproduzenten, und einige Tage später kehrte sie mit ihm zusammen nach Paris zurück. Ich traf alte Freunde von früher und blieb noch in Monte Carlo, wo ich Geld in der Spielbank verlor und viel trank – nun ja, es waren die üblichen unwirksamen Mittel gegen Liebeskummer und Herzschmerz. Dann hatte ich von Monte Carlo die Nase voll und beschloss, mit dem nächsten Zug nach Paris zurückzufahren."

Erneut seufzte er. „Als ich wieder zu Haus war, hörte ich eine Nachricht von Lisbeth auf dem Anrufbeantworter. Sie hatte mit dem Filmproduzenten einen Vertrag über die Verfilmung eines meiner Bücher ausgehandelt und wollte mich treffen, damit ich den Vertrag unterschreiben konnte. Ich stimmte zu, und kurz darauf kam sie in meine Wohnung. Sie blieb eine halbe Stunde, danach ging sie wieder zu ihrem Amerikaner zurück. Ich fand dann beim Durchsehen der Post, die sich während meiner Abwesenheit angesammelt hatte, deinen Brief und brach in aller Herrgottsfrühe zum Hotel auf. Den Rest kennst du ja."

Winston holte tief Luft und blickte Corinna fragend an. „Und jetzt würde ich gern deine Version der Geschichte hören."

Sie blickte auf ihre Hände. „Das Bild, das ich in den letzten Jahren von meinem Vater hatte, war stark geprägt durch die Erzählungen meiner Mutter. Ich hatte Vater sehr gern, und es tat mir unsagbar weh, dass er uns verließ. Meine Mutter stellte es so dar, dass er uns ohne finanzielle Unterstützung sitzen ließ, und das führte im Lauf der Zeit dazu, dass meine Liebe zu meinem Vater sich in bitteren Hass umwandelte. Schließlich verdrängte ich jeden Gedanken an ihn. Ich konnte es nicht einmal ertragen, wenn jemand seinen Namen erwähnte."

Jetzt holte Corinna tief Luft. „Als du mir sagtest, dass du mit ihm befreundet bist und dass er dich geschickt hätte, um mehr über mich zu erfahren, ging bei mir einfach eine Sicherung durch. Es tut mir so Leid, Winston. Ich war wirklich unfair." Danach erzählte Corinna, wie sie von Becky über die wahren Zusammenhänge aufgeklärt worden war.

Winston maß Corinna forschend. „Schriebst du den Brief an mich, bevor Becky das Bild, dass du von deinem Vater hattest, korrigierte?"

„Ja."

„Aber warum?"

Sie lächelte. „Jetzt verstehe ich, warum du Kriminalromane schreibst. Dir entgeht rein gar nichts."

Er rückte näher an sie heran. „Sag mir, warum."

„Ach ..." Verlegen schaute sie ihn an. „Ach, nun ja ... weil ich dich liebe."

Daraufhin nahm er sie in die Arme. „Liebe, wunderbare Corinna", flüsterte er. „Was ich in der letzten Woche durchmachte, war die reinste Hölle."

„Mir ging es ebenso", gestand sie.

Winston stand auf und zog sie zu sich hoch. „Lass uns keine Zeit mehr verlieren, Liebes."

Impulsiv schlang sie die Arme um ihn und rieb die Wange zärtlich an seiner.

Plötzlich wurden sie von einer Stimme unterbrochen, die von der Eingangstür zu ihnen herüberschallte, und verharrten regungslos.

„Hallo – ist niemand zu Haus? Winston?"

„Jimbo!" rief Winston schließlich freudig und löste sich von Corinna. „Das ist keine Verschwörung, Darling", sagte er leise zu ihr.

Er ging in den Flur, um den Ankömmling zu begrüßen. Sie verstand jedes Wort.

„Meine Güte, Winston, ich bin völlig geschafft“, erklärte der Ankömmling nach der Begrüßung. „Der Vertragsabschluss erfolgte früher als erwartet, und ich habe den nächsten Flug zurückgenommen ...“

Corinna hatte ein taubes, undefinierbares Gefühl. Sie starrte vor sich hin und war zu keiner Reaktion fähig, als ihr Vater ins Zimmer kam.

„Corinna?“

Stille.

„Corinna?“ wiederholte er leise.

Endlich hob sie den Kopf und sah ihren Vater an. Er hatte sich sehr verändert, war nicht so groß, wie sie ihn in Erinnerung gehabt hatte, und seine Haare waren grau geworden.

Hilfe suchend blickte sie zu Winston, doch er zuckte nur die Schultern und wusste keinen Rat. Während die drei schweigend dastanden, kam Corinna sich wie eine Schauspielerin vor, die mit zwei anderen Schauspielern auf einer Bühne stand und den Text vergessen hatte. Sosehr Corinna auch nachdachte, ihr fiel nichts ein, was sie hätte sagen können.

Sie entdeckte Falten über den Augenbrauen ihres Vaters, und der Blick, der einst so wach, so lebendig gewesen war, wirkte nun müde. Die kleinen Falten an den Mundwinkeln wiesen nach unten. Der einstmals strahlende Held schien vom Schicksal besiegt worden zu sein

Plötzlich dachte sie: Er ist alt.

Sie schluckte, und mit einemmal empfand sie Mitleid für ihren Vater – und Liebe. Im gleichen Augenblick fielen Corinna die einzig richtigen Worte ein.

„Hallo, Jimbo.“ Sie lächelte. Indem sie seinen Spitznamen benutzte, akzeptierte sie die Vergangenheit und legte Hoffnung in die Zukunft.

Der Überschwang der Gefühle, die in Corinnas Vater rangen, spiegelten sich auf seinem Gesicht wider. Schließlich breitete er einladend die Arme aus. Corinna lief zu ihm, ließ sich von ihm umarmen und schmiegte sich an ihn. Dann streckte sie die Hand nach Winston aus, um ihn in den Kreis zu ziehen.

„Ich glaube, mir kommen die Tränen.“ Corinna schluchzte.

„Mir auch“, sagte ihr Vater heiser.

Winston reichte ihr ein Taschentuch. „Ich finde, weinen befreit.“ Die trockene Art, mit der er den Gefühlsausbruch von Vater und Tochter kommentierte, brachte Corinna zum Lachen, und das wirkte ansteckend. Jimbo ließ sich in einen Sessel fallen, Corinna und Winston sanken auf das Sofa.

Jimbo war von seiner Tochter so fasziniert, dass er nicht den Blick von ihr abwenden konnte. „Ist sie nicht wunderschön, Winston?“

Der nickte. „Als ich sie zum ersten Mal sah, wurde mir bewusst, dass sie die schönste Frau ist, die mir je begegnete. Ich beschloss sofort, sie zu heiraten. Und damit wäre ich schon beim nächsten Thema.“ Er stand auf und verbeugte sich vor Corinnas Vater. „Ich möchte um die Hand Ihrer Tochter anhalten, Sir.“ Mit übertriebener Förmlichkeit fügte Winston hinzu: „Ich glaube, ich kann vom Einverständnis der Dame ausgehen.“

„Das darf doch wohl nicht wahr sein! Kaum habe ich meine Tochter zurück, kommt irgendein Kerl daher und will sie mir wieder fortnehmen.“ Aber dann stand Jimbo auf, küsste Corinna auf die Wange und schüttelte Winston die Hand. „Das klingt, als müssten wir eine Flasche Champagner aufmachen.“

Kurz darauf stießen sie mit Champagnergläsern an und begannen eine lange, ausgelassene Unterhaltung. Corinna war so glücklich wie seit langem nicht mehr.

Schließlich machten sich bei ihrem Vater die Folgen des langen Flugs bemerkbar. Er entschuldigte sich, küsste Corinna noch einmal auf die Wange und zog sich in eines der Gästezimmer zurück.

Als Corinna und Winston allein waren, legte er den Arm um sie. „Es war sehr wichtig für dich, nicht wahr?“

Sie nickte nur.

„Das kann ich gut verstehen.“ Winston fühlte, dass Corinna zitterte, und fuhr mit weicher Stimme fort: „Komm, Liebste, wir gehen ins Bett.“

EPILOG

Drei Monate später – die Sommerblumen standen in voller Blüte – gingen Mr. und Mrs. Winston Raven Hand in Hand durch Monets Garten in Giverny.

„Du hast mir nie geschildert, wie schön es hier wirklich ist“, sagte Corinna begeistert.

„Einen Ort wie diesen kann man einfach nicht beschreiben“ erwiderte Winston. „Es ist geradezu unvorstellbar, dass dies alles von einem einzigen Mann geplant wurde.“

Corinna fühlte, dass der Ort Winston etwas ganz Besonderes bedeutete.

„Meine Mutter brachte mich mit hierher, als ich ungefähr zehn war“, erklärte er da auch schon. „Es war ihr Lieblingsort. Sie malte selbst, aber nachdem sie Giverny zum ersten Mal gesehen hatte, zerriss sie all ihre Bilder. Dabei fand ich die Bilder wirklich gut.“

Sie setzten ihren Weg durch ein Meer von Farben fort. Enzianblau vermischte sich mit hellblau; kleine weiße Glockenblumen durchbrachen das Laub purpurfarbener Clematis. Flächen von rotem Mohn leuchteten vor grünem Hintergrund. Es war wie eine Orgie aus allen Farben, die der Sommer zu bieten hat. Die Luft war erfüllt vom Summen der Bienen, und unzählige Schmetterlinge flatterten über dem Blütenmeer.

Es gab noch etliche Besucher im Park, doch Corinna und Winston nahmen sie kaum wahr. Sie befanden sich in ihrer eigenen kleinen Welt.

„Ist es nicht eigenartig? Eigentlich wollten wir diesen Garten in unseren Flitterwochen besuchen, und nun besuchen wir ihn während der Flitterwochen eines anderen Paars“, sagte Winston plötzlich nachdenklich.

„Es war eine wundervolle Hochzeit“, erwiderte Corinna. „Becky und Louis sahen so glücklich aus. Und Becky muss nicht einmal ihr Hotel aufgeben, weil Pierre als fester Angestellter bleibt.“

Sie gingen in einen Tunnel, der zu Monets Haus führte.

„Dieser Tunnel führt direkt ins Feenreich“, behauptete Winston mit ernster Stimme.

„Ja, ja, du immer mit deinen Geschichten“, entgegnete Corinna amüsiert. „Neulich kamen Jimbo und ich aus irgendeinem Grund auf deinen Unfall zu sprechen, und ich fragte Jimbo, ob du wirklich von einer Kommode fielst, weil du dich vor einer Spinne in Sicherheit bringen wolltest. Er lachte und erzählte mir, dass du in Wirklichkeit dein Leben aufs Spiel setztest, um einen kleinen Jungen vor einem heranfahrenden Auto zu retten.“

„Du hättest wohl gern einen Helden als Ehemann?“

„Ich bin zufrieden mit dem, was ich habe.“ Sie küsste ihn zärtlich.

Als sie den Tunnel verließen und einen Bereich des Gartens betraten, in dem weniger Besucher waren, fragte Winston: „Bist du eigentlich mit deinem Leben in Frankreich zufrieden? Wenn du lieber in London leben würdest ...“

„Ich wohne sehr gern in Paris. Vor allem, seit ich mich gut auf Französisch verständigen kann“, erwiderte sie stolz.

„Und du bedauerst es nicht, dass du keine Arbeit hast?“

„Keine Arbeit? Als deine Sekretärin habe ich doch jetzt fast eine Vollzeitbeschäftigung. Schließlich heißt es nicht zu Unrecht, dass ein Schriftsteller eine gute Frau an seiner Seite haben muss. Außerdem werde ich bald viel mit der Einrichtung unseres Landhauses zu tun haben. Ich lebe wirklich gern in deinem und Jimbos Apartment, und es tut mir gut, Jimbo nach all den Jahren wieder näher zu kommen. Andererseits freue ich mich aber darauf, einen Platz ganz für uns allein zu haben, wo wir leben können, wie immer wir es wollen.“ Glücklich hakte sie sich bei ihm ein. „Sind wir nicht ein glückliches Paar?“

Sie gingen auf die Japanische Brücke und lehnten sich auf die Brüstung. Die Wasseroberfläche des Sees unter ihnen war glatt wie ein Spiegel.

„Hier könnte ich stundenlang stehen bleiben.“ Corinna hatte so leise und andächtig gesprochen, als wären sie in einer Kathedrale. „Sieh nur, wie die vielen Farben sich im Wasser spiegeln. Monet verbrachte sicherlich Wochen an dieser Stelle, um seine wundervollen Bilder zu malen.“

Sie blickte Winston an, doch der betrachtete nicht das Wasser, sondern sie.

„Unter allen Reflektionen im Wasser gab es eine ganz besondere, die Monet nicht sah“, meinte er geheimnisvoll.

Corinna beugte sich weiter über die Brüstung und suchte mit dem Blick aufmerksam die Wasseroberfläche ab. „Was meinst du? Ich kann nichts Besonderes erkennen.“

Winston legte den Arm um sie und deutete auf das klare Wasser. „Ich rede von dem Spiegelbild der schönsten Blume des ganzen Gartens. Und diese Blume bist du, Liebste.“

– ENDE –

Lynne Graham

Sprich nicht darüber

Roman

Aus dem Amerikanischen von
Jana Jaeger

1. KAPITEL

Rosies Herz pochte wie eine Trommel, als sie die Kirche betrat. Der Hauptansturm auf die vorderen Sitzplätze hatte sich gelegt, Rosie glitt in eine der hinteren Bänke. Von da aus konnte sie die Trauerfeier aus sicherer Entfernung verfolgen.

Anton Estrada war in London eine bekannte Persönlichkeit gewesen. Dementsprechend war das dämmerige Kirchenschiff bis auf den letzten Platz besetzt.

Ein schwarzer, goldbestickter Trauerschleier bedeckte Rosies Kopf, doch eigentlich war es ihr Kummer, der sie einhüllte wie eine dunkle Wolke. Seit sie denken konnte, war sie auf sich gestellt, nur für ein paar kurze Monate war Anton in ihr Leben getreten. Und nun war er gegangen, dieser warmherzige, humorvolle Mann. Er hatte ihr gesagt, sie sei das Glück, auf das er all die Jahre gewartet hatte, die Freude seines Lebens. Tränen standen in ihren grünen Augen, als sie auf den großen, kostbar gefassten Smaragd an ihrer Hand hinabsah, bis er vor ihrem Blick verschwamm. Wer wird mich nun lieben? dachte sie unglücklich. Würde überhaupt noch einmal jemand sie so lieben wie Anton?

Wie durch ein Wattepolster drangen Stimmen gedämpft zu ihr. Dann wurde es still. Benommen sah Rosie auf und stellte fest, dass die Andacht vorüber und die Kirche fast leer war. Rosie hatte so gut wie nichts vom Gottesdienst mitbekommen. Verlegen stand sie auf und wollte schnell zum Ausgang. Dabei verfing sich ein Ende ihres Schleiers an der Banklehne. Ihr Kopf ruckte heftig zurück, sie stolperte.

Unweigerlich wäre sie hingefallen, doch da spürte sie den Griff einer starken männlichen Hand auf ihrem Unterarm.

„Ist Ihnen nicht gut?“ Die Stimme klang tief und warm – und seltsam vertraut. Verwirrt schloss Rosie die Augen. „Sie sollten sich setzen.“

„Nein.“ Entschlossen richtete sie sich auf und schüttelte die fremde Hand ab. Da der Schleier noch immer festhing, gab es einen kleinen Ruck, und ihr üppiges dunkelrotes Haar ergoss sich über ihre Schultern. Zwangsläufig sah Rosie dem Mann in die Augen –

und erstarrte. Ihre Kehle war wie zugeschnürt, ihre Haut wirkte wie weißer Marmor. Das Blut rauschte ihr in den Ohren.

Constantin Voulos starrte sie regungslos an. Offenbar war er ebenso verblüfft. Er sah tatsächlich umwerfend aus, noch besser als auf Antons Fotos, stellte Rosie unwillkürlich fest. Dieses dichte schwarze Haar, die vollen, sinnlichen Lippen. Und bei dem Blick in die dunklen, rätselhaften Augen wurde Rosie direkt ein bisschen schwindlig. Er hielt ihren Blick fest, das Gefühl war beängstigend und hypnotisch, als stünde sie am Rand einer Klippe und ließe sich einfach fallen ... Die Luft blieb ihr weg, sie brachte kein Wort heraus. Die schiere Panik.

„Wer sind Sie?" Constantins Stimme war belegt. Er machte den Schleier los, trat nah an Rosie heran und reichte ihn ihr.

Rosie schluckte, mit zitternden Knien wich sie zurück. In ihr tobte ein Chaos von unbegreiflichen, unkontrollierbaren Gefühlen. Vor ihr stand Constantin Voulos, der Junge, den Anton und seine griechische Frau Thespina an Kindes statt großgezogen hatten. Aus dem Kind war ein Mann geworden.

„Ihr Schleier ..."

Widerstrebend streckte Rosie die Hand aus. Das war ein Fehler. Constantin ergriff ihre schmalen, bebenden Finger.

„Bitte ...", flüsterte Rosie. Sie wollte die Hand zurückziehen. Sie war völlig verspannt, fluchtbereit.

„Christos!" stieß Constantin da überrascht aus. Er hatte den antiken Smaragdring an ihrem Finger bemerkt. „Woher haben Sie den Ring?"

Vor Verblüffung lockerte er seinen Griff. Rosie machte sich frei, rannte aus der Kirche und die Stufen vorm Portal hinunter. Der Winterwind wühlte ihre Locken auf und bauschte den langen, weit geschnittenen schwarzen Mantel, so dass er aussah wie mächtige Flügel. Rosie stürmte durch die Grüppchen von verweilenden Traugästen auf die verkehrsreiche Straße. Das Bremsenquietschen und wütende Hupen nahm sie nicht wahr.

Zum letzten Mal ging Rosie durch die stillen Räume. Ohne Antons energiesprühende Gegenwart wirkte das hübsche kleine Haus wie eine leere Hülle. Rosie hatte alles entfernt, was an ihre Anwesenheit erinnern konnte. Gleich würde sie die Tür endgültig hinter sich schließen und in ihre Welt zurückkehren. Irgendwann in naher Zukunft wäre dieses Kapitel sowieso zu Ende gegangen, sagte sie sich.

Rosie liebte ihre Freiheit, nur Anton zuliebe hatte sie sich eingeschränkt. Er hatte diskutiert, argumentiert, gedrängt und schließlich gebeten, bis sie nachgab und bei ihm einzog. Sie war bereit, Kompromisse zu schließen, für ihn die Rolle zu spielen, die er sich wünschte. Doch sie wusste die ganze Zeit, dass sie eines Tages rebellieren würde.

„Ich bin ein unabhängiger Mensch", hatte sie ihm einmal erklärt.

„Aber nicht aus freier Entscheidung", widersprach Anton stur. „Die Verantwortung, die du als junges Mädchen tragen musstest, war nicht normal. Aber jetzt bin ich da, du kannst dich bei mir anlehnen."

Rosie hatte gelacht und ihm widersprochen, allerdings nicht besonders vehement. Er konnte nicht begreifen, was für ein Leben sie geführt hatte, aus welchen Kreisen sie kam, sie verstand ihn ja auch nicht wirklich. Und die Wahrheit würde ihn nur erschrecken. Sie hatten eine Brücke geschlagen über die Kluft von Reichtum und Bildung. Vorsichtig näherten sie sich von beiden Seiten an, und das ging erstaunlich gut, denn von Anfang an hatten sie sich gegenseitig vollkommen respektiert.

Was für ein ungeheures Glück ich doch hatte, dachte Rosie. Vier Monate reinster Wonne – das war vielen Menschen nie im Leben vergönnt. Vier Monate, in denen sie bedingungslos, selbstlos, abgöttisch geliebt wurde. Diese Glückseligkeit hatte die schlimme Vergangenheit ausgelöscht.

Rosie unterdrückte die aufsteigenden Tränen und lächelte versonnen. Die schönen Erinnerungen konnte ihr niemand nehmen. Genauso wenig wie den Ring, der seit zweihundert Jahren der Familie Estrada gehörte, Antons einziges greifbares Vermächtnis für sie. Als er ihr den Ring an den Finger steckte, hatte er Tränen in den Augen gehabt und sich nicht dafür geschämt.

„Jetzt wird er wieder getragen, denn dazu wurde er geschaffen", hatte er gesagt.

Rosie dachte an Constatins empörten Ausruf, als er den Ring erkannte. Sie lachte trocken auf. Ja, ich habe dieses Geschenk angenommen, Constantin Voulos, und du solltest froh darüber sein. Denn wenn ich geldgierig wäre, hätte ich mir viel, viel mehr nehmen können, dachte sie. Anton hatte ihr regelrecht die Welt zu Füßen legen wollen. Sein Glück und sein Stolz auf sie hatten auf fast unverantwortliche Weise andere Bindungen in den Hintergrund gedrängt. Das war übrigens das einzige Thema, über das Rosie mit Anton je gestritten hatte.

Sie hatte Schuldgefühle empfunden und wollte dennoch ihren Überzeugungen treu bleiben. Nicht, dass sie sich wie eine Ausbeuterin vorkam – sie konnte es nur einfach nicht fassen, wie jemand so unermesslich reich sein konnte. Es war ihr eigenes Unbehagen diesem Luxus gegenüber, das sie so gut es ging für sich behielt, weil es Anton bekümmert hätte. Aber sie war eben auch nur ein Mensch mit Fehlern und Schwächen, anfällig für jammerndes Selbstmitleid und – ja, Neid.

Mit neun Jahren hatte Constantin Voulos seine Eltern durch einen Autounfall verloren. Anton und Thespina hatten den Jungen bei sich aufgenommen und erzogen, als wäre er ihr eigenes Kind. Anton war nie auf die Idee gekommen, dass die ständigen Lobpreisungen der Tugenden und Talente seines Ziehsohns Rosie auf die Nerven gehen könnten. Doch insgeheim beneidete sie Constantin um das unverdiente Glück, bei so wunderbaren Menschen aufgewachsen zu sein, und sie schämte sich dafür.

Die Stille im Haus wurde für Rosie immer unerträglicher. Der Hall ihrer Schritte machte sie ganz nervös. Sie hätte noch an Antons Todestag ausziehen sollen, aber das Ganze hatte sie so überwältigt, dass sie einfach nicht mehr vernünftig reagieren konnte. Vor sechs Wochen erst war er mit einem leichten Herzschlag in die Klinik gekommen. Rosie war sofort bei ihm und ließ sich nur widerstrebend wegschicken, als sie erfuhr, dass Thespina und Constantin bereits am Flughafen gelandet waren.

„Bleib bei mir – sollen die anderen doch zum Teufel gehen!“ hatte Anton ungnädig gewettert. Dass die Krankenschwester Rosies Besuch abwimmeln wollte, hatte ihn total erbost.

„Das ist nicht dein Ernst", sagte Rosie. „Das kannst du deiner Frau nicht antun." Da sprach ihr besseres Ich. Ihre weniger edle Hälfte fand, dass sie mehr Recht hatte als sonst jemand, bei Anton zu sein, und doch musste sie sich erst den Zugang erkämpfen und sich dann heimlich davonschleichen.

„Du nennst sie nie beim Namen." Anton seufzte tief.

Rosie wurde rot und wich seinem Blick aus. Sie bekam die widerstreitenden Gefühle nicht in den Griff, den Schmerz, das Schuldbewusstsein. Thespina war seit dreißig Jahren seine Frau, eine treue, liebevolle Gattin, und er hatte sie grausam betrogen. Die Tatsache, dass Thespina von dem Betrug nichts wusste und auch nichts erfahren sollte, machte es für Rosie nicht gerade leichter, mit der konkreten Existenz dieser Frau fertig zu werden.

Eine Woche lang stahl sich Rosie in die Klinik. Ihr angeborener Optimismus überwand bald die verzweifelte Sorge um Antons Befinden. Er war erst 55. Er hatte zu viel gearbeitet. Ach, wie oft hatten sie über eine ruhige, behagliche Zukunft gesprochen. Keiner von beiden hatte damit gerechnet, dass die Zukunft in ein paar Wochen zu Ende sein würde.

Anton hatte einen Genesungsurlaub gemacht, eine Kreuzfahrt zu den griechischen Inseln. Und an dem Tag, als er nach London zurückflog, kam der zweite Herzinfarkt.

„Innerhalb von Minuten war es vorbei", hatte seine Sekretärin am Telefon geschluchzt. Wortlos legte Rosie auf. Selbstverständlich konnte sie nicht zum Begräbnis nach Griechenland fahren, stattdessen ging sie zur Trauerfeier. Und lief dabei ausgerechnet Constantin Voulos in die Arme.

Hätte sie doch besser aufgepasst! Die gestrige Begegnung mit ihm hatte Rosie total aufgewühlt. Sie hätte auch längst ihre Sachen packen und nach Haus fahren sollen. Aber sie wollte in aller Stille in diesem kleinen Haus von ihrem Vater Abschied nehmen, den sie so kurz gekannt hatte.

„Rosalie ...?"

Ihr Puls setzte einen Moment aus, die Kehle wurde ihr trocken. Erschrocken fuhr sie herum.

Constantin Voulos stand auf dem Treppenabsatz vor ihrem ehemaligen Schlafzimmer. Er atmete schwer, sein kantiges, attraktives Gesicht wirkte wie eine harte, zornige Maske, als er auf Rosie zukam. „Das ist doch Ihr Name, nicht?"

„Was wollen Sie hier?" brachte sie heraus. Kalte Furcht stieg in ihr auf. „Wie sind Sie hereingekommen?"

„Sie niederträchtige kleine Hexe", fuhr Constantin sie an. Mit seiner eindrucksvollen Körpergröße blockierte er die Tür, so dass Rosie nicht hinaus konnte. Er ließ sie keinen Moment aus den Augen, sein intensiver Blick schien sie direkt festzunageln.

Rosie riss sich zusammen und straffte die schmalen Schultern. Sie war blass geworden, aber sie gab nicht klein bei. „Ich weiß nicht, wer Sie sind und was Sie wollen ..."

„Sie wissen genau, wer ich bin!" erwiderte Constantin ungerührt und kam drohend einen Schritt näher.

„Lassen Sie mich in Ruhe!" Fieberhaft überlegte Rosie, wie er sie gefunden haben konnte und wie viel er von ihr wusste.

„Ich wünschte, ich könnte. Nichts wünschte ich mir mehr", stieß Constantin hervor. Er hatte die Hände zu Fäusten geballt, seine ganze Haltung drückte Wut aus, sein Blick war wie eine Sturmwarnung.

Rosie wich zurück, bis sie mit den Beinen die Bettkante berührte. „Was wollen Sie von mir?"

„Ich würde Sie am liebsten vom Erdboden verschwinden lassen, aber das kann ich nicht – und das macht mich rasend. Wie konnten Sie Anton zu so einer Verrücktheit treiben?"

„Zu ... was?" flüsterte Rosie verständnislos. Sie hatte solche Angst, dass sie nicht klar denken konnte.

„Wie haben Sie diesen grundehrlichen, aufrichtigen Menschen dazu gebracht, seine Würde und seine Familie zu verraten?" schnaubte Constantin.

„Ich weiß nicht, wovon Sie sprechen."

„Sie wissen nicht, was Anton wenige Tage vor seinem Tod veranlasst hat?" fuhr Constantin sie an. Er warf einen Blick auf den Koffer auf dem Bett und hob verächtlich die Mundwinkel. „Soll ich Ihnen wiederholen, was er als Letztes sagte, bevor er in meinen Armen starb?"

Benommen schüttelte Rosie den Kopf. Die dunkelroten Locken fielen ihr in die Stirn. Sie hatte nicht geahnt, dass Constantin in Antons Sterbestunde bei ihm gewesen war. Seltsamerweise schmolz bei dem Gedanken der kalte Klumpen ein bisschen, den sie seit jenem schrecklichen Tag im Magen spürte. Die Sekretärin hatte voreilig angenommen, Anton sei allein gestorben. Constantin war bei ihm gewesen, und Rosie wusste, was das für ihren Vater bedeutet haben musste.

Constantin lachte laut und rau, es erschreckte Rosie. Im Blick seiner dunklen Augen lag unverhüllter Abscheu. „Er kämpfte um jedes Wort, und er sprach nur von Ihnen!"

„Oh ..." Das klang so hilflos, wie Rosie sich fühlte. Sie erkannte Constantins Schmerz, aber sie wollte ihn nicht wahrhaben. Sie wollte überhaupt nichts mit Constantin Voulos zu tun haben.

„Ich musste ihm bei meiner Ehre schwören, Sie zu beschützen und seinen letzten Willen zu respektieren. Dabei wusste ich gar nichts von Ihrer Existenz! Ich begriff nicht, was er meinte – und von seinem letzten Willen erfuhr ich erst gestern." Erneut überkam ihn die Wut, er bebte am ganzen Körper. „Er hatte ein neues Testament aufgesetzt. Wenn der Presserummel Thespina nicht so zusetzen würde, brächte ich Sie vor Gericht für Ihre Gier und Berechnung, bevor Sie eine einzige Drachme zu sehen bekämen!"

„Ein neues Testament?" Rosie biss die Zähne zusammen und zwang sich, die hässlichen Anspielungen zu überhören. Nur ihre Wangen wurden heiß vor Wut. Zumindest wusste sie jetzt, was Constantin Voulos hier wollte und warum er sich so aggressiv verhielt. Offenbar hatte Anton ihr in seiner Halsstarrigkeit etwas vermacht, obwohl sie das immer strikt abgelehnt hatte.

Constantin ließ sie nicht aus den Augen. „Vor einigen Monaten äußerte Thespina mir gegenüber den Verdacht, Anton könnte ein Verhältnis haben. Ich habe sie laut ausgelacht! Ich hielt ihr vor Augen, dass Anton nur wegen seines neuen Geschäftsprojekts so viel Zeit in London verbrachte. Wie naiv ich war. Ich unterschätzte den Reiz, den Jugend und Schönheit selbst auf diesen ehrbarsten aller Männer ausüben können. Anton war vernarrt in Sie ... Er starb mit Ihrem Namen auf den Lippen."

„Er hat mich geliebt", sagte Rosie leise. Tränen brannten in ihren Augen, sie musste sich abwenden.

„Und ich würde mich eher umbringen lassen, als dass Thespina davon erfährt", gab Constantin zurück.

Rosie begriff. Offensichtlich wusste Constantin Voulos keineswegs, wer sie war. Er dachte, sie sei Antons Geliebte, die er nach seinem Tod versorgt wissen wollte. Es war lächerlich, aber ihr war nicht zum Lachen. Sie presste die Lippen fest zusammen. Anton hatte die Wahrheit für sich behalten, um seiner Frau nicht weh zu tun. Er nahm den Fehltritt von vor achtzehn Jahren mit ins Grab. Und Rosie war es ihrem Vater schuldig, diesen Wunsch zu achten. Wem sollte eine Enthüllung auch nutzen?

Rosie war nicht auf eine Erbschaft angewiesen. Sie konnte auf eigenen Füßen stehen und wollte Antons Witwe nichts streitig machen. Mit dem Ring war es eine andere Sache. Er stellte das Symbol der Verbundenheit mit einer Familie dar, die ihr all die Jahre lang so sehr gefehlt hatte.

„Wie Sie sehen, reise ich ab." Rosie hob stolz den Kopf und musterte den einschüchternden Mann mit unverhüllter Feindseligkeit. „Machen Sie sich keine Sorgen. Ich werde niemanden in Verlegenheit bringen."

„Wenn es so einfach wäre, hätte ich mir diese unerfreuliche Begegnung erspart", schoss Constantin zurück. „Ich hätte Sie einfach aus dem Haus geworfen."

Rosie brachte ein spöttisches Lachen zustande. Allmählich erwachte ihr alter Kampfgeist. „Nein, wirklich?"

Misstrauisch sah Constantin zu dem offenen Koffer hinüber. „Vielleicht wollen Sie nur ein paar Tage verreisen. Ich glaube einfach nicht, dass Sie für immer verschwinden werden."

Rosie warf ihm einen vernichtenden Blick zu. „Sie sind wohl gar nicht von sich überzeugt, wie? Warum sollte ich meine Zeit damit verschwenden, Sie von irgend etwas überzeugen zu wollen?"

Constantins Gesicht wurde tiefrot, sie hatte ihn getroffen. „Ich werde mich nicht soweit herablassen, mit einer Hure herumzustreiten."

Rosie besaß eine scharfe Zunge, mit der nicht leicht jemand mithalten konnte. Doch mit so einer Beleidigung hatte sie nicht gerechnet. Sie bebte vor Zorn. „Raus!" rief sie. „Verlassen Sie sofort das Haus, sie widerliches Ekel!"

„Erst, wenn Sie mir eine Frage beantwortet haben", gab Constantin ungerührt zurück. „Sind Sie schwanger?"

Rosie erstarrte.

Constantin blickte anzüglich auf ihre weit geschnittene Bluse. „Falls Sie schwanger sind – und nur dann – könnte ich Antons Verhalten verstehen", sagte er schroff. Aber auf Rosie wirkte er eher verunsichert.

Die möglichen Konsequenzen machten ihm sichtlich zu schaffen. Seine gebräunte Haut wurde regelrecht grau. Aber wie Constantin Voulos erst schlucken würde, wenn Rosie ihm ihre wahre Beziehung zu Anton enthüllte. Die Vorstellung verschaffte ihr eine boshafte Befriedigung.

Antons Kind – ehelich oder nicht – hätte selbstverständlich gewisse Ansprüche auf sein Vermögen. Wenn Rosie Constantin aufklärte, könnte sie dieselben Rechte geltend machen. Sie war Antons Tochter, sein einziges Kind, der letzte Spross der Familie Estrada. Wie konnte Constatin es wagen, sie als berechnende Erbschleicherin hinzustellen!

„Sie antworten nicht." Constantin schien irgendwie nervös, nicht mehr ganz so selbstsicher. „Selbst wenn ich richtig liege mit meiner Vermutung, ändert das nichts an meiner Meinung von Ihnen. Aber ich müsste mich wohl für meine heftigen Worte entschuldigen."

Rosie hätte am liebsten laut gelacht, so absurd kam ihr die Situation vor. Woher diese plötzliche Kehrtwendung? Hatte Constantin wirklich Angst, sie könnte ihre Macht als Mutter von Antons Kind einsetzen, um seine Träume von einem reichen Erbe zu zerstören?

„Ich versichere Ihnen", setzte Constantin tonlos hinzu, „sollte es an dem sein, werde ich Ihren Anspruch mit jedem verfügbaren Test überprüfen lassen."

Das Ganze war wie eine Komödie, bei der sich jemand in völlig irrationalen Ängsten und Vermutungen verstrickt. Vor lauter Schreck vergaß Constantin sogar, was er zuvor selbst eingewendet hatte.

„Wäre das für Thespina nicht ein ziemlicher Schock?“ bemerkte Rosie mit trügerischer Sanftheit.

Constantin sog die Luft durch die Zähne, seine Augen sprühten Gift und Galle. „Ihre Bosheit ist unübertroffen.“

Rosie bereute ihre Worte sofort, das klang wirklich gemein. Zwar hatte sie einen Augenblick lang das Bedürfnis gehabt, sich an Thespina und Constantin zu rächen – aber wofür eigentlich? Verlegen schloss sie den Koffer und hob ihn vom Bett. „Ich bin nicht schwanger, Sie können ganz beruhigt sein. Und jetzt verschwinden Sie. Von meiner Seite haben Sie und Thespina nichts zu fürchten.“

Von unten drang der Klang der Türglocke in das angespannte Schweigen im Raum.

„Das wird mein Taxi sein.“ Erleichtert ging Rosie an Constantin vorbei. Ihre Knie fühlten sich weich an, aber das plötzliche Gefühl von Überlegenheit gab ihr Kraft. Anton hatte seinen Ziehsohn falsch beurteilt. Constantin war keineswegs der unfehlbare, edle Mensch, als den er ihn immer hingestellt hatte.

In seiner Gutgläubigkeit hatte Anton gemeint, Constantin würde eine leibliche Tochter aus einer früheren Beziehung mit offenen Armen aufnehmen. Rosie hatte es jedes Mal bezweifelt, wenn ihr Vater versicherte, Constantin wäre überglücklich, unversehens eine kleine Schwester zu bekommen. Immerhin war Anton so taktvoll, sie nie als Bruder und Schwester zu bezeichnen.

Aber er erging sich mit Begeisterung in Reden über Familiensinn und -zusammenhalt, Familienehre, familiäre Verpflichtungen. Er hätte nie begriffen, dass Rosie sich eher die Hand abhacken würde, als sich irgendjemandem zu verpflichten. Außerdem war sie von Natur aus illusionslos.

Constantin hatte auf die Vorstellung, Anton könnte ein Kind haben, genauso reagiert, wie Rosie erwartet hatte: schockiert, bestürzt, entsetzt. Er sah seine finanziellen Interessen gefährdet. Über solche Geldgier, ja, einem Menschen wie Constantin Voulos fühlte sie sich total überlegen. Sie hob das Kinn.

„Lassen Sie die Tür zu!“ befahl Constantin plötzlich.

Rosie fuhr herum. Er stand mitten auf der Treppe, sein Blick war geradezu wild.

„Wieso ...?"

„Still!" flüsterte er mit einer herrischen Handbewegung.

Rosie dachte nicht daran zu gehorchen. Sie ging zur Haustür und machte sie auf. Zu ihrer Verwunderung stand da nicht der Taxifahrer.

Eine kleine, schlanke Frau in schwarzem Kostüm starrte sie aus großen, traurigen Augen an. Ihre olivfarbene Haut wurde zusehends blass. Unsicher trat die Frau einen Schritt zurück und runzelte die Stirn. Constantins hohe Gestalt erschien hinter Rosie.

Der Frau ihres Vaters persönlich gegenüberzustehen, war ein Schock für Rosie. Doch sie bemühte sich, ihr Erschrecken zu verbergen. Sie spürte eine schwere Hand auf der Schulter wie eine eiserne Fessel. Constantin sagte etwas in sanftem Griechisch, aber Rosie empfand die harte Anspannung in seinem großen, starken Körper, als er geradezu aufdringlich nah neben sie trat.

Unvermittelt streckte die Frau ihre Hand aus und ergriff Rosies Finger. Sie betrachtete eingehend den Smaragd, dessen grüne Tiefen im Sonnenlicht schimmerten. „Der Verlobungsring der Estrada", flüsterte sie. Dann sah sie auf. „Natürlich ... Anton gab dir den Ring für sie! Constantin, wie konnte ich nur so dumm sein. Ich hätte es mir denken können. Aber warum hast du mir nichts davon gesagt?"

Constantin atmete scharf ein, Rosie spürte seine Unruhe. „Es schien mir nicht der richtige Moment zu sein, eine Verlobung zu verkünden ..."

„So können nur Männer denken. Als würde mich die Nachricht von deiner Heirat nicht jederzeit glücklich machen." Thespina lächelt selig, ihre Unsicherheit war verschwunden, sie strahlte Rosie an. „Wie lange sind Sie denn schon mit meinem Sohn verlobt?"

„Verlobt?" wiederholte Rosie und fuhr sich mit der Zungenspitze über die Unterlippe.

„Erst seit kurzem", warf Constantin ein.

„Aber das hättest du mir sagen sollen", schalt Thespina sanft. „Glaubst du wirklich, dein Glück hätte mir Kummer bereitet? Wenn du wüsstest, was für unsinnige Befürchtungen ich hatte, als ich zu diesem Haus kam ..."

Ein Taxi bog geräuschvoll in die Auffahrt. „Das ist für mich", murmelte Rosie erleichtert.

„Sie gehen? Aber wir haben uns noch gar nicht richtig kennen gelernt", protestierte Thespina sichtlich enttäuscht.

„Rosalie muss ihr Flugzeug erwischen, sie ist schon spät dran", erklärte Constantin geistesgegenwärtig. Er nahm Rosies Koffer und trug ihn zum Taxi.

„Rosalie ... Das ist ein sehr ... ein sehr hübscher Name", bemerkte Thespina. Herzlich fügte sie hinzu: „Verzeihen Sie, dass ich so hereingeplatzt bin, aber wir sehen uns sicher bald wieder."

„Es tut mir Leid, dass ich weg muss", erwiderte Rosie steif. Sie mied Thespinas Blick.

Constantin hielt bereits die Taxitür auf. Rosie hatte den Eindruck, er hätte sie am liebsten zum Teufel gewünscht. Doch bevor sie einstieg, umschlang er sie heftig und senkte den Kopf. Seine Augen wirkten wie harte Diamanten. „Wir haben einiges zu besprechen. Wann kommen Sie zurück?"

„Nie."

„Die Habgier wird Sie zurückbringen", stieß er gepresst hervor. Er musste leise sprechen, damit Thespina nichts hörte. „Jetzt muss ich mich leider von Ihnen verabschieden wie ein Verliebter."

„Nur zu, wenn Sie mein Knie an einer wirklich schmerzhaften Stelle haben wollen", meinte Rosie mit einem süßen Lächeln.

„Verd..." Constantin umklammerte hart ihren Ellenbogen. Mit grimmiger Entschlossenheit beugte er sich herunter und drückte ihr einen flüchtigen Kuss auf die Augenbraue.

Rosie machte sich steif, aber bei der Berührung schauderte sie, wich zurück und kletterte hastig in den Wagen. Das Taxi fuhr an, und Rosie fühlte sich nicht einmal in der Lage, nach hinten zu sehen oder zu winken, um die Komödie vollkommen zu machen. Ihr Puls raste, ihr war regelrecht übel.

Sie faltete die Hände im Schoß. Sie spürte den Ring und ärgerte sich über sich selbst. Hatte sie diese Situation nicht herausgefordert? Sie hätte das Haus auf der Stelle verlassen müssen, als sie von Antons Tod erfuhr. Und sie hätte den Smaragd nicht so ostentativ tragen dürfen.

Ihr Magen zog sich zusammen. Sie sah Thespinas Gesicht vor sich, so traurig, so ängstlich. Antons Witwe hatte irgendwie die

Adresse erfahren und sich aufgemacht, den Tatsachen ins Auge zu sehen. Wie Constantin wusste sie nur eine Erklärung für Antons zweiten Wohnsitz in London – dass ihr Mann ein Verhältnis hatte.

Rosie fühlte sich erbärmlich. Hätte Constantin nicht so aalglatt reagiert, was wäre passiert? Hätte er nicht behauptet, der Estrada-Ring sei sein Verlobungsgeschenk, was hätte Thespina gedacht?

Wie Antons Witwe aufgeatmet hatte, als sie erfuhr, das Haus und das junge rothaarige Mädchen gingen auf Constantins Rechnung, nicht auf die ihres Mannes. Und Thespinas aufrichtiges Freundschaftsangebot – einfach schrecklich. Rosie hatte sich nie verstellt, aber in diesem Fall ging es um eine arglose Ehefrau, die keinem etwas getan hatte und bereits genug Kummer im Leben gehabt hatte.

Thespina hatte Anton nicht das Kind schenken können, das sich beide so sehr wünschten. Mehrere Fehlgeburten hatten alle Hoffnungen zunichte gemacht. Nur einmal konnte Thespina ein Kind austragen – es war eine Totgeburt, ein letzter grausamer Schlag für das Paar.

Danach fiel Thespina in tiefe Depressionen, Anton musste allein mit seinem Kummer fertig werden. Die einstmals glückliche Ehe kriselte. In dieser Zeit war es, dass Anton untreu wurde, mit Rosies Mutter Beth ...

2. KAPITEL

Bevor Rosie in den Zug nach Yorkshire stieg, ging sie in eine Telefonzelle. Sie wählte die Nummer von Antons Haus in der Hoffnung, Constantin noch zu erreichen.

Als sie seine Stimme hörte, atmete sie tief durch und sagte sehr sachlich: „Hier ist Rosie. Hören Sie, das vorhin war mein voller Ernst. Sie können das ganze Erbe behalten, okay?"

„Was ist das für ein Spiel, das Sie da treiben?" gab Constantin unwirsch zurück. „Glauben Sie, ich lasse mich von diesem Unsinn beeindrucken? Thespina ist weg, wir müssen miteinander reden. Kommen Sie auf der Stelle zurück!"

Rosie knirschte mit den Zähnen. Warum hatte sie überhaupt angerufen? Sie schuldete weder Constantin noch Thespina etwas. „Nein, ich ..."

„Meinen Sie, ich hätte nichts anderes zu tun, als mit Früchtchen Ihrer Art meine Zeit zu vertun?"

„Was glauben Sie eigentlich, mit wem Sie reden?" schlug Rosie zurück. Sie kam allmählich in Fahrt. „Ich bin keine dumme Pute, mit der Sie umspringen können, wie Sie wollen! Lassen Sie sich gesagt sein, Sie Angeber, dass Sie mich mit Ihrem Gebrüll und Ihren teuren Klamotten absolut nicht beeindrucken. Ich verspüre nicht das geringste Bedürfnis, Ihnen jemals wieder zu begegnen!"

Zitternd vor Wut hängte sie ein und nahm ihren Koffer. Was hatte sie erwartet? Anton hatte sie absolutes Vertrauen in die Menschheit zu lehren versucht, offenbar war das falsch.

Jetzt war ihr Vater tot, sie konnte sich keine Gefühlsduselei mehr erlauben.

Maurice tappte müde in die Küche. Er war über ein Meter neunzig groß und hatte die Figur eines Preisboxers, aber die harte Arbeit hatte sogar seine enormen Kräfte erschöpft. Die wilde blonde Mähne hing ihm in matten Strähnen um den massigen Kopf. „Hast du vielleicht Bier mitgebracht, als du einkaufen warst?"

Rosie sah nur kurz vom schmutzverklebten Herd auf, den sie gerade schrubbte, und warf ihm einen vernichtenden Blick zu. „Bist du noch bei Trost?"

„Du bist doch nicht etwa immer noch sauer?" meinte Maurice, ganz gekränkte Unschuld. „Du hättest wirklich anrufen sollen. Wenn ich geahnt hätte, dass du kommst, hätte ich Lorna gebeten zu putzen ..."

Empört fauchte Rosie: „Deine Schwester ist selbst voll berufstätig. Du solltest dich schämen, Maurice. Als wir hier einzogen, hast du versprochen, die Hausarbeit ehrlich zu teilen. Und kaum drehe ich dir mal den Rücken, lässt du das Cottage im Schmutz verkommen und verwandelst den Garten in eine Müllhalde!"

Maurice scharrte verlegen mit den riesigen Füßen. „Ich habe nicht aufgeräumt, weil ich nicht mit dir gerechnet habe ..."

„Spar dir die Ausreden. Beweg deine gewaltigen Muskeln und

schaff die zwei grässlichen Badewannen vom Rasen in den Schuppen!"

Maurice grinste unglücklich. „Der Schuppen ist voll."

„Dann verkauf sie auf dem Flohmarkt. Hier ist keine Müllkippe!"

„Auf dem Flohmarkt? Spinnst du? Die sind eine Menge wert", rief Maurice entsetzt. „Für eine von denen bekomme ich mehr, als du in einer Woche mit deinem Nippes auf dem Markt verdienst!"

Unwillkürlich musste Rosie lächeln. Vielleicht war sie wirklich ungerecht zu Maurice. Er war ihr bester Freund, seit sie dreizehn war. Sie seufzte. „Okay, geh erst mal duschen. Ich helfe dir dann, den Garten aufzuräumen."

Doch Maurice drückte sich weiter in der Küche herum. Er hüstelte. „Du ... Ich wollte es dir schon gestern sagen, aber mir fehlten die richtigen Worte ... Es tut mir ehrlich Leid, dass du deinen Vater so bald wieder verloren hast."

Rosies Kehle wurde eng. „Ja, er war ein wunderbarer Mensch", murmelte sie. „Ich bin froh, dass ich ihn überhaupt noch kennen gelernt habe."

„Hm." Maurice schien noch mehr auf dem Herzen zu haben. „Aber warum bist du so schnell wieder hier? Er hat dir doch sicher einiges hinterlassen?"

„Darüber möchte ich nicht sprechen", sagte Rosie knapp.

„Hör mal, Rosie, du solltest nicht immer dicht machen, wenn es schwierig wird."

Rosie wurde rot. Sie drehte den Kopf weg. Es war unangenehm, an ihr früheres Verhalten erinnert zu werden.

„Du kannst das Erbe nicht einfach ignorieren. Der Notar wird dich suchen lassen, dazu ist er verpflichtet", fügte Maurice hinzu.

„Da kann er lange suchen. Ich habe keine Adresse hinterlassen."

„Aber warum nimmst du nicht an, was dir zusteht? Du könntest den Marktstand aufgeben und den Antiquitätenladen mieten, von dem du immer geträumt hast", beharrte Maurice. „Wir könnten vielleicht sogar meinem Onkel dieses Haus abkaufen."

Es steckt Maurice im Blut, sagte sich Rosie. Wenn er Geld witterte, kannte er keine Grenzen. Wahrscheinlich war er mit fünfundzwanzig Millionär, sein Unternehmen für Hausrenovierungen blühte jedenfalls.

„Dein Vater wollte dir bestimmt ein sorgenfreies Leben bereiten“, fuhr Maurice überzeugt fort. „Oder fühlst du dich seiner Witwe gegenüber schuldig? Ich wette, sie ist bestens versorgt.“

Aufgebracht fuhr Rosie herum. Aber Maurice hatte sich schon die Treppe hinauf gerettet. So konnte sie ihm nur noch nachrufen, er solle sich gefälligst um seine Angelegenheiten kümmern. In der Tür zu dem kleinen Wohnzimmer blieb sie stehen und betrachtete kopfschüttelnd das Chaos aus leeren Bierdosen, Fastfood-Verpackungen und Autozeitschriften. Sie rümpfte die Nase. Es würde Tage dauern, bis sie das hübsche Cottage wieder bewohnbar gemacht hatte. Stöhnend rieb sie sich die verspannten Schultern und trat vor die Haustür in die Frühlingssonne.

Eine silberfarbene Limousine bog in die schmale Zufahrt zum Cottage ein und hielt hinter Maurices Lieferwagen. Ein Chauffeur in Uniform stieg aus und öffnete die hintere Tür. Vermutlich ein Kunde für Maurice. Rosie ging auf das eindrucksvolle Fahrzeug zu.

Wie versteinert blieb sie stehen, als sie den großen, dunkelhaarigen Mann im taubengrauen Maßanzug erkannte.

Constantins schwarzes Haar glänzte in der Sonne, seine gebräunte Haut schimmerte golden, sein scharf geschnittenes Gesicht wirkte hart. Mit langen, energischen Schritten kam er auf Rosie zu, seine Bewegungen wirkten geschmeidig wie die eines Raubtiers. Der Blick seiner dunklen Augen mit den dichten Wimpern hielt ihren fest. Rosies Magen zog sich zusammen, ihr Herz hämmerte.

„Frauen finden Constantin unwiderstehlich“, hatte Anton behauptet. „Ich glaube, er hat noch nie einen Korb bekommen. Leider hat ihm das viele Illusionen genommen.“

Nun, das ging Rosie nichts an. Constantin musterte sie, als hätte er eine Kellerassel vor sich. In ihrem fleckigen T-Shirt und abgetragenen Jeans war sie allerdings wirklich nicht weit davon weg. Aber was kümmerte sie Constantin Voulos’ Meinung!

„Gehen wir ins Haus“, befahl er barsch.

„Ich will Sie hier nicht sehen“, sagte Rosie hitzig. „Verschwinden Sie. Wie haben Sie mich überhaupt gefunden?“

Constantin zog spöttisch die Augenbrauen hoch. „Das war kein Kunststück. Die Adresse stand in Antons Notizbuch. Und ich gehe erst, wenn wir zu einer Vereinbarung gekommen sind." Er starrte sie kalt an. Seine Kinnmuskeln waren verspannt, er atmete erregt, zwischen den schwarzen Augenbrauen stand eine drohende Falte. „Wie alt sind Sie?" fragte er unvermittelt.

„Achtzehn. Was geht Sie das an?"

„Achtzehn!" rief er. Angewidert verzog er die sinnlichen Lippen. „Allmächtiger, was hat Anton sich nur dabei gedacht?"

„Sicher nicht das, was Sie denken", gab Rosie patzig zurück.

„Richtig, er hatte keine Erfahrung mit durchtriebenen kleinen Biestern – im Gegensatz zu mir", meinte Constantin schlagfertig. „Sie müssen dem armen Mann höllisch eingeheizt haben."

Rosie merkte, wie ihr alles Blut aus dem Gesicht wich. „Wie meinen Sie das?"

Constantin ging an ihr vorbei ins Haus. „Das sollten wir nicht auf der Straße besprechen."

„Ich habe Sie gefragt, was Sie damit meinen", wiederholte Rosie mit tödlicher Ruhe.

Constantin stand in der Tür zu dem wahrlich nicht vorzeigbaren Wohnzimmer. „In diesem Stall leben Sie?" meinte er fassungslos und wandte sich zu Rosie um. „Das ist ja unglaublich. Hier müsste erst einmal der Kammerjäger kommen."

„Ich habe Sie nicht hereingebeten", sagte sie mit einem Rest von Würde.

„Gut, bleiben wir an der frischen Luft." Constantin kam wieder heraus und auf Rosie zu.

Wütend stieß sie hervor: „Was fällt Ihnen ein, sich hier so aufzuführen?"

Constantin ging gar nicht darauf ein. „Machen wir's kurz. Anton war ein Gentleman, ich bin keiner. Und ich bin nicht auf den Kopf gefallen. Mir ist jetzt klar, warum Anton am Tag seiner Rückkehr nach London ein neues Testament aufsetzte. Er zog keinen Anwalt hinzu, er ließ es vom Hauspersonal bezeugen und verwahrte es in seinem Schreibtisch. Er fürchtete einen zweiten Herzschlag, und er machte sich Sorgen um Ihre Zukunft. Warum wohl?"

Rosie war sprachlos. Dieser herrische Ton hatte durchaus etwas Einschüchterndes.

Eiskalt fuhr Constantin fort: „Ich will es Ihnen sagen. Bevor Anton zu seinem Genesungsurlaub aufbrach, erzählten Sie ihm, dass Sie ein Kind von ihm bekommen. So war es doch?"

„Das ist absurd!" rief Rosie.

„Sie wollten erreichen, dass er sich von Thespina scheiden ließ. Also setzten Sie das äußerste Druckmittel ein. Aber es war eine Lüge. Wenn Sie wirklich schwanger wären, hätten Sie mir das gestern mit Genuss ins Gesicht geschleudert!"

Rosie war wie vor den Kopf geschlagen. Wie kam dieser Mann zu so ungeheuerlichen Anschuldigungen?

Voll Abscheu musterte Constantin sie. „Ich nehme an, Anton fühlte sich überfordert und beschloss deshalb, mir die Lösung des Problems zu überlassen."

„Ich verstehe nicht ..."

„Wie sollten Sie auch." Constantins Mund war eine schmale Linie. „Sie glauben wohl, Anton hätte Ihnen ein Vermögen hinterlassen und Sie könnten sich bequem zurücklehnen. Aber Ihr Rechnung geht nicht auf. Anton hat Ihnen nichts vererbt."

Verblüfft runzelte Rosie die Stirn. „Aber Sie sagten doch ..."

„Anton hat mir sein gesamtes Vermögen vermacht, genau wie in seinem ersten Testament. Doch er hat eine Bedingung hinzugefügt. Ich bin sein Alleinerbe – aber nur, wenn ich Sie heirate."

„Wie bitte?" Ungläubig riss Rosie die Augen auf. „Sie sollen ... mich heiraten?"

„Offenbar weil er glaubte, Sie wären schwanger." Constantin lachte rau und drehte ihr den Rücken zu. Er reckte die breiten Schultern. „Anton geriet in Panik und machte diesen unsinnigen Zusatz. Und warum? Er wollte unter allen Umständen sein Kind absichern, ihm einen legitimen Vater geben. Und er wollte nicht, dass Thespina etwas davon erfährt."

„Sie liegen völlig falsch", warf Rosie hastig ein. „Unsere Beziehung war rein platonisch. Ich habe ihn nicht belogen. Ich ..."

„Für wie dumm halten Sie mich?" herrschte Constantin sie an. „Sie haben mit ihm zusammengelebt, er war vernarrt in Sie!"

Rosies Beine zitterten. Sie ging zu der verwitterten Bank am Rand des ungepflegten Rasens und setzte sich erst einmal hin. Constantins Unterstellungen waren zwar verrückt, aber immerhin verstand sie jetzt die Zusammenhänge. Da Anton sie nicht öffentlich als seine Tochter anerkennen konnte, wollte er zumindest für ihre Zukunft sorgen.

Und in seiner Angst war er auf diese wahnwitzige Idee verfallen! Er war eben ein traditionsbewusster Mann mit der festen Überzeugung, junge Frauen seien hilflose, zarte Wesen, die von einem starken, durchsetzungsfähigen Mann beschützt werden mussten.

„So ein Testament ist doch sicher ungültig“, wandte sie leise ein.

„Keineswegs. Aber ich wünschte, es wäre nie zu Papier gebracht worden“, bemerkte Constantin schroff. „Ich könnte es anfechten und würde wohl Recht bekommen, denn Anton verfügte nichts für den Fall, dass die Heirat nicht stattfindet. Damit würde das Vermögen in der Luft hängen. Doch ein Streit vor Gericht würde Thespina zu sehr belasten.“

„Wieso weiß sie nichts von dem neuen Testament?“ fragte Rosie verwundert. Das Ganze war so kompliziert, dass sie fast Kopfschmerzen davon bekam.

„Es wurde erst vor zwei Tagen entdeckt, als Antons Sekretärin seinen Schreibtisch aufräumte.“

„Aber Anton muss ihr doch auch etwas hinterlassen haben!“

„Thespina ist sehr wohlhabend. Sie war mit ihrem Mann der Meinung, dass ich der Alleinerbe sein sollte. Andere Verwandte gibt es nicht.“ Constantin lächelte grimmig. „Und Sie sollten in Ihrem eigenen Interesse einen Skandal vermeiden. Wenn Sie die Sache an die große Glocke hängen, bekommen Sie von mir keinen Penny.“

Rosies Energie war wieder da. Sie sprang auf und schleuderte ihm entgegen: „Ich will ja überhaupt nichts!“

Nüchtern musterte Constantin sie. „Wollen Sie den Preis hochtreiben? Vergessen Sie es. Wir werden heiraten, und als Gegenleistung bekommen Sie einen dicken Scheck und die Scheidung, sobald es sich arrangieren lässt.“

„Das ist doch nicht Ihr Ernst!“ Rosie kam sich vor wie in einem schlechten Film. „Meinen Sie wirklich, ich würde mich darauf einlassen, bloß damit Sie Ihre gierigen Pfoten auf Antons Vermögen legen können?“

Im ersten Stock wurde geräuschvoll ein Fenster geöffnet. „Wo sind die Handtücher hin, Rosie?“ rief Maurice herunter.

Constantin trat einen Schritt zurück, um den halb nackten jungen Mann, der sich aus dem Fenster lehnte, besser sehen zu können. Rosie fand, dass Maurice aus dieser Perspektive wie eine blonde King-Kong-Version aussah.

„Oh Verzeihung“, murmelte Maurice, als er den eleganten fremden Mann erblickte und entzog seinen tätowierten Bizeps und die behaarte Brust den Blicken. „Ich wusste nicht, dass du Besuch hast.“

„Verflixt, wer ist das denn?“ fuhr Constantin Rosie an. Sein Gesicht war dunkelrot.

„Soll ich runterkommen, Rosie? Brauchst du Hilfe?“ erkundigte sich Maurice.

„Dich würde ich als Retter nur akzeptieren, wenn ich tot und begraben wäre!“ fauchte Rosie. Sie empfand Maurices Angebot fast als Beleidigung.

Das Fenster wurde zögernd geschlossen.

„Anton ist kaum unter der Erde, und schon haben Sie den Nächsten im Bett!“ Constantins Augen sprühten fast Funken vor Empörung.

Rosie holte aus und versetzte Constantin eine so saftige Ohrfeige, dass ihre Finger sofort taub wurden. Verdutzt starrte Constantin Voulos sie an.

Ein paar Sekunden herrschte Schweigen.

„Ich habe endgültig genug von Ihren Beleidigungen“, zischte Rosie. Ihre unkontrollierte Reaktion hatte sie selbst überrascht. „Und wenn Sie mich anrühren, zerlegt Maurice Sie in Ihre Einzelteile.“

„Anton hat er aber keine Prügel angedroht, wie?“

Nun hatte sie sich doch hinter Maurices Stärke verkrochen. Was war mit ihr los? Sie horchte Constantins tiefer, samtiger Stimme nach und fragte sich, woher diese neue, andersartige Spannung kam, die plötzlich in der Luft lag.

Constantin sah sie mit seinen dunklen Augen nachdenklich an.

Sie konnte dem intensiven Blick nicht ausweichen, ihr Herz klopfte hart, eine Hitzewelle schoss durch ihren Körper. Instinktiv presste sie die Schenkel zusammen.

„Das ... das war etwas ganz anderes“, murmelte sie. Dieser zwingende Blick stellte Dinge mit ihr an, die ihr neu waren. Sexuelle Dinge, Gefühle, die sie erschreckten, aber auch aufregten. Sie konnte nicht mehr klar denken.

Constantin Voulos trat einen Schritt zurück. Von seinem sehnigen Körper ging eine magische Anziehung aus. Er senkte die schwarzen Wimpern, und Rosie fühlte sich auf einmal allein gelassen, abgekoppelt von dieser Kraftquelle, die sie durchdrungen, vereinnahmt hatte. Sie zitterte.

„Ich habe keine Zeit für Spielchen, Miss Waring. Ich gebe Ihnen zwölf Stunden zum Nachdenken. Danach werde ich massiven Druck ausüben“, sagte Constantin mit trügerisch sanfter Stimme, die ihr Schauer über den Rücken jagte. „Ich könnte Ihnen einige Schwierigkeiten bereiten. Sie wohnen hier zur Miete. Was würde aus Ihrem Marktstand, wenn Ihr Vertrag nicht verlängert wird?“

Rosie traute ihren Ohren nicht. „Das können Sie nicht machen.“

Mit einem schiefen Lächeln gab Constantin zurück: „Wenn ich könnte, wie ich wollte, würden Sie auf der Straße sitzen. Wir sprechen uns morgen.“ Damit ging er.

„Woher wissen Sie eigentlich, dass wir zur Miete wohnen?“ rief sie ihm nach.

Constantin drehte sich um. „Darf ich noch eine persönliche Bitte äußern?“ sagte er sanft. Er ignorierte Rosies Frage. „Sie sind eine attraktive Frau. Nehmen Sie bitte eine Dusche, bevor ich wiederkomme.“

In hilfloser Wut keuchte sie: „Oh Sie ... Sie ...“

Die Tür der Limousine klappte mit einem satten Geräusch zu. In Rosies Kopf ging alles durcheinander. Sie stolperte ins Haus und fiel auf einen Stuhl am Küchentisch. Vor Wut und Frustration wäre sie am liebsten geplatzt. Dieser Mensch hatte ihr tatsächlich gedroht! Aber für ihn stand ja viel auf dem Spiel ...

Wie reich war Anton wirklich gewesen? Es hatte sie nie interessiert. Da waren ein Yachthafen, ein Hotel und eine Ladenkette in

Griechenland. Seine Geschäfte in England drehten sich um gewisse Immobilien. Dieses unsinnige Testament! Aber es sah ihrem Vater ähnlich – impulsiv und überfürsorglich, so war er gewesen.

Tränen brannten in Rosies Augen. Anton hatte so oft von Constantin gesprochen, voll Stolz, Liebe und Sorge. In Griechenland hatten Eltern ein gewichtiges Wort bei der Partnerwahl ihrer Kinder mitzureden, das hatte er Rosie erklärt.

„Dabei bist du doch Spanier", hatte sie geneckt.

„Mallorquiner", stellte Anton richtig. Selbst nach vierzig Jahren Griechenland war er stolz auf seine Heimat Mallorca.

Aber sie verabscheute Constantin Voulos! Sie ballte die Hände zu Fäusten. Hure, Hexe, Biest hatte er sie genannt. Und am unverzeihlichsten war der Vorwurf, sie hätte Anton so aufgeregt, dass er vorzeitig gestorben war. Ihr wurde regelrecht übel davon.

Nein, sie würde sich nicht in die Enge treiben lassen. Rosie lächelte in sich hinein. Zum Glück war ihr Vermieter Maurices Onkel. Auf keinen Fall würde sie Constantin Voulos zum Schein heiraten, nur damit er auf seine Kosten kam.

„Das war also Graf Dracula, richtig?" Maurice setzte sich ihr gegenüber und beäugte ihr hochrotes Gesicht. „In unseren Kreisen fährt niemand mit Chauffeur herum und bringt dich so aus der Fassung."

„Ja, das war Antons Liebling. Ich hatte nur vier Monate, und nicht Jahre, um meinen Vater zu beeindrucken", bekannte Rosie bitter. Doch sofort schämte sie sich für die kindischen Neidgefühle.

„Hast du ihm denn gesagt, wer du wirklich bist?" fragte Maurice sanft.

„Warum sollte ich diesem grässlichen Kerl irgendetwas erklären? Wenn Anton ihm das nicht anvertrauen konnte, werde ich es erst recht nicht tun!"

Maurice seufzte. „Vermutlich kam Voulos her, um dich über dein Erbe zu informieren."

Rosie lachte. „Ich erbe überhaupt nichts. Vielmehr hat Anton mich an Constantin vererbt!"

Maurice zog die Augenbrauen hoch. „Sag das noch mal."

„Es ist so. Mein Vater wollte mich mit ihm verheiraten, als wäre ich ein vollkommen hilfloses Wesen, das ohne Schutz und Hilfe nicht zurecht kommt." Sie erzählte ihm ausführlich die ganze verrückte Geschichte.

„Mann oh Mann", ächzte Maurice, als sie fertig war.

„Glaubst du jetzt noch, ich würde diesem arroganten Idioten in irgendeiner Weise entgegenkommen?" wollte Rosie wissen. Nun brauchte sie wirklich emotionalen Beistand.

Maurice lehnte sich nachdenklich zurück. „Dein Vater hat ihn in eine böse Klemme gebracht."

„Was soll das heißen?"

Maurice wiegte bedächtig den Kopf. „Ist dir klar, wie schnell ein Unternehmer am Ende sein kann, wenn er keine flüssigen Gelder hat?"

„Ich habe keine Ahnung von Antons Geschäften, sie sind mir auch völlig egal", sagte Rosie trotzig.

„Denk doch mal nach. Voulos sitzt in der Klemme, kein Wunder, dass er überreagiert."

„Sag mal, auf wessen Seite stehst du eigentlich?"

„Auf der Seite von Vernunft und Profit, wie immer", gab Maurice nüchtern zurück. „Willst du das Vermögen deines Vaters wirklich wegen einer juristischen Vorschrift in den Sand setzen?"

Das hatte sie nicht bedacht. Verunsichert strich sie sich über die Stirn.

„Voulos muss mit dem Feind verhandeln, weil er keine andere Wahl hat", fuhr Maurice eindringlich fort. „Die einfachste Lösung wäre, den Wunsch deines Vaters zu erfüllen."

„Wie kannst du so etwas sagen!"

„Voulos will dich sogar für den Zeitaufwand und die Unannehmlichkeiten entschädigen. An wie viel er wohl gedacht hat?" sinnierte Maurice, ohne auf Rosies Empörung zu achten. „Dein Problem ist, dass du zu idealistisch bist, Rosie. Voulos ist Realist, und ich auch."

„Dann verhandele du doch mit ihm, wenn er morgen wiederkommt", fauchte sie und sprang auf.

„Ja, soll ich? Ich könnte immerhin die Verhandlungen verfolgen. Wenn er so aufbrausend ist wie du ... Wir wollen doch Blutvergießen vermeiden. Und wo sollten wir mit seiner Leiche hin?" meinte Maurice munter. „Als Leiche kann er außerdem keinen Scheck mehr unterschreiben."

„Ich bin morgen nicht zu Hause", erklärte Rosie bockig.

„Sieh mal, es ist ein Geschäft, mehr nicht. Du musst den Mann nicht mögen oder mit ihm leben. Und wenn du es nicht für dich tust", fügte Maurice mit einem schlauen Seitenblick auf Rosies verschlossenes Gesicht hinzu, „dann denk wenigstens an die Mitarbeiter deines Vaters, die alle ihren Job verlieren würden. Wenn du Voulos schädigst, triffst du damit viele Unschuldige."

„Ich will ihn nicht schädigen, er soll mich nur in Ruhe lassen!" Wütend rannte sie aus dem Raum.

Rosie schob die Hände tief in die Taschen ihrer alten Winterjacke und stampfte mit den Füßen, um sich warm zu halten. Ihr Atem bildete kleine Wolken in der eisigen Luft. An solchen frostigen Morgen war auf dem Markt nicht viel los.

Maurice schlenderte heran und reichte ihr einen Plastikbecher mit heißem Kaffee. Erstaunt fragte Rosie: „Was machst du denn hier?"

Maurice zuckte die Schultern und mied ihren Blick. „Wie geht das Geschäft?"

Rosie verzog das Gesicht. „Mehr als ruhig."

Maurice nahm einen großen grünen Keramikhasen hoch und meinte verwundert: „Ist der nicht aus deiner persönlichen Sammlung?"

Jetzt war es an Rosie, die Schultern zu zucken. Sie wurde rot. „So einen finde ich sicher wieder."

„Für den Preis wirst du den nicht los", stellte Maurice fest, nachdem er das Preisschild gesehen hatte.

„Es gab durchaus Interessenten", verteidigte sich Rosie lahm.

„Aber keinen Käufer. Du hast den Preis absichtlich so hoch gesetzt, weil du dich von dem Stück nicht trennen magst."

Rosie fühlte sich durchschaut. Sie nahm einen Schluck Kaffee. „War er schon da?"

Maurice schob die Waren am Stand herum, ohne aufzusehen. „Ja. Ich habe ihm gesagt, wo du bist."

„Du hast was?“ Unter dem Rand ihres schwarzen Filzhuts hervor schoss sie ihm einen vorwurfsvollen Blick zu.

„Ich behalte deinen Stand im Auge. Da ist er übrigens ...“

Rosie sah Constantin Voulos näher kommen, ihr Herz schien einen Satz zu machen, ihre Hände zitterten so sehr, dass sie den halben Kaffee verschüttete. Er sah umwerfend aus.

Spöttisch musterte Constantin den schäbigen Stand. „Sie lieben kindische Spielchen, nicht wahr, Miss Waring?“

Maurice knurrte drohend. Er trat auf Constantin Voulos zu und drückte ihm unversehens den grünen Hasen in die Hand. „Darf ich Sie auf dieses seltene Stück Sylvac-Keramik aufmerksam machen?“

„So ein Kitsch.“ Constantin knallte den Hasen achtlos auf die Platte.

„Was verstehen Sie schon davon?“ zischte Rosie. Sie kam um den Stand herum und untersuchte die Figur auf mögliche Schäden.

Constantin ignorierte sie und maß Maurice mit einem verächtlichen Blick. „Ich verstehe. Sie wollen, dass ich mir die Aufmerksamkeit der Lady erkaufe?“

Maurice verschränkte die Arme. Die kriegerische Haltung passte überhaupt nicht zu dem gewohnten amüsierten Glitzern in seinen Augen. „Nur zu, Kamerad.“

„Was soll der Unsinn?“ Fassungslos sah Rosie, wie Constantin die Brieftasche zückte und ihr eine Hand voll Scheine in die Tasche stopfte. „Ich will kein Geld von ihm!“

„Er geht offenbar davon aus, dass er für alles im Leben zu bezahlen hat, also lass ihm das Vergnügen“, bemerkte Maurice heiter. „Ihr geht am besten in den Pub, ich passe hier auf.“

„Ich gehe nirgendwo mit ihm hin. Und ihr könnt euch alle beide zum Teufel scheren!“ Rosie wollte an Constantin vorbei, doch er hielt sie am Arm fest. „Lassen Sie mich!“

„Wenn Sie Rosie anfassen, fasse ich Sie an“, teilte Maurice sanft mit. Er hielt Constantin eine Einkaufstüte hin. „Vergessen Sie Ihre Neuerwerbung nicht, Mr. Voulos, und gehen Sie sorgsam damit um. Rosie liebt Keramikhasen.“

Verächtlich ergriff Constantin die Tüte und warf sie in den Müllkorb neben dem Stand. Der Hase zerbarst in tausend Teile, Rosie schrie entsetzt auf.

Maurice knurrte wieder. „Manche Leute sind einfach unbelehrbar."

Heftig schüttelte Rosie Constantins Hand ab und holte die Tüte aus dem Korb. Sie sah hinein und wurde blass. Die Figur war ein für alle Mal dahin. Niedergeschlagen strich sie über die Scherben. Dann richtete sie sich auf und fuhr wie eine Tigerin auf Constantin los, ihre grünen Augen blitzen. „Warum haben Sie das getan? Wie konnten Sie nur?"

„Wieso regen Sie sich so auf?" Constantin schien tatsächlich nicht zu begreifen.

„Sie unsensibles, egoistisches, eingebildetes Ekel", rief Rosie aufgebracht. „Ich war bereit, meinen Hasen wegzugeben, aber nur in gute Hände!"

„Sind Sie wirklich deswegen so außer sich, oder wollen Sie nur eine öffentliche Szene machen?" schnaubte Constantin.

„Ich rege mich auf, weil jemand so böse und gemein sein kann!"

„Böse und gemein? Mit so einem geschmacklosen Kitschteil würde ich nicht einmal nachts über die Straße gehen!"

Mit Mühe brachte Rosie ihr Temperament unter Kontrolle. Dieser Kerl brauchte wirklich nicht mehr damit zu rechnen, dass sie ihm entgegenkam. Sie schluckte, stieß die Hände in die Jackentaschen und überquerte die Straße – wollte sie überqueren, als eine starke Hand ihre Schulter packte und sie zurückriss. Zentimeter vor ihr raste ein Auto vorbei.

„Sind Sie todessüchtig?" schnauzte Constantin.

„Ich staune, dass Sie mich nicht noch geschubst haben", versetzte Rosie. Sie war zutiefst erschrocken, aber das hätte sie um nichts in der Welt zugegeben. „Aber richtig, ich nutze Ihnen nur, solange ich am Leben bin."

Auf der anderen Straßenseite angekommen strebte sie auf die kleine Bar zu, in der die Markthändler sich trafen. Constantin jedoch hatte es auf das Luxushotel in zwanzig Meter Entfernung abgesehen. Rosie reckte die Schultern und hob das Kinn. Sie wollte die Angelegenheit so schnell wie möglich hinter sich bringen, sie war total groggy. In der Nacht hatte sie kaum geschlafen, die ganze Zeit hatte sie an ihren Vater denken müssen.

Anton wäre entsetzt gewesen über die Feindseligkeit zwischen seiner Tochter und seinem Ziehsohn. Als er sein neues Testament aufsetzte, hatte er gewiss erwartet, sie würde Constantin aufklären. So aber nahm Constantin an, sie sei Antons Geliebte gewesen. Was hätte er auch sonst denken sollen?

Warum hatte sie ihm nicht die Wahrheit gesagt? Rosie presste die Lippen zusammen. Sie hatte in Constantin einen Feind gesehen, noch bevor sie ihn kannte. Sie beneidete ihn, weil er als Kind die Liebe und Fürsorge ihres Vaters genossen hatte. Im selben Alter hatte sie ihre Mutter verloren und war dem Jugendamt überstellt worden.

Sie wusste, sie war ungerecht. Aber sie konnte es nunmal nicht ändern, sie verabscheute Constantin Voulos aus tiefstem Herzen.

3. KAPITEL

In der Hotelhalle warteten zwei Männer im dunklen Anzug. Sie wirkten angespannt und eilten erleichtert herbei, als Constantin erschien. Auf Griechisch wurden leise ein paar Worte gewechselt.

Dann ging Constantin in die fast leere Bar und schob zwei bequeme Sessel vor das Kaminfeuer. Er legte den schwarzen Cashmere-Mantel ab und setzte sich, indem er mit den Fingern schnippte. Fasziniert sah Rosie zu, wie einer der Männer hinter den Sessel trat und sich herabbeugte, um Anweisungen entgegenzunehmen. Die Bedienung kam, und im Handumdrehen wurden die Getränke serviert.

„Wer sind die beiden, Dick und Doof?“ erkundigte sich Rosie aufsässig und wies mit dem Kopf auf die Männer.

„Dimitris und Takis sind meine Leibwächter.“

„Ich kann mir vorstellen, dass Sie die brauchen“, bemerkte sie anzüglich. Ein Mensch mit echten Leibwächtern! Rosie nahm den Hut ab, die glänzenden Locken fielen ihr über die Schultern. Mit einer ungeduldigen Geste strich sie sich das Haar aus dem Gesicht.

Als sie die Jacke auszog und der abgetragene Wollpullover sichtbar wurde, fiel ihr Constantins merkwürdig intensiver Blick auf.

„Warum starren Sie mich so an?" fragte sie schnippisch.

Er zog die dichten, geraden Brauen hoch, doch er schien amüsiert, denn plötzlich lächelte er. Es war ein umwerfendes, weiches Lächeln, das seine harten Züge total veränderte. Auf Rosie wirkte dieses unvermutete Lächeln wie eine tröstliche Lampe in der Nacht. Unwillkürlich sah sie in Constantins dunkle Augen. Das hätte sie nicht tun sollen, denn sein Blick berührte etwas in ihrem Innern, von dessen Existenz sie bis dahin nichts gewusst hatte. Ihr war, als würde sie in einem Expresslift in die Tiefe sausen.

„Sie haben ungewöhnliches Haar", stellte er sachlich fest.

„Für Leute wie Sie vermutlich ungewöhnlich ungekämmt." Das sollte kess klingen, kam aber eher verlegen heraus. Rosie drehte ihr Limonadenglas zwischen den Fingern.

In der Kirche neulich hatte sie ihre unbegreifliche Reaktion noch auf den Überraschungseffekt schieben können. Aber gestern hatte sie Constantin gegenüber eine magische, eindeutig sexuelle Anziehung verspürt, sie war schier dahingeschmolzen wie ein Teenager. Aber manche Männer hatten eben Sex-Appeal, na und? Es gab keinen Grund, hier mit zusammengepressten Schenkeln zu sitzen und sich verunsichern zu lassen.

Constantin Voulos konnte ruhig aussehen wie ein junger Gott, das machte ihr nichts. Doch irgendwo wusste Rosie, dass es nicht nur sein Aussehen war. Er besaß eine wirklich gefährliche sinnliche Ausstrahlung, der sie sich beim besten Willen nicht entziehen konnte. Aus dem Augenwinkel beobachtete sie eine Frau in der Hotelhalle, die Constantin geradezu mit Blicken verschlang, und fühlte sich aufs Schlimmste bestätigt.

„Ich denke, unsere erste Begegnung stand unter einem unglücklichen Stern", begann Constantin. „Jetzt sollten wir uns einigen. Die unselige Angelegenheit kann still und heimlich erledigt werden."

Rosie beugte sich vor. „Ich war nicht aufrichtig zu Ihnen", gestand sie zögernd. „Ich habe alles komplizierter als nötig gemacht, aber es war zum Teil auch Ihre Schuld. Sie sind persönlich geworden, sie haben mir Dinge unterstellt und mich beleidigt. Ich ..."

„Auf was wollen Sie hinaus?“ unterbrach Constantin schroff.

Rosie war blass und verspannt. Sie atmete tief durch. „Ich war nicht Antons Geliebte.“ Bei dem verfänglichen Wort wurde sie ein bisschen rot, umso entschlossener fuhr sie fort. „Ich bin seine Tochter. Das Ergebnis eines Seitensprungs, oder wie immer Sie das nennen wollen.“

Eine Sekunde lang schien Constantin sprachlos, doch er fing sich schnell. „Was zum Teufel wollen Sie mit so einer grotesken Behauptung erreichen?“ herrschte er sie an.

Rosie runzelte die Stirn. „Es die Wahrheit. Ich begreife ja, dass es Sie überrascht, aber Anton war wirklich mein Vater.“

Constantin verzog angewidert den Mund. „Sie sind eine unverschämte Lügnerin. Wenn das stimmte, hätten Antons Anwälte davon gewusst.“

Fassungslos sah Rosie ihn an. Es war ihr nie in den Sinn gekommen, dass er die Tatsache schlichtweg leugnen könnte. „Er hat keinem Menschen etwas davon gesagt.“

„Und wie wollen Sie Ihre ungeheuerliche Behauptung beweisen?“

„Immerhin war es Anton, der nach mir geforscht hat!“

„Bemühen Sie Ihre blühende Fantasie bitte nicht weiter, das hat keinen Einfluss auf die Summe meines Schecks für Sie.“ Constantin lag offenbar nichts an einer eingehenden Diskussion der Einzelheiten. „Und verschwenden Sie nicht meine Zeit mit albernen Märchen.“

Rosie senkte den Kopf. Beweise? Es gab keine. Antons Name war nicht in ihrer Geburtsurkunde vermerkt. Und Constantin war so wütend über ihre vermeintlichen Lügen, dass er kein Wort mehr hören wollte. Antons Tod hatte ihre jede Chance genommen zu beweisen, dass er ihr Vater war. Obwohl sie diese Tatsache nie in irgendeiner Weise ausbeuten wollte, empfand sie es doch als harten Schlag.

„Kommen wir jetzt zum Geschäftlichen“, bemerkte Constantin nüchtern.

Rosie fühlte sich so gedemütigt, dass sie am liebsten aufgestanden und gegangen wäre. Aber Constantin würde ihr folgen. Und sie hatte ihren Stolz.

„Falls Sie einverstanden sind, heiraten wir so bald wie möglich. Wenn die Sache erledigt ist, bekommen Sie Ihren Scheck", erklärte Constantin und nannte eine Schwindel erregende Summe. „Dafür erwarte ich von Ihnen Diskretion und die Rückgabe des Verlobungsrings der Familie Estrada."

Rosie sah auf. Mit ausdruckslosem Gesicht sagte sie: „Nein, das nicht."

„Er ist ein Familienerbstück. Sie müssen ihn zurückgeben."

„Nein", wiederholte sie.

„Der Ring ist alt, aber hat keinen großen finanziellen Wert. Der Stein ist nicht rein."

Rosies überempfindlicher Magen rebellierte. „Es muss noch eine andere Möglichkeit geben, Antons letzten Willen zu erfüllen."

„Wenn es die gäbe, würde ich wahrhaftig nicht hier sitzen und Sie um eine heimliche Hochzeit bitten!"

Sein barscher, höhnischer Ton brachte sie zur Besinnung. Ja, Constantin Voulos saß in der Klemme, er war auf ihr Einverständnis angewiesen.

„Aber Thespina hat mich akzeptiert", wandte Rosie zaghaft ein. „Sie denkt, wir wären verlobt. Warum also die Heimlichtuerei?"

„Wenn sie wüsste, wer Sie wirklich sind, würde sie Sie kaum akzeptieren", gab er zurück. „Was die Verlobung angeht, kann ich ihr sagen, es wäre eine Impulshandlung gewesen, die ich rückgängig gemacht habe. Von der Hochzeit braucht sie nichts zu erfahren. Ich möchte nicht, dass Sie noch einmal mit Thespina zusammentreffen."

Nachdenklich sah Rosie zu Boden. Zwar war sie nicht Antons Geliebte gewesen, aber als seine Tochter war sie seiner Frau wahrscheinlich ebenso wenig willkommen. Und wenn sie auf die Scheinhochzeit einging, würde Antons Unternehmen weiter bestehen, seine Mitarbeiter müssten nicht entlassen werden. Ja, nach einer Weile würde alles seinen normalen Gang gehen, als wäre nichts geschehen, als hätte Rosie nie existiert.

Sie hob den Kopf, ihre grünen Augen waren ausdruckslos. „Sie behalten Ihr Geld, ich behalte den Ring." Sie stand auf und zog ihre Jacke an. „Und jetzt möchte ich gehen."

„Das heißt also, Sie sind einverstanden?"

„Nur aus Respekt vor Antons letztem Willen, das müssen Sie verstehen. Aber wie sollten Sie? Ihnen geht es ja nur um Geld.“ Verächtlich drehte sie ihm den Rücken zu.

„Mir geht es nur um das Wohl von Antons Frau“, stellte Constantin mit eisiger Stimme fest.

Rosie wandte sich noch einmal um. „Das hört sich wirklich großartig an aus dem Mund eines Mannes, der bedenkenlos mit einer verheirateten Frau schläft.“

Getroffen sprang Constantin auf. „Wie ... Was ...“

Seine Fassungslosigkeit bereitete Rosie grimmiges Behagen. „Ich meine Ihre jahrelange Affäre mit der Schauspielerin Cinzia Borzone. Also tun Sie nicht so scheinheilig“, erklärte sie.

Mit hoch erhobenem Kopf verließ sie das Hotel. Constantin schickte ihr einen griechischen Wortschwall hinterher, dessen Inhalt sie sich gut ausmalen konnte. Dass sie so eingehend über sein Privatleben Bescheid wusste, war ihm sichtlich unangenehm.

Anton hatte oft genug über Constantins unliebsame Beziehung zu Cinzia geklagt. Seiner Überzeugung nach war der Junge im zarten Alter von fünfundzwanzig Jahren in die Klauen dieser berechnenden Frau geraten. Cinzias Mann drückte beide Augen zu und tröstete sich mit der finanziellen Großzügigkeit seiner Frau.

Obwohl Anton und Thespina in den letzten vier Jahren mehrfach dachten, die Affäre sei beendet, hatte offenbar keine andere Frau Cinzias Platz bei Constantin einnehmen können. Vielleicht hatte dieses Thema auch bei Antons Testamentsänderung eine Rolle gespielt.

Anton hatte sehr gehofft, eine Ehe würde Constantin die Lust auf die Frau eines anderen nehmen. Rosie kannte auch seinen großen Traum, sie und Constantin würden sich eines Tages kennen lernen, sich unsterblich ineinander verlieben und heiraten. Nur so könnte Antons Tochter ein vollwertiges Mitglied der Familie werden, ohne dass es Thespina wehtat.

Maurice zog überrascht die Augenbrauen hoch, als Rosie ankam. „Sag bloß, du hast Voulos wieder abgewiesen.“

„Nein, ich habe nachgegeben, zufrieden? Ich habe ihm sogar gesagt, wer ich bin.“ Sie lächelte bitter. „Er hat mir nicht geglaubt.“

Konsterniert starrte Maurice sie an. „Und wieso nicht?"

„Warum sollte er? Ich sehe Anton überhaupt nicht ähnlich, ich habe keinerlei Beweise. Als ich da mit Constantin Voulos saß, kamen mir die letzten Monate fast wie ein Traum vor", bekannte Rosie. Sie nahm ihren Platz hinterm Verkaufstresen ein. „Lass uns lieber nicht mehr darüber sprechen."

„Aber Anton hat die Fotos, die deine Mutter ihm geschickt hat."

„Da er sie nie erwähnt hat, existieren sie vielleicht gar nicht mehr." Rosie zuckte müde mit den Schultern. „Und jetzt ist es ja auch egal, nicht?"

Spät am Abend wurde Rosie von der Haustür geweckt, die krachend ins Schloss fiel. Sie fuhr vom Sofa hoch, auf dem sie nach stundenlangem Putzen und Aufräumen eingeschlafen war.

Maurice kam aufgeregt ins Wohnzimmer gestürmt und warf ihr eine abgegriffene Illustrierte auf den Schoß. „Die habe ich von Lorna. Sie wusste eine ganze Menge über Constantin Voulos zu erzählen."

„Wovon redest du?" murmelte Rosie noch halb benommen.

„Meine Schwester liest begeistert Zeitschriften über Prominente. Als ich Voulos erwähnte, zog sie sofort dieses Magazin aus einem Stapel. Der Kerl ist stinkreich!" erklärte Maurice mit Nachdruck. „Gegen ihn war dein Vater ein kleiner Krämer."

„Echt?" Mit einem Stöhnen stand Rosie auf.

„Rosie, du wirst dem Mann keine Zugeständnisse machen, weder vor noch nach der Hochzeit", beschwor Maurice sie. „Voulos braucht das Vermögen deines Vaters nicht. Er will dich offenbar nur benachteiligen, weil er etwas gegen dich hat!"

„Ich gehe ins Bett."

„Jetzt gib doch nicht so schnell auf, Rosie. Du hast Rechte", rief Maurice ungeduldig. „Dein Vater würde sich im Grab umdrehen, wenn er wüsste, wie Voulos sich aufführt!"

„Hör zu, Maurice, ich will absolut nichts von Constantin Voulos."

Aber wenn es nun stimmte, dass Constantin viel reicher war als ihr Vater? Anton war nicht mit Chauffeur herumgefahren, er umgab sich nicht mit Leibwächtern. Na, und wenn schon. Das ging sie nichts an. Auch unanständig reiche Leute waren mitunter unglaubliche Geizkragen.

Trotzdem nahm sie die Zeitschrift mit ins Bett. Da war ein Foto von Constantin, auf dem er irrsinnig gut aussah – überlegen und sexy und irgendwie gefährlich. Er trug ein elegantes Dinnerjackett, und eine aufregende Blondine hing an seinem Arm, als hätte sie Angst, er könnte ihr davonlaufen. Rosie empfand Mitleid mit dem Mädchen. Constantin war der Typ Mann, dem man hart vors Schienbein treten musste. Er brauchte das, er würde ganz zahm werden und artig um mehr betteln. So viel hatte Rosie sogar mit ihrer begrenzten Erfahrung auf den ersten Blick festgestellt.

Drei Wochen später fuhr Rosie zum Standesamt in der nächsten Stadt. Sie fühlte sich total unwohl in ihrer Haut. Einerseits grollte sie ihrem Vater wegen dieses verflixten Testaments, andererseits musste sie ihm zugestehen, dass er nur ihr Bestes gewollt hatte. Sie kam sich undankbar vor, aber das änderte nichts daran, dass sie die Situation absolut hasste.

Sie parkte ihren kleinen Kombi auf dem Parkplatz, bemerkte die riesige Limousine und zog eine Grimasse. Constantins Leibwächter hielten vor der Tür des Gebäudes schon Ausschau nach ihr. Die zwei waren für den Eishauch eines Yorkshire-Frühlings völlig unpassend angezogen. Sie waren blau gefroren, und Takis, der jüngere von beiden, nieste erbärmlich. Eilfertig sprangen sie herbei, öffneten Rosie die Wagentür und begleiteten sie in das Gebäude.

„Sie sind spät dran“, stellte Constantin ungnädig fest, nachdem er sie begrüßt hatte.

„Aber nicht zu spät“, gab Rosie ebenso unfreundlich zurück. „Und einem geschenkten Gaul schaut man nicht ins Maul, oder?“

Ungläubig musterte Constantin ihre alte Winterjacke und die Jeans. „Meine Güte, hat Anton Ihnen nicht ein paar anständige Kleider gekauft?“

Rosie begutachtete seinen hervorragend sitzenden dunkelblauen Anzug, das weiße Seidenhemd und die elegante silbergraue Krawatte. „Haben Sie etwa erwartet, ich würde mich für dieses Kasperletheater aufmotzen?“ erwiderte sie frech.

„Dies ist kein Theater", knurrte Constantin drohend. „Es ist ein juristischer und verpflichtender Akt."

In diesem Moment kam ein Mann auf sie zu und bat sie in den Raum, wo die standesamtliche Trauung stattfinden sollte. Plötzlich ergriff sie Panik. „Ich will nicht", flüsterte sie. „Ich möchte das rückgängig machen ..."

Constantin nahm sie bei der Hand und zog sie mit sich. „Sie werden es überstehen. Tun Sie es für Thespina. Übrigens werden wir uns von jetzt an duzen."

Blass und zittrig ließ Rosie sich abführen. Alles, was sie von der Trauung wahrnahm, war ein reichlich welkes Blumengesteck auf einem Pult und ein schmaler Goldring, den Constantin irgendwann auf ihren eiskalten Ringfinger schob.

„Du bist mit deinem eigenen Auto gekommen", sagte Constantin, als sie wieder im Freien waren. „Gib mir den Schlüssel."

Verblüfft fragte Rosie: „Meinen Autoschlüssel? Warum?" Sie hielt den Schlüssel bereits in der Hand.

Ohne sich auf Erklärungen einzulassen, nahm Constantin ihr den Schlüsselring ab, warf ihn Takis zu und sagte etwas auf Griechisch. Der eilte sofort davon.

Das Ganze ging so schnell, dass Rosie sich regelrecht überrumpelt vorkam. „Was soll das denn jetzt?" rief sie aufgebracht.

„Er fährt dein Auto zurück. Wir verbringen die Nacht in einem Hotel." Constantin legte ihr schwer die Hand auf die Schulter, während seine Limousine vorfuhr.

„Wir? Ich habe mich wohl verhört!" fauchte Rosie.

Constantins dunkles, strenges Gesicht blieb ungerührt. „Wenn wir uns sofort nach der Trauung trennten, sähe das zu verdächtig aus."

„Für wen?"

„Falls diese Verbindung jemals hinterfragt werden sollte, möchte ich nicht zugeben müssen, ich hätte die Ehe unter falschen Voraussetzungen geschlossen."

„Aber genau das haben wir doch getan!"

„Und genau das darf nie bekannt werden!"

„Es kommt überhaupt nicht in Frage, dass ich die Nacht mit Ihnen ... mit dir verbringe!" rief Rosie hitzig.

„Dir wird nichts anderes übrig bleiben. Das gehört zu unserer Abmachung."

Rosie verschränkte die Arme und hob das Kinn. „Nein", wiederholte sie. „Ich traue dir nicht von hier bis zur Straßenecke."

„Soll ich dir ins Auto helfen, oder steigst du allein ein?" Das war eine klare Drohung.

Eine Sekunde zögerte Rosie, dann gab sie nach. „Wie erbärmlich, dass ein Mann zu Gewalt greifen muss, um seinen Willen durchzusetzen", warf sie ihm beim Einsteigen zu.

„Du darfst mich bedauern", bemerkte Constantin sanft. Er musterte sie ausgiebig, bis es ihr unbehaglich wurde. „Immer, wenn du mich beschimpfst, möchte ich am liebsten zurückschlagen. Du sprichst nicht gerade meine besten Eigenschaften an. Wer weiß, wie du mit Anton umgesprungen bist. Wie ich ihn kenne, hast du ihn bestimmt nicht mit deinem Mundwerk beeindruckt."

„Mein Mundwerk ist völlig normal", protestierte Rosie.

„Und dein Mund ist unglaublich sexy ... solange du ihn hältst." Constantin senkte die dunklen Wimpern und fixierte Rosies volle Lippen.

Scharf wandte sie sich ab. „Rede nicht so mit mir."

„Und du sag mir nicht, was ich zu tun oder zu lassen habe", gab Constantin leise zurück. „Das gestatte ich niemandem."

Unwillkürlich richtete Rosie sich auf. Sie fröstelte plötzlich in dem geheizten Luxuswagen. „Ich bin nicht darauf eingestellt, mit dir in ein Hotel zu gehen."

„Dann stell dich jetzt darauf ein. Ich will nicht riskieren, dass die Ehe eines Tages für nichtig erklärt wird. Wir müssen die gesetzlichen Vorschriften erfüllen."

Rosie schwieg. Sie versuchte, ihre Anspannung in den Griff zu bekommen.

„Was hat dir Anton eigentlich alles über mich erzählt?" wollte Constantin plötzlich wissen.

„Wahrscheinlich mehr, als dir lieb ist."

Constantin presste die Lippen zusammen. „Mein Verhältnis zu Anton war gut, aber vielleicht nicht gut genug", sagte er nachdenklich. „Er hat sich geschämt, mir von dir zu erzählen."

„Anton hat sich nicht für mich geschämt!“ fuhr Rosie auf.

„Immerhin war er glücklich verheiratet, bis du aufgetaucht bist.“

Rosie biss sich auf die Lippen und sagte nichts. Anton hatte viel Zeit und Geld aufgewendet, um sie zu finden. In den ersten neun Jahren bekam er zwar jedes Jahr ein Geburtstagsfoto von ihr an sein Londoner Büro, aber Rosies Mutter Beth hatte ihre Adresse nicht angegeben. Rosie hatte sich oft gefragt, ob Beth damit eine Art emotionale Rache für die kurze Affäre nehmen wollte, die solche Folgen gehabt hatte.

Als Rosie die Wahrheit über ihren Vater erfuhr, war Beth seit Jahren tot. Aber sie erinnerte sich nur zu gut an den verbitterten, übellaunigen Stiefvater, der ihrer Mutter nie verzeihen konnte, dass sie ein Kind von einem anderen hatte. Beth war kaum eine Woche tot, als ihr Witwer dem Jugendamt mitteilte, dass er Rosie nicht bei sich behalten wollte. Das war seine persönliche Rache.

Die Limousine hielt vor einem abgelegenen Schlosshotel. Rosie stieg aus. „Das Ganze ist einfach lächerlich“, murmelte sie.

„Es würde weniger lächerlich aussehen, wenn du nicht wie eine minderjährige Ausreißerin angezogen wärst, die ich auf der Straße aufgelesen habe.“

Die Pracht der Hotelhalle wirkte einschüchternd auf Rosie. Die Empfangsdame war perfekt ausgebildet und vermied es, Rosie offen anzustarren. Aber ein paar neugierige Blicke konnte sich das Mädchen nicht verkneifen. Verlegen drehte Rosie ihr den Rücken zu.

Der Boy brachte sie zu einer exquisit ausgestatteten Suite im ersten Stock. Rosie entdeckte die Verbindungstür zum Nachbarraum und öffnete sie. Dahinter lag ein Doppelschlafzimmer mit Bad. Aufgebracht fuhr sie herum. „Wenn du glaubst, ich verbringe die Nacht mit dir da drin, solltest du dich ärztlich untersuchen lassen!“

Constantin blieb gelassen. „Ich nehme das Schlafzimmer. Du kannst auf der Couch schlafen.“

Rosie blieb die Luft weg. Ihr Blick sprach von Mordlust.

„Morgen früh zerwühle ich die Laken. Takis hat Anweisung, ein paar Sachen zum Wechseln für dich zu beschaffen. Ich bin sicher, Maurice wird ein Auge zudrücken“, meinte Constantin sarkastisch. „Ich nehme an, dein Muskelprotz von einem Liebhaber würde dich auch an Kannibalen verkaufen, solange der Preis stimmt."

„Maurice ist mein Freund, nicht mein Liebhaber!" rief Rosie wütend.

Constantin zog schweigend die Brauen hoch.

„Du hast wirklich eine schmutzige Fantasie", sagte sie verächtlich.

Unvermutet lächelte Constantin. Aus seinen dunklen Augen betrachtete er wie gebannt ihr wütendes Gesicht. „Du hast Temperament, das mag ich. Wärst du nicht Antons Geliebte gewesen, würde ich dich ganz gern in mein Bett holen."

Aus Rosies Wut wurde sprachloser Horror. Sie bewegte die Lippen, brachte aber kein Wort heraus.

„Und ich garantiere, innerhalb von fünf Minuten würdest du mir aus der Hand fressen wie eine zahme Taube." Constantins weiße Zähne blitzten, er kam ihr vor wie ein Mörderhai.

Rosie bebte, aber sie brachte immerhin heraus: „Deine Fantasien sind nicht nur schmutzig, sondern krank."

Constantin spreizte mit einer überheblichen Geste die schönen Hände. „Warum willst du leugnen, was wir doch beide spüren? Du hast das Feuer gefühlt, als wir uns zum ersten Mal begegnet sind. Ich auch. Die pure sexuelle Anziehung. Nicht mehr, und nicht weniger ..."

Rosie stieß ein verspanntes Lachen aus, das ihr in der Kehle schmerzte. „Wie kann man nur so unglaublich eingebildet sein."

„Fordere nie einen Griechen heraus, wenn du es nicht aushalten kannst, dir die Finger zu verbrennen", sagte Constantin leise. „Aber vielleicht möchtest du das ja gerade?"

Dabei lag die Herausforderung bei ihm, in seinem zwingenden Blick. Die Atmosphäre war so aufgeladen, dass Rosies Herz zu rasen begann.

In diesem Moment klopfte es an die Tür. Rosie fuhr zusammen. Dimitris trat ein.

Mit weichen Knien zog sich Rosie auf die Couch zurück. Sie hatte überall Gänsehaut und stellte entsetzt fest, dass ihre Brustwarzen steil aufgerichtet waren. Durch seine bloße Anwesenheit, seinen intensiven Blick hatte Constantin diese Reaktion bei ihr ausgelöst. Es war zum Fürchten.

Er hatte sie an einem schwachen Punkt getroffen, indem er ihre Feindseligkeit überlegen belächelte, indem er die sexuelle Spannung zwischen ihnen offen ansprach. „Pure sexuelle Anziehung." Nein, ihn verunsicherte das nicht im Geringsten. Er als Südländer hatte ein unverklemmtes Verhältnis zu den urwüchsigen Trieben der Natur. Doch vielleicht wühlte sie am meisten sein ungeniertes Eingeständnis auf, dass er genauso fühlte.

Aber schließlich war er bekannt als erotischer Beutejäger. Wie konnte sie auf seine Tricks hereinfallen? Rosie ärgerte sich über ihre Naivität. Mit mäßigem Interesse sah sie zu, wie Dimitris einen schicken Laptop auf dem Schreibtisch am Fenster installierte. Jemand anderes brachte ein Faxgerät und schloss es an. Dann kam ein Kellner mit einem Kaffeetablett – Kaffee für eine Person. Rosie schäumte innerlich.

Der Kellner suchte ihren Blick, um weitere Wünsche zu empfangen. Sie ignorierte ihn. Ihr Stolz verbot es, ebenfalls um einen Kaffee zu bitten.

Indessen telefonierte Constantin mit seinem Handy in fließendem Französisch. Er wandte ihr den Rücken zu, eine Hand in der Tasche seiner eleganten Hose, das Seidenjackett aufgeknöpft. Rosie konnte nicht umhin, seinen flachen Bauch, die schlanken Hüften und die sehnigen Oberschenkel zu bemerken. Er sah in diesem Anzug so unverschämt gut aus, dass sie sich unwillkürlich fragte, wie er erst ohne ihn aussehen würde.

Derartige Gedanken waren ihr noch nie gekommen. Hastig griff sie nach der TV-Fernbedienung auf dem Couchtisch und wählte einen Musikkanal.

„Wenn du fernsehen möchtest, nimm bitte den Apparat im Schlafzimmer", sagte Constantin, indem er sein Gespräch verärgert unterbrach.

Rosie stand beleidigt auf und schob die Hände in die Taschen. „Ich gehe spazieren."

„Das tust du nicht. Geh und wasch dir die Haare oder sonst etwas", befahl Constantin ungeduldig. „Ich habe zu arbeiten."

Rosie stand kurz vor einem Schreikrampf. Sie beherrschte sich. „Ich tue, was mir gefällt, Mr. Voulos."

„Nicht, solange du mit mir zusammen bist." Constantin beendete das Gespräch und sah sie warnend an.

Rosie ballte die Hände in den Taschen ihrer Jacke. „Und wie willst du das verhindern?"

„Ich hätte dich im Kofferraum meines Autos einschließen und jemand anderes für die Rolle der Braut engagieren sollen. Welchen Gegenwert bekomme ich hier eigentlich für mein Geld? Du siehst in dem Zeug aus wie fünfzehn, das Hotelpersonal muss mich ja für einen Kinderschänder halten. Kein normaler Mensch würde auf die Idee kommen, dass wir ein frisch getrautes Paar sind. Und wenn du nicht gerade wieder die Beleidigte spielst, plapperst du mir die Ohren voll!" Er schien echt am Ende seiner Geduld. „Du bist wie einer von diesen schrecklichen Chihuahuas, die einem ständig nach den Beinen schnappen."

Rosie zitterte vor Zorn. „Wie kannst du es wagen, so mit mir zu reden!"

„Wenn du vier Monate lang *meine* Geliebte gewesen wärst, würdest du wenigstens wissen, wann du den Mund zu halten und zu verschwinden hast!"

„Nein, dann wärst du ein toter Mann", gab Rosie mit kalter Wut zurück.

„So, glaubst du?" Constantin lächelte langsam, grausam. „Ich glaube eher, du hättest spätestens nach einer Woche gelernt, dass du zu parieren hast. Im Gegensatz zu Anton habe ich wenig Geduld und hohe Ansprüche. Und du hast im Moment auf beiden Ebenen null Punkte."

„Vor kaum zehn Minuten hast du noch mit mir geflirtet!" rief Rosie empört. „Aber dann hast du gemerkt, dass du bei mir nicht landen kannst, dass ich kein Interesse an dir habe, und deshalb hackst du jetzt auf mir herum."

Constantin legte den Kopf schräg, machte schmale Augen und musterte sie arrogant von oben bis unten. „Das soll ein Flirt gewesen sein?" meinte er höhnisch. „Also das ist es, was dir zu schaffen macht. Ich soll mich nach dir verzehren, das hättest du wohl gerne?

Und mir wirfst du vor, eingebildet zu sein? Im Augenblick hast du den Sex-Appeal einer Pennerin."

„Noch ein Wort, und ich ... ich ..."

Constantin zog die Augenbrauen hoch. „Ja? Beißt du mich, oder was?"

Rosie blieben vor Wut die Worte weg. Ihre grünen Augen sprühten, ihr Gesicht war hochrot.

Constantin schenkte ihr ein kühles, gefährliches Lächeln. „Lass dir eins gesagt sein, Mädchen. Wenn du mich beißt, beiße ich ganz gewaltig zurück. Und wenn du dir in deiner wilden Fantasie einbildest, ich wäre dein nächster Geldscheinwerfer, hast du dich gründlich geschnitten. Ich spüre zwar eine gewisse Anziehung zwischen uns, aber ich habe nicht die Absicht, mein Gehirn abzuschalten und dahinzuschmelzen."

Rosie fand ihre Sprache wieder. „Du ... du bist ja so ahnungslos und von dir selbst überzeugt!"

„Ich glaube, wir verstehen uns allmählich." Constantins dunkle Augen fixierten sie. „Lass mich das Tagesmotto formulieren: Einen alten Mann zu verführen ist einfacher als einen jungen Mann zum Narren zu halten."

Im Innersten getroffen wich Rosie vor Constantin zurück. Nie in ihrem Leben hatte sie Mordgelüste verspürt – bis zu diesem Moment. Sie wünschte, über Maurices Muskelkraft zu verfügen, sie hätte Constantin mit dem größten Vergnügen zu Boden geschlagen und noch nachgetreten.

Das Handy piepte wieder.

Rosie stolzierte zur Schlafzimmertür.

„Kannst du tippen?" fragte Constantin plötzlich, als wäre nichts gewesen.

„Tippen?" fragte Rosie verblüfft zurück.

„Ja, Schreibmaschine schreiben, nach Diktat", sagte Constantin ungeduldig. „Ich möchte so wenig Personen wie möglich in diese Geschichte einweihen. Aber für mich ist es verflixt unbequem ohne meine eigenen Mitarbeiter."

„Ich kann weder das eine noch das andere", entgegnete Rosie knapp.

Er maß sie mit einem kühlen Blick. „Aber ich wette, du kannst wunderbar auf den Schoß von älteren Unternehmern klettern."

4. KAPITEL

Eine Stunde später setzte Takis eine recht schäbige Plastiktasche im Schlafzimmer der Suite ab. Rosie sah nach, was Maurice für sie zusammengepackt hatte, und griff zum Telefon.

„Sag mal, soll das Zeug in der Tasche ein Witz sein, Maurice?" fuhr sie den armen Kerl an. Entrüstet zerrte sie das durchsichtige Nachthemd, das seidige himbeerfarbene Minikleid und die hauchdünnen Strumpfhosen hervor. Des Weiteren steckten noch hochhackige Samtpumps und die Make-up-Box, die Maurices Schwester ihr zu Weihnachten geschenkt hatte, in der Tasche. Natürlich fehlten sowohl Unterwäsche zum Wechseln als auch eine Zahnbürste.

„Dies ist deine Hochzeitsnacht. Ich dachte, du würdest dich vielleicht hübsch machen wollen."

„Nein, wie reizend von dir", fauchte Rosie.

„Hat Voulos dich irgendetwas unterschreiben lassen?" erkundigte sich Maurice besorgt.

„Nicht mal das Hotelregister."

„Er weiß wahrscheinlich, dass ein vorehelicher Vertrag vor britischen Gerichten nichtig wäre. Aber er wird dich sicher dazu bewegen wollen, dass du auf jeden finanziellen Anspruch an ihn verzichtest. Andererseits", überlegte Maurice, „falls die Presse von der Hochzeit Wind bekommt, säße er ganz schön in der Tinte."

„Maurice, ich mag dich sehr, aber deine Geldgier ist wirklich unerträglich." Verärgert knallte Rosie den Hörer auf.

Anschließend bestellte sie sich einen Imbiss aufs Zimmer. Sie war nicht wirklich hungrig und ließ sich viel Zeit mit der Kanne Tee und den Sandwiches. Auch Fernsehen gehörte nicht zu ihren üblichen Beschäftigungen, und sie begann, sich total zu langweilen. Unfreiwillig wurde sie zur Mithörerin der Telefongespräche und des unablässigen Faxgepiepes im Nebenraum.

Gegen sieben Uhr war sie so weit, dass sie die Wände hätte hochgehen können. Wieso gestattete sie diesem Menschen, sie wie eine Haremsdame unter Verschluss zu halten? Was konnte es schaden, wenn sie sich ohne Constantin unten im Hotel zeigte? Das Personal musste längst mitbekommen haben, dass ihr Ehemann ein arbeitswütiger, unsensibler Geschäftsmann war.

Und ein egoistisches, abscheuliches, schlecht gelauntes Ekel, sagte sich Rosie und langte nach ihrer Strumpfhose. Er hatte zwar das herzbeklemmende Aussehen eines dunklen Engels, aber das Wesen einer geifernden Bestie. Dazu dieser eiskalte Sarkasmus. Er ließ keine Gelegenheit aus, sie zu beleidigen.

Da Rosie von der Körpergröße her immer im Hintertreffen gewesen war, hatte sie eine scharfe Zunge als Waffe entwickelt. Es ärgerte sie, dass Constantin ihre Attacken so locker abprallen ließ und sogar zum Gegenangriff überging. Sie hatte an seiner glänzenden Rüstung nicht einmal kratzen können, sie hatte eindeutig den Kürzeren gezogen. Obendrein tat sie ihm diesen gewaltigen Gefallen. Und was war der Dank?

Okay, morgen früh würde sie den kostbaren Scheck genüsslich vor seinen Augen zerreißen. Sie ging ins Bad, legte einen Hauch Lippenstift auf und experimentierte ein bisschen mit Lidschatten. Als sie vorsichtig die Tür zum Wohnzimmer einen Spalt breit öffnete, hörte sie Constantin im Befehlston telefonieren.

„Morgen ist mir zu spät“, bemerkte er eisig. „Wenn ich sage, Sie sollen etwas unternehmen, erwarte ich einen Powerstart, keinen Nachmittagsspaziergang.“

Leise wie eine Maus schlich Rosie hinter seinem Rücken vorbei auf den Korridor hinaus. Sie ignorierte Constantins Leibwächter vor der Tür und schlüpfte seelenruhig in ihre Schuhe. Nur Takis böser Husten ließ sie einen Moment zusammenfahren. Als sie den Lift betrat, war der junge Grieche sofort neben ihr. Ebenso, als sie auf die schummrig beleuchtete Hotelbar im Erdgeschoss zusteuerte.

Na gut, Takis Begleitung würde sie wenigstens vor der verlegenen Lektüre des Hotelprospekts bewahren, den sie sicherheitshalber eingesteckt hatte. Sie wollte um jeden Preis vermeiden, wie ein Single auf Partnersuche zu wirken.

Trotzdem verfolgten sämtliche männlichen Blicke in der Bar ihren Auftritt. Die tizianroten Locken umgaben ihr ovales Gesicht wie eine Wolke, die Spaghettiträger betonten ihre makellosen weißen Schultern ebenso wie die himbeerfarbene Seide ihre graziösen Kurven. Der kurze Rock ließ ihre aufregend langen, schönen Beine sehen.

Rosie setzte sich. Takis winkte die Bedienung heran und bekam einen neuen Hustenanfall.

„Sie gehören eigentlich ins Bett", sagte Rosie zu dem jungen Mann, während sie seine fiebergeröteten Wangen musterte. „Aber ich vermute, Sie müssen schon als Leiche daherkommen, ehe Constantin etwas bemerkt."

Takis schauderte und runzelte die Stirn. Offenbar hatte er Schwierigkeiten mit der englischen Sprache. Er hustete wieder und krächzte etwas, das nach einer Entschuldigung klang.

„Meine Güte, setzen Sie sich doch endlich", befahl Rosie. „Sie brauchen einen heißen Whisky mit Nelken. Das klärt den Kopf und bringt einen ruhigen Schlaf."

Zögernd ließ Takis sich nieder und sah sie scheu an. Sie bestellte einen doppelten Spezial-Whisky für ihn, den er in einem Zug trinken musste. Unsicher schüttelte Takis den dunklen Lockenkopf.

„Keine Widerrede!" kommandierte Rosie.

Der junge Mann war weit umgänglicher als Constantin. Nach dem Whisky wurde Takis sogar äußerst gesprächig, nur verstand Rosie leider kein Wort Griechisch. Aber vielleicht war das besser so, denn Takis Gesicht glühte vor Anbetung.

„Was ist das nun wieder für ein Spielchen?" Ein Schatten fiel auf den Tisch. Rosie zuckte zusammen.

Takis sprang auf und stieß dabei seinen Stuhl um. Dimitris erfasste die Situation sofort, nahm seinen Kollegen bei der Schulter und führte ihn aus der Bar. Wütend starrte Constantin Rosie an, seine Augen wirkten hart wie Diamanten.

„Ich habe gar nicht gemerkt, wie du die Suite verlassen hast. Du gehst sofort wieder nach oben", befahl er mit leiser, doch einschüchternder Stimme.

Constantins unglaublich überhebliche Art empörte Rosie und jagte ihr zugleich Angst ein. „Und wenn nicht? Bekomme ich dann statt Abendessen zwanzig Peitschenhiebe? Darf ich nicht mal in Ruhe einen Drink nehmen?“

„Hinauf“, stieß Constantin hervor. Seine olivfarbene Haut war blass vor Wut.

„Du Tarzan, ich Jane?“ höhnte Rosie. „Nein, so läuft das nicht.“

„Wir haben eine Absprache getroffen“, warnte Constantin. Sein Ton wirkte auf Rosies Nerven wie Sandpapier auf Seide. „Und du hältst dich nicht daran.“

Sie warf den Kopf in den Nacken. Ihr Haar schimmerte, ihre Augen glänzten. „Ich verhalte mich absolut passend – ich spiele das Flittchen“, erklärte sie zuckersüß. „Flittchen heiraten gern reiche Knacker, bei denen sie sich zu Tode langweilen ...“

„Sag das noch mal.“ Jetzt stieg dunkle Röte in Constantins Gesicht.

„Also wird die vernachlässigte junge Frau zappelig und geht in die Bar, um das Leben vorbeiziehen zu sehen“, setzte Rosie melodramatisch hinzu.

„Wir fallen schon auf.“ Constantins ausdrucksvoller Mund war schmal wie ein Strich, sein Blick wie ein glühender Pfeil. Er setzte sich, doch er erinnerte Rosie an einen wilden Tiger, der im letzten Moment am Sprung gehindert wurde.

„Natürlich fallen wir auf“, gab sie munter zurück. „Kompliment übrigens, du spielst die Posse wirklich lebensecht. Auftritt eifersüchtiger Bräutigam, wutentbrannt. Ich will versuchen, gehörig schuldbewusst auszusehen.“ Sie zog den Kopf zwischen die Schultern, als ließe sie das berechtigte Donnerwetter demütig über sich ergehen. „Aber ich gehe auf keinen Fall wieder nach oben und drehe im Schlafzimmer Däumchen.“

Constantin atmete betont langsam ein und sagte nichts.

Rosie lächelte. „Du bist ein cleverer Bursche, Constantin“, spottete sie. „Wenn du mich mit Gewalt abtransportierst, wird sich bestimmt jemand aufgerufen fühlen, mich zu retten.“

„Ich sehne den morgigen Tag herbei wie noch nie einen“, stieß er zwischen zusammengebissenen Zähnen hervor.

„Ich weiß, wir sind nicht gerade das ideale Brautpaar.“

„Du traust dich in der Öffentlichkeit allerhand.“

„Muss ich. Du bist schließlich ein großer, starker Brocken."

„Das ist Maurice auch."

Rosie lächelte. „Maurice ist lammfromm. Der verliert nie die Beherrschung."

„Du hast in eurer Beziehung eben die Hosen an." Er warf ihr einen abschätzigen Blick zu.

„Du magst vermutlich nur unterwürfige Frauen, die dich total vergöttern. Du bist zur falschen Zeit geboren, Constantin. Als orientalischer Herrscher mit einem Harem wärst du glücklicher geworden. Hast du gewusst, dass Konkubinen darauf dressiert wurden, das Zimmer ihres Herrn auf allen Vieren zu betreten und von der Fußseite unter seine Bettdecke zu kriechen?" teilte sie ihm aufgeräumt mit.

Constantin senkte den Blick. Seine Kinnmuskeln zuckten. „Ich bin mitten in wichtigen Kaufverhandlungen für ein Unternehmen, seit Monaten habe ich auf diesen Moment hingearbeitet." Er sah sie düster an. „Ich traue dir nicht. Ich lasse dich nicht allein in der Bar, damit du dich in unserer so genannten Hochzeitsnacht einem Mann an den Hals wirfst."

„Ich werfe mich Männern nicht an den Hals. Ich habe noch nie im Leben auch nur einen angesprochen", versetzte Rosie würdevoll.

„Ich habe doch gesehen, wie die Kerle an der Bar dich angestarrt haben. Wie sexuell ausgehungerte, sabbernde Matrosen auf Landurlaub", stellte Constantin fest. Wieder erschien eine leichte Röte auf seinem Gesicht. „Du brauchtest selbst keinen Finger zu rühren. Außerdem geht eine anständige Frau nicht allein in eine Bar."

„Takis war bei mir."

„Und den hast du sturzbetrunken gemacht!"

„Er hat eine starke Erkältung, er war geschwächt, und er verträgt offenbar keinen Alkohol", verteidigte sich Rosie. „Ja, ich habe ihm befohlen, einen Whisky zu trinken ..."

„Und das wird ihn den Job kosten", warf Constantin grimmig ein.

Rosie wurde weiß vor Schreck. „Das ist unfair, Constantin! Ich habe darauf bestanden, dass er das Glas austrinkt!"

„Hast du auch darauf bestanden, dass er mit dir flirtet?"

„Was meinst du damit?"

Constantin schnaubte vor Zorn. „Ich habe gehört, was er zu dir sagte. Mein eigener Mitarbeiter macht sich an meine Frau heran und ..."

„Ich bin nicht deine Frau!" fiel ihm Rosie hitzig ins Wort. „Nicht für eine Million Pfund würde ich deine Frau werden!"

„Oh, ich denke, du wärst auch mit weniger zufrieden", erwiderte Constantin mit einem zynischen Lächeln. „Welchen Preis hast du bei Anton angesetzt? Er hat dir bloß ein Haus gemietet, nicht einmal gekauft ..." Er brach ab, weil er auf einmal den restlichen Wein aus Rosies Glas im Gesicht hatte. In verblüfftem Schweigen saß er da.

Rosie stand auf und starrte ihn voll Hass an. „Gegen dich ist ein Neandertaler ein Gentleman!"

Constantin schaffte es hinter ihr in den Lift, bevor sich die Türen schlossen. Zitternd vor Wut hieb Rosie auf die Knöpfe ein. Als die Türen lautlos zuglitten, stöhnte Constantin entnervt und nahm Rosie in die Arme.

„Lass mich los, du Steinzeitmensch!" keuchte sie.

Constantin sah sie schweigend an. Dann umfasste er ihre Hüften und zog sie fest an sich. Rosie erstarrte. Die plötzliche Berührung mit seinem harten, muskulösen Körper, seine Wärme und sein Duft wirkten wie eine Brandungswelle, die unvermutet über sie hereinbrach und sie benommen machte. Sie hatte ein merkwürdiges Gefühl im Bauch, ihr Herz hämmerte.

„Du hast versucht, mit mir zu flirten", sagte Constantin leise, wie verwundert. Der Klang seiner tiefen, samtigen Stimme schien ihre sämtlichen Nervenenden zu streicheln. Er lächelte kaum wahrnehmbar.

„Flirten?" wiederholte Rosie verwirrt. „Indem ich dir Wein ins Gesicht schüttete?"

„Du warst dabei zu verlieren."

Ihr Blick war gefesselt von seinem, die Zeit schien stillzustehen, sie spürte das dumpfe Pochen des Bluts in ihren Adern. Rosie rang nach Atem. Ihr war, als wäre jede ihrer Körperzellen in Alarmzustand, vor allem die vollen Brüste, die fast schmerzhaft empfindlichen Brustspitzen, die Stelle zwischen ihren heißen Schenkeln.

Nein, dachte sie entsetzt, ich habe doch nicht geflirtet ...

Constantin beugte langsam den Kopf und lächelte unglaublich sexy. Dann waren seine Lippen auf ihrem Mund, und etwas explodierte in ihr. Es war ein gieriges, unkontrollierbares Feuer, eine alles verschlingende Leidenschaft. Sie erwiderte den Kuss wild, hungrig. Als seine Zunge eindrang, stöhnte sie tief in der Kehle. Er drängte sich noch näher an sie, und sie klammerte sich fester an seinen Körper.

Constantin hob den Kopf, sah in ihr entrücktes Gesicht und zog sie an der Hand aus dem Lift. Rosie wollte gar nicht auf den Boden der Realität zurück. Und in der Suite nahm Constantin sie ohne Zögern wieder in die Arme. Er strahlte eine solche Energie aus, dass Rosie sich wie gelähmt vorkam. Sein dunkler Blick hüllte sie ein, sie zitterte vor Verlangen nach mehr.

„Gib zu, du magst lange, heiße Liebesnächte“, forderte Constantin. „Und ich verspreche dir, ich werde jeden deiner Wünsche befriedigen.“

Unwillkürlich verspannte sich Rosie und wich vor ihm zurück. Er ließ sie sofort los. Der abgebrochene Körperkontakt war wie eine kalte Dusche. „Ich kann nicht mit dir schlafen“, flüsterte sie verunsichert.

„Wer spricht von Schlafen?“

„Du sagtest doch, du würdest nicht dahinschmelzen“, erinnerte sie ihn beinahe vorwurfsvoll.

„Für eine Nacht kann ich schon mal dahinschmelzen und es am nächsten Morgen bereuen.“

„Ich bin furchtbar müde ... Und du solltest an deine wichtigen Verhandlungen denken“, wandte sie schwach ein. Die Tatsache schockierte sie, dass sie nichts sehnlicher wünschte – in ihrem ganzen Leben nie etwas sehnlicher gewünscht hatte –, als mit Constantin zu schlafen. Und das, obwohl ihre Vernunft rebellierte, obwohl sie diesen Menschen zutiefst verabscheute. Das war so beängstigend, dass ihre Schlagfertigkeit und Aufmüpfigkeit sie vollkommen verließen.

Constantin zog die schwarzen Augenbrauen zusammen und machte schmale Lippen. Sein Blick in diesem Moment hätte töten können. „Ich hasse zickige Frauen. Ich biete mich für eine Nacht an, mehr nicht“, erklärte er kalt. „Und ich zahle grundsätzlich nicht für Sex.“

„Auf das Angebot würde nicht mal ein Zombie eingehen“, schoss Rosie zurück. Damit ging sie ins Schlafzimmer. Doch kaum hatte sie die Tür hinter sich geschlossen, brach ihre stolze Haltung in sich zusammen. Sie lehnte sich an das Holz und versuchte, die heiße Tränenflut zurückzudrängen.

Stunden später lag Rosie noch wach. Sie starrte ins Dunkel und versuchte, Klarheit zu gewinnen. Ihre heftige sinnliche Reaktion auf Constantin machte ihr enorm zu schaffen. Als Teenager war sie einmal sexuell belästigt worden. Zum Glück war sie heil davongekommen, aber es hatte ihr jede Lust auf körperliche Nähe zu Männern genommen.

Im Lauf der Jahre hatte Rosie sogar ein tiefes Misstrauen gegen das andere Geschlecht entwickelt. Außerdem hatte sie sich angewöhnt, bei den geringsten Unannehmlichkeiten von ihren jeweiligen Pflegeeltern wegzulaufen. Dieses Verhalten hatte sie in ziemliche Schwierigkeiten gebracht, bis schließlich Maurice ihr klarmachte, dass sie auf diese Weise ihre Probleme nicht lösen würde.

Dann hatte sie ihre ganze Energie darauf konzentriert, sich eine verlässliche Lebensbasis zu schaffen. Ihr Wunsch nach Unabhängigkeit und gesicherten Verhältnissen hatte sie angetrieben, und sie schaffte es. Doch Anton hatte alles ins Wanken gebracht, als er sie nach London holte. In Rosie war eine Veränderung vorgegangen, sie hatte sich geöffnet, Gefühle zugelassen, neue Perspektiven gesehen.

Anton war mit ihr einkaufen gegangen, wobei er ihrem Widerwillen gegen feminine Kleidung verständnislos gegenüberstand. Sie hatte nachgegeben, denn sie wollte ihrem Vater gefallen. Lange Zeit hatte er ihre platonische Freundschaft mit Maurice nicht einordnen können. Anton hatte eben nie begriffen, dass Männer sie einfach kalt ließen ... Bis Constantin Voulos in dieser Kirche auftauchte.

Constantin – der einzige Mann, bei dem sie je die Fantasie gehabt hatte, ihm die Kleider vom Leib zu reißen und ihn auf die nächste Liegefläche zu zerren. Ihre Wangen brannten vor Scham, sie rieb sich heftig die Augen. So also sah sexuelles Begehren aus. Okay, sie war nicht gerade von einem anderen Planeten, aber diese rohe, beängstigende Macht der Triebe überwältigte sie doch. Ein Kuss, und sie war hin und weg wie ein Groupie bei einem Popkonzert.

Aber zum Glück würde sie Constantin ab morgen nie mehr begegnen. Bei ihm hinterließ das Ganze sowieso keinen bleibenden Eindruck. Er war momentan scharf auf sie und hatte ihr eine Liebesnacht angeboten – ohne Anspruch auf Gefühle oder auch nur Respekt. Tiefer könnte ich gar nicht sinken, dachte Rosie bitter. Er war erregt gewesen, aber nicht so stark, dass es ihn nicht doch irgendwie erleichterte, als sie ihn abwies. Das hatte sie genau in seinem Blick gelesen. Rosie seufzte. Sie war erschöpft ... und sehr unglücklich.

Rosie fuhr hoch. Constantin stand vor ihrem Bett und starrte auf sie herunter. Sie blinzelte ins Lampenlicht und kam sich irgendwie schuldig vor.

„Schläfst du immer in Kleidern?" erkundigte sich Constantin, indem er die Jeans und das T-Shirt musterte, die sie angezogen hatte.

Rosie sah seinen kurzen schwarzen Morgenmantel, das Stück nackte Brust mit der üppigen Behaarung, und sprang spontan auf der anderen Seite aus dem Bett.

„Meine Güte, was unterstellst du mir? Dass ich dich angreife?" fragte er verdutzt.

„Ich denke, auf dem Sofa nebenan fühle ich mich wohler."

„Wir können uns das Bett teilen. Es ist drei Uhr früh, und ich bin todmüde", versicherte Constantin.

Aber Rosie schloss wortlos die Schlafzimmertür hinter sich, tappte im Dunkeln zum Sofa und legte sich hin. Sie hatte den Eindruck, kaum die Augen zugemacht zu haben, da klopfte es beharrlich an der Tür. Rosie steckte den Kopf unter das Kissen und kuschelte sich in die warme Decke, die nicht da gewesen war, als sie sich hinlegte. Ein ungeduldiger Wortschwall auf Griechisch brachte sie wieder an die Oberfläche.

Doch schon war Constantin, in einer engsitzenden anthrazitgrauen Hose und weißem Seidenhemd, an der Tür und riss sie auf. Dimitris stürmte herein. Er wedelte eine Zeitung in der Hand und war außer sich vor Aufregung. Constantin griff nach dem Blatt, warf einen Blick darauf, sagte kurz und scharf etwas auf Griechisch und verstummte. Beide Männer wandten sich Rosie zu und sahen sie schweigend an.

Verwirrt starrte sie mit großen Augen zurück. Constantin öffnete die Tür erneut, und Dimitri verließ nur zu bereitwillig den Raum. Dann drehte sich Constantin zu Rosie um.

„Du hinterhältiges, gemeines Biest!" begann er übergangslos. Mit langen Schritten durchquerte er das Zimmer und zog sie an der Hand vom Sofa hoch.

„Was ist denn?" rief Rosie erschrocken. Der Zorn in seinem Blick machte ihr Angst.

„Du ... Das wirst du mir büßen!"

„Sag doch endlich, was los ist!"

„Ich war wirklich ein Idiot, dass ich dir getraut habe. Meine Anwälte haben mich gewarnt, aber ich wollte ja nicht hören!" Constantin schäumte regelrecht vor Wut. In seinem Blick lagen derartige Verachtung und Abscheu, dass Rosie leichenblass wurde und zu zittern begann.

Constantin ließ ihre Hand los und richtete sich zu seiner vollen, einschüchternden Größe auf. Rosie sank mit zitternden Knien in den nächsten Sessel. Er hob die Hand, wies damit drohend auf ihre Gestalt.

„Willst du tatsächlich wissen, wie es ist, mit mir verheiratet zu sein?" stieß er hervor. „Du wirst jeden Tag und jede Minute wünschen, du wärst in deiner erbärmlichen Hütte geblieben. Und du wirst mich auf Knien um die Scheidung bitten, noch bevor ich mit dir fertig bin."

Rosie atmete tief durch und versuchte, ihre zum Zerreißen angespannten Nerven zu beruhigen. „Wenn ich nur wüsste, was du mir eigentlich vorwirfst ..."

„Du wagst es auch noch, mich anzulügen?" donnerte Constantin.

Rosie riskierte einen schnellen Blick auf die Zeitung, die er auf den Couchtisch geworfen hatte. Er nahm das Blatt und hielt es hoch wie eine Anklageschrift. HEIMLICHE MILLIARDÄRSHOCH-

ZEIT lautete die Schlagzeile auf Seite eins. Rosie schluckte und erkannte ein älteres Foto von sich vor dem Cottage. Es war an dem Tag aufgenommen worden, an dem sie einzog, stolz wie eine Königin auf ihr erstes echtes Heim seit ihrer frühen Kindheit. Als sie das Foto zum letzten Mal gesehen hatte, stand es gerahmt auf dem Kaminsims im Wohnzimmer.

„Maurice", flüsterte sie. Nur er konnte das Foto an die Presse gegeben haben. Die Erkenntnis tat weh.

„So, Maurice", wiederholte Constantin mit grimmiger Befriedigung. „Dem breche ich alle Knochen im Leib!"

„Nein, es war nicht Maurice", rief Rosie hastig. Constantin war fähig und tat Maurice wirklich etwas an. Seine geballten Fäuste und die Ausstrahlung von ungezähmter Kraft sprachen eine deutliche Sprache. Rosie faltete die zitternden Hände und befeuchtete die trockenen Lippen mit der Zunge. „Es war nicht Maurice ... Ich war's."

„Warum willst du dich vor ihn stellen? Er war dein Komplize. Du musst ihn angerufen und ihm unsere Adresse mitgeteilt haben, denn du kanntest sie ja nicht, bevor wir hier ankamen."

„Ja, ich habe ihn angerufen", murmelte Rosie gepresst. Sie senkte den Kopf. Die Spannung im Raum übertrug sich auf ihre Muskeln, so dass sie vor Verkrampfung schmerzten.

„Ich nehme an, dir ist klar, was das bedeutet." Constantins leise Stimme war wie ein Peitschenhieb, Rosies Nackenhaare richteten sich auf. „Thespina wird sofort erfahren, dass wir geheiratet haben. Sie hat Freunde in London. Natürlich wird sie wissen wollen, warum ich mich so seltsam verhalte und sie nicht informiert habe. Hast du daran gedacht? Kümmert dich das überhaupt?"

Rosie zog den Kopf ein. Sie kämpfte mit den Tränen.

„Nein, das kümmert dich selbstverständlich nicht. Du kennst nur deine Habgier. Anton hat dir nichts vererbt, und das konntest du nicht verkraften, stimmt's?" fuhr Constantin fort. „Du träumtest vermutlich von gewaltigen Reichtümern. Aber zwei Wochen vor seinem Tod nahm Anton ein hohes Darlehen auf, um eine halb verfallene Ruine auf Mallorca zu kaufen. Er setzte sein ganzes Vermögen für diesen unsinnigen Kauf ein, es war eine sentimentale Entscheidung. Und sein Stolz verbot es ihm, mich um Rat und Hilfe zu bitten."

„Auf Mallorca?" Langsam hob Rosie den Kopf.

„Ja, Son Fontanal, den ehemaligen Besitz der Familie Estrada, mitsamt Inventar und ein paar Tausend Morgen unfruchtbarem Boden, mit dem nur Bergziegen etwas anfangen können", berichtete Constantin mit unverhüllter Missbilligung. „Die Ruine ist sogar so romantisch, dass auf der ganzen Umgebung ein Baustopp liegt, es ist Naturschutzgebiet. Das Objekt ist vollkommen wertlos, außer für Anton. Die Erben des letzten Besitzers sahen ihre Chance und ..."

„Anton hat Son Fontanal zurückgekauft?" flüsterte Rosie ungläubig.

„Er war ein sehr gefühlsbetonter Mensch", bestätigte Constantin widerwillig, aber er schien dergleichen Anwandlungen nicht begreifen zu können.

Doch Rosie verstand. Sie verstand das alles so gut, als wäre ihr Vater persönlich anwesend und erzählte ihr von dem Kauf. Dies war das Erbe, das Anton ihr zugedacht hatte. Als Anton fünfzehn war, hatte seine verwitwete Mutter Son Fontanal aus Not verkaufen müssen. Anton hatte zwar sein Leben von da an in Griechenland verbracht, aber mit dem Herzen hatte er sich immer in seine Heimat zurückgesehnt. Als Junge hatte er, hilflos und erbittert, am Grabe seines Vaters geschworen, alles zu tun, um Son Fontanal wieder in den Besitz der Familie zu bringen.

„Er hat das Haus so sehr geliebt", sagte Rosie leise. „Kein Preis wäre ihm zu hoch gewesen."

„Finanziell war es reiner Selbstmord", stellte Constantin fest. Er presste die Lippen zusammen, seine Stimme war rau vor unterdrückter Erregung. „Wäre Anton noch am Leben, bliebe ihm nur die Wahl zwischen Bankrott oder meiner Unterstützung. Ich halte an der Vorstellung fest, er hätte seinen Stolz überwunden und wäre zu mir gekommen ..."

„Nicht zu seiner Frau?" warf Rosie ein.

Constantin sah sie empört an. „Um Himmels willen ... Was sind das für Männer, die sich von ihrer Frau Geld borgen? Warum diskutiere ich überhaupt solche privaten Sachen mit dir?" Plötzlich lenkte er ab. „Geh und zieh das Kleid an, das du gestern Abend getragen hast. Wir verlassen dieses Hotel."

„Das ‚Wir' kannst du streichen", sagte Rosie. „Ich nehme ein Taxi nach Hause."

Constantin lachte höhnisch. „Du kommst mit mir nach Griechenland. Das ist die einzige Möglichkeit, die mir bleibt. Und glaub mir", der Blick seiner dunklen Augen wurde hart, „wenn ich dich dafür betäuben und fesseln muss, dann werde ich das tun."

„Griechenland?" stotterte Rosie fassungslos.

„Nach alldem werden wir nicht umhin können, Thespina einen kurzen Besuch abzustatten", erklärte Constantin unwillig. „Das ist besonders peinlich, weil ich ihr bereits erzählte habe, dass unsere Verlobung gelöst ist und wir uns getrennt haben."

„Mir ist es egal, wie du deine Angelegenheiten klärst, aber ich gehe auf keinen Fall mit nach Griechenland", stellte Rosie sachlich fest und stand auf.

„Ich sagte, wenn es nötig ist, fessle ich dich und ziehe dich persönlich an."

Sein Blick war wie eine Wand, von der Rosies Einwände abprallten. Sie ging ins Schlafzimmer. Constantin kam ihr nach und hängte das Telefon aus.

„Von jetzt an redest du mit keinem ein Wort. Zieh dich an", befahl er.

5. KAPITEL

Rosie betrachtete im Badezimmerspiegel ihr trauriges Gesicht. Wie hatte Maurice ihr so etwas Ungeheuerliches antun können? Warum hatte er die Presse informiert? Er musste doch wissen, was für einen Vertrauensbruch das bedeutete. Er wusste genau, dass sie Thespina die ganze traurige Sache ersparen wollte. Sie öffnete die Badezimmertür und spähte hinaus.

Constantin zog gerade ein elegantes Maßjackett über seine breiten Schultern. Rosies Mund wurde trocken. Sie sah die Bewegungen der geschmeidigen Muskeln unter dem feinen Seidenhemd und den dunklen Schatten seiner Brustbehaarung, die sie in der vergangenen Nacht so nah vor sich gehabt hatte, als er sie geweckt hatte.

„Warum ziehst du dich nicht um?“ wollte er wissen.

Rosie nahm sich zusammen und sagte statt einer Antwort: „Ich möchte mit Maurice telefonieren.“

Constantin schüttelte den Kopf. „Das kann ich nicht erlauben.“

Rosie blieb stur. „Bitte.“

„Die wichtigste Regel für eine griechische Ehefrau ist Gehorsam“, belehrte Constantin sie. Mit den geschmeidigen Bewegungen eines Leoparden auf Beutejagd kam er auf sie zu. „Und wenn du nicht spurst, kleine Hexe, dann werde ich dich dazu erziehen. Bald wird es dir ganz normal vorkommen, mein Schlafzimmer auf allen Vieren zu betreten wie deine berühmten Haremsdamen.“

Rosie knallte die Tür zu. Gedämpft hörte sie Constantins Lachen von der anderen Seite.

„Ich kann nicht nach Griechenland mitkommen“, fing Rosie im Lift wieder an.

„Gut, dann schlage ich Maurice zusammen und ruiniere ihn geschäftlich. Ist das ein Gegenangebot?“ Constantin lächelte in ihr entsetztes Gesicht. „Glaub mir, ich habe die Mittel dazu. Ich habe nämlich ein paar Nachforschungen anstellen lassen. Maurices alter Onkel mag seinen Neffen zwar, aber er ist genauso profitsüchtig, muss wohl in der Familie liegen. Für eine passende Summe wäre Onkel Dennis bereit, euch beide mit tiefstem Bedauern auf die Straße zu setzen.“

Einen Augenblick lang war Rosie niedergeschmettert. Wie konnte Constantin so schnell in Erfahrung bringen, dass ihr Vermieter mit Maurice verwandt war? „Du wusstest also ...“

„Ich kündige nie eine Maßnahme an, die ich nicht auch durchführen kann“, gab er mit arrogantem Lächeln zurück. „Je mehr Schwierigkeiten du machst, desto unangenehmer werden meine Reaktionen. Maurice Carter wird es noch bedauern, je das Bett mit dir geteilt zu haben.“

„Du bist wütend und weißt nicht, was du redest.“

„Wut schärft meinen Verstand.“

„Maurice ist völlig unschuldig an dieser Sache“, beteuerte Rosie. Falls Maurice wirklich die Presse informiert hatte, dann nur, weil er ernsthaft fürchtete, Constantin wollte Rosie um ihre Rechte bringen. Die öffentliche Bekanntmachung der Hochzeit aber würde ihre Position stärken. Maurice hatte einzig Rosies Wohl im Auge, also lag die Verantwortung für die Geschichte letzten Endes bei ihr. „Ich kann einfach nicht glauben, dass du Maurice wirklich etwas antun könntest.“

„Und du behauptest, Anton hätte dir so viel von mir erzählt?“ konterte Constantin ironisch.

Rosie wurde nachdenklich. Was hatte Anton eigentlich genau über seinen Ziehsohn gesagt? Dass er als Unternehmer ein kühner Stratege war und von seinem ganzen Wesen her unfähig, Niederlagen hinzunehmen. Ein gnadenloser Feind, der Beleidigungen nie verzieh und einzig seiner Familie treu ergeben war. Ein unermüdlicher Kämpfer, der sich keine Muße gönnte – außer, wenn es um Frauen ging. Waren es die sexuellen Aktivitäten, die Constantin körperlich so fit hielten?

Rosie verbot es sich, in dieser Richtung weiter zu fantasieren. Sie musste jetzt wirklich ihre Vernunft beisammen halten. Anton hatte Constantin geliebt und bewundert wegen all der Eigenschaften, die er selbst nicht besaß, überlegte sie nüchtern. Es wäre interessant zu wissen, wie Constantins Feinde über ihn dachten.

Im Foyer des Hotels war es kühl. „Ich komme mir albern vor in diesem Fähnchen“, beschwerte sie sich. Sie fror an den nackten Armen und Schultern. „Es ist eigentlich ein Abendkleid.“

„Du siehst genauso aus, wie ich es momentan richtig finde – ein Flittchen, das keine Ahnung hat, wie man sich bei Tageslicht anzieht.“ Rosie wäre vor Wut und Scham am liebsten im Boden versunken. „Du brauchst kein Lächeln für die Paparazzi aufzusetzen“, fügte Constantin erbarmungslos hinzu. „Im Gegenteil. Je unglücklicher du wirkst, desto weniger wird alle Welt überrascht sein, wenn ich dich wieder wegschicke. Du musst nämlich wissen, diese tödlich langweiligen reichen Knacker wechseln ihre Flittchen gern und schnell.“

Er ging mit ihr zum Ausgang, und Rosie wurde plötzlich nervös. „Meinst du tatsächlich, da draußen sind Reporter?“

Sekundenbruchteile später stand sie einem Meer von fremden Gesichtern gegenüber. Eine Woge von Blitzlichtern und schreiend vorgebrachten Fragen brach über sie herein. Sie begann, am ganzen Körper zu zittern. Constantin streifte seinen schwarzen Cashmere-Mantel ab, legte ihn ihr mit übertriebener Fürsorglichkeit um die Schultern und seinen Arm um ihre Taille. Schweigend schritten sie durch die Menge zu seinem Wagen. Niemand wagte es, sich ihnen in den Weg zu stellen.

Wider Willen war Rosie beeindruckt von dieser kühlen Überlegenheit und erleichtert vom Anblick Takis' auf dem Beifahrersitz.

„Willst du Takis immer noch entlassen?" fragte sie leise.

„Ich habe mich noch nicht entschieden."

„Es war wirklich nicht seine Schuld, sondern meine."

Constantins Schweigen war wie ein stilles Zugeständnis.

„Ich kann ohne Pass und ohne Garderobe nicht nach Griechenland", bemerkte Rosie als Nächstes. „Ich muss erst noch mal nach Hause."

„Dimitris kümmert sich darum. Er kommt mit den Sachen zum Flughafen."

„Ich habe Hunger."

„Im Flugzeug gibt es zu essen."

Rosie gab auf. Sie nahm Zuflucht zu der kuscheligen Wärme von Constantins Mantel, der seinen würzigen männlichen Duft ausströmte. Ihre Nasenflügel weiteten sich unwillkürlich, instinktiv suchte sie diesen Duft. Verstohlen sah sie zu Constantin hinüber. Er telefonierte natürlich wieder, aber irgendwie schien er ihren Blick zu spüren. Er hob die Lider mit den dichten schwarzen Wimpern und sah sie mit seinen herausfordernden dunklen Augen an.

Ihr Herz setzte einen Schlag aus, aber sie konnte sich aus dem Bann nicht lösen. Diese zwingenden Augen in dem schmalen, harten Gesicht hielten sie fest. Unverschämt langsam ließ er den Blick über ihre schönen, zur Schau gestellten Beine gleiten. Ihre Haut wurde heiß, als hätte er sie berührt, ihr Puls raste. Sie empfand etwas wie bittersüßen Schmerz, sie hatte Mühe zu atmen, die Spannung zwischen ihnen stieg.

Constantin lächelte amüsiert. Ihm schien völlig klar zu sein, welche Wirkung er auf sie ausübte. Rosie fühlte sich durchschaut, bloßgestellt – und ahnte gleichzeitig etwas von der sexuellen Macht, die dieser Mann über sie gewinnen könnte. Hastig drehte sie den Kopf weg und zog den Mantel über ihre Beine.

Constantin warf den Kopf in den Nacken und lachte.

„Lass das!“ fauchte Rosie, ohne ihn anzusehen.

Tatsächlich hörte er auf zu lachen. „Du hast etwas köstlich Unschuldiges“, sagte er mit samtweicher Stimme. „Allmählich kann ich nachvollziehen, warum Anton von dir hingerissen war. Er war in einem problematischen Alter. Nur schade, dass er dich nie in deiner normalen Umgebung erlebt hat. Dann hätte er vermutlich eingesehen, wie falsch seine Vorstellungen waren.“

„Von dir hatte er auch falsche Vorstellungen. Mir erzählte er, du hättest Charme, ausgezeichnete Manieren und wärst ein faszinierender Gesprächspartner.“ Rosie hielt die Hand vor den Mund und gähnte gelangweilt. Verärgert stellte sie fest, dass Constantin daraufhin noch herzlicher lachte.

Vor kaum einer Stunde hatte er gekocht vor Wut. Jetzt strahlte er die überlegene Kühle eines Mannes aus, der die Fäden in der Hand hielt. Er kann mich ja wirklich hüpfen lassen wie eine Marionette, sagte sie sich bitter, und alles wegen Maurice. Trotzdem konnte sie nicht an den Verrat ihres Freundes glauben. Sie musste unbedingt mit Maurice sprechen und herausbekommen, was passiert war. Vielleicht hatte jemand das Foto gestohlen. Vielleicht war die Presse Constantin längst auf der Spur gewesen ...

Rosie hatte wenig Spaß an ihrer ersten Auslandsreise. Während der Wagen sich durch den dichten Athener Verkehr schob, saß sie steif und verspannt da und dachte an die bevorstehende Begegnung mit Thespina.

Als Dimitris mit ihrem einzigen Koffer und dem schäbigen Rucksack am Flughafen erschien, wollte Rosie ihn nach Maurice ausfragen, aber Constantin war sofort dazwischengegangen. Seitdem hatte sich ihre Stimmung laufend verdüstert. An Bord der Privatmaschine hatte sie zwar endlich Gelegenheit, sich etwas Vernünftigeres anzuziehen, aber dann hatte sie den ganzen Flug über geschlafen. Erst bei der Landung wachte sie auf. Constantin schleuste sie in Windeseile durch die Ankunftshalle und ließ sie keine Sekunde aus den Augen. Da sie weder gefrühstückt noch zu Mittag gegessen hatte und kein griechisches Geld besaß, musste sie ihn bitten, ihr an einem Stand einen Schokoriegel zu kaufen.

Jetzt im Wagen machte sich der aufgestaute Frust Luft. „Wenn du nicht auf der Stelle das verflixte Telefon weglegst, fange ich an zu schreien“, fuhr sie Constantin unvermittelt an.

„Was hast du denn nun wieder?“ Mit der Miene eines leidgeprüften Vaters, der sich um sein bockiges Kind kümmern musste, senkte er das Handy.

Verkrampft stieß Rosie hervor: „Ich will nichts mehr mit deinen Lügengeschichten für Thespina zu tun haben.“

„Würde es dir mehr Spaß machen, ihr direkt zu verkünden, dass du in den letzten Monaten die Geliebte ihres Mannes warst?“ konterte Constantin trocken.

Entnervt wiederholte Rosie zum x-ten Mal: „Ich war nicht Antons Geliebte.“

„Eine Gespielin, die jetzt in den sicheren Stand der Schwiegertochter aufgestiegen ist“, fuhr Constantin unbeirrt fort. „Den Schmerz und die Demütigung solcher Enthüllungen wirst du Thespina nicht antun.“

Die Limousine hielt vor einem herrschaftlichen Stadtpalais. Als Rosie ausstieg, traf die nachmittägliche Hitze sie unvermittelt. Sie fühlte sich verschwitzt, zerknittert und nervös. Während Constantin mit dem Bediensteten sprach, der zu ihrem Empfang herbeigeeilt war, verspürte sie den Drang, sich hinter seinem breiten Rücken zu verstecken.

Constantin drehte sich zu ihr herum und erklärte sichtlich verärgert: „Thespina ist heute Morgen zu Freunden nach Brasilien geflogen. Sie wollte mich noch benachrichtigen, hat mich aber offenbar nicht erreicht.“

Rosie empfand nichts als unendliche Erleichterung. Wie der Blitz stieg sie wieder in den Wagen.

„Was machen wir jetzt?“ fragte sie, schon fast wieder heiter.

Constantin runzelte die Stirn. „Es ist unwahrscheinlich, dass sie in Brasilien von unserer Heirat erfährt. Ihre Freunde leben auf einer abgelegenen Kaffeeplantage."

„Du könntest sie anrufen."

„Nein, solche Dinge teilt man nicht am Telefon mit." Er wirkte ein wenig hilflos.

„Gut, wie geht es nun also weiter?"

Constantin ignorierte die Frage. Er hat wieder seine miese Laune, stellte Rosie fest. In dieser Situation konnte sie ihm schlecht ihre Überzeugung vermitteln, dass Lügner sich nur immer tiefer in ihre eigenen Netze verstricken. Aber sie versuchte, fair zu sein. Wie hätte sie sich in seiner Lage verhalten? Die heimliche Hochzeit, die bloß Antons letzten Willen erfüllen sollte, war auf einmal Gegenstand des öffentlichen Interesses. Und Constantin reagierte auf diese Entwicklung, indem er so tat, als hätte er gar nichts zu verbergen, als sei die Heirat ernst gemeint.

Als ihr das so richtig klar wurde, wurde Rosie blass. Der ganze Trubel an diesem Tag, das angestrengte Nachdenken über Maurice und Thespina hatten sie nicht zur Besinnung über ihre eigene Situation kommen lassen. Starr vor Schreck sah sie Constantin an. „Erwartest du etwa, dass ich vorgebe, deine Frau zu sein?" flüsterte sie.

„Du bist meine Frau", gab Constantin entschieden zurück.

„Vor dem Gesetz, ja, aber ...", Rosies Stimme erstarb.

„Wir müssen mindestens ein paar Monate lang den Schein wahren", sagte er kühl.

„Ich kann nicht schauspielern. Wir können uns gegenseitig nicht ausstehen. Meinst du, die Leute merken das nicht?" wandte sie ein.

Constantin ignorierte sie erneut. Sie hasste es, wenn er sie so behandelte. Wenn er tat, als wäre sie Luft. Sie kam sich dann vor wie eine lästige Fliege, bei der man sich nicht einmal die Mühe macht, sie zu erschlagen.

„Mit dir könnte ich es keine Woche aushalten, geschweige denn Monate", erklärte sie.

Constantin warf ihr einen verächtlichen Blick zu. „Was soll das? Ich biete dir das absolute Flittchen-Paradies. Mir bleibt gar keine Wahl, als dich nach Strich und Faden zu verwöhnen. Aber wenn ich daran denke, dass dies die Belohnung für deine miesen Machenschaften ist, kommt mir die Galle hoch."

Rosie hätte ihm am liebsten die Augen ausgekratzt, aber sie versuchte es lieber ihrerseits mit Nichtbeachtung. Wenn er in seiner Arroganz davon ausging, dass sie für die nächsten Monate ein dankbares Dekorationsstück abgeben würde, hatte er sich gewaltig geschnitten.

Aber zwei Stunden später, nach einer wahrhaft köstlichen und reichhaltigen Mahlzeit, sah die Welt schon anders aus. Mit einem seligen Lächeln stand sie vom Tisch auf, und kurz darauf streckte sie die Glieder im Whirlpool in dem luxuriösen Bad, das zu ihrem Schlafzimmer gehörte.

Constantin wohnte in einer atemberaubenden Villa außerhalb der Stadt. Im ganzen Haus schwärmten Bedienstete umher, die zu verhindern suchten, dass Rosie auch nur einen Finger rührte. Sie fühlte sich wie in einem Luxushotel.

Zugegeben, es hatte sie verlegen gemacht, als Constantin sie dem Personal als seine glückliche Braut vorstellte. Aber nachdem er ihr die Feinheiten der Telefonanlage auseinander gesetzt hatte, war sie in Hochstimmung. Er erklärte ihr, dass sie eine bestimmte Nummer wählen musste, um ihn persönlich zu sprechen. Wenn er damit rechnete, konnte er alt und grau werden. Aber in einem Haus von diesen Ausmaßen würde es sicher irgendwo einen Apparat geben, von dem aus sie Maurice anrufen konnte. Constantin war schließlich nicht allgegenwärtig.

Sie hasste ihn. Und er verabscheute sie. Wieso fühlte sie sich trotzdem von ihm angezogen? Bei so viel Feindseligkeit konnte doch gar kein Platz sein für positive Schwingungen. Warum sah sie dennoch ständig dieses schmale, kantige Gesicht im Geist vor sich? Und verflixt, selbst jetzt, als sie endlich von seiner Gegenwart befreit war und aufatmete, dachte sie unaufhörlich an Constantin. Sie wusste nicht, wie sie das alles einordnen sollte. Sie kam sich seltsam verloren vor, als fehlte ihr etwas. Aber was – etwa das dauernde Geschimpfe, der ewige Streit?

Doch wenn sie fair war, musste sie ihm einige gute Seiten zugestehen. Constantin liebte Thespina aufrichtig. Garantiert würde er alles tun, um ihr die Wahrheit über Antons Testament zu ersparen. Und das nicht aus Geldgier. Rosie wurde es unbehaglich bei dem Gedanken. Constantin war tatsächlich so reich, wie Maurice behauptet hatte. Man brauchte nur seinen Privatjet, die sagenhafte Villa, seinen ganzen Lebensstil anzuschauen.

Er hatte auch Rosies Vater geliebt, obwohl die beiden Männer vom Wesen her äußerst gegensätzlich waren. Anton war ständig zu Scherzen aufgelegt, er gewann jeder Lebenslage etwas Positives ab und neigte dazu, Probleme so lange wie möglich zu ignorieren.

Vielleicht war es leichter für Constantin zu glauben, Anton hätte wegen einem hübschen jungen Ding den Kopf verloren. Die volle Wahrheit würde ihn womöglich weit härter treffen. Immerhin hatte Anton bis zum Schluss die Existenz seiner Tochter vor der Familie geheim gehalten. Doch dann wollte er das Unmögliche: mit seiner Tochter zusammen sein und seine Frau nicht verletzen.

Oft hatte Anton mit dem Gedanken gespielt, Thespina alles zu gestehen, aber brachte es nicht über sich, selbst mit dem Tod vor Augen. Aber wie konnte er verlangen, dass Rosie Constantin heiratete? Sie schüttelte den Kopf und seufzte. Sogar wenn Constantin akzeptiert hätte, dass sie Antons Tochter war, hätte ihr Vater kein Recht gehabt, von seinem Ziehsohn ein so ungeheuerliches Opfer zu fordern.

Rosie schlüpfte in den bereitliegenden Frotteemantel und verließ das Bad. Sie fühlte sich einigermaßen ausgeruht und entspannt. Die Wohligkeit war leider von kurzer Dauer. In ihrem Schlafzimmer lauerte ein dunkelhaariger, gefährlich attraktiver Eindringling.

Rosie verspannte sich augenblicklich. In seinem doppelreihigen beigefarbenen Anzug sah Constantin so sexy aus wie ein kaltblütiger Mafioso. Einen Moment lang stand sie regungslos da, sein Anblick nahm ihr den Atem. Doch auch dieses Gefühl war nicht von Dauer.

Constantin runzelte unwillig die Stirn. „Habe ich dir nicht gesagt, du sollst dich wie eine normale Ehefrau verhalten, solange du hier bist?“

Sie nickte verwirrt.

„Warum hast du dann dein Essen heraufkommen lassen, anstatt

mit mir unten zu essen? Und warum hast du es abgelehnt, dich von meiner Haushälterin durchs Haus führen zu lassen?"

Rosie seufzte angeödet. „Sonst noch was, wofür ich schlechte Zensuren bekomme?"

„Du bist hier nicht als Gast", belehrte Constantin sie. „Dies ist dein neues Heim. Benimm dich also wie eine frisch verheiratete Frau."

„Ich habe keine Ahnung, wie frisch verheiratete Frauen sich benehmen."

„Aber du hast eine lebhafte Fantasie. Also setz sie ein", schlug Constantin mit seinem unnachahmlichen sarkastischen Lächeln vor.

Sie hatte ihre Vorstellungskraft durchaus eingesetzt, allerdings nicht in seinem Sinn. In ihrer Fantasie war Constantin als undurchsichtiger Gangster aus einem düsteren alten Schwarz-Weiß-Film aufgetreten. Und komischerweise spielte in derselben Szene Rosie mit, angetan mit einem glitzerigen, hautengen Zwanziger-Jahre-Fetzen, und sie war der einzig und alleinige Gegenstand der Begierde ihres Gangsters.

„Was ist los? Du bist ungewöhnlich schweigsam", bemerkte Constantin misstrauisch.

„Die Umstellung", sagte Rosie bloß.

„Wir sollten öfter verreisen", sagte Constantin und ließ sie allein.

Während Rosie im Whirlpool lag, waren ihre zwei Gepäckstücke ausgepackt worden. Erstaunt erblickte sie ihre kleine Schmuckschatulle auf dem Frisiertisch, als sie ins Zimmer zurückkam. Nach der ersten, niederschmetternden Durchsicht der Sachen, die Maurice völlig chaotisch in ihren Koffer gestopft hatte, war sie überrascht von der zärtlichen Geste, mit der er ihr spärliches Geschmeide in den Rucksack gepackt hatte.

Rosie öffnete die Schatulle und suchte unter den Ohrringen, Ansteckern und Armreifen nach dem Teil, um das es ihr ging. Ihr Puls raste, ihr Atem stockte – der Estrada-Smaragdring war nicht da. Sofort zog sie den nahe liegendsten Schluss. Constantin hatte ihr den Ring wegnehmen wollen. Und nun war er weg. Ohne Zweifel hatte Constantin ihr das Geschenk ihres Vaters gestohlen.

Barfüßig rannte Rosie die lange, geschwungene Treppe hinunter.

Constantin kam gerade aus einem Raum im Hintergrund der Halle. Zornentbrannt fuhr sie auf ihn los: „Gib mir meinen Ring zurück!"

Verblüfft fuhr Constantin herum. „Was zum Teufel ..."

„Den Estrada-Ring! Er war in meinem Schmuckkästchen. Jetzt ist er weg."

„Weg?" Constantin legte ihr schwer die Hand auf die Schulter und schob sie in den luxuriösen Empfangssalon. „Was soll das heißen?"

Rosie machte sich heftig los. „Das hätte ich dir wirklich nicht zugetraut!"

„Wenn du den Ring verloren hast", rief Constantin aufgebracht, „erwürge ich dich!"

„Angriff ist die beste Verteidigung, wie?" gab sie spöttisch zurück. „Ich weiß genau, dass du den Ring hast, du hast ihn verschwinden lassen ..."

„Allmächtiger ... Unterstellst du mir, ich hätte ihn gestohlen?" Constantin schäumte vor Wut.

Rosie trat einen strategischen Rückzug an. „So würde ich es nicht ausdrücken. Sagen wir, du hast dir etwas zurückgeholt, das mir deiner Meinung nach nicht zustand. Aber der Ring gehört mir. Anton hat ihn mir geschenkt."

„Ich bin kein Dieb. Wenn der Smaragd verschwunden ist, holen wir die Polizei. Aber erst will ich ganz sicher sein, dass dies nicht wieder eine Masche ist."

„Eine Masche? Was meinst du damit?" fuhr Rosie auf.

„Ich meine", erläuterte Constantin von oben herab, „dass ich keineswegs überrascht wäre, wenn dein Freund den Ring genommen hätte. Ich weiß ja inzwischen, dass du eine Lügnerin und Betrügerin bist und ..."

„Du ... du Schuft!" keuchte Rosie fassungslos.

„Und ich kann mir vorstellen, der Ring ist hoch versichert ..."

In diesem Augenblick kam ein Diener und teilte Constantin etwas mit, während Rosie in hilfloser Wut dastand.

Über die Schulter sagte Constantin zu ihr: „Du musst mich entschuldigen. Ich habe Besuch."

Volle drei Minuten lang blieb Rosie wie erstarrt stehen. Wie konnte Constantin diese Angelegenheit so achtlos behandeln? Entweder glaubte er nicht ernsthaft, dass der Ring weg war, oder er schauspielerte perfekt.

Ihr Blick fiel auf den Telefonapparat. Das Gerät erschien ihr wie ein Rettungsanker. Aber sie kannte die Vorwahl für England nicht. Sie suchte überall, fand jedoch kein Telefonbuch. Verflixt, sie wusste nicht einmal die Nummer der Auskunft in Griechenland. Es war zum Heulen.

Frustriert verließ Rosie den Raum. In der Halle zögerte sie, als sie Constantins Stimme hörte. Sein Besucher antwortete überraschenderweise auf Englisch – und es war eine Besucherin. Rosie konnte ihre Neugier nicht zügeln und schlich zu der angelehnten Tür. Sie riskierte einen Blick ins Zimmer.

„Louise", sagte Constantin äußerst sachlich.

Auf einem Chaiselongue räkelte sich eine atemberaubend schöne dunkelhaarige Frau mit fantastisch langen Beinen. Sie betupfte sich wenig überzeugend die Augenwinkel mit einem Spitzentaschentuch.

„Aber dass ich es aus der Zeitung erfahren musste ...! Ich war völlig fertig, Constantin. Wie konntest du heiraten, ohne mir etwas zu sagen? Mir gegenüber hast du ständig versichert, du würdest dich in den nächsten Jahren auf keinen Fall binden. Ich weiß nicht, ob ich es aushalte, jetzt noch weiter deine Geliebte zu sein", klagte Louise und machte einen Schmollmund. Sie warf die dunkle Mähne dekorativ in den Nacken und überprüfte mit ihrem stahlblauen Blick, ob sie den gewünschten Eindruck machte.

Rosie konnte Constantin nicht sehen, aber das hinderte sie nicht. Sie stieß die Tür auf und baute sich kriegerisch im Rahmen auf. Aus ihren grünen Augen schossen mörderische Blitze. „Vielleicht kann ich Ihnen die Entscheidung erleichtern", sagte sie honigsüß. „Wenn Sie in den nächsten hundert Jahren noch einmal in Constantins Nähe kommen, kratze ich Ihnen die Augen aus."

Die Dunkelhaarige fuhr auf wie von der Tarantel gestochen, Constantin drehte sich abrupt um. Er schien äußerst verblüfft.

„Und dir, mein Lieber", säuselte Rosie ihrem Quasi-Ehemann zu, indem sie genüsslich die Arme verschränkte, „möchte ich raten, die Lady auf der Stelle aus meinem Haus zu entfernen. Ich kündige nämlich nie Dinge an, die ich nicht durchführen kann."

Bei dieser Wiederholung seiner eigenen Worte wurde Constantin blass. In seinen dunklen Augen blitzte es auf, bevor er die Lider senkte. Seine sinnlichen Lippen bildeten eine schmale, blutleere Linie. Er schwieg. Sieh mal an, wie schnell ich dich von deinem Sockel holen kann, triumphierte Rosie.

Die andere Frau stolzierte herausfordernd langsam an Rosie vorbei hinaus. Louise war um einiges größer als ihre Rivalin. Unter der Tür blieb sie stehen und schickte ein bösartiges Lächeln in Constantins Richtung. „Du wirst es mir vielleicht nicht glauben, aber deine freche kleine Frau macht mir richtig Spaß. Ich glaube, dein Leben wird sich ziemlich verändern. Sie wird dir die Hölle heiß machen, und das hast du auch verdient." Damit ging sie.

Rosie war insgeheim beeindruckt von Louises kühlem, würdevollen Abgang. Als die Haustür ins Schloss fiel, seufzte sie leise. „Ich bin froh, dass du ihr nicht das Herz gebrochen hast. Und, wie war ich?"

Constantins Schweigen war explosiv. „Wie du warst?" brachte er endlich zähneknirschend heraus.

„Ja, war ich als frisch verheiratete Ehefrau überzeugend? Ich meine, so etwas kann ich doch in meinem eigenen Haus nicht hinnehmen, oder? Du hast selbst gesagt, ich bin nicht als Gast hier."

Constantin wandte sich ab und hob entnervt die Hände. Er schien den Auftritt noch nicht ganz verarbeitet zu haben. Abgehackt stieß er hervor: „Kennst du überhaupt so etwas wie Mitgefühl?"

Rosie schüttelte nachdrücklich den Kopf, dass ihre Locken flogen. „Was dich betrifft, nein. Ich habe mich kurz gefragt, ob ich vielleicht falsch läge und deine Freundin ehrlich an dir interessiert wäre. Aber das ist sie nicht, stimmt's? Also wo liegt das Problem?"

„Das hast du aus Rache getan. Ich habe dich daran gehindert, diesen Höhlenmenschen Maurice anzurufen, und dafür wolltest du in mein Privatleben hineinpfuschen."

„Frisch verheiratete Männer haben kein Privatleben mehr."

„Ach, nein?" schnurrte Constantin wie eine Dschungelkatze. Er umkreiste sie in immer engeren Schleifen, um sie einzuschüchtern.

„Bist du nicht ein Bestandteil meines Privatlebens? Hast du mich nicht eben gezwungen, dich als meine Frau anzuerkennen?"

Rosie merkte, wie die Selbstsicherheit sie verließ. „Constantin ..."

„Was?"

Rosie trat einen Schritt zurück. Das Herz klopfte ihr in der Kehle. „Ich glaube, ich sollte zu Bett gehen."

„Finde ich auch." Ohne Vorwarnung nahm Constantin sie in die Arme und hob sie hoch.

„Was hast du vor?" rief sie erschrocken.

„Was ich schon letzte Nacht hätte tun sollen." Entschlossen ging er zur Treppe.

6. KAPITEL

„Lass mich runter! Bist du verrückt geworden?" rief Rosie aufgebracht.

„Es ist deine eigene Schuld. Herrgott, du machst mich wahnsinnig!" Vorwurfsvoll sah Constantin auf sie herunter. „Ich habe dich so weit weg von mir untergebracht wie irgend möglich in diesem Haus. Ich wollte mich nicht mehr von dir in Versuchung führen lassen. Ich bin auf Distanz gegangen ..."

„Aber momentan verhältst du dich nicht gerade so, nicht wahr?" zischte Rosie wütend. „Und wenn du mich nicht sofort loslässt, schlage ich dich so, dass du bis nächste Woche außer Gefecht gesetzt bist."

„Dein Mundwerk ist zu groß", bemerkte Constantin lediglich. Seine tiefe Stimme war belegt, und sie ging Rosie durch und durch. „Warum küsst du mich nicht lieber damit?"

„Weil ich dich nicht küssen will!"

„Wirklich nicht?"

„Hältst du mich für vollkommen verrückt?" fauchte sie.

Doch da war sein heißer, hungriger Mund auf ihren Lippen, und die Realität begann zu kippen. Sie stöhnte und klammerte sich an Constantin. Das Feuer schlug über ihr zusammen, und er schien ebenso zu brennen. Rosie umfasste sein kantiges Gesicht, sie legte den Kopf in den Nacken, als er die Hand tief in ihrem Haar vergrub. Sein Kuss war heftig, fordernd, er nahm ihr fast die Luft zum Atmen. Aber obwohl sie fürchtete, ohnmächtig zu werden, wehrte sie sich nicht, denn etwas so Aufregendes hatte sie noch nie erlebt.

Im Dunkeln legte Constantin sie auf ein Bett und gab ihren Mund mit einem frustrierten Seufzen frei. Rosie lag da und rang nach Luft wie eine Ertrinkende. Eine Lampe ging an, Rosie blinzelte benommen. Constantin kam neben sie, zerrte ungeduldig an seiner Krawatte und schälte sich aus dem Jackett. Bloß weg hier, rief eine leise Stimme in ihrem Inneren, aber sie war schon gefangen von diesen dunklen Augen. Ihr Körper gehorchte ihr nicht mehr, ihr Verstand setzte aus. Ein unkontrollierbares Begehren überwältigte ihr Bewusstsein.

„Lieg nicht da wie ein Opferlamm, kleine Hexe“, flüsterte er. „Ich will jetzt nicht denken, ich will nur noch fühlen ...“

Seine Hände zitterten kaum wahrnehmbar, als er Rosie an sich zog. Sie empfand eine Art Triumphgefühl. Sein würziger männlicher Duft war nah und intensiv, alle ihre Sinne waren hellwach, ihr Verlangen wurde übermächtig. Sie vergrub die Hände in seinem vollen, lockigen Haar, und plötzlich empfand sie eine nie gekannte Zärtlichkeit. Constantin zog wie verwundert die Augenbrauen zusammen.

Langsam schob er die Zungenspitze zwischen ihre Lippen, eine unglaublich erotische Geste. Rosie zitterte heftig und zog ihn näher an sich, sie konnte nicht anders und suchte wieder und wieder die Berührung seiner sinnlichen Lippen. Mit einem verhaltenen Stöhnen küsste er sie, bis sie in seinen Armen erbebte.

Constantin löste den Gürtel ihres Frotteemantels und nahm eine ihrer kleinen festen Brüste in die Hand. Das Lustgefühl war so stark, dass Rosie leise aufschrie.

Er sah ihr ins Gesicht und lächelte. „Ist das gut?“

Rosie hatte keine Worte, um ihre Empfindungen auszudrücken. Sie war auf einem anderen Stern, in einer Welt, wo es nur körperliche Lust gab. Constantin fuhr mit der Zunge über ihre aufgerichtete Brustwarze. Rosie bog ihren Rücken, erschauerte und krallte die Hände ins Laken. Sie wusste nur eins – sie wollte mehr, mehr von diesen ungeheuren Gefühlen, die niemand außer Constantin ihr geben konnte. Er beugte sich herunter und liebkoste mit dem Mund ihre empfindliche Haut, sie stöhnte auf und unterwarf sich völlig der Lust.

„Christos ... Du bist so heiß“, keuchte Constantin. Er drängte sich mit seinem großen, kräftigen Körper an Rosie. Sie spürte sein Zittern, als er mit beiden Händen ihre runden Pobacken griff und sie seine starke Erregung spüren ließ. Dann nahm er sich kurz zurück und griff nach seiner Gürtelschnalle.

Heiß ... Heiß? Rosies Körper versteifte sich, urplötzlich war ihr Kopf wieder klar. Sie blickte auf ihre nackten Brüste herunter, die von Constantins Liebkosungen feucht glänzten. Ihr Entsetzen war fast so heftig wie die Erregung zuvor. Im nächsten Augenblick schoss sie aus dem Bett und aus dem Zimmer.

„He ...“ Constantin verschlug es die Sprache.

Rosie rannte den dunklen Korridor entlang wie ein flüchtendes Reh. Heiß ... das klang wie: billig, leicht zu haben, hurenhaft. Himmel, wie hatte sie sich dermaßen gehen lassen können? Eben noch hatte sie Constantin beschimpft, und im nächsten Moment ... Aber das war typisch für ihn, er nutzte ihre Schwachstellen aus, um nur ja die Oberhand zu behalten. Er ließ ein Wortgefecht in einer Sex-Orgie münden und grinste dann macho-mäßig. Sie schnaufte verächtlich und stellte erschrocken fest, dass der Korridor in einer Sackgasse endete.

Keine fünf Meter entfernt stand Constantin, von Mondlicht beschienen. Rosie wich zur Wand zurück und streckte in instinktiver Furcht die Arme aus.

„Verflixt noch mal, was soll das heißen?“

„Rühr mich nicht an“, stammelte Rosie.

Constantin starrte in ihr blasses Gesicht. „Ich bin kein Vergewaltiger“, stieß er verkniffen hervor. „Ich kann eine Zurückweisung einstecken, ohne gewalttätig zu werden.“

Rosie traute ihm nicht ganz. Sie ließ zwar die Arme sinken, schlang sie aber schützend um ihren Oberkörper. Ihr war schmerzlich bewusst, dass sie ihm weit mehr als ihren Körper gezeigt hatte. Aber irgendwo war sie selbst schuld. Sie hatte halb nackt neben ihm auf dem Bett gelegen und hemmungslos auf ihn reagiert. Es war also kein Wunder, dass er ihren Stimmungsumschwung nicht einordnen konnte.

„Wenn eine Frau vor mir zurückzuckt wie vor einem Verbrecher, dann wirkt das auf mich wie zehn kalte Duschen auf einmal", bemerkte Constantin trocken.

„Ich hatte keine Angst, dass du mich mit Gewalt ...", begann Rosie unsicher.

„Doch, hattest du."

Rosie konnte noch immer nicht begreifen, was da eben mit ihr vorgegangen war. Als sie Constantin jetzt im dunklen Flur stehen sah, kam sie sich vor wie ein dummes Schulmädchen.

„Ich brauchte noch nie eine Frau in mein Bett zu zwingen. Und ich hätte auch keinen Spaß daran", sagte Constantin grimmig.

„Ich habe dir falsche Signale gegeben. Es war auch mit meine Schuld", murmelte Rosie. Sie wünschte nichts sehnlicher, als dass er ging und sie mit sich allein klarkommen ließ.

„Warum?"

Bei der knappen, klaren Frage zuckte Rosie zusammen. Es gab nur eine Antwort darauf, und die wollte sie nicht geben. Doch sie schluckte und erwiderte tapfer: „Weil ich dich wollte." Das Eingeständnis hatte etwas Selbstmörderisches.

„Ja, und?" Constantin ließ nicht locker.

Rosies Wangen brannten, sie hatte das Gefühl, in der Finsternis wie eine Neonlampe zu leuchten.

„Ich werde aus dir nicht schlau, du spielst Spielchen. Für eine Frau mit so einer bewegten Vergangenheit bist du merkwürdig zugeknöpft, wenn es um Sex geht."

Rosie überlegte kurz, ob sie ihm gestehen sollte, dass sie noch Jungfrau war. Im selben Moment verwarf sie den Gedanken als absolut unsinnig. Er würde ihr ohnehin nicht glauben. Er konnte gar nicht begreifen, wie angstbesetzt das Ganze für sie war. Nicht nur ihre überwältigenden neuen Gefühle und Reaktionen, sondern auch seine überlegene Haltung und dass sie vollkommen die Beherrschung verloren hatte. Für Constantin war die Liebe ein Fest der Sinne, eine Frage der Technik.

Rosies Mund fühlte sich staubtrocken an. „Wir mögen uns nicht einmal“, stieß sie hervor.

„Das ist ja gerade der Reiz an der Sache.“

Rosie verstand überhaupt nichts mehr.

Constantins Augen wirkten wie glänzende Diamanten im Mondlicht. „Jetzt bekommst du Angst, wie?“ meinte er amüsiert.

„Was meinst du damit?“

„Du willst alles unter Kontrolle haben, und ich habe deinen wunden Punkt berührt. Du hast Anton genau wie diesen anderen Dummkopf gleichzeitig an der Nase herumgeführt.“

„Welchen Dummkopf?“

„Na, Maurice. Er ist ein dummer, ungeschlachter Brocken, der nichts im Kopf hat als Geld“, erläuterte Constantin bereitwillig.

„Maurice ist nicht dumm!“ zischte Rosie.

„Natürlich ist er das. Er hat dich mir sozusagen angeboten. Glaubt er denn, du kehrst zu ihm zurück, nachdem du mit mir in diesem Luxus gelebt hast?“

„Ich habe nicht die Absicht, mit dir zu leben.“

„Aber dein Ex ist erledigt. Anton ist tot. Du bist Mrs. Voulos ... vorerst.“ Constantin drehte sich um und warf ihr einen Blick über die Schulter zu. „Es wird nicht lange dauern, bis du in mein Bett kommst. Ich behaupte sogar, du bist unfähig, mir aus dem Weg zu gehen.“

Er war fast im Dunkeln verschwunden, als Rosie hinter ihm herrief: „Wie finde ich in mein Zimmer zurück?“

Constantin warf den Kopf in den Nacken und lachte unverschämt. Er genoss es offensichtlich, Herr der Lage zu sein. Rosie schob verärgert die Hände in die Taschen und folgte ihm schweigend. Sie erreichten den entsprechenden Korridor.

„Danke, jetzt weiß ich Bescheid“, sagte Rosie.

„Wirklich?“ fragte er anzüglich.

Rosie machte sich stocksteif, als Constantin ihr den Arm um die Taille legte und sie zurückhielt. Er griff nach einer ihrer Korkenzieherlocken und sah anscheinend gebannt zu, wie sich das Haar um seinen Finger wand.

Seine dunklen Augen hielten ihren Blick fest. „Du bist in Grunde nicht so cool, wie du tust, hm? Du stehst vielmehr kurz vor der Panik. Aber denk an die Vorteile. Wenn es dir gelingt, mir zu gefallen, brauchst du dich nie wieder an ältere Männer zu hängen."

Wie eine Betrunkene stolperte Rosie in ihr Zimmer. Sie zitterte am ganzen Körper. Es war viele Jahre her, dass jemand sie dazu gebracht hatte, sich so schwach und hilflos zu fühlen. Constantin hatte es in eineinhalb Tagen geschafft. Und sie stand nicht kurz vor der Panik, sie war mittendrin. Ihr Leben kam ihr vor wie ein finsterer Tunnel, und Constantin trieb sie hinein wie ein beutelüsterner Jäger.

Im Handumdrehen hatte er ihren wunden Punkt erkannt. Wie unsäglich naiv von ihr, es mit einem so erfahrenen Liebhaber wie Constantin aufnehmen zu wollen. Und wie würde sie sich erst fühlen, wenn sie tatsächlich mit einem Mann schlief, der sie verachtete? Sollte sie wirklich nicht in der Lage sein, ihr körperliches Verlangen zu beherrschen?

Wenn er nur nicht so ekelhaft zu ihr wäre. Dieser arrogante Macho, der gerissene Schuft. Flittchen hatte er sie genannt – und sie hatte sich genauso benommen. Ein Spielzeug, mit dem er nach Lust und Laune verfahren konnte. Sie hatte zwar ein-, zweimal die Oberhand gewonnen, aber diese Siege waren schlussendlich zu teuer erkauft.

Warum hatte Anton sie nie gewarnt, dass Constantin dermaßen einschüchternd, ja unberechenbar sein konnte? Dass in den eleganten Maßanzügen ein leidenschaftlicher Beutejäger steckte, dessen Instinkte nur auf Macht und Unterwerfung ausgerichtet waren?

Und dann die anderen Frauen in seinem Leben ... Louise, seine Geliebte. Sie hatte zwar keine gefühlsmäßige Bindung, war aber rachsüchtig genug, um ihm mit seiner Ehefrau die Hölle auf Erden zu wünschen. Oder die schöne italienische Schauspielerin Cinzia Borzone, angeblich seine wahre Liebe – was war mit der? Rosie schämte sich mehr und mehr für ihr schamloses, hemmungsloses Verhalten. Constantin kannte offenbar keine moralischen Skrupel. Und sie wäre um ein Haar auf seine unwiderstehliche erotische Ausstrahlung hereingefallen.

Allmählich musste sie den Verstand gebrauchen, der ihr gegeben war. Was zwang sie eigentlich, in Griechenland zu bleiben? Warum sollte sie sich eine zweite unerfreuliche Begegnung mit Thespina antun? Constantin brauchte nur zu erklären, dass seine Braut ihn plötzlich verlassen hatte. Er konnte sogar den Auftritt mit Louise ins Feld führen. Und weg war die junge Ehefrau.

Aber wohin? Rosie musste nicht lange überlegen. Sie würde nach Son Fontanal auf Mallorca fahren, bevor Constantin das Haus wieder verkaufte.

Eine Stunde später kletterte Rosie mit dem Rucksack auf dem Rücken vom Balkon vor ihrem Zimmer. Sie machte einen kleinen Umweg über die Regenrinne, um die knorrigen Kletterpflanzen an der Hauswand zu erreichen, dann sprang sie leichtfüßig wie eine Katze hinunter auf die Terrasse. In beängstigender Nähe bellte ein Hund. Rosie rannte durch den Garten, wobei sie Haken schlug und Deckung suchte wie ein Berufseinbrecher. Jetzt vernahm sie mehrere Hunde, ihr Adrenalinpegel schoss in die Höhe. Als sie an die Grundstücksmauer kam, heulte eine Sirene los, und ein Mann tauchte aus dem Dunkel auf.

Rosie hetzte auf die Mauer zu. Der Mann verstellte ihr den Weg. Sie wollte ihm gerade vors Schienbein treten, da hustete er, und sie erkannte ihn. „Takis!"

Takis erstarrte. Er traute seinen Augen nicht.

„Bitte, Takis, lass mich gehen", bat sie. Die Hunde kamen näher.

Ohne zu zögern, machte Takis eine Räuberleiter für sie, so dass sie über die drei Meter hohe Mauer kam. Inzwischen jaulte ein weiteres Alarmsystem zusammen mit der Sirene. Rosie kam auf der anderen Seite herunter, überquerte die Straße und huschte in die Büsche. Ein Polizeiwagen mit Blaulicht raste heran und bremste quietschend, bevor das Tor sich automatisch öffnete. Rosie rannte die Straße hinunter. Lass dich einpökeln, Rambo, dachte sie hoch befriedigt. Aber Constantin sollte Takis wirklich einen anderen Job geben, der Junge war für einen Leibwächter zu gutherzig.

Aber was kümmerte sie das? Sie würde aus Constantins Leben verschwinden, und das so schnell wie möglich. Und zwar für immer.

„Wo zum Teufel bist du?" röhrte Maurice ins Telefon.

Rosie hielt den Hörer weg von ihrem Ohr. „Auf Mallorca."

„Mallorca? Himmel, was treibst du da? Constantin war hier, er war außer sich! Rosie, du hättest dem armen Kerl wenigstens eine Nachricht hinterlassen sollen, er ..."

„Seit wann hast du Mitleid mit Constantin?" unterbrach sie ihn wütend.

„Seit ich ihn hier erlebt habe", erwiderte Maurice. „Ich habe genug von dir und Constantin, wie ihr um den Erdball jagt wie die Verrückten. Als er hier auftauchte, hatte er deinetwegen die gesamte griechische Polizei alarmiert. Wenn du mir jetzt nicht deine Adresse gibst, sage ich ihm, dass du auf Mallorca bist!"

Fünf Sekunden später stob Rosie erregt aus der Telefonzelle. Das Ganze machte ihr zu schaffen, aber Maurice musste endlich akzeptieren, dass sie nicht mehr die verängstigte Dreizehnjährige war, die er vor einer Vergewaltigung geschützt hatte. Sie stieg auf das gemietete Motorrad und versuchte, nicht an ihr Sparkonto zu denken. In den letzten Tagen hatte sie es ziemlich geplündert.

Sie verließ den verschlafenen kleinen Ort und schlug die Bergstraße mit den scharfen Kurven und den tiefen Schluchten ein. Dass Constantin nach England geflogen war, um sie zu suchen, war das Allerletzte. Sie kam sich vor wie gejagt. Vor ein paar Wochen hatte dieser Mensch sie noch gar nicht gekannt, und jetzt tat er, als wäre sie sein Eigentum. Hatte sie nicht das Recht, als freier Mensch zu entscheiden, wo sie sich aufhalten wollte? Sie hatte sich auf die Heirat eingelassen, was wollte er denn noch?

Wenig später stand Rosie vor einem zerbeulten eisernen Namensschild, das mit einem Stück Stacheldraht an einem stark rostenden Tor hing. Son Fontanal war offenbar nur über eine ausgefahrene, steile Piste durch einen dichten Pinienwald zu erreichen. Rosie ließ ihr Motorrad stehen, und nach einer halben Stunde Fußmarsch erblickte sie in einem romantischen Tal das Heimathaus ihres Vaters. Ihr Atem stockte, es war einfach zauberhaft.

Das Dach der Villa bestand aus verblichenen roten Ziegeln, die Mauern aus alten, pfirsichfarbenen Steinen. Die beiden Seitenflügel des zweistöckigen Gebäudes trafen in einer reizvollen Loggia aufeinander, die auf mit Jacarandablüten überwachsenen Säulen ruhte. Ein gepflasterter Weg führte um das Haus herum. An der Südseite lag ein Garten unter Palmen, umgeben von einem verfallenen Bogengang. Nein, das Anwesen war nicht verfallen, nur alt, korrigierte sich Rosie. Hier und da musste ein Dachziegel ersetzt werden, die Wände zeigten ein paar Risse – aber auf keinen Fall war Son Fontanal die Ruine, als die Constantin es bezeichnet hatte.

Sie rannte den abschüssigen Weg hinunter und hielt erst an, als sie an der Pforte zum Vorhof anlangte. Eine rundliche ältere Dame schlummerte in einem Liegestuhl im Schatten der Loggia. Rosie trat näher und fragte sich, wie sie wohl ihre Anwesenheit erklären sollte. Die Frau wachte auf und starrte Rosie überrascht an. Dann erstrahlte ihr faltiges Gesicht.

Erstaunlich wendig sprang sie auf und breitete die Arme aus, als wollte sie Rosie an die Brust drücken. „Señorita Estrada?“ rief sie.

Ein Schwall spanischer Worte brach über sie herein, während die alte Dame auf sie zueilte, ihre Hände ergriff und sie überschwänglich auf beide Wangen küsste.

Die Frau hatte tatsächlich Tränen in den Augen. Sie zog ein reichlich ramponiertes Foto aus der Tasche ihrer makellosen weißen Schürze. „Don Antonios Tochter“, verkündete sie und wies stolz den Schnappschuss von Anton und Rosie vor. „Ich bin Carmina.“

Antons alte Kinderfrau. Damit war klar, dass Rosie sich nicht lange vorstellen musste. Als Anton nach Mallorca geflogen war, um Son Fontanal zu kaufen, hatte er Carmina noch im Haus vorgefunden. Und in der Seligkeit des Wiedersehens hatte er ihr von seiner Tochter erzählt. Rosie hatte mit den Tränen zu kämpfen, so ergreifend war dieser Moment. Es machte sie glücklich, dass ihr Vater sich letztlich doch jemandem anvertraut und von ihrer Existenz gesprochen hatte.

Die alte Dame suchte erneut in ihrer Schürzentasche und brachte einen mehrfach gefalteten Zeitschriftenartikel zum Vorschein. „Nicht Señorita ... Señora, ja?“ berichtigte sie eifrig. „Señora Voulos.“

Verflixt aber auch, dachte Rosie wütend und fassungslos zugleich. Sogar hier in dieser Einöde war es ihr nicht gestattet, diesen Mann und die alberne Hochzeit zu vergessen. In einer Mischung aus Spanisch und Englisch erkundigte sich Carmina besorgt nach dem

Verbleib des esposo – des Ehegatten. Rosie biss die Zähne aufeinander.

Im selben Moment brach ein Knattern und Dröhnen über den stillen Hügel herein. In düsterer Vorahnung sah Rosie zum Himmel. Im endlosen Blau hing ein purpurroter Hubschrauber wie ein giftiges Insekt. Er suchte offenbar nach einem Landeplatz. Etwa fünfzig Meter vor der Villa kam er herunter.

Noch bevor die Rotorflügel stillstanden, sprang ein Mann aus der Maschine. Rosie stand immer noch da wie erstarrt.

Mit energischen Schritten stürmte Constantin auf sie zu. Rosie fühlte sich vom Blick dieser dunklen Augen aufgespießt wie ein Schmetterling in der Vitrine eines Sammlers.

Als Constantin bei ihr ankam, bückte er sich und nahm sie auf die Arme. Rosie verschlug es die Sprache.

„Was ich dir zu sagen habe, braucht keine Zuhörer“, knurrte Constantin. „Und ist es nicht Tradition, dass die Braut über die Türschwelle getragen wird?“

Mit einem letzten Blick auf den Hubschrauber erkannte Rosie Dimitris, der normalerweise ungerührt wie ein Fels wirkte. Doch in diesem Moment grinste Constantins Leibwächter breit und zufrieden.

Hochrot im Gesicht zischte Rosie ihn an: „Ich will, dass du mich sofort runterlässt!“

„Kommt nicht in Frage“, gab Constantin gelassen zurück und trug sie durch das geöffnete Portal von Son Fontanal.

Rosie hämmerte mit den Fäusten auf seinen Rücken ein.

„Damit gewinnst du keine Punkte, Püppchen.“

„Nenn mich nicht Püppchen, ich hasse das!“ schleuderte sie ihm entgegen, als er sie über die breite Steintreppe hinauftrug.

„Aber das passt doch prima. Ich bin der Ehemann, den du verdienst, und ich würde es mit Vergnügen beweisen.“

„Was soll das heißen?“

„Dass ich mir eine andere Strafe für dich überlegt habe. Ich hatte ja genügend Zeit, mir interessante Alternativen auszudenken, nicht?“ meinte Constantin bedrohlich sanft, indem er eine holzgeschnitzte Tür aufstieß. „Ich habe eine alptraumhafte Reise hinter mir, von Athen nach Manchester, von Manchester nach London, von London nach Athen, und von Athen nach Palma. Dafür will ich eine Gegenleistung."

„Ich begreife nicht, warum du das alles unternommen hast ..."

„Willst du es wirklich wissen?" Constantin schwang sie von seiner Schulter hoch in die Luft, umfasste sie mit seinen unglaublich starken Händen und hielt sie in der Schwebe, Auge in Auge mit ihm. Rosie wurde schwindlig dabei.

„Nein", flüsterte sie. Ihr Mund war ausgetrocknet, sie war wie hypnotisiert.

„Ich will dir trotzdem zeigen, wie man in Griechenland mit weggelaufenen Ehefrauen verfährt." Seine Stimme schwankte kaum merklich.

„Ich bin nicht deine Ehefrau", protestierte Rosie schwach. Ihr Kopf fühlte sich an wie Watte. Sie spürte Constantins warmen, würzigen Körpergeruch, überlagert vom herben Zitrusduft seines Rasierwassers. Je mehr sie davon einatmete, desto merkwürdiger wurde ihr zumute.

Constantins Blick ließ sie nicht los. Er murmelte etwas Heftiges auf Griechisch und setzte sie auf einem gewaltigen handgeschnitzten Bett ab, das sie bis dahin gar nicht bemerkt hatte. Constantin drückte sie sacht in die üppigen weißen Leinenkissen. „Rühr dich nicht!" befahl er.

Rosie bewegte sich nicht. Gebannt sah sie zu, wie er seine Krawatte und das Jackett ablegte, wie er an seinem Seidenhemd riss, ohne auf die herumfliegenden Knöpfe zu achten. Sie bebte am ganzen Körper. Sie sah nur noch Constantins nackte Brust, die schimmernde gebräunte Haut seiner Schultern und das schwarze Dreieck des Brusthaars.

Das Atmen fiel ihr schwer. Noch schwerer war es, die Hände stillzuhalten, sich nicht vorzubeugen, ihn nicht zu berühren. Mit den Fingerspitzen über diese goldene Haut zu fahren, die harten, flachen Bauchmuskeln zu spüren, die faszinierende seidige Linie schwarzen Haars zu verfolgen, die unter seinem Nabel begann und unter dem Bund der tief auf den Hüften sitzenden Boxershorts verschwand. Constantin schob den Daumen unter den Bund, und Rosie erkannte entsetzt, dass sie ihn schamlos anstarrte wie bei einer Männer-Strip-Show.

„Zieh dich aus", sagte Constantin.

Rosie warf den Kopf so heftig herum, als hätte sie eine Ohrfeige bekommen. Ihr war heiß, und sie schämte sich unsäglich. Gut, er besaß nun einmal einen wundervollen Körper. War das ein Grund, ihn derartig anzustarren? Aber viel beschämender war, dass ihre Brustspitzen hart wurden, dass ihr Körper vor Erregung vibrierte.

Constantin langte ungeduldig nach ihr.

„Was machst du da?" rief Rosie erschrocken, als er ihr das weite T-Shirt über den Kopf zog und routiniert ihre Leggins herunterstreifen wollte. Sie versuchte, ihre nackten Brüste mit den Händen zu bedecken, während er ihr mit einer einzigen Bewegung die Leggins und den Slip auszog.

Er umklammerte ihren Unterarm mit eisernem Griff und breitete die Bettdecke über ihren zitternden Körper. Dann kam er neben sie, rollte herum, schlang den Arm um ihre Taille und zog sie an sich. Der Kontakt mit seinem heißen, muskulösen Körper wirkte wie ein elektrischer Schlag.

„Ich gehe zur Polizei und zeige dich an, sobald ich diesen Raum verlasse!" fauchte sie, als sie wieder Luft bekam.

„Vergiss nicht zu sagen, dass ich dein Mann bin. Ich wette, sie lachen sich krank."

„Du bist nicht mein Mann!" widersprach Rosie voll Wut. „Und wenn du es wagst, mich anzurühren ..."

„Halt den Mund und schlaf", knurrte Constantin. Mit einem genüsslichen Stöhnen wälzte er seinen großen, starken Körper herum, wobei er Rosie zwang, die Bewegung mitzumachen.

„Schlafen?" wiederholte sie unsicher.

„Ich habe in den letzten drei Tagen nur ein paar Stunden Schlaf gehabt. Wenn ich also jetzt schlafe, dann schläfst du auch", erklärte Constantin ruhig mit seiner tiefen, samtigen Stimme.

Rosie drehte sich in seiner Umklammerung mühsam herum. Aufmerksam studierte sie Constantins Gesicht. Die Augen waren ihm vor Müdigkeit fast zugefallen, die dichten, langen Wimpern warfen halbmondförmige Schatten auf seine Wangen. So aus der Nähe bemerkte sie, wie blass er war. Sie rief sich seine verrückte Reiseroute ins Gedächtnis und hatte tatsächlich so etwas wie ein schlechtes Gewissen.

„Du traust mir zwar alles Mögliche zu", brachte sie leicht verkrampft heraus. „Aber ich bin bereit, dir zu versprechen, dass ich noch im Haus bin, wenn du aufwachst."

Wie zum Beweis, dass ihn ihr Versprechen nicht überzeugte, schob Constantin den anderen Arm unter ihr hindurch und zog sie noch näher an sich. Auf diese Weise lag sie halb über seinem unverschämt entspannten Körper.

„Constantin!" rief Rosie angstvoll, als er ihre Brüste an seinen behaarten Brustkorb presste und ihren Kopf an seine Schulter bettete.

„Wenn du mich noch lange wach hältst, komme ich auf dumme Gedanken", warnte er sie leise. „Ich liebe Sex vor dem Einschlafen. Ein wunderbares Mittel gegen Stress und Verspannungen, Kleines."

Nach dieser Erklärung gab es nur eine verspannte Person im Bett, und das war nicht Constantin.

Rosie lag still wie Statue, horchte auf den langsamen, gleichmäßigen Herzschlag und das stetige Ein- und Ausatmen. Er hatte beide Arme um sie geschlungen, als wäre sie ein lebloser Teddybär. Constantin hatte sie nur in sein Bett geholt, um sicherzustellen, dass sie nicht wieder davonlief. Und nun schlief er wie ein mächtiger, rundum zufriedener Bernhardiner!

Im Gegensatz dazu stand Rosie in hellem Aufruhr, und das war leider inzwischen fast der Normalfall, sobald sie in Constantins Nähe kam. Schiere Panik hatte ihre Flucht aus Griechenland ausgelöst. Sie wand sich unbehaglich. Constantin reagierte selbst im Tiefschlaf auf ihre Bewegung, warf sich herum und schob ein Bein wie eine Klammer zwischen ihre Schenkel. Ihre Brustwarzen richteten sich auf, in ihrem Bauch zog sich etwas schmerzhaft zusammen, ihr treuloser Körper hatte seinen eigenen Willen. Rosie fühlte sich erbärmlich.

Constantin hatte sie nackt ausgezogen, und sie hatte nicht einmal Angst empfunden. Es hatte sie nur erbost. Und als er sagte, sie solle jetzt schlafen, war sie ... ja, enttäuscht. Das sexuelle Begehren lauerte wie ein wildes Tier in ihr, es erschreckte sie. Und was sie noch mehr erschreckte – ein Blick auf den erschöpften Constantin ließ sie vor Schuldgefühl dahinschmelzen.

7. KAPITEL

Als Rosie erwachte, kam ihr das Zimmer vage vertraut vor. Sie hob den Kopf von dem Kissen, das sie im Schlaf umarmt hatte, und erkannte Constantin. Er stand angezogen neben dem Bett, seine Batterien schienen wieder voll aufgeladen, er barst vor Energie. Und er sah umwerfend aus.

„Wie spät ist es?" murmelte Rosie verwirrt. Helles Tageslicht erfüllte den Raum. Sie war tatsächlich in seinen Armen eingeschlafen. Sicher, sie hatte in den letzten Tagen auch nicht viel Schlaf bekommen, aber das war keine Entschuldigung.

„Drei Uhr nachmittags. Du solltest langsam aufstehen. Der Lunch wartet."

„Wer hat gekocht – Carmina?" fragte Rosie, noch ganz verschlafen.

„Wir wollen die alte Dame nicht zu sehr belasten", erwiderte Constantin kühl. „Ich habe selbst Personal mitgebracht. Aber da es hier kaum bewohnbare Räume gibt, sind sie in den Bungalows weiter hinten untergebracht."

Rosie setzte sich auf und zog das Laken bis an die Schultern. Constantin starrte sie unverhohlen an. Zwischen ihren Brüsten und bis hinauf zum Hals wurde ihre Haut rot. „Wie hast du mich überhaupt gefunden?" brach es aus ihr heraus.

„Fluggesellschaften führen Passagierlisten", erklärte er trocken. „Was sollte dieser Romantik-Trip?" erkundigte er sich seinerseits.

„Ich dachte, hier würdest du mich zuallerletzt suchen." Rosie senkte den Kopf. Romantik-Trip! Wenn er wüsste ... Aber Constantin wusste nicht, wer sie war, und als sie es ihm sagen wollte, hatte er ihr das Wort abgeschnitten. Er würde sie niemals als Antons Tochter anerkennen.

„Wo ist dein Ehering?" fragte Constantin unvermittelt.

„Ich habe ihn abgenommen."

„Dann steck ihn wieder an", befahl er barsch.

„Das geht nicht. Ich habe ihn in Palma in einen Müllkorb geworfen."

Constantin atmete langsam ein und langsam aus. Rosie ahnte, dass er innerlich bis zehn zählte. Die Haut über seinen Wangenknochen wurde dunkelrot, sein Blick zeigte, dass er sich eisern beherrschte.

„Ich dachte, ich bräuchte das blöde Ding nie mehr zu tragen", verteidigte sie sich trotzig.

„Wir unterhalten uns unten, sobald du angezogen bist." Constantin ging zur Tür und warf ihr einen drohenden Blick zu. „Du wirst dich entschuldigen für die Art und Weise, wie du mir davongelaufen bist."

„Da kannst du lange warten." Rosie hob das Kinn. „Ich entschuldige mich nicht gern."

„Es wird dir nichts anderes übrigbleiben, als es zu lernen", gab Constantin grimmig zurück.

Und er? Hatte er etwa nichts zu lernen? Er war noch viel dickköpfiger als sie. Verärgert stand Rosie auf. An das Schlafzimmer grenzte ein altmodisches Bad. Die Armaturen waren wuchtig, die Wanne groß genug für eine ganze Familie – Maurice wäre in helles Entzücken geraten. Leider schien es kein warmes Wasser zu geben.

Als Rosie mit Duschen fertig war, klapperten ihre Zähne. Die beiden verschlissenen Handtücher hatte Constantin benutzt und als Häufchen auf dem Boden zurückgelassen. Wahrscheinlich war er auch für das verbrauchte Warmwasser verantwortlich. Als Wohngenosse war sogar Maurice besser erzogen als er. Sie musste sich frische Sachen aus ihrem Rucksack holen.

In eins der dünnen, feuchten und lächerlich kleinen Handtücher gewickelt, riss Rosie die Zimmertür auf und rief laut nach Constantin. Von der Treppe her näherten sich Schritte. Rosie verschränkte kriegerisch die Arme. Doch es war nicht Constantin. Er hatte Dimitris vorgeschickt. Wütend trat Rosie ins Zimmer zurück, um ihren peinlichen Aufzug zu verbergen.

„Mr. Voulos ist es nicht gewohnt, sich herbeirufen zu lassen", sagte er entschuldigend und in fließendem Englisch. „Dann wird er sogar ziemlich ungnädig."

„Ich kenne ihn gar nicht anders", gab Rosie zurück.

„Mr. Estradas Tod ist ihm sehr nahe gegangen."

Die schlichte Bemerkung traf. Sie hatte überhaupt nicht in Erwägung gezogen, dass Constantins üble Laune etwas mit seiner Trauer zu tun haben könnte.

„Wünschen Sie etwas?" erkundigte sich Dimitris.

„Danke, es ist nicht wichtig." Rosie schloss die Tür und ließ sich auf die Bettkante sinken.

Seit dem Tod ihres Vaters war sie ebenfalls gereizt und schlief schlecht. Sie hätte Anton noch so viel zu sagen gehabt, aber er war nicht mehr da, um sich ihre kleinen oder großen Sorgen anzuhören. Wie viel schwerer musste der Verlust für Constantin wiegen ... Vielleicht würden sie doch noch lernen, wie zivilisierte Menschen miteinander umzugehen.

Ein Hausmädchen klopfte an die Tür und schleppte mehrere Taschen herein. Sie setzte alles ab und verschwand. Im nächsten Moment trat Constantin mit zwei Lederkoffern ein.

„Du ziehst also hier ein", stellte Rosie fest. „Wann bekomme ich meine Sachen zurück, damit ich ausziehen kann?" Ihr Ton war nicht mehr so patzig wie sonst.

„Dies sind deine Sachen", erwiderte Constantin. „Ich habe sie zwischen den Flügen gekauft."

Rosie fuhr auf. „Warum solltest du mir Kleider kaufen?"

„Weil du kaum etwas anzuziehen hast. Nimm es als Geschenk von mir."

Rosies grüne Augen blitzten. „Das ist großzügig von dir, Constantin, aber ich möchte meine eigenen Sachen wiederhaben."

„Nein. Was glaubst du, warum ich sie weggetan habe?"

„Weggetan? Du hast sie mir regelrecht vom Leib gerissen!"

Constantin sah sie mit einem merkwürdigen Blick an und presste die Lippen zusammen. „Ich finde es geschmacklos, dass du Kleider trägst, die dir ein anderer Mann geschenkt hat."

„Unsinn, ich habe sie billig in Palma gekauft."

Constantins dunkle Augen wurden schmal. „Du weißt, was ich

meine. Das Kleid, das du im Hotel anhattest – das war doch von Anton, oder?"

Verwirrt nickte Rosie.

„Na, bitte. Also habe ich nicht lange gefackelt. Ich will nicht ständig daran erinnert werden, dass du sein Mädchen warst", knurrte er.

„Ganz abgesehen davon, dass ich noch nie einem Mann *gehört* habe ..."

„Jetzt gehörst du zu mir."

„Wie bitte?" fauchte Rosie.

„Anton hat dich mir übergeben."

„Sag das noch mal." Wie redete dieser Mann mit ihr?

„Und wenn ich die Verantwortung auf mich nehme, erwarte ich, dass du dich von nun an nach meinen Wünschen richtest."

„Damit bin ich nicht einverstanden, Constantin."

„Du wirst deine Meinung ändern."

„Gib mir meine Sachen zurück!" Rosie sprang auf. Sie ertrug es nicht mehr, dass er sie so demonstrativ überragte.

Constantin streckte die Hand nach ihr aus.

„Ich hasse dich! Rühr mich nicht an!"

Trotz ihres Protests berührte Constantin ihre heißen Wangen. Sein Blick war herausfordernd. „Du hast dich an mich geklammert wie eine Kletterpflanze, als ich vorhin aufwachte. Ich musste dir mein Kopfkissen als Ersatz geben, sonst hättest du mich nicht losgelassen."

„Wenn du nicht so ein Brocken wärst, würde ich dir jetzt einen Kinnhaken verpassen!"

„Siehst du, du wirst schon vernünftiger. Vor kurzem bist du wirklich tätlich geworden", stellte Constantin befriedigt fest.

Rosie zitterte vor Wut. Constantin fasste mit den Händen in ihr schimmerndes rotes Haar und massierte sanft ihre Kopfhaut. Sie bebte. Er ließ sie los und lächelte. Sein intensiver Blick ging ihr durch und durch. „Heute Nacht kannst du mich beißen, so viel du willst, kleine Hexe. Im Bett bin ich für jede neue Erfahrung zu haben."

Nachdem die Tür ins Schloss gefallen war, warf Rosie sich aufs Bett. Das war doch wohl nicht sein Ernst? Constantin konnte nicht verlangen, dass sie mit ihm schlief. Sie brauchte nur Nein zu sagen, wenn er versuchte, sie zu verführen. Hastig verdrängte sie den Gedanken, dass es ihr womöglich sehr schwer fallen würde, Nein zu sagen.

Was war aus ihrer ansatzweisen Bereitschaft zum Einlenken geworden? Innerhalb von Sekunden hatte Constantin sie wieder in Rage gebracht. Und was sollte die neue Garderobe? So viele Kleider konnte nicht einmal eine reiche, verwöhnte Party-Löwin in zwei Monaten tragen. Bei ihrer Hochzeit hatte Constantin sich beklagt, dass Rosie keins der eleganten Teile angezogen hatte, die Anton ihr gekauft hatte – und jetzt?

Jetzt warf er ihr vor, auch nur einen Pulli von Anton angenommen zu haben. Rosie verstand überhaupt nichts mehr. Ihr Kopf schmerzte, und sie war völlig durcheinander.

Kleine Schweißtropfen standen auf Rosies Oberlippe, als sie durch das dunkle Speisezimmer mit den schweren, geschnitzten Möbeln ging. Auf dem ganzen Weg spürte sie Constantins kühl bewundernden Blick. Bildete sie es sich ein, oder lag sogar ein Hauch Besitzerstolz darin? Und was würde passieren, wenn sie ihm über den Tisch hinweg für diese unverschämten Blicke eine Ohrfeige gab?

„Ich wusste, dass die Farbe wunderbar zu deinem Haar passen würde“, bemerkte er.

Rosie sah zu Boden. Plötzlich fühlte sie sich nicht mehr angriffslustig, sondern nur noch verlegen. Das schlichte grüne Sommerkleid war garantiert sündhaft teuer gewesen. Sie hatte es ungefähr einem halben Dutzend weit aufregenderer Sachen vorgezogen. Doch als sie dann das Kleid am Leib trug, musste sie feststellen, dass es jede Linie ihres Körpers deutlich nachzeichnete.

„Warum hast du dein Personal kommen lassen?“ begann sie, als sie Constantin gegenüber am Tisch Platz genommen hatte. „Du hast sicher nicht vor, länger in diesem Haus zu bleiben, das du als Ruine bezeichnest?“

„Der andere Flügel ist tatsächlich nicht bewohnbar. Aber ich denke, wir können es ohne Not ein paar Wochen hier aushalten.“

„Ein paar Wochen?“ fuhr Rosie auf.

„Warum nicht? Es ist doch verständlich, dass ein frisch verheiratetes Paar die Einsamkeit einer Villa in den Bergen sucht?“ Constantin beobachtete sie mit der Gelassenheit eines Katers, der in der Sonne döste.

„Musst du mich denn ständig an diese dumme Hochzeit erinnern?“ zischte Rosie.

Ungerührt lächelte Constantin. „Ich finde, wir sollten allmählich Waffenstillstand schließen.“

„Waffenstillstand?“ wiederholte sie verunsichert. „Was bedeutet das konkret?“

Er ignorierte die Frage, stöhnte nur ungeduldig. „Es war durchaus normal, wenn ich mich über Antons Testament aufgeregt habe. Vielleicht habe ich auch überreagiert, aber Anton bedeutete mir mehr als mein leiblicher Vater. Es war ein unglaublicher Schock, als ich erfuhr, dass er eine andere Frau hatte.“

„Hatte er nicht. Wie oft soll ich das noch sagen? Ich war nicht seine Geliebte“, stieß Rosie verzweifelt hervor. „Du warst in dem Londoner Haus. Du hast sicher bemerkt, wir hatten getrennte Schlafzimmer.“

Constantin zuckte abfällig die breiten Schultern, doch seine Züge wurden hart. „Eure Bettgewohnheiten interessieren mich nicht.“

„Aber ...“

Er warf Rosie einen eisigen Blick zu. „Ich zum Beispiel habe nie eine ganze Nacht im Bett einer Frau verbracht. Heißt das, ich mag keinen Sex?“ warf er überheblich hin.

Die Information tat ihr merkwürdig weh. Sie wich seinem Blick aus. Vor ihren Augen sah sie ein flüchtiges Bild von Constantin, wie er sich nach einer Liebesnacht im Morgengrauen heimlich aus Louises Armen wand und nach Haus fuhr. „Dann bist du gefühlskalt“, sagte sie leise. „Sobald du bekommen hast, was du wolltest, verabschiedest du dich. Und dass du das auch noch offen zugibst ...“ Hilflos brach sie ab.

Auf Constantins Wangen breitete sich eine leichte Röte aus. Er kniff den Mund zusammen. „Sex ist ein Geben und Nehmen von körperlicher Lust ...“

„Ja, ja, ruck-zuck, das war’s, vielen Dank und auf Wiedersehen.“

Rosies Kampfgeist kehrte langsam zurück. „Keine Zärtlichkeit, keine Wärme, keine Gefühle. Kein Wunder, dass Anton sich um deine Beziehungen zu Frauen Sorgen machte."

Constantin wurde blass. „Du ... du ...", keuchte er. Er hatte sichtlich Mühe, seinen Zorn zu zügeln.

Rosie senkte den Kopf. Warum hatte sie ihn schon wieder angegriffen? Aber wenn sie sich vorstellte, in so einen Mann verliebt zu sein – das wäre die Hölle. Ein kalter, unsensibler Klotz, der sich über körperliche Lust ausließ und keine tiefere Bindung kannte. Sie konnte solche Reden nicht vertragen.

Constantin hatte sich wieder gefangen. „Ich sehe nicht, was an meiner Einstellung verkehrt sein soll", stellte er ruhig fest.

„Und was ist mit Liebe?"

„Ich habe noch nie eine Frau geliebt. Ich glaube nicht an die große Liebe", erwiderte er ungehalten. „Aber wenn wir von Verliebtheit oder Leidenschaft sprechen wollen ...!

„Nein, danke. Ich finde, für heute hast du dich genügend bloßgestellt." Rosie griff zu Messer und Gabel und konzentrierte sich auf ihre Vorspeise. Auf einmal hatte sie keine Lust mehr, das Gespräch fortzusetzen.

Constantin hatte nie eine Frau geliebt? Nicht einmal Cinzia Borzone? Aber dann würde er das Gefühl vielleicht gar nicht erkennen, wenn es eines Tages auf ihn zukam.

Abwesend blickte sie über den Tisch. Auf dem weißen Leintuch vor ihrem Teller lag ein Ring. Geräuschvoll ließ Rosie das Besteck fallen und nahm den Estrada-Smaragd in die Hand.

„Warum gibst du ihn mir zurück?" flüsterte sie.

„Du überschätzt mich, ich spiele nur den Boten. Du hattest den Ring in England vergessen."

„Als ich ihn das letzte Mal sah, war er in meinem Schmuckkästchen", widersprach Rosie.

„Ich fürchte, du irrst dich. Maurice fand ihn auf dem Fensterbrett in der Küche."

Beschämt schob Rosie den liebevoll gearbeiteten Ring auf den Finger. „Ich weiß gar nicht mehr, dass ich ihn da hingelegt hatte. Entschuldige", sagte sie leise.

„Maurice gab übrigens zu, dass er für den üblen Zeitungsartikel verantwortlich war", setzte Constantin hinzu.

Rosie hob ruckartig den Kopf. Ihre Pupillen waren geweitet. „Nein!"

Constantin beobachtete mit kühler Aufmerksamkeit ihre schockierte Reaktion. „Manchmal bist du doch wirklich unbeschreiblich naiv", meinte er nachdenklich. „Du hast Maurice eine Story geliefert, die eine Menge Geld wert war. Klar, dass er sich das nicht entgehen lassen konnte und mitnehmen musste."

„Ich kann's nicht glauben! Nein, das ist nicht wahr!"

„Er hat es selbst zugegeben." Constantin hielt ihren bekümmerten Blick fest. „Ich muss mich bei dir entschuldigen, dass ich dir diesen Verrat zugeschrieben habe."

Rosie senkte wieder den Kopf. „Schon gut."

„Es ist nicht gut", beharrte Constantin. „Ich habe dir Unrecht getan. Aber warum hast du es so dargestellt, als hättest du das angezettelt?"

Rosie schluckte. „Ich ... ich ..."

„Dir scheint sehr daran gelegen, diesen Mann zu schützen, der dich ohne Zögern verraten hat", fuhr Constantin höhnisch fort.

Rosie stand auf. „Ich habe keinen Hunger", erklärte sie und verließ hastig den Raum.

Der Gedanke, Maurice könnte ihre Freundschaft aus Gewinnsucht aufs Spiel gesetzt haben, tat schrecklich weh. Sicher, Geld war ihm wichtig, er wollte im Leben vorwärts kommen. Aber seine Geschäfte liefen bestens, finanziell litt er wahrlich keine Not.

Mit Tränen in den Augen stolperte Rosie in einen Raum, in dem lauter fremde Menschen offenbar ein Büro einrichteten. Sie war so mit sich beschäftigt, dass sie sich nicht einmal darüber wunderte. Sie machte kehrt und rannte blindlings aus dem Haus. Aber auch im Hof vor der Tür wimmelte es von Leuten. Rosie lief an einem Lieferwagen, der mit viel Wirbel ausgeladen wurde, vorbei in den Garten. Sie kam sich vor wie ein verletztes Tier, das Dunkelheit und Einsamkeit suchte.

Dann brach das Schluchzen aus ihr heraus. Sie schlug die Hände vors Gesicht, ihre Schultern zuckten krampfhaft. Plötzlich fühlte sie sich von hinten umarmt, feste Hände drehten sie herum. Sie stemmte sich dagegen, doch es half nichts.

„Hab keine Angst, *paidi mou*, ich bin's nur", sagte Constantin leise, als wäre es das Normalste von der Welt, dass er sie tröstend in die Arme nahm. „Ich weiß, es tut weh, wenn man enttäuscht wird."

„Maurice ist der einzige Mensch, dem ich je vertraut habe ... außer Anton." Vergeblich kämpfte Rosie gegen die Tränen, die ihr über die Wangen liefen.

Constantin zog ihre Hände herunter, aber sie stieß ihn heftig weg und wandte ihm trotzig den Rücken zu.

„Wie lange kennst du Maurice eigentlich?" fragte er sanft.

„Seit ich dreizehn war ... Und merkwürdig ...", murmelte Rosie gedankenverloren. „Bevor wir Freunde wurden, hatte ich mehr Angst vor ihm als vor den anderen Jungen im Heim."

„In welchem Heim?"

Rosie lachte bitter. „Nachdem meine Mutter gestorben war, steckte mein Stiefvater mich in ein Fürsorgeheim."

„Warum das?"

„Weil ich nicht sein eigenes Kind war. Erst nach der Heirat mit meiner Mutter erfuhr er, dass sie in anderen Umständen war."

„Aber er blieb bei deiner Mutter. Warum hat er sich nicht scheiden lassen?" forschte Constantin.

Rosie presste die Lippen zusammen. Es war eine komplizierte Geschichte. Tony Waring war die erste Liebe ihrer Mutter gewesen. Er hatte sie angefleht, ihn zu heiraten, bevor sie nach London ging, um dort einen Job als Sekretärin anzunehmen. Als sie zurückkehrte und ihm ihr Jawort gab, war Tony überglücklich und hinterfragte ihren Sinneswandel nicht lange. Rosies Mutter hatte versucht, ihrer Tochter das Ganze zu erklären. Tony Waring war zu Recht erbittert, er war hintergangen worden. Man konnte nicht von ihm erwarten, dass er Rosie genauso annahm wie seine eigenen zwei Söhne.

„Er konnte es nicht verwinden, dass sie ihm das angetan hatte", sagte sie leise. „Sie hatten noch zwei Kinder miteinander, doch er verzieh meiner Mutter den Fehltritt nie. Als sie tot war, wollte er mich nicht mehr um sich haben."

„Wie alt warst du da?"

„Neun. Ich kam in ein Kinderheim und dann zu verschiedenen Pflegeeltern. Ich riss dauernd aus, also hatte ich bald den Ruf eines schwierigen Kindes. Da, wo ich schließlich landete, hatte ich ein paar ziemlich raue Kameraden."

„Und Maurice war einer von denen?"

„Er war dort, weil die Behörden ihn in der Nähe des Krankenhauses unterbringen wollten, in dem seine Mutter lag. Seine Schwester war bei Pflegeeltern, aber halbwüchsige Knaben wollte niemand haben. Ich möchte jetzt eigentlich nicht mehr darüber sprechen." Rosie wollte weggehen. Sie fragte sich, warum sie Constantin von diesen höchst persönlichen, schmerzlichen Dingen erzählte, die ihn absolut nichts angingen.

„Du liebst diesen geldgierigen Kerl also wirklich", schnaubte Constantin wütend. „Diesen Bastard, der dich bei der nächstbesten Gelegenheit fallen lässt, sofern er auf der sicheren Seite ist!"

Rosie fuhr herum. Ihr Gesicht war tränennass und blass. „Wie kannst du so etwas sagen?"

„Er hat dich mir quasi in die Arme getrieben. Hat er überhaupt nachgefragt, was für ein Mensch ich bin? Hat er sich nur einen Moment lang Gedanken gemacht, wie ich mit dir nach diesem Zeitungsartikel verfahren würde?"

„Er konnte nicht ahnen ... er wusste ja nicht ...", wandte Rosie hilflos ein.

„Wenn du den Kerl noch länger verteidigst, fliege ich auf der Stelle nach England und nehme ihn nach Strich und Faden auseinander", schnaubte Constantin. Seine Wut kam so überraschend, dass Rosie erschrocken die Augen aufriss. „Und wenn du wissen willst, warum ich das vorgestern nicht gleich getan habe, dann erinnere dich daran, dass er unsere ganze Geschichte kennt, nicht nur das bisschen, was in der Zeitung stand. Ich habe keine Lust, eines Tages am Frühstückstisch alles über deine schäbige Affäre mit Anton zu lesen."

Damit ging Constantin davon, kehrte aber nach ein paar Schritten plötzlich um und kam durch das ungemähte Gras wieder auf Rosie zu. Er nahm ihre Hand. „Komm mit ins Haus und lass uns zu Ende essen."

„Nein.“

„Meine Frau drückt sich nicht irgendwo im Garten herum und schmollt zum Amüsement des Personals.“

Rosie schluckte. Er hatte ja Recht. „Warum bist du eigentlich so wütend?“

„Was für eine dumme Frage.“ Constantin zog ein blütenweißes Taschentuch hervor und trocknete ihr erstaunlich sanft die Wangen.

Rosie sah ihn nachdenklich an. „Ja, richtig“, sagte sie. „Es wäre dir peinlich, wenn diese komische Ehe allzu schnell auseinander ginge.“ Natürlich, das war die Erklärung für sein unbegreifliches Verhalten.

Statt einer Antwort beugte Constantin sich herunter und nahm ihren Mund mit einem harten, wilden Kuss. Rosie öffnete unwillkürlich die Lippen, Hitze durchströmte ihren ganzen Körper. Von der Heftigkeit ihrer Reaktion wurde ihr fast schwindlig.

Als Constantin schließlich den Kopf hob, war sein Blick unergründlich. Überraschend ruhig sagte er: „Wir essen heute Abend im *Formentor.* So haben meine Leute Zeit, das Haus einigermaßen in Schuss zu bringen.“

Rosie trug ein hinreißend elegantes Abendkleid in schimmerndem Perlgrau, und sie musste zugeben, sie fühlte sich prächtig. Das Hotel war traumhaft, sie erkannte sogar den einen oder anderen Prominenten unter den Gästen im Restaurant. Doch der attraktivste Mann im Raum war ohne Zweifel Constantin. Sein klassischer Körperbau, das klar geschnittene Gesicht, die goldbraune Haut und diese unglaublichen dichten, dunklen Wimpern ...

Es gab keine Frau in der Runde, die nicht ein zweites Mal zu ihm hingesehen hätte. Und irgendwie war es unfassbar, dass er nur Rosie sah, ihr Champagner einschenkte, ihr seine ungeteilte Aufmerksamkeit widmete. Er hatte nicht mal mit der Wimper gezuckt, als ein minimal bekleidetes blondes Gift hereinkam, das die Augen aller männlichen Gäste auf sich zog.

„Du bist sehr schweigsam, *paidi mou*“, sagte Constantin leise.

Es kostete sie enorme Willenskraft, sich von seinem intensiven Blick loszureißen. Versonnen betrachtete sie den schmalen Platinring an ihrem Finger, der im Kerzenlicht glänzte. Am frühen Abend war ein Juwelier mit einer beeindruckenden Kollektion auf Son Fontanal eingetroffen, und ein neuer Ehering war ausgewählt worden. Constantin hatte tatsächlich darüber gelacht, dass Rosie den ersten Ring in den Papierkorb geworfen hatte. Warum war er auf einmal so nett?

„An was denkst du, Rosie?“ Sie konnte sich nicht erinnern, dass er sie jemals bei ihrem Kosenamen genannt hatte, es klang ganz neu. Und seine samtige Stimme brachte ihr unvernünftiges Herz heftig zum Schlagen.

Rosie betrachtete ihr Champagnerglas und holte tief Luft. „Ich denke an Maurice“, log sie. Sie fühlte sich durchaus schuldig, dass sie so schnell vergessen hatte, was noch vor wenigen Stunden höllisch geschmerzt hatte.

„Meine Güte, dieser Mensch verfolgt uns sogar bis hierher“, stieß Constantin ungehalten hervor.

Rosie warf den Kopf in den Nacken. Ihre Augen blitzten vor Zorn. „Maurice ist sicher nicht so gebildet und so wichtig wie du, aber immer, wenn ich ihn brauchte, war er da.“

„Nur wenn deine Bedürfnisse nicht mit seiner Geldgier in Konflikt gerieten.“ Indem Constantin sie höhnisch an den peinlichen Zeitungsartikel erinnerte, lehnte er sich gemächlich zurück.

„Man kann nicht von allen Menschen erwarten, dass sie Freunde jederzeit an die erste Stelle setzen. Das war nicht einmal bei Anton so“, gab Rosie zaghaft zu bedenken. „Jedenfalls hat Maurice mich nicht sitzen gelassen, wenn ich ihn dringend brauchte.“ Ihre Stimme begann zu schwanken. Vor Nervosität trank sie ihr Champagnerglas in einem Zug aus.

„Nenne mir ein Beispiel“, verlangte Constantin ungerührt.

Rosie schluckte verspannt. Sie zögerte. „Als ich dreizehn Jahre alt war, drangen zwei Jungen in mein Zimmer ein und versuchten, mich zu vergewaltigen. Maurice kam mir zu Hilfe und verhinderte es. Aber da die anderen zu zweit waren, wurde er ziemlich übel zusammengeschlagen.“

Constantin war blass geworden. Sein Blick verriet nichts, aber sein Mund zuckte. „Soll ich ihn deshalb jetzt als Helden verehren, anstatt ihn einen Dummkopf zu nennen? Vielleicht willst du mir eine Frage beantworten, bevor ich mir eine endgültige Meinung bilde – wie lange hat es gedauert, bis er mit deiner Zustimmung das bekam, was sich die anderen mit Gewalt nehmen wollten?"

Rosie zuckte zusammen, wie von einem Schlag getroffen. „Ist das deine Art zu denken? Hättest du dich denn so verhalten?"

Constantin sah ihre Bestürzung. Er zögerte einen Moment, dann streckte er die Hand aus, um ihre krampfhaft gefalteten Hände zu berühren. „Rosie, ich ..."

Sie entwand ihre Finger seinem Griff und fuhr nüchtern fort: „Ich erinnerte Maurice an seine kleine Schwester. Als Junge hatte er sich um Lorna kümmern müssen, weil ihre Mutter Alkoholikerin war. Aber nachdem sie in Fürsorge kamen, wurde Lorna von ihren Pflegeeltern adoptiert, Maurice stand allein da. Natürlich hatte er Kontakt mit seiner Schwester, aber das war recht wenig. Wenn du also verstehen willst, warum er an jenem Abend seinen Kopf für mich hinhielt, musst du in anderen Bahnen denken – oder ist das von dir zu viel verlangt?"

Tränen schimmerten in Rosies Augen. Ohne Constantin anzusehen, schob sie ihren Stuhl zurück und verließ den Raum. Im Foyer holte er sie ein. Mit seiner starken Hand umfasste er ihre schmale Taille und hielt sie zurück. „Rosie, bitte ..."

„Constantin! Nein, so was!"

Beim Klang der schrillen weiblichen Stimme erstarrte er. Rosie fuhr herum. Das blonde Gift in dem kurzen, engen schwarzen Kleid stürmte auf sie zu. Der Busen der Frau schien die Nähte sprengen zu wollen, ihre stechenden blauen Augen blitzten triumphierend.

„Seit wann bist du denn hier?" wollte sie wissen. Sie riss Constantin regelrecht an sich und küsste ihn ausgiebig auf den Mund. „Erinnert dich das nicht an Monte Carlo, Darling?" hauchte sie, während sie mit beiden Händen über seinen Körper fuhr und dabei in Regionen geriet, die eine anständige Frau in der Öffentlichkeit besser nicht kontaktierte.

Constantin machte sich gelassen, doch entschlossen los. Sein Gesicht war kaum wahrnehmbar gerötet. Aus dem Augenwinkel warf er Rosie einen gespannten Blick zu.

„Justine, das ist meine Frau Rosalie“, sagte er ein wenig von oben herab.

„Oh, tu dir meinetwegen keinen Zwang an“, flötete Rosie. „Besitzdenken ist mir fremd.“

„Was, du bist verheiratet – du?“ Justine schien wie vom Donner gerührt und geruhte nun, Rosie wahrzunehmen. „Mit ihr?“ Sie beäugte Rosie von oben bis unten und konnte es offenbar nicht fassen. „Warum das denn?“

„Wenn ich mal in der richtigen Laune bin, leihe ich Ihnen meinen Mann gern aus.“ Rosie lächelte strahlend. Dann drehte sie sich um und ging mit hoch erhobenem Haupt aus dem Hotel. Draußen war es dunkel, ihr Kopf schwirrte, sie hatte zu viel Champagner getrunken.

Kein Wunder, dass Constantin nicht nach dem attraktiven Mädchen geschaut hatte. Monte Carlo, Nizza, Partys ... Und dieser Kerl hatte den Nerv, Rosie ein Flittchen zu nennen! Sie lief nicht halb nackt in Restaurants herum, und sie würde eher im Boden versinken, als sich einem Mann in aller Öffentlichkeit derartig an den Hals zu werfen.

Sie hatte nur ein paar Schritte getan, als Constantin neben ihr war. Er ergriff ihren Unterarm. „Sag mal, wie kannst du so abfällig über unsere Beziehung sprechen?“ schnaubte er.

„Lass uns eins klarstellen, Constantin“, begann Rosie. Vor Zorn war ihr Gesicht fast so dunkel wie seins. „Ich betrachte mich nicht als verheiratet. Hast du das begriffen? Sollte ich jemals heiraten, dann einen Mann, den ich zumindest mag und achte. Und das wird mit Sicherheit kein eingebildeter, gefühlloser Klotz sein, der mit zweierlei Maß misst und dabei nicht fähig ist, über puren Sex hinauszudenken.“

„Sprich nicht so mit mir!“ stieß Constantin hervor.

„Und dein Geschmack, was Frauen betrifft, ist unter aller Kritik!“ zischte Rosie. Sie konnte nicht anders, das musste sie loswerden. „Warum verschwendest du deine Zeit überhaupt mit mir? In Monte Carlo ist es garantiert lustiger, Darling. Du bist ein oberflächlicher Frauenheld, einen wie dich würde ich nicht mal mit der Kneifzange anfassen!“

„Rosie ... Ist das dein Ernst?" keuchte Constantin.

„Und ob es das ist, Darling!" Sie hatte sich in Rage geredet, sie bebte vor Wut.

Plötzlich zuckte ein Blitz auf. Einen Augenblick lang war Rosie geblendet. Dann machte sie einen Mann in weißem Hemd aus, der im Dunkel davonrannte. Constantin nutzte ihre Verblüffung, riss sie in die Arme und küsste sie heiß.

Und im nächsten Moment hatte Rosie das Gefühl zu fliegen. Ich habe dich angelogen, dachte sie noch, bevor sie beide Hände in sein dichtes schwarzes Haar grub und ihn an sich zog. Sie brauchte ihn, sie hasste ihn, sie begehrte ihn mit einer Leidenschaft, die völlig außerhalb ihrer Kontrolle lag.

8. KAPITEL

Später konnte sie sich nicht erinnern, wie sie in den Wagen gekommen war. Dimitris setzte seine gewohnte steinerne Miene auf, aber vom Rücksitz aus sah sie seine breiten Schultern verräterisch zucken. Sie wandte den Blick ab, das Ganze war ihr ja so peinlich.

„Ich war ungerecht zu dir, und du warst mit Recht wütend auf mich. Als ich dir ins Foyer folgte, wollte ich mich bei dir entschuldigen", gestand Constantin auf einmal in aller Offenheit.

„Aha", sagte Rosie. Sie zitterte noch immer, sie hatte das Gefühl, alle ihre Nerven lägen bloß. Sie war eifersüchtig, zum ersten Mal im Leben rasend eifersüchtig! Justines vertrauliches Zugehen auf Constantin hatte sie furchtbar geärgert, und da hatte sie die Beherrschung verloren. Und jetzt besaß dieser Paparazzi ein Foto, wie sie Constantin auf offener Straße eine Szene machte.

Rosie faltete die bebenden Hände. „Wenn das Foto veröffentlicht wird, beschleunigt das doch unsere Trennung, oder?"

Constantin runzelte ungnädig die Stirn. „Welche Trennung?"

„Ich meine das Ende dieser erzwungenen Ehe. Wir kommen in keiner Weise miteinander aus, bei jeder Gelegenheit gehen wir uns an die Kehle. Bald steht es sogar in der Zeitung, dass wir uns kurz nach der Hochzeit öffentlich streiten. Wir brauchen also nicht erst zwei Monate zu warten, um die Scheidung einzureichen“, erklärte sie sachlich.

„Jeder Silberstreif hat eine Wolke.“

„Anders herum stimmt es.“ Auf einmal fühlte Rosie sich niedergeschlagen. Sie fragte sich, ob das an ihrer peinlichen Darbietung lag oder an der erschreckenden Erkenntnis, dass sie Constantin nicht so sehr hasste, wie sie geglaubt hatte. Im Grunde hasste sie nämlich die ungeheure Macht, die er über ihre Gefühle besaß.

„Ach so?“

Angespanntes Schweigen.

„Meine Frage, wie lange es gedauert hatte, bis du mit Maurice intim wurdest, war einfach unüberlegt. Ich bin nicht so gefühllos, wie du denkst“, begann Constantin schließlich bedächtig. „Es erschütterte mich, dass du solche Dinge erleben musstest, als du noch ein halbes Kind warst. Aber ich kann in Maurice einfach nicht den edlen Retter sehen, vor allem nicht, nachdem er jetzt deine Heldenverehrung schamlos ausgenutzt hat.“

Konnte es sein, dass Constantin allmählich ein anderes Bild von Maurice bekam? „Ich bin mit ihm nicht intim“, erklärte Rosie zum wiederholten Mal.

„Nicht mehr“, stellte Constantin grimmig fest. Seine Kinnmuskeln waren verspannt, während er ihr einen höhnischen Blick zuwarf. „Und wenn wir eines Tages getrennte Wege gehen, werde ich nach Kräften dafür sorgen, dass du nicht wieder zu ihm zurückläufst. Der Mann ist nicht gut für dich.“

„Ich bin volljährig, Constantin, falls du das vergessen haben solltest“, warf sie ein.

„Aber du versuchst, dich herauszureden wie ein Teenager“, bemerkte Constantin trocken. Der Wagen hielt im Hof von Son Fontanal. „Willst du mir wirklich erzählen, du hättest mit keinem der Männer geschlafen, mit denen du zusammengelebt hast? Anton kann mich doch nur zu dieser Heirat gezwungen haben, weil er glaubte, dass du ein Kind von ihm erwartest!“

„Ich lasse mich von dir nicht immer wieder als Lügnerin hinstellen.“ So würdevoll wie möglich stieg Rosie aus und ging ins Haus.

„Aber eins beruhigt mich“, fügte Constantin hinzu, als er sie in der Halle einholte. „Wenn du tatsächlich von Anton schwanger gewesen wärst oder sonst eine verwandtschaftliche Bindung zwischen euch bestünde ...", das bittere Lachen drückte seine Meinung deutlicher aus als alle Worte, „... säße ich bis an mein Lebensende in dieser Ehefalle."

Rosie meinte, sich verhört zu haben. Abrupt blieb sie stehen. „Was redest du da für Unsinn?"

„Unsinn?" Ehrlich verdutzt zog Constantin die Augenbrauen zusammen. „Es ist doch wohl klar, dass es in jedem Fall meine Ehrensache gewesen wäre, die volle Verantwortung zu übernehmen."

„Aber das wäre unzumutbar", erwiderte Rosie verwirrt.

„Für dich vielleicht", gab Constantin trocken zurück. „Aber ich habe große Hochachtung vor Anton. Ich verdanke ihm fast alles, was ich heute bin. Er hatte ein starkes Pflichtgefühl seiner Familie gegenüber. Und diese Treue sollte über persönliche Interessen hinausgehen, meine ich."

Rosie lachte nervös und starrte auf ihre Füße. Jetzt war sie froh, dass sie nicht darauf bestanden hatte, als Antons Tochter anerkannt zu werden. „Meine Ehrensache", hatte Constantin gesagt. Sie empfand seine Ausdrucksweise als erniedrigend, aber eins interessierte sie doch.

„Willst du wirklich behaupten, du hättest jede erstbeste fremde Frau geheiratet, bloß weil Anton es wünschte?" fragte sie herausfordernd.

„Ja, ich habe eine Fremde geheiratet. Aber du wirst mir mit jeder Minute, die ich mit dir verbringe, vertrauter ... und gleichzeitig fremder", bekannte er mit überraschender Offenheit. „Ich durchschaue dich nicht. Und ich werde keine Ruhe geben, bis ich das Rätsel gelöst habe."

Rosie trat einen Schritt zurück. Sie vermied seinen Blick. Dieser Trick half manchmal, aber jetzt leider nicht. Seine tiefe, leidenschaftliche Stimme erreichte sie im Innersten. Sie fühlte sich ihm ausgeliefert.

„Sieh mich an", bat Constantin leise.

Rosie war schon fast verloren. „Ich ... ich möchte nicht ..."

„Ich bin kein Frauenheld."

„Behauptest du ..."

„Ich hatte eine kurze Affäre mit Justine, als ich einundzwanzig war."

„Alle Achtung. Du musst ihr ja mächtig Eindruck gemacht haben." Rosie sah in seine dunklen Augen und atmete schneller. Unwillkürlich wich sie rückwärts die Treppe hinauf aus.

„Den tiefsten Eindruck machte mein Geld." Constantin machte eine wegwerfende Geste, während er ihr mit der Geschmeidigkeit eines Raubtiers folgte. „Aber dir scheint Geld kaum etwas zu bedeuten. Das ist eine ganz neue Erfahrung für mich, und vor allem bei dir überrascht es mich."

„Ach ja?" Rosies Stimme klang angestrengt. Sie nahm zwei Treppenstufen auf einmal und griff Halt suchend nach dem Geländer. „Warum überrascht dich das?"

„Wenn du so geldgierig wärst, wie ich gedacht hatte, würdest du die Anziehung zwischen uns beiden ausspielen. Du hättest alles daran gesetzt, mit mir zu schlafen, damit du von der Beziehung profitieren könntest", entgegnete Constantin langsam und lächelte. „Aber obwohl das Fleisch willig war, behielt dein Geist die Oberhand. Die Aussicht, was ein Nachgeben dir bringen würde, hat dich kalt gelassen."

„Constantin." Ihre Stimme war merkwürdig spitz. Körperlich entzog sie sich ihm, doch ihren Blick konnte sie von seinen dunklen, faszinierenden Augen nicht losreißen. „Ist dir noch nie der Gedanke gekommen, ich könnte ein raffiniertes Weib sein, das dich mit Widerstand nur mehr reizen will?"

„Dass du das tust, weißt du. Ich glaube, mit solchen weiblichen Weisheiten bist du schon auf die Welt gekommen, *paidi mou*." Bewunderung lag in seinem Blick. „Warum streitest du sonst dauernd mit mir?"

„Weil ... weil ..." Rosie hatte fast den Treppenabsatz erreicht, da stolperte sie. Sie wäre gefallen, hätte Constantin sie nicht schnell aufgefangen. „Weil du mich schrecklich ärgerst, deshalb!" stieß sie rebellisch hervor.

„Nein. Du streitest mit mir", widersprach Constantin samtweich, „weil du mich auf Distanz halten willst. Ich habe es zunächst nicht durchschaut, aber du hast das Spielchen ein wenig zu weit getrieben. Vielleicht bin ich in manchen Dingen schwer von Begriff, doch dann wieder bin ich sehr schnell. Von jetzt an werde ich dich jedes Mal, wenn du anfängst zu schimpfen, küssen."

„Was für eine unsinnige Idee", gab Rosie zurück. „Ich lasse mir doch nicht den Mund verbieten."

„Wart's ab." Wie selbstverständlich nahm Constantin sie auf die Arme und trug sie ins Schlafzimmer. „Und wenn wir erst miteinander geschlafen haben, wenn wir uns gegenseitig alle Lust gegeben haben, wirst du diesen Maurice nie wieder erwähnen. Ich bin zwar nicht perfekt, aber was Verlässlichkeit betrifft, bin ich ihm haushoch überlegen."

Rosie sah ihm ins Gesicht. Ihr Herz raste, das Blut rauschte ihr in den Ohren. „Das können wir nicht tun", stammelte sie.

„Oh doch. Ich möchte es dir zeigen", flüsterte Constantin nah an ihrem Mund. Sein Atem streichelte ihre Wange, seine tiefe Stimme klang beinahe bittend. Und dann war das Begehren mit seiner ganzen Macht wieder da wie ein Stromschlag, der ihren Körper durchfuhr. Rosie drehte ihm ihr Gesicht zu, so dass ihre Lippen unter seinen waren, und überließ sich dem Feuer.

Als Rosie ihre Sinne wieder einigermaßen beisammen hatte, lag sie auf dem Bett, auf einen Ellenbogen gestützt, und hielt krampfhaft den Ausschnitt ihres Kleides hoch. Der Reißverschluss hinten stand offen.

Constantin war schon halb ausgezogen und beobachtete sie amüsiert. „Warum so schüchtern? Magst du Sex etwa nur im Dunkeln?"

Beim Anblick seiner sinnlichen Lippen fiel Rosie das Denken schwer. Will ich dies wirklich? fragte sie sich dennoch mit einem Rest von Vernunft. Ja, oh ja, ich will. Und sollte ich auch? Sicher nicht. Langsam schob sie einen Fuß auf die Bettkante zu.

Constantin trat heran und zog ihr die Schuhe aus. Das Handy piepste. Er schaltete es aus.

„Und wenn der Anruf nun wichtig war?" fragte Rosie erstaunt.

„Das kann bis morgen warten, *paidi mou*", erwiderte Constantin achselzuckend.

Eine ganze Nacht in Constantins Armen ... Aber nein, er blieb ja nie über Nacht bei einer Frau. Sobald er seine Lust gestillt hätte, würde er gehen. *Seine* Lust. Wie kann ich mich nur auf so einen Mann einlassen? dachte Rosie verwirrt.

„Du bist sehr nervös", stellte Constantin fest, während er die Hose abstreifte.

„Bin ich nicht", widersprach Rosie eine Spur zu schrill. Mit letzter Willenskraft stand sie auf und fingerte an ihrem Reißverschluss. „Aber du kannst mich nicht mit einem tollen Abendessen und teurer Garderobe kaufen – und auch nicht mit ein paar Minuten Zuwendung."

Constantin hielt sie an den Schultern fest. „Du musst keine Angst vor mir haben. Ich bin im Bett sehr sanft", sagte er mit belegter Stimme. „Es sei denn, du möchtest es anders ..."

Rosie stand mit dem Rücken zum Bett. „Constantin", flüsterte sie.

„Dein Herz schlägt ja wie wild, *paidi mou*." Er bedeckte ihre linke Brust mit seiner warmen Hand, es war eine zarte, doch besitzergreifende Geste. Rosie zitterte und schloss die Augen.

„Nicht", protestierte sie leise.

Aber Constantin streifte ihr die Träger des Kleides über die Arme herunter, wobei er gleichzeitig den Mund auf die Stelle an ihrem Hals drückte, wo die Schlagader pulsierte. Dann hob er Rosie hoch und legte sie aufs Bett.

„Ich werde ganz sanft sein", versprach er noch einmal.

Sie sah in seine Augen, und jeder Widerstand schmolz dahin. Er glitt neben sie, warm und glatt und vollkommen nackt. Zum ersten Mal erblickte Rosie seinen perfekten Körper in voller Größe. Beim Anblick seiner Erregung stockte ihr der Atem, instinktiv wollte sie flüchten.

Constantin rollte schnell herum, so dass er halb auf ihr lag. In dieser Stellung spürte sie ihn erst recht. „Verdammt", stieß er hervor und sah in ihre angstvoll geweiteten Augen, „ich könnte den Kerl niederschlagen! Was hat Maurice dir im Bett angetan?"

„Nichts."

„Ich werde dir nicht wehtun." Constantin strich mit dem Finger über ihren zusammengekniffenen Mund. „Ich wette, er hat nie etwas von Vorspiel gehört. Aber selbst wenn es die ganze Nacht dauern sollte, ich schwöre, du wirst jeden Moment mit mir genießen, *paidi mou*."

Mit der Fingerspitze teilte er ihre Lippen und liebkoste die feuchten Innenseiten. Rosie sah in seine Augen. Sie umschloss Constantins Finger mit dem Mund und betupfte die Spitze mit der Zunge.

Constantin lächelte und entzog ihr langsam den Finger. Er senkte den Kopf und liebkoste ihre volle Unterlippe mit der Zungenspitze. Sie wollte, dass er sie küsste, sie wand sich unter ihm, jede Faser ihres Körper war angespannt. Instinktiv nahm sie seinen Kopf in die Hände und versuchte, ihn mit Gewalt an sich zu ziehen.

Constantin lachte leise. Er widersetzte sich und berührte ihre geöffneten Lippen nur sacht. „Erst das Vorspiel", flüsterte er.

Aber Rosie wollte sich nicht hinhalten lassen. Sie ergriff selbst die Initiative, hob den Kopf und nahm seinen sinnlichen Mund, bis Constantin nicht anders konnte und sie lange und heftig küsste. Doch zufrieden machte sie das längst nicht.

Endlich übernahm Constantin wieder die Führung. Er streichelte ihren bebenden Körper, verweilte schließlich bei ihren vollen Brüsten und berührte sacht ihre aufgerichteten Brustwarzen.

Rosie stöhnte vor Lust. Constantin sah in ihr erregtes Gesicht und gab einen dunklen, besänftigenden Laut tief aus der Kehle von sich. Es klang unglaublich sexy. Mit einer Hand umfasste er eine Brust und begann, die rosige Spitze zu lecken, langsam zuerst, dann immer schneller. Rosie bäumte sich auf und stöhnte. Er spielte lange mit den fast schmerzhaft sensiblen Brustwarzen, während sie unter ihm zuckte. Unkontrolliert glitten ihre Hände über seinen Körper, wühlten in seinem Haar, krallten sich in seine breiten Schultern.

Constantin warf sich herum und zog Rosie auf sich. Er küsste ihren weichen Mund mit einer Leidenschaft, die ihr den Atem nahm. Dann schob er eine Hand in ihre zerzauste Mähne und zog ihren Kopf hoch, damit er ihr in die Augen sehen konnte. „Möchtest du ein paar Minuten Pause zum Abkühlen?" fragte er mit rauer Stimme.

„Abkühlen?" wiederholte Rosie verständnislos. Sein hartes

Brusthaar kitzelte ihre Brustwarzen unerträglich erregend. Sie schloss die Augen und rieb sich stöhnend an ihm.

Constantin stieß etwas auf Griechisch hervor. Er zitterte am ganzen Körper. Heftig ergriff er Rosies Hüften, spreizte ihre Schenkel und hob sie rittlings über sich. „Ich bräuchte Abkühlung ... Nein, ich brauche dich ...“ Und dann nahm er eine ihrer rosigen Brustspitzen in den Mund und reizte sie sanft mit den Zähnen. Rosie warf den Kopf in den Nacken und schrie auf.

Mit beiden Händen ergriff Constantin die Rundung ihres Pos und platzierte sie genau dahin, wo er sie haben wollte. Sie spürte seine samtige Härte, während sie sich ganz dem heißen Rhythmus hingab. Er stöhnte laut vor Lust. Rosie war wie benommen von den ungeahnten neuen Empfindungen, alles in ihr brannte vor wildem, unstillbarem Begehren.

„Bitte, Constantin, bitte ...“, flüsterte sie.

Constantin drückte sie zurück auf die Matratze und küsste sie wieder. Seine Zunge drang tief in ihren Mund, intimer und besitzergreifender als je zuvor. Gleichzeitig streichelte er die Innenseite ihrer Schenkel, ihre Beckenmuskeln spannten sich an. Ganz leicht berührte er die geheimsten, sensibelsten Stellen ihres Körpers, sie zuckte zusammen, als bekäme sie einen Stromstoß.

„Du fühlst dich an wie warme Seide“, flüsterte er nah an ihren geschwollenen Lippen.

Rosie war unfähig, etwas zu erwidern. So hatte sie noch nie jemand berührt, ihre ganze Wahrnehmung konzentrierte sich auf diese Liebkosungen. Sie wollte sich aufbäumen, sich herumwerfen, aber er fesselte ihren Körper aufs Bett. Ihr Herz hämmerte, sie rang nach Luft, krampfhaft biss sie die Zähne aufeinander.

Und dann, kurz vor dem Höhepunkt dieser Qual und unbeschreiblichen Lust, kam Constantin über sie und drang mit einem einzigen Stoß in sie ein. Rosie empfand einen stechenden Schmerz. Unwillkürlich vergrub sie die Zähne in seiner harten, muskulösen Schulter.

Constantin schrie auf und erstarrte in der Bewegung. Als der Schmerz verebbte, ließ Rosie seine Schulter los und sah ihn vorwurfsvoll an.

„Entschuldige“, keuchte Constantin. „Es tut mir wirklich Leid ... Du hast mich so erregt, ich habe die Beherrschung verloren.“

Seine Zerknirschung rührte Rosie. „Ich ...“

Er beugte den dunklen, zerzausten Kopf und hauchte einen zärtlichen Kuss auf ihre Lippen. Es war die infamste Verführung, die Rosie sich denken konnte. „Aber du fühlst dich an wie das Paradies auf Erden.“ Er bewegte sacht die Hüften, und schon erwachte Rosies Begehren erneut. „Vertrau mir, *paidi mou.*“

Ihr Schmerz war vergessen, sie war bereit für ihn. Als er sich wieder in ihr bewegte, wartete sie schon darauf. Und zu ihrer Überraschung stellte sie fest, dass sie heftig nach diesen unglaublichen sinnlichen Empfindungen verlangte, die ihren Puls zum Rasen brachten.

„Gut so?“ fragte Constantin leise.

Gut? Weit untertrieben. Es war einfach wunderbar. Rosie schloss die Augen und ließ sich immer höher tragen von diesem Gefühl, bis sie sich nur noch stöhnend an Constantin klammerte und seine hungrigen, treibenden Stöße empfing. Und dann explodierten plötzlich Millionen Sterne in einem wilden Rausch hinter ihren Augenlidern.

Rosie wollte nicht, dass Constantin sich zurückzog und diese unbeschreibliche Seligkeit in ihr zunichte machte. Er schien ähnlich zu fühlen, denn er rührte sich nicht. Sie genoss die Wärme und das Gewicht seines Körpers und den vertrauten Geruch seiner feuchten Haut.

Er hob den Kopf und sah sie merkwürdig eindringlich an. Der Blick seiner dunklen Augen war rätselhaft. Sein Mund zuckte. „Du hast dich angefühlt wie eine Jungfrau“, sagte er. Dann lachte er bitter. „Oder wie ich mir vorstelle, dass eine Jungfrau sich anfühlt. Meine Güte, was verstehe ich schon davon?“

Abrupt löste er sich von Rosie und sprang aus dem Bett. „Ich brauche eine Dusche.“

„Constantin ...?“ flüsterte Rosie verunsichert.

„Es tut mir Leid, dass ich dir wehgetan habe“, sagte er auf der Schwelle zum Bad, ohne sich umzudrehen oder sie anzusehen. „Aber ich bin momentan ganz und gar nicht einverstanden mit dieser Entwicklung.“

Rosie fühlte sich unsäglich gedemütigt. Sie lag da und horchte auf die Geräusche der Dusche. Constantin bedauerte die „Entwicklung“. Seine sexuellen Bedürfnisse waren befriedigt, er wollte den Tatort so schnell wie möglich verlassen. In Rosies Kehle saß ein dicker Klumpen, in ihren Augen brannten ungeweinte Tränen.

Sie hätte ihn abweisen, einfach Nein sagen können. Aber sie hatte sich dummerweise auf ihn eingelassen und die Augen vor den Konsequenzen fest verschlossen. Trotzdem, selbst in ihren schlimmsten Erwartungen hatte sie nicht mit so einer brutalen Zurückweisung gerechnet.

Constantin erschien. Geräuschvoll machte er sich im Zimmer zu schaffen. Aus Neugier sah Rosie schließlich hin. Die goldfarbene Haut seines Rückens schimmerte im Lampenlicht. Er zog eine Jeans an, seine ungeduldigen Bewegungen waren spannungsgeladen. Gegen ihren Willen starrte Rosie ihn fasziniert an.

„Ich gehe spazieren“, teilte Constantin ihr knapp mit.

„Lass dich nicht aufhalten“, gab Rosie zurück. Sie drehte sich um und fühlte sich einsamer als je zuvor. Sie hatte sich eingebildet, Constantin zu kennen, aber sie wusste rein gar nichts von ihm. Warum verhielt er sich so seltsam? Was ging in seinem Kopf vor? Sie machte sich bittere Vorwürfe. Klar, so musste es kommen, wenn man mit einem wildfremden Mann ins Bett ging.

Gegen Morgen fiel Rosie endlich in einen unruhigen Schlaf. Kurz nach neun wurde sie von Stimmen unter ihrem Fenster geweckt. Es waren Arbeiter, die das Dach reparieren sollten.

Sie duschte, benutzte die flauschigen neuen Handtücher und fragte sich, wo Constantin wohl die Nacht verbracht haben mochte. Im selben Moment hasste sie sich für die Frage.

Im Erdgeschoss kam sie an einer geschlossenen Tür vorbei, hinter der sie Constantin telefonieren hörte. Ein Hausmädchen führte sie ins Esszimmer. Das Frühstück war serviert, aber Rosie hatte keinen Appetit. Während sie eine Tasse Kaffee trank, erschien Carmina mit einem gewaltigen Blumenstrauß.

„Verzeih mir“, stand auf der beiliegenden Karte.

Rosies Wangen wurden heiß. Ihm verzeihen? Nicht in tausend

Jahren, und wenn er auf allen Vieren angekrochen käme! Sie knirschte mit den Zähnen. Vermutlich hatte er Dimitris aufgetragen: „Besorg ein paar Blumen für sie." Nein, wie aufmerksam. Und der Grund? Hier saß Constantin auf einem einsamen Hügel mit einer widerstrebenden Ehefrau, sexuell erreichbare Frauen waren dünn gesät. Die Aussicht, plötzlich auf dem Trockenen zu sitzen, brachte ihn offenbar in Panik. Da wollte er es sich nicht mit der einzigen Anlaufstelle für seine Bedürfnisse verderben.

Empört stieß Rosie die Tür zum Wohnzimmer auf, das jetzt als Büro diente. Wenn es ein dramatischer Auftritt sein sollte, dann ging er daneben, denn hier herrschte eine solche Betriebsamkeit, dass niemand Notiz von ihr nahm. Eine schlanke, dunkelhaarige Frau schrieb im Stehen mit, was Constantin ihr diktierte, während er gleichzeitig telefonierte. Ein junger Mann arbeitete am Computer, ein anderer las ein langes Fax.

Rosie ging quer durchs Zimmer zu dem elektrischen Aktenzerreißwolf und stopfte die Blumen in die Öffnung. Das Gerät zermalmte die ersten paar Stiele, dann streikte es und begann zu piepsen. Plötzlich war Stille im Raum.

Constantin legte langsam den Hörer auf. Rosie sah nur ihn und seine dunklen Augen. Er stand auf. In seinem leichten hellgrauen Anzug wirkte er attraktiv wie eh und je. Die Mitarbeiter verließen diskret das Büro. Rosie atmete tief durch, aber das kühlte ihre Wut nicht. Frustriert warf sie die restlichen Blumen auf den Boden.

„Du widerliches Ekel! Wie kannst du es wagen, mir jetzt mit Blumen zu kommen?"

„Es ist mir ernst mit meiner Entschuldigung", gab Constantin beherrscht zurück. „Was gestern Nacht war, hätte nicht passieren dürfen."

Rosie wurde blass. Obwohl sie im Grunde seiner Meinung war, tat es doch ungeheuer weh, es aus seinem Mund zu hören. Sie sah zu Boden, um ihren inneren Aufruhr zu verbergen. „Du hast es darauf angelegt, mich ins Bett zu bekommen", sagte sie leise.

„Das war bei der starken Anziehung zwischen uns wohl logisch. Aber ich bin nicht besonders stolz darauf, dass ich unfähig war, die

Finger von der Geliebten meines Ziehvaters zu lassen“, stellte Constantin sachlich fest.

Die Erkenntnis war schmerzlich, aber unabweisbar. Constantin verachtete sie nach wie vor wegen des vermeintlichen Verhältnisses mit Anton – wie sehr, das hatte seine harsche Zurückweisung bewiesen. Doch in dieser Erkenntnis lag auch etwas Erleichterndes.

Momentan war Rosies aber nur frustriert. Sie hob das Kinn und fuhr Constantin an: „Wie oft soll ich dir noch sagen, dass Anton und ich nichts miteinander hatten?“

Der Blick seiner dunklen Augen hatte etwas Wildes. Zwischen zusammengebissenen Zähnen stieß er hervor: „Männer sind mitunter ausgemachte Narren. Ich bin keiner.“

Rosie hätte Carmina bitten können, das Foto zu zeigen und zu wiederholen, was Anton ihr erzählt hatte. Aber wie peinlich wäre das für alle Beteiligten. Und selbst wenn es ihr gelänge, Constantin von der Wahrheit zu überzeugen – was dann?

Er würde sich Antons Tochter gegenüber verpflichtet fühlen, die Ehe aufrechtzuerhalten. Das war absurd. Nein, dann doch lieber alles lassen, wie es war. Irgendwann würde Rosie versuchen, ihre Identität zu beweisen, aber nicht jetzt. Im Augenblick konnte sie es nicht ertragen, als Antons uneheliches Kind von Constantin bemitleidet zu werden.

Sie sah in seine Augen, und ihr Mund wurde trocken. Er blickte sie schweigend an, die Stille dehnte sich schier endlos. Rosie atmete schneller. Jetzt konnte sie nicht mehr so tun, als überraschte sie ihre Reaktion.

„Du hast Anton erzählt, du seist schwanger.“ Constantins Stimme klang abgehackt. Langsam kam er auf sie zu. „Ein mieser Trick. Und daraufhin verlangte er, dass ich dich heirate.“

„Ich habe keine miesen Tricks nötig“, verteidigte sie sich lahm. Sie versuchte, ihren klaren Kopf zu behalten. Ihr wurde heiß, sie spürte, wie sich ihre Brustspitzen aufrichteten. Unwillkürlich legte sie die Hand auf die pochende Pulsader an ihrem Hals.

„Rosie ... Du spielst ein höllisches Spiel mit mir“, sagte Constantin rau. „Ich begehre dich in diesem Moment noch mehr als letzte Nacht.“

„Ach ja?“ Es sollte spöttisch klingen, aber ihre Stimme schwankte. Die wilde Sehnsucht überkam sie, in seinen Armen zu sein, ihn wieder zu spüren. Ihre grünen Augen verschleierten sich, sie vergaß ihren Stolz, sie nahm nur noch Constantins Nähe wahr.

Er streckte die Arme aus, fasste Rosie hart bei den Schultern und zog sie heran. Da sie es selbst mit jeder Faser wollte, wehrte sie ihn nicht ab. Constantin presste sie mit unmissverständlicher sexueller Gier an sich, mit seinen starken Händen drückte er ihre Hüften an seine, damit sie seine enorme Erregung spürte. Rosie zitterte heftig, ihre Knie gaben fast nach. Constantin küsste sie heiß und hart, seine Leidenschaft spülte jeden klaren Gedanken in ihrem Kopf weg. Sie klammerte sich an seine breiten Schultern und erwiderte den Kuss wie im Fieber.

Constantin ließ sich auf seinen Drehstuhl fallen, löste jedoch den Körperkontakt nicht. Er schob die Hände unter Rosies weites T-Shirt, strich über die weiche Haut ihres Oberkörpers, suchte die vollen Rundungen ihrer Brüste. Schnell und geschickt öffnete er den Verschluss ihres BHs und nahm ihre nackten Brüste in die Hände. Rosies Körper reagierte augenblicklich. Sie zitterte vor Erregung.

Constantin vergrub eine Hand in ihrem üppigen Haar und hielt ihren Kopf ein Stück von sich. Sein Atem kam stoßweise. Das Telefon klingelte aufdringlich, das Faxgerät spuckte unzählige Seiten aus. Ärgerlich zog Constantin die Augenbrauen zusammen. Er schloss die Augen, als wollte er sich mit Gewalt zusammenreißen, seine sinnlichen Lippen zuckten. Mit dem Daumen rieb er Rosies steife Brustwarze. Rosie beugte den Kopf und legte die Stirn an sein dichtes Haar. Sie atmete schwer, die Lust, die er in ihr weckte, wurde immer unerträglicher.

„Du machst mich wahnsinnig, *paidi mou*“, flüsterte Constantin. „Ich fürchte, es war eine meiner dümmsten Ideen, während unserer Flitterwochen arbeiten zu wollen.“ Plötzlich stand er auf, beide Arme um Rosie geschlungen, und setzte sie auf die Schreibtischkante. Achtlos wischte er Papiere beiseite, so dass sie auf den Boden flogen. „Aber ich finde, ich kann es mir erlauben, meine Frau mitten am Vormittag zu lieben, wenn mir danach ist.“

„Ich bin nicht deine ...“, begann Rosie schwach. Sie brach ab, auf einmal war das unwichtig. Seine Frau, dachte sie. Es gefiel ihr, wie er das sagte.

Constantin zog ihr das T-Shirt über den Kopf. Dann drang er mit der Zunge zwischen ihre geöffneten Lippen. Er stöhnte vor Befriedigung. Jeder seiner Küsse versetzte Rosie in sexuelle Ekstase. Mit den Fingerspitzen liebkoste er ihre rosigen Brustspitzen, sie wand und bäumte sich vor Lust, sie stöhnte unter seinen Küssen. Und dann drückte er sie mit dem Rücken auf den Schreibtisch, zog ihren Baumwollrock herunter und presste ihre Hüften an sich.

Rosies Pupillen weiteten sich, ihr Puls raste. Sie sah in Constantins Augen und hob sich ihm entgegen.

„Du machst mich verrückt, *paidi mou*“, keuchte er und beugte sich herunter, um ihre Brüste zu küssen.

Constantin glitt mit dem Mund an ihrem Körper herab, und als er ihren Bauch erreichte, hätte sie vor Lust schreien mögen. Er quälte sie, und die Qual war unendlich süß. Er schob die Hand unter ihren Slip, Rosie wusste, was gleich kommen würde, und schloss sehnsuchtsvoll die Augen.

Plötzlich, unvermittelt, erstarrte Constantin. Er griff nach ihrem T-Shirt und warf es ihr zu. Rosie begriff gar nichts. Er ging zur Tür, gleichzeitig erklang vom Flur draußen das Geräusch von splitterndem Porzellan und klirrendem Metall.

Erschrocken setzte Rosie sich auf. Weitere Geräusche, die sie ausgeblendet hatten, traten in ihr Bewusstsein. Das Telefon klingelte noch immer, das Fax summte. Sie blinzelte verwirrt. Sie saß fast nackt auf Constantins Schreibtisch. Wie peinlich ...

Constantin schloss leise die Tür. „Eins der Mädchen wollte Kaffee bringen. Dimitris hat sie abgefangen. Er hat sie dermaßen erschreckt, dass sie das Tablett fallen ließ. Ich muss sagen, das Ganze erinnert mich an meine Teenagerzeit“, bekannte Constantin amüsiert.

Rosie würdigte ihn keines Blickes. „Geh weg!“ befahl sie.

„Warum denn?“

Sie schämte sich zu Tode. „Geh raus, bis ich mich angezogen habe!“

„Findest du das nicht reichlich absurd unter diesen Umständen?“

„Verdammt, kannst du nicht einfach mal tun, was ich sage?" Rosies Stimme drohte zu versagen. „Musst du immer herumstreiten?"

Die Tür klappte zu.

Rosie sprang vom Schreibtisch. Sie fand ihren BH und den Rock und kroch auf dem Boden herum, bis sie ihren zweiten Tennisschuh unter einem Stuhl entdeckte. Tränen verschleierten ihre Sicht, doch sie erkannte das geöffnete Fenster und die Chance für einen einigermaßen würdigen Abgang. Sekunden später ließ sie sich außen am Haus hinunter. Bevor sie Constantin wieder gegenübertrat, musste sie mit sich selbst klarkommen.

Während sie über einen Stapel frisch angelieferte Dachziegel kletterte, hörte sie einen Wagen vorfahren. Es war ein hellgelber Jeep. Der Fahrer sprang elastisch heraus. Seine blonde Mähne blitzte in der Sonne. Rosie erstarrte.

„Maurice?" flüsterte sie ungläubig. Dann rief sie: „Maurice!" und flog ihm schluchzend um den Hals.

9. KAPITEL

Maurice schloss Rosie fest in die Arme. Doch als er ihr blasses Gesicht und ihre zerzausten Haare sah, fragte er besorgt: „Was geht hier vor? Du siehst ja schlimm aus."

„Lass uns ein Stück fahren." Rosie stieg auf den Beifahrersitz des Jeeps und meinte ungeduldig: „Was ist, worauf wartest du?"

„Constantin", sagte Maurice und summte die Titelmelodie vom *Weißen Hai.*

„Sehr witzig", gab Rosie zurück, wobei sie nervös umherspähte. Die Vorstellung, Constantin könnte auftauchen und sie aus dem Jeep holen, versetzte sie geradezu in Panik. „Ich glaube, ich habe mich in ihn verliebt."

Nun war es heraus. Ihr schlimmster Albtraum war Realität geworden, und Maurice tat nicht einmal überrascht.

„Wie kommst du überhaupt hierher?" erkundigte sie sich.

Maurice setzte sich hinters Steuer und wendete den Wagen gemächlich. „Ich wollte schon lange mal Urlaub machen. Als du sagtest, du seist auf Mallorca, dachte ich an Sonne und Strand, und hier bin ich."

Maurice fuhr die steile, gewundene Bergstraße so vorsichtig hinunter, als hätte er eben erst den Führerschein gemacht. Rosie drehte sich ständig um vor Furcht, Constantin zu erblicken. Der Mann machte sie völlig fertig, jetzt litt sie sogar schon unter Verfolgungswahn. Gestern Abend hatte er ihr auf den Kopf zugesagt, sie stritte nur mit ihm, um ihn auf Distanz zu halten. Er kannte sie besser als sie sich selbst, und das allein war schon beängstigend genug.

In dem Moment, als sie nicht mehr auf der Klärung ihrer Identität beharrte, als sie sich eine richtige Ehe mit Constantin wünschte, hätte es ihr klar sein müssen: Sie liebte ihn. Aber er wollte nur Sex von ihr. Er war für sie unwiderstehlich, sie für ihn nichts weiter als – ein notwendiges Übel. Wäre nicht dieser unselige Artikel gleich nach der heimlichen Hochzeit gewesen, hätte Constantin sie am nächsten Morgen verlassen, ohne sich noch einmal umzudrehen.

„Bist du gar nicht neugierig wegen des Artikels?" wollte Maurice wissen. „Constantin hat dir sicher erzählt, dass ich die Schuld auf mich genommen habe. Im Grunde war es tatsächlich meine Schuld. Ich hätte meiner Schwester nichts davon sagen sollen."

„Lorna?" Rosie fuhr herum.

„Sie traf sich ein paar Mal im Pub mit diesem Mitch, einem Reporter bei der Lokalzeitung, Lorna war offenbar ziemlich versessen auf ihn", erklärte Maurice grimmig. „Um ihn mit ihrem interessanten Bekanntenkreis zu beeindrucken, prahlte sie mit der Geschichte. Sie hat Mitch sogar das Foto geliehen, das sie mal von dir gemacht hatte."

Rosie erinnerte sich an den Tag, als sie und Maurice das Cottage bezogen. Lorna hatte fotografiert und Rosie Abzüge geschenkt.

„Mitch ging mit dem Knüller zu einer Londoner Boulevardzeitung und wurde nicht mehr gesehen. Ein Glück, dass ich Lorna nur von der Heirat erzählt habe und sonst nichts. Sie glaubt, du hättest Constantin in London kennen gelernt", fuhr Maurice fort. „Wenn sie von Anton und dem Testament gewusst hätte, wäre die Katastrophe perfekt gewesen."

Rosie seufzte. „Du hast dich vor deine Schwester gestellt."

„Na ja, Constantin kann ziemlich aggressiv werden. Er kann sogar aus dem Nichts angeschossen kommen wie eine Rakete", ächzte Maurice, indem er in den Rückspiegel starrte.

Spontan wollte Rosie Constantin verteidigen, doch sie hielt sich zurück. „Wahrscheinlich habe ich mich bloß ein bisschen in ihn verguckt. Das geht vorbei", beteuerte sie. Sie musste ihr Gesicht wahren, die Sache hatte ohnehin keine Zukunft.

„Das hoffe ich für dich. Nur ein Wahnsinniger würde auf so einer gefährlichen Straße so dicht an meiner Stoßstange kleben." Auf Maurices Stirn standen Schweißtropfen.

„Wie bitte ...?" Rosie fuhr herum. Im selben Augenblick raste ein roter Sportwagen an ihnen vorbei, setzte sich vor den Jeep und bremste mit quietschenden Reifen.

In panischem Schrecken ging Maurice ebenfalls voll in die Bremsen. Constantin sprang locker aus dem Sportwagen und kam auf den Jeep zu.

„Er hat früher mal Autorennen gefahren", erklärte Rosie nervös. „Thespina hat ihn davon abgebracht." Danach hat er sich auf Flirts verlegt, fügte sie im Stillen hinzu.

„Er läuft direkt am Abgrund entlang, wo es Hunderte von Metern abwärts geht, ohne hinzusehen", stellte Maurice entsetzt fest.

„Kannst du nicht einfach weiterfahren?" schlug Rosie vor.

„Du bist genauso verrückt wie der!" rief Maurice. „Ich bin doch nicht lebensmüde. Gegen seinen Wagen komme ich nicht an."

Constantin blieb kurz vor dem Jeep stehen, nahm die Sonnenbrille ab und schob sie in die Brusttasche seines eleganten Jacketts. Der Blick, mit dem er Rosie maß, war kalt wie Eis. Sie zitterte. Die stumme Drohung schüchterte sie mehr ein, als es ein Wutausbruch gekonnt hätte.

Maurice blickte ängstlich zwischen den beiden hin und her. „Steig aus, Rosie", bat er leise. „Ich kann nur in meiner eigenen Klasse kämpfen. Außerdem ist Constantin dein Ehemann."

Ungläubig, mit offenem Mund starrte Rosie ihn an.

„Es sei denn, du sagst mir, er schlägt dich." Maurice sah sie fragend an.

Einen Moment lang überlegte Rosie, ob sie einfach lügen sollte.

Doch sie verwarf den Gedanken sofort. „Aber du kannst mich jetzt nicht im Stich lassen, Maurice!"

„Tut mir Leid, da mische ich mich nicht ein." Energisch drückte Maurice auf die Sperre ihres Sicherheitsgurts.

„Sehr klug von Ihnen", bemerkte Constantin. Wie ein Beutejäger pirschte er an der Motorhaube vorbei.

„Wir sehen uns noch", sagte Maurice lakonisch.

Constantin machte sich nicht die Mühe, die Beifahrertür zu öffnen, er hob Rosie kurzerhand aus dem Wagen.

„Lass mich", fauchte sie, rot vor Zorn und Beschämung. „Ich kann allein laufen."

Constantin ignorierte ihren wütenden Protest und trug sie schweigend die Straße entlang, um sie in den Sportwagen zu setzen.

„Wie kannst du es wagen, mich so zu behandeln?" schleuderte Rosie ihm entgegen, als er neben ihr Platz nahm.

„Was hast du erwartet? Soll ich vielleicht applaudieren, wenn du dich dermaßen blamierst?"

„Was soll das heißen?"

„Ich kann verstehen, dass Maurice ein schlechtes Gewissen hatte und nach dir sehen wollte. Aber er will sich auf keinen Fall mit mir anlegen. Du hast sicher die Wahrheit gesagt, er war wirklich nicht dein Liebhaber. Und das lag garantiert nicht an dir, stimmt's?" Constantin warf ihr einen verächtlichen Blick zu. „Für mich liegt es auf der Hand, dass du nur in Kameradschaft machst, weil er nichts weiter von dir wissen wollte."

„So ein Unsinn", begehrte Rosie hitzig auf.

„Und dann hast du dich auf Anton geworfen, um dir zu beweisen, dass du Männer herumkriegen kannst. Oder war die Affäre mit Anton ein letzter Versuch, Maurice eifersüchtig zu machen?"

„Das ist ja lächerlich. Ich bin nicht in Maurice verliebt!"

„Du warst sicherlich auch nicht in Anton verliebt. Er war für dich eine Vaterfigur", stellte Constantin sarkastisch fest.

Rosies Zorn verrauchte, sie empfand nur noch Schmerz. „Das war er auch."

„Und schon bei seiner Bestattungsfeier hast du nach einem anderen Ausschau gehalten!"

Sie dachte daran, wie stark Constantin an jenem Tag auf sie gewirkt hatte, und wurde rot.

„Ist dir denn gar nichts heilig?"

Der Sportwagen hielt im Hof des Anwesens. Constantin stellte den Motor ab und sah Rosie eindringlich an. Seine dunklen Augen wirkten hart wie Stein. „Du wolltest es noch einmal bei Maurice versuchen. Er war dein Rettungsanker, aber ich glaube, du bist groß genug, um ohne ihn auszukommen. Erzähl mir nichts, *paidi mou*, jetzt willst du nur noch mich ..."

Jetzt und immer, bestätigte sie innerlich voll Trauer. Ihre Liebe machte sie verletzlich. Ihre Träume waren so maßlos, so unerfüllbar.

Constantin streckte die Hand aus und ergriff sanft eine Strähne ihrer roten Locken. Mit der anderen Hand hob er Rosies Kinn und sah ihr in die Augen. „Und ich will dich", setzte er klar und deutlich hinzu. „Wo ist also das Problem? Zwischen uns herrschen absolut klare Verhältnisse."

Unwillkürlich atmete Rosie den Duft seines Körpers ein, ihre Nasenflügel bebten. „Du lässt dich nur von deinen Hormonen beeinflussen", sagte sie leise.

„Wenn du in der Nähe bist, kann ich keinen klaren Gedanken fassen", gab Constantin offen zu. Er schien in ihren Worten keinen Vorwurf zu sehen.

Rosie versuchte, ihre Erregung zu ignorieren. Sie löste seine Hand von ihrem Haar und wich zurück. „Ich weiß, man bekommt im Leben nicht alles, was man möchte, aber sexuelle Anziehung ist mir zu wenig für eine Beziehung."

„Soll dies eine Preisverhandlung sein?"

„Gefühle haben keinen Preis."

Constantin sah sie kühl abschätzend an. „Bist du sicher? Ich habe bereits meine Freiheit aufgegeben, und das ist für mich ein sehr hoher Preis."

Doch Rosie ließ sich von seinem eisigen Ton nicht einschüchtern. Sie hob das Kinn. „Von mir aus hättest du sie behalten können. Du hast mich wegen Antons letztem Willen geheiratet, und wir sind nur zusammengeblieben, weil es in die Zeitung kam. Was meinst du, wie ich mich dabei fühle? Wie ein Betthäschen, das dir zufällig über den

Weg gelaufen ist." Angesichts seiner Ungerührtheit wurde ihre Stimme lauter. „Nimm es mir ab oder nicht, aber dafür bin ich mir wirklich zu schade."

Constantin schwieg eine Weile. „Dann gibt es wohl nichts mehr zu diskutieren", sagte er ruhig.

Verwirrt runzelte Rosie die Stirn. „Aber ..."

Constantin zog eine Augenbraue hoch. „Du willst keine rein körperliche Beziehung, und ich will nur das."

Rosie wurde blass. Die kaltblütige Aussage gab ihr einen Stich. Noch nie hatte etwas so wehgetan. Wie in Trance stieg sie aus dem Sportwagen.

Wie hatte sie sich so weit hinreißen lassen können, Constantin das alles zu sagen? Hysterisch wie ein Teenager hatte sie vor ihm ihre Ängste und Unsicherheiten ausgebreitet in der Hoffnung, er würde es ihr ausreden. Und Constantin hatte sie abgewiesen.

„Aber", setzte Constantin sanft hinzu und betrachtete ihren verspannten Rücken, „natürlich könntest du versuchen, meine Einstellung zu ändern, *paidi mou*."

Rosie zitterte. Diese Erniedrigung! Im selben Moment entdeckte sie, dass sie ebenso heftig hassen konnte, wie sie zu lieben fähig war.

„Und wenn ich dir einen Tipp geben darf", fuhr er leise fort, „das wird dir nicht gelingen, indem du mit deinem Ex Ausflüge in die Berge machst."

Langsam drehte Rosie sich um und sah ihm gerade in die Augen. „Vergiss es", erklärte sie bebend, aber mit Würde. „Ich will mit dir nichts mehr zu tun haben."

Damit ging sie ins Haus, den Kopf hoch erhoben, den Rücken aufrecht. Vielleicht war es ganz gut, dass ich so naiv und offenherzig war, sagte sie sich. So weiß ich wenigstens endgültig Bescheid.

Allerdings hätte sie auf dieses Wissen gern verzichtet.

„Aber das wäre doch nicht nötig gewesen", schalt Rosie sanft, als sie Carmina mit einem Glas frisch gepresster Limonade erblickte. „Ich hätte mir selbst etwas holen können."

„Du kommst ja nie ins Haus", gab die alte Frau vorwurfsvoll zurück. „Immer erst, wenn es dunkel wird."

Rosie richtete sich auf und streckte den schmerzenden Rücken. Sie rieb die Hände an den fleckigen Shorts ab und griff dankbar nach dem Glas. „Der Garten sieht schon richtig gut aus, findest du nicht?“

Carmina ließ sich auf den Steinstufen nieder, die Rosie am Tag zuvor freigelegt hatte. Ihr faltiges Gesicht wirkte bedrückt, während sie die gestutzten Büsche und die vom Unkraut befreiten Rosenstöcke betrachtete. Sie seufzte. „Deine Ehe dagegen sieht nicht so gut aus.“

Rosie trank einen großen Schluck Limonade. Das kühle Getränk tat gut, es stach ein bisschen in der Kehle. „Carmina ...“

„Das hat sich dein Vater sicher nicht gewünscht“, fuhr Carmina beharrlich fort. „Du und Constantin ... eure Heirat war sein großer Traum.“

„Träume gehen eben nicht immer in Erfüllung.“ In diesem Fall war Antons Traum sogar zum Albtraum geworden.

Die letzten drei Tage waren eine Qual gewesen. Nach Constantins harscher Zurückweisung weiter mit ihm unter einem Dach leben zu müssen, so zu tun, als wäre nichts passiert, ging fast über Rosies Kräfte. Sie hielt es nicht aus, im selben Raum mit ihm zu sein, ihn anzusehen, anzusprechen. Das einzige Mittel gegen die anstürmenden Gefühle war harte körperliche Arbeit. Abends war sie so zerschlagen, dass sie eigentlich hätte schlafen müssen wie ein Stein. Doch leider war das Gegenteil der Fall.

Sie warf sich unruhig im Bett herum, bis sie eindöste, um kurz darauf schweißgebadet hochzufahren, weil sie wieder von Constatin geträumt hatte. Die wilden Fantasien von den erotischsten Dingen an den unerhörtesten Orten erschöpften Rosie noch mehr als die Gartenarbeit. Und sie führten dazu, dass Rosie Constantin überhaupt nicht mehr in die Augen sehen konnte.

„Er weiß nicht, dass du Antons Tochter bist“, meinte Carmina anklagend. „Solche Geheimnisse darf eine Frau vor ihrem Mann nicht haben.“

„Ich weiß, was ich tue, Carmina.“

„Wie kannst du das sagen? Auf Son Fontanal herrscht kein Frieden. Wir schleichen alle durchs Haus, kein Lachen, kein Scherz. Der

Koch sagt, wenn das Essen weiterhin unberührt zurückkommt, kündigt er."

„Constantin ist momentan schlecht aufgelegt."

„Kein Wunder, wenn seine Frau den ganzen Tag im Garten steckt. Denk doch auch mal an ihn."

Als wenn sie das nicht täte. „Er hat sich mein Verhalten selbst zuzuschreiben."

Carmina schüttelte den Kopf und stand auf. „Du bist genauso dickköpfig wie er."

Mit frischer Energie machte sich Rosie über das Unkraut her. Könnte Anton sie jetzt sehen, würde er ihr Verhalten ebenfalls missbilligen. Aber sie brachte es einfach nicht fertig, Constantin zu umgarnen und ihn auf diese Weise zu halten. Er hatte zugegeben, dass sein Interesse rein sexueller Natur war. Was sollte es in dieser Situation bringen, ihm zu beweisen, dass sie Antons Tochter war?

„Warum hast du die Gärtner weggeschickt, die ich engagiert hatte?"

Erschrocken drehte Rosie sich auf dem Knie herum. Constantins langer Schatten fiel auf sie. Sie betrachtete seine handgefertigten italienischen Slipper. „Ich möchte das lieber selbst machen."

„Aber das Grundstück ist riesig."

„Und ich habe viel Zeit." Trotz allem konnte sie es nicht lassen, ihren Blick zu seinen perfekt sitzenden grauen Hosen und den schlanken, muskulösen Schenkeln zu heben. Ihr Magen zog sich zusammen.

„Nie hast du Lust, mit mir essen zu gehen oder irgendetwas zu unternehmen", schnaubte er.

In ihren Träumen hatte sie sogar zu ganz anderen Sachen Lust. Sie sah seine schmalen Hüften, den flachen Bauch, sie verschlang ihn geradezu mit Blicken. Schnell sah sie zu Boden. „Das wäre reine Zeitverschwendung."

„Du bist bockig wie ein Kleinkind!"

„Keineswegs. Ich finde nur, wir haben uns nichts mehr zu sagen."

„Himmel, steh wenigstens auf, wenn ich mit dir rede", fuhr Constantin sie an. Unvermittelt beugte er sich herunter und zog sie an der Hand hoch.

Rosie schüttelte ihn ab und trat zurück. Ehe sie sich versah, hatte sein zwingender Blick sie gefangen. Es war noch schlimmer, als sie gefürchtet hatte. Ihr Atem stockte, sie schien den Boden unter den Füßen zu verlieren – und jede Kontrolle über ihren Körper.

Sie zitterte, ihre Muskeln verspannten sich. Das Begehren überkam sie wie eine Woge, Vernunft oder Stolz existierten nicht mehr. Rosie wünschte nichts sehnlicher, als Constantin zu berühren, aber sie ballte die Hände, bis sich ihre Fingernägel schmerzhaft in die Innenflächen ihrer Hände gruben. Die Spannung zwischen ihnen war zum Greifen real.

„Was ich dir neulich sagte ...“, begann Constantin. Sein sinnlicher Mund zuckte. Er setzte erneut an. „Könntest du dir vorstellen, dass ich einfach nicht bereit war, über unsere Beziehung zu sprechen?“

Nur zu gern wollte Rosie sich das vorstellen, sie sehnte sich geradezu verzweifelt danach, ihm glauben zu können. Aber Constantin hatte zu lange gebraucht, um sich diese Erklärung zurechtzulegen. Rosie verachtete sich dafür, überhaupt hingehört zu haben. „Ich brauche eine Dusche.“ Damit wollte sie ihn stehen lassen.

Constantin hielt sie am Arm fest. „Mehr hast du mir nicht zu sagen?“

Rosies grüne Augen blitzten. „Du hast dich verrechnet, Constantin. Du bist es gewohnt, Frauen nach deiner Pfeife tanzen zu lassen, aber bei mir funktioniert das nicht.“

„Was soll das heißen?“

Rosie lachte bitter auf. „Du dachtest vielleicht, Ehrlichkeit führt bei mir eher zum Ziel. Du hast dir sogar eingebildet, ich würde mich dann umso mehr anstrengen, dir zu gefallen.“ Ihre Stimme versagte vor Schmerz und Empörung.

Einen Moment lang starrte Constantin sie schweigend an. „Das ist nicht wahr.“

„Oh doch. Du bist ein arroganter Egoist und kümmerst dich nicht im Geringsten um die Gefühle anderer“, erwiderte Rosie mit Anstrengung. „Aber mir ist es egal, wie reich oder prominent du bist. Einem Mann, der mich so behandelt, würde ich nicht mal den kleinen Finger reichen.“

„Wirklich?“ Ohne Umschweife nahm Constantin sie in die Arme

und presste sie an sich. „Du wirst mir noch viel mehr geben, wenn ich es darauf anlege, *paidi mou*."

Seine Lippen waren heiß und hart, ihre Knie wurden weich. Er stieß die Zunge in ihren Mund, so erotisierend, dass Rosie aufstöhnte. Ihre aufgestaute Sehnsucht brach sich Bahn, sie klammerte sich an Constantin wie eine Ertrinkende.

Plötzlich ließ er sie los. Rosie schwankte. Ihre grünen Augen waren vor Schreck geweitet. Die körperliche Trennung wirkte wie ein scharfer Schnitt, aber sie riss sich zusammen.

Voll Scham nahm sie die schwarzen Fingerabdrücke auf Constantins weißem Seidenhemd wahr. Die verräterischen Spuren zogen sich von seiner Taille hinauf über die ganze Breite seiner Brust. An den Schultern zeigte sich besonders deutlich, wie fest Rosie zugegriffen hatte. Jeder, der Augen im Kopf hatte, konnte sehen, was hier vorgefallen war.

„Du musst dein Hemd wechseln", murmelte sie.

„Ich werde es stolz aller Welt vorführen", erklärte Constantin und lächelte. „Du hast kaum einen Zentimeter von mir ausgelassen."

„Bitte, zieh dich um", sagte sie noch einmal, während sie an ihm vorbei zum Haus eilte. „Ich gehe duschen."

„Wir sehen uns oben", gab Constantin friedfertig zurück.

Rosie wusste, was das bedeutete. Der größte Teil seiner Garderobe befand sich in einem Schrank in ihrem Zimmer, obwohl er in einem anderen Raum schlief. Ihr schwirrte der Kopf. Ein einziger Kuss, und sie war hin und weg. Constantin hätte in dem Augenblick alles mit ihr machen können! Kein Wunder, dass er triumphierte. Sie war Wachs in seinen Händen, und er wusste es genau.

Im Hof stand ein Taxi. Als Rosie die Halle betrat, führte ein Hausmädchen einen grauhaarigen Mann mit Aktentasche ins Wohnzimmer. Der Mann blieb abrupt stehen und warf Rosie einen fast erschrockenen Blick zu. Aber er hatte sich sofort in der Gewalt und neigte höflich den Kopf, bevor er weiterging.

Neugierig fragte Rosie Dimitris, der an der Treppe stand. „Wer war das?"

„Theodopoulos Stephanos, Mr. Voulos' Rechtsanwalt."

Kein Wunder, dass der Mann verblüfft war über ihren Anblick in den schmutzigen Sachen. Vermutlich hatte er sich Constantins Frau anders vorgestellt.

Im Bad zog Rosie sich aus. Eine Weile stand sie einfach da und kam sich unsäglich erbärmlich vor. Was für eine lächerliche Rolle sie doch in Constantins Leben spielte. Sie war weder seine Frau noch seine öffentliche „Begleiterin". Hör auf, dich zu bemitleiden, warnte die Stimme der Vernunft. Sie trat unter die Dusche. Vielleicht hatte Constantin die Wahrheit gesagt und war wirklich noch nicht bereit, über eine echte Beziehung zu reden. Vielleicht machte sie sich das Leben unnötig schwer. Nein, nein. Es fehlte gerade noch, dass sie Constantins Verhalten auch noch entschuldigte!

Achtlos wickelte sie sich in eins der flauschigen Handtücher und ging ins Zimmer zurück – und erstarrte. Auf ihrem Bett lag Constantin, völlig gelassen, seine gebräunte Haut stach von den hellen Laken ab. Ein überlegenes, amüsiertes Lächeln spielte um seine Lippen.

„Was willst du hier?"

„Meine Güte." Constantin warf ihr einen trägen Blick zu, der unheimlich sexy war. Rosies Puls setzte einen Schlag aus. „Muss ich das wirklich noch erklären?"

„Nein, ich glaube nicht." Rosie ging zur Tür und wollte sie aufreißen, um ihn aufzufordern zu gehen.

„Ich habe abgeschlossen."

Rosie fuhr herum. Constantin hielt einen großen, verzierten Schlüssel in der Hand. „Wir wollen doch nicht wieder das Personal erschrecken."

„Gib den Schlüssel her!" fauchte Rosie.

„Hol ihn dir."

Sie zögerte.

Constantin lächelte diebisch, seine weißen Zähne blitzten. „Habe ich dir nicht gesagt, du musst dich bei mir vorsehen?"

Das war zu viel. Rosie hechtete aufs Bett und schnappte nach dem Schlüssel. Constantin warf ihn quer durch den Raum und umschlang ihre schmale Taille. „Ich wusste, dass ich dich damit ködern würde."

Wie gefesselt lag Rosie auf ihm. Sie warf den Kopf in den Nacken, dass ihre roten Haare flogen. „Lass mich sofort los!"

„Ich kann nun mal nicht gegen meine Natur. Und ich möchte meinen, du auch nicht." Durch seine dichten Wimpern hindurch sah Constantin sie herausfordernd an. „Zehn Stunden am Tag setzt du deine Gartenhacke gegen mich ein wie eine Machete. Ich muss gestehen, das hat mir noch keine Frau zugemutet, *paidi mou*."

„Ich kann dich nicht ausstehen, du Ekel!" rief sie aufgebracht. Sie spürte seine Wärme durch das Handtuch hindurch. Und die erotische Erregung, die damit einherging.

„Weil du gewisse Dinge nicht wahrhaben willst", stellte Constantin fest. „Ich bin irrsinnig erregt, wenn ich dich in deinen winzigen Shorts im Garten beobachte. Du hast den süßesten, aufregendsten herzförmigsten Po ... Und wenn du dein T-Shirt vor Hitze schüttelst, tanzen deine herrlichen kleinen Brüste, so dass man unter der dünnen Baumwolle deine aufgerichteten ..."

„Hör auf!" Entsetzt erkannte Rosie, dass Constantin sie die ganze Zeit beobachtet hatte.

„Du wirst ja rot wie ein junges Mädchen. Weißt du eigentlich, wie sehr mich das erregt?" Seine Stimme war rau. Er zerrte an ihrem Badetuch.

Vor Überraschung reagierte Rosie etwas zu spät. Im Nu lag sie nackt auf dem Rücken, Constantins Blicken preisgegeben.

„Ah, du riechst gut nach Seife. Aber auch wenn du schmutzig und verschwitzt bist, erregt mich dein Duft. Ich möchte dich spüren, schmecken", flüsterte er. Mit seinem schmalen, behaarten Bein teilte er ihre Schenkel und schob sich über sie.

Augenblicklich breitete sich Hitze in Rosies Körper aus. „Dein Anwalt wartet unten auf dich", lenkte sie halbherzig ab.

„Theos ist schon wieder gegangen." Nachdenklich runzelte Constantin die Stirn. „Komisch, dass er den weiten Weg gemacht hat, nur um ein paar Papiere abzuliefern, und dann nicht einmal zum Essen blieb." Er sah in Rosies Augen. „Aber sehr taktvoll."

Sie konnte ihren Blick nicht abwenden. Ihr Herz raste, ihre Brüste fühlten sich heiß und empfindlich an, die Spitzen schienen auf

Constantins Küsse zu warten. Zwischen den Schenkeln spürte sie ein heftiges Pulsieren.

„Wir brauchen keine Leute um uns herum, *paidi mou*, und ich bin viel zu abgelenkt, um arbeiten zu können. Sag doch etwas", bat er.

Rosies Mund war so trocken, dass sie nur erregt hervorstoßen konnte: „Bitte ..."

Triumph lag in Constantins Blick. Langsam strich er über ihre Brüste. Als er mit den Daumenkuppen die rosigen Spitzen reizte, stöhnte Rosie und bäumte sich ihm entgegen. Mit einem leidenschaftlichen Kuss drückte er sie zurück aufs Laken. Sie erwiderte den Kuss mit ihrer ganzen aufgestauten Wildheit. Mit beiden Händen glitt sie über seine sonnengebräunte Haut, über die harten Muskeln. Wieder stöhnte sie auf.

„Du hast es immer so eilig", stellte Constantin fest.

Rosie wand sich vor Begehren, alle rationalen Überlegungen waren vergessen. Sie grub die Hände in sein dichtes dunkles Haar und spreizte auffordernd die Beine.

Constantin gab einen kehligen Laut von sich und hob ihre Hüften an. Plötzlich zögerte er. „Ich möchte dir nicht wieder wehtun."

„Komm endlich", flehte sie frustriert. „In meinen Fantasien hältst du mich nie solange hin!"

Verblüfft sah Constantin auf. Oh nein, hatte sie das wirklich gesagt?

„Was tue ich denn in deinen Fantasien?" wollte er wissen.

„Alles, was ich will", flüsterte Rosie.

Constantin lachte leise. Sie spürte seine Erregung zwischen den Schenkeln, sanft drückte er gegen ihre feuchte, heiße, erwartungsvolle Mitte.

Rosie war schon so weit weg, dass sie nicht mehr sprechen konnte. Um nichts in der Welt hätte sie jetzt ihre Träume erzählen können. Constantin drang langsam in sie ein, sie grub die Fingernägel in seinen Rücken. Ja, er hielt sie hin, aber es war die pure Seligkeit.

„Mach die Augen auf", bat Constantin.

Rosie sah in seine Augen und war verloren. Atemlos, mit allen Sinnen verfolgte sie, was Constantin mit ihr machte. Er war zärtlich und wild, sanft und hart. Sie klammerte sich an ihn, keuchend vor Lust. Die Zeit stand still, der Augenblick schien endlos, bis die Erlösung kam und Rosie zutiefst befriedigt zusammensank.

Noch lange danach hielt er sie in den Armen. Rosie drückte die Lippen an seine Schulter und sog den Duft seiner feuchten Haut ein. Auf einmal fühlte sie sich entspannt und zufrieden wie nie.

Constantin befreite sie von seinem Gewicht. Sacht schob er ihre Locken beiseite. „Ich finde dich ja kaum wieder unter dem ganzen Haar", sagte er leise.

Er betrachtete ihre gelösten Züge. Ganz leicht fuhr er mit den Fingerspitzen über ihr Kinn, sie drehte den Kopf und schmiegte ihre Wange in seine Handfläche. Mit dem Daumen strich er über ihre volle, gerötete Unterlippe.

„Ich muss dich einfach immer wieder berühren." Er lächelte. „Und ich will dich schon wieder", bekannte er.

Als er sie erneut in die Arme nahm, überkam sie ein Glücksgefühl, wie sie es nie gekannt hatte.

10. KAPITEL

Das Knallen einer Tür weckte Rosie abrupt. Sie fuhr hoch und erkannte am Fußende des Bettes Constantin. Sein Oberkörper war nackt, er trug nur eine ausgeblichene, tief auf den Hüften sitzende Jeans.

Rosie lächelte verträumt. Er sah hinreißend aus, sie verzieh ihm, dass er sie rücksichtslos aus dem ersten ruhigen Schlaf seit Tagen gerissen hatte.

Doch Constantins Blick verhieß nichts Gutes. Rosies Lächeln erstarb, ihr Körper verspannte sich. „Stimmt etwas nicht?" flüsterte sie.

„Ich war unten, um mir etwas zu essen zu holen. Dabei dachte ich an die Papiere, die anscheinend so wichtig waren, dass Theos extra herübergeflogen war. Und warum er nicht mit mir darüber gesprochen hat."

Rosies Blick fiel auf den dicken braunen Umschlag, den er in der Hand hielt.

„Jetzt verstehe ich. Es war ihm peinlich", fuhr Constantin mit tödlicher Ruhe fort. „Ich gab ihm die Vollmacht, Antons privaten Tresor zu öffnen."

Constantin warf ein Foto aufs Bett. Mit zitternden Händen nahm Rosie es auf. Es zeigte sie als Krabbelkind.

Constantins Züge waren hart, sein Blick verächtlich. „Du wolltest deine Rache, nicht? Du hast es bis zum bitteren Ende durchgestanden, um mir die Wahrheit ins Gesicht zu schleudern!"

Rache? Rosie sprang aus dem Bett und ging spontan auf Constantin zu.

„Bleib, wo du bist. Dein verführerischer Körper ist das Letzte, wonach mir jetzt der Sinn steht", stieß er höhnisch hervor.

Rosie merkte plötzlich, dass sie nackt war. Hastig nahm sie das Handtuch, das auf dem Bettvorleger lag, und schlang es um sich. „Woher hast du das Foto?"

Constantin zog eine ganze Hand voll weiterer Bilder aus dem Kuvert und warf sie aufs Bett. „Rosie von der Geburt bis zum Alter von neun Jahren. Kein glückliches Kind, diesen Fotos nach zu urteilen. Du bist meistens verheult und hast blaue Flecken." Seine Stimme schwankte, er presste die Lippen zusammen. „Diese Bilder müssen Anton ziemlich mitgenommen haben. Himmel, muss deine Mutter verbittert gewesen sein!"

„Wahrscheinlich." Rosie atmete schwer. „Ich habe versucht, dir die Wahrheit zu sagen ..."

„Und diese Bitternis hat deine Mutter an dich weitergegeben", fuhr Constantin fort, als hätte er sie gar nicht gehört.

„Was redest du da?"

„Ich rede davon, dass du vorhattest, dich erst dann als Antons Kind zu offenbaren, wenn Thespina dabei ist. Du wolltest den Moment des Triumphes voll auskosten, habe ich recht?"

Rosie wurde blass. „Das hätte ich niemals getan! Niemals!"

Constantin machte einen Schritt auf sie zu und umfasste ihre Arme. „Du hast mit der Enthüllung warten wollen, bis du den größtmöglichen Schaden anrichten konntest. An jenem Tag in London warst du nur zu überrascht, als Thespina so plötzlich auftauchte. Aber mir hast du gesagt, wer du bist, wie einen schlechten Scherz hast du es behauptet und es nie wieder erwähnt. Okay, ich habe dir vielleicht nicht zugehört, aber du hast auch nicht versucht, mich wirklich zu überzeugen. Wie sollte ich dir also glauben?"

„Das sage ich ja die ganze Zeit", verteidigte sich Rosie bitter. „Es gibt keinen Beweis dafür, dass Anton mein Vater war!"

„Oh doch, den gibt es, und du wusstest davon! Es war dir sogar egal, dass diese Akte vielleicht Thespina in die Hände hätte fallen können." Voller Abscheu stieß er sie von sich.

Rosie schüttelte verwirrt den Kopf. „Anton hat niemals eine Akte erwähnt. Was steht drin?"

„Deine Lebensgeschichte von der Geburt an. Offenbar wusste er alles über dich, bevor er Kontakt zu dir aufnahm."

Die Nachricht erschütterte Rosie zutiefst. Sie hatte ihrem Vater absichtlich die vielen traurigen Seiten ihres Lebens verschwiegen, um ihm kein schlechtes Gewissen zu machen. Und jetzt musste sie erfahren, dass er die ganze Zeit gewusst hatte, wie schwer ihre Kindheit gewesen war.

„Wie haben Anton und deine Mutter sich kennen gelernt?" unterbrach Constatin ihre Gedanken.

Rosies Knie zitterten, sie musste sich aufs Bett setzen. „Seine Sekretärin war krank. Meine Mutter wurde als Aushilfe von einer Zeitarbeitsfirma vermittelt. Ihre Affäre dauerte nur ein paar Wochen, bevor er Schluss machte ..."

„Weil meine Eltern starben und Anton und Thespina mein gesetzlicher Vormund wurden. Bestimmt hast du oft gedacht, wie anders dein Leben verlaufen wäre, wäre das nicht passiert."

Noch nie hatte Rosie so etwas gedacht, bis jetzt, wo Constantin ihr den Zusammenhang erklärt hatte. Sie war zufällig gezeugt worden, als Antons Ehe bereits kurz vor ihrem Ende stand. Und gerade da bescherte ein tragischer Unfall Anton und Thespina das sehnlichst gewünschte Kind in Form des neunjährigen Constantin. Die Liebe und gemeinsame Verantwortung für den Jungen hatten ihre Ehe wieder gekittet.

„Aber Anton hatte keine Ahnung, dass meine Mutter schwanger war. Und als er es endlich erfuhr, war es zu spät, um zu helfen."

Constantins Augen sprühten vor Wut. „Das stimmt nicht. Er erhielt ein Foto und zwei kurze, kühle Zeilen mit dem Inhalt, dass er Vater einer Tochter sei, die er niemals kennen lernen würde, da deine Mutter einen anderen Mann heiraten würde. Als dann die Fotos ausblieben, wird er es wohl nicht mehr ausgehalten und nach dir gesucht haben." Er knirschte mit den Zähnen. „Wie sehr musst du mich und Thespina hassen, weil wir es besser hatten als du und deine Mutter!"

„Ich hasse niemanden. Anton liebte meine Mutter nicht, das wusste sie", erklärte Rosie ruhig. „Er hätte sich nie von Thespina scheiden lassen. Deshalb hat sie ihm auch keine Chance gegeben, mich zu finden."

„Du hast mir auch keine Chance gegeben", warf Constantin bitter ein. „Du hast mich die ganze Zeit glauben lassen, du wärst Antons Geliebte gewesen. Dabei wusstest du genau, wie mich das fertig machte."

„Ich habe dir tausendmal das Gegenteil versichert!"

„Aber das war doch völlig unglaubwürdig!" Constantin war ehrlich aufgebracht. „Und ich habe Anton Unrecht getan, als ich die Verantwortung für seine Tochter ablehnen wollte. Ich habe sein Vertrauen enttäuscht."

„Nein, es war unmöglich von ihm, das Erbe von einer Ehe mit mir abhängig zu machen." Rosie sah ihn beschwörend an. „Es war fürsorglich gemeint, trotzdem war es eine vollkommen verrückte Idee."

„Ich werde den Estradas nie vergelten können, was sie für mich getan haben." Blass und erregt ging Constantin zum Fenster und schob die Gardine zurück. Draußen schien hell der Mond.

Rosie sah, wie verspannt Constantins Schultern waren, und es rührte sie. Er hatte ihr Schweigen für Bosheit und Rachdurst gehalten. „Es tut mir Leid, vielleicht hätte ich das Ganze längst klarstellen sollen. Aber du wolltest ja nicht hören", rechtfertigte sie sich.

Constantin wandte sich abrupt um und kam auf sie zu. Er nahm sie bei den Schultern und sah sie durchdringend an. „Du warst noch Jungfrau, aber du wärst lieber gestorben, als mir gegenüber zuzugeben, dass du nichts mit Anton hattest. Du hast mich ins Messer laufen lassen. Du bist kalt und berechnend, und ich war ein ausgemachter Narr, das nicht zu merken!"

Die Tür schlug hinter ihm zu. Rosie stand da, und die Tränen liefen ihr übers Gesicht. Eben noch war sie in seinen Armen eingeschlafen. Sie war glücklich gewesen. Wie albern. Constantin war fantastisch im Bett und konnte einer Frau das Gefühl geben, sie sei etwas Besonderes. Und das war alles. Das hieß keineswegs, dass er in sie verliebt war oder diese Ehe auf eine konkrete Basis stellen wollte.

Und nun verabscheute er sie. Es war ihr nie in den Sinn gekommen, dass der Beweis für Antons Vaterschaft eine so niederschmetternde Wirkung auf ihn haben könnte. Sie hatte gedacht, er würde sich anschließend sogar bei ihr entschuldigen.

Constantin schuldbewusst, demütig, beschämt? Das passte nicht zu ihm. Trotzdem, hatte sie sich nicht insgeheim auf den Moment gefreut, in dem er sie um Verzeihung bitten musste? Doch dabei hatte sie Constantins Charakter nicht beachtet. In ihrem verletzten Stolz und ihrer Verunsicherung war sie egoistisch und unsensibel gewesen. Er dagegen war stets offen und ehrlich mit ihr umgegangen. Jawohl, ihr Schweigen war hinterhältig, und sie konnte es Constantin wirklich nicht verübeln, dass er ihr hässliche Motive unterstellte.

Lange ging Rosie im Zimmer auf und ab. Das schlechte Gewissen ließ ihr keine Ruhe. Irgendwann stellte sie fest, dass es drei Uhr morgens war. Ob Constantin schlief?

In ihrem dünnen Baumwollnachthemd schlich sie über den Flur und öffnete seine Tür. Der Mond schien auf das unberührte Bett. Im Erdgeschoss bemerkte sie einen schmalen Lichtstreif unter der Wohnzimmertür. Sie zögerte. Was wollte sie ihm überhaupt in dieser Situation sagen? Dass sie unsäglich in ihn verliebt war?

Momentan hasste Constantin sie. Und selbst wenn er seine Abneigung überwand, würde er bei einem Liebesgeständnis schleunigst das Weite suchen. Ein Mann, der nie geliebt hatte, der keine Gefühlsbindung eingehen wollte, konnte vor einer verliebten Frau nur weglaufen.

Rosie hob das Kinn und öffnete die Tür. Eine einzige Lampe brannte, es war schummerig im Raum. Constantin lag auf dem Sofa.

Er murmelte etwas auf Griechisch, Rosie schlich näher. Mühsam hob er die dichten Wimpern, er schien sie kaum zu erkennen.

„Constantin?"

Er blinzelte, zog langsam die Augenbrauen zusammen und antwortete in seiner Muttersprache. Sein Haar war durcheinander, auf dem Kinn zeigten sich dunkle Bartstoppeln. Und sein Blick war von solcher Trostlosigkeit, dass es Rosie durch und durch ging. Sie kniete neben dem Sofa hin und nahm seine Hand. „Es tut mir so Leid ..."

Im Hintergrund des Zimmers bewegte sich etwas, Rosie schrak zusammen. Dimitris stand von einem Stuhl hinter der Tür auf. „Ich kümmere mich schon um ihn, Mrs. Voulos."

„Ist er krank?" Erst jetzt nahm sie den Alkoholgeruch wahr. Auf dem Teppich lagen eine Whiskyflasche und ein leeres Glas. „Ist er ... ich meine ..."

„Er hat etwas zu viel getrunken. Gehen Sie ruhig wieder schlafen", erklärte Dimitris ausdruckslos. „Ich bleibe bei ihm."

„Kommt das öfter vor?" fragte Rosie besorgt. Sie legte die Hand besitzergreifend auf Constantins Hüfte.

„Ich habe ihn noch nie so erlebt." In der Art, wie der Leibwächter sich schützend über den Kopf seines Chefs beugte, als wäre Rosie eine Bedrohung, zeigte sich deutlich seine Ablehnung.

Doch sie ließ sich nicht so einfach wegschicken. „Wovon spricht er?" wollte sie wissen, als Constantin wieder zu murmeln begann.

„Hasen", erwiderte Dimitris kurz angebunden.

„Hasen?" wiederholte Rosie ungläubig.

„Ich bringe ihn jetzt ins Bett." Dimitris wollte Rosie beiseiteschieben.

„Ich helfe Ihnen."

„Danke, aber das ist nicht nötig."

Gegen diese unverhohlene Feindseligkeit kam sie nicht an. Sie gab nach. Zudem wäre es Constantin sicher nicht recht, dass sie ihn in diesem Zustand sah.

Als Rosie im Bett lag, dämmerte es bereits. Sie versuchte zu verstehen, was Constantin so erschüttert hatte, dass er sich dermaßen betrank. Hatte sie nicht Antons Vertrauen ebenso enttäuscht? Auch sie hatte der Hochzeit nur unter Druck zugestimmt.

Constantin hatte ja nicht versucht, sie um ihr Erbe zu bringen oder dergleichen. Anton war durch den Kauf von Son Fontanal in finanzielle Schwierigkeiten geraten, aus denen Constantin ihm herausgeholfen hatte. Außerdem würde die Renovierung des alten Anwesens ein Vermögen verschlingen. Doch alles das erwähnte Constantin mit keinem Wort. Antons Erbe zu sein, hatte sich als ziemlich undankbare Aufgabe entpuppt, doch Constantin hatte sich mit keinem Wort beschwert, im Gegenteil.

Warum also hatte er zum Alkohol gegriffen? Aus schlechtem Gewissen, dass er Antons Tochter nicht mit mehr Höflichkeit und Respekt begegnet war? Oder bei dem niederschmetternden Gedanken daran, dass er, wenn er den letzten Willen seines Vormunds erfüllte, sein Leben lang an Rosie gekettet sein würde?

Rosie stand auf. Sie zog Jeans und ein frisches T-Shirt an und bürstete sich das Haar. Ihr gemietetes Motorrad stand unter der Treppe im Hof, sie hatte es seit ihrer Ankunft nicht mehr benutzt. Vielleicht würde eine kleine Tour durch die Berge ihren Kopf wieder klar machen.

Es war noch früh am Morgen, als Rosie unter duftenden Pinien Halt machte und den mitgebrachten Snack aß. Die Dosenlimonade und das Sandwich mit Schinken und Tomaten stillten ihren Appetit, aber das leere Gefühl im Innern blieb. Krampfhaft redete sie sich ein, dass das Leben auch ohne Constantin lebenswert war. Was hatten sie überhaupt gemeinsam?

Er war ein dominierender, arroganter, arbeitswütiger Geschäftsmann. Er war reich und gebildet, er kam aus gutem Haus. Er sah viel besser aus als sie. Die Frauen liefen ihm nach, und Rosie war nicht der Typ für solche Wettrennen. Sie hatte ihren Stolz und noch dazu soeben eine schmerzliche Abfuhr erlitten.

Sollte Constantin irgendwelche Gefühle für sie empfunden haben, so hatte sie die gründlich abgetötet. Warum nun noch seinen guten Eigenschaften nachtrauern? Seinem unbeschreiblichen Charme, seiner Großzügigkeit und Hilfsbereitschaft? Seiner Ehrlichkeit? Es war aus und vorbei.

Vor dem Anwesen parkte eine große schwarze Limousine. Rosie

fuhr daran vorbei in den Hof und stieg ab. Als sie ihren Helm abnahm, kam Constantin die Stufen herunter. In seinem hellen Zweireiher sah er fantastisch aus wie immer. Rosies Herz wurde schwer.

Sein dunkler Blick hielt sie fest. „Ist es dir nicht in den Sinn gekommen, dass ich mir Sorgen machen könnte, wenn du wegfährst?"

Rosie erwiderte seinen Blick. „Nein, tut mir Leid."

„Woher hast du überhaupt das Motorrad?"

„Ich habe es für vierzehn Tage gemietet."

„Ich dachte, es gehörte einem der Arbeiter. Dimitris wird es zurückbringen. Ich will nicht, dass du auf diesen Straßen damit herumfährst", teilte Constantin ihr mit. Er wirkte blasser als sonst.

Sie erwiderte nichts, stumm sah er sie an. Das Schweigen zwischen ihnen war wie eine Mauer. Und plötzlich begriff Rosie. Er hatte gedacht, sie hätte ihn endgültig verlassen, brachte es aber nicht über die Lippen.

„Thespina ist gerade angekommen", sagte er.

Rosie wurde blass. „Oh nein!"

„Ich denke, wir müssen ihr die Wahrheit sagen", setzte er entschlossen hinzu. „Alles andere wäre unfair." Constantin nahm ihre Hand und führte sie die Treppe hinauf in die Halle. Rosie wollte sich ihm entwinden. „Sag du es ihr!"

„Nein, das stehen wir zusammen durch, *paidi mou*." Hand in Hand betraten sie den Wohnraum.

Thespina erhob sich und begrüßte Rosie mit einem Lächeln. „Komm, setz dich zu mir." Einladend wies sie auf den Platz neben sich.

Ein Mädchen brachte ein Kaffeetablett und goss die Tassen ein. Constantin trat an den Kamin und begann eine etwas angestrengte Unterhaltung. Als alle ihre Tassen hatten, ging das Mädchen.

Thespina blickte Rosie an und sagte sanft: „Ich finde, das Versteckspiel hat lange genug gedauert. Es war zwar rührend, wie Constantin sich anstrengte, um mich zu schonen – schon als Kind konnte er mich nicht belügen –, aber ich hätte längst reden müssen."

Constantin zuckte zusammen, so dass sein Kaffee in die Untertasse schwappte. „Willst du damit andeuten, dass ..."

„Dass ich seit fast achtzehn Jahren von Rosies Existenz weiß“, bestätigte Thespina. „Du musst verzeihen, dass ich dich nicht sofort erkannte, Rosalie. Aber als ich deinen Namen hörte, wusste ich, dass du Antons Tochter bist.“

„Seit achtzehn Jahren?“ Verblüfft starrte Constantin die völlig gelassene Thespina an.

„Anton konnte seine Gefühle schlecht verbergen. Er war ganz durcheinander, nachdem er das erste Foto von Rosie bekommen hatte“, erklärte sie ruhig. „Ich fand es in seinem Schreibtisch zusammen mit dem Brief deiner Mutter und verstand. Im ersten Moment tat es weh, aber dann sagte ich mir, dass unsere Ehe deshalb nicht in die Brüche gehen sollte. Ich hätte Anton zur Rede stellen können, aber was wäre damit erreicht? Seine Schuldgefühle und die Angst vor der Enthüllung waren offensichtlich. Ich wollte ihn nicht verlieren. Vielleicht war es feige von mir ... Anton hatte schon genug zu ertragen.“

Die alte Dame sah Rosie an und seufzte. „Als unser Sohn tot geboren wurde und ich erfuhr, dass ich keine Kinder mehr bekommen würde, trug ich meinen Schmerz auf seinem Rücken aus. Ich wies ihn ab. Ich wollte allein sein. Da durfte ich mich nicht beklagen, wenn er sich einer anderen Frau zuwandte.“

Constantin runzelte die Stirn. „Ich wusste gar nicht, dass ihr jemals Eheprobleme hattet.“

„Das war, bevor du zu uns kamst. Ich kannte alle Fotos von Rosie, sprach aber nie darüber. Es war auch eine Frage meiner Selbstachtung.“

„All die Jahre“, murmelte Rosie nachdenklich.

„Ja. Aber ich ahnte nicht, dass Anton dich gefunden hatte. Ich wusste, er hatte nach dir gesucht, als du noch klein und nicht gerade vom Glück begünstigt warst. Als er vor einem halben Jahr plötzlich aufblühte, dachte ich, er hätte wieder eine Affäre.“ Thespina sah Rosie liebevoll an. „Ich freue mich, dass er vor seinem Tod noch ein paar Monate mit dir hatte. Ich weiß, was ihm das bedeutet haben muss.“

Rosies Mund war staubtrocken. „Sie sind sehr verständnisvoll“, brachte sie mühsam heraus.

„Nenn mich doch bitte Thespina und du“, sagte ihre Schwiegermutter. „Ich kenne auch Antons Testament. Und jetzt würde es mich freuen, wenn ihr mich über eure Ehe aufklärtet.“

Rosie schluckte. „Wir tun so, als ob ...“

„Nein, verdammt!“ unterbrach Constantin heftig.

„Nun, vielleicht war meine Frage voreilig.“ Lächelnd stellte Thespina ihre leere Kaffeetasse ab und erhob sich. „Aber wenn ihr es lange genug miteinander aushaltet, um mir ein Enkelkind zu bescheren, wäre ich euch sehr dankbar.“

Rosie wurde hochrot. Sie konnte Constantin nicht ansehen, aber sie verstand, was die Witwe ihres Vaters ausdrücken wollte. Thespina war bereit, Rosie als Familienmitglied anzuerkennen.

„Wo willst du jetzt hin?“ fragte Constantin seine Pflegemutter.

„Dieser Besuch war nur als Stippvisite gedacht, um die vordringlichsten Fragen zu klären. Ich komme später wieder nach Son Fontanal. Übrigens, Rosalie ...“ Thespina lächelte. „Dein Vater hat beim Verkauf dieses Hauses die Familienporträts gerettet. Sie würden sich an diesen Wänden hübsch ausnehmen.“ Damit drehte sie sich um und ließ die beiden allein.

„Eine erstaunliche Frau“, stellte Rosie fest, als die Limousine davonfuhr. „Sie hat es uns wirklich gezeigt.“

Erst jetzt kam ihr voll zu Bewusstsein, was Thespinas Enthüllungen bedeuteten. Sie und Constantin brauchten nicht mehr Theater zu spielen, sie konnten sich sofort scheiden lassen. Die äußerlichen Bande, die ihre Beziehung zusammenhielten, waren weggefallen.

„Wie konntest du sagen, unsere Ehe sei vorgetäuscht?“ fuhr Constantin sie an. „War das nötig?“

Rosie richtete sich auf und besann sich auf die letzten Reste ihrer Würde. „Du wolltest doch, dass wir bei der Wahrheit bleiben. Es wäre eine Beleidigung, Thespina weiter anzulügen, nachdem sie so offen zu uns war.“

„Aber die Wahrheit ist, wir sind verheiratet! Wir schlafen miteinander!“

Rosies Nerven waren zum Zerreißen gespannt. „Du hast letzte Nacht nur allzu klar gemacht, wie du zu mir stehst.“

„Nein, offenbar nicht. Du hast mich bis aufs Blut gereizt. Ich habe dich verletzt, als ich dich nicht als Antons Tochter anerkannte, aber ich fand das Ganze total unglaubwürdig." Er ließ nicht zu, dass sie den Blick abwandte. „Es ist wahr, ich hatte Unrecht. Ich verstehe nur immer noch nicht, wieso du nie mehr darauf zurückgekommen bist."

„Ich wusste nicht, was das hätte ändern können."

„Es hätte eine Menge geändert! Stell dich nicht so naiv", schnaubte Constantin.

Rosie verkrampfte die Hände. Wie würde ihr Leben nach der Trennung von Constantin aussehen? Konnte sie einfach weggehen, als wären diese Wochen mit ihm nie gewesen? Ihre Kehle brannte, aber sie wollte ihre Angst nicht zeigen. „Das ist ja nun egal, nicht? Wir können sofort die Scheidung einreichen."

Constantin erstarrte. In seinem Gesicht arbeitete es. „Ich will keine Scheidung."

Rosie spürte eine große Bitterkeit in sich aufsteigen. „Und ich will nicht deine Frau sein, bloß weil du glaubst, den Willen meines Vaters erfüllen zu müssen."

Er sah sie ungläubig an. „Das ist nicht der Grund, Rosie."

Sie merkte, dass sie gleich in Tränen ausbrechen würde. „Wie auch immer, ich packe jedenfalls meine Sachen." Wie gehetzt rannte sie die Treppe hinauf.

Rosie war so aufgewühlt, dass sie nicht auf die leise, verführerische Stimme in ihrem Innern hörte. Constantin bot sich ihr auf dem Silbertablett an. Warum nahm sie nicht an? Stolz war ein kühler Bettgenosse. Verzweifelt bedeckte sie ihre tränenerfüllten Augen mit den Händen.

„Rosie ...?"

„Ich bleibe nicht bei dir, auch wenn du noch so fantastisch im Bett bist!" stieß sie ohne nachzudenken hervor.

Constantin schloss die Tür und lehnte sich mit dem Rücken dagegen. Sein schlanker, kräftiger Körper war angespannt, er starrte Rosie finster an. „Aber diese Anziehung könnte ein Anfang sein, ein Grundstein ..."

„Letzte Nacht nanntest du mich kalt und berechnend!" erinnerte sie ihn grimmig.

„Rosie ...“ Er senkte den Blick. „Das habe ich nicht wirklich gemeint. Ich ... ich war ...“ Hilflos brach er ab.

„Ja? Was?“

„Verletzt. Du hast mir einen furchtbaren Schlag versetzt“, brach es aus ihm heraus. „Ich dachte, jetzt kämen wir uns endlich näher, und da musste ich erkennen, dass du eine ganz andere warst. Und dann wache ich mit einem fürchterlichen Kater auf und weiß, du bist immer noch ...“

„Denkst du noch immer, ich sei ein berechnendes Biest?“

Frustriert hob Constantin die Arme. „Natürlich nicht! Das habe ich nicht so gemeint!“

„Es hat sich aber ganz so angehört.“ Rosie begann, Schubladen zu öffnen.

„Letzte Nacht glaubte ich, du müsstest mich hassen. Ich habe keine Übung darin, meine Gefühle auszudrücken. Da ging ich zum Angriff über. Ich konnte nicht mehr klar denken. Erst heute Morgen kam ich zur Besinnung, aber du warst verschwunden ...“

Rosie nahm den gequälten Ton wahr, aber sie wollte Constantin nicht ansehen. Mit zitternden Händen warf sie ihre Sachen aufs Bett.

In die angespannte Stille hinein piepste das Handy. Automatisch antwortete Constantin. Rosie hörte, wie er in einer fremden Sprache sprach. Irgendwann sagte er ganz deutlich „Cinzia“, und Rosie wurde von kalter Wut gepackt. Sie stürmte auf Constantin zu, riss ihm das Gerät aus der Hand und warf es in die Karaffe mit Wasser auf dem Nachttisch.

„Du kannst mit Cinzia telefonieren, sobald ich weg bin, nicht vorher!“ fauchte sie. „Ich wünschte, ihr würdet beide in der Hölle schmoren. Ihr Mann soll euch erwischen und dich umbringen!“ Zornbebend wandte sie Constantin den Rücken zu. Sie wusste nicht, was sie von seinem Schweigen halten sollte.

„Cinzia und ich haben uns vor Jahren getrennt. Wir sind gute Freunde“, erklärte er wie beiläufig. „Ich habe Anton und Thespina in dem Glauben gelassen, die Affäre liefe weiter, weil die beiden mich ständig mit passenden jungen Frauen verheiraten wollten. Cinzia spielte mit, und dafür bin ich ihr dankbar.“

Rosie atmete tief durch. Beschämt sah sie zu dem schwimmenden Handy hinüber.

„Du brauchst auf Cinzia nicht eifersüchtig zu sein, das ist längst vorbei."

Aufgebracht protestierte sie: „Ich bin nicht eifersüchtig!"

„Wie du meinst", gab Constantin friedfertig zurück. „Ich erlebe nur, dass du jede Frau in meiner Nähe anzischst wie eine gereizte Giftschlange."

„Ich habe bloß die Rolle der Ehefrau gespielt."

„Du sollst keine Rollen mehr spielen. Wenn du jetzt gehst, werde ich das Gefühl haben, mein Leben wäre zu Ende."

Rosie traute ihren Ohren nicht. Sie wischte sich über die nassen Wangen und drehte sich um. Durch einen Tränenschleier nahm sie Constantins dunkle Augen wahr, die voll Sehnsucht und Hoffnung waren. Sie zitterte.

„Ich weiß, du hängst noch immer an Maurice", sagte er rau. „Aber ich glaube, das wird sich legen, wenn ich nur Geduld habe. Ich kann es nicht ertragen, dich zu verlieren. Letzte Nacht habe ich versucht, mich dieser Möglichkeit zu stellen. Das Resultat war das Gefühl ... die Gewissheit, dass alles andere unwichtig ist, solange du bei mir bist."

Rosie benetzte ihre trockenen Lippen mit der Zunge. Krampfhaft ballte sie die Hände, um Constantin nicht um den Hals zu fallen. Erst wollte sie die entscheidenden Worte hören.

Er holte tief Luft wie ein Nichtschwimmer, der ohne Rettungsring in tiefes Wasser springen muss. „Ich liebe dich bis zum Wahnsinn ..."

Rosie warf sich in seine Arme. „Ich war nie in Maurice verliebt, ich liebe dich. Verzeih mir, wenn ich dir wehgetan habe, aber ich konnte es nicht aushalten, dass du nur bei mir bleibst, weil Anton mein Vater ist." Die Worte sprudelten regelrecht aus ihr heraus. Sie umklammerte seine breiten, starken Schultern wie einen wieder gefundenen Schatz, den sie nie mehr aufgeben würde.

Constantin umarmte sie so fest, dass sie kaum Luft bekam. „Hast du letzte Nacht nicht begriffen, dass ich dich liebe? Warum sonst hätte ich mich dermaßen betrunken?"

„Ich hätte nie geahnt, dass ich dir so wichtig sein könnte."

„Aber jetzt weißt du es und wirst es mich immer spüren lassen." Constantin hob ihren Kopf und suchte in ihrem Blick nach der Bestätigung, die er ersehnte. Ein strahlendes Lächeln vertrieb die letzten Reste von Unsicherheit in seinen Zügen, sein Blick war voll Besitzerstolz.

„Als ich dich zum ersten Mal sah, war mir, als wäre ich mit hundertachtzig Sachen an eine Wand gefahren. Ich war wie vor den Kopf geschlagen, als ich dir in Antons Haus wieder begegnete. Dich wollte ich dort zuallerletzt sehen, du solltest mir gehören, aber das konnte ich natürlich nicht zugeben."

„Ja, ich habe dich ziemlich viele Nerven gekostet", gab Rosie zu, während sie seine seidene Krawatte löste.

„Du hast dich behauptet. Und dann fing ich an, Entschuldigungen für dein Verhalten zu suchen. Ist dir das nicht aufgefallen?" Er lehnte sich zurück, damit sie ihm das Jackett abstreifen konnte. Es flog achtlos zu Boden, sie hatten wichtigere Dinge im Sinn.

„Entschuldigungen?" fragte Rosie. Sie knöpfte bereits sein Hemd auf.

„Ich stellte mir alle möglichen entschuldbaren Gründe vor, aus denen ein junges Mädchen die Geliebte eines älteren Mannes wird."

„Zum Beispiel, dass Maurice meine Bewunderung ausbeutete, dass ich in ihn verliebt war und mich aus Verzweiflung auf Anton warf." Rosie zog Constantin das Hemd aus. „Du hast dir eine Menge ausgedacht, bevor wir überhaupt miteinander geschlafen hatten."

„Du ahnst es ja nicht", gestand Constantin. Er sah zu, wie Rosie sich an seinem Gürtel zu schaffen machte. „Ich konnte gar nicht fassen, dass du so eine ungeheure Wirkung auf mich hattest. Und die Eifersucht auf Maurice brachte mich fast um. Du hast ständig von ihm geredet."

„Er ist mein bester Freund, und du hast ihm Unrecht getan." Sie strich über Constantins nackte Brust.

„Wieso?"

Sie murmelte etwas von Maurices Schwester Lorna und einem seltsamen Reporter namens Mitch, während sie über Constantins behaarte Brust und hinab zu seinen schmalen Hüften strich. Constantin stöhnte, als sie ihn berührte. Dann packte er sie und küsste sie leidenschaftlich. Sie ließ sich rückwärts aufs Bett fallen. Hastig zog er sie aus, und diesmal unterstützte sic ihn dabei.

Lange danach, als sie erschöpft und glücklich aneinander geschmiegt dalagen, meinte Rosie nachdenklich: „Bloß eins verstehe ich nicht. Warum sagte Dimitris, du hättest von Hasen geredet?“

Constantin lachte verlegen. „Unten stehen zwei Kisten voll.“

„Wie bitte?“ Konsterniert sah sie auf ihn herab.

„Diese Keramikhasen, die du sammelst. Du erinnerst dich doch, dass ich einen zerbrochen habe? Nun, ich habe einen Händler darauf angesetzt, und jetzt gehört dir die vermutlich kostbarste Keramikhasen-Sammlung der Welt.“

Rosie machte große Augen. Dann lächelte sie gerührt. „Wie lieb von dir, Constantin. Du willst mich offenbar um jeden Preis beeindrucken.“

„Du bist so herrlich direkt, Rosie“, gab er zurück. „Aber das kann ich auch sein. Wann erzählst du mir endlich ausführlich, was ich in deinen erotischen Fantasien alles anstelle?“

Rosie wurde verlegen. „Ich will dich nicht schockieren.“

„Das kannst du gar nicht. Habe ich ein Wort gesagt, als du mein Handy ins Wasser geworfen hast?“ Constantin zog sie an sich und küsste sie, bis ihr die Luft wegblieb. Rosie lächelte im Stillen. Die Wirklichkeit war einfach tausendmal schöner als alle Fantasien.

– ENDE –

Band-Nr. 15005
4,95 € (D)
ISBN 3-89941-065-3

Silhouette®

ALLES LIEBE ZUM MUTTERTAG

Nora Roberts
BIST DU VERLIEBT, MAMI?
Zoe braucht keinen Mann – sie kommt wunderbar allein mit ihrem kleinen Sohn Keenan zurecht. Aber seit der Sportjournalist Coop eine Wohnung in ihrem Haus gemietet hat, kann sie sich schon ein paar Dinge vorstellen, die mit ihm viel Spaß machen würden …

Debbie Macomber
ENDLICH EINE RICHTIGE FAMILIE
Alles, aber keine neue Liebesbeziehung, geschweige denn eine Ehe: Da sind sich Joanna und Thomas ganz einig. Aber ihre elfjährigen Töchter, die allerbeste Freundinnen sind, sehen das ganz anders: Sie wollen Joanna und Thomas unbedingt zusammenbringen. Und es sieht ganz so aus, als ob ihr Plan funktioniert …

Ginna Gray
EIN BABY – NUR VON JACK
Eigentlich sind Caroline und Jack auch ohne Trauschein sehr glücklich miteinander. Doch nach sechs Jahren hat Caroline plötzlich das Gefühl, dass ihr etwas fehlt – kann es sein, dass sie sich nach einem Baby sehnt? Leider will Jack absolut nichts von einem Kind wissen …

Band-Nr. 25014
3,95 € (D)
ISBN 3-89941-014-9

ROMANTIC HOLIDAYS

Emma Darcy
DIE RACHE DES SCHEICHS
Bei allen Aufmerksamkeiten im Palast des Scheichs Sharif al Kader kann Leah nicht vergessen, dass sie Sharifs Gefangene ist. Es ist eine verwirrende Mischung der Gefühle, die sie für ihren feurigen Geliebten verspürt.

Sally Wentworth
EINE AFFÄRE MIT FOLGEN
Zum Glück ist Laura nicht allein, als sie mit ihrem kleinen Sohn Tim nach Griechenland fliegt, wo Tim seinen Großvater kennen lernen soll. Der smarte Anwalt Frank ist bei ihr, und das ist gut so. Denn jetzt braucht Laura seine Zärtlichkeit wie nie zuvor.

Lindsay Armstrong
ES GESCHAH
AUF DEN MALEDIVEN
Der Urlaub auf den Malediven enthüllt, was Philippa so lange verborgen hat: Im Bikini und mit offenem Haar ist sie eine hinreißende Schönheit! Das entgeht auch nicht ihrem Boss Mark Learmonth, dem sie zufällig in dem Tropenparadies begegnet.

Silhouette®

L. J. SMITH

Das Erwachen

Vierhundert Jahre ist es her, seit die Brüder Stefan und Damon Salvatore aus Liebe zu Katherine zu erbitterten Feinden wurden. Als Stefan der schönen Elena begegnet, droht sich das Schicksal der Vampirbrüder zu wiederholen ...

Band-Nr. 15001
4,95 € (D)
ISBN 3-89941-028-9

L. J. SMITH

Der Kampf

In dem eisigen Schneesturm, den Damon im Kampf gegen Stefan heraufbeschwört hat, macht Elena sich auf die verzweifelte Suche nach dem Geliebten. Wenn sie ihn findet, gibt es nur eins, das ihn retten kann – ihr Blut ...

Band-Nr. 15002
4,95 € (D)
ISBN 3-89941-029-7

L. J. SMITH

Der Zorn

Seit Elena vom Blut der Vampire getrunken hat, ist sie in ein Schattenreich verdammt und spürt jede Nacht die entsetzliche Einsamkeit der Unsterblichen ...

Band-Nr. 15003
4,95 € (D)
ISBN 3-89941-030-0

L. J. SMITH

Die Rache

Nur wenn die Vampirbrüder Stefan und Damon Seite an Seite kämpfen und Elena aus dem Schattenreich befreien, kann der Dämon bezwungen werden, der Angst und Schrecken in Fell's Church verbreitet ...

Band-Nr. 15004
4,95 € (D)
ISBN 3-89941-031-9